《中国小说史略》校注

鲁 迅 著

陈平原 鲍国华 编注

浙江人民出版社

图书在版编目（CIP）数据

《中国小说史略》校注 / 鲁迅著 ；陈平原，鲍国华
编注. —— 杭州 ：浙江人民出版社，2024.1
　　ISBN 978-7-213-11196-9

　　Ⅰ. ①中… Ⅱ. ①鲁… ②陈… ③鲍… Ⅲ. ①《中国
小说史略》- 注释 Ⅳ. ①I210.91

　　中国国家版本馆CIP数据核字(2023)第191684号

《中国小说史略》校注

鲁迅 著 陈平原 鲍国华 编注

出版发行：浙江人民出版社（杭州市体育场路 347 号　邮编　310006）
　　　　　市场部电话：(0571) 85061682　85176516

责任编辑：诸舒鹏	营销编辑：陈雯怡　陈芊如　张紫懿
责任校对：马　玉	责任印务：程　琳
封面设计：王　芸	大家读浙学经典印章设计：锁　剑
电脑制版：浙江新华图文制作有限公司	
印　　刷：杭州钱江彩色印务有限公司	

开　本：710毫米×1000毫米　1/16	印　张：45.5		
字　数：564.7千字	插　页：6		
版　次：2024年1月第1版	印　次：2024年1月第1次印刷		
书　号：ISBN 978-7-213-11196-9			
定　价：138.00元			

如发现印装质量问题，影响阅读，请与市场部联系调换。

"浙江文化研究工程成果文库"总序

　　有人将文化比作一条来自老祖宗而又流向未来的河，这是说文化的传统，通过纵向传承和横向传递，生生不息地影响和引领着人们的生存与发展；有人说文化是人类的思想、智慧、信仰、情感和生活的载体、方式和方法，这是将文化作为人们代代相传的生活方式的整体。我们说，文化为群体生活提供规范、方式与环境，文化通过传承为社会进步发挥基础作用，文化会促进或制约经济乃至整个社会的发展。文化的力量，已经深深熔铸在民族的生命力、创造力和凝聚力之中。

　　在人类文化演化的进程中，各种文化都在其内部生成众多的元素、层次与类型，由此决定了文化的多样性与复杂性。

　　中国文化的博大精深，来源于其内部生成的多姿多彩；中国文化的历久弥新，取决于其变迁过程中各种元素、层次、类型在内容和结构上通过碰撞、解构、融合而产生的革故鼎新的强大动力。

　　中国土地广袤、疆域辽阔，不同区域间因自然环境、经济环境、社会环境等诸多方面的差异，建构了不同的区域文化。区域文化如同百川归海，共同汇聚成中国文化的大传统，这种大传统如同春风化雨，渗透于各种区域文化之中。在这个过程中，区域文化如同清溪山泉潺潺不息，在中国文化的共同价值取向下，以自己的独特个性支撑着、引领着本地经济社会的发展。

　　从区域文化入手，对一地文化的历史与现状展开全面、系统、扎实、有序的研究，一方面可以借此梳理和弘扬当地的历史传统和文化资源，繁荣和丰富当代的先进文化建设活动，规划和指导未来的文化发展蓝图，增强文化软实力，为全面建设小康社会、加快推进社会主义现代化提供思想保证、精神动力、智力支持和舆论力量；另一方面，这也是深入了解中国文化、研究中国文化、发展中国文化、创新中国文化的重要途径之一。如今，区域文化研究日益受到各地重视，成为我国文化研究走向深入的一个重要标志。我们今天实施浙江文化研究工程，其目的和意义也在于此。

千百年来，浙江人民积淀和传承了一个底蕴深厚的文化传统。这种文化传统的独特性，正在于它令人惊叹的富于创造力的智慧和力量。

浙江文化中富于创造力的基因，早早地出现在其历史的源头。在浙江新石器时代最为著名的跨湖桥、河姆渡、马家浜和良渚的考古文化中，浙江先民们都以不同凡响的作为，在中华民族的文明之源留下了创造和进步的印记。

浙江人民在与时俱进的历史轨迹上一路走来，秉承富于创造力的文化传统，这深深地融汇在一代代浙江人民的血液中，体现在浙江人民的行为上，也在浙江历史上众多杰出人物身上得到充分展示。从大禹的因势利导、敬业治水，到勾践的卧薪尝胆、励精图治；从钱氏的保境安民、纳土归宋，到胡则的为官一任、造福一方；从岳飞、于谦的精忠报国、清白一生，到方孝孺、张苍水的刚正不阿、以身殉国；从沈括的博学多识、精研深究，到竺可桢的科学救国、求是一生；无论是陈亮、叶适的经世致用，还是黄宗羲的工商皆本；无论是王充、王阳明的批判、自觉，还是龚自珍、蔡元培的开明、开放，等等，都展示了浙江深厚的文化底蕴，凝聚了浙江人民求真务实的创造精神。

代代相传的文化创造的作为和精神，从观念、态度、行为方式和价值取向上，孕育、形成和发展了渊源有自的浙江地域文化传统和与时俱进的浙江文化精神，她滋育着浙江的生命力、催生着浙江的凝聚力、激发着浙江的创造力、培植着浙江的竞争力，激励着浙江人民永不自满、永不停息，在各个不同的历史时期不断地超越自我、创业奋进。

悠久深厚、意韵丰富的浙江文化传统，是历史赐予我们的宝贵财富，也是我们开拓未来的丰富资源和不竭动力。党的十六大以来推进浙江新发展的实践，使我们越来越深刻地认识到，与国家实施改革开放大政方针相伴随的浙江经济社会持续快速健康发展的深层原因，就在于浙江深厚的文化底蕴和文化传统与当今时代精神的有机结合，就在于发展先进生产力与发展先进文化的有机结合。今后一个时期浙江能否在全面建设小康社会、加快社会主义现代化建设进程中继续走在前列，很大程度上取决于我们对文化力量的深刻认识、对发展先进文化的高度自觉和对加快建设文化大省的工作力度。我们应该看到，文化的力量最终可以转化为物质的力量，文化的软实力最终可以转化为经济的硬实力。文化要素是综合竞争力的核心要素，文化资源是经济社会发展的重要资源，文化素质是领导者和劳动者的首要素质。因此，研究浙江文化的历史与现状，增强文化软实力，为浙江的现代化建设服务，是浙江人民的共同事业，也是浙江各级党委、政府的重要使命和责任。

2005年7月召开的中共浙江省委十一届八次全会，作出《关于加快建设文化大省的决定》，提出要从增强先进文化凝聚力、解放和发展生产力、增强社会公共服务能力入手，大力实施文明素质工程、文化精品工程、文化研究工程、文化保护工程、文化产业促进工程、文化阵地工程、文化传播工程、文化人才工程等"八项工程"，实施科教兴国和人才强国战略，加快建设教育、科技、卫生、体育等"四个强省"。作为文化建设"八项工程"之一的文化研究工程，其任务就是系统研究浙江文化的历史成就和当代发展，深入挖掘浙江文化底蕴、研究浙江现象、总结浙江经验、指导浙江未来的发展。

浙江文化研究工程将重点研究"今、古、人、文"四个方面，即围绕浙江当代发展问题研究、浙江历史文化专题研究、浙江名人研究、浙江历史文献整理四大板块，开展系统研究，出版系列丛书。在研究内容上，深入挖掘浙江文化底蕴，系统梳理和分析浙江历史文化的内部结构、变化规律和地域特色，坚持和发展浙江精神；研究浙江文化与其他地域文化的异同，厘清浙江文化在中国文化中的地位和相互影响的关系；围绕浙江生动的当代实践，深入解读浙江现象，总结浙江经验，指导浙江发展。在研究力量上，通过课题组织、出版资助、重点研究基地建设、加强省内外大院名校合作、整合各地各部门力量等途径，形成上下联动、学界互动的整体合力。在成果运用上，注重研究成果的学术价值和应用价值，充分发挥其认识世界、传承文明、创新理论、咨政育人、服务社会的重要作用。

我们希望通过实施浙江文化研究工程，努力用浙江历史教育浙江人民、用浙江文化熏陶浙江人民、用浙江精神鼓舞浙江人民、用浙江经验引领浙江人民，进一步激发浙江人民的无穷智慧和伟大创造能力，推动浙江实现又快又好发展。

今天，我们踏着来自历史的河流，受着一方百姓的期许，理应负起使命，至诚奉献，让我们的文化绵延不绝，让我们的创造生生不息。

2006 年 5 月 30 日于杭州

丛书引言

陈　来

　　改革开放以来，浙江的经济社会发展取得了迅速的、巨大的进步。面对于此，浙江省政府和学术界，积极探讨经济社会发展的文化根源，展开了不少对于"浙学"的梳理、探讨和总结，使之成为当代浙江文化发展的一项重要课题。

　　就概念来说，"浙学"并不是一个新的概念，而是一个宋代以来就不断使用于每个时代用以描述浙江学术文化的概念。经过20余年的梳理，如浙江学者吴光、董平等的研究，已经大致弄清了浙学及与之相关的学术学派观念的历史源流，为我们今天总结思考这一问题提供了坚实的基础。

　　本文所理解的"浙学"，当然以历史上的浙学观念为基础，但强调其在新时代的意义。今天我们所讲的浙学，应该是"千百年来的浙江人的文化创造和代代相传的文化传统"，包含了"浙江大地上曾经有的文化思想成果"，因此这一浙学概念不是狭义的，而是广义的大浙学的观念。

　　这样一个大浙学的观念，在历史上有没有依据呢？我认为是有的，从宋代以后，浙学的观念变化过程就是一个内涵和外延不断扩大的过程。以下我们就对这一过程作一个简述。

一

众所周知，最早提出"浙学"这一观念的是南宋大儒朱熹。但浙学的开端，现有的研究者基本认为可以追溯到汉代的王充。王充在其《论衡》中提倡的"实事疾妄"的学术精神，明显影响到后来浙学的发展。王充之后，浙学又经历了相当长的演化过程，不过直到南宋，浙江才有了成型的学术流派。朱熹不仅提出并使用浙学的概念，而且还使用"浙中学者""浙中之学""浙间学问"等概念，这些概念与他使用的浙学概念类似或相近。朱熹说：

> 浙学尤更丑陋，如潘叔昌、吕子约之徒，皆已深陷其中，不知当时传授师说，何故乖张便至于此？（《朱子文集》卷五十《答程正思》）

潘叔昌，名景愈，金华人，是吕祖谦的弟子，而吕子约是吕祖谦的弟弟，可见朱子这里所说的浙学是指以吕祖谦为代表的婺学。《朱子年谱》淳熙十一年（1184）下："是年辩浙学。"所列即朱子与吕子约书等，说明朱子最开始与浙学的辩论是与以吕子约为首的婺学辩论。上引语录中朱熹没有提到其他任何人。这也说明，朱子最早使用的浙学概念是指婺学。

《朱子年谱》列辩浙学之后，同年中又列了辩陈亮之学。事实上，朱子与陈亮的辩论持续了两年。这也说明《朱子年谱》淳熙十一年一开始所辩的浙学不包括陈亮之学，以后才扩大到陈亮的永康之学。朱子也说：

> 婺州近日一种议论愈可恶，大抵名宗吕氏，而实主同父，深可忧叹。（《朱子文集》，《续集》卷一《答黄直卿》）

同父（同甫）是陈亮的字，朱子还说："海内学术之弊，江西顿悟，永康事功。"（《朱子年谱》淳熙十二年）用事功之学概括陈亮永康之学的宗旨要义。

《朱子年谱》淳熙十二年（1185）言"是岁与永嘉陈君举论学"，说明到了淳熙十二年，朱子与浙学的辩论从吕氏婺学、陈亮永康之学进一步扩大至陈傅良之学。绍熙二年（1191）又扩大至叶适之学。陈傅良、叶适二人皆永嘉学人，此后朱子便多以"永嘉之学"称之，而且把永康、永嘉并提了。

《朱子年谱》为朱子门人李方子等编修，李本年谱已有"辩浙学"的部分，说明朱子门人一辈当时已正式使用浙学这个概念。

朱子谈到永嘉之学时说：

> 因说永嘉之学，曰："张子韶学问虽不是，然他却做得来高，不似今人卑污。"（《朱子语类》卷一百二十三）

这是朱子晚年所说，他以张子韶之学对比永嘉之学，批评永嘉之说卑污，这是指永嘉功利之说。

> "永嘉学问专去利害上计较，恐出此。"又曰："'正其谊不谋其利，明其道不计其功。'正其谊，则利自在；明其道，则功自在。专去计较利害，定未必有利，未必有功。"（《朱子语类》卷三十七）
>
> 因言："陆氏之学虽是偏，尚是要去做个人。若永嘉永康之说，大不成学问，不知何故如此。"（《朱子语类》卷一百二十二）

这里的"大不成学问"，也是指卑陋、专去利害上计较功利。

以上是对南宋浙学观念的概述。朱子提出的浙学，原指婺州吕学，

3

后扩大到永康陈亮之学，又扩大到永嘉陈傅良、叶适之学，最后定位在指南宋浙江的事功之学。由于朱子始终将浙学视为"专言功利"之学而加以批判，故此时的"浙学"之概念不仅是贬义词，而且所指也有局限性，并不足以反映当时整个浙学复杂多样的形态和思想的丰富性。

二

现在我们来看看明代。明代浙江学术最重要的是阳明学的兴起。那么，阳明学在明代被视为浙学吗？

明代很少使用"浙学"一词，如《宋元学案》中多次使用浙学，《明儒学案》竟无一例使用。说明宋人使用"浙学"一词要远远多于明人，明代学术主流学者几乎不用这一概念。不过，明代万历时的浙江提学副使刘麟长曾作《浙学宗传》，此书具有标志性的意义。《浙学宗传》仿照周汝登《圣学宗传》，但详于今儒，大旨以王阳明为主，而援朱子以入之。此书首列杨时、朱子、象山，以作为浙学的近源：

> 缘念以浙之先正，呼浙之后人，即浙学又安可无传？……论浙近宗，则龟山、晦翁、象山三先生。其子韶、慈湖诸君子，先觉之鼻祖欤？阳明宗慈湖而子龙溪数辈，灵明耿耿，骨骨相贯，丝丝不紊，安可诬也！（刘麟长《浙学宗传序》）

刘麟长不是浙江人，他把南宋的杨时、朱熹、陆九渊作为浙学的近宗之源，而这三人也都不是浙江人。如果说南宋理学的宗师是浙学的近宗，那么远宗归于何人？刘麟长虽然说是尧舜孔孟，但也给我们一个启发，即我们把王充作为浙学的远源应该也是有理由的。然后，刘麟长把南宋的张子韶（张九成）、杨慈湖（杨简）作为浙学的先觉鼻祖，这两位确实是浙江人。《浙学宗传》突出阳明、龙溪，此书的意义是，把阳明心学作为浙学的主流，而追溯到宋代张子韶和杨慈湖，这不仅与朱子宋代浙学的观念仅指婺州、永康、永嘉之学不同，包括了张九成和杨简，而且在学术思想上，把宋代和明代的心学都作为浙学，扩大了浙学的范围。

此书的排列，在杨时、朱熹、陆九渊居首之后，在宋代列张九成、吕祖谦、杨简、何基、王柏、金履祥、许谦。刘麟长说："于越东莱先生与吾里考亭夫子，问道质疑，卒撰于正，教泽所渐，金华四贤，称朱学世嫡焉。"何基以下四人皆金华人，即"北山四先生"，这四先生都是朱学的传人。这说明在刘麟长思想中，浙学也是包括朱子学的。这个问题我们下面再讲。

此书明代列刘伯温、宋潜溪、方正学、吴叡仲、陈克庵、黄世显、谢文肃、贺医闾、章枫山、郑敬斋、潘孔修、萧静庵、丰一斋、胡支湖、王阳明、王龙溪、钱绪山、邵康僖、范栗斋、周二峰、徐曰仁、胡川甫、邵弘斋、郑淡泉、张阳和、许敬庵、周海门、陶石篑、刘念台、陶石梁、陈几亭。其中不仅有王阳明学派，还有很多是《明儒学案》中《诸儒学案》的学者，涵盖颇广。但其中最重要的应是王阳明和刘宗周（念台）。可见王阳明的心学及其传承流衍是刘麟长此书所谓浙学在明代的主干。在此之前蔡汝楠也说过"吾浙学自得明翁夫子，可谓炯如日星"，把王阳明作为浙学的中坚。

三

朱子的浙学观念只是用于个人的学术批评，刘麟长的浙学概念强调心学是主流，而清初的全祖望则是在学术史的立场上使用和理解浙学这一概念，他对浙学范围的理解就广大得多。

全祖望对南宋永嘉学派的渊源颇为注意，《宋元学案》卷六：

王开祖，字景山，永嘉人也。学者称为儒志先生。……又言：

> "由孟子以来，道学不明。今将述尧、舜之道，论文、武之治，杜淫邪之路，开皇极之门。吾畏天者也，岂得已哉！"其言如此。是时，伊、洛未出，安定、泰山、徂徕、古灵诸公甫起，而先生之言实遥与相应。永嘉后来问学之盛，盖始基之。

这是认为，北宋，在二程还未开始讲学时，被称为"宋初三先生"的胡瑗（安定）、孙复（泰山）、石介（徂徕）等刚刚讲学产生影响，王开祖便在议论上和"三先生"远相呼应而成为后来永嘉学派的奠基人。

全祖望在《宋元学案·周、许诸儒学案》案语中说：

> 世知永嘉诸子之传洛学，不知其兼传关学。考所谓"九先生"者，其六人及程门，其三则私淑也。而周浮沚、沈彬老，又尝从蓝田吕氏游，非横渠之再传乎？鲍敬亨辈七人，其五人及程门。……今合为一卷，以志吾浙学之盛，实始于此。（《宋元学案》卷三十二）

这就指出，在南宋永嘉学派之前，北宋的"永嘉九先生"（周行己、许景衡、沈躬行、刘安节、刘安上、戴述、赵霄、张辉、蒋元中）都是二程理学的传人。南宋浙学的盛行，以"永嘉九先生"为其开始。这就强调了二程理学对浙学产生的重要作用，也把二程的理学看作浙学的奠基源头。

> 祖望谨案：伊川之学，传于洛中最盛，其入闽也以龟山，其入秦也以诸吕，其入蜀也以谯天授辈，其入浙也以永嘉九子，其入江右也以李先之辈，其入湖南也由上蔡而文定，而入吴也以王著作信伯。（《宋元学案》卷二十九）

这就明确指明伊川之学是由"永嘉九先生"引入浙江，"永嘉九子"是二程学说入浙的第一代。

"九先生"之后，郑伯熊、薛季宣都是程氏传人，对南宋的永嘉学派起了直接的奠基作用。《四库全书总目提要》说："朱子喜谈心性，季宣兼重事功，永嘉之学遂为一脉。"

> 永嘉以经制言事功，皆推原以为得统于程氏。永康则专言事功而无所承，其学更粗莽抢魁，晚节尤有惭德。述《龙川学案》。（《宋元学案》卷五十六）

永嘉学派后来注重经制与事功，其源头来自二程；而永康只讲事功不讲经制，这正是因为其学无所承。

> 祖望谨案：永嘉之学统远矣，其以程门袁氏之传为别派者，自艮斋薛文宪公始。艮斋之父，学于武夷，而艮斋又自成一家，亦入门之盛也。其学主礼乐制度，以求见之事功。（《宋元学案》卷五十二）

按照全祖望的看法，永嘉之学的学统可远溯及二程，袁道洁曾问学于二程，又授其学于薛季宣，而从薛氏开始，向礼乐兵农方向发展，传为别派。此派学问虽为朱子所不喜，被视为功利之学，但其程学渊源不可否认。

> 梓材谨案：永嘉之学，以郑景望为大宗，止斋、水心，皆郑氏门人。郑本私淑周浮沚，以追程氏者也。（《宋元儒学案》序录）

王梓材则认为，"永嘉九先生"之后，真正的永嘉学派奠基于郑景望，而郑景望私淑周行己，追慕二程之学。

> 梓材谨案：艮斋为伊川再传弟子，其行辈不后于朱、张，而次于朱、张、吕之后者，盖永嘉之学别起一端尔。（《宋元儒学案》序录）

王梓材也认为，薛季宣是二程再传，但别起一端，即传为别派，根源上还是程学。

黄百家《宋元学案·龙川学案》案语说：

> 永嘉之学，薛、郑俱出自程子。是时陈同甫亮又崛兴于永康，无所承接。然其为学，俱以读书经济为事，嗤黜空疏随人牙后谈性命者，以为灰埃，亦遂为世所忌，以为此近于功利，俱目之为浙学。（《宋元学案》卷五十六）

总之，传统学术史认为，两宋浙学的总体格局是以程学为统系的，南宋的事功之学是从这一统系转出而"别为一派"的。

二程门人中浙人不少，在浙江做官者亦不少，如杨时曾知余杭、萧山。朱熹的门人、友人中浙人亦不少，如朱子密友石子重为浙人，学生密切者巩仲至（婺州）、方宾王（嘉兴）、潘时举（天台）、林德久（嘉兴）、沈叔晦（定海）、周叔瑾（丽水）、郭希吕（东阳）、辅广（嘉兴）、沈僩（永嘉）、徐寓（永嘉）等都是浙人。

全祖望不仅强调周行己是北宋理学传入浙江的重要代表，"永嘉九先生"是浙学早期发展的引领者，永嘉学派是程氏的别传，更指出朱熹一派的传承在浙学中的地位：

> 勉斋之传，得金华而益昌，说者谓北山绝似和靖，鲁斋绝似上蔡，而金文安公尤为明体达用之儒，浙学之中兴也。述北山四先生学案。（《宋元学案》卷八十二）

勉斋即黄榦，是朱子的高弟，北山即何基，鲁斋即王柏，文安即金履祥，再加上许谦，这几人都是金华人，是朱学的重要传人，代表了南宋末年的金华学术。全祖望把"永嘉九先生"称为"浙学之始"，把"北山四先生"称为"浙学之中兴"，可见他把程朱理学看作浙学的主体框架，认为程朱理学的一些学者在特定时期代表了浙学。这一浙学的视野就比宋代、明代要宽广很多了。于是，浙学之中，不仅有事功之学，有心学，也有理学。

其实，朱学传承，不仅是勉斋传北山。黄震的《日钞》说：

> 乾淳之盛，晦庵、南轩、东莱称三先生。独晦庵先生得年最高，讲学最久，尤为集大成。晦庵既没，门人如闽中则潘谦之、杨志仁、林正卿、林子武、李守约、李公晦，江西则甘吉父、黄去私、张元德，江东则李敬之、胡伯量、蔡元思，浙中则叶味道、潘子善、黄子洪，皆号高弟。（《宋元学案》卷六十三《勉斋学案》附录）

浙江的这几位传朱学的人，都是朱子有名的门人，如叶味道，"嘉定中，叶味道、陈埴以朱学显"（《宋元学案》卷三十二）。"永嘉为朱子学者，自叶文修公（味道）、潜室（陈埴）始。"（《宋元学案》卷六十五》）黄子洪名士毅，曾编《朱子语类》"蜀类"。潘子善名"时举"。这说明南宋后期永嘉之学中也有朱学。

关于朱学，全祖望还说：

> 四明之专宗朱氏者，东发为最，《日钞》百卷，躬行自得之言也，渊源出于辅氏。晦翁生平不喜浙学，而端平以后，闽中、江右诸弟子，支离舛戾固陋无不有之，其能中振之者，北山师弟为一支，东发为一支，皆浙产也。（《宋元学案》卷八十六）

他把黄震（字东发）视为四明地区传承朱学最有力的学者，说黄震出自朱子门人辅广。全祖望指出，南宋末年，最能振兴朱学的，一支是前面提到的金华的"北山四先生"，一支就是四明的黄震。他特别指出，这两支都是浙产，即都是浙学。《宋元学案》序录底本谓："勉斋之外，庆源辅氏其庶几乎！故再传而得黄东发、韩恂斋，有以绵其绪焉。"

此外，全祖望在浙江的朱学之外，也关注了浙江的陆学：

> 槐堂之学，莫盛于吾甬上，而江西反不逮……甬上之西尚严陵，亦一大支也。（《宋元学案》卷七十七）

"甬上四先生"是陆学在浙江的代表。全祖望称之为"吾甬上"，即包含了把浙江的陆学派视为浙学的一部分之意。严陵虽在浙西，但在全祖望看来，是浙江陆学在甬上之外的另一大支，自不能不看作浙学的一部分。

四

谈到浙学就不能不谈及浙东学派的概念。

黄宗羲是浙东学派这一概念的最早使用者之一。在《移史馆论不宜立理学传书》中，他反驳了史馆馆臣"浙东学派最多流弊"的说法，这说明馆臣先已使用了"浙东学派"这个概念，并对浙东学术加以批评。黄宗羲认为：

> 有明学术，白沙开其端，至姚江而始大明。……逮及先师蕺山，学术流弊，救正殆尽。向无姚江，则学脉中绝；向无蕺山，则流弊充塞。凡海内之知学者，要皆东浙之所衣被也。今忘其衣被之

功，徒訾其流弊之失，无乃刻乎！（《黄宗羲全集》增订本第十册）

黄宗羲认为陈白沙开有明一代学脉，至王阳明始大明，这说明他是站在心学的立场上论述明代思想的主流统系。他同时指出，阳明之后流弊充塞，刘蕺山（刘宗周）出，才将流弊救正过来。所以，明代思想学术中，他最看重的是陈白沙、王阳明和刘蕺山，而王阳明、刘蕺山被视为浙东学术的中坚。在这个意义上，他强调要看到浙东学派的功绩，而不是流弊。黄宗羲是在讨论浙东学派的历史功绩，但具体表述上他使用的是"学脉"，学脉比学派更宽，超出了学派的具体指向。从黄宗羲这里的说法来看，他对"浙东学派"的理解是儒学的、理学的、哲学的，而不是历史的。而黄宗羲开其端，万斯同、全祖望等发扬的清代浙东学派则以史学为重点，不是理学、哲学的发展了。

浙东学派的提法，可以看作是历史上一个与浙学观念类似的、稍有局限的学术史观念。因为浙东学派在名称上就限定了地域，只讲浙东，不讲浙西。这和"浙学"不分东西是不同的。浙东学派这样一个概念的提出也是有理由的，因为历史上浙学的发展，其重点区域一直在浙东，宋代、明代都是如此。

在全祖望之后，乾隆时章学诚《浙东学术》提出：

浙东之学，虽出婺源，然自三袁之流，多宗江西陆氏，而通经服古，绝不空言德性，故不悖于朱子之教。至阳明王子，揭孟子之良知，复与朱子抵牾。蕺山刘氏本良知而发明慎独，与朱子不合，亦不相诋也。梨洲黄氏，出蕺山刘氏之门，而开万氏弟兄经史之学，以致全氏祖望辈，尚存其意，宗陆而不悖于朱者也。唯西河毛氏，发明良知之学，颇有所得，而门户之见，不免攻之太过，虽浙东人亦不甚以为然也。

世推顾亭林氏为开国儒宗，然自是浙西之学，不知同时有黄梨洲氏出于浙东，虽与顾氏并峙，而上宗王、刘，下开二万，较之

顾氏，源远而流长矣。顾氏宗朱，而黄氏宗陆，盖非讲学专家，各
持门户之见者，故相互推服，而不相非诋。学者不可无宗主，然必
不可有门户。故浙东、浙西，道并行而不悖也。（《文史通义》内
篇卷五）

其实，清初全祖望在回顾北宋中期的学术思想时曾指出：

庆历之际，学统四起。齐、鲁则有士建中、刘颜夹辅泰山而
兴。浙东则有明州杨、杜五子，永嘉之儒志、经行二子，浙西则有
杭之吴存仁，皆与安定湖学相应……（《宋元学案》卷六）

这说明全祖望在回顾浙学发展之初，就是浙东、浙西不分的。章学诚
认为浙东之学，出于朱熹，而从"三袁"（袁燮为"明州四先生"之
一，袁燮与其子袁肃、袁甫合称"三袁"）之后多宗陆象山，但是宗
陆不悖于朱。他又说王阳明与朱子不合亦不相诋，这就不符合事实了，
阳明批评朱子不少，在其后期尤多。章学诚总的思想是强调学术上不
应有门户之见，宗陆者应不悖朱，宗朱者可不诋陆，不相非诋。他认
为浙东与浙西正是如此，道并行而不悖。所以，他论浙学，与前人如
黄宗羲不同，是合浙东、浙西为一体，这就使其浙学观较之前人要宽
大得多了。

四明之学多陆氏。深宁之父亦师史独善以接陆学，而深宁绍
其家训，又从王子文以接朱氏，从楼迂斋以接吕氏，又尝与汤东涧
游，东涧亦兼治朱、吕、陆之学者也。和齐斟酌，不名一师。
（《宋元学案》卷八十五》

《宋元学案·深宁学案》中把兼治陆学、朱学、吕学，没有门户之见的
状态描述为"和齐斟酌"。章学诚用"并行不悖"概括浙学"和齐斟

酌"的性格,也是很有见地。

由以上所述可见,"浙学"所指的内容从宋代主要是事功学,到明代扩大到包含心学,再到清初进一步扩大到包含理学,"浙学"已经变成一个越来越大的概念;经过全祖望、章学诚等的论述,浙学由原来只重浙东学术而变成包括浙东、浙西,成为越来越宽的概念。这些为我们今天确立大的浙学概念,奠定了深厚的历史基础。

五

有关儒学的普遍性与地域性,我一向认为,中国自秦汉以来,各地文化已经交流频繁,并没有一个地区是孤立发展的,特别是在帝国统一的时代。宋代以后,文化的同质性大大提高,科举制度和印刷业在促进各地文化的统一性方面起了巨大作用。因此,儒学的普遍性和地域性是辩证的关系,这种关系用传统的表述可谓"理一而分殊",统一性同时表达为各地的不同发展,而地域性是在统一性之下的地方差别。没有跳出儒学普遍性之外的地域话语,也不可能有离开全国文化总体性思潮涵盖的地方儒学。不过,地域文化的因素在交往还不甚发达的古代,终究是不能忽视的,但要弄清地域性的因素表现在什么层次和什么方面。如近世各地区的不同发展,主要是因为各地的文化传统之影响,而不是各地的经济—政治结构不同。所以,问题的关键不在于承认不承认地域性的因素,而在于如何理解和认识、掌握地域性因素对思想学术的作用。

近一二十年,全国各地,尤其是经济发达的地区或文化教育繁荣发展的地区,都很注重地域文化的挖掘与传承。这可以看作是中国崛起的总态势下、中华文化自觉的总体背景之下各种局部的表达,有着积极的意义,也促进了地域文化研究的新开展。其中浙学的探讨似乎是在全国以省为单位的文化溯源中特别突出的。这一点,只要对比与浙江地域文化最接近、经济发展和教育发展水平最相当的邻省江苏,就很清楚。江苏不仅没有浙江那么关注地域文化总体，其所关注的也往往是"吴文化"一类。指出下面一点应该是必要的，即与其他省份多侧重"文化"的展示不同，浙江更关注的是浙学的总结发掘。换言之，其他省份多是宣传展示广义的地域文化的特色，而浙江更多关注的是学术思想史意义上的地域学术的传统，这是很不相同的。

当然，这与一个省在历史上是否有类似的学术资源或论述传统有关。如朱熹在南宋时已使用"浙学"，主要指称婺州吕氏、永康陈亮等所注重的着重古今世变、强调事功实效的学术。明代王阳明起自越中，学者称阳明学在浙江的发展为"浙中心学"；清初黄宗羲倡导史学，史称"浙东史学"。明代以后，"浙学"一词使用渐广。特别是，"浙东史学"或"浙东学派"的提法，清代以来已为学者所耳熟能详，似乎成了浙学的代名词。当代关于浙学的探讨持续不断，在浙江尤为集中。可以说，南宋以来，一直有　种对浙学的学术论述，自觉地把浙学作为一个传统来寻求其建构。我以为这显示着，至少自南宋以来，浙江的学术思想在各朝各代都非常突出，每一时代浙江的学术都在全国学术中成为重镇或重点，产生了较大影响。所谓浙学也应在这一点上突出其意义，而与其他各省侧重于"文化"展现有所分别。事实上，"浙学"与"浙江文化"的意义就并不相同。总之，这些历史上的浙学提法显示，宋代以来，每一时代总有一种浙学被当时的学术思想界所重视、所关注，表明近世以来的浙江学术总是积极地参与中国学术思想、思潮的发展潮流，使浙学成为宋代以来中国学术思想发展中的重要成分。每一时代的浙江学术都在全国发出一种重要的声音，影响了全国，使浙学成为中国学术思想史内在的一个重要部分。

当然，每一时代的浙江学术及其各种学术派别往往都有所自觉地与历史上某一浙学的传统相联结而加以发扬，同时参与全国学术思想的发展。因此，浙学的连续性是存在的，但这不是说宋代永嘉事功学影响了明代王阳明心学，或明代阳明心学影响了清代浙东史学，而是说每一时期的学术都在以往的浙学传统中有其根源，如南宋"甬上四先生"可谓明代浙中心学的先驱,而浙东史学又可谓根源于南宋浙学等。当然,由于全国学术的统一性,每一省的学术都不会仅仅是地方文化的传承,如江西陆氏是宋代心学的创立者,但其出色弟子皆在浙江如甬上;而后来王阳明在浙中兴起,但江右王学的兴盛不下于浙中,这些都是例子。浙学的不断发展不仅是对以往浙江学术的传承,也是对全国学术思想的吸收、回应和发展,是"地方全国化"的显著例子。

对浙学的肯定不必追求一个始终不变的特定学术规定性,然而,能否寻绎出浙学历史发展中的某种共同特征或精神内涵呢?浙学中有哪些是与浙江的历史文化特色有密切关联,从而更能反映浙江地域文化和文化精神的呢?关于历代浙学的共同特征,已经有不少讨论,未来也还会有概括和总结。我想在这里提出一种观察,即南宋以来,浙江的朱子学总体上相对不发达。虽然朱熹与吕祖谦学术关系甚为密切,但吕氏死后,淳熙、绍熙年间,在浙江并未出现朱子学的重要发展,反而出现了以"甬上四先生"为代表的陆学的重要发展。南宋末年至元初,"金华四先生"的朱子学曾有所传承,但具有过渡的特征,而且在当时的浙江尚未及慈湖心学的影响,与"甬上四先生"在陆学所占的重要地位也不能相比。元、明、清时代,朱子学是全国的主流学术,但在文化发达的浙江,朱子学始终没有成为重点。这似乎说明,浙江学术对以"理"为中心的形而上学的建构较为疏离,而趋向于注重实践性较强的学术。不仅南宋的事功学性格如此,王阳明心学的实践性也较强,浙东史学亦然。朱子学在浙江相对不发达这一事实可以反衬出浙江学术的某种特色,我想这是可以说的。从这一点来说,虽然朱熹最早使用"浙学"的概念,但我们不能站在朱熹批评浙学是功利主义这样的立场来理解浙学,而是要破除朱熹的偏见,跳出朱熹的局限来认识这一点。对此,我的理解是,与重视"理"相比,浙学更重视的是"事"。黄宗羲《艮斋学案》案语:"永嘉之学,教人就事上理会,步步著实,言之必使可行,足以开物成务。"(《宋元学案》卷五十二)这个对永嘉之学的概括,是十分恰当的。南宋时陈傅良门人言:"陈先

15

生，其教人读书，但令事事理会，……器便有道，不是两样，须是识礼乐法度皆是道理。"此说正为"事即理"思想的表达。故永嘉之学的中心命题有二，一是"事皆是理"，二是"事上理会"。这些应该说不仅反映了永嘉学术，而且在一定意义上反映了浙学的性格。总之，这个问题的思考和回答是开放的，本丛书的编辑目的之一，正是为了使大家更好地思考和回答这些问题。

浙学是"浙江大地上曾经有的文化思想成果"，浙学在历史上本来就不是单一的，而是富于多样性的。这些成果有些是浙江大地上产生的，有些是从全国各地引进发展的，很多对浙江乃至全国都发生了重要影响。正如学者指出的，南宋的事功学、明代的心学、清代的浙东史学是"浙学最具坐标性质的思想流派"，是典型的根源于浙江而生的学术思想，而民国思想界重要的浙江籍学者也都继承了浙学的"事上理会""并行不悖""和齐斟酌"的传统，值得不断深入地加以总结研究。

目 录

导　言

陈平原

　　鲁迅先生去世时，众多挽联皆突出"青年导师"和"文坛泰斗"，唯有蔡元培将其学术功绩放在第一位："著述最谨严非徒中国小说史，遗言太沉痛莫作空头文学家。"无独有偶，周作人关于鲁迅的悼念文章，也是先学术后创作。[①]可见在一批老朋友心目中，鲁迅的学术成就起码不比其文学创作逊色。只是经过半个多世纪的风雨洗涤，思想家和文学家的鲁迅如日中天，而学问家的鲁迅则相对暗淡多了。这与现代中国人对文学的推崇和对学术的轻视有关，也与鲁迅的研究计划没能真正完成，完整著述甚少有关。相对于同时代的大学问家如王国维等，鲁迅对学术的"忠诚"显然不够。上海十年，鲁迅很少顾及学术研究，但其在现代中国学术史上的贡献仍然不可低估。这不仅是指其唯一完整的著述《中国小说史略》乃"中国文艺史研究上的双璧"之一[②]，而且包括众多尚未真正完成的研究所体现出来的学术思路。

一、清儒家法及其超越

　　鲁迅对中国古代文化的研究，大体可分为三个阶段：从1909年8月

---

　　①鲁迅先生纪念委员会编：《鲁迅先生纪念集》，上海文化出版社1937年版，"挽联辞"第21页；上海书店出版社1979年版，"悼文"第一辑第21页。

　　②郭沫若：《鲁迅与王国维》，《文艺复兴》1946年10月第2卷第3期。

归国到1920年夏，醉心于辑校古籍、搜集金石拓片和研究佛教思想，主要成果有《古小说钩沉》、《会稽郡故书杂集》、《岭表录异》、谢承《后汉书》等；从1920年8月接受北大聘约到1927年辞中山大学教职，先后撰写《中国小说史略》《中国小说的历史的变迁》《汉文学史纲要》《魏晋风度及文章与药及酒之关系》等文学史论著，辑校并出版了《小说旧闻钞》《唐宋传奇集》；从1927年10月抵沪到1936年逝世，校定《嵇康集》、合编《北平笺谱》和撰写《门外文谈》等，但主要兴趣在杂文，只是仍不忘为撰写中国字体变迁史及中国文学史做准备①。从早年借鉴和译介勃兰兑斯等人所撰外国文学史②，到逝世前不久还在购买国学研究资料，纵谈拟撰的中国文学史提纲③，文学史研究始终是鲁迅学术兴趣的重点。

讨论鲁迅的学术贡献，最佳入手处莫过于他在考据学上的成就，因其师承及发展均脉络清晰。鲁迅逝世当年出现的《关于鲁迅》（周作人）、《中国小说史家的鲁迅》（赵景深）等文，都强调鲁迅在辑佚稽考方面功力深厚成绩突出。随后两三年发表的《鲁迅先生的治学精神》（郑振铎）、《鲁迅的辑佚工作》（郑振铎）、《鲁迅先生整理中国古文学之成绩》（台静农）等，进一步梳理鲁迅辑校古籍的思路及功绩，并且指出其学术精神乃是继承清学而又"受过近代科学洗炼"④。其中最有代表性的是蔡元培

①鲁迅：《致曹聚仁》，《鲁迅全集》第12卷，人民文学出版社1981年版，第184页。

②如1907年撰《摩罗诗力说》时借鉴勃兰兑斯的《俄国印象记》《波兰》和利特耳的《匈牙利文学史》等，1921年译凯拉绥克的《斯拉夫文学史》和凯尔沛来斯的《文学通史》的片断，1929年译罗迦契夫斯基的《俄国文学史梗概》中关于迦尔洵的一篇。

③参阅许广平：《欣慰的纪念》，人民文学出版社1953年版，第2页；[日]增田涉著、钟敬文译：《鲁迅的印象》，湖南人民出版社1980年版，第73—74页。

④郑振铎：《鲁迅先生的治学精神》，《郑振铎文集》第4卷，人民文学出版社1985年版，第437页。

在《鲁迅先生全集序》中的一段话：

> 鲁迅先生本受清代学者的濡染，所以他杂集会稽郡故书，校《嵇康集》，辑谢承《后汉书》，编汉碑帖，六朝墓志目录，六朝造像目录等，完全用清儒家法。惟彼又深研科学，酷爱美术，故不为清儒所囿，而又有他方面的发展，例如科学小说的翻译，《中国小说史略》，《小说旧闻钞》，《唐宋传奇集》等，已打破清儒轻视小说之习惯；又金石学为自宋以来较发展之学，而未有注意于汉碑之图案者，鲁迅先生独注意于此项材料之搜罗；推而至于《引玉集》，《木刻纪程》，《北平笺谱》等等，均为旧时代的考据家鉴赏家所未曾著手。①

这段关于鲁迅学术思路及贡献的概述高屋建瓴，为此后的研究者所不断引述；尤其是将鲁迅治金石学的特征一语道破，更为时贤所未及。20世纪60年代以后，林辰、郭预衡等学者对鲁迅辑佚校勘古籍的特征以及与清儒的历史联系做了更精细的辨析；②以后，随着鲁迅辑校古籍和石刻手稿的整理出版，学界对其学术面貌又有了更全面的了解③——但所有这一切，都没有动摇蔡元培当年的基本立论：鲁迅在治学上确实是"本受清代学者的濡染"，而又"不为清儒所囿"。

辑校古籍并非易事，这点只有当事人冷暖自知。鲁迅曾自述其辑考《小说旧闻钞》的甘苦：

---

①鲁迅先生纪念委员会编：《鲁迅全集》第1卷卷首，上海复社1938年版。

②参阅林辰：《鲁迅辑录〈古小说钩沉〉的成就及其特色》，《文学评论》1962年第6期；郭预衡：《关于鲁迅治学方法的探讨》，《北京师范大学学报》1979年第1期。

③参阅徐小蛮：《鲁迅辑校古籍手稿及其研究价值》，《鲁迅研究动态》1987年第8期；赵英：《籍海探珍——鲁迅整理祖国文化遗产撷华》，中国文史出版社1991年版。

> 时方困瘁，无力买书，则假之中央图书馆，通俗图书馆，教育部图书室等，废寝辍食，锐意穷搜，时或得之，瞿然则喜，故凡所采掇，虽无异书，然以得之之难也，颇亦珍惜。①

在鲁迅的三种小说史资料辑校考证著作中，《古小说钩沉》和《唐宋传奇集》显然更见功力，也更为后世学者所推崇。如此"废寝辍食，锐意穷搜"，倘出于专业的辑佚家、校勘家，一点也不奇怪；可以史识见长的鲁迅，治学时居然甘愿下此"笨工夫"，这才值得惊叹。鲁迅"少喜披览古说"，搜集散佚的"丛残短语"，或许真的是如其自述的"惜此旧籍，弥益零落"，并没料到日后撰写小说史，其中五篇竟是从这部"细针密缝的三十六卷《古小说钩沉》的搜辑的结果里勾稽出来的"②。

至于《唐宋传奇集》和《小说旧闻钞》则不一样，是有意配合《中国小说史略》的撰写而作的，不只是为了让"唐人小说的真面目为之复现于世"，更重要的是使得自家小说史的著述有坚实的根基。也就是鲁迅曾不无自豪地宣称的："我都有我独立的准备。"③要求学者立论前在史料上有"独立的准备"，这是一种相当严谨的著述态度。鲁迅晚年屡次表示准备撰写文学史，而且其单篇论文和众多杂文中有许多对历代作家作品的精彩评说；尽管如此，鲁迅仍迟迟不肯动笔。除了客观条件限制（如时间、资料等）外，更因鲁迅的著述态度：撰史必须"先从作长编入手"④。作史料长编目的是正本清源，没有这种"独立的准备"，鲁迅不

---

① 鲁迅：《〈小说旧闻钞〉再版序言》，《鲁迅全集》第10卷，人民文学出版社1981年版，第146页。

② 参阅鲁迅《〈古小说钩沉〉序》和郑振铎《鲁迅先生的治学精神》。

③ 参阅郑振铎：《鲁迅的辑佚工作》，《文艺阵地》1938年10月第2卷第1期；鲁迅：《不是信》，《鲁迅全集》第3卷，人民文学出版社1981年版，第229页。

④ 鲁迅：《致曹聚仁》，《鲁迅全集》第12卷，人民文学出版社1981年版，第184页。

敢贸然撰史。世人提及清儒的影响，喜欢从鲁迅校辑古籍的周密精细入手，我则更倾向于这种没有"独立的准备"不敢轻易立说的治学风格。比起同时代诸多下笔千言离题万里的才子来，鲁迅的学术著述实在太少；许多研究计划没能最后完成，与其认真得有点拘谨的治学态度有关。可几十年过去，尘埃落定，当初不少轰动一时的名著烟消云散，而鲁迅的《中国小说史略》却依然屹立，可见认真有认真的好处。

　　从余萧客的《古经解钩沉》，到黄奭的《子史钩沉》，再到鲁迅的《古小说钩沉》，辑佚考证的对象随学术思潮与价值观念的转变而转变。鲁迅的"师祖"俞樾已经热心于"小说考证"，只不过仍从"观风俗知得失"角度评论稗官野史；梁启超、邱炜菱、黄摩西等在提倡新小说的同时，也开始对古小说做零星研究。"五四"以后，随着西方文学观念的日渐普及，小说成为中国文学的正宗，胡适、郑振铎等新文化人，才真正将小说作为一项学术课题来努力研究。但在此之前十年，鲁迅已经开始默默地从事古小说的钩沉。从1920年8月受聘到北京大学讲中国小说史，到1924年6月《中国小说史略》正式出版，短短几年时间，鲁迅一举奠定了整个中国小说史的研究布局。这奇迹得益于其敏锐的学术感觉及长期"钞旧书"的努力。认真的考据家其实不太难找，难找的是有思想、有胆识且甘于坐冷板凳"钞旧书"的真学者——鲁迅的成功，很大程度上靠的正是这重考据而又不囿于考据，或者说承清学而又不囿于清学。

二、出色的文学感觉

　　学界早就注意到鲁迅的小说史研究与其小说创作的关系，不过多从前者影响后者立论。《彷徨》之所以不同于《呐喊》，摆脱了对外国作家的模仿，"技巧稍为圆熟，刻画也稍加深刻"[①]，显然得益于其时作者对

---

　　①鲁迅：《〈中国新文学大系〉小说二集序》，《鲁迅全集》第6卷，人民文学出版社1981年版，第239页。

中国古代小说的深入研究。这话倒过来说也许更有意义：鲁迅的小说史研究之所以能够深入，得益于其丰富的小说创作经验。以一位小说大家的艺术眼光，来阅读、品味、评价以往时代的小说，自然会有许多精到之处。或许是鲁迅的古小说钩沉太出色了，人们往往忘了其独到的批评而专注于其考据实绩。其实史料的甄别与积累必然后来居上，鲁迅《中国小说史略》之难以逾越，在其史识及其艺术感觉。胡适是最早高度评价这部"开山的创作"的，可所谓"搜集甚勤，取材甚精，断制也甚谨严"①，基本仍限于考据。这与胡适本人的学术趣味有关。在20世纪中国学者中，对中国小说研究贡献最大的莫过于鲁迅和胡适，前者长于古小说钩沉，后者长于章回小说考证。不过在小说史的总体描述以及具体作家作品的评价上，胡适远不如鲁迅，其中一个重要原因是文学修养及创作经验的差别。像鲁迅这样"学""文"兼备的学者，无疑是文学史研究的最佳人选。这点鲁迅心里明白，屡次提及撰写文学史计划，正是认准"可以说出一点别人没有见到的话来"②。

"五四"以后崛起的文学史家，绝大部分喜欢摆弄时髦的西洋文学批评术语，像鲁迅那样以"文采与意想"来把握中国古典小说，已经显得相当"落伍"了。在学术史上，这是一个以西方眼光剪裁中国文学的时代，一切以是否符合刚刚引进的"文学概论"为取舍标准，而很少顾及这块古老的土地上可能存在另一种同样合理的思维方式及欣赏趣味。对这种西化热潮，鲁迅在杂文中大致持欢迎态度，而在史著中则谨慎得多。对比鲁迅和胡适等人的小说史著述，可以发现一个有趣的现象，前者极少借用其时译介进来的西方小说批评术语，而仍然沿用不少明清小说评点的概念及思路。这当然不是一时疏忽或学力所限，鲁迅提倡新文学时大谈"拿来主义"，可整理国故则不希望照搬西方的"文学概论"。在鲁

---

① 胡适：《〈白话文学史〉自序》，《白话文学史》，新月书店1928年版，第9页。
② 鲁迅：《两地书》，《鲁迅全集》第11卷，人民文学出版社1981年版，第184页。

迅看来，中国文学的某些精妙细微之处，西人很可能无法理解，西式的
"文学概论"也无力诠释像《儒林外史》那样"秉持公心，指摘时弊"，
"戚而能谐，婉而多讽"的讽刺小说，就因为"虽云长篇，颇同短制"而
很难被西人所激赏。鲁迅曾抱怨：

> 《儒林外史》作者的手段何尝在罗贯中下，然而留学生漫天塞地
> 以来，这部书就好像不永久，也不伟大了。伟大也要有人懂。①

伟大的作品不为时人所接纳，一是因为社会生活变迁，一是因为批评框
架转换。之所以突出"漫天塞地"的"留学生"不懂《儒林外史》，就因
为他们喜欢套用西人的"文学概论"。借助西人的文学眼光，可以欣赏
《三国演义》或《水浒传》，但很难理解文人味很浓、更多体现中国文化
特色的《儒林外史》。生在20世纪的中国，学者无法完全拒斥西方"文学
概论"的影响——选择小说研究作为学术课题本身就是这一影响的明证；
只是研究中应该更多顾及孕育中国小说的特殊土壤以及由此形成的不同
于西方小说的艺术风格，以避免削足适履，这是鲁迅文学史著留给后世
学者的启示。

　　注重中国的学术传统，沿用古老的批评概念，不等于回到宋元明清；
大的理论背景仍是"西学东渐"，只不过鲁迅更善于转换和糅合，故显得
学有根基、新中有旧。治学讲究从目录学入手，这是中国人的特色。鲁
迅多次建议初学者靠《四库全书简明目录》或《书目答问》去"摸门

---

　　①鲁迅：《叶紫作〈丰收〉序》，《鲁迅全集》第6卷，人民文学出版社1981年版，
第220页。

径"①，鲁迅本人藏书和手稿中也颇多属于目录类②。"目录亦史之支流"，鲁迅撰文学史时当然不会忘了这一点；虽然中间有过起伏，定本《中国小说史略》还是以"史家对于小说之著录及论述"为开宗明义第一篇。③除了这一篇，其余各篇也颇有依据《汉书·艺文志》和《隋书·经籍志》立论的，更重要的是关于唐传奇的分类与宋人说话家数的辨析，随处可见鲁迅的目录学修养。但断言此书之"秩序井然，正完全是目录学为根底的"④，则又言过其实。尤其是至今仍深刻影响整个中国小说研究界的若干小说类型的理论设计，更非目录学所能囊括。

如果说《中国小说史略》的上卷长于史料开掘，下卷突出理论设计⑤，那么下卷最主要的理论设计就是借用"神魔小说""人情小说"等若干小说类型在元明清三代的产生与演进，第一次为这五百年的中国小说发展勾勒出一个清晰的面影，并一下子淘汰了诸如"四大奇书""淫书""才子书"等缺乏理论内涵的旧概念，使得整个小说史研究焕然一新。目录学"辨章学术，考镜源流"的习惯固然可能引发鲁迅对小说进行分类的兴趣，可真正启迪鲁迅这一理论设计的，是清末民初新小说家对西方小说类型概念的引进。只是新小说家喜欢"以西例律我国小说"⑥，不免隔

①参阅《随便翻翻》《读书杂谈》和《开给许世瑛的书单》，《鲁迅全集》第6卷第136页、第3卷第441页、第8卷第441页，人民文学出版社1981年版。

②参阅北京鲁迅博物馆编：《鲁迅手迹和藏书目录》第一、二册，1959年。

③油印本《小说史大略》第一篇《史家对于小说之论录》，在铅印本《中国小说史大略》中被删去；定本《中国小说史略》重新补入此篇且大为扩充，"目录亦史之支流"的论断即见此扩充后的第一篇。

④参阅李长之：《文学史家的鲁迅》，《人民文学》1956年11号。此文有不少精彩的想法，只是论述欠妥。

⑤鲁迅在致胡适信中（《鲁迅研究月刊》1990年第12期）承认，上卷"论断太少"，而"于明清小说，则论断似较上卷稍多"。

⑥《小说丛话》中定一语，《新小说》1905年第15号。

靴搔痒；且只限于题材分类，没有明确的理论界定。到了鲁迅著小说史，方才根据中国小说发展实际，认真设计各种小说类型。鲁迅为中国小说类型的研究创立了基本体例，论述类型崛起时多从文学传统与文化思潮两方面来考察，正视小说类型演进中各种"变形"，在小说类型的灵活掌握及深入辨析中突出论者的史识与才气①——所有这一切，正是这部学术著作的永久魅力所在。

三、关注世态人心

小说类型作为一种文学批评模式，兼及"文采与意想""风俗与心态"，这或许正是鲁迅对其格外垂青的原因。若《中国小说史略》中关于"神魔小说""狭邪小说"的分析与溯源，都涉及思想史、文化史，并非单纯的文学批评——而这正是鲁迅的长处。鲁迅并非研究文学的专门家，就其兴趣与知识结构而言，更接近中国古代的"通人"或者西方的"人文主义者"。这一点逼使其治文学史时必须另辟新径，无法臣服于西式的"文学概论"或中式的"文章辨体"。

作为一个文学史家，鲁迅的最大长处其实不在史料的掌握，甚至也不在敏锐的艺术感觉，而在于其跨学科的知识结构以及对历史和人生真谛的深入领悟。

鲁迅在谈及文学史的写作时，主张"以时代为经"，"以文章的形式为纬"②——这不只是指写作体例，更包括研究思路。"以时代为经"以及"先从作长编入手"，目的都是为了"知人论世"。"文变染乎世情，兴废系乎时序"——《文心雕龙·时序》篇中这两句名言，早被历代文学批评家嚼烂。鲁迅之注重"时序"与"世情"，另有学术渊源。1907年，

---

①参阅陈平原：《论鲁迅的小说类型研究》，《鲁迅研究月刊》1991年第9期。

②鲁迅：《致王冶秋》，《鲁迅全集》第13卷，人民文学出版社1981年版，第243页。

鲁迅撰《摩罗诗力说》，其中提及"丹麦评骘家勃阑兑思（G. Brandes）"对俄国文学及波兰文学的评价。据周作人回忆，其时周氏兄弟对"同情那些革命的诗人"的勃兰兑斯甚有好感，为《河南》杂志撰文时依据的正是其《俄国印象记》和《波兰印象记》；这一点已为后世学者的研究所证实。①"五四"以后，鲁迅仍多次引述勃兰兑斯关于"轨道破坏者"、关于由"精神上的'聋'"招致来的"哑"、关于俄国这片"黑土"如何"长育了文化的奇花和乔木"等名言；尤其欣赏其作为文学史家"从冷落中提出过伊孛生和尼采"以及建立"侨民文学"等精彩准确的文学批评概念。②最值得注意的是，1933年底，早已被创造社"挤"着读了好些"科学底文艺论"，而且分别译过卢那察尔斯基和普列汉诺夫的《艺术论》的鲁迅③，在提及文学史时，推荐的依然是勃兰兑斯的著作：

> 文学史我说不出什么来，其实是 G. Brandes 的《十九世纪文学的主要潮流》虽是人道主义的立场，却还很可看的。④

在此前后一两年，鲁迅几次谈及中国人的文学史研究，评价都相当苛刻。或说："此乃文学史资料长编，非'史'也"；或云："这些都不过可看材料，见解却都是不正确的"；或干脆断言："中国文学史没有好的。"⑤眼

---

①参阅《周作人回忆录》，湖南人民出版社1982年版，第199页；［日］北冈正子著、何乃英译：《摩罗诗力说材源考》第三、四章，北京师范大学出版社1983年版。

②参阅《鲁迅全集》，人民文学出版社1981年版，第1卷第192页，第5卷第277页，第7卷343页，第6卷第247、389页。

③参阅《鲁迅全集》，人民文学出版社1981年版，第4卷第6、253页，第10卷第294页。

④鲁迅：《致徐懋庸》，《鲁迅全集》，人民文学出版社1981年版，第12卷第303页。

⑤参阅《致台静农》《致曹靖华》《致萧三》，《鲁迅全集》第12卷，人民文学出版社1981年版，第102—103、299、347页。

界如此之高的鲁迅，居然认定勃兰兑斯所著文学史"很可看"，这里必有奥妙。

勃兰兑斯作为文学史家，主要受泰纳（H. Taine）和圣伯夫（A. Sainte-Beuve）的影响，不过仍有很大变异。泰纳强调一个国家的文化艺术是由种族、环境和时代三个因素决定的，而勃兰兑斯相对更注重"时代"而忽略前两者。在谈及19世纪前期波兰的浪漫主义文学思潮时勃兰兑斯称："民族性格、欧洲浪漫主义和异乎寻常的政治局面显然是决定这一文学的三个基本因素。"①可在具体论述时，民族性格基本上被糅进时代思潮中，将其同样视为"历史"的产物。勃兰兑斯把文学史的职责界定为"研究人的灵魂，是灵魂的历史"；这点与圣伯夫坚持"自传说"，通过作家身世与心理来分析作品的方法异曲同工。不过勃氏将一部作品视为"从无边无际的一张网上剪下来的一小块"，故更强调"对影响他发展的知识界和他周围的气氛有所了解"②。

"知人论世"是中国的老传统，以鲁迅的史学兴趣和修养，撰文学史时注重时代背景（思潮）是题中应有之义。勃兰兑斯著作给鲁迅的启示，或许是其对影响作家成长的知识界文化氛围的重视。"知人"必须"论世"，可"世"的范围未免太宽泛：上自朝廷决策，下至平民衣食，还有边关战事、士子举业、瓦舍众伎，何者不关乎"世"？1930年代，有些左翼学者受唯物史观影响，突出经济关系和阶级矛盾（如阿英的《晚清小说史》和谭丕模的《中国文学史纲》），这总比眉毛胡子一把抓好些，总算懂得抓"主要矛盾"。鲁迅的思路不一样，文学史著中极少涉及生产力和生产关系，关注的是一个时代的思想文化氛围和士人心态。文学作为

---

① ［丹麦］勃兰兑斯著、成时译：《十九世纪波兰浪漫主义文学》，人民文学出版社1980年版，第10页。

② ［丹麦］勃兰兑斯著、张道真译：《十九世纪文学主潮》第一册，人民文学出版社1980年版，第2页。

一种精神产品，并不直接反映社会的经济关系和政治斗争；抓住"士人心态"这个中介，上便于把握思想文化潮流，下可以理解社会生活状态。在《中国小说史略》中，大抵每篇第一段都是关于文化思潮的描述，寥寥数百字，最见功力，目的是为解释"文变"提供"世情"。只是这一"世情"往往围绕文人的命运、心态、习俗来展开，且常与某一小说类型的发生、发展纠结在一起。

这一文学史研究思路，到撰写《魏晋风度及文章与药及酒之关系》，得到了更充分的体现。认定"研究某一时代的文学，至少要知道作者的环境、经历和著作"，可着眼点很快从"曹操专权"或"司马懿篡位"的政治环境，一转而为文人的"服药饮酒"。于"服药饮酒"中窥探士人心态，出则讨论乱世文人的"师心"与"使气"，入则剖析魏晋文章的"清峻"与"通脱"。①这种抓住某一时代特有的文化现象大做文章，并借此勾勒文学潮流演进的轮廓的研究方法，需要对整个中国的历史文化以及士人心态有较全面的了解，方能"识其大"。因为每个时代的政治文化环境错综复杂，若鲁迅之"攻其一点，不及其余"，非有过人的眼力与胆识不可。魏晋文人当然不只是"服药"与"饮酒"，但这两种嗜好最能体现其对生存的体验与思考，也最能影响其诗文风格的形成。这是一种学术上的冒险，成败在此一举。舍弃了面面俱到的评说，抓住几个突出的文化现象"小题大做"，不只需要学力深厚，更需要思想家透视历史的敏锐目光。这正是鲁迅的所长。比起同时代许多认真严谨的学者来，鲁迅在史料占有上并不具备优势（除了《古小说钩沉》）；鲁迅的优势在于"史识"——对中国历史文化的独特理解与深入思考。晚年设想写作中国文学史，虽主张从史料长编做起，可文学史的体例设计仍是重在"立一家之言"。许寿裳回忆鲁迅拟写的《中国文学史》分六章，前三章（《从文

---

①参阅《鲁迅全集》第3卷，人民文学出版社1981年版，第501—517页。

字到文学》《思无邪》《诸子》）可以在《汉文学史纲要》中见其端倪；后三章（《从〈离骚〉到〈反离骚〉》《酒·药·女·佛》《廊庙和山林》）则有文章或演讲。①相对来说，后三章更显出鲁迅文学史著述的特色，只可惜没有最后完成。

1930年代的鲁迅，虽然接纳"科学底文艺论"，仍倾向于借士人心态来理解和把握文学史进程，除了其所拟的《中国文学史》章节外，还有为许世瑛开列的书单也很能说明问题。为一个大学中文系学生开列这么12部入门书，其实不大恰当。没有诗文专集和小说戏曲不说，此书单明显带有鲁迅的个人印记，尤其是其注重从"作者的环境、经历和著作"解读"某一时代的文学"的习惯。开列《历代名人年谱》《唐诗纪事》和《唐才子传》，都是为了"知人论世"。最有意思的是，鲁迅开出五部表现士人心态的著作并加以简单的解说。其中有"可见汉末之风俗迷信"的《论衡》；也有描写"晋人清谈之状"的《世说新语》，"论及晋末社会状态"的《抱朴子外篇》；还有表现"唐文人取科名之状态"的《唐摭言》和记载"明末清初之名士习气"的《今世说》。②这五部书，除《世说新语》外，其他四种别的"青年必读书目"大概不会列入；即便列入，也不会像鲁迅那样专注于其中的名士习气及社会风俗。这张"不大合格"的文学青年必读书目，从一个特殊的角度透露了鲁迅的阅读趣味以及其"观察文学史现象"的方法："首先从文人的社会地位、生活道路和思想状态着眼。"③

---

①参阅许寿裳：《亡友鲁迅印象记》，人民文学出版社1977年版，第50页。另，鲁迅1927年作题为"魏晋风度及文章与药及酒之关系"的演讲，1929年作题为"《离骚》与《反离骚》"的演讲，1932年撰《帮忙文学与帮闲文学》，1935年撰《从帮忙到扯淡》，可参照。

②许寿裳：《亡友鲁迅印象记》，人民文学出版社1977年版，第91—92页。

③王瑶：《鲁迅作品论集》，人民文学出版社1984年版，第376页。

除了士人心态，鲁迅还对社会风俗感兴趣，居然提醒文学研究者从此角度阅读《论衡》和《抱朴子外篇》。提及影响文学变迁的"世情"与"时序"，前人多从政治角度立论，故着眼于朝代盛衰、国家兴亡；而鲁迅更关注历史文化，故多从士人心态与社会风俗入手。鲁迅爱读野史杂书，不只是因其未经御批，不怎么装腔作势；更因其包含不少"人物山川"和"风土之美"。从早年辑校《会稽郡故书杂集》和《岭表录异》，到写作《故乡》和《社戏》，《五猖会》和《无常》，再到晚年编汉唐画像石刻借以了解社会风俗①，鲁迅对乡风民情始终有浓厚的兴趣。这种理解"世情"的兴趣，使得鲁迅对明清人情小说的发展别具慧眼；而从文人冶游习俗对狭邪小说的影响立论，或者强调侠义小说为市井细民写心故正接宋人话本正脉，都是很有创见的"史识"。鲁迅的文学史著述，其优胜处在于史料功底扎实、艺术感觉敏锐，另外就是对"世态"与"人心"的深入理解以及借助这种理解来诠释文学潮流演进的叙述策略。

四、大学里的新课程

作为20世纪中国学术史上的名著，《中国小说史略》如今是很多专业人士的必读书。可当初刚面世时，却经历一番惊涛骇浪。具体说来，便是如何回应此书乃抄袭之作的指控。

鲁迅去世的那一年，也就是1936年，鲁迅撰写了《〈且介亭杂文二集〉后记》，其中有这么一大段：

> 在《中国小说史略》日译本的序文里，我声明了我的高兴，但

---

①20年间，鲁迅搜集汉唐画像石刻的拓片六七千种，几次准备选印传世而未能成功。至于选印的标准，鲁迅屡次表述相当一致："拟摘取其关于生活状况者"，"颇欲择其有关风俗者"，"唯取其可见当时风俗者，如游猎，卤簿，宴饮之类"。参阅《鲁迅全集》第12卷，人民文学出版社1981年版，第349、359、453页。

还有一种原因却未曾说出，是经十年之久，我竟报复了我个人的私仇。当一九二六年时，陈源即西滢教授，曾在北京公开对于我的人身攻击，说我的这一部著作，是窃取盐谷温教授的《支那文学概论讲话》里面的"小说"一部分的；《闲话》里的所谓"整大本的剽窃"，指的也是我。现在盐谷教授的书早有中译，我的也有了日译，两国的读者，有目共见，有谁指出我的"剽窃"来呢？呜呼，"男盗女娼"，是人间的大可耻事，我负了十年"剽窃"的恶名，现在总算可以卸下，并将"谎狗"的旗子，回敬自称"正人君子"的陈源教授，倘他无法洗刷，就只好插着生活，一直带进坟墓里去了。①

所谓"让他们怨恨去，我也一个都不宽恕"的"临终遗言"②，当然包括这位多年论敌陈西滢教授。

1925年11月21日，陈源在《现代评论》上发表《闲话》："可是，很不幸的，我们中国的批评家有时实在太宏博了。他们俯伏了身躯张大了眼睛，在地面上寻找窃贼，以致整大本的摽窃，他们倒往往视而不见。要举个么？还是不说吧，我实在不敢再开罪'思想界的权威'。"虽没直接点名，但矛头所向，很明显针对鲁迅。次年一月，陈源在发表于《晨报副刊》上的通信里，重提此事："他常常控告别人家抄袭。有一个学生抄了郭沫若的几句诗，他老先生骂得刻骨镂心的痛快。可是他自己的《中国小说史略》却就是根据日本人盐谷温的《支那文学概论讲话》里面的'小说'一部分。"面对如此无端指责，鲁迅是如何反击的？

鲁迅在初刊《语丝》第65期（1926年2月8日）、后收入《华盖集续编》的《不是信》中，做了如下辩解："盐谷氏的书，确是我的参考书之

----

①鲁迅：《〈且介亭杂文二集〉后记》，《鲁迅全集》第6卷，人民文学出版社1981年版，第450—451页。

②鲁迅：《死》，《中流》1936年9月20日第1卷第2期。

一，我的《小说史略》二十八篇的第二篇，是根据它的，还有论《红楼梦》的几点和一张《贾氏系图》，也是根据它的，但不过是大意，次序和意见就很不同。其他二十六篇，我都有我独立的准备，证据是和他的所说还时常相反。例如现有的汉人小说，他以为真，我以为假；唐人小说的分类他据森槐南，我却用我法。六朝小说他据《汉魏丛书》，我据别本及自己的辑本，这工夫曾经费去两年多，稿本有十册在这里；唐人小说他据谬误最多的《唐人说荟》，我是用《太平广记》的，此外还一本一本搜起来……"[①]受这么大的委屈，鲁迅之所以没有纠缠下去，一是民众喜欢看热闹，外行人不明就里，很容易"疑罪从有"，或推测"无风不起浪"；二是能体现"我都有我独立的准备"的辑本与稿本，此时都还在自家抽屉里，尚未公开刊行——《小说旧闻钞》，（北京）北新书局1926年8月初刊；《唐宋传奇集》，（上海）北新书局1927年12月初版；而分量最重的《古小说钩沉》，最早面世是编入1938年版《鲁迅全集》。此事对鲁迅伤害很深，这才会在日译本出版后感叹："我负了十年'剽窃'的恶名，现在总算可以卸下。"

鲁迅对于造谣者的复仇，其实早就开始了，不过没有明说而已。胡适一直以为是张凤举胡乱传话，其实不对，传播谣言的是胡适的好学生顾颉刚。这才能理解为何从厦门到广州，鲁迅与顾颉刚势不两立，甚至不惜在小说中影射与挖苦。以前只是传闻，没能证实；12册《顾颉刚日记》刊行[②]，这只靴子终于落地。1927年2月11日的日记中，顾颉刚按语："鲁迅对于我的怨恨，由于我告陈通伯，《中国小说史略》剿袭盐谷温《支那文学讲话》。他自己抄了人家，反以别人指出其剿袭为不应该，其卑怯骄妄可想。此等人竟会成群众偶像，诚青年之不幸。他虽恨我，

---

①鲁迅：《不是信》，《鲁迅全集》第3卷，人民文学出版社1981年版，第229—230页。

②顾颉刚：《顾颉刚日记》，联经出版社2000年版，中华书局2011年版。

但没法骂我，只能造我种种谣言而已。予自问胸怀坦白，又勤于业务，受兹横逆，亦不必较也。"

陈源英文很好，但日文非其所长；顾颉刚更不成了，凭什么一口咬定鲁迅抄袭盐谷温呢？这就说到鲁迅《中国小说史略》正式出版前两年，也就是1921年，上海的中国书局曾刊行薄薄一册郭希汾译编《中国小说史略》，那确实是根据盐谷温的《中国文学概论》第六章编译的。当初书籍流通不便，顾、陈很可能只是听闻有这么一本书，就开始浮想联翩了。多年前，为撰写《"小说史意识"与小说史研究》，我曾认真对照过这两本同名书，水平高下一眼就能判断，顾、陈若曾上过手，立论当不至于如此荒腔走板。①

1917年1月，蔡元培出长北京大学，新文化运动得以迅速展开，这个故事众所周知。我在《新教育与新文学——从京师大学堂到北京大学》中提及："1917年，就在最后一个桐城大家姚永朴悄然离去的同时，又有四位现代中国学术史上的重要人物进入北大，那就是章门弟子周作人、留美学生胡适、以戏曲研究和写作著称的吴梅以及对通俗文学有特殊兴趣的刘半农。北大的文学教育，从此进入了一个新天地。"②变化巨大的不仅是人事，更包括课程设计。查1917—1918年北大中文系课程表，不难发现：一、"文学史"成了中文系的重头课；二、中文系学生不能绕开"欧洲文学"；三、"近世文学"开始受到重视；四、此前不登大雅之堂的"戏曲"与"小说"，如今也成了大学生的必修课。

"小说"一课，校方明知很重要，可一时找不到合适的教员，只好设计为系列演讲（演讲者包括胡适、刘半农、周作人等）。直到1920年秋季学期，鲁迅接受北大聘请，正式开讲"中国小说史"，中文系的课程方才

---

①陈平原：《"小说史意识"与小说史研究》，《文史知识》1989年第10期。

②陈平原：《新教育与新文学——从京师大学堂到北京大学》，《学人》第14辑，江苏文艺出版社1998年版。

较为完整。

可是必须说明，鲁迅不仅在北大讲课，查北京鲁迅博物馆绘制的《鲁迅在北京各校兼课时间统计表》（1920—1926），以及北大等校发给鲁迅的聘书，可以清楚证明：教育部官员周树人，除在北大教"中国小说史"外，还先后在北京的另外7所大学及中学兼课。兼课时间最长的是北京大学：1920年8月至1926年6月；其次北京师范大学：1921年1月至1925年6月；再次北京女子师范大学：1923年10月至1926年8月。此外，还有北京世界语专门学校、集成国际语言学校、黎明中学、大中公学以及中国大学。最忙的1925年11月，鲁迅除了教育部的本职工作，竟然在6所学校之间奔波。可见那个时候教育部不怎么做事，且管理极为宽松。既然鲁迅不只在北大讲课，我们为何将《中国小说史略》创立之功归之于北大课堂？除了北大地位最高、最早发出邀请，还有就是从最初油印本《小说史大略》，到铅印本《中国小说史大略》，再到新潮社正式刊本《中国小说史略》，都与北大课堂息息相关。

那时教育部中层官员的地位、声誉及待遇，显然不如北大教授。比如留英博士、北大外文系教授陈西滢便怀疑留学日本、但学历可疑的周树人君的学术水平，以为这位教育部官员不过是因"某籍某系"，才有机会登上北大讲台的。所谓"某籍某系"，指的是1920年代北大中文系的浙江籍教员过于集中，给人"结党营私"的错觉。1925年女师大事件中，陈西滢对于"某籍某系"的攻击广为人知。其实，类似的指责以前就有，比如1913年林纾被北京大学解聘时，便抱怨时任校长的浙江人何燏时"专引私人"、"实则思用其乡人，亦非于我有仇也"[1]。

问题不在于北大校长蔡元培是浙江绍兴人，教育部佥事兼社会教育司第一科科长周树人也是绍兴人，而在于这位昔日部下及同乡能否胜任

---

[1]参见陈平原：《古文传授的现代命运——教育史上的林纾》，《文学评论》2016年第1期。

此教职。1920年8月应邀、12月第一次上课，根据北大讲义整理的《中国小说史略》于1923年出版上册、1924年刊行下册，真可以称得上"神速"。而这期间，这位教育部官员、北大兼职教员还发表了不少名扬天下的小说与杂文，这怎么可能呢？难怪顾颉刚、陈西滢等顿起疑心。可顾、陈忘记了，有个词叫"厚积薄发"，并非每人每文都需要经过一系列由粗而精的演化。如1918年5月15日出版的《新青年》第4卷第5号上，刊出了鲁迅的《狂人日记》，一出现就是中国现代小说杰作，并不需要一个逐渐成熟的过程。《中国小说史略》也一样，至今仍被认定为中国现代学术典范。谈论五四新文化运动，一定要记得，同时登上历史舞台的人，因年龄及阅历不同，所谓的"处女作"不可同日而论。出生于1881年的鲁迅，此前虽只刊行过《域外小说集》，没有什么惊人之举，但不等于他一直闲着。此前不断探索，压抑了无数热情，也积累了众多能量，40岁前后抓住时机猛然爆发，迅速展现其盖世才华，让时人及后世读者瞠目结舌——这就是五四时期的鲁迅。

五、讲台上的小说史

鲁迅《中国小说史略》的"序言"开篇第一句："中国之小说自来无史"；日后的研究者续上了一句："有史自鲁迅始"。在中国，"小说评论"早已有之，"小说史学"则只有一百年历史。具体说来，1920年可视作中国"小说史学"的元年。理由何在？这一年的7月27日，胡适撰写了影响深远的《水浒传考证》，收入1921年12月上海亚东图书馆版《胡适文存》；这一年的8月2日，鲁迅被蔡元培校长聘为北京大学讲师，专门讲授中国小说史，1920年12月24日第一次登上北大讲台。一是发凡起例引领风气的长篇论文，起很好的示范作用；一是现代大学设立的正式课程，

可培养无数专业人士。^①

现代大学主要靠课堂传授知识，对于教授来说，讲课效果如何至关重要。早年还可以用撰写讲义来弥补，越到后来，越依赖现场表演。那么，到北大兼课的教育部官员鲁迅，讲课效果怎样呢？

1923年，鲁迅撰写《〈中国小说史略〉序言》称："三年前，偶当讲述此史，自虑不善言谈，听者或多不憭，则疏其大要，写印以赋同人。"也就是说，怕讲课效果不好，故给北大学生提供了讲义。可在1934年的《〈集外集〉序言》中，鲁迅又称："我曾经能讲书，却不善于讲演。"其实，鲁迅不仅擅长演说，也很会讲课。在《知识、技能与情怀——新文化运动时期北大国文系的文学教育》第四节"消失在历史深处的'文学课堂'"中，我曾引述当年在北大听课的常惠、许钦文、董秋芳、王鲁彦、魏建功、尚钺、冯至、孙席珍、王冶秋等九位老学生的追忆，努力呈现鲁迅讲课的风采。^②

1920年考入北京大学预科、两年后转入英语系学习的董秋芳（1898—1977），当年与许钦文等组织得到鲁迅、郁达夫、周作人指导的"春光社"，1936年撰写《我所认识的鲁迅先生》，称："鲁迅先生在北大授的是'中国小说史'，讲授间随时加入一些意味深长的幽默的讽刺话，使听者忘倦，座无隙地。我也常常抽空去听，我一看到他的神态，就觉得他不是一个普通的教授。"^③1920年代初曾在北京大学旁听的小说家鲁彦（1901—1944），其《活在人类的心里》对于鲁迅课堂的描述更为精细：

---

①参见陈平原：《〈小说史学面面观〉小引》，《小说史学面面观》，生活·读书·新知三联书店2021年版。

②参见陈平原：《知识、技能与情怀——新文化运动时期北大国文系的文学教育》（下），《北京大学学报（哲学社会科学版）》2010年第1期。

③董秋芳：《我所认识的鲁迅先生》，原载《多样文艺》1936年11月第1卷第6期，鲁迅博物馆等编：《鲁迅回忆录》（散篇）上册，北京出版社1999年版，第115页。

　　说起话来，声音是平缓的，既不抑扬顿挫，也无慷慨激昂的音调，他那拿着粉笔和讲义的两手从来没有表情的姿势帮助着他的语言，他的脸上也老是那样的冷静，薄薄的肌肉完全是凝定的。

　　他叙述着极平常的中国小说史实，用着极平常的语句，既不赞誉，也不贬损。

　　然而，教室里却突然爆发出笑声了。他的每句极平常的话几乎都须被迫地停顿下来，中断下来。[①]

另一个旁听生、因乡谊而与鲁迅先生过从甚密的小说家许钦文（1897—1984），1923年4—5月间，曾邀请鲁迅到春光社演讲："往常他在《中国小说史略》的课上，也常常附带地讲些文学批评和新小说的作法，这次讲的范围更加广，也谈到果戈理和契诃夫等的作品，对于我们的帮助是很大的。"[②]

　　著名历史学家尚钺（1902—1982）1921年进入北大预科，后就读北大英文系，同时追随鲁迅学习写作。在撰于1939年的《怀念鲁迅先生》中，尚钺描述了鲁迅的课堂是如何吸引无数青年学生的："我一直这样听了先生三年的讲授。这中间，从一部《中国小说史略》和一本《苦闷的象征》（虽然未经详细地记录和研读）中，我却获得了此后求学和作人的宝贵教育。"[③]至于日后成为文物学家的王冶秋（1907—1987），当年在北平读书时结识鲁迅先生，并参加未名社的活动，1940年撰《怀想鲁迅先

---

　　①鲁彦：《活在人类的心里》，原载《中流》1936年11月5日第1卷第5期，鲁迅博物馆等选编：《鲁迅回忆录》（散篇）上册，北京出版社1999年版，第121页。

　　②参见许钦文：《忆春光社》，《学习鲁迅先生》，上海文艺出版社1959年版，第13—14页。

　　③尚钺：《怀念鲁迅先生》，原载《抗战文艺》1939年11月，鲁迅博物馆等选编：《鲁迅回忆录》（散篇）上册，北京出版社1999年版，第134页。

生》，这样介绍鲁迅的课堂：

> 钟一响，他就踏着钟的尾声，"挤"进了课室。记得只是带着个小布包，打开，取出来《小说史略》的讲稿：翻开便讲，有时讲得把人都要笑死了，他还是讲，一点也不停止，一点也没有笑容。他本心并没有想"插科打诨"故意逗人笑的含意，只是认真的讲，往深处钻，往皮骨里拧，把一切的什么"膏丹丸散，三坟五典"的破玩意撕得净尽。你只看他眯缝着眼认真的在那撕，一点也不苟且的在那里剥皮抽筋，挖心取胆……假若笑是表示畅快，那你又怎能不笑？而他又何必要笑？①

著名语言学家魏建功（1901－1980）1919年考入北大预科、1925年从北大国文系毕业，在1956年刊于《文艺报》的《忆三十年代的鲁迅先生》中，特别表彰鲁迅的教学"是最典型的理论联系实际的"，具体说来就是，讲课时"多半就了讲义上的论点加以发挥补充"②。至于日后成为著名诗人及德国文学专家的冯至（1905—1993），晚年撰《鲁迅与沉钟社》，提及："鲁迅在一九二四年到一九二五年，利用讲授《中国小说史略》的时间，把厨川白村的《苦闷的象征》作为讲义"；"我们听鲁迅讲授《中国小说史略》，是一九二三年下半年起始的。他讲课时，态度冷静而又充满热情，语言朴素而又娓娓动听，无论是评论历史，或是分析社

---

①冶秋：《怀想鲁迅先生》，原载《文学月报》1940年10月15日第2卷第3期，鲁迅博物馆等选编：《鲁迅回忆录》（散篇）上册，北京出版社1999年版，第171页。

②魏建功：《忆三十年代的鲁迅先生》，原载《文艺报》1956年19号，鲁迅博物馆等选编：《鲁迅回忆录》（散篇）上册，北京出版社1999年版，第258页。

会，都能入木三分，他的言论是当时在旁的地方难以听到的。"[1]

什么叫"态度冷静而又充满热情"，引一段1922年入北大念书的孙席珍（1906—1984）的回忆文字，可见一斑：

那天讲唐宋传奇，讲了些霍小玉、崔莺莺等才子佳人的故事后，故意把话题引到"精神分析学"上来，说道："近来常听人说，解决性的饥渴，比解决食的饥渴要困难得多。我虽心知其非，但并不欲与之争辩。此辈显系受弗洛伊德派学说的影响，或为真信，或仅趋时，争之何益，徒费唇舌而已。……"那天先生的讲话，记得大概到此为止；中间几度引起全体同学大笑，但先生的面部表情，始终是冷静的、严肃的。[2]

中间删去的一千字，作者是加了引号的，表示乃鲁迅原话。这不太可信，因铺陈过甚，近乎"小说家言"。但鲁迅讲才子佳人小说时，故意引入弗洛伊德学说，然后加以辨析与发挥，这倒是完全可能的，同时期鲁迅所撰杂文与小说，可做印证。

如此古今对话的课堂，当然很热闹；但会不会因此离题万里，遗失原有的教学目标？北大法文系学生、听了四年鲁迅"中国小说史"课并帮助校对讲义的常惠（1894—1985），晚年撰《回忆鲁迅先生》，提及："鲁迅先生讲课，是先把讲义念一遍，如有错字告诉学生改正，然后再逐段讲解。先生讲课详细认真，讲义字句不多，先生讲起来援引其他书中

---

①冯至：《鲁迅与沉钟社》，薛绥之主编：《鲁迅生平史料汇编》第3辑，天津人民出版社1983年版，第604—605页。

②孙席珍：《鲁迅先生怎样教导我们的》，原载《鲁迅诞辰百年纪念集》，湖南人民出版社1981年版，鲁迅博物馆等选编：《鲁迅回忆录》（散篇）上册，北京出版社1999年版，第365—366页。

有关故事，比喻解释，要让学生对讲的课了解明白。"①先念讲义，传授基本知识，扫清阅读障碍，而后才是见功力且见性情的"借题发挥"。这样的课堂，有所本而又能超越，确实很难得。

以上九位追忆者，属于北大国文系学生的只有魏建功一人；其余的，或外系，或外校。并非其他北大国文系学生不修这门课，而是这门课上，旁听者太多；而且，这些旁听生日后多有精彩的追忆。学生喜爱这门课，一遍不够，再听一遍，这对讲课者是很大的压力——你必须不断变出新花样，方能符合听众的期待。1924年后，《中国小说史略》已由北大新潮社正式刊行，鲁迅讲课时，更是不可能限于讲义。引入正在翻译的《苦闷的象征》，是个好主意。厨川白村此书，其实是文学论："其主旨，著者自己在第一部第四章中说得很分明：生命力受压抑而生的苦闷懊恼乃是文艺的根柢，而其表现法乃是广义的象征主义。"②这无疑更适合于演讲者的引申发挥。单看这么些追忆文字，你就能明白，擅长冷幽默的鲁迅先生，站在北大讲台上，讲述的是"小说史"，可穿插"小说作法"与"文化批判"，还"随时加入一些意味深长的幽默的讽刺话"，难怪教室里会不时爆发出阵阵笑声。在这个意义上，说"鲁迅先生讲话是有高度艺术的"③，一点也不过分。

既然很会讲课，鲁迅为何还要编写讲义呢？这就说到当年北大的风

---

①常惠：《回忆鲁迅先生》，原载《鲁迅诞辰百年纪念集》，见鲁迅博物馆等选编：《鲁迅回忆录》（散篇）上册，北京出版社1999年版，第422—423页。1978年冯至接受采访时，也提及鲁迅讲课的方式是："念了一遍讲义后，再抽出几个问题讲一讲。"参见《冯至同志访问记》，顾明远等：《鲁迅的教育思想和实践》，人民教育出版社2001年版，第502页。

②鲁迅：《译〈苦闷的象征〉后三日序》，《鲁迅全集》第10卷，人民文学出版社1981年版，第235页。

③魏建功：《忆三十年代的鲁迅先生》，鲁迅博物馆等选编：《鲁迅回忆录》（散篇）上册，北京出版社1999年版，第258页。

气。我在《〈早期北大文学史讲义三种〉序》中提及："大学之所以需要印发教员编撰的讲义，有学术上的考量（如坊间没有合适的教科书，或学科发展很快，必须随时跟进），但还有一个很实际的原因，那就是教员方音严重，师生之间的交流颇多障碍。仓石武四郎和吉川幸次郎当年曾结伴在北大旁听，日后回想起朱希祖之讲授中国文学史和中国史学史，不约而同地都谈及其浓重的方音。"①除了仓石武四郎的《中国语五十年》和吉川幸次郎的《我的留学记》，还有很多材料证明，不仅朱希祖，那时北大教员中南方口音严重导致学生听讲困难的，比比皆是。1922年的北大讲义风波，除了校方立场与学生利益冲突，还有教员方音这个实际问题。

吉川幸次郎回忆："当我对旁边的同学说，我只听懂了1/3，旁边的同学说：朱大胡子所说的，我也听不懂。"②听不懂怎么办？还好，有讲义。我们都知道，刘师培的《中国中古文学史》、鲁迅的《中国小说史略》等，都曾是北大讲义。其实，还有好多当年的讲义，只是适应教学需要的诗选或文钞，学术上价值不大。我曾专门撰文介绍远隔千山万水的法兰西学院，竟收藏着几十册早年北大的讲义，且"养在深闺无人识"。其中油印讲义共7种12册，铅印讲义共5种14册，最为难得的是保存了吴梅的《中国文学史》。③某种意义上，正是北大这一编印讲义的风气，促成了《中国小说史略》的诞生。

---

① 陈平原：《假如没有文学史》，生活·读书·新知三联书店2011年版，第61页。

② ［日］吉川幸次郎著、钱婉约译：《我的留学记》，光明日报出版社1999年版，第49页。

③ 参见陈平原：《在巴黎邂逅"老北大"》，《读书》2005年第3期；《不该被遗忘的"文学史"——关于法兰西学院汉学研究所藏吴梅〈中国文学史〉》，《北京大学学报（哲学社会科学版）》2005年第1期。

六、杂文、演讲与著述

在20世纪的中国，作为思想家及文学家的鲁迅，其业绩始终得到极大的肯定；而作为学者的鲁迅，则相对不太受重视。《中国小说史略》的开创意义固然得到学界的普遍认可，并在相关著述中被不断引用；但鲁迅的学术理想、治学方法，乃至其别具一格的述学文体，并未引起足够的关注。

同样以文章名家，周氏兄弟的"文体感"以及写作策略明显有别：周作人是以不变应万变，同一时期内的所有撰述，不管是翻译还是创作，是散文还是专著，笔调基本一致。鲁迅则很不一样，不要说翻译和创作不同，小说与散文不同，即便同是议论，杂文与论文的笔调，也都可能迥异。换句话说，读周作人的文章，可以采用统一的视点，而且不难做到"融会贯通"；读鲁迅的作品，则必须不断变换视点，否则，用读杂文的眼光和趣味来读论文，或者反之，都可能不得要领。后世关于鲁迅的不少无谓的争论，恰好起因于忽略了作为"文体家"的鲁迅，其写作既源于文类，而又超越文类。只读杂文，你会觉得鲁迅非常尖刻；但反过来，只读论文和专著，你又会认定鲁迅其实很平正通达。

很长时间里，我们习惯于将鲁迅杂文里的判断，直接挪用来作为历史现象或人物的结论，而忽略了杂文本身"攻其一点，不及其余"的特征。在尊崇鲁迅的同时，违背了鲁迅顾及全人与全文的初衷。① "文化大革命"期间编纂的三种鲁迅言论集，即中山大学中文系鲁迅研究室编印的《鲁迅论中国现代文学》（中山大学1978年编印）、厦门大学中文系所编的《鲁迅论中国古典文学》（福建人民出版社1979年版）和福建师范大

---

① 在《"题未定"草（六）》中，鲁迅这样谈论陶渊明："这'猛志固常在'和'悠然见南山'的是一个人，倘有取舍，即非全人，再加抑扬，更离真实。"（《鲁迅全集》第6卷，人民文学出版社1981年版，第422页）

学中文系编选的《鲁迅论外国文学》(外国文学出版社1982年版),在给学界提供很大便利的同时,也留下了若干后遗症。除了"选本"和"语录"的盛行,必定缩小读者的眼光;更因其将论文、杂文以及私人通信等混编,很容易让人忽略论者依据文类所设定的拟想读者与论述策略,导致众多无心的误读或"过度的阐释"。这三种言论集目前使用者不多,但《鲁迅全集》电子版的出现,使得检索更为便利。于是,寻章摘句以及跨文类阅读,使得上述问题更为严重。

除了专门著述,鲁迅杂文中确实包含了大量关于古代中国以及现代中国的论述。这些论述,常为后世的研究者所引用。必须正视将鲁迅杂文中的只言片语奉为金科玉律的负面效果;但如果反过来完全否认蕴含在鲁迅杂文中的睿智的目光及精湛的见解,无疑也是一大损失。如何超越这一两难境地,除了前面所说的顾及全人与全文外,很重要的一点是,必须将鲁迅论敌的眼光包括在内——杂文作为一种文类,其补阙救弊的宗旨以及单刀直入的笔法,使得其自身必定是"深刻的片面"。所谓"好象评论做得太简括,是极容易招得无意的误解,或有意的曲解似的"[1],鲁迅的抱怨,主要针对的是读者之缺乏通观全局的目光和思路,而过于纠缠在个别字句或论断上。杂文的主要责任在破天下妄念,故常常有的放矢;而论文追求"立一家之言",起码要求自圆其说。二者的目标与手段不同,难怪其对同一事件或人物作出截然不同的评价。完成《中国小说史略》和《中国小说的历史的变迁》后,鲁迅还在很多杂文中谈论唐宋传奇以及明清小说。单看结论,你会发现二者之间存在很大的缝隙,但鲁迅并没有修订旧作的意图——《中国小说史略》的日译本序提及马廉和郑振铎的贡献,也只是偏于资料订正。假如你一定要把鲁迅众多杂

①鲁迅:《〈二心集〉序言》,《鲁迅全集》第4卷,人民文学出版社1981年版,第191页。

文中对于林黛玉的讥讽①，作为鲁迅对于中国小说的"新见解"来接纳，而不是将其与梁实秋论战的背景，以及对梅兰芳自始至终的讨厌考虑在内，很可能差之毫厘失之千里。

按理说，不同的拟想读者和传播途径，必定影响作者的述学文体。可在实际操作中，好的系列演讲，略加整理就可成书（如《中国小说的历史的变迁》）；教科书若认真经营，摇身一变，又都成了专著（如《中国小说史略》）。专著需要深入，教科书讲究条理，演讲则追求现场效果，鲁迅很清楚这其间的缝隙。查有记载的鲁迅演讲达50多次，可收入《鲁迅全集》的只有16篇，不全是遗失，许多是作者自愿放弃——或因记录稿不够真切②，或因与相关文章略有重复③。只要入集的，即便是演讲，也都大致体现了鲁迅思考及表达的一贯风格。

但是，作为演讲的《魏晋风度及文章与药及酒之关系》和主要是案头之作的《汉文学史纲要》，二者虽都有学术深度，可表达方式截然不同——后者严守史家立场，前者则多有引申发挥，现场感很强。《中国小说的历史的变迁》共6讲，乃鲁迅1924年7月在西安讲学时的记录稿，经本人修订后，收入西北大学出版部1925年印行的《国立西北大学、陕

①参见《坟·论照相之类》《二心集·"硬译"与"文学的阶级性"》《二心集·宣传与做戏》《花边文学·略论梅兰芳及其他（上）》《花边文学·看书琐记》和《集外集·文艺与政治的歧途》等。

②在《〈集外集〉序言》中，鲁迅称："只有几篇讲演，是现在故意删去的。我曾经能讲书，却不善于讲演，这已经是大可不必保存的了。而记录的人，或者为了方音的不同，听不很懂，于是漏落，错误；或者为了意见的不同，取舍因而不确，我以为要紧的，他并不记录，遇到空话，却详详细细记了一大通；有些则简直好像是恶意的捏造，意思和我所说的正是相反。凡这些，我只好当作记录者自己的创作，都将它由我这里删掉。"（《鲁迅全集》第7卷，人民文学出版社1981年版，第5页）

③参见朱金顺：《鲁迅演讲资料钩沉》，湖南人民出版社1980年版；马蹄疾：《鲁迅讲演考》，黑龙江人民出版社1981年版。

西教育厅合办暑期学校讲演集》（二）中。开头与结尾，确系讲演口吻；中间部分则颇多书面化的表述①。不过，即便如此，对比其专门著述，还是大有区别。谈过了《官场现形记》，接下来便是《二十年目睹之怪现状》：

> 这部书也很盛行，但他描写社会的黑暗面，常常张大其词，又不能穿入隐微，但照例的慷慨激昂，正和南亭亭长有同样的缺点。这两种书都用断片凑成，没有什么线索和主角，是同《儒林外史》差不多的，但艺术的手段，却差得远了；最容易看出来的就是《儒林外史》是讽刺，而那两种都近于谩骂。②

这段话，根基于《中国小说史略》中的如下表述：

> 其在小说，则揭发伏藏，显其弊恶，而于时政，严加纠弹，或更扩充，并及风俗。虽命意在于匡世，似与讽刺小说同伦，而辞气浮露，笔无藏锋，甚且过甚其辞，以合时人嗜好，则其度量技术之相去亦远矣，故别谓之谴责小说。其作者，则南亭亭长与我佛山人名最著。③

两相比较，前者之接近口语，与后者的简约典雅，形成鲜明对照。

---

①如"敬梓多所见闻，又工于表现，故凡所有叙述，皆能在纸上见其声态；而写儒者之奇形怪状，为独多而独详"云云，就不能说是口语实录。

②鲁迅：《中国小说的历史的变迁》第6讲，《鲁迅全集》第9卷，人民文学出版社1981年版，第335页。

③鲁迅：《中国小说史略》第28篇，《鲁迅全集》第9卷，人民文学出版社1981年版，第282页。

演讲与著述之间，如果只是文体差异，一通俗，一深邃，那问题还不是很大。真正值得关注的，是允不允许借题发挥。根据演讲整理而成的《从帮忙到扯淡》，将屈原的《离骚》概括为"不得帮忙的不平"，宋玉则是"纯粹的清客"，好在还有文采，故文学史上还是重要作家云云①，与《汉文学史纲要》关于"屈原及宋玉"的论述，便有天壤之别。《汉文学史纲要》第四篇论及屈原作《离骚》，毫不吝惜褒奖之辞：

> 逸响伟辞，卓绝一世。后人惊其文采，相率仿效，以原楚产，故称"楚辞"。较之于《诗》，则其言甚长，其思甚幻，其文甚丽，其旨甚明，凭心而言，不遵矩度。故后儒之服膺诗教者，或訾而绌之，然其影响于后来之文章，乃甚或在三百篇以上。②

至于宋玉所撰《九辩》，"虽驰神逞想，不如《离骚》，而凄怨之情，实为独绝"③。如此赞誉，哪有日后"清客"之类讥讽的影子。

如此"前言"不搭"后语"，与其说是思想演进，不如考虑文体的差异。谈及鲁迅的"偏激"，研究者有褒有贬，但多将其作为个人气质，还有思维方式以及论述策略。④可除此之外，鲁迅之喜欢说狠话，下猛药，

①鲁迅：《从帮忙到扯淡》，《鲁迅全集》第6卷，人民文学出版社1981年版，第344页。

②鲁迅：《汉文学史纲要》第四篇，《鲁迅全集》第9卷，人民文学出版社1981年版，第370页。

③鲁迅：《汉文学史纲要》第四篇，《鲁迅全集》第9卷，人民文学出版社1981年版，第375页。

④要说鲁迅的"偏激"有策略性的考虑，最合适的例子，莫过于拆屋子的比喻："中国人的性情是总喜欢调和，折中的。譬如你说，这屋子太暗，须在这里开一个窗，大家一定不允许的。但如果你主张拆掉屋顶，他们就会来调和，愿意开窗了。没有更激烈的主张，他们总连平和的改革也不肯行。"（鲁迅：《无声的中国》，《鲁迅全集》第4卷，人民文学出版社1981年版，第13—14页）

其实还有文体方面的制约。也就是说，容易冲动，言辞激烈，好走极端，乃杂文家的天性。论及自家杂感之所以显得"偏激"，鲁迅有这么一段解释：

> 说得自夸一点，就如悲喜时节的歌哭一般，那时无非借此来释愤抒情，现在更不想和谁去抢夺所谓公理或正义。你要那样，我偏要这样是有的；偏不遵命，偏不磕头是有的；偏要在庄严高尚的假面上拨它一拨也是有的，此外却毫无什么大举。名副其实，杂感而已。①

这里的关键是"释愤抒情"。为了对抗流俗，"偏不遵命""偏要这样"，如此思维及表达方式，明显不同于史家所追求的"通古今之变，成一家之言"。

学问须冷隽，杂文要激烈；撰史讲体贴，演讲多发挥——所有这些，决定了鲁迅的撰述，虽有"大体"，却无"定体"，往往随局势、论题、媒介以及读者而略有变迁。

七、直译主张与文言述学

作为五四新文化运动的积极倡导者之一，鲁迅之坚决捍卫白话文，自在情理之中。可在白话文已经成为现代中国的流行文体，文言文正迅速退出历史舞台的1920年代后期，还用如此"刻毒"的语言表达自己的隐忧，确实发人深省：

> 我总要上下四方寻求，得到一种最黑，最黑，最黑的咒文，先

①鲁迅：《〈华盖集续编〉小引》，《鲁迅全集》第3卷，人民文学出版社1981年版，第183页。

> 来诅咒一切反对白话，妨害白话者。即使人死了真有灵魂，因这最恶的心，应该堕入地狱，也将决不改悔，总要先来诅咒一切反对白话，妨害白话者。①

这篇《〈二十四孝图〉》，与《古书与白话》《写在〈坟〉后面》等，同样写作并发表于1926年，可以互相呼应。而对文言文死灰复燃的警惕，在鲁迅看来，是与思想战线上的反对复古主义联系在一起的。"我们此后实在只有两条路：一是抱着古文而死掉，一是舍掉古文而生存。"②——类似于这样只下大判断，而不屑于讲道理的决绝而专断的言论，在《鲁迅全集》中可以找到不少。那是因为，在鲁迅看来，"文言和白话的优劣的讨论，本该早已过去了，但中国是总不肯早早解决的，到现在还有许多无谓的议论"③，实在是中国人的悲哀。

但如果只是将鲁迅描述成为"围剿"古文的斗士，则又有失偏颇。因为，就在发表《写在〈坟〉后面》等文的前两年，鲁迅出版了用文言撰写的《中国小说史略》，而且，后记不只使用文言，还不加标点。1931年，北新书局出版修订本，虽说是"稍施改订"，《题记》中也有若干谦辞，惟独对其述学文体，未做任何反省。④不单如此，就在发表《写在〈坟〉后面》等文的1926年，鲁迅为厦门大学编写中国文学史讲义，使用的依旧还是文言。这部1938年编入《鲁迅全集》时定名为《汉文学史纲

---

①鲁迅：《〈二十四孝图〉》，《鲁迅全集》第2卷，人民文学出版社1981年版，第251页。

②鲁迅：《无声的中国》，《鲁迅全集》第4卷，人民文学出版社1981年版，第15页。

③鲁迅：《无声的中国》，《鲁迅全集》第4卷，人民文学出版社1981年版，第14页。

④鲁迅：《〈中国小说史略〉题记》，《鲁迅全集》第9卷，人民文学出版社1981年版，第3页。

要》的讲义，无疑也是鲁迅的重要著述。我们今天见到的鲁迅的学术著述，数这两部讲义最完整。而偏偏这两部著述，都是以文言撰写的；而且写于坚决主张青少年"要少——或者竟不——看中国书，多看外国书"①、反对青年作者从古文或诗词中吸取养分的1920年代中期。在我看来，并非鲁迅言行不一，或故作惊人语，而是基于其"体式"与"文体"相钩连的独特思路——对应现实人生的"小说"或"杂文"，毫无疑问应该使用白话；至于谈论传统中国的"论文"或"专著"，以文言表述，或许更恰当些。

从政治史、思想史角度，或从文学史、教育史角度谈论"读古书"，因其思考的层次不同，完全可能发展出同样合理但大相径庭的工作目标及论述策略。我要追问的是，为何在白话文运动已经取得决定性胜利、在思想战线时刻防止复古思潮得逞的1920年代中期，鲁迅非要用文言著述不可？先看看鲁迅本人的解释：

> 此稿虽专史，亦粗略也。然而有作者，三年前，偶当讲述此史，自虑不善言谈，听者或多不憭，则疏其大要，写印以赋同人；又虑钞者之劳也，乃复缩为文言，省其举例以成要略，至今用之。②

老北大要求教师课前陆续提交讲义，由校方写印以供修课学生参考。查阅《鲁迅日记》，多有往北京大学或高等师范学校寄讲稿的记载；对照油印本讲义与正式刊行本，鲁迅小说史著的具体论述确有变异，但述学文体却始终如一。油印本的论述固然简要，且多有疏漏，却依旧是"文章"

---

① 鲁迅：《青年必读书》，《鲁迅全集》第3卷，人民文学出版社1981年版，第12页。

② 鲁迅：《〈中国小说史略〉序言》，《鲁迅全集》第9卷，人民文学出版社1981年版，第4页。

而非"大要"。至于所谓"虑钞者之劳也，乃复缩为文言"的提法，容易让人误解存在着更为繁复的白话底稿或讲义。无论如何，单从减轻钞者工作量这一"平民立场"，无法解释鲁迅之以文言述学。

1927年，针对时人对于"非驴非马的白话文"的批评，胡适曾做了如下辩解：这一弊病确实存在，原因有三："第一是做惯古文的人，改做白话，往往不能脱胎换骨，所以弄成半古半今的文体。"比如梁启超以及胡适自己，便都有这种毛病。"第二是有意夹点古文调子，添点风趣，加点滑稽意味。"比如吴稚晖、鲁迅以及钱玄同，便有这种雅好。至于第三，说的是那些"学时髦的不长进的少年"。关于鲁迅的文言著述，胡适是这么解释的：

> 鲁迅先生的文章，有时是故意学日本人做汉文的文体，大概是打趣"《顺天时报》派"的；如他的《小说史》自序。[①]

此说明显不妥，杂文可能"打趣"，但哪有拿专门著述当儿戏的。《中国小说史略》的序言与正文28篇，笔调一致，属于正经、严谨的学术文章，看不出有什么"添点风趣，加点滑稽意味"的努力。

于是有了增田涉《鲁迅的印象》中的新解。据说，增田涉曾就此问题请教鲁迅，得到的答复是：

> 因为有人讲坏话说，现在的作家因为不会写古文，所以才写白话。为了要使他们知道也能写古文，便那样写了；加以古文还能写

---

①参见胡适：《整理国故与"打鬼"》，《胡适文存三集》卷二，亚东图书馆1930年版，第208页。

得简洁些。①

学者们引申发挥，立足于鲁迅针锋相对的思维特征以及韧性的战斗精神，将此举解读为"以其人之道还治其人之身"，以自家的古文修养来反衬《学衡》派等"假古董"的苍白。②

此说有点勉强，但不是毫无道理。1919年3月18日，在《致〈公言报〉函并答林琴南函》中，针对北京大学尽废古文而专用白话的批评，蔡元培校长曾辩称："周君所译之《域外小说》，则文笔之古奥，非浅学者所能解。"③《域外小说集》乃周氏兄弟合译，要说"文笔之古奥"，乃兄明显在乃弟之上。其实，对于那个时代的读书人来说，撰写古文不算什么难事，反而是以通畅的白话述学，需要煞费苦心。这一点，胡适曾再三提及。古文可以套用旧调，白话则必须自有主张，正如周作人在《中国新文学的源流》第五讲中所说的："向来还有一种误解，以为写古文难，写白话容易。据我的经验说却不如是：写古文较之写白话容易得多，而写白话则有时实是自讨苦吃。"④

鲁迅的古文写作能力，从来没有受到质疑；反而是在谈论"写白话必须有古文修养"时，才会举鲁迅为例。即便需要证明自家的古文能力，有一《中国小说史略》足矣，何必一而再，再而三？除了《汉文学史纲要》，《唐宋传奇集》的《稗边小缀》也是使用文言文。一直到去世前一年撰写《〈小说旧闻钞〉再版序言》，鲁迅还是采用文言。这时的鲁迅，

① ［日］增田涉著、钟敬文译：《鲁迅的印象》，《寻找鲁迅·鲁迅印象》，北京出版社2002年版，第337页。

②参见单演义：《关于最早油印本〈小说史大略〉讲义的说明》，《鲁迅小说史大略》，陕西人民出版社1981年版，第125页。

③蔡元培：《致〈公言报〉函并答林琴南函》，《蔡元培全集》第3卷，中华书局1984年版，第271页。

④周作人：《中国新文学的源流》，人文书店1934年订正三版，第111页。

一代文豪的地位早已确立，更无必要向世人证明"也能写古文"。因此，我猜测，鲁迅说这段话时，带有戏谑的成分。

阅读人民文学出版社1981年版《鲁迅全集》第10卷所收的古籍序跋，以及上海古籍出版社1991年版《鲁迅辑校古籍手稿》，你会发现一个简单的事实：当从学问的角度进入传统中国的论述时，鲁迅一般都用文言写作。"古文还能写得简洁些"，这固然是事实，但似乎还有更深一层的思虑。

谈论鲁迅之以文言述学，不妨放开眼界，引入鲁迅对于"直译"的提倡。就像梁启超说的，"翻译文体之问题，则直译意译之得失，实为焦点"[①]。因为，这是不同时代所有翻译家都必须直面的难题。至于到底何者为重，其实没有标准答案，取决于你的工作目标。

值得注意的是，选择"直译"而不是"意译"，乃鲁迅的长期战略，而非一时之计。这方面，鲁迅有很多精彩的论述，值得认真钩稽。

从译介《域外小说集》开始，鲁迅始终反对为投合国人口味而"任情删易"，主张"迻译亦期弗失文情"[②]。之所以提倡不无流弊的"直译"，有时甚至不太顾及国人的阅读习惯，就因为在鲁迅那里，翻译不仅仅是为了有趣的故事、进步的思想，还有新颖的文学样式与技巧。这一选择，包含着对于域外文学的体贴与敬重。晚清小说界之贬斥直译，推崇意译，其实隐含着某种根深蒂固的偏见，即对域外小说艺术价值的怀疑："那种漫不经心的'意译'，除译者的理解能力外，很大原因是译者并不尊重原作的表现技巧，甚至颇有声称窜改处优于原作者。这就难怪随着理论界对域外小说的评价日渐提高，翻译家的工作态度才逐渐严肃

---

①梁启超：《翻译文学与佛典》，《梁任公近著第一辑》中卷，商务印书馆1923年版，第104页。

②参见《域外小说集》一书的《略例》与《序言》，见《鲁迅全集》第10卷，人民文学出版社1981年版，第157、155页。

起来，并出现鲁迅等人直译的主张和实践。"①

　　鲁迅之所以主张直译，关键在于其认定翻译的功能，"不但在输入新的内容，也在输入新的表现法"②。这样一来，你从不符合中国的国情以及国人的阅读习惯来横加指责，就显得有点牛头不对马嘴。因为，那个"阅读习惯"，在鲁迅看来，正是需要通过域外文学的"阅读"来加以改造的。故此，尽管有各种指责，鲁迅始终坚持其直译的主张。如《〈苦闷的象征〉引言》称："文句大概是直译的，也极愿意一并保存原文的口吻。"③《〈出了象牙之塔〉后记》说："文句仍然是直译，和我历来所取的方法一样；也竭力想保存原书的口吻，大抵连语句的前后次序也不甚颠倒。"④而在《关于翻译的通信》和《"题未定"草（二）》中，鲁迅再次强调：一面尽量的输入，一面尽量的消化、吸收，不但在输入新的内容，也在输入新的表现方式；故凡是翻译，必须兼顾两面，一则力求其易解，一则保存原作的丰姿；译文当"尽量保存洋气"，"保存异国的情调"。⑤

---

　　①参见陈平原：《二十世纪中国小说史》第1卷，北京大学出版社1989年版，第39页。

　　②鲁迅：《关于翻译的通信》，《鲁迅全集》第4卷，人民文学出版社1981年版，第382页。

　　③鲁迅：《〈苦闷的象征〉引言》，《鲁迅全集》第10卷，人民文学出版社1981年版，第232页。

　　④鲁迅：《〈出了象牙之塔〉后记》，《鲁迅全集》第10卷，人民文学出版社1981年版，第245页。

　　⑤参见鲁迅：《关于翻译的通信》，《鲁迅全集》第4卷，人民文学出版社1981年版，第383页；《"题未定"草（二）》，《鲁迅全集》第6卷，人民文学出版社1981年版，第352页。

宁可译得不太顺口，也要努力保存原作精悍的语气①，这一翻译策略的选定，包含着对于洋人洋书的尊重；同理，对于古人古书的尊重，也体现在述学文体的选择。1981年版《鲁迅全集》第10卷，包括"古籍序跋集"和"译文序跋集"两部分。讨论译文，新文化运动以前循例采用文言，以后则全都采用白话，这很好理解。有趣的是，讨论古籍时，鲁迅竟然全部采用文言，甚至撰于1935年的《〈小说旧闻钞〉再版序言》也不例外。辨析传统中国学术时，弃白话而取文言，这与翻译域外文章时，尽量保存原有的语气，二者异曲同工。或许，在鲁迅看来，一个民族、一个时代的文学或学术精神，与其所使用的文体血肉相连。换句话说，文学乃至学术的精微之处，不是借助而是内在于文体。

剥离了特定文体的文学或学术，其精彩程度，必定大打折扣。关键不在直白的口语能否胜任古典学问的讲述（起码《朱子语类》的魅力无法抹杀），而在于阅读、研究、写作时的心态。假如研究传统中国，毫无疑问，必须"尚友古人"；若文体过于悬殊，很难做到陈寅恪所说的"神游冥想，与立说之古人，处于同一境界"。现代人做学问，容易做到的是"隔岸观火"，或"居高临下"，反而难得真正的"体贴"与"同情"。正是有感于此，陈寅恪方才借评说冯友兰的《中国哲学史》，要求论者对于古人"持论所以不得不如是之苦心孤诣，表一种之同情，始能批评其学说之是非得失，而无隔阂肤廓之论"②。许多研究中国文史的老学者之所以喜欢使用浅白文言或半文半白的语调述学，包含着贴近研究对象，以

---

①这一点，周作人很有同感。在其译述的《点滴》（北京大学出版部1920年版）一书的序言中，周作人同样强调"直译的文体"，称译文应该"不象汉文"，"因为原是外国著作，如果同汉文一般样式，那就是随意乱改的糊涂文，算不了真翻译。""应当竭力保持原作的风气习惯语言条理，最好是逐字译，不得已也应逐句译，宁可'中不象中，西不象西'，不必改头换面。"

②陈寅恪：《冯友兰〈中国哲学史〉上册审查报告》，《金明馆丛稿二编》，上海古籍出版社1980年版，第247页。

便更好地实现精神上的沟通与对话——当你用文言思考或述学时，比较容易滤去尘世的浮躁，沉入历史深处，"与立说之古人，处于同一境界"。

对于研究传统中国文史的学者来说，沉浸于古老且幽雅的文言世界，以至在某种程度上脱离与现实人生的血肉联系，或许是一种"必要的丧失"。正因为鲁迅徘徊于学界的边缘①，对现实人生与学问世界均有相当透彻的了解，明白这种"沉进去"的魅力与陷阱，才会采取双重策略：在主要面向大众的"杂文"中，极力提倡白话而诅咒文言；而在讨论传统中国的著述里，却依旧徜徉于文言的世界。

世人之谈论"文体家"的鲁迅，主要指向其小说创作；而探究"鲁迅风"者，又大都局限于杂文。②至于鲁迅的"述学之文"，一般只从知识增长角度论述，而不将其作为"文章"来辨析。而我除了赞赏《中国小说史略》在现代中国学术史上的贡献，还喜欢其述学文体。在我看来，20世纪中国学术史上，章太炎的《国故论衡》、梁启超的《清代学术概论》以及鲁迅的《中国小说史略》，都是经得起再三阅读与品味的"好文章"。

生活在纷繁复杂的现实世界，略显矛盾与凌乱的人物，或许比过分整齐划一者更为真实可信，也更可爱。比起思想家普遍存在的理性与情感的分裂、口号与趣味的歧异、外在形象与内心世界的矛盾来，文学家因其感受细腻，再加上表达时淋漓尽致，更容易呈现"自我分裂"的倾向。像鲁迅这样既是思想家又是文学家的伟人，其政治立场与文学趣味之间存在某种缝隙，实在是再正常不过的了。直面其性格中的多疑、幽暗、自省，以及表达时的隐喻、讽刺、象征，对于我们走出符号化的

---

①参见陈平原：《作为文学史家的鲁迅》，《学人》第4辑，江苏文艺出版社1993年版；此文由中岛长文先生译成日文，刊《飙风》1997年1月第32号。

②郜元宝《"胡适之体"和"鲁迅风"》（《学人》第13辑，江苏文艺出版社1998年版）在语言表述层面抑胡扬鲁，颇有声色；但仅局限于鲁迅杂文与胡适政论，未及其各自的述学之文，殊为可惜。

"鲁迅形象",大有裨益。

在我看来,不愿公开发表旧体诗词的鲁迅,其选择"以文言述学",同样蕴涵着传统文人趣味①。讨论的是"传统中国",为追求与研究对象相吻合,故意采用文言,这是一方面;另一方面,如此选择,还有文章美感方面的考虑。同是讨论《红楼梦》,对比演讲体的《中国小说的历史的变迁》和著述体的《中国小说史略》,不难明白二者的差异。前者的说法是:"至于说到《红楼梦》的价值,可是在中国底小说中实在是不可多得的。其要点在敢于如实描写,并无讳饰,和从前的小说叙好人完全是好,坏人完全是坏的,大不相同,所以其中所叙的人物,都是真的人物。总之自有《红楼梦》出来以后,传统的思想和写法都打破了。"后者则如此表述:"悲凉之雾,遍被华林,然呼吸而领会之者,独宝玉而已。""全书所写,虽不外悲喜之情,聚散之迹,而人物事故,则摆脱旧套,与在先之人情小说甚不同。""盖叙述皆存本真,闻见悉所亲历,正因写实,转成新鲜。"②大意差不多,可文气相去甚远,后者明显有"经营"文章的意味。

古代中国,不乏兼及文学与学术者,现代学者则很少这方面的追求。鲁迅及其尊师太炎先生,应该说是少有的将"著述"作为"文章"来经营的。换句话说,鲁迅之无愧于"文体家"称号,应该包括其学术著述——除了学术见解,也牵涉文章的美感,以及文言与白话之间的调适。后人撰小说史著时,喜欢引鲁迅的"只言片语",因其文辞优美,言简意赅,编织进自家文章,有锦上添花的效果。其他人的论述(如胡适、郑

①在荒井健主编的《中華文人の生活》(平凡社1994年版)最后一章,中岛长文专门讨论鲁迅的"文人性"(参见该书第587—625页)。这里的文人性,不是指"风流韵事",而是传统文人对于花木、图书、版画、画像石、笺谱、古诗文等的欣赏乃至沉湎。

②参见《鲁迅全集》第9卷,人民文学出版社1981年版,第338、231—234页。

振铎等），也有很精彩的，但引证者大都取其观点，而不看中其审美功能。

对于传统中国学术精神的领悟，对于尼采等现代主义思想家及其著述的兴趣①，对于自家生命体验和艺术趣味的尊重，使得鲁迅撰写学术著作时，尊崇朴学，强调品味，轻视概论，怀疑体系。而所有这些，不能不影响其述学文体。是否采用文言述学，这是鲁迅的个人选择；《中国小说史略》的成功，不能归结为"古文的魅力"。只是鲁迅的选择，让我们明白问题的复杂性：即在学术表达领域，不能简单地以文白断死活。

八、校注策略与阅读视角

虽然发表过《作为文学史家的鲁迅》等专业论文，在北大中文系开设过多轮《鲁迅〈中国小说史略〉研究》专题课，为"中国现代学术经典丛书"编选鲁迅部分（见《鲁迅·吴宓·吴梅·陈师曾卷》，河北教育出版社1996年版），且有《〈名著图典〉中国小说史略》（浙江文艺出版社2000年版）的尝试，接受浙江人民出版社的委托，完成"《中国小说史略》研读"课题，还是有点惴惴不安，主要是没想清楚工作目标及拟想读者。

早年曾自告奋勇，想做《中国小说史略》的"笺证本"，将鲁迅以前关于小说史研究的成果全都融合在内，做成一学科创立及成长的标本；后因工程过于浩大，最后搁置了。那么做目标读者很明确，就是学术界；如今希望兼及学界与大众，可就不太好操作了。再说，若为此书注释词汇、典故、人物及书籍，十有八九会落入前贤窠臼。因那属于基本知识，不太可能花样翻新。思前想后，决定更多地从学术史的角度，为此经典

---

①尼采的著述方式，同样不符合那个时代的"文学概论"或"哲学概论"。另外，鲁迅对佛学的修养，也让我们产生丰富的联想——那种遵循"写作手册"而非自家生命体验的著述，不是鲁迅认可的学问境界。

做阐释与校注。

"导言"洋洋洒洒3万字，主要根据我此前撰写的《作为文学史家的鲁迅》《现代大学与小说史学》《知识、技能与情怀——新文化运动时期北大国文系的文学教育》《分裂的趣味与抵抗的立场——鲁迅的述学文体及其接受》等文，删繁就简，拼接而成，目的是让读者对《中国小说史略》的基本面貌及学术史地位有较好的了解。附录的两篇文章，既是入门指南，也是必要的补充。鲍国华谈《中国小说史略》的版本及修订过程，是整个校注的根基；我在香港中文大学课堂上的即席演讲，则提供理解此名著的大致路线。即便是我很熟悉的话题，演讲也不可能滴水不漏，更何况还得考虑听众的接受能力。故意保留此不无语病的记录整理稿，目的是凸显著述与演说的文体差异。

鲁迅《中国小说史略》经作者多次增补修订，目前存世的有以下几个版本：油印本；铅印本；1923、1924年北京大学第一院新潮社初版上、下册本，简称"初版本"；1925年2月新潮社再版上、下册本，简称"再版本"；1925年9月北新书局合订本，简称"合订本"；1931年9月北新书局订正本，简称"订正本"；1935年6月北新书局第十版再次修订本，简称"再订本"。本书对以上各版本展开汇校，以作者生前最后修订的版本，即1935年6月北新书局第十版再次修订本为底本，借此呈现各版本在文字、观点和体例方面的增删修改。校对过程中，仅对文字和标点中的明显错讹加以订正，其余则保持原貌。

至于注释，不注基本知识，而采用"以鲁注鲁"的方式，将鲁迅在《中国小说史略》以外的各类著述，包括学术著述（专著、论文、演讲、辑校古籍序跋等）、杂文、书信中涉及中国小说史的内容，附注于《中国小说史略》的相关语句之后，以呈现鲁迅著作的多元性与复杂性。

另外，选择鲁迅1924年7月在西安讲学的《中国小说的历史的变迁》中若干段落，将其放置在相关位置，显示根据记录整理的《变迁》与课前准备讲义的《史略》之间的差别，除了听众迥异、场合不同、时间长短等因素，还有文言与白话的巨大缝隙，两厢对照阅读，大有裨益。此外，穿插若干图像，实现左图右史，此举契合鲁迅本人的趣味。

想想少年鲁迅之认真临摹小说绣像，中年鲁迅之积极收藏历代画像砖和六朝造像，晚年鲁迅又如何提倡新兴木刻，要求年轻画家们"参酌汉代的石刻画像，明清的书籍插图，并且留心民间所赏玩的所谓'年画'"①，我们不妨做如下大胆假设：若时间和条件许可，鲁迅先生必有兴趣尝试"图文并茂"的小说史。如此驰想，除了《连环图画琐谈》等文的精彩论述，还可举个具体而微的例子，《〈朝花夕拾〉后记》之来回穿梭于图像与文字之间，足见鲁迅驾御此道的本领。而为了撰写此文，鲁迅先生可没少花工夫，还专门请常惠、章廷谦等人协助搜集图像资料。

与鲁迅合编《北平笺谱》的郑振铎，倒是有《插图本中国文学史》传世。郑先生是藏书家，而且热爱版画艺术，做起"插图本"来，自是得心应手。"中国文学史的附入插图"，具体途径是"把许多著名作家的面目，或把许多我们所爱读的书本的最原来的式样，或把各书里所写的动人心肺的人物或行事显现在我们的面前"。此举的作用，正如郑先生所表白的："这当然是大足以增高读者的兴趣的。"②我同意郑先生的思路，只是考虑到"著名作家的面目"乃历代画家"遥想千古"的产物，审美意义远大于认识价值，故没有依样画葫芦。其余的，如书影和绣像，理所当然成了我为《中国小说史略》"插图"时的基本素材。

应该说，为小说史配图，是比较容易讨好的。因明清两代画家、刻工的努力，小说绣像颇多精彩之作。正因有此便利，读者很可能对本书

---

①参见鲁迅：《致李桦》，《鲁迅全集》第13卷，人民文学出版社1981年版，第45页。

②参见郑振铎：《插图本中国文学史·例言》，《插图本中国文学史》，人民文学出版社1957年版。

有更高的期待。而我的工作原则是：尽可能让图像跟着文字走，贴近鲁迅的论述本身，不做太多的发挥。也就是说，配图的目的，主要不是为了好看，而是帮助读者理解并接近原著。这么一来，许多精美的图像用不上，因鲁迅并未论及；也有论及而无合适的图像资料的。当然，受个人眼界及精力的局限，遗珠之恨，在所难免。

谈及"阅读视角"，建议先看导言及附录，而后，专家更多关注文后的校注，而大众则不妨欣赏左侧的图像与文字。如此设计，近乎"想当然耳"，有兴趣的读者，很可能上下打量左右对照。

最后交代一句，此书的整体框架以及"以鲁注鲁"的思路是我设计的，但分量最重的校注部分，主要由天津师范大学文学院鲍国华教授完成。鲍教授10多年前带艺投师，在北大中文系从事博士后研究；作为合作导师，我曾多次与他交流如何看待作为学问家的鲁迅。阅读鲍教授去年出版的《文学史家鲁迅——史料与阐释》（百花文艺出版社2021年版），对他在这方面所下的功夫及取得的成绩深感欣慰与敬佩。能邀请到他共襄盛举，是此书得以成功的关键。

2022年1月10日于京西圆明园花园

校注说明

鲁迅《中国小说史略》经作者多次增补修订，目前存世的有以下几个版本：

油印本；

铅印本；

1923、1924年北京大学第一院新潮社初版上、下册本，简称"初版本"；

1925年2月新潮社再版上、下册本，简称"再版本"；

1925年9月北新书局合订本，简称"合订本"；

1931年9月北新书局订正本，简称"订正本"；

1935年6月北新书局第十版再次修订本，简称"再订本"。

本书对以上各版本展开汇校，以作者生前最后修订的版本，即1935年6月北新书局第十版再次修订本为底本，借此呈现各版本在文字、观点和体例方面的增删修改。校对过程中，仅对文字和标点中的明显错讹加以订正，其余则保持原貌。注释则采用"以鲁注鲁"的方式，将鲁迅在《中国小说史略》以外的各类著述，包括学术著述（专著、论文、演讲、辑校古籍序跋等）、杂文、书信中涉及中国小说史的内容，附注于《中国小说史略》的相关语句之后，以呈现鲁迅著作的多元性与复杂性。

　　本书采用"左图右史"的形式。书中自《第一篇　史家对于小说之著录及论述》至《后记》，单数页为《中国小说史略》原文，双数页为《中国小说的历史的变迁》相关选段或插图，以灰底区别，每篇末少量文字及注释仍按页码顺次排列，无合适段落或插图的，空为白页。注释中引用的各版本《中国小说史略》以外的鲁迅著作，均出自人民文学出版社2005年版《鲁迅全集》。在此说明。

中国小说史略

题　记①

　　回忆讲小说史时，距今已垂十载，即印此梗概，亦已在七年之前矣。尔后研治之风，颇益盛大，显幽烛隐，时亦有闻。如盐谷节山教授之发见元刊全相平话残本及"三言"，并加考索，在小说史上，实为大事；即中国尝有论者，谓当有以朝代为分之小说史，亦殆非肤泛之论也。②此种要略，早成陈言，惟缘别无新书，遂使尚有读者，复将重印，义当更张，而流徙以来，斯业久废，昔之所作，已如云烟，故仅能于第十四十五及二十一篇，稍施改订，余则以别无新意，大率仍为旧文。③大器晚成，瓦釜以久，虽延年命，亦悲荒凉，校讫黯然，诚望杰构于来哲也。

一九三〇年十一月二十五日之夜，鲁迅记。

注释：

　　①《题记》自"订正本"增，此后各版本与"订正本"同。

　　②《致台静农》（1932年8月15日）：郑君治学，盖用胡适之法，往往恃孤本秘笈，为惊人之具，此实足以炫耀人目，其为学子所珍赏，宜也。我法稍不同，凡所泛览，皆通行之本，易得之书，故遂孑然于学林之外，《中国小说史略》而非断代，即尝见贬于人。但此书改定本，早于去年出版，已嘱书店寄上一册，至希察收。虽曰改定，而所改实不多，盖近几年来，域外奇书，沙中残楮，虽时时介绍于中国，但尚无需因此大改《史略》，故多仍之。郑君所作《中国文学史》，顷已在上海豫约出版，我曾于《小说月报》上见其关于小说者数章，诚哉滔滔不

已，然此乃文学史资料长编，非"史"也。但倘有具史识者，资以为史，亦可用耳。

《两地书·一三五》（1929年6月1日）：例如小说史罢，好几种出在我的那一本之后，而陵乱错误，更不行了。这种情形，即使我大胆阔步，小觑此辈，然而也使我不复专于一业，一事无成。

③《致汪馥泉》（1929年11月13日）：关于小说史事，久不留心，所以现在殊无新意及新得材料可以奉闻，歉甚。

《集外集拾遗补编·柳无忌来信按语》：

我的《中国小说史略》，是先因为要教书糊口，这才陆续编成的，当时限于经济，所以搜集的书集，都不是好本子，有的改了字面，有的缺了序跋。《玉娇梨》所见的也是翻本，作者，著作年代，都无从查考。那时我想，倘能够得到一本明刻原本，那么，从板式，印章，序文等，或者能够推知著作年代和作者的真姓名罢，然而这希望至今没有达到。

这三年来不再教书，关于小说史的材料也就不去留心了。因此并没有什么新材料。但现在研究小说史者已经很多，并且又开辟了各种新方面，所以现在便将柳无忌先生的信，借《语丝》公开，希望得有关于《玉娇梨》的资料的读者，惠给有益的文字。这，大约是《语丝》也很愿意发表的。

《致增田涉》（1932年11月7日）：我感到《小说史略》也是危险的。

《致增田涉》（1933年9月24日）：你所提问题，当另函奉复，但现在出版《中国小说史略》，不会落在时代后头吗？

序 言①

　　中国之小说自来无史；有之，则先见于外国人所作之中国文学史中，而后中国人所作者中亦有之，然其量皆不及全书之什一，故于小说仍不详。②

　　此稿虽专史，亦粗略也。然而有作者，三年前，偶当讲述此史，自虑不善言谈，听者或多不憭，则疏其大要，写印以赋同人；又虑钞者之劳也，乃复缩为文言，省其举例以成要略，至今用之。

　　然而终付排印者，写印已屡，任其事者实早劳矣③，惟排字反较省，因以印也。

　　自编辑写印以来，四五友人或假以书籍，或助为校勘，雅意勤勤，三年如一，呜呼，于此谢之！

一九二三年十月七日夜，鲁迅记于北京。

注释：

　　①《序言》自"初版本"增。

　　②《致曹靖华》（1933年12月20日）：中国文学概论还是日本盐谷温作的《中国文学讲话》清楚些，中国有译本。至于史，则我以为可看（一）谢无量：《中国大文学史》，（二）郑振铎：《插图本中国文学史》（已出四本，未完），（三）陆侃如，冯沅君：《中国诗史》（共三本），（四）王国维：《宋元词曲史》，（五）

鲁迅：《中国小说史略》。但这些都不过可看材料，见解却都是不正确的。

　　《致雅罗斯拉夫·普实克》（1936年9月28日）：我极希望您的关于中国旧小说的著作，早日完成，给我能够拜读。我看见过 Giles 和 Brucke 的《中国文学史》，但他们对于小说，都不十分详细。我以为您的著作，实在是很必要的。

　　③《中国小说史略》"初版本"作：执笔赋墨者实早劳矣。自"合订本"改。

第一篇　史家对于小说之著录及论述 ①

《汉书》《艺文志》说；《隋书》《经籍志》说。《唐书》《经籍志》始无小序；《新唐书》《艺文志》始退鬼神传入小说。明胡应麟分小说为六类；清《四库书目》分小说为三类。《四库书目》又退古史入小说。书目之变例。

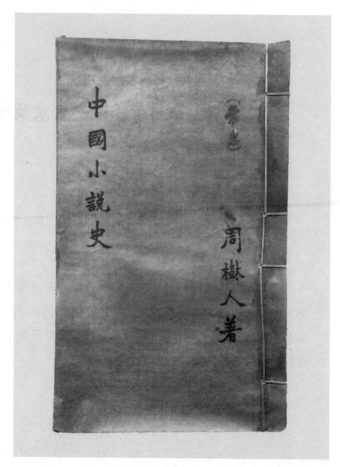

常惠收藏鲁迅《中国小说史大略》油印本封面(北京鲁迅博物馆藏)

小说之名，昔者见于庄周之云"饰小说以干县令"（《庄子》《外物》），然案其实际，乃谓琐屑之言，非道术所在，与后来所谓小说者固不同。桓谭言"小说家合残丛②小语，近取譬喻，以作短书，治身理家，有可观之辞。"（李善注《文选》三十一引《新论》）始若与后之小说近似，然《庄子》云尧问孔子，《淮南子》云共工争帝地维绝，当时亦多以为"短书不可用"，则此小说者，仍谓寓言异记，不本经传，背于儒术者矣。后世众说，弥复纷纭，今不具论，而征之史：缘自来论断艺文，本亦史官之职也。

秦既燔灭文章以愚黔首，汉兴，则大收篇籍，置写官，成哀二帝，复先后使刘向及其子歆校书秘府，歆乃总群书而奏其《七略》。《七略》今亡，班固作《汉书》，删其要为《艺文志》，其三曰《诸子略》，所录凡十家，而谓"可观者九家"，小说则不与，然尚存于末，得十五家。③班固于志自有注，其有某曰云云者，唐颜师古注也。④

　　《伊尹说》二十七篇。（其语浅薄，似依托也。）

　　《鬻子说》十九篇。（后世所加。）

　　《周考》七十六篇。（考周事也。）

　　《青史子》五十七篇。（古史官记事也。）

考小说之名，最古是见于庄子所说的"饰小说以干县令"。"县"是高，言高名；"令"是美，言美誉。但这是指他所谓琐屑之言，不关道术的而说，和后来所谓的小说并不同。因为如孔子，杨子，墨子各家的学说，从庄子看来，都可以谓之小说；反之，别家对庄子，也可称他的著作为小说。至于《汉书》《艺文志》上说："小说者，街谈巷语之说也。"这才近似现在的所谓小说了，但也不过古时稗官采集一般小民所谈的小话，借以考察国之民情，风俗而已；并无现在所谓小说之价值。

——《中国小说的历史的变迁》第一讲《从神话到神仙传》

《师旷》六篇。（见《春秋》，其言浅薄本与此同，似因托之。）

《务成子》十一篇。（称尧问，非古语。）

《宋子》十八篇。（孙卿道宋子，其言黄老意。⑤）

《天乙》三篇。（天乙谓汤，其言非殷时⑥，皆依托也。）

《黄帝说》四十篇。（迂诞依托。）

《封禅方说》十八篇。（武帝时。）

《待诏臣饶心术》二十五篇。（武帝时。师古曰，刘向《别录》云："饶，齐人也，不知其姓，武帝时待诏，作书，名曰《心术》。"）

《待诏臣安成未央术》一篇。（应劭曰，道家也，好养生事，为未央之术。）

《臣寿周纪》七篇。（项国围人，宣帝时。）

《虞初周说》九百四十三篇。（河南人，武帝时以方士侍郎，号黄车使者。应劭曰：其说以《周书》为本。师古曰，《史记》云："虞初，洛阳人。"即张衡《西京赋》"小说九百，本自虞初"者也。）

《百家》百三十九卷。

右小说十五家，千三百八十篇。

小说家者流，盖出于稗官，街谈巷语，道听途说者之所造也。⑦孔子曰，"虽小道，必有可观者焉，致远恐泥。"是以君子弗为也，然亦弗灭也，间里小知者之所及，亦使缀而不忘，如或一言可采，此亦刍荛狂夫之议也。

右所录十五家，梁时已仅存《青史子》一卷，至隋亦佚；惟据班固注，则诸书大抵或托古人，或记古事，托人者似子而浅薄，记事者近史而悠缪者也。⑧

唐贞观中，长孙无忌等修《隋书》，《经籍志》撰自魏征，祖述晋荀

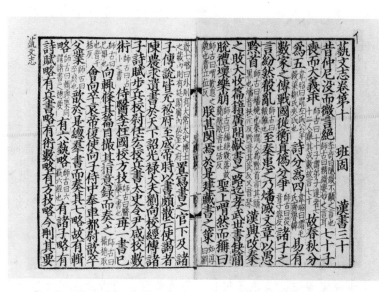

《汉书·艺文志》书影（南宋庆元间建安黄善夫刻、刘元起刊本，
北京大学图书馆藏）

勖《中经簿》而稍改变，为经史子集四部，小说故隶于子。其所著录，《燕丹子》而外无晋以前书，别益以记谈笑应对，叙艺术器物游乐者，而所论列则仍袭《汉书》《艺文志》（后略称《汉志》）：⑨

> 小说者，街谈巷语之说也，《传》载舆人之颂，《诗》美询于刍荛，古者圣人在上，史为书，瞽为诗，工诵箴谏，大夫规诲，士传言而庶人谤；孟春，徇木铎以求歌谣，巡省，观人诗以知风俗，过则正之，失则改之，道听途说，靡不毕纪，周官诵训掌道方志以诏观事，道方慝以诏避忌⑩，而职方氏掌道四方之政事与其上下之志，诵四方之传道而观其衣物是也。孔子曰，"虽小道，必有可观者焉，致远恐泥。"

石晋时，刘昫等因韦述旧史作《唐书》《经籍志》（后略称《唐志》）则以毋煚等所修之《古今书录》为本，而意主简略，删其小序发明，史官之论述由是不可见。所录小说，与《隋书》《经籍志》（后略称《隋志》）亦无甚异，惟删其亡书，而增张华《博物志》十卷，此在《隋志》，本属杂家，至是乃入小说。⑪

宋皇祐中，曾公亮等被命删定旧史，撰志者欧阳修，其《艺文志》（后略称《新唐志》）小说类中，则大增晋至隋时著作，自张华《列异传》戴祚《甄异传》至吴筠《续齐谐记》等志神怪者十五家一百五十卷⑫，王延秀《感应传》至侯君素《旌异记》等明因果者九家七十卷，诸书前志本有，皆在史部杂传类，与著旧高隐孝子良吏列女等传同列，至是始退为小说，而史部遂无鬼神传；又增益唐人著作，如李恕《诫子拾遗》等之垂教诫，刘孝孙《事始》等之数典故，李涪《刊误》等之纠讹谬，陆羽《茶经》等之叙服用，并入此类，例乃愈棼，元修《宋史》，亦无变革，仅增芜杂而已。⑬

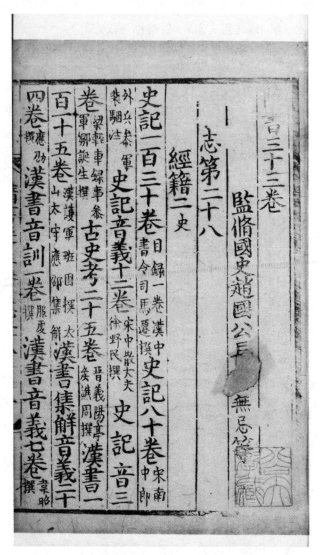

《隋书·经籍志》书影（明刻本，北京大学图书馆藏）

明胡应麟（《少室山房笔丛》二十八）以小说繁夥，派别滋多，于是综核大凡，分为六类：

一曰志怪：《搜神》，《述异》，《宣室》，《酉阳》之类是也；

一曰传奇：《飞燕》，《太真》，《崔莺》，《霍玉》之类是也；

一曰杂录：《世说》，《语林》，《琐言》，《因话》之类是也；

一曰丛谈：《容斋》，《梦溪》，《东谷》，《道山》之类是也；

一曰辩订：《鼠璞》，《鸡肋》，《资暇》，《辩疑》之类是也；

一曰箴规：《家训》，《世范》，《劝善》，《省心》之类是也。

清乾隆中，敕撰《四库全书总目提要》，以纪昀总其事，于小说别为三派，而所论列则袭旧志。

……迹其流别，凡有三派：其一叙述杂事，其一记录异闻，其一缀缉琐语也。唐宋而后，作者弥繁，中间诬谩失真，妖妄荧听者，固为不少，然寓劝戒，广见闻，资考证者，亦错出其中。班固称"小说家流盖出于稗官"，如淳注谓"王者欲知闾巷风俗，故立稗官，使称说之"。然则博采旁搜，是亦古制，固不必以冗杂废矣。今甄录其近雅驯者，以广见闻，惟猥鄙荒诞，徒乱耳目者，则黜不载焉。

《西京杂记》六卷。《世说新语》三卷。……

右小说家类杂事之属……

《山海经》十八卷。《穆天子传》六卷。《神异经》一卷。……

《搜神记》二十卷。……《续齐谐记》一卷。……

右小说家类异闻之属……

《博物志》十卷。《述异记》二卷。《酉阳杂俎》二十卷，《续集》十卷。……

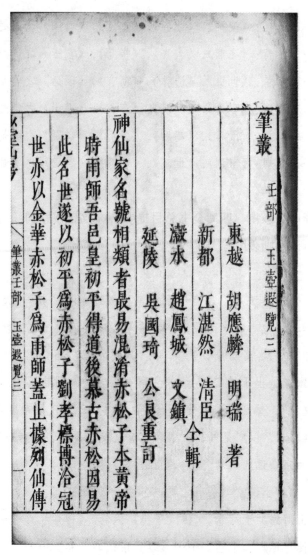

《少室山房笔丛》书影（明万历间刻本，北京大学图书馆藏）

右小说家类琐语之属……⑭

　　右三派者，校以胡应麟之所分，实止两类，前一即杂录，后二即志怪，第析叙事有条贯者为异闻，钞录细碎者为琐语而已。传奇不著录；丛谈辩订箴规三类则多改隶于杂家，小说范围，至是乃稍整洁矣。然《山海经》《穆天子传》又自是始退为小说，案语云，"《穆天子传》旧皆入起居注类，……实则恍忽无征，又非《逸周书》之比，……以为信史而录之，则史体杂，史例破矣。今退置于小说家，义求其当，无庸以变古为嫌也。"于是小说之志怪类中又杂入本非依托之史，而史部遂不容多含传说之书。⑮

　　至于宋之平话，元明之演义，自来盛行民间，其书故当甚夥，而史志皆不录。⑯惟明王圻作《续文献通考》，高儒作《百川书志》，皆收《三国志演义》及《水浒传》，清初钱曾作《也是园书目》，亦有通俗小说《三国志》等三种，宋人词话《灯花婆婆》等十六种。然《三国》，《水浒》，嘉靖中有都察院刻本，世人视若官书，故得见收，后之书目，寻即不载，钱曾则专事收藏，偏重版本，缘为旧刊，始以入录，非于艺文有真知，遂离叛于曩例也。史家成见，自汉迄今盖略同：目录亦史之支流，固难有超其分际者矣。

注释：

　　①《中国小说史略》"油印本"作："史家对于小说之论录　小说史大略一"，"铅印本"无此篇，自"初版本"作："第一篇　史家对于小说之著录及论述"。

　　②《致增田涉》（1933年6月25日）：残丛。《新论》有各种刊本，也有颠倒为"丛残"的罢。《小说史略》是从某类书引用来的，还是照旧为好。

　　③《汉文学史纲要》第九篇《武帝时文术之盛》：小说家言，时亦兴盛。洛阳人虞初，以方士侍郎，号黄车使者，作《周说》九百四十三篇。齐人饶，不知其姓，为待诏，

作《心术》二十五篇。又有《封禅方说》十八篇，不知何人作，然今俱亡。

④《中国小说史略》"油印本"之"史家对于小说之论录　小说史大略一"作：汉孝武建臧书之策，置写官，诏刘向校经传、诸子、诗赋，向辄条其篇目，撮其指意，录而奏之。向卒，哀帝复使其子歆卒父业。歆于是总群书而奏其《七略》。《七略》今亡，班固作《汉书》，删其要为《艺文志》。《汉书》《艺文志》所录小说，有十五家：

自"初版本"改。

⑤《中国小说史略》原文作：孙卿道："宋子，其言黄老意。"标点有误。

⑥《中国小说史略》原文误作：其言者殷时。

⑦《中国小说史略》"油印本"之"史家对于小说之论录　小说史大略一"作：小说家者流，盖出于稗官，（如淳曰："稗，音锻家排九章，细米为稗，街谈巷说，甚细碎之言也。王者欲知闾巷风俗，故立稗官，使称之。今世亦谓偶语为稗。"师古曰："稗音稊稗之稗，不与锻排同也，稗官小官。汉名臣奏，唐林请省置吏，公卿大夫，至都官、稗官，各减什三是也。"）街谈巷语，道听途说者之所造也。

自"初版本"改。

⑧《〈古小说钩沉〉序》：小说者，班固以为"出于稗官"，"闾里小知者之所及，亦使缀而不忘，如或一言可采，此亦刍荛狂夫之议"。是则稗官职志，将同古"采诗之官，王者所以观风俗知得失"矣。顾其条最诸子，判列十家，复以为"可观者九"，而小说不与；所录十五家，今又散失。惟《大戴礼》引有青史氏之记，《庄子》举宋钘之言，孤文断句，更不能推见其旨。去古既远，流裔弥繁，然论者尚墨守故言，此其持萌芽以度柯叶乎！余少喜披览古说，或见诋斥，则取证类书，偶会逸文，辄亦写出。虽丛残多失次第，而涯略故在。大共贶语支言，史官末学，神鬼精物，数术波流；真人福地，神仙之中驷，幽验冥征，释氏之下乘。人间小书，致远恐泥，而洪笔晚起，此其权舆。况乃录自里巷，为国人所白心；出于造作，则思士之结想。心行曼衍，自生此品，其在文林，有如舜华，足以丽尔文明，点缀幽独，盖不第为广视听之具而止。然论者尚墨守故言。惜此旧籍，弥益零落，又虑后此闲暇者尠，题赵爰更比辑，并校定昔人集本，合得如干种，名曰《古小说钩沉》。归魂故书，即以自求说释，而为谈大道者言，乃曰：稗官职志，将同古"采诗之官，王者所以观风俗知得失"矣。

⑨《中国小说史略》"油印本"之"史家对于小说之论录　小说史大略一"作：

《汉书》所录十五家，至梁仅存《青史子》一卷。及隋，《青史子》亦佚尽。唐修《隋书》，小说之著录于《经籍志》者，《燕丹子》而外，无晋以前书，而所论列仍袭班固之说。

《燕丹子》一卷。（丹，燕王喜太子，梁有《青史子》一卷。又《宋玉子》一卷，《录》一卷，楚大夫宋玉撰。《群英论》一卷，郭颁撰。《语林》十卷，东晋处士裴启撰，亡。）《杂语》五卷。《郭子》三卷。（东晋中郎郭澄之撰。）《杂对语》三卷。《要用语对》四卷。《文对》三卷。《琐语》一卷。（梁金紫光禄大夫顾协撰。）《笑林》三卷。（后汉给事中邯郸淳撰。）《笑苑》四卷。《解颐》二卷。（杨松玢撰。）《世说》八卷。（宋临川王刘义庆撰。）《世说》十卷。（刘孝标注，梁有《俗说》一卷，亡。）《小说》十卷。（梁武帝勅安右长史殷芸撰梁目三十卷。）《小说》五卷。《迩说》一卷。（梁南台治书伏偃撰。）《辩林》二十卷。（萧贲撰。）《辩林》二卷。（席希秀撰。）《琼林》七卷。（周兽门学士阴颢撰。）《古今艺术》二十卷。《杂书钞》十三卷。《座右方》八卷。（庾元威撰。）《座右法》一卷。《鲁史敧器图》一卷。（仪同刘徽注。）《器准图》三卷。（后魏丞相士曹行参军信都芳撰。）《水饰》一卷。

右二十五部，合一百五十五卷。

自"初版本"改。

⑩《中国小说史略》"油印本"之"史家对于小说之论录　小说史大略一"作：道方廲以诏避忌，以知地俗。自"初版本"改。

⑪《中国小说史略》"油印本"之"史家对于小说之论录　小说史大略一"作：

宋刘昫等修《唐书》，其《经籍志》，以唐之《古今书录》为本，与《隋书》《经籍志》无甚异。

《鬻子》一卷。（鬻熊撰。）《燕丹子》一卷。（燕太子撰。）《笑林》三卷。（邯郸淳撰。）

《博物志》十卷。（张华撰。）《郭子》三卷。（郭澄之撰贾泉注。）《世说》八卷。（刘义庆撰。）

《续世说》十卷。（刘孝标撰。）《小说》十卷。（刘义庆撰）《小说》十卷。（殷芸撰。）

《释俗语》八卷。（刘齐撰。）《辩林》二十卷。（萧贲撰。）《辩林》二卷。（席希秀撰。）《酒孝经》一卷。（刘炫定撰。）

《座右方》三卷。（庾元威撰。）《启颜录》十卷。（侯白撰。）

自"初版本"改。

⑫《中国小说史略》"初版本"作：十五家一百十五卷。自"合订本"以下均作：十五家一百五十卷，误。当作：十五家一百十五卷。

⑬《中国小说史略》"油印本"之"史家对于小说之论录　小说史大略一"作：

欧阳修等修《唐书》《艺文志》中小说一类，六朝人之著作大增。此诸小说者，《隋书》及刘昫《唐书》多在史部杂传类，至是乃以虚妄而黜之。

《燕丹子》一卷。（燕太子。）邯郸淳《笑林》三卷。裴子野《类林》三卷。张华《博物志》十卷。（《隋志》在子部杂家。）又《列异传》一卷。（《隋志》，《旧唐志》作，魏文帝撰，在杂传。）贾泉注《郭子》三卷。（郭澄之。）刘义庆《世说》八卷，又《小说》十卷。刘孝标《续世说》十卷。殷芸《小说》十卷。刘齐《释俗语》八卷。萧贲《辩林》二十卷。刘炫《酒孝经》一卷。庾元威《座右方》三卷。侯白《启颜录》十卷。《杂语》五卷。戴祚《甄异传》三卷。袁王寿《古异传》三卷。祖冲之《述异记》十卷。刘质《近异录》二卷。干宝《搜神记》三十卷。刘之遴《神录》五卷。梁元帝《妍神记》十卷。祖台之《志怪》四卷。孔氏《志怪》四卷。荀氏《灵鬼志》三卷。（以上十部，《隋志》，《旧唐志》并在史部杂传。）谢氏《鬼神列传》二卷。（《旧唐志》在杂传。）刘义庆《幽明录》三十卷。东阳无疑《齐谐记》七卷。吴筠《续齐谐记》一卷。（以上三部《隋志》《旧唐志》皆在史部杂传。）

王延秀《感应传》八卷。陆果《系应验记》一卷。（以上二部《隋志》在子部杂家，《旧唐志》在史部杂传。）王琰《冥祥记》十卷。王曼颖《续冥祥记》十一卷。（以上二部《隋志》，《旧唐志》并在史部杂传。）刘沬《因果记》十卷。（《旧唐志》在杂传。）颜之推《冤魂志》三卷。（《隋志》，《旧唐志》俱在杂传。）又《集灵记》十卷。《征应集》二卷。（此二部《旧唐志》在杂传。）侯君素《旌异记》十五卷。（《隋志》，《旧唐志》俱在史部杂传。下略）

自"初版本"改。

⑭《中国小说史略》"油印本"之"史家对于小说之论录　小说史大略一"作：

清乾隆中，撰《四库全书总目提要》，分小说为三派。

（上略）迹其流别，凡有三派：其一、叙述杂事；其一、记录异闻；其一、缀缉琐语也。唐宋而后，作者弥繁，中间诬谩失真，妖妄荧听者，固为不少，然寓劝戒，广见闻，资考证者，亦错出其中。（中略）今甄录其近雅驯者，以广见闻，惟猥鄙荒诞，徒乱耳目者，则黜不载焉。

《西京杂记》六卷。《世说新语》三卷。（后略）

　　右小说家类杂事之属。

《山海经》十八卷。（晋郭璞注。）

《穆天子传》六卷。（晋郭璞注。）

《神异经》一卷。（旧本题汉东方朔撰。）

《海内十洲记》一卷。（同上。）

《汉武故事》一卷。（旧本题汉班固撰。）

《汉武帝内传》一卷。（同上。）

《汉武洞冥记》四卷。（旧本题后汉郭宪撰。）

《拾遗记》十卷。（秦王嘉撰。）

《搜神记》二十卷。（旧本题晋干宝撰。）（中略）

《还冤志》三卷。（隋颜之推撰。）（后略）

　　右小说家类异闻之属。

《博物志》十卷。（旧本题晋张华撰。）

《述异记》二卷。（旧本题梁任昉撰。）（后略）

　　右小说家类琐语之属。

自"初版本"改。

⑮《中国小说史略》"油印本"之"史家对于小说之论录　小说史大略一"作：

《山海经》旧皆隶史部地理。《穆天子传》隶起居注。至是又以神怪恍忽而黜之，其说云：

> 书中（指《山海经》）序述山水，多参以神怪。（中略）按以耳目所及，百不一真，诸家并以为地理书之冠，（中略）实则小说之最古者尔。

> 《穆天子传》旧皆入《起居注》类，徒以编年纪月，叙西游之事，体近乎《起居注》耳。实则恍忽无征，又非《逸周书》之比，以为古书而存之可也，以为信史而录之，则史体杂，史例破矣。今退置于小说家，义求其当，无庸以变古为嫌也。

自"初版本"改。

⑯《中国小说史略》"油印本"之"史家对于小说之论录　小说史大略一"作：至于唐之传奇体记传，宋以来之诨词小说，史志皆不取，盖俱以猥鄙荒诞而见黜也。

自"初版本"改。

第二篇　神话与传说 ①

小说之渊源：神话。中国阙原始神话。神话之成传说。多含神话及传说之书：《山海经》,《穆天子传》,《楚辞》《天问》等。中国神话散亡之故。

鲁迅藏汉画像之东王公和西王母（北京鲁迅博物馆藏）

志怪之作，庄子谓有齐谐，列子则称夷坚，然皆寓言，不足征信。《汉志》乃云出于稗官，然稗官者，职惟采集而非创作，"街谈巷语"自生于民间，固非一谁某之所独造也，探其本根，则亦犹他民族然，在于神话与传说。②

昔者初民③，见天地万物，变异不常，其诸现象，又出于人力所能以上，则自造众说以解释之：凡所解释，今谓之神话。④神话大抵以一"神格"为中枢，又推演为叙说，而于所叙说之神，之事，又从而信仰敬畏之，于是歌颂其威灵，致美于坛庙，久而愈进，文物遂繁。故神话不特为宗教之萌芽，美术所由起，且实为文章之渊源⑤。惟神话虽生文章，而诗人则为神话之仇敌，盖当歌颂记叙之际，每不免有所粉饰，失其本来，是以神话虽托诗歌以光大⑥，以存留，然亦因之而改易，而销歇也。如天地开辟之说，在中国所留遗者，已设想较高，而初民之本色不可见，即其例矣。⑦

天地混沌如鸡子，盘古生其中，一万八千岁。天地开辟，阳清为天，阴浊为地，盘古在其中，一日九变，神于天，圣于地。天日高一丈，地日厚一丈，盘古日长一丈，如此万八千岁，天数极高，地数极深，盘古极长。后乃有三皇。（《艺文类聚》一引徐整《三五

鲁迅《中国小说史大略》铅印本书影（北京大学图书馆藏）

但在古代，不问小说或诗歌，其要素总离不开神话。印度，埃及，希腊都如此，中国亦然。只是中国并无含有神话的大著作；其零星的神话，现在也还没有集录为专书的。我们要寻求，只可从古书上得到一点，而这种古书最重要的，便推《山海经》。不过这书也是无系统的，其中最要的，和后来有关系的记述，有西王母的故事，现在举一条出来：

> 玉山，是西王母所居也。西王母其状如人，豹尾虎齿而善啸，蓬发戴胜，是司天之厉及五残。

如此之类还不少。这个古典，一直流行到唐朝，才被骊山老母夺了位置去。此外还有一种《穆天子传》，讲的是周穆王驾八骏西征的故事，是汲郡古冢中杂书之一篇。

——《中国小说的历史的变迁》第一讲《从神话到神仙传》

历记》）

　　天地，亦物也。物有不足，故昔者女娲氏练五色石以补其阙，断鳌之足以立四极。其后共工氏与颛顼争为帝，怒而触不周之山，折天柱，绝地维，故天倾西北，日月星辰就焉，地不满东南，故百川水潦归焉。（《列子》《汤问》）

迨神话演进，则为中枢者渐近于人性，凡所叙述，今谓之传说。传说之所道，或为神性之人，或为古英雄，其奇才异能神勇为凡人所不及，而由于天授，或有天相者，简狄吞燕卵而生商，刘媪得交龙而孕季，皆其例也。此外尚甚众。⑧

　　尧之时，十日并出，焦禾稼，杀草木，而民无所食。猰貐凿齿九婴大风封豨脩蛇，皆为民害。尧乃使羿……上射十日而下杀猰貐。……万民皆喜，置尧以为天子。（《淮南子》《本经训》）⑨

　　羿请不死之药于西王母，姮娥窃以奔月。（《淮南子》《览冥训》。高诱注曰，姮娥羿妻。羿请不死之药于西王母，未及服之。姮娥盗食之，得仙，奔入月中为月精。）⑩

　　昔尧殛鲧于羽山，其神化为黄熊以入于羽渊。（《春秋》《左氏传》）

　　瞽瞍使舜上涂廪，从下纵火焚廪，舜乃以两笠自扞而下去，得不死。瞽瞍又使舜穿井，舜穿井为匿空，旁出。（《史记》《舜本纪》）

中国之神话与传说，今尚无集录为专书者，仅散见于古籍，而《山海经》中特多。《山海经》今所传本十八卷，记海内外山川神祇异物及祭祀所宜，以为禹益作者固非，而谓因《楚辞》而造者亦未是；所载祠神

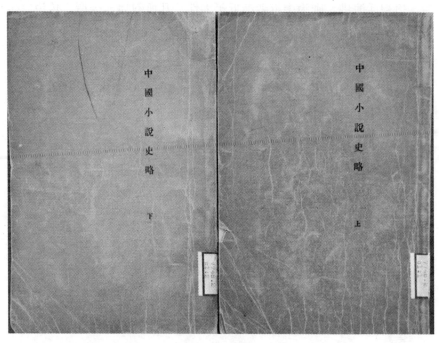

鲁迅《中国小说史略》新潮社初版本封面（1923、1924年北京大学新潮社刊本，北京大学图书馆藏）

之物多用糈（精米），与巫术合，盖古之巫书也[11]，然秦汉人亦有增益。其最为世间所知，常引为故实者，有昆仑山与西王母。[12]

　　昆仑之丘，是实惟帝之下都，神陆吾司之，其神状虎身而九尾，人面而虎爪。是神也，司天之九部及帝之囿时。（《西山经》）

　　玉山，是西王母所居也。西王母其状如人，豹尾虎齿而善啸，蓬发戴胜，是司天之厉及五残。（同上）[13]

　　昆仑之墟方八百里，高万仞；上有木禾，长五寻，大五围；面有九井，以玉为槛；面有九门，门有开明兽守之。百神之所在。在八隅之岩，赤水之际，非仁羿莫能上。（《海内西经》）

　　西王母梯几而戴胜杖（案此字当衍）[14]，其南有三青鸟，为西王母取食，在昆仑墟北。（《海内北经》）

　　大荒之中有山，名曰丰沮玉门，日月所入。有灵山，巫咸巫即巫盼巫彭巫姑巫真巫礼巫抵巫谢巫罗十巫从此升降，百药爰在。（《大荒西经》）

　　西海之南，流沙之滨，赤水之后，黑水之前，有大山，名曰昆仑之丘。有神人面虎身有尾皆白处之。其下有弱水之渊环之。其外有炎火之山，投物辄然。有人戴胜，虎齿豹尾，穴处，名曰西王母。此山万物尽有。（同上）[15]

　　晋咸宁五年[16]，汲县民不準盗发魏襄王冢，得竹书《穆天子传》五篇，又杂书十九篇。《穆天子传》今存，凡六卷；前五卷记周穆王驾八骏西征之事，后一卷记盛姬卒于途次以至反葬，盖即杂书之一篇[17]。传亦言见西王母，而不叙诸异相，其状已颇近于人王。[18]

穆天子傳卷一

晉郭璞注

臨海洪頤煊校

古文

飲天子蠲（音涓）山之上戊寅天子北征乃絕漳水（絕猶截也）

漳水今庚辰至于口觴天子于盤石之上（觴音所以進酒因云以⋯⋯）

在鄴縣

觴天子乃奏廣樂（史記云趙簡子疾不知人七日而⋯⋯之帝所甚樂與百神遊于⋯⋯）

耳

鈞天廣樂九奏萬舞不類三代載立不舍立在車上不下也⋯⋯

之樂其聲動心廣樂義見此

至于鈃山之下常山石邑縣鈃音邢。注燕趙謂山脊爲鈃卽井⋯⋯鈃山也今在

脊爲鈃父字本脫从太字从御覽八十五引補錢辛楣詹事云井鈃卽井

字也字从御覽八十五引補錢辛楣詹事云井鈃卽井

鲁迅抄录《穆天子传》手稿（北京鲁迅博物馆、上海鲁迅纪念馆编《鲁迅辑校古籍手稿》，1991年上海古籍出版社影印本）

吉日甲子，天子宾于西王母，乃执白圭玄璧以见西王母。好献锦组百纯，□组三百纯，西王母再拜受之。□乙丑。天子觞西王母于瑶池之上。西王母为天子谣，曰，"白云在天，山陵自出，道里悠远，山川间之，将子无死，尚能复来。"天子答之曰，"予归东土，和治诸夏，万民平均，吾愿见汝，比及三年，将复而野。"天子遂驱升于弇山，乃纪丌迹于弇山之石，而树之槐，眉曰西王母之山。（卷三）

有虎在乎葭中。天子将至。七萃之士高奔戎请生捕虎，必全之，乃生捕虎而献之。天子命之为柙而畜之东虞，是为虎牢。天子赐奔戎畋马十驷，归之太牢，奔戎再拜稽首。（卷五）

汉应劭说，《周书》为虞初小说所本，而今本《逸周书》中惟《克殷》，《世俘》，《王会》，《太子晋》四篇，记述颇多夸饰，类于传说，余文不然。至汲冢所出周时竹书中，本有《琐语》十一篇，为诸国卜梦妖怪相书，今佚，《太平御览》间引其文；又汲县有晋立《吕望表》，亦引《周志》，皆记梦验，甚似小说，或虞初所本者为此等，然别无显证，亦难以定之。⑲

齐景公伐宋，至曲陵，梦见有短丈夫宾于前。晏子曰，"君所梦何如哉？"公曰，"其宾者甚短，大上小下，其言甚怒，好俯。"晏子曰，"如是，则伊尹也。伊尹甚大而短，大上小下，赤色而髯，其言好俯而下声。"公曰，"是矣。"晏子曰，"是怒君师，不如违之。"遂不果伐宋。（《太平御览》三百七十八）⑳

文王梦天帝服玄襀以立于令狐之津。帝曰，"昌，赐汝望。"文王再拜稽首，太公于后亦再拜稽首。文王梦之之夜，太公梦之亦然。

——总之中国古代的神话材料很少，所有者，只是些断片的，没有长篇的，而且似乎也并非后来散亡，是本来的少有。我们在此要推求其原因，我以为最要的有两种：

一、太劳苦　因为中华民族先居在黄河流域，自然界底情形并不佳，为谋生起见，生活非常勤苦，因之重实际，轻玄想，故神话就不能发达以及流传下来。劳动虽说是发生文艺的一个源头，但也有条件：就是要不过度。劳逸均适，或者小觉劳苦，才能发生种种的诗歌，略有余暇，就讲小说。假使劳动太多，休息时少，没有恢复疲劳的余裕，则眠食尚且不暇，更不必提什么文艺了。

二、易于忘却　因为中国古时天神，地祇，人，鬼，往往殽杂，则原始的信仰存于传说者，日出不穷，于是旧者僵死，后人无从而知。如神荼，郁垒，为古之大神，传说上是手执一种苇索，以缚虎，且御凶魅的，所以古代将他们当作门神。但到后来又将门神改为秦琼，尉迟敬德，并引说种种事实，以为佐证，于是后人单知道秦琼和尉迟敬德为门神，而不复知神荼，郁垒，更不消说造作他们的故事了。此外这样的还很不少。

——《中国小说的历史的变迁》第一讲《从神话到神仙传》

其后文王见太公而训之曰，"而名为望乎?"答曰，"唯㉑，为望。"文王曰，"吾如有所见于汝。"太公言其年月与其日，且尽道其言，"臣以此得见也。"文王曰，"有之，有之。"遂与之归，以为卿士。(晋立《太公吕望表》石刻，以东魏立《吕望表》补阙字。)

他如汉前之《燕丹子》，汉杨雄之《蜀王本纪》，赵晔之《吴越春秋》，袁康，吴平之《越绝书》等，虽本史实，并含异闻。若求之诗歌，则屈原所赋，尤在《天问》中，多见神话与传说，如"夜光何德，死则又育? 厥利惟何，而顾菟在腹?""鲧何所营? 禹何所成? 康回凭怒，地何故以东南倾?""昆仑县圃，其凥安在? 增城九重，其高几里?""鲮鱼何所? 魁堆焉处? 羿焉彃日? 乌焉解羽?"是也。王逸曰，"屈原放逐，彷徨山泽，见楚有先王之庙及公卿祠堂，图画天地山川神灵琦玮谲佹及古贤圣㉒怪物行事……因书其壁，何而问之。"(本书注)㉓是知此种故事，当时不特流传人口，且用为庙堂文饰矣。其流风至汉不绝，今在墟墓间犹见有石刻神祇怪物圣哲士女之图。㉔晋既得汲冢书，郭璞为《穆天子传》作注，又注《山海经》，作图赞，其后江灌亦有图赞，盖神异之说，晋以后尚为人士所深爱。然自古以来，终不闻有荟萃融铸为巨制，如希腊史诗者，第用为诗文藻饰，而于小说中常见其迹象而已。㉕

中国神话之所以仅存零星㉖者，说者谓有二故：一者华土之民，先居黄河流域，颇乏天惠，其生也勤，故重实际而黜玄想，不更能集古传以成大文。二者孔子出，以修身齐家治国平天下等实用为教，不欲言鬼神，太古荒唐之说，俱为儒者所不道，故其后不特无所光大，而又有散亡。㉗

然详案之，其故殆尤在神鬼之不别。天神地祇人鬼，古者虽若有辨，而人鬼亦得为神祇。人神淆杂，则原始信仰无由蜕尽；原始信仰存则类于传说之言日出而不已，而旧有者于是僵死，新出者亦更无光焰也。如下例，前二为随时可生新神，后三为旧神有转换而无演进。㉘

《三教源流搜神大全》之神荼郁垒（清宣统元年叶氏郎园影刻明本，2022年文物出版社影印本）

㉙

蒋子文，广陵人也，嗜酒好色，佻挞无度；常自谓骨青，死当为神。汉末为秣陵尉，逐贼至锺山下，贼击伤额，因解绶缚之，有顷遂死。及吴先主之初，其故吏见文于道……谓曰，"我当为此土地神，以福尔下民，尔可宣告百姓，为我立庙，不尔，将有大咎。"是岁夏大疫，百姓辄相恐动，颇有窃祠之者矣。（《太平广记》二九三引《搜神记》）

世有紫姑神，古来相传云是人家妾，为大妇所嫉，每以秽事相次役，正月十五日感激而死。故世人以其日作其形，夜于厕间或猪栏边迎之。……投者觉重（案投当作捉，持也）㉚，便是神来，奠设酒果，亦觉貌辉辉有色，即跳踯不住；能占众事，卜未来蚕桑，又善射钩；好则大儛，恶便仰眠。（《异苑》五）㉛

沧海之中，有度朔之山，上有大桃木……其枝间东北曰鬼门，万鬼所出入也。上有二神人，一曰神荼，一曰郁垒，主阅领万鬼，害恶之鬼，执以苇索而以食虎。于是黄帝乃作礼，以时驱之，立大桃人，门户画神荼郁垒与虎，悬苇索，以御凶魅。（《论衡》二十二引《山海经》，案今本中无之。）㉜

东南有桃都山，……下有二神，左名隆，右名窫，并执苇索，伺不祥之鬼，得而煞之。今人正朝作两桃人立门旁，……盖遗像也。（《太平御览》二九及九一八引《玄中记》以《玉烛宝典》注补）

门神，乃是唐朝秦叔保胡敬德二将军也。按传，唐太宗不豫，寝门外抛砖弄瓦，鬼魅呼号。……太宗惧之，以告群臣。秦叔保出班奏曰，"臣平生杀人如剖瓜，积尸如聚蚁，何惧魍魉乎？愿同胡敬德戎装立门外以伺。"太宗可其奏，夜果无警，太宗嘉之，命画工图二人之形像，……悬于官掖之左右门，邪祟以息。后世沿袭，遂永为门神。（《三教搜神大全》七）

《中国小说史略》校注

注释：

①《中国小说史略》"油印本"作："神话与传说　小说史大略二"，"铅印本"作："第一篇　神话与传说"，自"初版本"作："第二篇　神话与传说"。

《华盖集续编·不是信》：盐谷氏的书，确是我的参考书之一，我的《小说史略》二十八篇的第二篇，是根据它的……

②本段自"初版本"增。

《致梁绳祎》（1925年3月15日）：中国人至今未脱原始思想，的确尚有新神话发生，譬如"日"之神话，《山海经》中有之，但吾乡（绍兴）皆谓太阳之生日为三月十九日，此非小说，非童话，实亦神话，因众皆信之也，而起源则必甚迟。故自唐以迄现在之神话，恐亦尚可结集，但此非数人之力所能作，只能待之异日，现在姑且画六朝或唐（唐人所见古籍较今为多，故尚可采得旧说）为限可耳。

③《中国小说史略》"铅印本"之"第一篇　神话与传说"作：昔在初民。自"初版本"改。

④《坟·人之历史》：盖古之哲士宗徒，无不目人为灵长，超迈群生，故纵疑官品起原，亦彷徨于神话之歧途，诠释率神閟而不可思议。如中国古说，谓盘古辟地，女娲死而遗骸为天地，则上下未形，人类已现，冥昭瞢暗，安所措足乎？屈灵均谓鳌载山抃，何以安之，衷怀疑而词见也。

《集外集拾遗补编·破恶声论》：夫神话之作，本于古民，睹天物之奇觚，则逞神思而施以人化，想出古异，诚诡可观，虽信之失当，而嘲之则大惑也。太古之民，神思如是，为后人者，当若何惊异瑰大之；矧欧西艺文，多蒙其泽，思想文术，赖是而庄严美妙者，不知几何。倘欲究西国人文，治此则其首事，盖不知神话，即莫由解其艺文，暗艺文者，于内部文明何获焉。

⑤《中国小说史略》"铅印本"之"第一篇　神话与传说"作：且实为文章之本源。自"初版本"改。

⑥《中国小说史略》"铅印本"之"第一篇　神话与传说"作：以是神话虽托诗歌以光大。自"订正本"改。

⑦《中国小说史略》"油印本"之"神话与传说　小说史大略二"作：凡民族，在草

昧之时，皆有神话。神话言天地之所由创成与神祇之情状，即原始宗教信仰矣。而天地创成，则为神话之根基。自"铅印本"改。

⑧《中国小说史略》"油印本"之"神话与传说　小说史大略二"作：神话稍演进，乃渐近于人间，谓之传说。传说或言神性之人，或言英雄殊异之事。自"铅印本"改。

⑨《中国小说史略》"油印本"之"神话与传说　小说史大略二"作：尧之时，十日并出，草木焦枯。尧命羿仰射十日，中其九，鸟皆死，堕羽翼。（《淮南子》）自"铅印本"改。

⑩《中国小说史略》"油印本"之"神话与传说　小说史大略二"作：羿请不死之药于西王母，姮娥窃之奔月宫。（同上）自"铅印本"改。

⑪《中国小说史略》"铅印本"之"第一篇　神话与传说"作：赵与旹言是古之巫书，盖可信也。自"初版本"改。

⑫《中国小说史略》"油印本"之"神话与传说　小说史大略二"作：中国之神话与传说，散见于古籍，而《山海经》中特多。《山海经》今所传者十八卷，记山川异物及祭祀所宜，实古巫书也，然秦汉人亦有增益。其最广知于世者，为昆仑与西王母。自"铅印本"改。

《致梁绳袆》（1925年3月15日）：中国之鬼神谈，似至秦汉方士而一变，故鄙意以为当先搜集至六朝（或唐）为止群书，且又析为三期，第一期自上古至周末之书，其根柢在巫，多含古神话，第二期秦汉之书，其根柢亦在巫，但稍变为"鬼道"，又杂有方士之说，第三期六朝之书，则神仙之说多矣。今集神话，自不应杂入神仙谈，但在两可之间者，亦止得存之。

⑬《中国小说史略》"油印本"之"神话与传说　小说史大略二"此处有：洞庭之山，……帝之二女居之，是常游于江渊，澧沅之风，交潇湘之渊。是在九江之间，出入必以飘风暴雨。（《中山经》）自"铅印本"删。

⑭《中国小说史略》"油印本"之"神话与传说　小说史大略二"作：西王母梯几而戴胜杖。自"初版本"改。

⑮《中国小说史略》"油印本"之"神话与传说　小说史大略二"此处有：西南海之外，赤水之南，流沙之西，有人珥两青蛇，乘两龙，名曰夏后开。开上三嫔于天，得

《九辩》与《九歌》以下。(同上)自"铅印本"删。

⑯《中国小说史略》"油印本"之"神话与传说　小说史大略二"作:晋太康二年。"铅印本"之"第一篇　神话与传说"作:晋太康五年。自"初版本"改。

⑰《中国小说史略》"油印本"之"神话与传说　小说史大略二"作:盖杂书之一也。自"铅印本"改。

⑱《中国小说史略》"油印本"之"神话与传说　小说史大略二"作:传亦言见西王母。自"铅印本"改。

⑲《中国小说史略》"油印本"之"神话与传说　小说史大略二"作:《周书》虽为虞初小说所本,而今本《逸周书》中,惟《克殷》,《世俘》,《王会》,《太子晋》四篇,记述颇近夸饰,类于传说。汲冢所出周杂书,惟《吕望表》引数句,甚似小说,然他文佚散,无以定之。

"铅印本"之"第一篇　神话与传说"作:汉应劭说,《周书》为虞初小说所本,而今本《逸周书》中惟《克殷》,《世俘》,《王会》,《太子晋》四篇,记述颇多夸饰,类于传说。至汲冢所出杂书,今惟《吕望表》引数句,则甚似小说,或虞初所本者为此等,然他文散佚垂尽,无以定之。自"初版本"改。

⑳本段自"初版本"增。

㉑《中国小说史略》"油印本"之"神话与传说　小说史大略二"此处原脱以上二十二字,单演义据《中国小说史略》补。

㉒《中国小说史略》原文误作:圣贤。

㉓《汉文学史纲要》第四篇《屈原及宋玉》:

屈原,名平,楚同姓也,事怀王为左徒,博闻强志,明于治乱,娴于辞令,王令原草宪令,上官大夫欲夺其稿,不得,谗之于王,王怒而疏屈原。原彷徨山泽,见先王之庙及公卿祠堂,图画天地山川神灵,琦玮僪佹,及古贤圣怪物行事。因书其壁,呵而问之,以抒愤懑,曰《天问》。辞句大率四言;以所图故事,今多失传,故往往难得其解:

"……雄虺九首,儵忽焉在? 何所不死,长人何守? 靡萍九衢,枲华安居? 一蛇吞象,厥大何如? 黑水玄趾,三危安在? 延年不死,寿何所止? 鲮鱼何所，鲣堆焉处？羿焉彃日，乌焉解羽？……"

"……中央共牧后何怒？蜂蚁微命力何固？惊女采薇鹿何祐？北至回水萃何喜？兄有噬犬弟何欲，易之以百两卒无禄？……"

㉔《致王冶秋》(1935年12月21日)：今日已收到杨君寄来之南阳画象拓片一包，计六十五张，此后当尚有续寄，款如不足，望告知，当续汇也。这些也还是古之阔人的冢墓中物，有神话，有变戏法的，有音乐队，也有车马行列，恐非"土财主"所能办，有比别的汉画稍粗者，因无石壁画象故也。石室之中，本该有瓦器铜镜之类，大约早被人检去了。

㉕《中国小说史略》"油印本"之"神话与传说　小说史大略二"作：

屈原《天问》中，亦多神话传说。

"夜光何德，死则又育？厥利惟何，而顾菟在腹？""鲧何所营？禹何所成？康回凭怒，地何故以东南倾？""昆仑县圃，其尻安在？增城九重，其高几里？""鲣鱼何所？鲣堆焉处？羿焉彃日？乌焉解羽？""启棘宾商，九辩九歌，何勤子屠母，而死分竟地？"

王逸曰，"屈原放逐，彷徨山泽，见楚有先王之庙及公卿祠堂，图画天地山川神灵琦玮诘诡及古圣贤怪物行事，……因书其壁，何而问之。"是知传说不特流传人口，且用以为文饰矣。其流风至汉不绝，墟墓间犹有神祇怪物之图。晋得汲冢书，郭璞注曰《穆天子传》，又注《山海经》作赞，然则知神异之说，亦甚风行。然自古以来，终无荟萃为巨作，如希腊史诗者。

"铅印本"之"第一篇　神话与传说"作：若求之诗歌，则屈原所赋，尤在《天问》中，多见神话与传说，如"夜光何德，死则又育？厥利惟何，而顾菟在腹？""鲧何所营？禹何所成？康回凭怒，地何故以东南倾？""昆仑县圃，其尻安在？增城九重，其高几里？""启棘宾商，九辩九歌，何勤子屠母，而死分竟地？"是也。王逸曰，"屈原放逐，彷徨山泽，见楚有先王之庙及公卿祠堂，图画天地山川神灵琦玮谲诡及古圣贤怪物行事，……因书其壁，何而问之。"是知此种故事，当时不特流传人口，且用以为庙堂文饰矣。其流风至汉不绝，今在墟墓间犹见有石刻神祇怪物圣哲士女之图。晋得汲冢书，郭璞为《穆天子传》作注，又注《山海经》作图赞，其后江灌亦有图赞，盖神异之说,晋以后尚为人士所深爱。然自古以来,终不闻有荟萃融铸为巨制,如希腊史诗者,第用为诗文藻饰,而于小说中常见其迹象而已。

自"初版本"改。

㉖《中国小说史略》"铅印本"之"第一篇　神话与传说"作:另星。自"初版本"改。

㉗《中国小说史略》"油印本"之"神话与传说　小说史大略二"作:故中国之神话与传说,至今仅有丛残之文。说者谓此其故有二:一、华夏之民,先居黄河流域,颇乏天惠,其生也勤,故重实际而非玄想,不能集古传以成大文。二、孔子出,以修身齐家治国等实用为教,不欲言鬼神,太古荒唐之说,俱为儒者所不道,故其后不特无所光大,而又有散亡。自"铅印本"改。

㉘《中国小说史略》"油印本"之"神话与传说　小说史大略二"作:然按其实,或当在神鬼之不别。天神地祇人鬼,古者虽若有辨,而人鬼亦得为神祇。人神淆杂,则原始信仰无由蜕尽,原始信仰存,则类于传说之言,日出而不已,而旧有者于是如故,亦于是散亡。

"铅印本"之"第一篇　神话与传说"作:然详案之,其故殆尤在神鬼之不别。天神地祇人鬼,古者虽若有辨,而人鬼亦得为神祇。人神淆杂,则原始信仰无由蜕尽;原始信仰存则类于传说之言日出而不已,而旧有者于是僵死,新出者亦更无光焰也。其消息如下例。

自"初版本"改。

㉙《中国小说史略》"油印本"之"神话与传说　小说史大略二"此处有:吴王夫差杀伍子胥,煮之于镬,盛以囊投之江,子胥恚恨,临水为涛溺杀人。(《论衡》)自"铅印本"删。

㉚(案投当作捉,持也)。自"初版本"增。

㉛《中国小说史略》"油印本"之"神话与传说　小说史大略二"作:世有紫姑神,古来相传,云是人家妾,为大妇所嫉,每以秽事相次役,正月十五日感激而死。故世人以其日作其形,夜于厕间或猪栏边迎之。(《异苑》)自"铅印本"改。

㉜本段自"初版本"增。

第三篇 《汉书》《艺文志》所载小说①

　　《汉志》所录小说今俱佚。《伊尹说》。《鬻子说》。《青史子》。

　　《师旷》。《虞初周说》。《百家》。《务成子》及《宋子》。

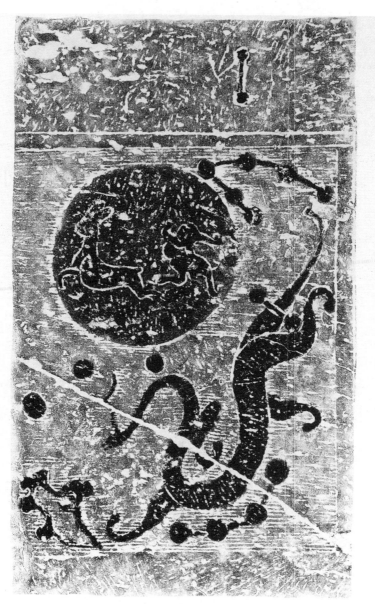

鲁迅藏汉画像之东宫苍龙星座（北京鲁迅博物馆藏）

《汉志》之叙小说家，以为"出于稗官"，如淳曰，"细米为稗。街谈巷说，甚细碎之言也。王者欲知里巷风俗，故立稗官，使称说之。"（本注）②其所录小说，今皆不存，故莫得而深考，然审察名目，乃殊不似有采自民间，如《诗》之《国风》者。其中依托古人者七，曰：《伊尹说》，《鬻子说》，《师旷》，《务成子》，《宋子》，《天乙》，《黄帝》。记古事者二，曰：《周考》，《青史子》，皆不言何时作。明著汉代者四家：曰《封禅方说》，《待诏臣饶心术》，《臣寿周纪》，《虞初周说》。③《待诏臣安成未央术》④与《百家》，虽亦不云何时作，而依其次第，自亦汉人⑤。

《汉志》道家有《伊尹说》五十一篇，今佚；在小说家之二十七篇亦不可考，《史记》《司马相如传》注引《伊尹书》曰，"箕山之东，青鸟之所，有卢橘夏熟。"当是遗文之仅存者。《吕氏春秋》《本味篇》述伊尹以至味说汤，亦云"青鸟之所有甘护"，说极详尽，然文丰赡而意浅薄，盖亦本《伊尹书》。伊尹以割烹要汤，孟子尝所详辩，则此殆战国之士之所为矣。⑥

《汉志》道家有《鬻子》二十二篇⑦，今仅存一卷，或以其语浅薄，疑非道家言。然唐宋人所引逸文，又有与今本《鬻子》颇不类者，则殆真非道家言也。⑧

　　小说是如何起源的呢？据《汉书》《艺文志》上说："小说家者流，盖出于稗官。"稗官采集小说的有无，是另一问题；即使真有，也不过是小说书之起源，不是小说之起源。至于现在一班研究文学史者，却多认小说起源于神话。因为原始民族，穴居野处，见天地万物，变化不常——如风，雨，地震等——有非人力所可捉摸抵抗，很为惊怪，以为必有个主宰万物者在，因之拟名为神；并想像神的生活，动作，如中国有盘古氏开天辟地之说，这便成功了"神话"。从神话演进，故事渐近于人性，出现的大抵是"半神"，如说古来建大功的英雄，其才能在凡人以上，由于天授的就是。例如简狄吞燕卵而生商，尧时"十日并出"，尧使羿射之的话，都是和凡人不同的。这些口传，今人谓之"传说"。由此再演进，则正事归为史；逸史即变为小说了。

　　我想，在文艺作品发生的次序中，恐怕是诗歌在先，小说在后的。诗歌起于劳动和宗教。其一，因劳动时，一面工作，一面唱歌，可以忘却劳苦，所以从单纯的呼叫发展开去，直到发挥自己的心意和感情，并偕有自然的韵调；其二，是因为原始民族对于神明，渐因畏惧而生敬仰，于是歌颂其威灵，赞叹其功烈，也就成了诗歌的起源。至于小说，我以为倒是起于休息的。人在劳动时，既用歌吟以自娱，借它忘却劳苦了，则到休息时，亦必要寻一种事情以消遣闲暇。这种事情，就是彼此谈论故事，而这谈论故事，正就是小说的起源。——所以诗歌是韵文，从劳动时发生的；小说是散文，从休息时发生的。

　　——《中国小说的历史的变迁》第一讲《从神话到神仙传》

武王率兵车以伐纣。纣虎旅百万，阵于商郊，起自黄鸟，至于赤斧，走如疾风，声如振霆。三军之士，靡不失色。武王乃命太公把白旄以麾之，纣军反走。（《文选李善注》及《太平御览》三百一）

青史子为古之史官，然不知在何时。其书隋世已佚，刘知几《史通》云"《青史》由缀于街谈"者，盖据《汉志》言之，非逮唐而复出也。遗文今存三事，皆言礼，亦不知当时何以入小说。⑨

古者胎教，王后腹之七月而就宴室，太史持铜而御户左，太宰持斗而御户右，太卜持蓍龟而御堂下，诸官皆以其职御于门内。比及三月者，王后所求声音非礼乐，则太史缊瑟而称不习，所求滋味者非正味，则太宰倚斗而不敢煎调，而言曰，"不敢以待王太子。"太子生而泣，太史吹铜曰，"声中某律。"太宰曰，"滋味上某。"太卜曰，"命云某。"然后为王太子悬弧之礼义。……（《大戴礼记》《保傅篇》，《贾谊新书》《胎教十事》）⑩

古者年八岁而出就外舍，学小艺焉，履小节焉；束发而就大学，学大艺焉，履大节焉。居则习礼文，行则鸣珮玉，升车则闻和鸾之声，是以非僻之心无自入也。……古之为路车也，盖圆以象天，二十八橑以列星，轸方以象地，三十辐以象月。故仰则观天文，俯则察地理，前视则睹和鸾之声，侧听则观四时之运：此巾车教之道也。（《大戴礼记》《保傅篇》）⑪

鸡者，东方之畜也。岁终更始，辨秩东作，万物触户而出，故以鸡祀祭也。（《风俗通义》八）

《汉志》兵阴阳家有《师旷》八篇，是杂占之书，在小说家者不可考，惟据本志注，知其多本《春秋》而已。《逸周书》《太子晋》篇记师

鲁迅辑录《青史子》手稿
（北京鲁迅博物馆、上海鲁迅纪念
馆编《鲁迅辑校古籍手稿》，
1991年上海古籍出版社影印本）

中国的神话既没有什么长篇的，现在我们就再来看《汉书》
《艺文志》上所载的小说：《汉书》《艺文志》上所载的许多小说
目录，现在一样都没有了，但只有些遗文，还可以看见。如
《大戴礼》《保傅篇》中所引《青史子》说：

古者年八岁而出就外舍，学小艺焉，履小节焉；束发
而就大学，学大艺焉，履大节焉。居则习礼文，行则鸣佩
玉，升车则闻和鸾之声，是以非僻之心无自入也。……

《青史子》这种话，就是古代的小说；但就我们看去，同《礼
记》所说是一样的，不知何以当作小说？或者因其中还有许多
思想和儒家的不同之故吧。

——《中国小说的历史的变迁》第一讲《从神话到神仙传》

旷见太子，聆声而知其不寿，太子亦自知"后三年当宾于帝所"，其说颇似小说家。⑫

虞初事详本志注，又尝与丁夫人等以方祠诅匈奴大宛，见《郊祀志》，所著《周说》几及千篇，而今皆不传。晋唐人引《周书》者，有三事如《山海经》及《穆天子传》，与《逸周书》不类，朱右曾（《逸周书集训校释》十一）疑是《虞初说》。⑬

> 岍山，神蓐收居之。是山也，西望日之所入，其气圆，神经光之所司也。（《太平御览》三）
>
> 天狗所止地尽倾，余光烛天为流星，长十数丈，其疾如风，其声如雷，其光如电。（《山海经》注十六）
>
> 穆王田，有黑鸟若鸠，翩飞而跱于衡，御者毙之以策，马佚，不克止之，踬于乘，伤帝左股。（《文选李善注》十四）

《百家》者，刘向《说苑》叙录云，"《说苑杂事》……其事类众多……除去与《新序》复重者，其余者浅薄不中义理，别集以为《百家》。"《说苑》今存，所记皆古人行事之迹，足为法戒者，执是以推《百家》，则殆为故事之无当于治道者矣。⑭

其余诸家，皆不可考。今审其书名，依人则伊尹鬻熊师旷黄帝，说事则封禅养生，盖多属方士假托。惟青史子非是。又务成子名昭，见《荀子》，《尸子》尝记其"避逆从顺"之教；宋子名钘，见《庄子》，《孟子》作宋牼，《韩非子》作宋荣子，《荀子》引子宋子曰，"明见侮之不辱，使人不斗"，则"黄老意"，然俱非方士之说也。⑮

注释：

①《中国小说史略》"油印本"作："汉艺文志所录小说　小说史大略三"，"铅印

本"作:"第二篇 《汉书》《艺文志》所载小说",自"初版本"作:"第三篇 《汉书》《艺文志》所载小说"。

②如淳曰……(本注)。自"初版本"增。

③《中国小说史略》"油印本"之"汉艺文志所录小说 小说史大略三"作:《汉志》所录小说十五家,依名推案,假托古人者七,记事者二,皆不言何时作,明著汉代者四家。自"铅印本"改。

④《中国小说史略》"油印本"之"汉艺文志所录小说 小说史大略三"作:《未央术》。自"铅印本"改。

⑤《中国小说史略》"油印本"之"汉艺文志所录小说 小说史大略三"作:当为汉人。自"初版本"改。

⑥《中国小说史略》"油印本"之"汉艺文志所录小说 小说史大略三"作:《汉志》道家有《伊尹》五十一篇,今佚。《伊尹说》无遗文。《吕氏春秋》《本味篇》述伊尹以至味说汤,语颇浅薄,或出于小说。"铅印本"之"第二篇 《汉书》《艺文志》所载小说"作:《汉志》道家有《伊尹说》五十一篇,今佚。《伊尹说》无遗文。《吕氏春秋》《本味篇》述伊尹以至味说汤,文颇丰赡而意浅薄,或出于小说。自"初版本"改。

⑦《中国小说史略》原文误作:二十一篇。

⑧《中国小说史略》"油印本"之"汉艺文志所录小说 小说史大略三"作:《汉志》道家有《鬻子》二十一篇,今仅存一卷,从《群书治要》写出也。他书所引逸文,有一事与今本《鬻子》颇不类,或非道家书。自"铅印本"改。

《汉文学史纲要》第三篇《老庄》:道家书据《汉书》《艺文志》所录有《伊尹》,《太公》,《辛甲》等,今皆不传;《鬻子》,《筦子》亦后人作,故存于今者莫先于《老子》。

⑨《中国小说史略》"油印本"之"汉艺文志所录小说 小说史大略三"作:青史子不知何时人,其书在隋已佚。《史通》云,"《青史》由缀于街谈"者,盖意测也。遗文今存三事。自"铅印本"改。

⑩《中国小说史略》"油印本"之"汉艺文志所录小说 小说史大略三"作:古者胎教,王后腹之七月而就宴室,太史持铜而御户左,太宰持斗而御户右,太卜持蓍龟而御堂下,诸官皆以其职御于门内。……太子生而泣,太史吹铜曰,"声中某律。"太

宰曰,"滋味上某。"太卜曰,"命云某。"然后为王太子悬弧之礼义。……(《大戴礼记》《保傅篇》,《贾谊新书》《胎教十事》)。自"铅印本"改。

⑪《中国小说史略》"油印本"之"汉艺文志所录小说 小说史大略三"作:古者年八岁而出就外傅(舍)……束发而就大学……居则习礼文,行则鸣佩玉,升车则闻和鸾之声,是以非僻之心无自入也。……(《大戴礼记》《保傅篇》,《贾谊新书》《胎教十事》)。自"合订本"改。

⑫本段自"初版本"新增。

⑬《中国小说史略》"油印本"之"汉艺文志所录小说 小说史大略三"作:《虞初周说》几及千篇,而今皆不传。晋唐人书引《周书》者,有三事与今《逸周书》不类,朱右曾疑是《虞初说》)。自"初版本"改。

⑭本段自"初版本"新增。

⑮《中国小说史略》"油印本"之"汉艺文志所录小说 小说史大略三"作:

其他皆不可考。惟宋子名钘,亦见《庄子》,《孟子》作宋牼,《荀子》引子宋子曰,"明见侮之不辱,使人不斗",则"黄老意"也。

《隋志》之《燕丹子》今尚存。虽不见于《汉志》,而审其文词,当是汉以前书。其书三篇,记太子丹质于秦以至荆轲刺秦王不中而止。孙星衍以为略与《左氏》《国策》相似,学在从横小说之间也。

燕太子丹质于秦,秦王遇之无礼,欲求归,秦王不听,缪言,"令乌白头,马生角,乃可许耳。"丹仰天叹,乌即白头,马生角。秦王不得已而遣之,为机发之桥,欲陷丹,丹过之,桥为不发,夜到关,关门未开,丹为鸡鸣,众鸡皆鸣,遂得逃归。……

暨樊将军得罪于秦,秦求之急,乃来归太子。太子为置酒华阳之台,酒中,太子出美人能琴者,轲曰,"好手,琴者。"太子即进之。轲曰,"但爱其手耳。"太子即断其手,盛于玉槃奉之。……

秦王发图,图穷而匕首出,轲左手把秦王袖,右手椹其胸,数之曰,"足下负燕日久"云云。秦王曰,"今日之事,从子计耳,乞听琴声而死。"召姬人鼓琴,琴声曰,"罗縠单衣,可掣而绝;八尺屏风,可超而越;鹿卢之剑，可负而拔。"轲不解音，秦王从琴声，负剑拔之，于是奋袖超屏风而走。轲拔匕首擿之，决秦王耳；入铜柱，火出然。秦王还断轲两手，轲因倚柱而笑，箕踞而骂，曰，"吾坐轻易，为竖子所欺，燕国之不报，我事之不立哉！"

"铅印本"之"第二篇　《汉书》《艺文志》所载小说"作：

其余诸家，皆不可考。今审其书名，依人则伊尹鬻熊师旷务成黄帝，说事则封禅养生，盖皆出方士伪托。惟《青史子》非是。又宋子名钘，亦见《庄子》，《孟子》作宋轻，《荀子》引子宋子曰，"明见侮之不辱，使人不斗"，则"黄老意"，然亦非方士之说也。

《隋书》《经籍志》著录之《燕丹子》，今尚存。虽不见于《汉志》，而文词简古，当是汉以前书。其书三篇，记太子丹为质于秦，逃归养士，以至荆轲刺秦王不中而止。孙星衍以为略与《左氏》，《国策》相似，学在纵横小说两家之间也。

燕太子丹质于秦，秦王遇之无礼，欲求归，秦王不听，谬言令乌白头，马生角，乃可许耳。丹仰天叹，乌即白头，马生角。秦王不得已而遣之，为机发之桥，欲陷丹；丹过之，桥为不发。夜到关，关门未开；丹为鸡鸣，众鸡皆鸣，遂得逃归。……（卷上）

暨樊将军得罪于秦，秦求之急，乃来归太子。太子为置酒华阳之台。酒中，太子出美人能琴者。轲曰，"好手琴者！"太子即进之。轲曰，"但爱其手耳。"太子即断其手，盛于玉槃，奉之。……（卷下）

秦王曰，"轲，起取舞阳图进之。"秦王发图，图穷而匕首出。轲左手把秦王袖，右手椹其胸，数之曰，"足下负燕日久，贪暴海内，不知厌足；於期无罪而夷其族。轲将海内报仇。今燕王母病，与轲促期。从吾计则生，不从则死！"秦王曰，"今日之事，从子计耳。乞听琴声而死。"召姬人鼓琴。琴声曰，"罗縠单衣，可掣而绝；八尺屏风，可超而越；鹿卢之剑，可负而拔。"轲不解音，秦王从琴声，负剑，拔之，于是超屏风而走。轲拔匕首擿之，决秦王耳，入铜柱，火出。然秦王还，断轲两手。轲因倚柱而笑，箕踞而骂曰，"吾坐轻易，为竖子所欺，燕国之不报，我事之不立哉！"（卷下）

自"初版本"改。

第四篇　今所见汉人小说①

见存汉人小说皆伪托。东方朔《神异经》,《十洲记》。班固《汉武故事》,《汉武内传》。郭宪《汉武洞冥记》。刘歆《西京杂记》。伶玄《飞燕外传》及汉人《杂事秘辛》。

鲁迅藏汉瓦当（北京鲁迅博物馆藏）

现存之所谓汉人小说，盖无一真出于汉人，晋以来，文人方士，皆有伪作，至宋明尚不绝。文人好逞狡狯，或欲夸示异书，方士则意在自神其教，故往往托古籍以衒人；晋以后人之托汉，亦犹汉人之依托黄帝伊尹矣。此群书中，有称东方朔班固撰者各二，郭宪刘歆撰者各一，大抵言荒外之事则云东方朔郭宪，关涉汉事则云刘歆班固，而大旨不离乎言神仙。②

称东方朔撰者有《神异经》一卷，仿《山海经》，然略于山川道里而详于异物，间有嘲讽之辞。《山海经》稍显于汉而盛行于晋③，则此书当为晋以后人作；其文颇有重复者，盖又尝散佚，后人钞唐宋类书所引逸文复作之也。有注，题张华作，亦伪。④

南方有㽅蔗之林，其高百丈，围三尺八寸，促节，多汁，甜如蜜。咋啮其汁，令人润泽，可以节蚘虫。人腹中蚘虫，其状如蚓，此消谷虫也，多则伤人，少则谷不消。是甘蔗能灭多盖少，凡蔗亦然。（《南荒经》）

西南荒中出讹兽，其状若菟，人面能言，常欺人，言东而西，言恶而善。其肉美，食之，言不真矣。（原注，言食其肉，则其人言不诚。）⑤一名诞。（《西南荒经》）

99

至于现在所有的所谓汉代小说，却有称东方朔所做的两种：一、《神异经》；二、《十洲记》。班固做的，也有两种：一、《汉武故事》；二、《汉武帝内传》。此外还有郭宪做的《洞冥记》，刘歆做的《西京杂记》。《神异经》的文章，是仿《山海经》的，其中所说的多怪诞之事。现在举一条出来：

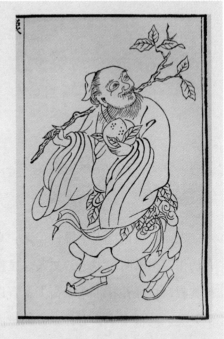

《岁星记》插图之东方朔（清嘉庆九年刻本，张满弓编著《古典文学版画》，2004年河南大学出版社影印本）

> 西南荒山中出讹兽，其状若菟，人面能言，常欺人，言东而西，言恶而善。其肉美，食之，言不真矣。（《西南荒经》）

《十洲记》是记汉武帝闻十洲于西王母之事，也仿《山海经》的，不过比较《神异经》稍微庄重些。《汉武故事》和《汉武帝内传》，都是记武帝初生以至崩葬的事情。《洞冥记》是说神仙道术及远方怪异的事情。《西京杂记》则杂记人间琐事。然而《神异经》，《十洲记》，为《汉书》《艺文志》上所不载，可知不是东方朔做的，乃是后人假造的。

——《中国小说的历史的变迁》第一讲《从神话到神仙传》

⑥

昆仑之山有铜柱焉，其高入天，所谓"天柱"也，围三千里，周圆如削。下有回屋，方百丈，仙人九府治之。上有大鸟，名曰希有，南向，张左翼覆东王公，右翼覆西王母；背上小处无羽，一万九千里，西王母岁登翼上，会东王公也。（《中荒经》）

《十洲记》一卷，亦题东方朔撰，记汉武帝闻祖洲瀛洲玄洲炎洲长洲元洲流洲生洲凤麟洲聚窟洲等十洲于西王母，乃延朔问其所有之物名，亦颇仿《山海经》。⑦

玄洲在北海之中，戌亥之地，方七千二百里，去南岸三十六万里。上有大玄都⑧，仙伯真公所治。多丘山。又有风山，声响如雷电，对天西北门。上多太玄仙官宫室，宫室各异。饶金芝玉草。乃是三天君下治之处，甚肃肃也。

征和三年，武帝幸安定。西胡月支献香四两，大如雀卵，黑如桑椹。帝以香非中国所有，以付外库。……到后元元年，长安城内病者数百，亡者大半。帝试取月支神香烧之于城内，其死未三月者皆活，芳气经三月不歇，于是信知其神物也，乃更秘录余香，后一旦又失之。……明年，帝崩于五柞宫，已亡月支国人鸟山震檀却死等香也。向使厚待使者，帝崩之时，何缘不得灵香之用耶？自合殒命矣！

东方朔虽以滑稽名，然诞谩不至此。《汉书》《朔传》赞云，"朔之诙谐逢占射覆，其事浮浅，行于众庶，儿童牧竖，莫不眩耀，而后之好事者因取奇言怪语附著之朔。"则知汉世于朔，已多附会⑨之谈。二书虽伪作，而《隋志》已著录，又以辞意新异，齐梁文人亦往往引为故实。⑩

　　《汉武故事》，《汉武帝内传》则与班固别的文章，笔调不类，且中间夹杂佛家语——彼时佛教尚不盛行，且汉人从来不喜说佛语——可知也是假的。至于《洞冥记》，《西京杂记》又已经为人考出是六朝人做的。——所以上举的六种小说，全是假的。惟此外有刘向的《列仙传》是真的。晋的葛洪又作《神仙传》，唐宋更多，于后来的思想及小说，很有影响。但刘向的《列仙传》，在当时并非有意作小说，乃是当作真实事情做的，不过我们以现在的眼光看去，只可作小说观而已。《列仙传》，《神仙传》中片段的神话，到现在还多拿它做儿童读物的材料。现在常有一问题发生：即此种神话，可否拿它做儿童的读物？我们顺便也说一说。在反对一方面的人说：以这种神话教儿童，只能养成迷信，是非常有害的；而赞成一方面的人说：以这种神话教儿童，正合儿童的天性，很感趣味，没有什么害处的。在我以为这要看社会上教育的状况怎样，如果儿童能继续更受良好的教育，则将来一学科学，自然会明白，不至迷信，所以当然没有害的；但如果儿童不能继续受稍深的教育，学识不再进步，则在幼小时所教的神话，将永信以为真，所以也许是有害的。

　　——《中国小说的历史的变迁》第一讲《从神话到神仙传》

《神异经》固亦神仙家言，然文思较深茂，盖文人之为。[11]《十洲记》特浅薄[12]，观其记月支国反生香，及篇首云，"方朔云：臣，学仙者也，非得道之人，以国家之盛美，将招名儒墨于文教之内，抑绝俗之道于虚诡之迹，臣故韬隐逸而赴王庭，藏养生而侍朱阙。"则但为方士窃虑失志，借以震眩流俗，且自解嘲之作而已。[13]

称班固作者，一曰《汉武帝故事》，今存一卷，记武帝生于猗兰殿至崩葬茂陵杂事，且下及成帝时。其中虽多神仙怪异之言，而颇不信方士，文亦简雅，当是文人所为。《隋志》著录二卷，不题撰人，宋晁公武《郡斋读书志》始云"世言班固作"，又云，"唐张柬之书《洞冥记》后云，《汉武故事》，王俭造也。"然后人遂径属之班氏。[14]

　　帝以乙酉年七月七日生于猗兰殿，年四岁，立为胶东王。数岁，长公主抱置膝上，问曰，"儿欲得妇不？"胶东王曰，"欲得妇。"长主指左右长御百余人，皆云不用。末指其女问曰，"阿娇好不？"于是乃笑对曰，"好。若得阿娇，当作金屋贮之也。"长主大悦，乃苦要上，遂成婚焉。

　　上尝辇至郎署，见一老翁，须鬓皓白，衣服不整。上问曰，"公何时为郎？何其老也？"对曰，"臣姓颜名驷，江都人也，以文帝时为郎。"上问曰，"何其老而不遇也？"驷曰，"文帝好文而臣好武，景帝好老而臣尚少，陛下好少而臣已老：是以三世不遇。"上感其言，擢拜会稽都尉。

　　七月七日，上于承华殿斋，日正中，忽见有青鸟从西方来。上问东方朔，朔对曰，"西王母暮必降尊像上。"……是夜漏七刻，空中无云，隐如雷声，竟天紫气。有顷，王母至，乘紫车，玉女夹驭；戴七胜；青气如云；有二青鸟，夹侍母旁。下车，上迎拜，延母坐，请不死之药。母曰，"……帝滞情不遣，欲心尚多，不死之药，未可

漢武故事

漢景皇帝王皇后內太子宮得幸　六字依初學　有娠御覽
記九引補　二字御覽八十

八引作夢日入其懷帝又夢日高祖謂已十八引有

姓別御覽八十

夫八引作美人生子可名為彘及生男因名焉是為武帝

帝以乙酉年七月七旦旦生於猗蘭殿外　已上亦散見史記世家索隱文

選顓延之宋文皇帝元皇后哀册文注初學記九年四歲
又十御覽三十一又五百四十七事類賦注五

立為膠東王二句御覽八十八又引　數歲長公主抱置膝上

問曰兒欲得婦不膠東王曰欲得婦長主指左右長御百

餘人皆云不用末指其女問曰阿嬌好不於是乃笑對曰

鲁迅辑录《汉武故事》手稿（北京鲁迅博物馆、上海鲁迅纪念馆编《鲁迅辑校古籍手稿》，1991年上海古籍出版社影印本）

致也。"因出桃七枚，母自啖二枚，与帝五枚⑮。帝留核著前。王母问曰，"用此何为？"上曰，"此桃美，欲种之。"母笑曰，"此桃三千年一著子，非下土所植也。"留至五更，谈语世事而不肯言鬼神，肃然便去。东方朔于朱鸟牖中窥母。母曰，"此儿好作罪过，疏妄无赖，久被斥逐，不得还天，然原心无恶，寻当得还⑯帝善遇之！"母既去，上惆怅良久。

其一曰《汉武帝内传》，亦一卷，亦记孝武初生至崩葬事，而于王母降特详。其文虽繁丽而浮浅，且窃取释家言，又多用《十洲记》及《汉武故事》中语，可知较二书为后出矣。宋时尚不题撰人，至明乃并《汉武故事》皆称班固作，盖以固名重，因连类依托之。⑰

到夜二更之后，忽见西南如白云起，郁然直来，径趋宫庭，须臾转近。闻云中箫鼓之声，人马之响。半食顷，王母至也。县投殿前，有似鸟集，或驾龙虎，或乘白麟，或乘白鹤，或乘轩车，或乘天马，群仙数千，光曜庭宇。既至，从官不复知所在，唯见王母乘紫云之辇，驾九色斑龙。别有五十天仙……咸住殿下。王母唯扶二侍女上殿，侍女年可十六七，服青绫之袿，容眸流盼，神姿清发，真美人也！王母上殿，东向坐，著黄金褡襦，文采鲜明，光仪淑穆，带灵飞大绶，腰佩分景之剑，头上太华髻，戴太真晨婴之冠，履玄璃凤文之舄，视之可年三十许，修短得中，天姿掩蔼，容颜绝世，真灵人也！

帝跪谢。……上元夫人使帝还坐。王母谓夫人曰，"卿之为戒，言甚急切，更使未解之人，畏于意志。"夫人曰，"若其志道，将以身投饿虎，忘躯破灭，蹈火履水，固于一志，必无忧也。……急言之发，欲成其志耳，阿母既有念，必当赐以尸解之方耳。"王母曰，

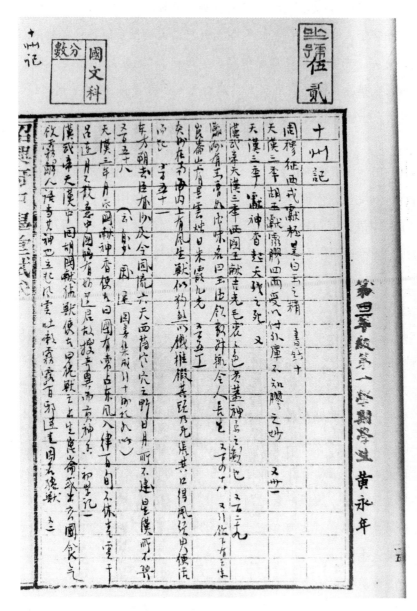

鲁迅辑录《十洲记》手稿（北京鲁迅博物馆、上海鲁迅纪念馆编《鲁迅辑校古籍手稿》，1991年上海古籍出版社影印本）

"此子勤心已久，而不遇良师，遂欲毁其正志，当疑天下必无仙人，是故我发阆宫，暂舍尘浊，既欲坚其仙志，又欲令向化不惑也。今日相见，令人念之。至于尸解下方，吾甚不惜。后三年，吾必欲赐以成丹半剂，石象散一。具与之，则彻不得复停。当今匈奴未弥，边陲有事，何必令其仓卒舍天下之尊，而便入林岫？但当问笃志何如。如其回改，吾方数来。"王母因拊帝背曰，"汝用上元夫人至言，必得长生，可不勉勖耶？"帝跪曰，"彻书之金简，以身佩之焉。"⑱
⑲

又有《汉武洞冥记》四卷，题后汉郭宪撰。全书六十则，皆言神仙道术及远方怪异之事；其所以名《洞冥记》者，序云，"汉武帝明俊特异之主，东方朔因滑稽以匡谏，洞心于道教，使冥迹之奥，昭然显著。今籍旧史之所不载者，聊以闻见，撰《洞冥记》四卷，成一家之书，"则所冯藉亦在东方朔。郭宪字子横，汝南宋人，光武时征拜博士，刚直敢言，有"关东觥觥郭子横"之目，徒以溅酒救火一事，遂为方士攀引，范晔作《后汉书》，遂亦不察而置之《方术列传》中。然《洞冥记》称宪作，实始于刘昫《唐书》，《隋志》但云郭氏，无名。六朝人虚造神仙家言，每好称郭氏，殆以影射郭璞，故有《郭氏玄中记》，有《郭氏洞冥记》。《玄中记》今不传，观其遗文，亦与《神异经》相类；《洞冥记》今全，⑳文如下㉑：

　　黄安，代郡人也，为代郡卒，……常服朱砂，举体皆赤，冬不著裘，坐一神龟，广二尺。人问"子坐此龟几年矣？"对曰，"昔伏羲始造网罟，获此龟以授吾；吾坐龟背已平矣。此虫畏日月之光，二千岁即一出头，吾坐此龟，已见五出头矣。"……（卷二）

　　天汉二年，帝升苍龙阁，思仙术，召诸方士言远国遐方之事。唯东方朔下席操笔跪而进。帝曰，"大夫为朕言乎？"朔曰，"臣游北

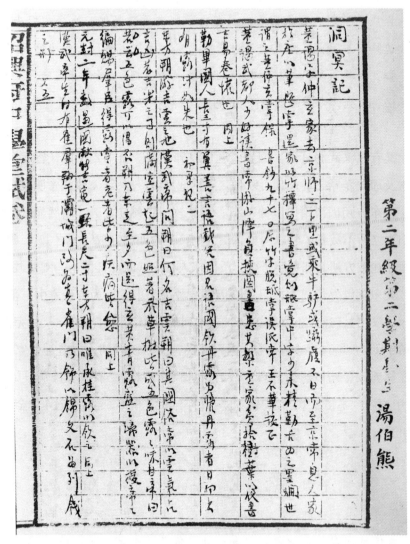

鲁迅辑录《洞冥记》手稿（北京鲁迅博物馆、上海鲁迅纪念馆编《鲁迅辑校古籍手稿》，1991年上海古籍出版社影印本）

极，至种火之山，日月所不照，有青龙衔烛火以照山之四极。亦有园圃池苑，皆植异木异草；有明茎草，夜如金灯，折枝为炬，照见鬼物之形。仙人宁封常服此草，于夜瞑时，转见腹光通外。亦名洞冥草。"帝令锉此草为泥，以涂云明之馆，夜坐此馆，不加灯烛；亦名照魅草；以藉足，履水不沉。（卷三）㉒

至于杂载人间琐事者，有《西京杂记》，本二卷，今六卷者宋人所分也。末有葛洪跋，言"其家有刘歆《汉书》一百卷，考校班固所作，殆是全取刘氏，小有异同，固所不取，不过二万许言。今钞出为二卷，以补《汉书》之阙。"然《隋志》不著撰人，《唐志》则云葛洪撰，可知当时皆不信为真出于歆㉓。段成式（《酉阳杂俎》《语资篇》）云，"庾信作诗，用《西京杂记》事，旋自追改曰，'此吴均语，恐不足用。'"后人因以为均作。然所谓吴均语者，恐指文句而言，非谓《西京杂记》也，梁武帝敕殷芸撰《小说》，皆钞撮故书，已引《西京杂记》甚多，则梁初已流行世间，固以葛洪所造为近是。或又以文中称刘向为家君，因疑非葛洪作，然既托名于歆，则摹拟歆语，固亦理势所必至矣。㉔书之所记，正如黄省曾序言，"大约有四：则猥琐可略，闲漫无归，与夫杳昧而难凭，触忌而须讳者。"然此乃判以史裁，若论文学，则此在古小说中，固亦意绪秀异，文笔可观者也。㉕

㉖

司马相如初与卓文君还成都，居贫忧懑，以所著鹔鹴裘就市人阳昌贳酒，与文君为欢。既而文君抱颈而泣曰，"我生平富足，今乃以衣裘贳酒！"遂相与谋，于成都卖酒。相如亲着犊鼻裈涤器，以耻王孙。王孙果以为病，乃厚给文君，文君遂为富人。文君姣好，眉色如望远山，脸际常若芙蓉，肌肤柔滑如脂，㉗为人放诞风流，故悦

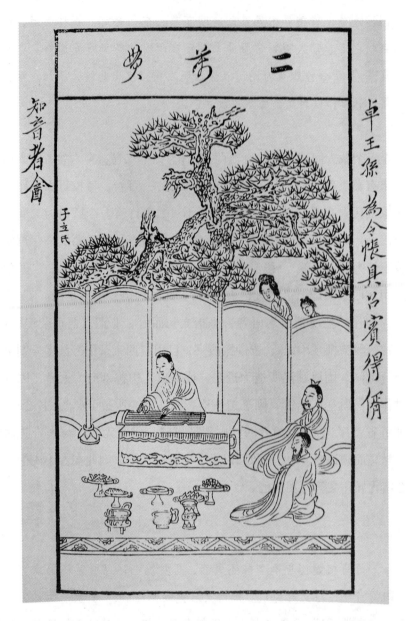

〔明〕陈洪绶《博古叶子》之卓王孙（清顺治八年刻本，张满弓编著《古典文学版画》，2004年河南大学出版社影印本）

长卿之才而越礼焉。……（卷二）㉘

郭威，字文伟，茂陵人也，好读书，以谓《尔雅》周公所制，而《尔雅》有"张仲孝友"，张仲，宣王时人，非周公之制明矣。余尝以问杨子云，子云曰，"孔子门徒游夏之俦所记，以解释六艺者也"。家君以为《外戚传》称"史佚教其子以《尔雅》"，《尔雅》，小学也。又记言"孔子教鲁哀公学《尔雅》"，《尔雅》之出远矣，旧传学者皆云周公所记也，"张仲孝友"之类，后人所足耳。（卷三）

司马迁发愤作《史记》百三十篇，先达称为良史之才。其以伯夷居列传之首，以为善而无报也；为项羽本纪，以踞高位者非关有德也。及其序屈原贾谊，辞旨抑扬，悲而不伤，亦近代之伟才。（卷四）㉙

㉚

（广川王去疾聚无赖发）栾书冢，棺枢明器，朽烂无余。有一白狐，见人惊走，左右击之，不能得，伤其左脚。其夕，王梦一丈夫须眉尽白，来谓王曰，"何故伤吾左脚？"乃以杖叩王左脚。王觉，脚肿痛生疮，至死不差。（卷六）㉛

㉜

葛洪字稚川，丹阳句容人，少以儒学知名，究览典籍，尤好神仙导养之法，太安中，官伏波将军。以平贼功封关内侯。干宝深相亲善，荐洪才堪国史，而洪闻交趾出丹，自求为勾漏令，行至广州，为刺史所留，遂止罗浮，年八十一，兀然若睡而卒（约二九〇——三七〇），有传在《晋书》。洪著作甚多，可六百卷，其《抱朴子》（内篇三）言太丘长颍川陈仲弓有《异闻记》，且引其文，略云郡人张广定以避乱置其四岁女于古冢中，三年复归，而女以效龟息得不死。然陈实此记，史志既所不载，其事又甚类方士常谈，疑亦假托。葛洪虽去汉未远，而溺于神仙，故其言亦不足据。㉝

鲁迅藏汉画像之伏羲女娲（北京鲁迅博物馆藏）

又有《飞燕外传》一卷，记赵飞燕姊妹故事，题汉河东都尉伶玄子于撰，司马光尝取其"祸水灭火"语入《通鉴》，殆以为真汉人作，然恐是唐宋人所为。又有《杂事秘辛》一卷，记后汉选阅梁冀妹及册立事，杨慎序云，"得于安宁土知州万氏"，沈德符（《野获编》二十三）以为即慎一时游戏之作也。㉞

注释：

①《中国小说史略》"油印本"作："今所见汉小说　小说史大略四"，"铅印本"作："第三篇　今所见汉人小说"，自"初版本"作："第四篇　今所见汉人小说"。

②《中国小说史略》"油印本"之"今所见汉小说　小说史大略四"作：今所谓汉人小说中，称东方朔撰者二。自"铅印本"改。

③《中国小说史略》"铅印本"之"第三篇　今所见汉人小说"作：《山海经》盛行于晋。自"初版本"改。

④《中国小说史略》"油印本"之"今所见汉小说　小说史大略四"作：（一）《神异经》一卷，大略仿《山海经》，惟略于山川道里而详于异物，间有嘲讽之辞。其文有重复者，盖尝散佚，后人钞类书复作之。自"铅印本"改。

⑤《中国小说史略》"油印本"之"今所见汉小说　小说史大略四"作：（言食其肉，则其人言不诚。）自"铅印本"改。

⑥《中国小说史略》"油印本"之"今所见汉小说　小说史大略四"此处有：西北有兽焉，状似虎，有翼能飞，便剿食人，知人言语，闻人斗辄食直者；闻人忠信辄食其鼻；闻人恶逆不善辄杀兽往馈之，名曰穷奇，亦食诸禽兽也。（《西北荒经》）自"铅印本"删。

⑦《中国小说史略》"油印本"之"今所见汉小说　小说史大略四"作：（二）《十洲记》一卷，记汉武帝闻祖洲、瀛洲、玄洲、炎洲、长洲、元洲、流洲、生洲、凤麟洲、聚窟洲等十洲于西王母，乃延东方朔问其所在及所有之物名，亦颇仿《山海经》。《中国小说史略》"铅印本"之"第三篇　今所见汉人小说"作：《十洲记》一卷，亦题东方朔撰，记汉武帝闻祖洲瀛洲玄洲炎洲长洲元洲流洲生洲凤麟洲聚窟洲等十洲于西王母，

乃延朔问其所在及所有之物名,亦颇仿《山海经》。自"合订本"改。

⑧《中国小说史略》"油印本"之"今所见汉小说 小说史大略四"作:太玄都。自"铅印本"改。

⑨《中国小说史略》"油印本"之"今所见汉小说 小说史大略四"作:坿会。自"铅印本"改。

⑩《中国小说史略》"油印本"之"今所见汉小说 小说史大略四"作:二书文词华丽,盖出伪托,而《隋志》已著录,齐梁文人亦引为故实。则造作当在晋宋时。自"铅印本"改。

⑪《中国小说史略》"油印本"之"今所见汉小说 小说史大略四"作:《神异经》虽多神仙家言,然文思较深茂,或是文人所为。自"铅印本"改。

⑫《中国小说史略》"油印本"之"今所见汉小说 小说史大略四"作:《十洲记》浅薄。自"铅印本"改。

⑬《中国小说史略》"油印本"之"今所见汉小说 小说史大略四"作:则方士藉以震眩流俗,且自解嘲之作而已。自"铅印本"改。

《汉文学史纲要》第九篇《武帝时文术之盛》:东方朔字曼倩,平原厌次人也。武帝初即位,征天下举方正贤良文学材力之士,待以不次之位,四方士多上书言得失,自衒鬻者以千数。朔初来,上书曰:"臣朔少失父母,长养兄嫂。年十二学书,三冬,文史足用。十五学击剑。十六学诗书,诵二十二万言。十九学孙吴兵法,战阵之具,钲鼓之教,亦诵二十二万言。凡臣朔固已诵四十四万言。又常服子路之言。臣朔年二十二;长九尺三寸,目若悬珠,齿若编贝;勇若孟贲,捷若庆忌,廉若鲍叔,信若尾生。若此,可以为天子大臣矣。臣朔昧死,再拜以闻。"其文辞不逊,高自称誉。帝伟之,令待诏公车;渐以奇计俳辞得亲近,诙达多端,不名一行,然时观察颜色,直言切谏,帝亦常用之。尝至太中大夫,与枚皋郭舍人俱在左右,但诙啁而已,不得大官,因以刑名家言求试用,辞数万言,指意放荡,颇复诙谐,终不见用,乃作《答客难》(见《汉书》本传)以自慰谕。又有《七谏》(见《楚辞》),则言君子失志,自古而然。临终诫子云:"明者处世,莫尚于中,优哉游哉,与道相从。首阳为拙,柳下为工。饱食安步,以仕代农。依隐玩世,诡时不逢。……圣人之道,一龙一蛇,形见神藏,与物变化,随时之宜,无有常家。"又黄老意也。朔盖多所通晓,然先以自衒进身,终以滑稽名世,后之好事者因取奇言怪语,附著之朔;方士又附会以为神仙,作《神异经》,《十洲记》,托为朔造,其实皆非也。

⑭《中国小说史略》"油印本"之"今所见汉小说　小说史大略四"作:

称班固撰者二:

(一)《汉武帝故事》一卷,记孝武生于猗兰殿至崩葬茂陵杂事,且下及成帝时。时有神仙怪异之言。《隋志》著录二卷,不云班固作,晁公武《郡斋读书志》说,"唐张柬之书《洞冥记》后云,《汉武故事》,王俭造也。"

自"铅印本"改。

⑮自"铅印本"以下均作:二枚,误。当作:五枚。

⑯《中国小说史略》"油印本"之"今所见汉小说　小说史大略四"作:寻当(得)还。自"铅印本"改。

⑰《中国小说史略》"油印本"之"今所见汉小说　小说史大略四"作:(二)《汉武帝内传》一卷,亦记孝武初生至崩葬事,而于王母降特详。文词虽繁丽而浮浅,事则本《十洲记》及《汉武故事》,可知造作更在二书之后矣。自"铅印本"改。

⑱《中国小说史略》"油印本"之"今所见汉小说　小说史大略四"无此段,自"铅印本"增。

⑲《中国小说史略》"油印本"之"今所见汉小说　小说史大略四"此处有:

王母自设天厨,珍妙非常,丰珍上果,芳华百味,紫芝萎蕤,芬芳填樏。清香之酒,非地上所有,香气殊绝,帝不能名也。……酒觞数遍,王母乃命诸侍女王子登弹八琅之璈,又命侍女董双成吹云和之笙,石公子击昆庭之金,许飞琼鼓震灵之簧,婉凌华拊五灵之石,范成君击湘阴之磬,段安香作九天之钧,于是众声泂朗,灵音骇空,又命法婴歌玄灵之曲。(《太平广记》卷三所引)

宋时,虽云《汉武故事》"世言班固造。"(晁氏说)而《内传》尚不题撰人。至明始并称班固作,盖以固名重,因依托之。

自"铅印本"删。

⑳《中国小说史略》"油印本"之"今所见汉小说　小说史大略四"作：又有《汉武洞冥记》四卷，题后汉郭宪撰。全书六十则，皆言神仙道术及远方珍异之事。自"铅印本"改。

㉑《中国小说史略》"铅印本"之"第三篇　今所见汉人小说"无"文如下："自"初版本"增。

㉒《中国小说史略》"油印本"之"今所见汉小说　小说史大略四"有：

其所以名《洞冥记》者，序云：

汉武帝明俊特异之主，东方朔因滑稽以匡谏，洞心于道教，使冥迹之奥，昭然显著。今籍旧史之所不载者，聊以闻见，撰《洞冥记》四卷，成一家之书，庶明博君子，该而异焉。

此书称郭宪作，始于宋人《目录》，《旧唐书》亦然，则所据之《古今书录》亦如此。然《隋志》但云郭氏，无名。六朝人虚造神仙家书，每好称郭氏，殆以影剿郭璞，故有《郭氏洞冥记》，有《郭氏玄中记》。《玄中记》今佚。审其遗文，亦与《神异经》相类。

葛洪《抱朴子》《内篇》三云：

故太丘长颍川陈仲弓，笃论士也，撰《异闻记》云，郡人张广定者，遭乱避地，有女年四岁，不能步涉。……村口有古大冢，先有穿穴，以器盛缒之下，此女子冢中以数月许，干饭及水浆与之而舍去。候世平定，其间三年，广定得还乡里。……往视女，故坐冢中，见其父母，犹识之，喜甚。而父母初疑其鬼也，入就之，乃知不死。问从何得食？女言，"粮初尽时，甚饥，见冢角有一物，伸颈吞气，试效之，转不复饥，日月为之，以至于今。"……广定索女所言物，乃是一大龟耳。女出食谷，初小腹痛，呕逆，久许乃习。

自"铅印本"删。

㉓《中国小说史略》"铅印本"之"第三篇　今所见汉人小说"作：可知唐以来皆不信为真出于歆。自"初版本"改。

㉔《鲁迅增田涉师弟答问集》：相传《西京杂记》为刘歆所作，文中记着"家君"

（歆之父刘向）的话。决无老子引用儿子著作的道理。

㉕《中国小说史略》"油印本"之"今所见汉小说　小说史大略四"作：陈实未闻撰《异闻记》，此一则又甚似方士常谈，疑亦假托。葛洪虽去汉未远，而溺于神仙，故其言亦不足据。至于杂载人间琐事者，有《西京杂记》，本二卷，今六卷者，宋人所分析也。末有葛洪跋，言"其家有刘歆《汉书》一百卷，考校班固所作，殆是全取刘氏，小有异同，固所不取，不过二万许言。今钞出为二卷，以补《汉书》之阙。"然《隋志》尚不著撰人，至《旧唐书》始云葛洪撰，则此跋或是唐时增益？书之所记，如黄省曾序言，"大约有四：则猥琐可略，闲漫无归，与夫杳昧而难凭，触忌而须讳者。"然文笔可观，段成式《酉阳杂俎》《语资篇》云，"庾信作诗，用《西京杂记》事，旋自追改曰，'此吴均语，恐不足用。'"虽无显证，终为近似矣。自"铅印本"改。

㉖《中国小说史略》"铅印本"之"第三篇　今所见汉人小说"有：惠帝尝与赵王同寝处，吕后欲杀之而未得。后帝早猎，王不能夙兴，吕后命力士于被中缢杀之。及死，吕后不之信，以绿囊盛之，载以小𫐐车入见，乃厚赐力士。力士是东郭门外官奴；帝后知，腰斩之，后不知也。（卷一）自"合订本"删。

㉗《中国小说史略》"油印本"之"今所见汉小说　小说史大略四"此处有：十七而寡。自"铅印本"删。

㉘《中国小说史略》"油印本"之"今所见汉小说　小说史大略四"无卷数，自"铅印本"补，下同。

㉙《中国小说史略》"油印本"之"今所见汉小说　小说史大略四"及"铅印本"之"第三篇　今所见汉人小说"无此段，自"初版本"补。

㉚《中国小说史略》"铅印本"之"第三篇　今所见汉人小说"有：

　　　齐人刘道疆善弹琴，能作单鹄寡凫之弄，听者皆悲不能自摄。（卷五）

　　　武帝以象牙为簟，赐李夫人。（同上）

自"合订本"删。

㉛《中国小说史略》"油印本"之"今所见汉小说　小说史大略四"无此段，自"铅印本"补。

㉜《中国小说史略》"油印本"之"今所见汉小说　小说史大略四"有：

尉陁献高祖鲛鱼荔枝，高祖报以蒲桃锦四匹。

枚皋文章敏疾，长卿制作淹迟，皆尽一时之誉，而长卿首尾温丽，枚皋时有累句，故知疾行无善迹矣。杨子云曰，"军旅之际，戎马之间，飞书驰檄用枚皋；廊庙之下，朝廷之中，高文典册用相如。"

自"铅印本"删。

㉝《中国小说史略》"铅印本"之"第三篇　今所见汉人小说"作：葛洪又言太丘长颍川陈仲弓有《异闻记》，且引用其文，云郡人张广定以避乱置其四岁女于古冢中，三年复归，而女以效龟息得不死。（详见《抱朴子》《内篇》三）此书既未见他书称引，其事又甚类方士常谈，疑亦假托。葛洪虽去汉未远，然溺于神仙，故其言亦不足据。自"初版本"改。

㉞《中国小说史略》"油印本"之"今所见汉小说　小说史大略四"作：又有《飞燕外传》一卷，记飞燕姊妹故事，题"汉伶玄撰"，似唐人所为。有汉《杂事秘辛》一卷，记汉桓帝懿德后被选及册立事。杨慎序云，"得于安宁土知州万氏"。沈德符云，"即慎所伪作也。"自"铅印本"改。

第五篇 六朝之鬼神志怪书（上）①

　　文士之传神怪：魏文帝《列异传》，张华《博物志》，干宝《搜神记》，陶潜《搜神后记》，刘敬叔《异苑》，刘义庆《幽明录》，吴均《续齐谐记》。志怪书中之印度影响。

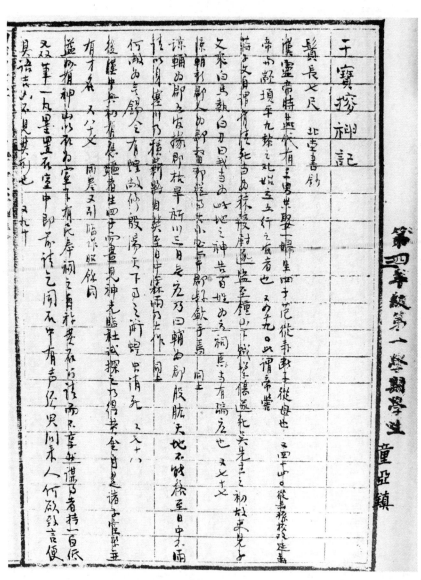

鲁迅辑录《搜神记》手稿（北京鲁迅博物馆、上海鲁迅纪念馆编《鲁迅辑校古籍手稿》，1991年上海古籍出版社影印本）

中国本信巫，秦汉以来，神仙之说盛行，汉末又大畅巫风，而鬼道愈炽；会小乘佛教亦入中土，渐见流传。②凡此，皆张皇鬼神，称道灵异，故自晋讫隋，特多鬼神志怪之书。③其书有出于文人者，有出于教徒者。文人之作，虽非如释道二家，意在自神其教，然亦非有意为小说，盖当时以为幽明虽殊途，而人鬼乃皆实有，故其叙述异事，与记载人间常事，自视固无诚妄之别矣。④

《隋志》有《列异传》三卷，魏文帝撰，今佚。惟古来文籍中颇多引用⑤，故犹得见其遗文，则正如《隋志》所言⑥，"以序鬼物奇怪之事"者也。文⑦中有甘露年间事，在文帝后，或后人有增益，或撰人是假托，皆不可知。两《唐志》皆云张华撰⑧，亦别无佐证，殆后有悟其抵牾者，因改易之。惟宋裴松之《三国志注》，后魏郦道元《水经注》皆已征引⑨，则为魏晋人作无疑也。

⑩

南阳宗定伯年少时，夜行逢鬼，问曰，"谁？"鬼曰，"鬼也。"鬼曰，"卿复谁？"定伯欺之，言我亦鬼也。鬼问欲至何所，答曰欲至宛市，鬼言我亦欲至宛市。共行数里，鬼言步行大亟，可共迭相担也。定伯曰大善。鬼便先担定伯数里，鬼言卿大重，将非鬼也？定伯言，我新死，故重耳。定伯因复担鬼，鬼略无重。如是再三。

121

上次讲过：一、神话是文艺的萌芽。二、中国的神话很少。三、所有的神话，没有长篇的。四、《汉书》《艺文志》上载的小说都不存在了。五、现存汉人的小说，多是假的。现在我们再看六朝时的小说怎样？中国本来信鬼神的，而鬼神与人乃是隔离的，因欲人与鬼神交通，于是乎就有巫出来。巫到后来分为两派：一为方士；一仍为巫。巫多说鬼，方士多谈炼金及求仙，秦汉以来，其风日盛，到六朝并没有息，所以志怪之书特多，像《博物志》上说：

> 燕太子丹质于秦，……欲归，请于秦王。王不听，谬言曰，"令乌头白，马生角，乃可。"丹仰而叹，乌即头白，俯而嗟，马生角。秦王不得已而遣之……（卷八《史补》）

这全是怪诞之说，是受了方士思想的影响。再如刘敬叔的《异苑》上说：

> 义熙中，东海徐氏婢兰忽患羸黄，而拂拭异常，共伺察之，见扫帚从壁角来趋婢床，乃取而焚之，婢即平复。（卷八）

这可见六朝人视一切东西，都可成妖怪，这正就是巫底思想，即所谓"万有神教"。此种思想，到了现在，依然留存，像：常见在树上挂着"有求必应"的匾，便足以证明社会上还将树木当神，正如六朝人一样的迷信。其实这种思想，本来是无论何国，古时候都有的，不过后来渐渐地没有罢了。但中国还很盛。

——《中国小说的历史的变迁》第二讲《六朝时之志怪与志人》

定伯复言，我新死，不知鬼悉何所畏忌？鬼曰，唯不喜人唾。……行欲至宛市，定伯便担鬼至头上，急持之。鬼大呼，声咋咋索下。不复听之，径至宛市中，著地化为一羊。便卖之。恐其便化，乃唾之，得钱千五百。（《太平御览》八百八十四，《法苑珠林》六⑪）

神仙麻姑降东阳蔡经家，手爪长四寸。经意曰，"此女子实好佳手，愿得以搔背。"麻姑大怒。忽见经顿地，两目流血。（《太平御览》三百七十）

武晶新县北山上有望夫石，状若人立者。相传云，昔有贞妇，其夫从役，远赴国难，妇携幼子，饯送此山，立望而形化为石。（《太平御览》八百八十八）

晋以后人之造伪书，于记注殊方异物者每云张华，亦如言仙人神境者之好称东方朔。张华字茂先，范阳方城人，魏初举太常博士，入晋官至司空，领著作，封壮武郡公，永康元年四月赵王伦之变，华被害，夷三族，时年六十九（二三二——三〇〇），传在《晋书》。⑫华既通图纬，又多览方伎书，能识灾祥异物，故有博物洽闻之称，然亦遂多附会之说。梁萧绮所录王嘉《拾遗记》（九）言华尝"捃采天下遗逸，自书契之始，考验神怪，及世间闾里所说，造《博物志》四百卷，奏于武帝"，帝令芟截浮疑，分为十卷。其书今存，乃类记异境奇物及古代琐闻杂事，皆剌取故书，殊乏新异，不能副其名，或由后人缀辑复成，非其原本欤？今所存汉至隋小说，大抵此类。⑬

⑭

《周书》曰，"西域献火浣布，昆吾氏献切玉刀，火浣布污则烧之则洁，刀切玉如蜡。"布汉世有献者，刀则未闻。（卷二《异产》）

取鳖锉令如棋子大，捣赤苋汁和合，厚以茅苞，五六月中作，投池中，经旬脔脔尽成鳖也。（卷四《戏术》）

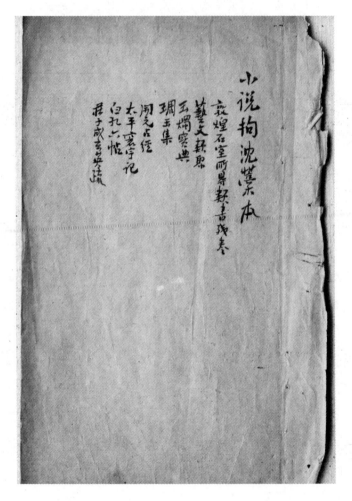

鲁迅《古小说钩沉》手稿本（中国国家图书馆藏）

燕太子丹质于秦……欲归，请于秦王。王不听。谬言曰，"令乌头白，马生角，乃可。"丹仰而叹，乌即头白，俯而嗟，马生角。秦王不得已而遣之，为机发之桥，欲陷丹，丹驱驰过之而桥不发。遁到关，关门不开，丹为鸡鸣，于是众鸡悉鸣，遂归。（卷八《史补》）

老子云，"万民皆付西王母；唯王，圣人，真人，仙人，道人之命，上属九天君耳。"（卷九《杂说》上）⑮

新蔡干宝字令升，晋中兴后置史官，宝始以著作郎领国史，因家贫求补山阴令，迁始安太守，王导请为司徒右长史，迁散骑常侍（四世纪中）⑯宝著《晋纪》二十卷，时称良史；而性好阴阳术数，尝感于其父婢死而再生，及其兄气绝复苏，自言见天神事，乃撰《搜神记》二十卷。以"发明神道之不诬"（自序中语），见《晋书》本传。《搜神记》今存者正二十卷，然亦非原书，其书于神祇灵异人物变化之外，颇言神仙五行，又偶有释氏说。⑰

⑱

汉下邳周式，尝至东海，道逢一吏，持一卷书，求寄载，行十余里，谓式曰，"吾暂有所过，留书寄君船中，慎勿发之！"去后，式盗发视，书旨诸死人录，下条有式名。须臾吏还，式犹视书。吏怒曰，"故以相告，而忽视之！"式叩头流血，良久，吏曰，"感卿远相载，此书不可除卿名，今日已去，还家三年勿出门，可得度也。勿道见吾书！"式还，不出已二年余，家皆怪之。邻人卒亡，父怒使往吊之，式不得已，适出门，便见此吏。吏曰，"吾令汝三年勿出，而今出门，知复奈何？吾求不见连累为鞭杖，今已见汝，可复奈何？后三日日中，当相取也。"……至三日日中，果见来取，便死。（卷五）

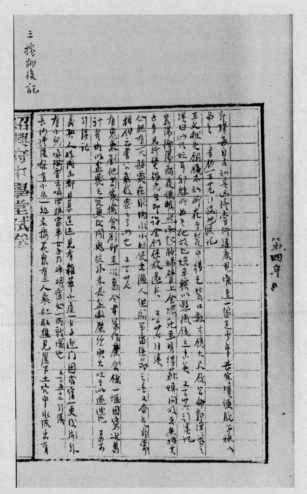

鲁迅辑录《搜神后记》手稿（北京鲁迅博物馆、上海鲁迅纪念馆编《鲁迅辑校古籍手稿》，1991年上海古籍出版社影印本）

　　六朝志怪的小说，除上举《博物志》，《异苑》而外，还有干宝的《搜神记》，陶潜的《搜神后记》。但《搜神记》多已佚失，现在所存的，乃是明人辑各书引用的话，再加别的志怪书而成，是一部半真半假的书籍。至于《搜神后记》，亦记灵异变化之事，但陶潜旷达，未必作此，大约也是别人的托名。

　　　　——《中国小说的历史的变迁》第二讲《六朝时之志怪与志人》

126

⑲

阮瞻字千里，素执无鬼论，物莫能难，每自谓此理足以辨正幽明。忽有客通名诣瞻，寒温毕，聊谈名理，客甚有才辨，瞻与之言良久，及鬼神之事，反复甚苦，客遂屈，乃作色曰，"鬼神古今圣贤所共传，君何得独言无？即仆便是鬼！"于是变为异形，须臾消灭。瞻默然，意色大恶，岁余而卒。（卷十六）

焦湖庙有一玉枕，枕有小坼。时单父县人杨林为贾客，至庙祈求，庙巫谓曰，"君欲好婚否？"林曰，"幸甚。"巫即遣林近枕边，因入坼中，遂见朱楼琼室。有赵太尉在其中，即嫁女与林，生六子，皆为秘书郎。历数十年，并无思归之志，忽如梦觉，犹在枕傍，林怆然久之。（今本无此条，见《太平寰宇记》一百二十六引⑳）

续干宝书者，有《搜神后记》十卷。题陶潜撰。其书今具存，亦记灵异变化之事如前记，陶潜旷达，未必拳拳于鬼神，盖伪托也。㉑

干宝字令升，其先新蔡人。父莹，有嬖妾。母至妒，宝父葬时，因生推婢著藏中，宝兄弟年小，不之审也。经十年而母丧，开墓，见其妾伏棺上，衣服如生，就视犹暖，舆还家，终日而苏，云宝父常致饮食，与之寝接，恩情如生。家中吉凶辄语之，校之悉验，平复数年后方卒。宝兄常病，气绝积日不冷，后遂寤，云见天地间鬼神事，如梦觉，不自知死。（卷四）㉒

晋中兴后，谯郡周子文家在晋陵，少时喜射猎。常入山，忽山岫间有一人长五六丈，手捉弓箭，箭镝头广二尺许，白如霜雪，忽出声唤曰，"阿鼠！"（原注，子文小字）子文不觉应曰"喏"。此人便牵弓满镝向子文，子文便失魂厌伏。（卷七）

幽明錄

廟方四丈不作墉壁道廣五尺（初學記引作四尺）夾樹蘭香齋者

煮以沐浴然後親祭所謂浴蘭湯（類聚三十八、初學記十三）

海中有金臺出水百丈結構巧麗窮盡神工橫光巖渚竦

曜星漢二句見聚類六十二臺內有金几彫文備置上有（御覽一百七十引）

百味之食四大力神常立守護已上略見書鈔一百三十又有一五通仙人來欲廿膳四神排擊延而退（御覽八百四十九、覽七百十又有八百十一、御一五一百四十二兩引御）

鄴城鳳陽門五層樓去地二十丈長四十丈廣二十丈安

鲁迅辑录《幽明录》手稿（北京鲁迅博物馆、上海鲁迅纪念馆编《鲁迅辑校古籍手稿》，1991年上海古籍出版社影印本）

晋时，又有苟氏作《灵鬼志》，陆氏作《异林》，西戎主簿戴祚作《甄异传》，祖冲之作《述异记》，祖台之作《志怪》，此外作志怪者尚多，有孔氏殖氏曹毗等，今俱佚，间存遗文。至于现行之《述异记》二卷，称梁任昉撰者，则唐宋间人伪作，而袭祖冲之之书名者也，故唐人书中皆未尝引。㉓

刘敬叔字敬叔，彭城人，少颖敏有异才，晋末拜南平国郎中令，入宋为给事黄门郎，数年，以病免，泰始中卒于家（约三九〇——四七〇），所著有《异苑》十余卷，行世。（详见明胡震亨所作小传，在汲古阁本《异苑》卷首）《异苑》今存者十卷，然亦非原书。㉔

> 魏时，殿前大钟无故大鸣，人皆异之，以问张华，华曰，"此蜀郡铜山崩，故钟鸣应之耳。"寻蜀郡上其事，果如华言。（卷二）㉕
> ㉖
>
> 义熙中，东海徐氏婢兰忽患羸黄，而拂拭异常，共伺察之，见扫帚从壁角来趋婢床，乃取而焚之，婢即平复。（卷八㉗）
>
> 晋太元十九年，鄱阳桓阐杀犬祭乡里绥山，煮肉不熟。神怒，即下教于巫曰，"桓阐以肉生贻我，当谪令自食也。"其年忽变作虎，作虎之始，见人以斑皮衣之，即能跳跃噬逐。（卷八㉘）
>
> 东莞刘邕性嗜食疮痂，以为味似鳆鱼。尝诣孟灵休，灵休先患灸疮，痂落在床，邕取食之，灵休大惊，痂未落者悉褫取饴邕。南康国吏二百许人，不问有罪无罪，递与鞭，疮痂落，常以给膳。（卷十）

临川王刘义庆（四〇三——四四四）为性简素，爱好文义，撰述甚多（详见《宋书》《宗室传》），有《幽明录》三十卷，见《隋志》史部杂传类，《新唐志》入小说。其书今虽不存，而他书征引甚多，大抵如《搜神》，《列异》之类；然似皆集录前人撰作，非自造也。唐时尝盛行，此外还有一种助六朝人志怪思想发达的，便是印度思想之输入。因为晋，宋，齐，梁四朝，佛教大行，当时所译的佛经很多，而同时鬼神奇异之谈也杂出，所以当时合中，印两国底鬼怪到小说里，使它更加发达起来，如阳羡鹅笼的故事，就是：

《三教源流搜神大全》之佛教源流（清宣统元年叶氏郎园影刻明本，2022年文物出版社影印本）

> 阳羡许彦于绥安山行，遇一书生，……卧路侧，云脚痛，求寄鹅笼中。彦以为戏言，书生便入笼，……宛然与双鹅并坐，鹅亦不惊。彦负笼而去，都不觉重。前行息树下，书生乃出笼谓彦曰："欲为君薄设。"彦曰："善。"乃口中吐出一铜奁子，中具肴馔。……酒数行，谓彦曰："向将一妇人自随，今欲暂邀之。"……又于口中吐一女子，……共坐宴。俄而书生醉卧，此女谓彦曰："……向亦窃得一男子同行，……暂唤之……"……女子于口中吐出一男子……

此种思想，不是中国所故有的，乃完全受了印度思想的影响。就此也可知六朝的志怪小说，和印度怎样相关的大概了。但须知六朝人之志怪，却大抵一如今日之记新闻，在当时并非有意做小说。

　　——《中国小说的历史的变迁》第二讲《六朝时之志怪与志人》

刘知几（《史通》）云《晋书》多取之。㉙

宋散骑侍郎东阳无疑有《齐谐记》七卷，亦见《隋志》，今佚。梁吴均作《续齐谐记》一卷，今尚存，然亦非原本。吴均字叔庠，吴兴故鄣人，天监初为吴兴主簿，旋兼建安王伟记室，终除奉朝请，以撰《齐春秋》不实免职，已而复召，使撰通史，未就，普通元年卒，年五十二（四六九——五二〇）㉚，事详《梁书》《文学传》。均夙有诗名，文体清拔，好事者或模拟之，称"吴均体"，故其为小说，亦卓然可观，唐宋文人多引为典据，阳羡鹅笼之记，尤其奇诡者也。㉛

> 　　阳羡许彦于绥安山行，遇一书生，年十七八，卧路侧，云脚痛，求寄鹅笼中。彦以为戏言，书生便入笼，笼亦不更广，书生亦不更小，宛然与双鹅并坐，鹅亦不惊。彦负笼而去，都不觉重。前行息树下，书生乃出笼谓彦曰，"欲为君薄设。"彦曰，"善。"乃口中吐出一铜奁子，奁子中具诸肴馔。……酒数行，谓彦曰，"向将一妇人自随。今欲暂邀之。"彦曰，"善。"又于口中吐一女子，年可十五六，衣服绮丽，容貌殊绝，共坐宴。俄而书生醉卧，此女谓彦曰，"虽与书生结妻，而实怀怨，向亦窃得一男子同行，书生既眠，暂唤之，君幸勿言。"彦曰，"善。"女子于口中吐出一男子，年可二十三四，亦颖悟可爱，乃与彦叙寒温。书生卧欲觉，女子口吐一锦行障遮书生，书生乃留女子共卧。男子谓彦曰，"此女虽有情，心亦不尽㉜，向复窃得一女人同行，今欲暂见之，愿君勿泄。"彦曰，"善。"男子又于口中吐一妇人，年可二十许，共酌，戏谈甚久，闻书生动声，男子曰，"二人眠已觉。"因取所吐女人，还纳口中。须臾，书生处女乃出谓彦曰，"书生欲起。"乃吞向男子，独对彦坐。然后书生起谓彦曰，"暂眠遂久，君独坐，当悒悒耶？日又晚，当与君别。"遂吞其女子，诸器皿悉纳口中，留大铜盘可二尺广，与彦别曰，"无

齊諧記

吳當陽廣記引縣董昭之嘗乘船過錢塘江中央見有一
蟻著一短蘆走一頭迴復向一頭甚遑遽昭之曰此畏死
也巳上五句初學記引作因以繩繫蘆廣記引欲取著船
頭船中人罵此是毒螫物不可長我當蹋殺之昭意甚惜
此蟻會船至岸蟻緣繩得出二句依御覽中夜夢一人烏
衣從百許人來謝曰僕不慎墮江惻君濟活僕是蟲王廣記
引作僕是蟻中之王君若有急難之日當見告語十七御
也感君見濟之恩
引覽四百七十並略歷十餘午時江左所在劫盜昭之從餘杭山
九此下並略

鲁迅辑录《齐谐记》手稿（北京鲁迅博物馆、上海鲁迅纪念馆编《鲁迅辑校古籍手稿》，1991年上海古籍出版社影印本）

以藉君，与君相忆也。"彦大元中为兰台令史，以盘饷侍中张散；散看其铭题，云是永平三年作。

然此类思想，盖非中国所故有，段成式已谓出于天竺，《酉阳杂俎》（《续集》《贬误篇》）云，"释氏《譬喻经》云，昔梵志作术，吐出一壶，中有女子与屏，处作家室。梵志少息，女复作术，吐出一壶，中有男子，复与共卧。梵志觉，次第互吞之，拄杖而去。余以吴均尝览此事，讶其说以为至怪也。"所云释氏经者，即《旧杂譬喻经》，吴时康僧会译，今尚存；而此一事，则复有他经为本③，如《观佛三昧海经》（卷一）说观佛苦行时白毫毛相云，"天见毛内有百亿光，其光微妙，不可具宣。于其光中，现化菩萨，皆修苦行，如此不异。菩萨不小，毛亦不大。"当又为梵志吐壶相之渊源矣④。魏晋以来，渐译释典，天竺故事亦流传世间，文人喜其颖异，于有意或无意中用之，遂蜕化为国有，如晋人荀氏作《灵鬼志》，亦记道人入笼子中事，尚云来自外国，至吴均记，乃为中国之书生。⑤

太元十二年，有道人外国来，能吞刀吐火，吐珠玉金银，自说其所受师，即白衣，非沙门也。尝行，见一人担担，上有小笼子，可受升余，语担人云，"吾步行疲极，欲寄君担。"担人甚怪之，虑是狂人，便语之云，"自可耳。"……即入笼中，笼不更大，其人亦不更小，担之亦不觉重于先。既行数十里，树下住食，担人呼共食，云"我自有食"，不肯出。……食未半，语担人"我欲与妇共食"，即复口吐出女子，年二十许，衣裳容貌甚美，二人便共食。食欲竟，其夫便卧；妇语担人，"我有外夫，欲来共食，夫觉，君勿道之。"妇便口中出一年少丈夫，共食。笼中便有三人，宽急之事，亦复不异。有顷，其夫动，如欲觉，妇便以外夫内口中。夫起，语担人曰，

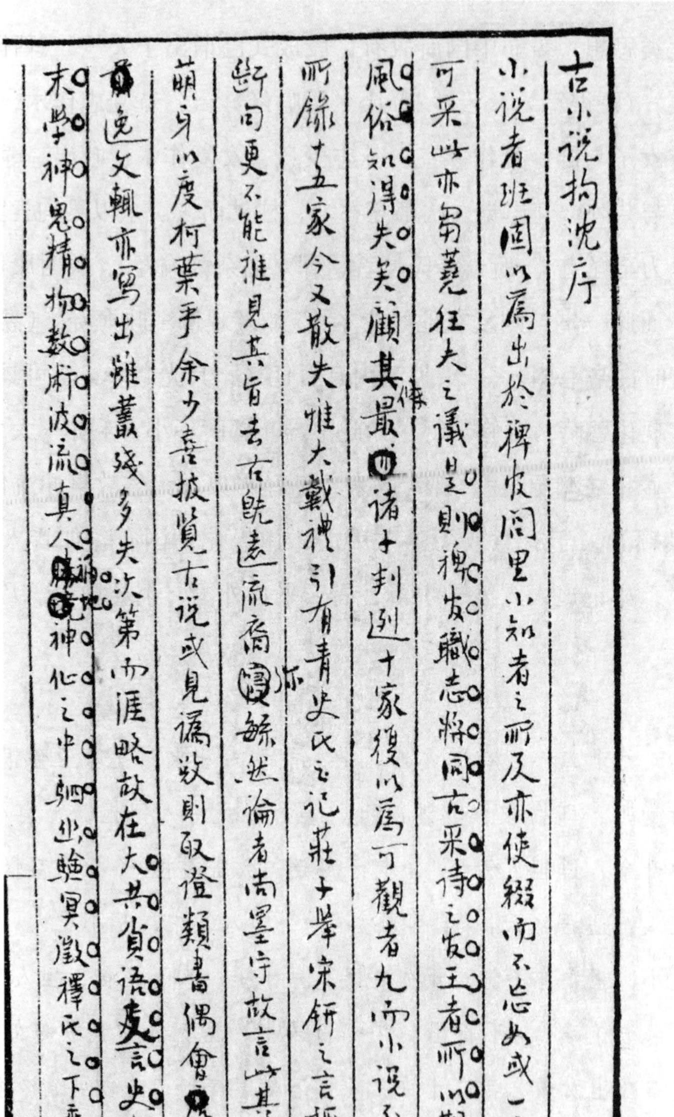
古小说钩沉序
小说者班固以爲出於稗官閭里小知者之所及亦使綴而不忘如或一言
可采此亦芻蕘狂夫之議是則稗官職志將同古采诗之官王者所以觀
風俗知得失矣顧其條最諸子判列十家復以爲可觀者九而小说不與
所錄十五家今又散失惟大戴禮引有青史氏之记莊子舉宋鈃之言孤文
斷句更不能推見其旨去古既遠流裔彌繁然論者尚墨守故言此其持
萌芽以度柯葉乎余少喜披覽古说或見譌敚則取證類書偶會
逸文輒亦寫出雖叢殘多失次第而涯略故在大共瑣語蓋言小史
末学神鬼精物數術波流真人福地神化之中駟幽驗冥徵釋氏之下乘

鲁迅《〈古小说钩沉〉序》手稿（北京鲁迅博物馆、上海鲁迅纪念馆编《鲁迅辑校古籍手稿》，1991年上海古籍出版社影印本）

"可去！"即以妇内口中，次及食器物。……（《法苑珠林》六十一，《太平御览》三百五十九⑥）

注释：

①《中国小说史略》"油印本"作："六朝之鬼神志怪书（上）　小说史大略五"，"铅印本"作："第四篇　六朝之鬼神志怪书（上）"，自"初版本"作："第五篇　六朝之鬼神志怪书（上）"。

②《华盖集续编·有趣的消息》：印度小乘教的方法何等厉害：它立了地狱之说，借着和尚，尼姑，念佛老妪的嘴来宣扬，恐吓异端，使心志不坚定者害怕。

③《致梁绳袆》（1925年3月15日）：中国之鬼神谈，似至秦汉方士而一变，故鄙意以为当先搜集至六朝（或唐）为止群书，且又析为三期，第一期自上古至周末之书，其根柢在巫，多含古神话，第二期秦汉之书，其根柢亦在巫，但稍变为"鬼道"，又杂有方士之说，第三期六朝之书，则神仙之说多矣。

④《中国小说史略》"油印本"之"六朝之鬼神志怪书（上）　小说史大略五"作：秦汉以来，神仙之说本盛行，汉末又大行鬼道，而小乘佛教亦流入中国，日益兴盛。凡此，皆张皇鬼神，称述怪异，故汉以后多鬼神志怪之书。自"铅印本"改。

《且介亭杂文二集·六朝小说和唐代传奇文有怎样的区别？》：

现在之所谓六朝小说，我们所依据的只是从《新唐书艺文志》以至清《四库书目》的判定，有许多种，在六朝当时，却并不视为小说。例如《汉武故事》，《西京杂记》，《搜神记》，《续齐谐记》等，直至刘昫的《唐书经籍志》，还属于史部起居注和杂传类里的。那时还相信神仙和鬼神，并不以为虚造，所以所记虽有仙凡和幽明之殊，却都是史的一类。

况且从晋到隋的书目，现在一种也不存在了，我们已无从知道那时所视为小说的是什么，有怎样的形式和内容。现存的惟一最早的目录只有《隋书经籍志》，修者自谓"远览马史班书，近观王阮志录"，也许尚存王俭《今书七志》，阮孝绪《七录》的痕迹罢，但所录小说二十五种中，现存的却只有《燕丹子》和刘义庆撰《世说》合刘孝标注两种了。此外，则《郭子》，《笑林》，殷芸《小说》，《水饰》，及当时以为隋代已亡的《青史子》,《语林》等,还能在唐宋类书里遇见一点遗文。

单从上述这些材料来看,武断的说起来,则六朝人小说,是没有记叙神仙或鬼怪的,所写的几乎都是人事;文笔是简洁的;材料是笑柄,谈资;但好像很排斥虚构……

但六朝人也并非不能想象和描写,不过他不用于小说,这类文章,那时也不谓之小说。例如阮籍的《大人先生传》,陶潜的《桃花源记》,其实倒和后来的唐代传奇文相近;就是嵇康的《圣贤高士传赞》(今仅有辑本),葛洪的《神仙传》,也可以看作唐人传奇文的祖师的。

⑤《中国小说史略》"油印本"之"六朝之鬼神志怪书(上) 小说史大略五"作:历来文籍颇多称引。自"铅印本"改。

⑥《中国小说史略》"油印本"之"六朝之鬼神志怪书(上) 小说史大略五"作:正如《隋志》所言。自"铅印本"改。

⑦《中国小说史略》"油印本"之"六朝之鬼神志怪书(上) 小说史大略五"作:惟。自"铅印本"改。

⑧《中国小说史略》"油印本"之"六朝之鬼神志怪书(上) 小说史大略五"作:新旧《唐志》皆以为张华撰。自"初版本"改。

⑨《中国小说史略》"油印本"之"六朝之鬼神志怪书(上) 小说史大略五"作:然裴松之《三国志注》,郦道元《水经注》皆已引用。自"铅印本"改。

⑩《中国小说史略》"油印本"之"六朝之鬼神志怪书(上) 小说史大略五"此处有:黄帝葬桥山,山崩无尸,惟剑舄存。(《太平御览》六百九十七)。自"铅印本"删。

⑪《中国小说史略》"油印本"之"六朝之鬼神志怪书(上) 小说史大略五"作:《太平御览》八百八十四《法苑珠林》六《太平广记》三百二十一。自"铅印本"改。

⑫《中国小说史略》"油印本"之"六朝之鬼神志怪书(上) 小说史大略五"作:张华在晋世有博闻多识之称,尝"捃采天下遗逸,自书契之始,考验神怪,及世间闾里所说,造《博物志》四百卷,奏于武帝"(王嘉《拾遗记》卷九说),帝令芟截浮疑,分为十卷。其书今存,记异境奇物及古代琐闻杂说,颇芜陋,盖由后人缀辑,非其原书。今所存汉至隋小说,大抵此类。自"铅印本"改。

⑬《中国小说史略》"铅印本"之"第四篇　六朝之鬼神志怪书（上）"作：张华字茂先，范阳方城人，魏末举太常博士，入晋官至司空，为赵王伦所害，夷三族，有传在《晋书》。自"初版本"改。

⑭《中国小说史略》"初版本"之"第四篇　六朝之鬼神志怪书（上）"此处有：地以名山为辅佐，石为之骨，川为之脉，草木为之毛，土为之肉，三尺以上为粪，三尺以下为地。（卷一《地》）"油印本""铅印本"均无，自"合订本"删。

⑮以上四段引文自"初版本"增。

⑯（四世纪中）。自"初版本"增。

⑰《中国小说史略》"油印本"之"六朝之鬼神志怪书（上）　小说史大略五"作：新蔡干宝字令升，元帝时，以著作郎领国史，迁散骑侍郎。宝撰《晋纪》，又尝感于其父婢死而再生之事，遂撰集古今灵异神祇人物变化之事，作《搜神记》，以"发明神道之不诬"（自序中语）。今存二十卷，亦非原本，怪异变化之外，亦记神仙五行，又偶有释氏说。自"铅印本"改。

⑱《中国小说史略》"油印本"之"六朝之鬼神志怪书（上）　小说史大略五"此处有：崔文子者，泰山人也，学仙于王子乔。乔化为白蜺而持药与文子。文子惊怪，引戈击蜺，中之，因堕其药。俯而视之，王子乔之尸也。置之室中，覆以敝筐，须臾化为大鸟，开而视之，翻然飞去。（卷一）自"初版本"删。

⑲《中国小说史略》"油印本"之"六朝之鬼神志怪书（上）　小说史大略五"此处有：夏阳卢汾，字士济，梦入蚁穴，见堂宇三间，势甚危豁，题其额曰"审雨堂"。（卷十）自"初版本"删。

⑳《中国小说史略》"油印本"之"六朝之鬼神志怪书（上）　小说史大略五"作：《太平寰宇记》一百二十六引，今本无。自"铅印本"改。

㉑《中国小说史略》"油印本"之"六朝之鬼神志怪书（上）　小说史大略五"作：续干宝书者，有《搜神后记》十卷。题陶潜撰，盖托名。皆述异事，如前记，今存。自"铅印本"改。

《而已集·魏晋风度及文章与药及酒之关系》：

到东晋，风气变了。社会思想平静得多，各处都夹入了佛教的思想。再至晋末,乱也看惯了,篡也看惯了,文章便更和平。代表平和的文章的人有陶潜。他的态度是随便饮酒,乞食,高兴的时候就谈论和作文章,无尤无怨。所以现在有人称他为"田园诗人",是个非常和平的田园诗人。他的态度是不容易学的,他非常之穷,而心里很平静。家常无米,就去向人家门口求乞。他穷到有客来见,连鞋也没有,那客人给他从家丁取鞋给他,他便伸了足穿上了。虽然如此,他却毫不为意,还是"采菊东篱下,悠然见南山"。这样的自然状态,实在不易模仿。他穷到衣服也破烂不堪,而还在东篱下采菊,偶然抬起头来,悠然的见了南山,这是何等自然。……

陶潜之在晋末,是和孔融于汉末与嵇康于魏末略同,又是将近易代的时候。但他没有什么慷慨激昂的表示,于是便博得"田园诗人"的名称。但《陶集》里有《述酒》一篇,是说当时政治的。这样看来,可见他于世事也并没有遗忘和冷淡,不过他的态度比嵇康阮籍自然得多,不至于招人注意罢了。还有一个原因,先已说过,是习惯。因为当时饮酒的风气相沿下来,人见了也不觉得奇怪,而且汉魏晋相沿,时代不远,变迁极多,既经见惯,就没有人感触,陶潜之比孔融嵇康和平,是当然的。例如看北朝的墓志,官位升进,往往详细写着,再仔细一看,他是已经经历过两三个朝代了,但当时似乎并不为奇。

据我的意思,即使是从前的人,那诗文完全超于政治的所谓"田园诗人","山林诗人",是没有的。完全超出于人间世的,也是没有的。既然是超出于世,则当然连诗文也没有。诗文也是人事,既有诗,就可以知道于世事未能忘情。譬如墨子兼爱,杨子为我。墨子当然要著书;杨子就一定不著,这才是"为我"。因为若做出书来给别人看,便变成"为人"了。

由此可知陶潜总不能超于尘世,而且,于朝政还是留心,也不能忘掉"死",这是他诗文中时时提起的。用别一种看法研究起来,恐怕也会成一个和旧说不同的人物罢。

㉒《中国小说史略》"油印本"之"六朝之鬼神志怪书(上) 小说史大略五"作:干宝字令升,其先新蔡人。父莹,有嬖妾。母至妒,宝父葬时,因生推婢著藏中,宝兄弟年小,不之审也。经十年而母丧,开墓,见其妾伏棺上,衣服如生,就视犹暖,舆还家,终日而苏……数年后方卒。(卷四)自"铅印本"改。

㉓《中国小说史略》"油印本"之"六朝之鬼神志怪书（上） 小说史大略五"作：晋时，又有荀氏作《灵鬼志》，西戎主簿戴祚作《甄异传》，祖冲之作《述异记》，（今有梁任昉《述异记》二卷，是唐宋间人伪作。）祖台之作《志怪》，此外作志怪者尚多，有孔氏、殖氏、曹毗等，今俱佚，遗文间有存者。自"铅印本"改。

㉔《中国小说史略》"油印本"之"六朝之鬼神志怪书（上） 小说史大略五"作：宋时，彭城刘敬叔作《异苑》，今存者十卷，亦非原书。"铅印本"之"第四篇 六朝之鬼神志怪书（上）"作：刘敬叔字敬叔，彭城人，晋末拜南平国郎中令，入宋为给事黄门郎，数年，以病免，泰始中卒于家。尝著《异苑》十余卷，今存者十卷，然亦非原书。自"初版本"改。

㉕此段"油印本"之"六朝之鬼神志怪书（上） 小说史大略五"无，自"铅印本"增。

㉖《中国小说史略》"油印本"之"六朝之鬼神志怪书（上） 小说史大略五"此处有：吴郡岑渊，为吴郡时，大司农卿碑注在江东湖西。太元中，村人见龟载从田中出，还其先处，萍藻犹著腹下。（卷八）自"初版本"删。

㉗《中国小说史略》"油印本"之"六朝之鬼神志怪书（上） 小说史大略五"作：同上。自"铅印本"改。

㉘《中国小说史略》"油印本"之"六朝之鬼神志怪书（上） 小说史大略五"作：同上。自"铅印本"改。

㉙《中国小说史略》"油印本"之"六朝之鬼神志怪书（上） 小说史大略五"作：临川王刘义庆多所著述，有《幽明录》三十卷，见《隋志》。其书今虽不存，而见引甚多，似皆集录他人撰作，非自造也。唐时尝盛行，刘知几谓《晋书》多取之。"铅印本"之"第四篇 六朝之鬼神志怪书（上）"作：临川王刘义庆为性简素，爱好文义，撰述甚多，有《幽明录》三十卷，见《隋志》史部杂传类，《新唐志》入小说。其书今虽不存，而他书征引甚多，大抵如《搜神》，《列异》之类；然似皆集录前人撰作，非自造也。唐时尝盛行，刘知几（《史通》)云《晋书》多取之。自"初版本"改。

㉚（四六九——五二〇）。自"初版本"增。

㉛《中国小说史略》"油印本"之"六朝之鬼神志怪书（上） 小说史大略五"作：

宋散骑侍郎东阳无疑有《齐谐记》七卷,见《隋志》,今佚。梁吴均作《续齐谐记》一卷,今尚存,然亦非原本。其文婉曲可观,唐宋文人,多引为典据,阳羡鹅笼之记,尤其奇诡者也。自"铅印本"改。

㉜《中国小说史略》"油印本"之"六朝之鬼神志怪书(上) 小说史大略五"作:此女虽有心,情亦不尽。自"铅印本"改。

㉝《中国小说史略》"铅印本"之"第四篇 六朝之鬼神志怪书(上)"作:而此种不可思议相,则一以佛经为本。自"初版本"改。

㉞《中国小说史略》"铅印本"之"第四篇 六朝之鬼神志怪书(上)"作:亦即男子入鹅笼相之渊源矣。自"初版本"改。

㉟《中国小说史略》"油印本"之"六朝之鬼神志怪书(上) 小说史大略五"作:段成式《酉阳杂俎》云"释氏《譬喻经》云,昔梵志作术,吐出一壶,中有女子与屏,处作家室。梵志少息,女复作术,吐出一壶,中有男子,复与共卧。梵志觉,次第互吞之,柱杖而去。余以吴均尝览此事,讶其说以为至怪也。"(续集卷三《贬误篇》)然荀氏《灵鬼志》,亦记此事,大略相同,知天竺故事,当时流行世间,多影响于著作矣。自"铅印本"改。

㊱《中国小说史略》"油印本"之"六朝之鬼神志怪书(上) 小说史大略五"作:《法苑珠林》六十一卷引。自"铅印本"改。

第六篇　六朝之鬼神志怪书（下）^①

释家之明因果：王琰《冥祥记》等。方士之行劝诱：王浮《神异记》，王嘉《拾遗记》。

六朝小说和唐代傳奇文有怎樣的區别？

—答文学社問—

這試題很難解答。

因為唐代傳奇，是輕於還有擇本可見的，但現在之所謂六朝小说，我们兩依据的是從「新唐書藝文志」以至「四庫書目」的判定，有許多種，在六朝當時，那並不視為小说。例如「漢武故事」，「西京雜記」，「搜神記」，「續齊諧記」等；那時還相信神仙和鬼神，並不以為虛造，所以所記雖有仙凡和幽明之殊，却都是史的一類。況且從隋别隋的書目，也在一種也不存了。我们已無從追那時的视為小说的……什麼，有去捄的刑武和内表。現存的惟一最早的目錄，有「隋書經籍志」，隋書……自謂。遼兒馬班書，追跡往阮志後，也許尚存王倫。今書七志，阮孝緒。七……

鲁迅《六朝志怪与唐代传奇有怎样的区别？》手稿（《鲁迅手稿丛编》，2014年人民文学出版社影印本）

释氏辅教之书，《隋志》著录九家，在子部及史部，今惟颜之推《冤魂志》存，引经史以证报应，已开混合儒释之端矣，而余则俱佚。遗文之可考见者，有宋刘义庆《宣验记》，齐王琰《冥祥记》，隋颜之推《集灵记》，侯白《旌异记》四种，大抵记经像之显效，明应验之实有，以震耸世俗，使生敬信之心，顾后世则或视为小说。王琰者，太原人，幼在交趾，受五戒，于宋大明及建元（五世纪中）年②，两感金像之异，因作记，撰集像事，继以经塔，凡十卷，谓之《冥祥》，自序其事甚悉（见《法苑珠林》卷十七）。《冥祥记》在《珠林》及《太平广记》中所存最多，其叙述亦最委曲详尽，今略引三事，以概其余。③

汉明帝梦见神人，形垂二丈，身黄金色，项佩日光。以问群臣，或对曰，"西方有神，其号曰佛，形如陛下所梦，得无是乎？"于是发使天竺，写致经像。表之中夏，自天子王侯，咸敬事之，闻人死精神不灭，莫不惧然自失。初，使者蔡愔将西域沙门迦叶摩腾等赍优填王画释迦佛像，帝重之，如梦所见也，乃遣画工图之数本，于南宫清凉台及高阳门显节寿陵上供养。又于白马寺壁画千乘万骑绕塔三匝之像，如诸传备载。（《珠林》十三）

晋谢敷字庆绪，会稽山阴人也，……少有高操，隐于东山，笃

143

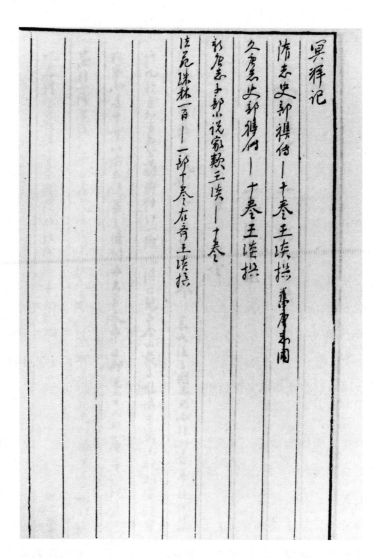

鲁迅撰《说目》手稿（北京鲁迅博物馆、上海鲁迅纪念馆编《鲁迅辑校古籍手稿》，1991年上海古籍出版社影印本）

信大法，精勤不倦，手写《首楞严经》，当在都白马寺中，寺为灾火所延，什物余经，并成煨尽，而此经止烧纸头界外而已，文字悉存，无所毁失。敷死时，友人疑其得道，及闻此经，弥复惊异。……（《珠林》十八）

晋赵泰字文和，清河贝丘人也……年三十五时，尝卒心痛，须臾而死。下尸于地，心暖不已，屈伸随人。留尸十日，平旦，喉中有声如雨，俄而苏活。说初死之时，梦有一人来近心下，复有二人乘黄马，从者二人，扶泰腋径将东行，不知可几里，至一大城，崔巍高峻，城色青黑。将泰向城门入，经两重门，有瓦屋可数千间，男女大小亦数千人，行列而立。吏著皂衣，有五六人，条疏姓字，云"当以科呈府君"。泰名在三十，须臾，将泰与数千人男女一时俱进。府君西向坐，简视名簿讫，复遣泰南入黑门。有人著绛衣坐大屋下，以次呼名，问"生时所事？作何孽罪？行何福善？谛汝等辞，以实言也！此恒遣六部使者常在人间，疏记善恶，具有条状，不可得虚。"泰答"父兄仕宦，皆二千石。我少在家，修学而已，无所事也，亦不犯恶。"④乃遣泰为水官将作。……后转泰水官都督知诸狱事，给泰兵马，令案行地狱。所至诸狱，楚毒各殊：或针贯其舌，流血竟体；或被头露发，裸形徒跣，相牵而行，有持大杖，从后催促，铁床铜柱，烧之洞然，驱迫此人，抱卧其上，赴即焦烂，寻复还生；……或剑树高广，不知限量，根茎枝叶，皆剑为之，人众相咎，自登自攀，若有欣竞，而身首割截，尺寸离断。泰见祖父母及二弟在此狱中，相见涕泣。泰出狱门，见有二人赍文书，来语狱吏，言有三人，其家为其于塔寺中悬幡烧香，救解其罪，可出福舍。俄见三人自狱而出，已有自然衣服，完整在身，南诣一门，云名开光大舍。……泰案行毕，还水官处。……主者曰，"卿无罪过，故相使为水官都督，不尔，与地狱中人无以异也。"泰问主者曰，"人有何

145

列異傳

黃帝葬橋山，□崩□尸□劍□存御覽六百九十七

秦穆公時陳倉人掘地得異物其形不類狗亦不似羊衆

莫能名若羊非羊若豬非豬牽以獻穆公道逢二童子童

子曰此名為媼注云媼音襖常在地下食死人腦若欲殺

之以柏插其頭已上見御覽三百七十四媼復曰彼二童子

名為陳寶得雄者王得雌者霸陳倉人捨媼逐二童子童

子化為雄飛入平林陳倉人告穆公穆公發徒大獵果得

其雌又化為石置之汧渭之間至文公為立祠名陳寶雄

鲁迅辑录《列异传》手稿（北京鲁迅博物馆、上海鲁迅纪念馆编《鲁迅辑校古籍手稿》，1991年上海古籍出版社影印本）

行，死得乐报？"主者唯言"奉法弟子精进持戒，得乐报，无有谪罚也。"泰复问曰，"人未事法时所行罪过，事法之后，得以除不？"答曰，"皆除也。"语毕，主者开滕箧检泰年纪，尚有余算三十年在，乃遣泰还。……时晋太始五年七月十三日也。……（《珠林》七，《广记》三百七十七）

佛教既渐流播，经论日多，杂说亦日出，闻者虽或悟无常而归依，然亦或怖无常而却走。此之反动，则有方士亦自造伪经，多作异记，以长生久视之道，网罗天下之逃苦空者，今所存汉小说，除一二文人著述外，其余盖皆是矣。方士撰书，大抵托名古人，故称晋宋人作者不多有，惟类书间有引《神异记》者，则为道士王浮作。浮，晋人；有浅妄之称，即惠帝时（三世纪末至四世纪初）⑤与帛远抗论屡屈，遂改换《西域传》造老子《明威化胡经》者也（见唐释法琳《辩正论》六）⑥。其记似亦言神仙鬼神，如《洞冥》，《列异》之类。⑦

陈敏，孙皓之世为江夏太守，自建业赴职，闻宫亭庙验（原注云言灵验⑧），过乞在任安稳，当上银杖一枚。年限既满，作杖拟以还庙，捶铁以为干，以银涂之。寻征为散骑常侍，往宫亭，送杖于庙中，讫即进路。日晚，降神巫宣教曰，"陈敏许我银杖，今以涂杖见与，便投水中，当以还之。欺蔑之罪，不可容也！"于是取银杖看之，剖视中见铁干，乃置之湖中。杖浮在水上，其疾如飞，遥到敏舫前，敏舟遂覆也。（《太平御览》七百十）

丹丘生大茗，服之生羽翼。（《事类赋》注十六）

《拾遗记》十卷，题晋陇西王嘉撰，梁萧绮录。《晋书》《艺术列传》中有王嘉，略云，嘉字子年，陇西安阳人，初隐于东阳谷，后入长安，

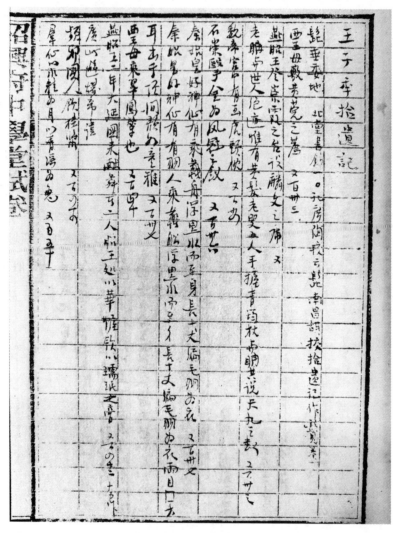

鲁迅辑录《拾遗记》手稿（北京鲁迅博物馆、上海鲁迅纪念馆编《鲁迅辑校古籍手稿》，1991年上海古籍出版社影印本）

符坚累征不起，能言未然之事，辞如谶记，当时鲜能晓之。姚苌入长安，逼嘉自随；后以答问失苌意，为苌所杀（约三九〇）⑨。嘉尝造《牵三歌谶》，又著《拾遗录》十卷，其事多诡怪，今行于世。传所云《拾遗录》者，盖即今记，前有萧绮序，言书本十九卷，二百二十篇，当苻秦之季，典章散灭，此书亦多有亡，绮更删繁存实，合为一部，凡十卷。今书前九卷起庖牺迄东晋，末一卷则记昆仑等九仙山，与序所谓"事讫西晋之末"者稍不同。其文笔颇靡丽，而事皆诞谩无实，萧绮之录亦附会，胡应麟（《笔丛》三十二）以为"盖即绮撰而托之王嘉"者也。

少昊以金德王，母曰皇娥，处璇宫而夜织，或乘桴木而昼游，经历穷桑沧茫之浦。时有神童，容貌绝俗，称为白帝之子，即太白之精，降乎水际，与皇娥宴戏⑩，奏便娟之乐，游漾忘归。穷桑者，西海之滨，有孤桑之树，直上千寻，叶红椹紫，万岁一实，食之后天而老。……帝子与皇娥并坐，抚桐峰梓瑟，皇娥倚瑟而清歌曰，"天清地旷浩茫茫，万象回薄化无方，涵天荡荡望沧沧，乘桴轻⑪漾著日傍，当其何所至穷桑，心知和乐悦未央。"俗谓游乐之处为桑中也，《诗》《卫风》云"期我乎桑中"，盖类此也。……及皇娥生少昊，号曰穷桑氏，亦曰桑丘氏。至六国时，桑丘子著阴阳书，即其余裔也。……（卷一）

刘向于成帝之末，校书天禄阁，专精覃思。夜，有老人著黄衣，植青藜杖，登阁而进，见向暗中独坐诵书，老父乃吹杖端，烟燃，因以见向，说开辟已前。向因受五行洪范之文，恐辞说繁广忘之，乃裂帛及绅，以记其言，至曙而去。向请问姓名，云"我是太一之精，天帝闻卯金之子有博学者，下而观焉"。乃出怀中竹牒，有天文地图之书，"余略授子焉"。至向子歆，从向授其术。向亦不悟此人焉。（卷六）

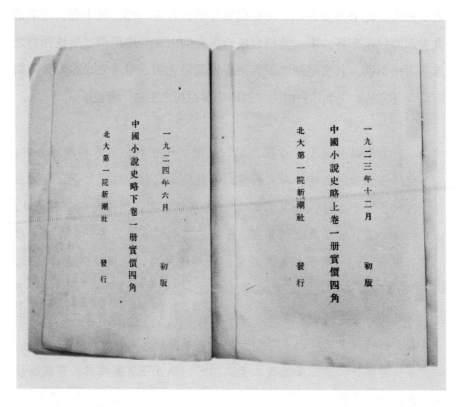

鲁迅《中国小说史略》新潮社初版本版权页（1923、1924年北京大学新潮社刊本，北京大学图书馆藏）

　　洞庭山浮于水上，其下有金堂数百间，玉女居之，四时闻金石丝竹之声，彻于山顶。楚怀王之时，举群才赋诗于水湄。……后怀王好进奸雄，群贤逃越。屈原以忠见斥，隐于沅湘，披蓁茹草，混同禽兽，不交世务，采柏实以和桂膏，用养心神，被王逼逐，乃赴清冷之水，楚人思慕，谓之水仙。其神游于天河，精灵时降湘浦，楚人为之立祠，汉末犹在。（卷十）

注释：

　　①《中国小说史略》"油印本"作："六朝之鬼神志怪书（下）　小说史大略六"，"铅印本"作："第五篇　六朝之鬼神志怪书（下）"，自"初版本"作："第六篇　六朝之鬼神志怪书（下）"。

　　②于宋大明及建元（五世纪中）年，自"初版本"增。

　　③《中国小说史略》"油印本"之"六朝之鬼神志怪书（下）　小说史大略六"作：释家辅教之书，《隋志》著录九家，今惟颜之推《冤魂志》存，余并佚。遗文之可考见者，有齐王琰《冥祥记》，隋颜之推《集灵记》，侯白《旌异记》三种，多记经像之显效，明应验之实有。《冥祥记》在《法苑珠林》及《太平广记》中所存最多，其记叙亦最详尽，略引三事，以概其余。自"铅印本"改。

　　④《中国小说史略》"油印本"之"六朝之鬼神志怪书（下）　小说史大略六"作：泰答（亦不犯恶云云）。自"铅印本"改。

　　⑤（三世纪末至四世纪初）。自"初版本"增。

　　⑥（见唐释法琳《辩正论》六）。自"初版本"增。

　　⑦《中国小说史略》"油印本"之"六朝之鬼神志怪书（下）　小说史大略六"作：称述神异之书，出于方士者，如《十洲记》，《汉武帝内传》，虽依托古人，不署传者，而文不逮志，伪迹彰著，已具示第四篇，余多散亡不可考。惟群书间，有引《神异记》者，为晋道士王浮所作。浮，晋人，即与帛远抗论屡屈，遂改换《西域传》造《明威化胡经》者也。

　　记有云：

自"铅印本"改。

⑧《中国小说史略》"油印本"之"六朝之鬼神志怪书（下）　小说史大略六"作：言灵验。自"铅印本"改。

⑨（约三九〇）。自"初版本"增。

⑩自"再版本"以下均误作：与皇娥游戏。

⑪《中国小说史略》"铅印本"之"第五篇　六朝之鬼神志怪书（下）"作：□，"油印本"之"六朝之鬼神志怪书（下）　小说史大略六"作：轻。自"初版本"以下均作：轻。

第七篇　《世说新语》与其前后①

　　释道互扇而流为清谈。裴启《语林》,郭澄之《郭子》。刘义庆《世说》及刘峻注。沈约《俗说》,殷芸《小说》。《世说》之一体:邯郸淳《笑林》,侯白《启颜录》。历来模仿《世说》者之多。

世說新語卷上之上

宋　臨川王義慶　撰

梁　劉孝標　注

德行第一

陳仲舉言爲士則行爲世範登車攬轡有澄清天下
之志　汝南先賢傳曰陳蕃字仲舉汝南平輿人有室
荒蕪不掃除曰大丈夫當爲國家掃天下値漢
桓之末闍豎用事外戚豪橫及拜太傅
與大將軍竇武謀誅宦官以爲豫章太守
海內先賢傳曰蕃爲尚書以忠正爲豫章太守
忤貴戚不得在臺遷爲　爲豫章太守
　　　　　　　　　　至便問徐孺子所
在欲先看之　謝承後漢書曰徐穉字孺子豫章南昌
　人清妙高時超世絕俗前後爲諸公所
　辟雖不就及其死萬里赴弔常預炙雞一隻以綿漬
酒中暴乾以裹雞徑到所赴冢隧外以水漬綿半米

汉末士流，已重品目，声名成毁②，决于片言③，魏晋以来，乃弥以标格语言相尚，惟吐属则流于玄虚④，举止则故为疏放，与汉之惟俊伟坚卓为重者，甚不侔矣。盖其时释教广被，颇扬脱俗之风，而老庄之说亦大盛，其因佛而崇老为反动⑤，而厌离于世间则一致⑥，相拒而实相扇，终乃汗漫而为清谈。渡江以后，此风弥甚，有违言者，惟一二枭雄而已。世之所尚⑦，因有撰集，或者掇拾旧闻，或者记述近事，虽不过丛残小语，而俱为人间言动，遂脱志怪之牢笼也。⑧

记人间事者已甚古，列御寇韩非皆有录载，惟其所以录载者，列在用以喻道，韩在储以论政。若为赏心而作，则实萌芽于魏而盛大于晋，虽不免追随俗尚，或供揣摩，然要为远实用而近娱乐矣⑨。晋隆和（三六二）⑩中，有处士河东裴启，撰汉魏以来迄于同时言语应对之可称者，谓之《语林》，时颇盛行，以记谢安语不实，为安所诋，书遂废（详见《世说新语》《轻诋篇》）⑪。⑫后仍时有，凡十卷，至隋而亡，然群书中亦常见其遗文也。⑬

　　娄护字君卿，历游五侯之门，每旦，五侯家各遗饷之，君卿口厌滋味，乃试合五侯所饷之鲭而食，甚美。世所谓"五侯鲭"，君卿所致。（《太平广记》二百三十四）

155

六朝时志怪的小说，既如上述，现在我们再讲志人的小说。六朝志人的小说，也非常简单，同志怪的差不多，这有宋刘义庆做的《世说新语》，可以做代表。现在待我举出一两条来看：

> 阮光禄在剡，曾有好车，借者无不皆给。有人葬母，意欲借而不敢言。阮后闻之，叹曰："吾有车而使人不敢借，何以车为？"遂焚之。（卷上《德行篇》）
>
> 刘伶恒纵酒放达，或脱衣裸形在屋中。人见讥之，伶曰："我以天地为栋宇，屋室为裈衣，诸君何为入我裈中？"（卷下《任诞篇》）

这就是所谓晋人底风度。以我们现在的眼光看去，阮光禄之烧车，刘伶之放达，是觉得有些奇怪的，但在晋人却并不以为奇怪，因为那时所贵的是奇特的举动和玄妙的清谈。这种清谈，本从汉之清议而来。汉末政治黑暗，一般名士议论政事，其初在社会上很有势力，后来遭执政者之嫉视，渐渐被害，如孔融，祢衡等都被曹操设法害死，所以到了晋代底名士，就不敢再议论政事，而一变为专谈玄理；清议而不谈政事，这就成了所谓清谈了。但这种清谈的名士，当时在社会上却仍旧很有势力，若不能玄谈的，好似不够名士底资格；而《世说》这部书，差不多就可以看做一部名士底教科书。

前乎《世说》尚有《语林》，《郭子》，不过现在都没有了。而《世说》乃是纂辑自后汉至东晋底旧文而成的。后来有刘孝标给《世说》作注，注中所引的古书多至四百余种，而今又不多存在了；所以后人对于《世说》看得更贵重，到现在还很通行。

——《中国小说的历史的变迁》第二讲《六朝时之志怪与志人》

魏武云，"我眠中不可妄近，近辄斫人不觉。左右宜慎之！"后乃阳冻眠，所幸小儿窃以被覆之，因便斫杀，自尔莫敢近。（《太平御览》七百七）

钟士季尝向人道，"吾年少时一纸书，人云是阮步兵书，皆字字生义，既知是吾，不复道也。"（《续谈助》四）

祖士言与钟雅语相调，钟语祖曰，"我汝颍之士利如锥，卿燕代之士钝如槌。"祖曰，"以我钝槌，打尔利锥。"钟曰，"自有神锥，不可得打。"祖曰，"既有神锥，必有神槌。"钟遂屈。（《御览》四百六十六）

王子猷尝暂寄人空宅住，使令种竹。或问暂住何烦尔？啸咏良久，直指竹曰，"何可一日无此君。"（《御览》三百八十九）

《隋志》又有《郭子》三卷，东晋中郎郭澄之撰，《唐志》云，"贾泉注"，今亡。审其遗文，亦与《语林》相类。⑭

宋临川王刘义庆有《世说》八卷，梁刘孝标注之为十卷，见《隋志》。今存者三卷曰《世说新语》，为宋人晏殊所删并，于注亦小有剪裁，然不知何人又加新语二字，唐时则曰新书，殆以《汉志》儒家类录刘向所序六十七篇中，已有《世说》，因增字以别之也。《世说新语》今本凡三十八篇⑮，自《德行》至《仇隙》，以类相从，事起后汉，止于东晋，记言则玄远冷俊，记行则高简瑰奇，下至缪惑，亦资一笑。孝标作注，又征引浩博。或驳或申，映带本文，增其隽永，所用书四百余种⑯今又多不存⑰，故世人尤珍重之。⑱然《世说》文字，间或与裴郭二家书所记相同，殆亦犹《幽明录》《宣验记》然，乃纂缉旧文，非由自造：《宋书》言义庆才词不多，而招聚文学之士，远近必至，则诸书或成于众手，未可知也。

裴子語林

婁護字君卿歷游五侯之門每旦五侯家各遺餉之君卿

口厭滋味乃試合五侯所餉之鯖而食甚美世所謂五侯

鯖君卿所致書鈔引作君卿之鯖也 廣記 二百三十四書鈔一百四十五

胡廣本姓黃五月生父母惡諸甕中投之於江胡翁見甕

流下聞有小兒啼聲往取因以爲子遂登三司 御覽四百八十八

廣後不治本親服世以爲譏 御覽三百八十八

張衡之初死蔡邕母胎孕此二人才貌相類時人云邕是

衡之後身 御覽三百六十又三百 九十六帖二十一

鲁迅辑录《语林》手稿（北京鲁迅博物馆、上海鲁迅纪念馆编《鲁迅辑校古籍手稿》，1991年上海古籍出版社影印本）

阮光禄在剡，曾有好车，借者无不皆给。有人葬母，意欲借而不敢言。阮后闻之，叹曰，"吾有车而使人不敢借，何以车为？"遂焚之。（卷上《德行篇》⑲）

阮宣子有令闻，太尉王夷甫见而问曰，"老庄与圣教同异？"对曰，"将无同。"太尉善其言，辟之为掾，世谓"三语掾"。（卷上《文学篇》⑳）

祖士少好财，阮遥集好屐，并恒自经营，同是一累，而未判其得失。人有诣祖，见料视财物，客至，屏当未尽，余两小簏，著背后倾身障之，意未能平。或有诣阮，见自吹火蜡屐，因叹曰，"未知一生当著几量屐？"神色闲畅。于是胜负始分。（卷中《雅量篇》㉑）

世目李元礼"谡谡如劲松下风"。（卷中《赏誉篇》㉒）

公孙度目邴原："所谓云中白鹤，非燕雀之网所能罗也。"（同上）

刘伶恒纵酒放达，或脱衣裸形在屋中。人见讥之。伶曰，"我以天地为栋宇，屋室为裈衣，诸君何为入我裈中？"（卷下《任诞篇》㉓）

石崇每要客燕集，常令美人行酒，客饮酒不尽者，使黄门交斩美人。王丞相与大将军尝共诣崇，丞相素不能饮，辄自勉强，至于沉醉。每至大将军，固不饮以观其变，已斩三人，颜色如故，尚不肯饮，丞相让之，大将军曰，"自杀伊家人，何预卿事？"（卷下《汰侈篇》㉔）

梁沈约（四四一——五一三，《梁书》有传）㉕作《俗说》三卷，亦此类，今亡。梁武帝尝敕安右长史殷芸（四七一——五二九，《梁书》有传）㉖撰《小说》三十卷，至隋仅存十卷，明初尚存，今乃止见于《续谈助》及原本《说郛》中，亦采集群书而成，以时代为次第，而特置帝王之事于卷首，继以周汉，终于南齐。㉗

鲁迅辑录《笑林》手稿（北京鲁迅博物馆、上海鲁迅纪念馆编《鲁迅辑校古籍手稿》，1991年上海古籍出版社影印本）

此外还有一种魏邯郸淳做的《笑林》，也比《世说》早。它的文章，较《世说》质朴些，现在也没有了，不过在唐宋人的类书上所引的遗文，还可以看见一点，我现在把它也举一条出来：

甲父母在，出学三年而归，舅氏问其学何所得，并序别父久。乃答曰："渭阳之思，过于秦康。"（秦康父母已死）既而父数之，"尔学奚益。"答曰："少失过庭之训，故学无益。"（《广记》二百六十二）

就此可知《笑林》中所说，大概不外俳谐之谈。

——《中国小说的历史的变迁》第二讲《六朝时之志怪与志人》

晋咸康中，有士人周谓者，死而复生，言天帝召见，引升殿，仰视帝，面方一尺。问左右曰，"是古张天帝耶？"答云，"上古天帝，久已圣去，此近曹明帝也。"（《绀珠集》二）

孝武未尝见驴，谢太傅问曰，"陛下想其形当何所似？"孝武掩口笑云，"正当似猪。"（《续谈助》四。原注云，出《世说》。案今本无之。）㊳

孔子尝游于山，使子路取水。逢虎于水所，与共战，揽尾得之，内怀中；取水还。问孔子曰，"上士杀虎如之何？"子曰，"上士杀虎持虎头。"又问曰，"中士杀虎如之何？"子曰，"中士杀虎持虎耳。"又问，"下士杀虎如之何？"子曰，"下士杀虎捉虎尾。"子路出尾弃之，因恚孔子曰，"夫子知水所有虎，使我取水，是欲死我。"乃怀石盘欲中孔子，又问，"上士杀人如之何？"子曰，"上士杀人使笔端。"又问曰，"中士杀人如之何？"子曰，"中士杀人用舌端。"又问"下士杀人如之何？"子曰，"下士杀人怀石盘。"子路出而弃之，于是心服。（原本《说郛》二十五。原注云，出《冲波传》。㊴）

鬼谷先生与苏秦张仪书云，"二君足下，功名赫赫，但春华到秋，不得久茂。日数将冬，时讫将老。子独不见河边之树乎？仆御折其枝，波浪激其根；此木非与天下人有仇怨，盖所居者然。子见嵩岱之松柏，华霍之树檀？上叶干青云，下根通三泉，上有猿狄，下有赤豹麒麟，千秋万岁，不逢斧斤之伐：此木非与天下之人有骨肉，亦所居者然。今二子好朝露之荣，忽长久之功，轻乔松之求延，贵一旦之浮爵，夫'女爱不极席，男欢不毕轮'，痛夫痛夫，二君二君！"（《续谈助》四。原注云，出《鬼谷先生书》。㊵）

《隋志》又有《笑林》三卷，后汉给事中邯郸淳撰。淳一名竺，字子礼，颍川人，弱冠有异才，元嘉元年（一五一），上虞长度尚为曹娥立

《笑林广记》书影（清光绪间刻本）

　　前乎《世说》尚有《语林》，《郭子》，不过现在都没有了。而《世说》乃是纂辑自后汉至东晋底旧文而成的。后来有刘孝标给《世说》作注，注中所引的古书多至四百余种，而今又不多存在了；所以后人对于《世说》看得更贵重，到现在还很通行。

　　……

　　上举《笑林》，《世说》两种书，到后来都没有什么发达，因为只有模仿，没有发展。如社会上最通行的《笑林广记》，当然是《笑林》的支派，但是《笑林》所说的多是知识上的滑稽；而到了《笑林广记》，则落于形体上的滑稽，专以鄙言就形体上谑人，涉于轻薄，所以滑稽的趣味，就降低多了。

　　——《中国小说的历史的变迁》第二讲《六朝时之志怪与志人》

碑，淳者尚之弟子，于席间作碑文，操笔而成，无所点定，遂知名，黄初初（约二二一），为魏博士给事中，见《后汉书》《曹娥传》及《三国》《魏志》《王粲传》等注。㉛《笑林》今佚，遗文存二十余事，举非违，显纰缪，实《世说》之一体，亦后来诽谐文字之权舆也。㉜

鲁有执长竿入城门者，初，竖执之不可入，横执之不可入㉝，计无所出。俄有老父至曰，"吾非圣人，但见事多矣，何不以锯中截而入！"遂依而截之。（《太平广记》二百六十二）

㉞

平原陶丘氏，取渤海墨台氏女，女色甚美，才甚令，复相敬，已生一男而归。母丁氏，年老，进见女婿。女婿既归而遣妇。妇临去请罪，夫曰，"曩见夫人年德已衰，非昔日比，亦恐新妇老后，必复如此，是以遣，实无他故。"（《太平御览》四百九十九）

甲父母在，出学三年而归。舅氏问其学何所得，并序别父久。乃答曰，"渭阳之思，过于秦康。"既而父数之，"尔学奚益。"答曰，"少失过庭之训，故学无益。"（《广记》二百六十二）㉟

甲与乙争斗㊱，甲啮下乙鼻，官吏欲断之，甲称乙自啮落。吏曰，"夫人鼻高而口低，岂能就啮之乎？"甲曰，"他踏床子就啮之。"（同上㊲）

《笑林》之后，不乏继作，《隋志》有《解颐》二卷。杨松玢撰，今一字不存，而群书常引《谈薮》，则《世说》之流也。《唐志》有《启颜录》十卷㊳，侯白撰。白字君素，魏郡人，好学有捷才，滑稽善辩，举秀才为儒林郎，好为诽谐杂说，人多爱狎之，所在之处，观者如市。隋高祖闻其名，召令于秘书修国史，后给五品食，月余而死（约六世纪后叶）㊴。见《隋书》《陆爽传》。《启颜录》今亦佚，然《太平广记》引用

　　至于《世说》，后来模仿的更多，从刘孝标的《续世说》——见《唐志》——一直到清之王晫所做的《今世说》，现在易宗夔所做的《新世说》等，都是仿《世说》的书。但是晋朝和现代社会底情状，完全不同，到今日还模仿那时底小说，是很可笑的。因为我们知道从汉末到六朝为篡夺时代，四海骚然，人多抱厌世主义；加以佛道二教盛行一时，皆讲超脱现世，晋人先受其影响，于是有一派人去修仙，想飞升，所以喜服药；有一派人欲永游醉乡，不问世事，所以好饮酒。服药者——晋人所服之药，我们知道的有五石散，是用五种石料做的，其性燥烈——身上常发炎，适于穿旧衣——因新衣容易擦坏皮肤——又常不洗，虱子生得极多，所以说："扪虱而谈。"饮酒者，放浪形骸之外，醉生梦死。——这就是晋时社会底情状。而生在现代底人，生活情形完全不同了，却要去模仿那时社会背景所产生的小说，岂非笑话？

　　我在上面说过：六朝人并非有意作小说，因为他们看鬼事和人事，是一样的，统当作事实；所以《旧唐书》《艺文志》，把那种志怪的书，并不放在小说里，而归入历史的传记一类，一直到了宋欧阳修才把它归到小说里。可是志人底一部，在六朝时看得比志怪底一部更重要，因为这和成名很有关系；像当时乡间学者想要成名，他们必须去找名士，这在晋朝，就得去拜访王导，谢安一流人物，正所谓"一登龙门，则身价十倍"。但要和这流名士谈话，必须要能够合他们的脾胃，而要合他们的脾胃，则非看《世说》，《语林》这一类的书不可。例如：当时阮宣子见太尉王夷甫，夷甫问老庄之异同，宣子答说："将毋同。"夷甫就非常佩服他，给他官做，即世所谓"三语掾"。但"将毋同"三字，究竟怎样讲？有人说是"殆不同"的意思；有人说是"岂不同"的意思——总之是一种两可、飘渺恍惚之谈罢了。要学这一种飘渺之谈，就非看《世说》不可。

　　——《中国小说的历史的变迁》第二讲《六朝时之志怪与志人》

甚多，盖上取子史之旧文，近记一己之言行，事多浮浅，又好以鄙言调谑人，诽谐太过，时复流于轻薄矣。其有唐世事者，后人所加也；古书中往往有之，在小说尤甚。

开皇中，有人姓出名六斤，欲参（杨）素，赍名纸至省门，遇白，请为题其姓，乃书曰"六斤半"。名既入，素召其人，问曰，"卿姓六斤半？"答曰，"是出六斤。"曰，"何为六斤半？"曰，"向请侯秀才题之，当是错矣。"即召白至，谓曰，"卿何为错题人姓名？"对云，"不错。"素曰，"若不错，何因姓出名六斤，请卿题之，乃言六斤半？"对曰，"白在省门，会卒无处觅称，既闻道是出六斤，斟酌只应是六斤半。"素大笑之。（《广记》二百四十八）

山东人娶蒲州女，多患瘿，其妻母项瘿甚大。成婚数月，妇家疑婿不慧，妇翁置酒盛会亲戚，欲以试之。问曰，"某郎在山东读书，应识道理。鸿鹤能鸣，何意？"曰，"天使其然。"又曰，"松柏冬青，何意？"曰，"天使其然。"又曰，"道边树有骨骺，何意？"曰，"天使其然。"妇翁曰，"某郎全不识道理，何因浪住山东？"因以戏之曰，"鸿鹤能鸣者颈项长，松柏冬青者心中强，道边树有骨骺者车拨伤：岂是天使其然？"婿曰，"虾蟆能鸣，岂是颈项长？竹亦冬青，岂是心中强？夫人项下瘿如许大，岂是车拨伤？"妇翁羞愧，无以对之。（同上）

其后则唐有何自然《笑林》，今亦佚，宋有吕居仁《轩渠录》，沈征《谐史》，周文玘《开颜集》，天和子《善谑集》，元明又十余种；大抵或取子史旧文，或拾同时琐事，殊不见有新意。惟托名东坡之《艾子杂说》稍卓特，顾往往嘲讽世情，讥刺时病，[40]又异于《笑林》之无所为而作矣。[41]

〔清〕任熊《於越先贤像传赞》插图之谢安（清咸丰六年萧山王氏养和堂刻本，张满弓编著《古典文学版画》，2004年河南大学出版社影印本）

至于《世说》一流，仿者尤众，刘孝标有《续世说》十卷，见《唐志》，然据《隋志》，则殆即所注临川书。唐有王方庆《续世说新书》（见《新唐志》杂家，今佚）⑫，宋有⑬王谠《唐语林》，孔平仲《续世说》，明有⑭何良俊《何氏语林》，李绍文《明世说新语》，焦竑《类林》及《玉堂丛话》⑮，张墉《廿一史识余》，郑仲夔《清言》等；然纂旧闻则别无颖异，述时事则伤于矫揉，而世人犹复为之不已，至于清，又有梁维枢作《玉剑尊闻》，吴肃公作《明语林》，⑯章抚功作《汉世说》，李清作《女世说》，颜从乔作《僧世说》，王晫作《今世说》，汪琬作《说铃》而惠栋为之补注⑰，今亦尚有易宗夔作《新世说》也。⑱

注释：

①《中国小说史略》"油印本"作："《世说新语》与其前后　小说史大略七"，"铅印本"作："第六篇　《世说新语》与其前后"，自"初版本"作："第七篇　《世说新语》与其前后"。

②《中国小说史略》"铅印本"之"第六篇　《世说新语》与其前后"作：终身毁誉。自"初版本"改。

③《中国小说史略》"铅印本"之"第六篇　《世说新语》与其前后"作：系于一言。自"初版本"改。

④《中国小说史略》"油印本"之"《世说新语》与其前后　小说史大略七"作：晋人言论，崇尚玄虚，举止亦贵旷达。渡江而后，此风弥盛。操觚之士，遂有著述，或者掇拾旧闻，或者记叙并世，清言畸行，为世所赏。最先东晋处士裴启撰《裴子语林》十卷，今亡。审其遗文，则上起汉代，迄于同时者也。自"铅印本"改。

⑤《中国小说史略》"铅印本"之"第六篇　《世说新语》与其前后"作：其张皇旧物为反动。自"初版本"改。

⑥《中国小说史略》"铅印本"之"第六篇　《世说新语》与其前后"作：而一其归趣则为互助。自"初版本"改。

⑦《中国小说史略》"铅印本"之"第六篇 《世说新语》与其前后"作：世之所美。自"初版本"改。

⑧《而已集·魏晋风度及文章与药及酒之关系》：东晋以后，不做文章而流为清谈，由《世说新语》一书里可以看到。

《且介亭杂文二集·六朝小说和唐代传奇文有怎样的区别？》：《隋书经籍志》抄《汉书艺文志》说，以著录小说，比之"询于刍荛"，就是以为虽然小说，也有所为的明证。不过在实际上，这有所为的范围却缩小了。晋人尚清谈，讲标格，常以寥寥数言，立致通显，所以那时的小说，多是记载畸行隽语的《世说》一类，其实是借口舌取名位的入门书。

《集外集·选本》：

不过选者总是层出不穷的，至今尚存，影响也最广大者，我以为一部是《世说新语》，一部就是《文选》。

《世说新语》并没有说明是选的，好像刘义庆或他的门客所搜集，但检唐宋类书中所存裴启《语林》的遗文，往往和《世说新语》相同，可见它也是一部钞撮故书之作，正和《幽明录》一样。它的被清代学者所宝重，自然因为注中多有现今的逸书，但在一般读者，却还是为了本文，自唐迄今，拟作者不绝，甚至于自己兼加注解。袁宏道在野时要做官，做了官又大叫苦，便是中了这书的毒，误明为晋的缘故。有些清朝人却较为聪明，虽然辫发胡服，厚禄高官，他也一声不响，只在倩人写照的时候，在纸上改作斜领方巾，或芒鞋竹笠，聊过"世说"式瘾罢了。

《集外集拾遗补编·开给许世瑛的书单》：

《世说新语》 刘义庆 晋人清谈之状

《今世说》 王晫 明末清初之名士习气

⑨《中国小说史略》"铅印本"之"第六篇 《世说新语》与其前后"作：然要为远实用而近文艺矣。自"订正本"改。

⑩（三六二）。自"初版本"增。

⑪（详见《世说新语》《轻诋篇》）。自"初版本"增。

⑫《且介亭杂文二集·六朝小说和唐代传奇文有怎样的区别？》：例如《世说新

语》说裴启《语林》记谢安语不实,谢安一说,这书即大损声价云云,就是。

⑬《且介亭杂文二集·六朝小说和唐代传奇文有怎样的区别?》:

况且从晋到隋的书目,现在一种也不存在了,我们已无从知道那时所视为小说的是什么,有怎样的形式和内容。现存的惟一最早的目录只有《隋书经籍志》,修者自谓"远览马史班书,近观王阮志录",也许尚存王俭《今书七志》,阮孝绪《七录》的痕迹罢,但所录小说二十五种中,现存的却只有《燕丹子》和刘义庆撰《世说》合刘孝标注两种了。此外,则《郭子》,《笑林》,殷芸《小说》,《水饰》,及当时以为隋代已亡的《青史子》,《语林》等,还能在唐宋类书里遇见一点遗文。

⑭《中国小说史略》"油印本"之"《世说新语》与其前后　小说史大略七"作:晋又有《郭子》三卷,中郎郭澄之撰,贾泉注,今亦亡。审其遗文,盖与《语林》相类。自"铅印本"改。

⑮《中国小说史略》"铅印本"之"第六篇　《世说新语》与其前后"作:《世说》凡三十八篇。自"初版本"改。

⑯《中国小说史略》"铅印本"之"第六篇　《世说新语》与其前后"作:用书至四百余种。自"初版本"改。

⑰《中国小说史略》"铅印本"之"第六篇　《世说新语》与其前后"作:此群书今多不存。自"初版本"改。

⑱《中国小说史略》"油印本"之"《世说新语》与其前后　小说史大略七"作:宋临川王刘义庆,凤好文瀚,多所述作,有《世说新书》八卷,今存者三卷,分三十八门,上起后汉,下逮东晋,皆名隽之言,奇特之行,足资谈助者。然间或与裴郭二家书所记相同,盖亦采拾故书,排比而成者也。梁刘孝标作注,征引浩博,而所引群籍,今多不存,故好古者尤珍重之。自"铅印本"改。

⑲《中国小说史略》"油印本"之"《世说新语》与其前后　小说史大略七"作:卷上《德行》。自"铅印本"改。

⑳《中国小说史略》"油印本"之"《世说新语》与其前后　小说史大略七"作:卷上《文学》。自"铅印本"改。

㉑《中国小说史略》"油印本"之"《世说新语》与其前后　小说史大略七"作:卷

中《雅量》。自"铅印本"改。

㉒《中国小说史略》"油印本"之"《世说新语》与其前后　小说史大略七"作：卷中《赏誉》。自"铅印本"改。

㉓《中国小说史略》"油印本"之"《世说新语》与其前后　小说史大略七"作：卷下《任诞》。自"铅印本"改。

㉔《中国小说史略》"油印本"之"《世说新语》与其前后　小说史大略七"作：卷下《汰侈》。自"铅印本"改。

㉕（四四一——五一三，《梁书》有传）。自"初版本"增。

㉖（四七一——五二九，《梁书》有传）。自"初版本"增。

㉗《中国小说史略》"油印本"之"《世说新语》与其前后　小说史大略七"作：梁沈约作《俗说》三卷，亦此类，今亡。梁武帝尝敕安右长史殷芸撰《小说》三十卷，至隋仅存十卷，今仅见于《续谈助》及《说郛》中，亦采集群书所作。自"铅印本"改。

㉘以上两段自"铅印本"增。

㉙《中国小说史略》"油印本"之"《世说新语》与其前后　小说史大略七"作：出《冲波传》，原本《说郛》二十五。自"铅印本"改。

㉚《中国小说史略》"油印本"之"《世说新语》与其前后　小说史大略七"作：出《鬼谷先生书》，《说郛》二十五又《续谈助》四。自"铅印本"改。

㉛《中国小说史略》"铅印本"之"第六篇　《世说新语》与其前后"作：淳字子礼，弱冠有异才，为上虞长度尚弟子，于尚席间作曹娥碑，操笔而成，无所点定，遂知名，详见《后汉书》《曹娥传》注。自"初版本"改。

㉜《中国小说史略》"油印本"之"《世说新语》与其前后　小说史大略七"作：《隋志》又有《笑林》三卷，后汉给事中邯郸淳撰，今佚。遗文之存者，有二十余事，显非摘谬，亦《世说》之一体也。自"铅印本"改。

㉝《中国小说史略》"油印本"之"《世说新语》与其前后　小说史大略七"作：横执之亦不可入。自"铅印本"改。当以"油印本"为是。

㉞《中国小说史略》"油印本"之"《世说新语》与其前后　小说史大略七"此处有：桓帝时，有人辟公府掾者，倩人作奏记文，人不能为作，因语曰，"梁国葛龚先善

为记文,自可写用,不烦更作。"遂从人言写记文,不去葛龚名姓,府君大惊,不答而罢。故时人语曰,"作奏虽工,宜去葛龚。"(《御览》四百九十六)自"铅印本"删。

㉟此段自"铅印本"增。

㊱《中国小说史略》"铅印本"之"第六篇　《世说新语》与其前后"作:甲与乙斗争。自"初版本"改。

㊲《中国小说史略》"油印本"之"《世说新语》与其前后　小说史大略七"作:《广记》二百六十二。自"铅印本"改。

㊳《中国小说史略》原文误作:二卷。

㊴(约六世纪后叶)。自"初版本"增。

㊵《中国小说史略》"铅印本"之"第六篇　《世说新语》与其前后"作:顾颇近寓言。自"初版本"改。

㊶《致陶亢德》(1934年4月1日):然中国之所谓幽默,往往尚不脱《笑林广记》式,真是无可奈何。

㊷《中国小说史略》"铅印本"之"第六篇　《世说新语》与其前后"作:唐人仿者不多有。自"初版本"改。

㊸《中国小说史略》"铅印本"之"第六篇　《世说新语》与其前后"作:则有。自"初版本"改。

㊹《中国小说史略》"铅印本"之"第六篇　《世说新语》与其前后"作:则有。自"初版本"改。

㊺《中国小说史略》"铅印本"之"第六篇　《世说新语》与其前后"作:焦竑《类林》。自"订正本"改。

㊻《中国小说史略》"铅印本"之"第六篇　《世说新语》与其前后"作:至于清,又有吴肃公作《明语林》。自"订正本"改。

㊼《中国小说史略》"铅印本"之"第六篇　《世说新语》与其前后"作:汪琬作《说铃》。自"订正本"改。

㊽《中国小说史略》"油印本"之"《世说新语》与其前后　小说史大略七"作:《笑林》之后,不乏继作,隋有侯白,唐有何自然,自宋至清,又十余种,或刺取史传,或汇

集街谈,多伤猥俗,不足论矣。至于《世说》一流,仿者尤众,其较显者,则有宋王谠《唐语林》,孔平仲《续世说》,明有何良俊《何氏语林》,李绍文《明世说新语》,清有吴肃公《明语林》,章抚功《汉世说》,王晫《今世说》,今亦犹有易宗夔《新世说》也。自"铅印本"改。

第八篇 唐之传奇文（上）^①

唐人始有意为小说。唐人小说影响于曲为大。王度《古镜记》，无名子《白猿传》，张文成《游仙窟》。开元天宝以后作者蔚起：沈既济《枕中记》等，沈亚之《湘中怨》等，陈鸿《长恨歌传》等，白行简《李娃传》等。

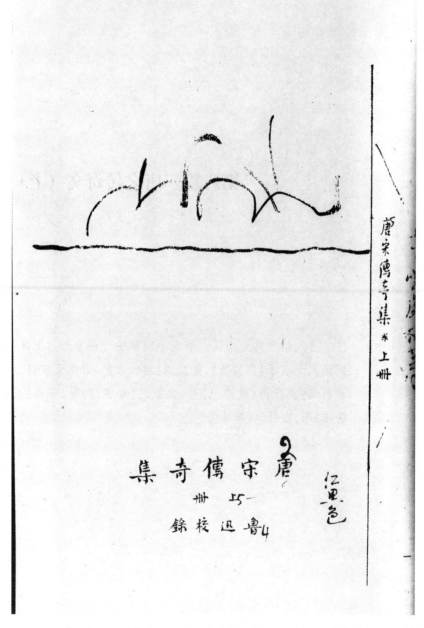

鲁迅编《唐宋传奇集》手稿本封面（北京鲁迅博物馆、上海鲁迅纪念馆编
《鲁迅辑校古籍手稿》，1991年上海古籍出版社影印本）

小说亦如诗，至唐代而一变，虽尚不离于搜奇记逸，然叙述宛转，文辞华艳，与六朝之粗陈梗概者较，演进之迹甚明，而尤显者乃在是时则始有意为小说。胡应麟（《笔丛》三十六）云，"变异之谈，盛于六朝，然多是传录舛讹，未必尽幻设语，至唐人乃作意好奇，假小说以寄笔端。"其云"作意"，云"幻设"者，则即意识之创造矣。②此类文字，当时或为丛集，或为单篇，大率篇幅漫长，记叙委曲，时亦近于俳谐，故论者每訾其卑下，贬之曰"传奇"，以别于韩柳辈之高文。顾世间则甚风行，文人往往有作，投谒时或用之为行卷，今颇有留存于《太平广记》中者（他书所收，时代及撰人多错误不足据）③，实唐代特绝之作也。④然而后来流派，乃亦不昌，但有演述，或者摹拟而已，惟元明人多本其事作杂剧或传奇，而影响遂及于曲。⑤

幻设为文，晋世固已盛，如阮籍之《大人先生传》，刘伶之《酒德颂》，陶潜之《桃花源记》，《五柳先生传》皆是矣，然咸以寓言为本，文词为末，故其流可衍为王绩《醉乡记》韩愈《圬者王承福传》柳宗元《种树郭橐驼传》等⑥，而无涉于传奇。传奇者流，源盖出于志怪，然施之藻绘，扩其波澜，故所成就乃特异，其间虽亦或托讽喻以纾牢愁，谈祸福以寓惩劝，而大归则究在文采与意想，与昔之传鬼神明因果而外无他意者，甚异其趣矣。⑦

　　小说到了唐时，却起了一个大变迁。我前次说过：六朝时之志怪与志人底文章，都很简短，而且当作记事实；及到唐时，则为有意识的作小说，这在小说史上可算是一大进步。而且文章很长，并能描写得曲折，和前之简古的文体，大不相同了，这在文体上也算是一大进步。但那时作古文底人，见了很不满意，叫它做"传奇体"。"传奇"二字，当时实是訾贬的意思，并非现代人意中的所谓"传奇"。可是这种传奇小说，现在多没有了，只有宋初底《太平广记》——这书可算是小说的大类书，是搜集六朝以至宋初底小说而成的——我们于其中还可以看见唐时传奇小说底大概：唐之初年，有王度做的《古镜记》，是自述得一神镜底异事，文章虽很长，但仅缀许多异事而成，还不脱六朝志怪底流风。此外又有无名氏做的《白猿传》，说的是梁将欧阳纥至长乐，深入溪洞，其妻为白猿掠去，后来得救回去，生一子，"厥状肖焉"。纥后为陈武帝所杀，他的儿子欧阳询，在唐初很有名望，而貌像猕猴，忌者因作此传；后来假小说以攻击人的风气，可见那时也就流行了。

　　——《中国小说的历史的变迁》第三讲《唐之传奇文》

　　隋唐间，有王度者，作《古镜记》（见《广记》二百三十，题曰《王度》），自述获神镜于侯生，能降精魅，后其弟勣（当作绩）远游，借以自随，亦杀诸鬼怪，顾终乃化去。其文甚长，然仅缀古镜诸灵异事，犹有六朝志怪流风。王度，太原祁人，文中子通之弟，东皋子绩兄也，盖生于开皇初（宋晁公武《郡斋读书志》十云通生于开皇四年）⑧，大业中为御史，罢归河东，复入长安为著作郎，奉诏修国史，又出兼芮城令，武德中卒（约五八五——六二五）⑨，史亦不成（见《古镜记》，《唐文粹》及《新唐书》《王绩传》，惟传云兄名凝，未详孰是），遗文仅存此篇而已⑩。绩弃官归龙门后，史不言其游涉，盖度所假设也。⑪

　　唐初又有《补江总白猿传》一卷，不知何人作，宋时尚单行，今见《广记》（四百四十四，题曰《欧阳纥》）中。传言梁将欧阳纥略地至长乐，深入溪洞，其妻遂为白猿所掠，逮救归，已孕，周岁生一子，“厥状肖焉”。纥后为陈武帝所杀，子询以江总收养成人，入唐有盛名，而貌类猕猴⑫，忌者因此作传，云以补江总，是知假小说以施诬蔑之风，其由来亦颇古矣。⑬

　　武后时，有深州陆浑⑭人张鷟字文成，以调露初登进士第，为岐王府参军，屡试皆甲科，大有文誉，调长安尉，然性躁卞，傥荡无检，姚崇尤恶之；开元初，御史李全交劾鷟讪短时政，贬岭南，旋得内徙，终司门员外郎（约六六〇——七四〇，⑮详见两《唐书》《张荐传》）。日本有《游仙窟》一卷，题宁州襄乐县尉张文成作，莫休符谓“鷟弱冠应举，下笔成章，中书侍郎薛元超特授襄乐尉”（《桂林风土记》）⑯则尚其年少时所为⑰。自叙奉使河源，道中夜投大宅，逢二女曰十娘五嫂⑱，宴饮欢笑，以诗相调，止宿而去，文近骈俪而时杂鄙语，气度与所作《朝野佥载》《龙筋凤髓判》正同，《唐书》谓“鷟下笔辄成，浮艳少理致，其论著率诋诮芜秽，然大行一时，晚进莫不传记。……新罗日本使至，必出金宝购其文”，殆实录矣。《游仙窟》中国久失传，后人亦不复效其体

《游仙窟》封面（1929年北新书局刊本，北京大学图书馆藏）

到了武则天时，有张鷟做的《游仙窟》，是自叙他从长安走河湟去，在路上天晚，投宿一家，这家有两个女人，叫十娘，五嫂，和他饮酒作乐等情。事实不很繁复，而是用骈体文做的。这种以骈体做小说，是从前所没有的，所以也可以算一种特别的作品。到后来清之陈球所做的《燕山外史》，是骈体的，而作者自以为用骈体做小说是由他别开生面的，殊不知实已开端于张鷟了。但《游仙窟》中国久已佚失；惟在日本，现尚留存，因为张鷟在当时很有文名，外国人到中国来，每以重金买他的文章，这或者还是那时带去的一种。其实他的文章很是佻巧，也不见得好，不过笔调活泼些罢了。

——《中国小说的历史的变迁》第三讲《唐之传奇文》

制，⑲今略录数十言以见大概，乃升堂燕饮时情状也。⑳

　　……㉑十娘唤香儿为少府设乐，金石并奏，箫管间响：苏合弹琵琶，绿竹吹筚篥，仙人鼓瑟，玉女吹笙，玄鹤俯而听琴，白鱼跃而应节。清音咷叨，片时则梁上尘飞，雅韵铿锵，卒尔则天边雪落，一时忘味，孔丘留滞不虚，三日绕梁，韩娥余音是实。……两人俱起舞，共劝下官，……遂舞著词曰，"从来巡绕四边，忽逢两个神仙，眉上冬天出柳，颊中旱地生莲，千看千处妩媚，万看万种婵妍，今宵若其不得，刺命过与黄泉。"又一时大笑。舞毕，因谢曰，"仆实庸才，得陪清赏，赐垂音乐，惭荷不胜。"十娘咏曰，"得意似鸳鸯，情乖若胡越，不向君边尽，更知何处歇？"十娘曰，"儿等并无可收采，少府公云'冬天出柳，旱地生莲'，总是相弄也。"……㉒

　　然作者蔚起，则在开元天宝以后。大历中有沈既济，苏州吴人，经学该博，以杨炎荐，召拜左拾遗史馆修撰。贞元时炎得罪，既济亦贬处州司户参军，既入朝，位礼部员外郎，卒（约七五〇——八〇〇）㉓。撰《建中实录》，人称其能，《新唐书》㉔有传。《文苑英华》（八百三十三）录其《枕中记》（亦见《广记》八十二，题曰《吕翁》）一篇，为小说家言，略谓开元七年㉕，道士吕翁行邯郸道中，息邸舍㉖，见旅中少年卢生佗傺叹息，乃探囊中枕授之。生梦娶清河崔氏，举进士，官至陕牧，入为京兆尹，出破戎虏，转吏部侍郎，迁户部尚书兼御史大夫，为时宰所忌，以飞语中之，贬端州刺史，越三年征为常侍，未几同中书门下平章事。

　　嘉谟密命，一日三接，献替启沃，号为贤相，同列害之，复诬与边将交结，所图不轨，下制狱，府吏引从至其门而急收之。生惶

　　唐至开元，天宝以后，作者蔚起，和以前大不同了。从前看不起小说的，此时也来做小说了，这是和当时底环境有关系的，因为唐时考试的时候，甚重所谓"行卷"；就是举子初到京，先把自己得意的诗钞成卷子，拿去拜谒当时的名人，若得称赞，则"声价十倍"，后来便有及第的希望，所以行卷在当时看得很重要。到开元，天宝以后，渐渐对于诗，有些厌气了，于是就有人把小说也放在行卷里去，而且竟也可以得名。所以从前不满意小说的，到此时也多做起小说来，因之传奇小说，就盛极一时了。大历中，先有沈既济做的《枕中记》——这书在社会上很普通，差不多没有人不知道的——内容大略说：有个卢生，行邯郸道中，自叹失意，乃遇吕翁，给他一个枕头，生睡去，就梦娶清河崔氏；——清河崔属大姓；所以得娶清河崔氏，也是极荣耀的。——并由举进士，一直升官到尚书兼御史大夫。后为时宰所忌，害他贬到端州。过数年，又追他为中书令，封燕国公。后来衰老有病，呻吟床次，至气断而死。梦中死去，他便醒来，却尚不到煮熟一锅饭的时候。——这是劝人不要躁进，把功名富贵，看淡些的意思。到后来明人汤显祖做的《邯郸记》，清人蒲松龄所做《聊斋》中的《续黄粱》，都是本这《枕中记》的。

　　——《中国小说的历史的变迁》第三讲《唐之传奇文》

骇不测，谓妻子曰，"吾家山东有良田五顷，足以御寒馁，何苦求禄？而今及此，思衣短褐乘青驹行邯郸道中，不可得也！"引刃自刎，其妻救之获免。其罹者皆死，独生为中官保之，减罪死投驩州。数年，帝知冤，复追为中书令，封燕国公，恩旨殊异。生五子，……其姻媾皆天下望族，有孙十余人。……后年渐衰迈，屡乞骸骨，不许。病，中人候问，相踵于道，名医上药，无不至焉……薨；生欠伸而悟，见其身方偃于邸舍，吕翁坐其傍，主人蒸黍未熟：触类如故。生蹶然而兴曰，"岂其梦寐也？"翁谓主人曰，"人生之适，亦如是矣。"生怃然良久，谢曰，"夫宠辱之道，穷达之运，得丧之理，死生之情，尽知之矣：此先生所以窒吾欲也。敢不受教！"稽首再拜而去。

如是意想，在歆慕功名之唐代，虽诡幻动人，而亦非出于独创，干宝《搜神记》有焦湖庙祝以玉枕使杨林入梦事（见第五篇）[27]，大旨悉同，当即此篇所本，明人汤显祖之《邯郸记》，则又本之此篇。既济文笔简炼，又多规诲之意，故事虽不经，尚为当时推重，比之韩愈《毛颖传》；间亦有病其俳谐者，则以作者尝为史官，因而绳以史法，失小说之意矣。既济又有《任氏传》（见《广记》四百五十二）一篇，言妖狐幻化，终于守志殉人，"虽今之妇人有不如者"，亦讽世之作也。[28]

"吴兴才人"（李贺语）沈亚之字下贤，元和十年进士第，太和初为德州行营使者柏耆判官，耆以罪贬，亚之亦谪南康尉，终郢州掾（约八世纪末至九世纪中），集十二卷，今存。亚之有文名，自谓"能创窈窕之思"，今集中有传奇文三篇（《沈下贤集》卷二卷四[29]，亦见《广记》二百八十二及二百九十八），皆以华艳之笔，叙恍忽之情，而好言仙鬼复死，尤与同时文人异趣。《湘中怨》记郑生偶遇孤女，相依数年，一旦别去，自云"蛟宫之娣"，谪限已满矣，十余年后，又遥见之画舻中，含嚬

長恨歌傳

開元中六符炳靈四海無波禮樂同人神和天子在位

歲久倦于旰食始委國政于右丞相端拱深居儲思國

色先是元獻皇后武惠妃皆有寵相次薨謝宮侍無可

意者上心忽忽焉不自樂時歲十月駕幸驪山之華清

宮浴于溫泉內外命婦熠燿景從浴日餘波賜以湯浴

靈不液凍玉樹早芳春色澹蕩思生其間上心油然恍

若有遇顧宮女三千粉光如土使搜諸外宮得弘農楊

氏女既笄矣綠雲生鬢白雪凝膚渥飾光華纖濃有度

舉止閒冶如漢武帝李夫人上見之明日詔浴華清池

鲁迅抄录《长恨歌传》手稿（北京鲁迅博物馆、上海鲁迅纪念馆编《鲁迅辑校古籍手稿》，1991年上海古籍出版社影印本）

此外还有一个名人叫陈鸿的，他和他的朋友白居易经过安史之乱以后，杨贵妃死了，美人已入黄土，凭吊古事，不胜伤情，于是白居易作了《长恨歌》；而他便做了《长恨歌传》。此传影响到后来，有清人洪昇所做的《长生殿》传奇，是根据它的。

——《中国小说的历史的变迁》第三讲《唐之传奇文》

悲歌，而"风涛崩怒"，竟失所在。《异梦录》记邢凤梦见美人，示以"弓弯"之舞；及王炎梦侍吴王久，忽闻箫鼓，乃葬西施，因奉教作挽歌，王嘉赏之。《秦梦记》则自述道经长安，客橐泉邸舍，梦为秦官有功，时弄玉婿箫史先死，因尚公主，自题所居曰翠微宫。穆公遇亚之亦甚厚，一日，公主忽无疾卒，穆公乃不复欲见亚之，遣之归。

> 将去，公置酒高会，声秦声，舞秦舞，舞者击髆拊髀呜呜而音有不快，声甚怨。……既，再拜辞去，公复命至翠微宫与公主侍人别，重入殿内时，见珠翠遗碎青阶下，窗纱檀点依然，宫人泣对亚之。亚之感咽良久，因题宫门诗曰，"君王多感放东归，从此秦宫不复期，春景自伤秦丧主，落花如雨泪胭脂。"竟别去，……觉卧邸舍。明日，亚之与友人崔九万具道；九万，博陵人，谙古，谓余曰，"《皇览》云，'秦穆公葬雍橐泉祈年宫下'，非其神灵凭乎？"亚之更求得秦时地志，说如九万云。呜呼！弄玉既仙矣，恶又死乎？③

陈鸿为文，则辞意慷慨，长于吊古，追怀往事，如不胜情。鸿少学为史，贞元二十一年登太常第，始闲居遂志，乃修《大统纪》三十卷，七年始成（《唐文粹》九十五），在长安时，尝与白居易为友，为《长恨歌》作传（见《广记》四百八十六）。③《新唐志》小说家类有陈鸿《开元升平源》一卷，注云，"字大亮，贞元主客郎中"，或亦其人也（约八世纪后半至九世纪中叶）③。所作又有③《东城老父传》（见《广记》四百八十五），记贾昌于兵火之后，忆念太平盛事，荣华苓落，两相比照，其语甚悲。《长恨歌传》则作于元和初，亦追述开元中杨妃入宫以至死蜀本末③，法与《贾昌传》相类。杨妃故事，唐人本所乐道，然鲜有条贯秩然如此传者，又得白居易作歌，故特为世间所知，清洪昇撰《长生殿传奇》，即本此传及歌意也。传今有数本，《广记》及《文苑英华》（七百九

李娃傳

白行簡撰

汧國夫人李娃，長安之倡女也，節行瓌奇，有足稱者，故監察御史白行簡爲傳述。天寶中，有常州刺史滎陽公者，畧其名氏，不書。時望甚崇，家徒甚殷。知命之年，有一子，始弱冠矣，雋朗有詞藻，迥然不羣，深爲時輩推伏。其父愛而器之，曰：「此吾家千里駒也。」願鄉賦秀才舉，將行，乃盛其服玩車馬之飾，計其京師薪儲之費，謂之曰：「吾觀爾之才，當一戰而霸。今備二載之用，且豐爾之給，將爲其志也。」生亦自負，視上第如指掌。自毗陵發，月餘抵長安，居于布政

始全之而已。如小蛾，足以儆天下逆道亂常之心，足以觀天下真夫孝婦之節。」余備詳前事，發明隱文，唱與冥會，符於人心。知善不錄，非春秋之義也。故作傳以旌美之。

— 97 —

鲁迅校录《唐宋传奇集》之《李娃传》书影（1927、1928年北新书局刊本）

当时还有一个著名的，是白居易之弟白行简，做了一篇《李娃传》，说的是：荥阳巨族之子，到长安来，溺于声色，贫病困顿，竟流落为挽郎。——挽郎是人家出殡时，挽棺材者，并须唱挽歌。——后为李娃所救，并勉他读书，遂得擢第，官至参军。行简的文章本好，叙李娃的情节，又很是缠绵可观。此篇对于后来的小说，也很有影响，如元人的《曲江池》，明人薛近兖的《绣襦记》，都是以它为本的。

——《中国小说的历史的变迁》第三讲《唐之传奇文》

十四）所录，字句已多异同，而明人附载《文苑英华》后之出于《丽情集》及《京本大曲》者尤异，盖后人（《丽情集》之撰者张君房？）又增损之。

天宝末，兄国忠盗丞相位，愚弄国柄，及安禄山引兵向阙，以讨杨氏为词。潼关不守，翠华南幸，出咸阳，道次马嵬亭，六军徘徊，持戟不进，从官郎吏伏上马前，请诛晁错以谢天下，国忠奉氂缨盘水，死于道周。左右之意未快，上问之，当时敢言者请以贵妃塞天下怨，上知不免，而不忍见其死，反袂掩面，使牵之而去；仓皇展转，竟就死于尺组之下。（《文苑英华》所载）

天宝末，兄国忠盗丞相位，窃弄国柄，羯胡乱燕，二京连陷，翠华南幸，驾出都西门百余里，六师徘徊，拥戟不行，从官郎吏伏上马前，请诛错以谢之；国忠奉氂缨盘水，死于道周。左右之意未快，当时敢言者请以贵妃塞天下之怒，上惨容，但心不忍见其死，反袂掩面，使牵之而去。拜于上前，回眸血下，坠金钿翠羽于地，上自收之。呜呼，蕙心纨质，天王之爱，不得已而死于尺组之下，叔向母云"甚美必甚恶"，李延年歌曰"倾国复倾城"，此之谓也。（《丽情集》及《大曲》所载）⑧

白行简字知退，其先盖太原人，后家韩城，又徙下邽，居易之弟也，贞元末进士第，累迁司门员外郎主客郎中⑨，宝历二年（八二六）冬病卒，年盖五十余⑩，两《唐书》皆附见《居易传》⑪。有集二十卷，今不存，而《广记》（四百八十四）收其传奇文一篇曰《李娃传》，言荥阳巨族之子溺于长安倡女李娃，贫病困顿，至流落为挽郎，复为李娃所拯，勉之学，遂擢第，官成都府参军。行简本善文笔，李娃事又近情而耸听，故缠绵可观；元人已本其事为《曲江池》，明薛近兖则以作《绣襦记》。

《绣襦记》插图（明天启间吴兴闵氏刊朱墨套印本，张满弓编著《古典文学版画》，2004年河南大学出版社影印本）

行简又有《三梦记》一篇（见原本《说郛》四），举"彼梦有所往而此遇之者，或此有所为而彼梦之者，或两相通梦者"三事，皆叙述简质，而事特瑰奇，其第一事尤胜。㊴

天后时，刘幽求为朝邑丞，尝奉使夜归，未及家十余里，适有佛寺，路出其侧，闻寺中歌笑欢洽。寺垣短缺，尽得睹其中。刘俯身窥之，见十数人儿女杂坐，罗列盘馔，环绕之而共食。见其妻在坐中语笑。刘初愕然，不测其故，久之，且思其不当至此，复不能舍之。又熟视容止言笑无异，将就察之，寺门闭不得入，刘掷瓦击之，中其罍洗，破迸散走，因忽不见。刘逾垣直入，与从者同视殿庑，皆无人，寺扃如故。刘讶益甚，遂驰归。比至其家，妻方寝，闻刘至，乃叙寒暄讫，妻笑曰，"向梦中与数十人同游一寺，皆不相识，会食于殿庭，有人自外以瓦砾投之，杯盘狼藉，因而遂觉。"刘亦具陈其见，盖所谓彼梦有所往而此遇之也。㊵

注释：

①《中国小说史略》"油印本"作："唐传奇体传记（上）　小说史大略八"，"铅印本"作："第七篇　唐之传奇文（上）"，自"初版本"作："第八篇　唐之传奇文（上）"。

②《且介亭杂文二集·六朝小说和唐代传奇文有怎样的区别?》：唐代传奇文可就大两样了：神仙人鬼妖物，都可以随便驱使；文笔是精细，曲折的，至于被崇尚简古者所诟病；所叙的事，也大抵具有首尾和波澜，不止一点断片的谈柄；而且作者往往故意显示着这事迹的虚构，以见他想象的才能了。

《〈唐宋传奇集〉序例》：

东越胡应麟在明代，博涉四部，尝云："凡变异之谈，盛于六朝，然多是传录舛讹，未必尽幻设语。至唐人，乃作意好奇，假小说以寄笔端。如《毛颖》《南柯》之类尚可，若《东阳夜怪》称成自虚，《玄怪录》元无有，皆但可付之一笑，其文气亦卑下亡足论。宋人所记，乃多有近实者，而文彩无足观。"其言盖几是也。屡于诗赋，旁求新途，藻思横流，小说斯灿。而后贤秉正，视同土沙，仅赖《太平广记》等之所包容，得存什一。顾复缘贾人贸利，撮拾彫镌，如《说海》，如《古今逸史》，如《五朝小说》，如《龙威秘书》，如《唐人说荟》，如《艺苑捃华》，为欲总目烂然，见者眩惑，往往妄制篇目，改题撰人，晋唐稗传，黥劓几尽。夫蚁子惜鼻，固犹香象，媒母护面，讵逊毛嫱，则彼虽小说，凤称卑卑不足厕九流之列者乎，而换头削足，仍亦骇心之厄也。昔尝病之，发意匡正。先辑自汉至隋小说，为《钩沈》五部讫；渐复录唐宋传奇之作，将欲汇为一编，较之通行本子，稍足凭信。而屡更颠沛，不遑理董，委诸行箧，分饱蟫蠹而已。今夏失业，幽居南中，偶见郑振铎君所编《中国短篇小说集》，埽荡烟埃，斥伪返本，积年埋郁，一旦霍然。惜《夜怪录》尚题王洙，《灵应传》未删于逖，盖于故旧，犹存眷恋。继复读大兴徐松《登科记考》，积微成昭，钩稽渊密，而于李徵及第，乃引李景亮《人虎传》作证。此明人妄著，非景亮文。弥叹虽短书俚说，一遭篡乱，固贻害于谈文，亦飞灾于考史也。顿忆旧稿，发箧谛观，黯澹有加，渝敝则未。乃略依时代次第，循览一周。谅哉，王度《古镜》，犹有六朝志怪余风，而大增华艳。千里《杨倡》，柳珵《上清》，遂极庳弱，与诗运同。宋好劝惩，撼实而泥，飞动之致，眇不可期，传奇命脉，至斯以绝。惟自大历以至大中中，作者云蒸，郁术文苑，沈既济许尧佐擢秀于前，蒋防元稹振采于后，而李公佐白行简陈鸿沈亚之辈，则其卓异也。特《夜怪》一录，显托空无，逮今允成陈言，在唐实犹新意，胡君顾贬之至此，窃未能同耳。自审所录，虽无秘文，而曩曾用心，仍自珍惜。复念近数年中，能恳恳顾及唐宋传奇者，当不多有。持此涓滴，注彼说渊，献我同流，比之芹子，或亦将稍减其考索之劳，而得酖绎之乐耶。于是杜门摊书，重加勘定，匝月始就，凡八卷，可校印。结愿知幸，方欣已歇：顾旧乡而不行，弄飞光于有尽，嗟夫，此亦岂所以善吾生，然而不得已也。犹有杂例，并缀左方：

一，本集所取资者，为明刊本《文苑英华》；清黄晟刊本《太平广记》，校以明许自昌刻本；涵芬楼影印宋本《资治通鉴考异》；董康刻士礼居本《青琐高议》，校以明张梦锡刊本及旧钞本；明翻宋本《百川学海》；明钞本原本《说郛》；明顾元庆刊本《文房小说》；清胡珽排印本《琳琅秘室丛书》等。

一，本集所取，专在单篇。若一书中之一篇，则虽事极煊赫，或本书已亡，亦不收采。如袁郊《甘泽谣》之《红线》，李復言《续玄怪录》之《杜子春》，裴铏《传奇》之《昆仑奴》《聂隐娘》等是也。皇甫枚《飞烟传》，虽亦是《三水小牍》逸文，然《太平广记》引则不云出于何书，似曾单行，故仍入录。

一，本集所取，唐文从宽，宋制则颇加决择。凡明清人所辑丛刊，有妄作者，辄加审正，黜其伪欺，非敢刊落，以求信也。日本有《游仙窟》，为唐张文成作，本当置《白猿传》之次，以章矛尘君方图版行，故不编入。

一，本集所取文章，有複见于不同之书，或不同之本，得以互校者，则互校之。字句有异，惟从其是。亦不历举某字某本作某，以省纷烦。倘读者更欲详知，则卷末具记某篇出于何书何卷，自可覆检原书，得其究竟。

一，向来涉猎杂书，遇有关于唐宋传奇，足资参证者，时亦写取，以备遗忘。比因奔驰，颇复散失。客中又不易得书，殊无可作。今但会集丛残，稍益以近来所见，并为一卷，缀之末简，聊存旧闻。

一，唐人传奇，大为金元以来曲家所取资，耳目所及，亦举一二。第于词曲之事，素未用心，转贩故书，谅多譌略，精研博考，以俟专家。

一，本集篇卷无多，而成就颇亦匪易。先经许广平君为之选录，最多者《太平广记》中文。惟所据仅黄晟本，甚虑讹误。去年由魏建功君校以北京大学图书馆所臧明长洲许自昌刊本，乃始释然。逮今缀缉杂札，拟置卷末，而旧稿潦草，复多沮疑，蒋径三君为致书籍十余种，俾得检寻，遂以就绪。至陶元庆君所作书衣，则已贻我于年余之前者矣。广赖众力，才成此编，谨藉空言，普铭高谊云尔。

③《华盖集续编·不是信》：盐谷氏的书，确是我的参考书之一……其他二十六篇，我都有我独立的准备，证据是和他的所说还时常相反。例如现有的汉人小说，他以为真，我以为假；唐人小说的分类他据森槐南，我却用我法。六朝小说他据《汉魏丛书》，我据别本及自己的辑本，这工夫曾经费去两年多，稿本有十册在这里；唐人小说他据谬误最多的《唐人说荟》，我是用《太平广记》的，此外还一本一本搜起来……。其余分量，取舍，考证的不同，尤难枚举。

《且介亭杂文二集·书的还魂和赶造》：

> 把大部的丛书印给读者看，是宋朝就有的，一直到现在。缺点是因为部头大，所以价钱贵。好处是把研究一种学问的书汇集在一处，能比一部一部的自去寻求更省力；或者保存单本小种的著作在里面，使它不易于灭亡。但这第二种好处，是也靠着部头大，价钱贵，人们就因此格外珍重的缺点的。

> 但丛书也有蠹虫。从明末到清初，就时有欺人的丛书出现。那方法之一，是删削内容，轻减剞劂，而目录却有一大串，使购买者只觉其种类之多；之二，是不用原题，别立名目，甚至另题撰人，使购买者只觉其收罗之广。如《格致丛书》，《历代小史》，《五朝小说》，《唐人说荟》等，就都是的。现在是大抵消来了，只有末一种化名为《唐代丛书》，有时还在流毒。

《集外集拾遗补编·破〈唐人说荟〉》：

> 近来在《小说月报》上看见《小说的研究》这一篇文章里，有"《唐人说荟》一书为唐人小说之中心"的话，这诚然是不错的，因为我们要看唐人小说，实在寻不出第二部来了。然而这一部书，倘若单以消闲，自然不成问题，假如用作历史的研究的材料，可就误人很不浅。我也被这书瞒过了许多年，现在觉察了，所以要趁这机会来揭破他。

> 《唐人说荟》也称为《唐代丛书》，早有小木板，现在却有了石印本了，然而反加添了许多脱落，误字，破句。全书分十六集，每集的书目都很光怪陆离，但是很荒谬，大约是书坊欺人的手段罢。只是因为是小说，从前的儒者是不屑辩的，所以竟没有人来掊击，到现在还是印而又印，流行到"不亦乐乎"。

我现在略举些他那胡闹的例：

一是删节。从第一集《隋唐嘉话》到第六集《北户录》止三十九种书，没有一种完全，甚而至于有不到二十分之一的，此后还不少。

二是硬派。如《洛中九老会》，《五木经》，《锦裙记》等，都不过是各人文集中的一篇文章，不成为一部书，他却硬将他们派作一种。

三是乱分。如《诺皋记》，《支诺皋》，《肉攫部》，《金刚经鸠异》，都是《酉阳杂俎》中的一篇，他却分为四种，又别出一种《酉阳杂俎》。又如《花九锡》，《药谱》，《黑心符》，都是《清异录》中的一条，他却算作三种。

四是乱改句子。如《义山杂纂》中，颇有当时的俗语，他不懂了，便任意的改篡。

五是乱题撰人。如《幽怪录》是牛僧孺做的，他却道王恽。《枕中记》是沈既济做的，他却道李泌。《迷楼记》，《海山记》，《开河记》不知撰人，或是宋人所作，他却道韩偓。

六是妄造书名而且乱题撰人。如什么《雷民传》，《垅上记》，《鬼冢志》之类，全无此书，他却从《太平广记》中略抄几条，题上段成式褚遂良等姓名以欺人。此外还不少。最误人的是题作段成式做的《剑侠传》，现在几乎已经公认为一部真的完书了，其实段成式何尝有这著作。

七是错了时代。如做《太真外传》的乐史是宋人，他却将他收入《唐人说荟》里，做《梅妃传》的人提起叶少蕴，一定也是宋人，他却将撰人题为曹邺，于是害得以目录学自豪的叶德辉也将这两种收入自刻的《唐人小说》里去了。

其余谬点还多，讲起来话太长，就此中止了。

然而这胡闹的下手人却不是《唐人说荟》，是明人的《古今说海》和《五朝小说》，还有清初的假《说郛》也跟着，《说荟》只是采取他们的罢了。那些胡闹祖师都是旧板，现已归入宝贝书类中，我们无力购阅，倒不必怕为其所惑的。目下可恶的就只是《唐人说荟》。

为避免《说荟》之祸起见，我想出一部书来，就是《太平广记》。这书的不佳的小板本，不过五元而有六十多本，南边或者更便宜。虽有错字，但也无法，因为再好便是明板，又是宝贝之类，非我辈之力所能得了。我以为《太平广记》的好处有二，一是从六朝到宋初的小说几乎全收在内，倘若大略的研究，即可以不必别买许多书。二是精怪，鬼神，和尚，道士，一类一类的分得很清楚，聚得很多，可以使我们看到厌而又厌，对于现在谈狐鬼的《太平广记》的子孙，再没有拜读的勇气。

④《且介亭杂文二集·六朝小说和唐代传奇文有怎样的区别?》：至于他们之所以著作，那是无论六朝或唐人，都是有所为的。《隋书经籍志》抄《汉书艺文志》说，以著录小说，比之"询于刍荛"，就是以为虽然小说，也有所为的明证。不过在实际上，这有所为的范围却缩小了。晋人尚清谈，讲标格，常以寥寥数言，立致通显，所以那时的小说，多是记载畸行隽语的《世说》一类，其实是借口舌取名位的入门书。唐代诗文取士，但也看社会上的名声，所以士子入京应试，也须豫先干谒名公，呈献诗文，冀其称誉，这诗文叫作"行卷"。诗文既滥，人不欲观，有的就用传奇文，来希图一新耳目，获得特效了，于是那时的传奇文，也就和"敲门砖"很有关系。但自然，只被风气所推，无所为而作者，却也并非没有的。

⑤《中国小说史略》"油印本"之"唐传奇体传记（上）　小说史大略八"作：小说亦如诗，至唐而一改进，虽大抵尚不出于搜奇记逸，然叙述宛转，文辞华艳，发达之迹甚明。当时道释二教，侈陈感通；有名位者，又好谈神异，于是方士文人，闻风而作，竞为异记。自"铅印本"改。

⑥《中国小说史略》"铅印本"之"第七篇　唐之传奇文（上）"作：故其流可衍为王绩《醉乡记》韩愈《毛颖传》等。自"初版本"改。

⑦《中国小说史略》"油印本"之"唐传奇体传记（上）　小说史大略八"作：

　　然文人于杂集成书而外，亦撰记传，始末详悉，往往孤行，今颇有存于《太平广记》中者（他丛书所收，多臆题撰人，颠倒时代，不足据），实唐代特有之作也。唐初，已有王度《古镜记》（《广记》二百三十），无名氏《补江总白猿传》（《广记》四百四十四欧阳纥）。其后能文之士，相率有作，如沈既济、元稹、白行简、陈鸿、沈亚之、蒋防等，皆擅长文笔，有名于时，故其传奇，亦多工妙，后之文人，每拾其事，为词曲焉。

　　按唐人传奇记传之实质，亦不外乎二途：一为异闻；一为逸事。异闻者，或寓意以写牢落之悲，或但弃？翰墨以抒窈窕之思。逸事者，大概记时人情事，或更？外轶闻，已离神怪，而较近于人事矣。今略举其较著者于下。

　　一、属于异闻之前一类者。

　　沈既济《枕中记》（《广记》八十二，题《吕翁》，今据《文苑英华》）。自"铅印本"改。

《且介亭杂文二集·六朝小说和唐代传奇文有怎样的区别？》：但六朝人也并非不能想象和描写，不过他不用于小说，这类文章，那时也不谓之小说。例如阮籍的《大人先生传》，陶潜的《桃花源记》，其实倒和后来的唐代传奇文相近；就是嵇康的《圣贤高士传赞》（今仅有辑本），葛洪的《神仙传》，也可以看作唐人传奇文的祖师的。李公佐作《南柯太守传》，李肇为之赞，这就是嵇康的《高士传》法；陈鸿《长恨传》置白居易的长歌之前，元稹的《莺莺传》既录《会真诗》，又举李公垂《莺莺歌》之名作结，也令人不能不想到《桃花源记》。

　　⑧盖生于开皇初（宋晁公武《郡斋读书志》十云通生于开皇四年）。自"初版本"增。

　　⑨（约五八五——六二五）。自"初版本"增。

　　⑩《中国小说史略》"铅印本"之"第七篇　唐之传奇文（上）"作：仅存此篇而已。自"初版本"改。

　　⑪《〈唐宋传奇集〉稗边小缀》：

《古镜记》见《太平广记》卷二百三十，改题《王度》，注云：出《异闻集》。《太平御览》（九百十二）引其程雄家婢一事，作隋王度《古镜记》，盖缘所记皆隋时事而误。《文苑英华》（七百三十七）顾况《戴氏广异记》序云"国朝燕公《梁四公记》，唐临《冥报记》，王度《古镜记》，孔慎言《神怪志》，赵自勤《定命录》，至如李庾成张孝举之徒，互相传说。"则度实已入唐，故当为唐人。惟《唐书》及《新唐书》皆无度名。其事迹之可借本文考见者，如下：

　　大业七年五月，自御史罢归河东；六月，归长安。　八年四月，在台；冬，兼著作郎，奉诏撰国史。　九年秋，出兼芮城令；冬，以御史带芮城令，持节河北道，开仓赈给陕东。　十年，弟勣自六合丞弃官归，复出游。　十三年六月，勣归长安。

　　由隋入唐者有王绩，绛州龙门人，《新唐书》（一九六）《隐逸传》云："大业中，举孝悌廉洁……不乐在朝，求为六合丞。以嗜酒不任事，时天下亦乱，因劾，遂解去。叹曰，'罗网在天下，吾且安之！'乃还乡里。……初，兄凝为隋著作郎，撰《隋书》，未成，死。绩续余功，亦不能成。"则《新唐书》之绩及凝，即此文之勣及度，或度一名凝，或《新唐书》字误，未能详也。《唐书》（一九二）亦有绩传，云："贞观十八年卒。"时度已先殁，然不知在何年。宋晁公武《郡斋读书志》（十四）类书类有《古镜记》一卷，云："右未详撰人，纂古镜故事。"或即此。《御览》所引一节，文字小有不同。如"为下邽陈思恭义女"下有"思恭妻郑氏"五字，"遂将鹦鹉"之"将"作"劫"，皆较《广记》为胜。

　　⑫而貌类猕猴。自"初版本"增。

　　⑬《〈唐宋传奇集〉稗边小缀》：

　　《补江总白猿传》据明长洲《顾氏文房小说》覆刊宋本录校，校以《太平广记》四百四十四所引改正数字。《广记》题曰《欧阳纥》，注云：出《续江氏传》，是亦据宋初单行本也。

　　此传在唐宋时盖颇流行，故史志屡见著录：

　　《新唐书》《艺文志》子部小说家类：《补江总白猿传》一卷。

　　《郡斋读书志》史部传记类：《补江总白猿传》一卷。　右不详何人撰。述梁大同末欧阳纥妻为猿所窃，后生子询。《崇文目》以为唐人恶询者为之。

　　《直斋书录解题》子部小说家类：《补江总白猿传》一卷。　无名氏。欧阳纥者，询之父也。询貌猕猿，盖常与长孙无忌互相嘲谑矣。此传遂因其嘲广之，以实其事。托言江总，必无名子所为也。

　　《宋史》《艺文志》子部小说类：《集补江总白猿传》一卷。

　　长孙无忌嘲欧阳询事，见刘𫗧《隋唐嘉话》（中）。其诗云："耸髆成山字，埋肩不出头。谁家麟阁上，画此一狝猴！”盖询耸肩缩颈，状类狝猴。而老玃窃人妇生子，本旧来传说。汉焦延寿《易林》（坤之剥）已云：“南山大玃，盗我媚妾。”晋张华作《博物志》，说之甚详（见卷三《异兽》）。唐人或妒询名重，遂牵合以成此传。其曰“补江总”者，谓总为欧阳纥之友，又尝留养询，具知其事，而未为作传，因补之也。

⑭《中国小说史略》“铅印本”之“第七篇　唐之传奇文（上）”作：陆泽。自“订正本”改。

⑮约六六〇——七四〇，自“初版本”增。

⑯莫休符谓“莺弱冠应举，下笔成章，中书侍郎薛元超特授裹乐尉”（《桂林风土记》）。自“订正本”增。

⑰《中国小说史略》“铅印本”之“第七篇　唐之传奇文（上）”作：盖即莺少时所为。自“订正本”改。

⑱《中国小说史略》原文误作：十娘五娘。

⑲《中国小说史略》“铅印本”之“第七篇　唐之传奇文（上）”此处有：（清人秀水陈球以骈文成《燕山外史》，辞意殊胜，盖非效法文成者，）自“初版本”删。

⑳《中国小说史略》“油印本”之“唐传奇体传记（上）　小说史大略八”作：唐又有张文成《游仙窟》，中国已佚，惟日本有之。书记文成奉使河源，入神仙之窟，与二仙女（十娘、五嫂）赋诗相酬答，文近骈俪，而时杂俚语，诗亦不佳。自“铅印本”改。

《致章廷谦》（1926年2月23日）：记得日前面谈，我说《游仙窟》细注，盖日本人所为，无足道。昨见杨守敬《日本访书志》，则以为亦唐人作，因其中所引用书，有非唐后所有者。但唐时日本人所作，亦未可知。然则倘要保存古董之全部，则不删亦无不可者也耳。奉闻备考。

《致章廷谦》（1928年8月19日）：今日问小峰，云《游仙窟》便将付印。曲园老之说，录入卷首，我以为好的；但是否在中国提及该《窟》的“嚆矢”，则是疑问。查“东瀛”有河世宁者，曾录《御制（纂？）全唐诗》失收之诗，为《全唐诗逸》X卷，内有该《窟》诗数首；此书后经鲍氏刻入《知不足斋丛书》第卅（？）集中。刻时或在曲老之前，亦未可知，或者曲老所见者是此书而非该《窟》全本也。

《致章廷谦》（1928年10月18日）：《游仙窟》诗，见《全唐诗逸》，此书大约在《知不足斋丛书》卅集中，总之当在廿五集以后，但恐怕并无题跋；荫翁考据亦不见出色，我以为可不必附了。

㉑……。自"初版本"增。

㉒《集外集拾遗·〈游仙窟〉序言》：

《游仙窟》今惟日本有之，是旧钞本，藏于昌平学；题宁州襄乐县尉张文成作。文成者，张鷟之字；题署著字，古人亦常有，如晋常璩撰《华阳国志》，其一卷亦云常道将集矣。张鷟，深州陆浑人；两《唐书》皆附见《张荐传》，云以调露初登进士第，为岐王府参军，屡试皆甲科，大有文誉，调长安尉迁鸿胪丞。证圣中，天官刘奇以为御史；性躁卞，傥荡无检，姚崇尤恶之；开元初，御史李全交劾鷟讪短时政，贬岭南，旋得内徙，终司门员外郎。《顺宗实录》亦谓鷟博学工文词，七登文学科。《大唐新语》则云，后转洛阳尉，故有《咏燕诗》，其末章云，"变石身犹重，衔泥力尚微，从来赴甲第，两起一双飞。"时人无不讽咏。《唐书》虽称其文下笔立成，大行一时，后进莫不传记，日本新罗使至，必出金宝购之，而又訾为浮艳少理致，论著亦率诋诮芜秽。鷟书之传于今者，尚有《朝野佥载》及《龙筋凤髓判》，诚亦多诋诮浮艳之辞。《游仙窟》为传奇，又多俳调，故史志皆不载；清杨守敬作《日本访书志》，始著于录，而贬之一如《唐书》之言。日本则初颇珍秘，以为异书；尝有注，似亦唐时人作。河世宁曾取其中之诗十余首入《全唐诗逸》，鲍氏刊之《知不足斋丛书》中；今矛尘将具印之，而全文始复归华土。不特当时之习俗如酬对舞咏，时语如瞒眣娈嫿，可资博识；即其始以骈俪之语作传奇，前于陈球之《燕山外史》者千载，亦为治文学史者所不能废矣。

㉓（约七五〇——八〇〇）。自"初版本"增。

㉔《中国小说史略》"铅印本"之"第七篇 唐之传奇文（上）"作：《唐书》。自"初版本"改。

㉕《中国小说史略》"油印本"之"唐传奇体传记（上） 小说史大略八"作：开元七年。自"铅印本"改。

㉖息邸舍。自"初版本"增。

㉗（见第五篇）。自"初版本"增。

㉘《中国小说史略》"油印本"之"唐传奇体传记（上）　小说史大略八"作：

此类文章，当时或亦病其俳谐，而誉之者，以比韩愈《毛颖传》。既济又有《任氏传》（《广记》四百五十二）一篇，记妖狐幻化，守志殉人，"虽今之妇人有不如者"，亦讽世之作也。李公佐《南柯太守传》（《广记》四百七十五，题《淳于棼》，今据《唐语林》改正。）

东平淳于棼，吴楚游侠之士。家广陵郡东十里。所居宅南有大古槐一株。贞元七年九月，因沈醉致疾。二友扶生归家，卧于东庑之下。

二友谓生曰："子其寝矣。余将秣马濯足，俟子小愈而去。"生解巾就枕，昏然忽忽，仿佛若梦。见二紫衣使者，跪拜生曰，"槐安国王遣小臣致命奉邀。"生不觉下榻整衣，随二使至门，见青油小车，驾以四牡，左右从者七八，扶生上车，出户，指古槐穴而去。使者即驱入穴中。生意颇甚异之，不敢致问。忽见山川风候草木道路，与人世甚殊。前行数十里，有郛郭城堞……又入大城，朱门重楼，楼上有金书，题曰："大槐安国"。

生既至，拜驸马，先就宾宇。

是夕，羔雁币帛，威容仪度，妓乐丝竹，肴膳灯烛，车骑礼物之用，无不咸备。有群女，或称华阳姑，或称青溪姑，或称上仙子，或称下仙子，若是者数辈，皆侍从数十。冠翠凤冠，衣金霞帔，彩碧金钿，目不可视。遨游戏乐，往来其门，争以淳于郎为戏弄。风态妖丽，言词巧艳，生莫能对。

后出为南柯太守，守郡二十载，风化广被，百姓歌谣，建功德碑，立生祠宇。王甚重之，递迁大位。生有五男二女。是岁，将兵与檀萝国仗，败绩，公主又薨。生罢郡，而威福日盛。王疑惮之。遂禁生游从，处之私第。已而送归。既醒，见家之童仆拥篲于庭，二客濯足于榻，斜日未隐于西垣，余樽尚湛于东牖，梦中倏忽，若度一世矣。……公佐辄编录成传，以资好事，虽稽神语怪，事涉非经，而窃位著生，冀将为戒。后之君子，幸以南柯为偶然，无以名位骄于天壤间云。

前华州参军李肇赞曰：贵极禄位，权倾国都，达人视此，蚁聚何殊。

此传及沈既济《枕中记》文意虽繁，而非独创，焦湖庙祝，以玉枕使杨林入梦，及蚁有堂宇题额之事，已见于干宝《搜神记》矣。然明人汤显祖之《邯郸》《南柯》二记则本此二篇。

自"铅印本"改。

《〈唐宋传奇集〉稗边小缀》：

《离魂记》见《广记》三百五十八，原题《王宙》，注云出《离魂记》，即据以改题。"二男并孝廉擢第，至丞尉"句下，原有"事出陈玄祐《离魂记》云"九字，当是羡文，今删。玄祐，大历时人，馀未知其审。

《枕中记》今所传有两本，一在《广记》八十二，题作《吕翁》，注云出《异闻集》；一见于《文苑英华》八百八十三，篇名撰人名毕具。而《唐人说荟》竟改称李泌作，莫喻其故也。沈既济，苏州吴人（《元和姓纂》云吴兴武康人），经学该博，以杨炎荐，召拜左拾遗史馆修撰。贞元时，炎得罪，既济亦贬处州司户参军。后入朝，位礼部员外郎，卒。撰《建中实录》十卷，人称其能。《新唐书》（百三十二）有传。既济为史家，笔殊简质，又多规诲，故当时虽薄传奇文者，仍极推许。如李肇，即拟以庄生寓言，与韩愈之《毛颖传》并举（《国史补》下）。《文苑英华》不收传奇文，而独录此篇及陈鸿《长恨传》，殆亦以意主箴规，足为世戒矣。

在梦寐中忽历一世，亦本旧传。晋干宝《搜神记》中即有相类之事。云"焦湖庙有一玉枕，枕有小坼。时单父县人杨林为贾客，至庙祈求。庙巫谓曰：君欲好婚否？林曰：幸甚。巫即遣林近枕边，因入坼中。遂见朱楼琼室，有赵太尉在其中。即嫁女与林，生六子，皆为秘书郎。历数十年，并无思归之志。忽如梦觉，犹在枕旁，林怆然久之。"（见宋乐史《太平寰宇记》百二十六引。现行本《搜神记》乃后人钞合，失收此条。）盖即《枕中记》所本。明汤显祖又本《枕中记》以作《邯郸记》传奇，其事遂大显于世。原文吕翁无名，《邯郸记》实以吕洞宾，殊误。洞宾以开成年下第入山，在开元后，不应先已得神仙术，且称翁也。然宋时固已溷为一谈，吴曾《能改斋漫录》，赵与峕《宾退录》皆尝辨之。

明胡应麟亦有考正，见《少室山房笔丛》中之《玉壶遐览》。

《太平广记》所收唐人传奇文，多本《异闻集》。其书十卷，唐末屯田员外郎陈翰撰，见《新唐》《艺文志》，今已不传。据《郡斋读书志》（十三）云，"以传记所载唐朝奇怪事，类为一书"，及见收于《广记》者察之，则为撰集前人旧文而成。然照以他书所引，乃同是一文，而字句又颇有违异。或所据乃别本，或翰所改定，未能详也。此集之《枕中记》，即据《文苑英华》录，与《广记》之采自《异闻集》者多不同。尤甚者如首七句《广记》作"开元十九年，道者吕翁经邯郸道上，邸舍中设榻，施担囊而坐。""主人方蒸黍"作"主人蒸黄粱为馔"。后来凡言"黄粱梦"者，皆本《广记》也。此外尚多，今不悉举。

《任氏传》见《广记》四百五十二，题曰《任氏》，不著所出，盖尝单行。"天宝九年"上原有"唐"字。案《广记》取前代书，凡年号上著国号者，大抵编录时所加，非本有，今删。他篇皆仿此。

㉙《中国小说史略》原文误作：卷二卷三。

㉚《中国小说史略》"油印本"之"唐传奇体传记（上）　小说史大略八"作：

沈亚之《秦梦记》（《沈下贤集》卷二）

太和初，亚之道经长安，客橐泉邸舍。梦为秦官有功，时弄玉婿萧史先死，因尚公主，自（题）所居（曰）"翠微宫"。穆公给遇甚厚，一日，公主忽无疾卒，公不复欲见亚之，遂遣之归。

将去，公置酒高会，声秦声，舞秦舞，舞者击髆拊髀呜呜而音有不快，声甚怨。……再拜辞去，公复命至翠微宫，与公主侍人别，重入殿内时，见珠翠遗碎青阶下，窗纱檀点依然，宫人泣对亚之。亚之感咽良久，因题宫门，诗曰，"君王多感放东归，从此秦宫不复期，春景自伤秦丧主，落花如雨泪胭脂。"竟别去，……觉卧邸舍。明日，亚之与友人崔九万具道。九万，博陵人，谙古。谓余曰，"《皇览》云，'秦穆公葬雍橐泉祈年宫下。'非其神灵凭乎？"亚之更求得秦时地志，说如九万云。呜呼！弄玉既仙矣，恶又死乎？

亚之文有《湘中怨辞》，《异梦录》二篇，亦记华艳恍忽之事，而好言仙鬼之死，与同时文人绝殊。《异梦录》之末有云：

> 姚合曰，"吾友王炎者，元和初，夕梦游吴，侍吴王久。闻宫中出辇，鸣笳箫击鼓，言葬西施。王悼悲不止，立诏词客作挽歌。炎遂应教，诗曰，'西望吴王国，云书凤字牌。连江起珠帐，择水葬金钗。满地红心草，三层碧玉阶。春风无处所，凄恨不胜怀。'词进，王甚嘉之。及寤，能记其事。炎，本太原人也。"

自"铅印本"改。

《〈唐宋传奇集〉稗边小缀》：

李贺《歌诗编》（一）有《送沈亚之歌》，序言元和七年送其下第归吴江，故诗谓"吴兴才人怨春风，桃花满陌千里红，紫丝竹断骢马小，家住钱塘东复东。"中复云"春卿拾才白日下，掷置黄金解龙马，携笈归江重入门，劳劳谁是怜君者"也。然《唐书》已不详亚之行事，仅于《文苑传序》一举其名。幸《沈下贤集》讫今尚存，并考宋计有功《唐诗记事》，元辛文房《唐才子传》，犹能知其概略。亚之字下贤，吴兴人。元和十年，进士及第，历殿中侍御史内供奉。太和初，为德州行营使者柏耆判官。耆贬，亚之亦谪南康尉；终郢州掾。其集本九卷，今有十二卷，盖后人所加。中有传奇三篇。亦并见《太平广记》，皆注云出《异闻集》，字句往往与集不同。今者据本集录之。

《湘中怨辞》出《沈下贤集》卷二。《广记》在二百九十八，题曰《太学郑生》，无序及篇末"元和十三年"以下三十六字。文句亦大有异，殆陈翰编《异闻集》时之所删改欤。然大抵本集为胜。其"遂我"作"逐我"，则似《广记》佳。惟亚之好作涩体，今亦无以决之。故异同虽多，悉不复道。

《异梦录》见集卷四。唐谷神子已取以入《博异志》。《广记》则在二百八十二，题曰《邢凤》，较集本少二十余字，王炎作王生。炎为王播弟，亦能诗，不测《异闻集》何为没其名也。《沈下贤集》今有长沙叶氏观古堂刻本，及上海涵芬楼影印本。二十年前则甚希觏。余所见者为影钞小草斋本，既录其传奇三篇，又以丁氏八千卷楼钞本校改数字。同是十二卷本《沈集》，而字句复颇有异同，莫知孰是。如王炎诗"择水葬金钗"，惟小草斋本如此，他本皆作"择土"。顾亦难遽定"择水"为误。此类甚多，今亦不备举。印本已渐广行，易于入手，求详者自可就原书比勘耳。

梦中见舞弓弯，亦见于唐时他小说。段成式《酉阳杂俎》（十四）云："元和初，有一士人，失姓字，因醉卧厅中。及醒，见古屏上妇人等悉于床前踏歌。歌曰：'长安女儿踏春阳，无处春阳不断肠。舞袖弓腰浑忘却，蛾眉空带九秋霜。'其中双鬟者问曰：'如何是弓腰？'歌者笑曰：'汝不见我作弓腰乎？'乃反首，髻及地，腰势如规焉。士人惊惧，因叱之。忽然上屏，亦无其他。"其歌与《异梦录》者略同，盖即由此曼衍。宋乐史撰《杨太真外传》，卷上注中记杨国忠卧觇屏上诸女下床自称名，且歌舞。其中有"楚宫弓腰"，则又由《酉阳杂俎》所记而传讹。凡小说流传，大率渐广渐变，而推究本始，其实一也。

《秦梦记》见集卷二，及《广记》二百八十二，题曰《沈亚之》，异同不多。"击髆舞"当作"击髆舞"，"追酒"当作"置酒"，各本俱误。"如今日"之"今"字，疑衍，小草斋本有，他本俱无。

《无双传》出《广记》四百八十六，注云薛调撰。调，河中宝鼎人，美姿貌，人号为"生菩萨"。咸通十一年，以户部员外郎加驾部郎中，充翰林承旨学士，次年，加知制诰。郭妃悦其貌，谓懿宗曰："驸马盍若薛调乎。"顷之，暴卒，年四十三，时咸通十三年二月二十六日也。世以为中鸩云（见《新唐书》《宰相世系表》，《翰苑群书》及《唐语林》四）。胡应麟（《笔丛》四十一）云："王仙客……事大奇而不情，盖润饰之过。或乌有。无是类，不可知。"案范摅《云溪友议》（上）载"有崔郊秀才者，寓居于汉上，蕴精文艺，而物产罄悬。亡何，与姑婢通，每有阮咸之从。其婢端丽，饶彼音律之能，汉南之最也。姑鬻婢于连帅。帅爱之，以类无双，给钱四十万，宠眄弥深。郊思慕不已，即强亲府署，愿一见焉。其婢因寒食来从事冢，值郊立于柳阴，马上连泣，誓若山河。崔生赠以诗曰：'公子王孙逐后尘，绿珠垂泪滴罗巾。侯门一入深如海，从此萧郎是路人。'"诗闻于帅，遂以归崔。无双下原有注云："即薛太保之爱妾，至今图画观之。"然则无双不但实有，且当时已极艳传。疑其事之前半，或与崔郊姑婢相类；调特改薛太尉家为禁中，以隐约其辞。后半则颇有增饰，稍乖事理矣。明陆采尝拈以作《明珠记》。

㉛《中国小说史略》"铅印本"之"第七篇 唐之传奇文(上)"作:鸿尝举秀才,与白居易为友。自"初版本"改。

㉜《中国小说史略》"铅印本"之"第七篇 唐之传奇文(上)"作:或即其人。自"初版本"改。

㉝《中国小说史略》"铅印本"之"第七篇 唐之传奇文(上)"作:所作有。自"初版本"改。

㉞《中国小说史略》"铅印本"之"第七篇 唐之传奇文(上)"作:又有《长恨歌传》(见《广记》四百八十六),亦于元和间追述开元中杨妃入宫以至死蜀本末。自"初版本"改。

㉟《〈唐宋传奇集〉稗边小缀》:

二十年前,读书人家之稍豁达者,偶亦教稚子诵白居易《长恨歌》。陈鸿所作传因连类而显,忆《唐诗三百首》中似即有之。而鸿之事迹颇晦,惟《新唐书》《艺文志》小说类有陈鸿《开元升平源》一卷,注云:"字大亮,贞元主客郎中。"又《唐文粹》(九十五)有陈鸿《大统纪序》云:"少学乎史氏,志在编年。贞元丁(案当作乙)酉岁,登太常第,始闲居遂志,迺修《大统纪》三十卷……。七年,书始成,故绝笔于元和六年辛卯。《文苑英华》(三九二)有元稹撰《授丘纾陈鸿员外郎制》,云:"朝议郎行太常博士上柱国陈鸿……坚于讨论,可以事举……可虞部员外郎。"可略知其仕历。《长恨传》则有三本。一见于《文苑英华》七百九十四;明人又附刊一篇于后,云出《丽情集》及《京本大曲》,文句甚异,疑经张君房辈增改以便观览,不足据。一在《广记》四百八十六卷中,明人掇以实丛刊者皆此本,最为广传。而与《文苑》本亦颇有异同,尤甚者如"其年夏四月"至篇末一百七十二字,《广记》止作"至宪宗元和元年,盩厔尉白居易为歌以言其事。并前秀才陈鸿作传,冠于歌之前,目为《长恨歌传》"而已。自称前秀才陈鸿,为《文苑》本所无,后人亦决难臆造,岂当时固有详略两本欤,所未详也。今以《文苑英华》较不易见,故据以入录。然无诗,则以载于《白氏长庆集》者足之。

《五色线》（下）引陈鸿《长恨传》云："贵妃赐浴华清池，清澜三尺，中洗明玉，既出水，力微不胜罗绮。"今三本中均无第二三语。惟《青琐高议》（七）中《赵飞燕别传》有云："兰汤滟滟，昭仪坐其中，若三尺寒泉浸明玉。"宋秦醇之所作也。盖引者偶误，非此传逸文。

本此传以作传奇者，有清洪昉思之《长生殿》，今尚广行。蜗寄居士有杂剧曰《长生殿补阙》，未见。

《东城老父传》出《广记》四百八十五。《宋史》《艺文志》史部传记类著录陈鸿《东城老父传》一卷，则曾单行。传末贾昌述开元理乱，谓"当时取士，孝悌理人而已，不闻进士宏词拔萃之为其得人也。"亦大有叙"开元升平源"意。又记时人语云："生儿不用识文字，斗鸡走马胜读书。贾家小儿年十三，富贵荣华代不如。"同出于陈鸿所作传，而远不如《长恨传》中"生女勿悲酸，生男勿喜欢"之为世传诵，则以无白居易为作歌之为之也。

《资治通鉴考异》卷十二所引有《升平源》，云世以为吴兢所撰，记姚元崇藉骑射邀恩，献纳十事，始奉诏作相事。司马光驳之曰："果如所言，则元崇进不以正。又当时天下之事，止此十条，须因事启沃，岂一旦可邀。似好事者为之，依托兢名，难以尽信。"案兢，汴州浚仪人，少励志，贯知经史。魏元忠荐其才堪论撰，诏直史馆，修国史。私撰《唐书》《唐春秋》，叙事简核，人以董狐目之。有传在《唐书》（旧一百二新一三二）《开元升平源》，《唐志》本云陈鸿作，《宋史》《艺文志》史部故事类始著"吴兢《贞观政要》十卷，又《开元升平源》一卷。"疑此书本不著撰人名氏，陈鸿吴兢，并后来所题。二人于史皆有名，欲假以增重耳。今姑置之《东城老父传》之后，以从《通鉴考异》写出，故仍题兢名。

㊱《中国小说史略》"铅印本"之"第七篇　唐之传奇文(上)"作：累官度支郎中，尝从兄赴谪所。自"初版本"改。

㊲宝历二年（八二六）冬病卒，年盖五十余。自"初版本"增。

㊳《中国小说史略》"铅印本"之"第七篇　唐之传奇文(上)"作：两《唐书》皆附见《居易传》中。自"初版本"改。

㊴《中国小说史略》"油印本"之"唐传奇体传记(下) 小说史大略九"作：传奇记传，此外尚多，其显著者，有白行简之《李娃传》(《广记》四百八十四)，记荥阳巨族之子，溺于长安倡女李娃，困顿贫病，后为李娃所拯，擢第授成都府参军。元人取其事为《曲江池》，明人则以作《绣襦记》。自"铅印本"改。

㊵《〈唐宋传奇集〉稗边小缀》：

贞元十一年，太原白行简作《李娃传》，亦应李公佐之命也。是公佐不特自制传奇，且亦促侪辈作之矣。《传》今在《广记》卷四百八十四，注云出《异闻集》。元石君宝作《李亚仙花酒曲江池》，明薛近兖作《绣襦记》，皆本此。胡应麟（《笔丛》四十一）论之曰："娃晚收李子，仅足赎其弃背之罪，传者亟称其贤，大可哂也。"以《春秋》决传奇狱，失之。行简字知退（《新唐书》《宰相世系表》云，字退之），居易弟也。贞元末，登进士第。元和十五年，授左拾遗，累迁司门员外郎主客郎中。宝历二年冬，病卒。两《唐书》皆附见《居易传》（旧一六六新一一九）。有集二十卷，今不存。传奇则尚有《三梦记》一篇，见原本《说郛》卷四。其刘幽求一事尤广传，胡应麟（《笔丛》三十六）又云："《太平广记》梦类数事皆类此。此盖实录，余悉祖此假托也。"案清蒲松龄《聊斋志异》中之《凤阳士人》，盖亦本此。

《说郛》于《三梦记》后，尚缀《纪梦》一篇，亦称行简作。而所记年月为会昌二年六月，时行简卒已十七年矣。疑伪造，或题名误也。附存以备检：

行简云：长安西市帛肆有贩粥求利而为之平者，姓张，不得名。家富于财，居光德里。其女，国色也。尝因昼寝，梦至一处，朱门大户，棨节森然。由门而入，望其中堂，若设燕张乐之为，左右廊皆施帏幄。有紫衣吏引张氏于西廊幕次，见少女如张等辈十许人，花容绰约，花钿照耀。既至，吏促张妆饰，诸女迭助之理泽傅粉。有顷，自外传呼"侍郎来！"自隙间窥之，见一紫绶大官。张氏之兄尝为其小吏，识之，乃言曰："吏部沈公也。"俄又呼曰："尚书来！"又有识者，并帅王公也。逡巡复连呼曰："某来！""某来！"皆郎官以上，六七箇坐厅前。紫衣吏曰："可出矣。"群女旋进，金石丝竹铿锵，震响中署。酒酣，并州见张氏而视之，尤属意。谓之曰："汝习何艺能?"对曰:"未尝学声音。"使与之琴,辞不能。曰:"第操之!"乃抚之而成曲。予之筝,亦然;琵琶,亦然。皆平生所不习也。王公曰:"恐汝或遗。"乃令口受诗:"鬟梳闹埽学宫妆,独立闲庭纳夜凉。手把玉簪敲砌竹,清歌一曲月如霜。"张曰:"且归辞父母,异日复来。"忽惊啼,寤,手扪衣带,谓母曰:"尚书诗遗矣!"索笔录之。问其故,泣对以所梦,且曰:"殆将死乎!"母怒曰:"汝作魇耳。何以为辞?乃出不祥言如是。"因卧病累日。外亲有持酒肴者,又有将食味者。女曰:"且须膏沐澡渝。"母听,良久,艳妆盛色而至。食毕,乃遍拜父母及坐客,曰:"时不留,某今往矣。"自授衾而寝。父母环伺之,俄尔遂卒。会昌二年六月十五日也。

第九篇　唐之传奇文（下）①

作家中之两大：元稹之《莺莺传》及后来之称述；李公佐之《南柯太守传》，《谢小娥传》，《古岳渎经》。

鲁迅《唐宋传奇集》"稗边小缀"手稿（北京鲁迅博物馆、上海鲁迅纪念馆编《鲁迅辑校古籍手稿》，1991年上海古籍出版社影印本）

然传奇诸作者中，有特有关系者二人：其一，所作不多而影响甚大，名亦甚盛者曰元稹；其二，多所著作，影响亦甚大而名不甚彰者曰李公佐。

元稹字微之，河南河内人，举明经，补校书郎，元和初应制策第一，除左拾遗，历监察御史，坐事贬江陵，又自虢州长史征入，渐迁至中书舍人承旨学士，进工部侍郎同平章事，未几罢相，出为同州刺史，又改越州，兼浙东观察使。太和初，入为尚书左丞检校户部尚书，兼鄂州刺史武昌军节度使，五年七月暴疾，一日而卒于镇②，时年五十三（七七九——八三一）③，两《唐书》皆有传。稹自少与白居易唱和，当时言诗者称元白，号为"元和体"，然所传小说，止《莺莺传》（见《广记》四百八十八）一篇。

《莺莺传》者，即叙崔张故事，亦名《会真记》者也。略谓贞元中，有张生者，性貌温美，非礼不动，年二十三未尝近女色。时生游于蒲，寓普救寺，适有崔氏孀妇将归长安，过蒲，亦寓兹寺，绪其亲则于张为异派之从母。会浑瑊薨，军人因丧大扰蒲人，崔氏甚惧，而生与蒲将之党有善，得将护之，十余日后廉使杜确来治军，军遂戢。崔氏由此甚感张生，因招宴，见其女莺莺，生惑焉，托崔之婢红娘以《春词》二首通意，是夕得彩笺，题其篇曰《明月三五夜》，辞云，"待月西厢下，迎风

209

《董西厢》插图（明天启间吴兴闵氏刊朱墨套印本，张满弓编著《古典文学版画》，2004年河南大学出版社影印本）

唐之传奇作者，除上述以外，于后来影响最大而特可注意者，又有二人：其一著作不多，而影响很大，又很著名者，便是元微之；其一著作多，影响也很大，而后来不甚著名者，便是李公佐。

——《中国小说的历史的变迁》第三讲《唐之传奇文》

户半开，隔墙花影动，疑是玉人来。"张喜且骇，已而崔至，则端服严容，责其非礼，竟去，张自失者久之，数夕后，崔又至，将晓而去，终夕无一言。

……①张生辨色而兴，自疑曰，"岂其梦邪？"及明，睹妆在臂，香在衣，泪光荧荧然犹莹于茵席而已。是后又十余日，杳不复知。张生赋《会真诗》三十韵，未毕而红娘适至，因授之，以贻崔氏。自是复容之，朝隐而出，暮隐而入，同安于曩所谓西厢者几一月矣。张生常诘郑氏之情，则曰，"我不可奈何矣。"因欲就成之。无何，张生将至长安，先以情谕之，崔氏宛然无难词，然而愁怨之容动人矣。将行之夕，不可复见，而张生遂西下。……

明年，文战不利，张生遂止于京，贻书崔氏以广其意，崔报之，而生发其书于所知，由是为时人传说。杨巨源为赋《崔娘诗》，元稹亦续生《会真诗》三十韵，张之友闻者皆耸异，而张志亦绝矣。元稹与张厚，问其说，张曰：

"大凡天之所命尤物也，不妖其身，必妖于人。使崔氏子遇合富贵，秉娇宠，不为云为雨，则为蛟为螭，吾不知其变化矣。昔殷之辛，周之幽，据万乘之国，其势甚厚，然而一女子败之，溃其众，屠其身，至今为天下僇笑，予之德不足以胜妖孽，是用忍情。"

越岁余，崔已适人，张亦别娶，适过其所居，请以外兄见，崔终不出；后数日，张生将行，崔则赋诗一章以谢绝之云⑤，"弃置今何道，当时且自亲，还将旧来意，怜取眼前人。"自是遂不复知⑥。时人多许张为善补过者云。

　　一、元微之的著作　　元微之名稹，是诗人，与白居易齐名。他做的小说，只有一篇《莺莺传》，是讲张生与莺莺之事，这大概大家都是知道的，我可不必细说。微之的诗文，本是非常有名的，但这篇传奇，却并不怎样杰出，况且其篇末叙张生之弃绝莺莺，又说什么"……德不足以胜妖，是用忍情"。文过饰非，差不多是一篇辩解文字。可是后来许多曲子，却都由此而出，如金人董解元的《弦索西厢》——现在的《西厢》，是扮演；而此则弹唱——元人王实甫的《西厢记》，关汉卿的《续西厢记》，明人李日华的《南西厢记》，陆采的《南西厢记》等等，非常之多，全导源于这一篇《莺莺传》。但和《莺莺传》原本所叙的事情，又略有不同，就是：叙张生和莺莺到后来终于团圆了。这因为中国人底心理，是很喜欢团圆的，所以必至于如此，大概人生现实底缺陷，中国人也很知道，但不愿意说出来；因为一说出来，就要发生"怎样补救这缺点"的问题，或者免不了要烦闷，要改良，事情就麻烦了。而中国人不大喜欢麻烦和烦闷，现在倘在小说里叙了人生底缺陷，便要使读者感着不快。所以凡是历史上不团圆的，在小说里往往给他团圆；没有报应的，给他报应，互相骗骗。——这实在是关于国民性底问题。

　　——《中国小说的历史的变迁》第三讲《唐之传奇文》

元稹以张生自寓，述其亲历之境，虽文章尚非上乘，而时有情致，固亦可观，惟篇末文过饰非，遂堕恶趣，而李绅杨巨源辈既各赋诗以张之，稹又早有诗名，后秉节钺，故世人仍多乐道，宋赵德麟已取其事作《商调蝶恋花》十阕（见《侯鲭录》），金则有董解元《弦索西厢》，元则有王实甫《西厢记》，关汉卿《续西厢记》[⑦]，明则有李日华《南西厢记》，陆采《南西厢记》等，其他曰《竟》曰《翻》曰《后》曰《续》者尤繁，至今尚或称道其事。唐人传奇留遗不少，而后来煊赫如是者，惟此篇及李朝威《柳毅传》而已。[⑧]

李公佐字颛蒙，陇西人，尝举进士，元和中为江淮从事，后罢归长安（见所作《谢小娥传》中），会昌初，又为杨府录事，大中二年，坐累削两任官（见《唐书》《宣宗纪》），盖生于代宗时，至宣宗初犹在（约七七〇——八五〇），余事未详[⑨]；《新唐书》[⑩]《宗室世系表》有千牛备身公佐，则别一人也[⑪]。其著作今存四篇，《南柯太守传》（见《广记》四百七十五，题《淳于棼》，今据《唐语林》改正）最有名，传言东平淳于棼家广陵郡东十里，宅南有大槐一株，贞元七年九月因沉醉致疾，二友扶生归家，令卧东庑下，而自秣马濯足以俟之。生就枕，昏然若梦，见二紫衣使称奉王命相邀，出门登车，指古槐穴而去。使者驱车入穴，忽见山川，终入一大城，城楼上有金书题曰"大槐安国"。生既至，拜驸马，复出为南柯太守，守郡三十载，"风化广被，百姓歌谣，建功德碑，立生祠宇"，王甚重之，递迁大位，生五男二女，后将兵与檀萝国战，败绩，公主又薨。生罢郡，而威福日盛，王疑惮之，遂禁生游从，处之私第，已而送归。既醒，则"见家之童仆拥篲于庭，二客濯足于榻，斜日未隐于西垣，余樽尚湛于东牖，梦中倏忽，若度一世矣。"其立意与《枕中记》同，而描摹更为尽致，明汤显祖亦本之作传奇曰《南柯记》。篇末言命仆发穴，以究根源，乃见蚁聚，悉符前梦，则假实证幻，余韵悠然，虽未尽于物情，已非《枕中》之所及矣。

二、李公佐的著作　李公佐向来很少人知道，他做的小说很多，现在只存有四种：（一）《南柯太守传》：此传最有名，是叙东平淳于棼的宅南，有一棵大槐树，有一天棼因醉卧东庑下，梦见两个穿紫色衣服的人，来请他到了大槐安国，招了驸马，出为南柯太守；因有政绩，又累升大官。后领兵与檀萝国战争，被打败，而公主又死了，于是仍送他回来。及醒来则刹那之梦，如度一世；而去看大槐树，则有一蚂蚁洞，蚂蚁正出入乱走着，所谓大槐安国，南柯郡，就在此地。这篇立意，和《枕中记》差不多，但其结穴，余韵悠然，非《枕中记》所能及。后来明人汤显祖作《南柯记》，也就是从这传演出来的。（二）《谢小娥传》：此篇叙谢小娥的父亲，和她的丈夫，皆往来江湖间，做买卖，为盗所杀。小娥梦父告以仇人为"車中猴東門草"；又梦夫告以仇人为"禾中走一日夫"；人多不能解，后来李公佐乃为之解说："車中猴，東門草"是"申蘭"二字；"禾中走，一日夫"是"申春"二字。后果然因之得盗。这虽是解谜获贼，无大理致，但其思想影响于后来之小说者甚大：如李复言演其文入……⑫有大穴，根洞然明朗，可容一榻。上有积土壤以为城郭殿台之状，有蚁数斛，隐聚其中。中有小台，其色若丹，二大蚁处之，素翼朱首，长可三寸，左右大蚁数十辅之，诸蚁不敢近，此其王矣：即槐安国都是也。又穷一穴，直上南枝可四丈，宛转方中，亦有土城小楼，群蚁亦处其中：即生所领南柯郡也。……追想前事，感叹于怀……不欲令二客坏之，遽令掩塞如旧。……复念檀萝征伐之事，又请二客访迹于外，宅东一里有古涸涧，侧有大檀树一株，藤萝拥织，上不见日，旁有小穴，亦有群蚁隐聚其间。檀萝之国，岂非此耶？嗟乎！蚁之灵异犹不可穷，况山藏木伏之大者所变化乎？……

《谢小娥传》（见《广记》四百九十一）言小娥姓谢，豫章人，八岁丧母，后嫁历阳侠士段居贞。夫妇与父皆习贾，往来江湖间，为盗所杀，小娥亦折足堕水，他船拯起之，流转至上元县，依妙果寺尼以居。初，小娥尝梦父告以仇人为"車中猴東門草"，又梦夫告以仇人为"禾中走一日夫"，广求智者，皆不能解，至公佐乃辨之曰，"車中猴，車字去上下各一画，是申字，又申属猴，故曰車中猴；草下有門，門中有東，乃蘭字也。又禾中走是穿田过，亦是申字也；一日夫者，夫上更一画，下有日，是春字也。杀汝父是申蘭，杀汝夫是申春，足可明矣。"小娥乃变男子服为佣保，果遇二贼于浔阳，刺杀之，并闻于官，擒其党，而小娥得免死。解谜获贼，甚乏理致，而当时亦盛传，李复言已演其文入《续玄怪录》，明人则本之作平话。（见《拍案惊奇》十九）⑬

所余二篇，其一未详原题⑭，《广记》则题曰《庐江冯媪》（三百四十三），⑮记董江妻亡更娶⑯而媪见有女泣路隅一室中，后乃知即亡人之墓，董闻则罪以妖妄，逐媪去之，其事甚简，故文亦不华。其一曰《古岳渎经》（见《广记》四百六十七，题曰《李汤》）⑰，有李汤者⑱，永泰时楚

《续玄怪录》，题曰《妙寂尼》，明人则本之作平话。他若《包公案》中所叙，亦多有类此者。（三）《李汤》：此篇叙的是楚州刺史李汤，闻渔人见龟山下，水中有大铁锁，以人，牛之力拉出，则风涛大作；并有一像猿猴之怪兽，雪牙金爪，闯上岸来，观者奔走，怪兽仍拉铁锁入水，不再出来。李公佐为之解说：怪兽是淮涡水神无支祁。"力逾九象，搏击腾踔疾奔，轻利倏忽。"大禹使庚辰制之，颈锁大索，徒到淮阴的龟山下，使淮水得以安流。这篇影响也很大，我以为《西游记》中的孙悟空正类无支祁。但北大教授胡适之先生则以为是由印度传来的；俄国人钢和泰教授也曾说印度也有这样的故事。可是由我看去：1.作《西游记》的人，并未看过佛经；2.中国所译的印度经论中，没有和这相类的话；3.作者——吴承恩——熟于唐人小说，《西游记》中受唐人小说的影响的地方很不少。所以我还以为孙悟空是袭取无支祁的。但胡适之先生仿佛并以为李公佐就受了印度传说的影响，这是我现在还不能说然否的话。（四）《庐江冯媪》：此篇叙事很简单，文章也不大好，我们现在可以不讲它。

——《中国小说的历史的变迁》第三讲《唐之传奇文》

州刺史，闻渔人见龟山下水中有大铁锁，乃以人牛曳出之，风涛陡作，"一兽状有如猿，白首长鬐，雪牙金爪，闯然上岸，高五丈许，蹲踞之状若猿猴，但两目不能开，兀若昏昧……久乃引颈伸欠，双目忽开，光彩若电，顾视人焉，欲发狂怒。观者奔走，兽亦徐徐引锁曳牛入水去，竟不复出。"当时汤与楚州知名之士，皆错愕不知其由。后公佐访古东吴，泛洞庭，登包山，入灵洞，探仙书，于石穴间得《古岳渎经》第八卷，乃得其故，而其经文字奇古，编次蠹毁，颇不能解，公佐与道士焦君共详读之，如下文：

> "禹理水，三至桐柏山，惊风走雷，石号木鸣，土伯拥川，天老肃兵，功不能兴。禹怒，召集百灵，授命夔龙，桐柏等山君长稽首请命，禹因囚鸿濛氏，章商氏，兜卢氏，犁娄氏，乃获淮涡水神名无支祁，善应对言语，辨江淮之浅深，原隰之远近，形若猿猴，缩鼻高额，青躯白首，金目雪牙，颈伸百尺，力逾九象，搏击腾踔疾奔，轻利倏忽，闻视不可久。禹授之童律，不能制；授之乌木由，不能制；授之庚辰，能制。鸱脾桓胡木魅水灵山袄石怪奔号聚绕，以数千载，庚辰以战（一作戟）[19]逐去，颈锁大索，鼻穿金铃，徙淮阴之龟山之足下，俾淮水永安流注海也。庚辰之后，皆图此形者，免淮涛风雨之难。"

宋朱熹（《楚辞辨证》中）尝斥僧伽降伏无支祁事为俚说，罗泌（《路史》）有《无支祁辩》，元吴昌龄《西游记》杂剧中有"无支祁是他姊妹"语[20]，明宋濂亦隐括其事为文，知宋元以来，此说流传不绝，且广被民间，致劳学者弹纠，而实则仅出于李公佐假设之作而已。惟后来渐误禹为僧伽或泗洲大圣，明吴承恩演《西游记》，又移其神变奋迅之状于孙悟空，于是禹伏无支祁故事遂以堙昧也。[21]

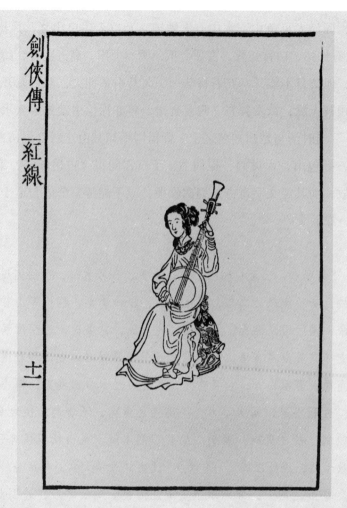

〔清〕任熊《剑侠传》插图之红线（清咸丰八年萧山王氏养和堂刻本，2019年文物出版社影印本）

　　唐人小说中的事情，后来都移到曲子里。如"红线"，"红拂"，"虬髯"……等，皆出于唐之传奇，因此间接传遍了社会，现在的人还知道。至于传奇本身，则到唐亡就随之而绝了。

　　　　　——《中国小说的历史的变迁》第三讲《唐之传奇文》

　　传奇之文，此外尚夥②，其较显著者，有陇西李朝威作《柳毅传》（见《广记》四百十九），记毅以下第将归湘滨，道经泾阳，遇牧羊女子言是龙女，为舅姑及婿所贬，托毅寄书于父洞庭君，洞庭君有弟钱塘君性刚暴，杀婿取女归，欲以配毅，因毅严拒而止。后毅丧妻，徙家金陵，娶范阳卢氏，则龙女也，又徙南海，复归洞庭，其表弟薛嘏尝遇之于湖中，得仙药五十丸，此后遂绝影响。金人已取其事为杂剧（语见董解元《弦索西厢》中），元尚仲贤则作《柳毅传书》，翻案而为《张生煮海》，清李渔又折衷之而成《蜃中楼》。③又有蒋防作《霍小玉传》（见《广记》四百八十七），言李益年二十擢进士第，入长安，思得名妓，乃遇霍小玉，寓于其家，相从者二年，其后年，生授郑县主簿，则坚约婚姻而别。及生觐母，始知已订婚卢氏，母又素严，生不敢拒，遂与小玉绝。小玉久不得生音问，竟卧病，踪迹招益，益亦不敢往。一日益在崇敬寺，忽有黄衫豪士强邀之，至霍氏家，小玉力疾相见，数其负心，长恸而卒。益为之缟素，旦夕哭泣甚哀，已而婚于卢氏，然为怨鬼所祟，竟以猜忌出其妻，至于三娶，莫不如是。杜甫《少年行》有云，“黄衫年少宜来数，不见堂前东逝波”，谓此也。④又有许尧佐作《柳氏传》（见《广记》四百八十五），记诗人韩翃得李生艳姬柳氏，会安禄山反，因寄柳于法灵寺而自为淄青节度使书记，乱平复来，则柳已为蕃将沙叱利所取，淄青诸将中有侠士许虞侯者，劫以还翃。其事又见于孟棨《本事诗》，盖亦实录矣。⑤他如柳珵（《广记》二百七十五《上清传》）薛调（又四百八十六《无双传》）皇甫枚（又四百九十一《非烟传》）房千里（同上《杨娼传》）等，亦皆有造作。而杜光庭之《虬髯客传》（见《广记》一百九十三）流传乃独广，光庭为蜀道士，事王衍，多所著述，大抵诞谩，此传则记杨素妓人之执红拂者识李靖于布衣时，相约遁去，道中又逢虬髯客，知其不凡，推资财，授兵法，令佐太宗兴唐，而自率海贼入扶余国杀其主，自立为王云。后世乐此故事，至作画图，谓之三侠；在曲则明

凌初成有《虬髯翁》，张凤翼张太和皆有《红拂记》。㉟

　　上来所举之外，尚有不知作者之《李卫公别传》，《李林甫外传》，郭湜之《高力士外传》，姚汝能之《安禄山事迹》等，惟著述本意，或在显扬幽隐，非为传奇，特以行文枝蔓，或拾事琐屑，故后人亦每以小说视之。㊲

注释：

①《中国小说史略》"油印本"作："唐传奇体传记（下）　小说史大略九"，"铅印本"作："第八篇　唐之传奇文（下）"，自"初版本"作："第九篇　唐之传奇文（下）"。

②五年七月暴疾，一日而卒于镇。自"初版本"增。

③《中国小说史略》"铅印本"之"第八篇　唐之传奇文（下）"作：年五十三卒。自"初版本"改。

④……。自"初版本"增。

⑤《中国小说史略》"铅印本"之"第八篇　唐之传奇文（下）"作：张怨念之诚，动于颜色，将行，赋诗一章以绝之云。自"订正本"改。

⑥自是遂不复知。自"订正本"增。

⑦《中国小说史略》"铅印本"之"第八篇　唐之传奇文（下）"作：关汉卿续。自"初版本"改。

⑧《中国小说史略》"油印本"之"唐传奇体传记（下）　小说史大略九"作：

元稹《莺莺传》（《广记》四百八十八）

　　贞元中，有张生者，性貌温美，非礼不动，年二十三，未尝近女色。时生游于蒲，寓普救寺。适有崔氏孀妇，将归长安，过蒲，亦寓兹寺。是岁，浑瑊薨，军人因丧大扰蒲人。崔氏甚惧，而生与蒲将之党有善，请吏将护之。十余日后，廉使杜确来治军，军遂戢。崔氏由此甚感张生，因招宴，见其女莺莺，生惑焉。托崔之婢红娘，以春词二首通意。是夕，得彩笺，题其篇曰：《明月三五夜》，其词曰：

　　待月西厢下，迎风户半开，拂墙花影动，疑是玉人来。

张喜且骇，已而崔至，则端服严容，责其非礼，竟去。张自失者久之。数夕后，崔又至，将晓而去。是后十余日，杳不复知。张因赋《会真诗》三十韵以贻之，遂复来，出入于所谓西厢者几一月。无何，张生往长安，明年文战不胜，遂止于京。贻书于崔，以广其意。崔报之，而张发其书于所知，由是为时人传说。杨巨源为赋《崔娘诗》，元稹亦续生《会真诗》三十韵，张之友闻者皆耸异，而张志亦绝矣。元稹与张厚，问其说。

张曰，"大凡天之所命尤物也，不妖其身，必妖于人。使崔氏子遇合富贵，秉娇宠，不为云为雨，则为蛟为螭，吾不知其变化矣。昔殷之辛，周之幽，据万乘之国，其势甚厚，然而一女子败之，溃其众，屠其身，至今为天下僇笑。予之德不足以胜妖孽，是用忍情。"

后岁余，崔已适人，张亦别娶。适过其所居，请以外兄见，崔终不出，张怨念之诚，动于颜色。将行，赋诗一章以绝之云，"弃置今何道，当时且自亲。还将旧来意，怜取眼前人。"时人多许张为善补过者云。

李霍事迹，世不甚传。惟汤显祖翻案为《紫钗记》。至于张崔，则人多乐道。宋赵德麟已演其事为《蝶恋花》十阕（见《侯鲭录》），其后乃有元人董解元《西厢记》，王实甫《西厢记》，关汉卿续，明人李日华《南西厢记》，陆采《南西厢记》等。其实微之原作，文非上乘，事复卑浅，而自宋迄今，常为戏曲之中枢，有大影响于文学史，则亦文界之异事也。

自"铅印本"改。

《〈唐宋传奇集〉稗边小缀》：

元稹字微之，河南河内人，以校书郎累仕至中书舍人，承旨学士。由工部侍郎入相，旋出为同州刺史，改越州，兼浙东观察使。太和初，入为尚书左丞，检校户部尚书，兼鄂州刺史武昌军节度使。五年七月，卒于镇，年五十三。两《唐书》（旧一六六新一七四）皆有传。于文章亦负重名，自少与白居易唱和。当时言诗者称"元白"，号为"元和体"。有《元氏长庆集》一百卷，《小集》十卷，今惟《长庆集》六十卷存。《莺莺传》见《广记》四百八十八。其事之振撼文林，为力甚大。当时已有杨巨源李绅辈作诗以张之；至宋，则赵令畤拈以制《商调蝶恋花》（在《侯鲭》中）；金有董解元作《弦索西厢》；元有王实甫《西厢记》，关汉卿《续西厢记》；明有李日华《南西厢记》，陆采亦有《南西厢记》，周公鲁有《翻西厢记》；至清，查继佐尚有《续西厢》杂剧云。

因《莺莺传》而作之杂剧及传奇，曩惟王关本易得。今则刘氏暖红室已刊《弦索西厢》，又聚赵令畤《商调蝶恋花》等较著之作十种为《西厢记十则》。市肆中往往而有，不难致矣。

《莺莺传》中已有红孃及欢郎等名，而张生独无名字。王楙《野客丛书》（二十九）云："唐有张君瑞，遇崔氏女于蒲。崔小名莺莺。元稹与李绅语其事，作《莺莺歌》。"客中无赵令畤《侯鲭录》，无从知《商调蝶恋花》中张生是否已具名字。否则宋时当尚有小说或曲子，字张为君瑞者。漫识于此，俟有书时考之。

⑨《中国小说史略》"铅印本"之"第八篇　唐之传奇文（下）"作：李公佐字颛蒙，陇西人，尝举进士，元和中为江淮从事，后罢归长安（见所作《谢小娥传》中），余事不可考。自"初版本"改。

⑩《中国小说史略》"铅印本"之"第八篇　唐之传奇文（下）"作：《唐书》。自"初版本"改。

⑪《中国小说史略》"铅印本"之"第八篇　唐之传奇文（下）"作：别一人也。自"初版本"改。

⑫……。自"初版本"增。

⑬《中国小说史略》"铅印本"之"第八篇　唐之传奇文（下）"作：宋人则本之作平话，后来记包拯施纶断案，类此者更多矣。"初版本"作：明人则本之作平话（见《拍案惊奇》十九），后来记包拯施纶断案，类此者更多矣。自"订正本"改。

⑭《中国小说史略》"铅印本"之"第八篇　唐之传奇文（下）"作：其余二篇，未详原题。自"订正本"改。

⑮《中国小说史略》"铅印本"之"第八篇　唐之传奇文（下）"作：《冯媪》记董江妻亡更娶。自"初版本"改。

⑯《中国小说史略》"铅印本"之"第八篇　唐之传奇文（下）"此处有：曰李汤（四百六十七）。自"订正本"删。

⑰其一曰《古岳渎经》（见《广记》四百六十七，题曰《李汤》）。自"订正本"增。

⑱《中国小说史略》"铅印本"之"第八篇　唐之传奇文（下）"作：李汤者。自"订正本"改。

⑲（一作载）。自"初版本"增。

⑳《中国小说史略》"铅印本"之"第八篇　唐之传奇文（下）"作：元人《西游记》（有数出在《纳书楹曲谱》中）有"无支祁是他姊妹"语。自"订正本"改。

㉑《〈唐宋传奇集〉稗边小缀》：

李公佐所作小说，今有四篇在《太平广记》中，其影响于后来者甚钜，而作者之生平顾不易详。从文中所自述，得以考见者如次：

贞元十三年，泛潇湘苍梧。（《古岳渎经》）　十八年秋，自吴之洛，暂泊淮浦。（《南柯太守传》）

元和六年五月，以江淮从事受使至京，回次汉南。（《冯媪传》）　八年春，罢江西从事，扁舟东下，淹泊建业。（《谢小娥传》）　冬，在常州。　（《经》）九年春，访古东吴，泛洞庭，登包山。　（《经》）十三年夏月，始归长安，经泗滨。（《谢传》）

《全唐诗》末卷有李公佐仆诗。其本事略谓公佐举进士后，为钟陵从事。有仆夫执役勤瘁，迨三十年。一旦，留诗一章，距跃凌空而去。诗有"颛蒙事可亲"之语，注云："公佐字颛蒙"，疑即此公佐也。然未知《全唐诗》采自何书，度必出唐人杂说，而寻检未获。《唐书》（七十）《宗室世系表》有千牛备身公佐，为河东节度使说子，灵盐朔方节度使公度弟，则别一人也。《唐书》《宣宗纪》载有李公佐，会昌初，为杨府录事，大中二年，坐累削两任官，却似颛蒙。然则此李公佐盖生于代宗时，至宣宗初犹在，年几八十矣。惟所见仅孤证单文，亦未可遽定。

《古岳渎经》出《广记》四百六十七，题为《李汤》，注云出《戎幕闲谈》，《戎幕闲谈》乃韦绚作，而此篇是公佐之笔甚明。元陶宗仪《辍耕录》（三十）云："东坡《濠州涂山》诗'川锁支祁水尚浑'注，'程演曰：《异闻集》载《古岳渎经》：禹治水，至桐柏山，获淮涡水神，名曰巫支祁。'"其出处及篇名皆具，今即据以改题，且正《广记》所注之误。《经》盖公佐拟作，而当时已被其淆惑。李肇《国史补》（上）即云："楚州有渔人,忽于淮中钓得古铁锁,挽之不绝。以告官。刺史李汤大集人力,引之。锁穷,有青猕猴跃出水,复没而逝。后有验《山海经》云,水兽好为害,禹锁于军山之下,其名曰无支祁。"验今本《山海经》无此语,亦不似逸文。肇殆为公佐此作所误,又误记书名耳。且亦非公佐据《山海经》逸文,以造《岳渎经》也。至明,遂有人径收之《古逸书》中。胡应麟(《笔丛》三十二)亦有说,以为"盖即六朝人踵《山海经》体而赝作者。或唐人滑稽玩世之文,命名《岳渎》可见。以其说颇诡异,故后世或喜道之。宋太史景濂亦稍隐括集中,总之以文为戏耳。罗泌《路史辩》有《无支祁》;世又讹禹事为泗州大圣,皆可笑。"所引文亦与《广记》殊有异同:禹理水作禹治淮水;走雷作迅雷;石号作水号;五伯作土伯;搜命作授命;千作等山;白首作白面;奔轻二字无;闻字无;章律作童律,下重有童律二字;乌木由作乌木由,下亦重有三字;庚辰下亦重有庚辰字;桓下有胡字;聚作丛;以数千载作以千数;大索作大械;末四字无。颇较顺利可诵识。然未审元瑞所据者为善本,抑但以意更定,故不据改。

朱熹《楚辞辩证》(下)云:"《天问》,鲧窃帝之息壤以湮洪水,特战国时俚俗相传之语,如今世俗僧伽降无之祁,许逊斩蛟蜃精之类。本无依据,而好事者遂假托撰造以实之。"是宋时先讹禹为僧伽。王象之《舆地纪胜》(四十四淮南东路盱眙军)云:"水母洞在龟山寺,俗传泗州僧伽降水母于此。"则复讹巫支祁为水母。褚人获《坚瓠续集》(二)云:"《水经》载禹治水至淮,淮神出见。形一猕猴,爪地成水。禹命庚辰执之。遂锁于龟山之下,淮水乃平。至明,高皇帝过龟山,令力士起而视之。因拽铁索盈两舟,而千人拨之起。仅一老猿,毛长盖体,大吼一声,突入水底。高皇帝急令羊豕祭之,亦无他患。"是又讹此文为《水经》,且坚嫁李汤事于明太祖矣。

《南柯太守传》出《广记》四百七十五,题《淳于棼》,注云出《异闻录》。《传》是贞元十八年作,李肇为之赞,即缀篇末。而元和中肇作《国史补》,乃云"近代有造谤而著者,《鸡眼》,《苗登》二文;有传蚁穴而称者,李公佐《南柯太守》;有乐伎而工篇什者,成都薛涛,有家僮而善章句者,郭氏奴(不记名)。皆文之妖也。"(卷下)约越十年,遂诋之至此,亦可异矣。棼事亦颇流传,宋时,扬州已有南柯太守墓,见《舆地纪胜》(三十七淮南东路)引《广陵行录》。明汤显祖据以作《南柯记》,遂益广传至今。

《庐江冯媪传》出《广记》三百四十三,注云出《异闻集》。事极简略,与公佐他文不类。然以其可考见作者踪迹，聊复存之。《广记》旧题无传字，今加。

《谢小娥传》出《广记》四百九十一，题李公佐撰。不著所从出，或尝单行欤，然史志皆不载。唐李复言作《续玄怪录》，亦详载此事，盖当时已为人所艳称。至宋，遂稍讹异，《舆地纪胜》（三十四江南西路）记临江军人物，有谢小娥，云："父自广州部金银纲，携家入京，舟过霸滩，遇盗，全家遇害。小娥溺水，不死，行乞于市。后佣于盐商李氏家，见其所用酒器，皆其父物，始悟向盗乃李也。心衔之，乃置刀藏之，一夕，李生置酒，举室酣醉。娥尽杀其家人，而闻于官。事闻诸朝，特命以官。娥不愿，曰：'已报父仇，他无所事，求小庵修道。'朝廷乃建尼寺，使居之，今金池坊尼寺是也。"事迹与此传似是而非，且列之李邈与傅雾之间，殆已以小娥为北宋末人矣。明凌濛初作通俗小说（《拍案惊奇》十九），则据《广记》。

㉒《中国小说史略》"铅印本"之"第八篇　唐之传奇文（下）"作：此外尚伙。自"初版本"改。

㉓《中国小说史略》"油印本"之"唐传奇体传记（上）　小说史大略八"作：

二、属于异闻之后一类者。

李朝威《柳毅传》（《广记》四百十九）

仪凤中，有儒生柳毅者，下第将还湘滨，先往泾阳，与乡人别于道，见牧羊女子，若有所伺，毅诘之，对曰，妾，洞庭龙君小女也，父母配嫁泾川次子，而夫婿乐逸，为婢仆所惑，日以厌薄，既而将诉于舅姑，舅姑爱其子，不能御。迨诉频切，又得罪舅姑。舅姑毁黜以至此。

言讫，歔欷，托毅寄书洞庭，毅既至，三叩社桔如女教，因得随武夫而入，见洞庭君致具，事达宫中，须臾，宫中皆恸哭。洞庭君惊谓左右，使宫中勿哭，恐为钱塘所知。毅问，"钱塘何人也？"曰，"寡人之爱弟也，昔为钱塘长，今致政矣。"毅曰，"何故不使知？"曰，"以其勇过人耳，昔尧遭洪水九年者，此子一怒也。近与天将失意，塞其五山。上帝以寡人有薄德，故遂宽其同气之罪。而縻系于此。"

语未毕，而大声忽发，天拆地裂，宫殿摆簸，云烟沸涌，俄有赤龙长千余尺，电目血舌，朱鳞火鬣，项掣金锁，锁牵玉柱，千雷万霆，激绕其身，霰雪雨雹，一时皆下。乃擘青天而飞去。毅恐蹶仆地。……因告辞……君曰，"不必如此。其去则然，其来则不然。"……俄而祥风庆云，融融怡怡，幢节玲珑，箫韶以随。红装千万，笑语熙熙，后有一人，自然蛾眉，明珰满身，绡縠参差。迫而视之，乃前寄辞者。然若喜若悲，零泪如丝。须臾，红烟蔽其左，紫气舒其右，香气环旋，入于宫中。君笑谓毅曰，"泾水之囚人至矣。"……有顷，……一人披紫裳，执青玉，貌耸神溢，立于君左。君谓毅曰，"此钱塘也。"毅起，趋拜之。钱塘亦尽礼相接，……君曰，"所杀几何？"曰，"六十万。""伤稼乎？"曰，"八百里。""无情郎安在？"曰，"食之矣。"君怃然曰，"顽童之为是心也，诚不可忍。然汝亦太草草。赖上帝显圣，谅其至冤。不然者，吾何辞焉。……"

居数日，毅请归，宫中赠遗甚厚。钱塘君欲以龙女嫁毅，而毅力拒，竟出洞庭适广陵，鬻其所得，未及百一，已大富。遂娶于张氏，亡。娶韩氏，又亡。毅徙家金陵，娶范阳卢氏，则龙女也。毅后居南海，富陵侯伯而精神不衰。开元中，归洞庭，莫知其迹。开元末，其表弟薛嘏，遇毅于洞庭湖中，赠嘏仙药五十丸，此后遂绝影响。

柳毅之事，颇为后人所奇。元尚仲贤据以作《柳毅传书》，今在《元曲选》十一集中。翻案者有《张生煮海》。折衷者有李渔《蜃中楼》。

自"铅印本"改。

《〈唐宋传奇集〉稗边小缀》：

《柳毅传》见《广记》四百十九卷，注云出《异闻集》。原题无传字，今增。据本文，知为陇西李朝威作，然作者之生平不可考。柳毅事则颇为后人采用，金人已摭以作杂剧（语见董解元《弦索西厢》）；元尚仲贤有《柳毅传书》，翻案而为《张生煮海》；李好古亦有《张生煮海》；明黄说仲有《龙箫记》。用于诗篇，亦复时有。而胡应麟深恶之，曾云："唐人小说如柳毅传书洞庭事，极鄙诞不根，文士亟当唾去，而诗人往往好用之。夫诗中用事，本不论虚实，然此事特诞而不情。造言者至此，亦横议可诛者也。何仲默每戒人用唐宋事，而有'旧井潮深柳毅祠'之句，亦大卤莽。今特拈出，为学诗之鉴。"（《笔丛》三十六）申绎此意，则为凡汉晋人语，倘或近情，虽诞可用。古人欺以其方,即明知而乐受,亦未得为笃论也。

《李章武传》出《广记》卷三百四十。原题无传字,篇末注云出李景亮为作传,今据以加。景亮,贞元十年详明政术可以理人科擢第,见《唐会要》,馀未详。

㉔《中国小说史略》"油印本"之"唐传奇体传记(下)　小说史大略九"作:

属于逸事之前一类者。

蒋防《霍小玉传》(《广记》四百八十七)

　　大历中,陇西李益,年二十以进士擢第一。明年六月,至长安,思得名妓,久而未谐。有媒鲍十一娘受生托,荐霍小玉,故霍王小女也,方求佳偶,亦知李益名,故约即定。

　　鲍既去,生便备行计。遂令家僮秋鸿,于从兄京兆参军尚公处假青骊驹,黄金勒。其夕,生浣衣沐浴,修饰容仪,喜跃交并,通夕不寐。迟明,巾帻,引镜自照,惟惧不谐。徘徊之间,至于亭午。

　　既至,先见霍小玉母,命小玉出。

　　生即拜迎。但觉一室之中,若琼林玉树,互相照曜,……既而遂坐母侧,母谓曰,"汝尝爱念'开帘风动竹,疑是故人来'。即此十郎诗也。尔终日吟想,何如一见?"玉乃低鬟微笑,细语曰,"见面不如闻名,才子岂能无貌?"生遂连起拜曰,"小娘子爱才,鄙夫重色,两好相映,才貌相兼。"母女相顾而笑。

　　生遂寓于霍氏,二年,日夜相从。其后年,生授郑县主簿,将至官,坚约婚姻而别。生到任旬日,求假觐亲。则已订婚于卢氏,其母素严,生不敢辞,遂与霍小玉绝。霍久不得生音问,遂卧病。有以生之踪迹告者,小玉招生,生自以愆期负约,女又疾候沈绵,惭耻忍割,终不肯往。一日,生在崇敬寺,有一豪士,衣轻黄紵衫,挟弓弹,揖生与语,请莅其居,已而暂近霍氏家,生欲止,竟被抱持而进。推入车门,锁之,报云,"李十郎至也。"

　　玉沈绵日久,转侧须人。忽闻生来,欻然自起,更衣而出,恍若有神。遂与生相见,含怒凝视,不复有言。赢质娇姿,如不胜致,时复掩袂,返顾李生。感物伤人,坐皆歔欷。……玉乃侧身转面,斜视生良久,遂举杯酒,酬地曰，"我为女子，薄命如斯。君是丈夫，负心若此。韶颜稚齿，饮恨而终。慈母在堂，不能供养。绮罗弦管，从此永休。征痛黄泉，皆君所致。李君李君，今当永诀！我死之后，必为厉鬼，使君妻妾，终日不安！"乃引左手握其臂，掷杯于地，长恸号哭数声而绝。母乃举尸，置于生怀，令唤之，遂不复苏矣。

生为之缟素，旦夕哭泣甚哀。已而婚于卢氏，伤情感物，郁郁不乐。生即归郑县，忽于帐外见男子，遂疑卢氏，终出之，而猜忌弥甚，至于三娶皆如初。

自"铅印本"改。

《〈唐宋传奇集〉稗边小缀》：

《霍小玉传》出《广记》四百八十七，题下注云蒋防撰。防字子徵（《全唐文》作微），义兴人，澄之后。年十八，父诚令作《秋河赋》，援笔即成。于简遂妻以子。李绅即席命赋《鞲上鹰》诗。绅荐之。后历翰林学士中书舍人（明凌迪知《古今万姓统谱》八十六）。长庆中，绅得罪，防亦自尚书司封员外郎知制诰贬汀州刺史（《旧唐书》《敬宗纪》），寻改连州。李益者，字君虞，系出陇西，累官名散骑常侍。太和中，以礼部尚书致仕。时又有一李益，官太子庶子，世因称君虞为"文章李益"以别之，见《新唐书》（二百三）《李益传》。益当时大有诗名，而今遗集苓落，清张澍曾裒集为一卷，刻《二酉堂丛书》中，前有事辑，收罗李事甚备。《霍小玉传》虽小说，而所记盖殊有因。杜甫《少年行》有句云："黄衫年少宜来数，不见堂前东逝波"，即指此事。时甫在蜀，殆亦从传闻得之。益之友韦夏卿，字云客，京兆万年人，亦两《唐书》（旧一六五新一六二）皆有传。李肇（《国史补》中）云："散骑常侍李益少有疑病"，而传谓小玉死后，李益乃大猜忌，则或出于附会，以成异闻者也。明汤海若尝取其事作《紫箫记》。

㉕《中国小说史略》"油印本"之"唐传奇体传记（下）　小说史大略九"作：有许尧佐之《柳氏传》（《广记》四百八十五），记诗人韩翊得李生艳姬柳氏。会安禄山反，寄柳氏法灵寺，而自为淄青节度使书记，乱平复来，柳已为蕃将沙叱利所取。淄青诸将中有侠士许虞侯者，劫以还翊。其事亦见孟棨《本事诗》，盖实录也。自"铅印

228

本"改。

《〈唐宋传奇集〉稗边小缀》：

李吉甫《编次郑钦说辨大同古铭论》，清赵钺及劳格撰之《唐御史台精舍题名考》（三）云见于《文苑英华》。先未写出，适又无《文苑英华》可借，因据《广记》三百九十一录其文，本题《郑钦说》，则复依赵钺劳格说改也。文亦原非传奇，而《广记》注云出《异闻记》，盖其事奥异，唐宋人固已以小说视之，因编于集。李吉甫字弘宪，赵人，贞元初，为太常博士；累仕至翰林学士中书舍人。元和二年，以中书侍郎同中书门下平章事，出为淮南节度使，旋复入相。九年十月，暴疾卒，年五十七。赠司空，谥忠懿。两《唐书》（旧一四八新一四六）皆有传。郑钦说则《新唐书》（二百）附见《儒学》《赵冬曦传》中。云开元初縠新津丞请试五经擢第，授巩县尉，集贤院校理，右补阙，内供奉。雅为李林甫所恶。韦坚死，钦说时位殿中侍御史，尝为坚判官，贬夜郎尉，卒。

《柳氏传》出《广记》四百八十五，题下注云许尧佐撰。《新唐书》（二百）《儒学》《许康佐传》云："贞元中，举进士宏辞，连中之。……其诸弟皆擢进士第，而尧佐最先进；又举宏辞，为太子校书郎。八年，康佐继之。尧佐位谏议大夫。"柳氏事亦见于孟棨《本事诗》（《情感》第一），自云开成中在梧州闻之大梁夙将赵唯，乃其目击。所记与尧佐传并同，盖事实也。而述翃复得柳氏后事较详审，录之：

后罢府闲居，将十年。李相勉镇夷门，又署为幕吏。时韩已迟暮，同列皆新进后生，不能知韩。举目为"恶诗"。韩邑邑不得意，多辞疾在家。唯末职韦巡官者，亦知名士，与韩独善。一日，夜将半，韦叩门急。韩出见之，贺曰："员外除驾部郎中，知制诰。"韩大愕然曰："必无此事，定误矣。"韦就座曰："留邸状报制诰阙人。中书两进名，御笔不点出。又请之，且求圣旨所与。德宗批曰：'与韩翃'。时有与翃同姓名者，为江淮刺史。又具二人同进。御笔复批曰：'春城无处不飞花，寒食东风御柳斜。日暮汉宫传蜡烛，轻烟散入五侯家。'又批曰：'与此韩翃。'"韦又贺曰："此非员外诗耶？"韩曰："是也。是知不误矣。"质明，而李与僚属皆至。时建中初也。

后来取其事以作剧曲者，明有吴长孺《练囊记》，清有张国寿《章台柳》。

㉖《中国小说史略》"油印本"之"唐传奇体传记(下)　小说史大略九"作：唐人杂说中，亦间记豪侠之事，然无专书，别行者，殆惟《虬髯》一传，《太平广记》类为四卷(一百九十三至九十六)，明人别刻之，改名《剑侠传》，妄题段成式作。然亦以此流行世间，如红拂、昆仑、隐娘、红线，明以来即传为美谈者，皆出乎此。

自"铅印本"改。

《〈唐宋传奇集〉稗边小缀》：

柳珵《上清传》见《资治通鉴考异》卷十九。司马光驳之云："信如此说，则参为人所劫，德宗岂得反云'蓄养侠刺'。况陆贽贤相，安肯为此。就使欲陷参，其术固多，岂肯为此儿戏。全不近人情。"亦见于《太平广记》卷二百七十五，题曰《上清》，注云出《异闻集》。"相国窦公"作"丞相窦参"，后凡"窦公"皆只作一"窦"字；"隶名掖庭"下有"且久"二字；"怒陆贽"上有"至是大悟因"五字，"这"作"老"；"恣行媒孽"下有"乘间攻之"四字；"特赦"下有"削"字。余尚有小小异同，今不备举。此篇本与《刘幽求传》同附《常侍言旨》之后。《言旨》亦珵作，《郡斋读书志》(十三)云，记其世父柳芳所谈。芳，蒲州河东人；子登、冕；登子璟，见《新唐书》(一三二)。珵盖璟之从兄弟行矣。

《杨娼传》出《广记》四百九十一，原题房千里撰。千里字鹄举，河南人，见《新唐书》《宰相世系表》。《艺文志》有房千里《南方异物志》一卷，《投荒杂录》一卷，注云："大和初进士第，高州刺史。"是其所终官也。此篇记叙简率，殊不似作意为传奇。《云溪友议》(上)又有《南海非》一篇，谓房千里博士初上第，游岭徼。有进士韦滂自南海致赵氏为千里妾。千里倦游归京，暂为南北之别。过襄州遇许浑，托以赵氏。浑至，拟给以薪粟，则赵已从韦秀才矣。因以诗报房，云："春风白马紫丝缰，正值蚕眠未采桑。五夜有心随暮雨，百年无节待秋霜。重寻绣带朱藤合，却认罗裙碧草长。为报西游减离恨，阮郎才去嫁刘郎。"房闻，哀恸几绝云云。此传或即作于得报之后，聊以寄慨者欤。然韦縠《才调集》(十)又以浑诗为无名氏作，题云："客有新丰馆题怨别之词，因诘传吏，尽得其实，偶作四韵嘲之。"

《飞烟传》出《说郛》卷三十三所录之《三水小牍》，皇甫枚撰。亦见于《广记》四百九十一，飞烟作非烟。《三水小牍》本三卷，见《宋史》《艺文志》及《直斋书录解题》。

今止存二卷，刻于卢氏《抱经堂丛书》及缪氏《云自在龛丛书》中。就书中可考见者，枚字遵美，安定人。三水，安定属邑也。咸通末，为汝州鲁山令；光启中，僖宗在梁州，赴调行在。明姚咨跋云："天祐庚午岁，旅食汾晋，为此书。"今书中不言及此，殆出于枚之自序，而今失之。缪氏刻本有逸文一卷，收《非烟传》，然仅据《广记》所引，与《说郛》本小有异同，且无篇末一百余字。《广记》不云出于何书，盖尝单行也，故仍录之。

《虬髯客传》据明《顾氏文房小说》录，校以《广记》百九十三所引《虬髯传》，互有详略，异同，今补正二十余字。杜光庭字宾至，处州缙云人。先学道于天台山，仕唐为内供奉。避乱入蜀，事王建，为金紫光禄大夫，谏议大夫，赐号广成先生。后主立，以为传真天师，崇真馆大学士。后解官，隐青城山，号东瀛子。年八十五卒。著书甚多，有《谏书》一百卷，《历代忠谏书》五卷，《道德经广圣义疏》三十卷，《录异记》十卷，《广成集》一百卷，《壶中集》三卷。此外言道教仪则，应验，及仙人，灵境者尚二十余种，八十余卷。今惟《录异记》流传。光庭尝作《王氏神仙传》一卷，以悦蜀主。而此篇则以窥觎神器为大戒，殆尚是仕唐时所为。《宋史》《艺文志》小说类著录作"《虬髯客传》一卷"。宋程大昌《考古编》（九）亦有题《虬须传》者一则，云："李靖在隋，常言高祖终不为人臣。故高祖入京师，收靖，欲杀之。太宗救解，得不死。高祖收靖，史不言所以，盖讳之也。《虬须传》言靖得虬须客资助，遂以家力佐太宗起事。此文士滑稽，而人不察耳。又杜诗言'虬须似太宗'。小说亦辨人言太宗虬须，须可挂角弓。是虬须乃太宗矣。而谓虬须授靖以资，使佐太宗，可见其为戏语也。"髯皆作须。今为虬髯者，盖后来所改。惟高祖之所以收靖，则当时史实未尝讳言。《通鉴考异》（八）云："柳芳《唐历》及《唐书》《靖传》云：'高祖击突厥于塞外。靖察高祖，知有四方之志，因自锁上变，将诣江都，至长安，道塞不通而止。'案太宗谋起兵，高祖尚未知；知之，犹不从。当击突厥之时，未有异志，靖何从察知之？又上变当乘驿取疾，何为自锁也？今依《靖行状》云：'昔在隋朝，曾经忤旨。及兹城陷，高祖追责旧言，公忼慨直论，特蒙宥释。'"柳芳唐人，记上变之嫌，即知城陷见收之故矣。然史实常晦，小说辄传，《虬髯客传》亦同此例，仍为人所乐道，至绘为图，称曰"三侠"。取以作曲者，则明张凤翼张太和皆有《红拂记》，凌初成有《虬髯翁》。

⑰《中国小说史略》"油印本"之"唐传奇体传记(下)　小说史大略九"作：上文所举之外，此类尚多，如失名之《李卫公别传》，《李林甫外传》，郭湜之《高力士外传》等皆是。但作者初意，或本非传奇，第以行文曼衍，拾事又复琐屑，故后人亦常以小说视之。自"铅印本"改。

第十篇　唐之传奇集及杂俎①

　　牛僧孺《玄怪录》及其仿效者。段成式《酉阳杂俎》与《续集》。李义山《杂纂》及宋明人之续书。

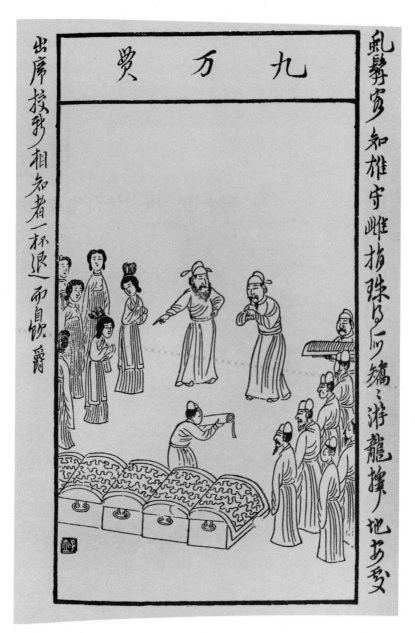

〔明〕陈洪绶《博古叶子》之虬髯客（清顺治八年刻本，张满弓编著《古典文学版画》，2004年河南大学出版社影印本）

造传奇之文，会萃为一集者，在唐代多有，而煊赫莫如牛僧孺之《玄怪录》。僧孺字思黯，本陇西狄道人，居宛叶间，②元和初以贤良方正对策第一，条指失政，鲠讦不避宰相，至考官皆调去，僧孺则调伊阙尉，穆宗即位，渐至御史中丞，后以户部侍郎同中书门下平章事，武宗时累贬循州长史，宣宗立，乃召还为太子少师，大中二年卒，赠太尉，年六十九（七八〇——八四八），谥曰文简，有传在两《唐书》。僧孺性坚僻，而颇嗜志怪，所撰《玄怪录》十卷，今已佚，然《太平广记》所引尚三十一篇③，可以考见大概。其文虽与他传奇无甚异，而时时示人以出于造作，不求见信；盖李公佐李朝威辈，仅在显扬笔妙，故尚不肯言事状之虚，至僧孺乃并欲以构想之幻自见，因故示其诡设之迹矣。《元无有》即其一例：

　　宝应中，有元无有，常以仲春末独行维扬郊野。值日晚，风雨大至，时兵荒后，人户多逃，遂入路旁空庄。须臾霁止，斜月方出，无有坐北窗，忽闻西廊有行人声，未几，见月中有四人，衣冠皆异，相与谈谐吟咏甚畅，乃云，"今夕如秋，风月若此，吾辈岂得不为一言，以展平生之事也？"……吟咏既朗，无有听之具悉。其一衣冠长人即先吟曰，"齐纨鲁缟如霜雪，寥亮高声予所发。"其二黑衣冠短

235

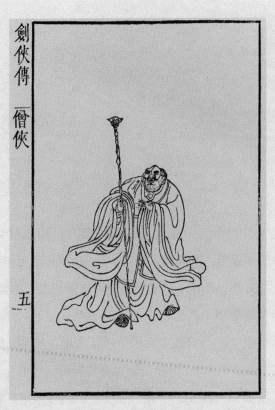

〔清〕任熊《剑侠传》插图之僧侠（清咸丰八年萧山王氏养和堂刻本，2019年文物出版社影印本）

　　再唐人底小说，不甚讲鬼怪，间或有之，也不过点缀点缀而已。但也有一部分短篇集，仍多讲鬼怪的事情，这还是受了六朝人底影响，如牛僧孺的《玄怪录》，段成式的《酉阳杂俎》，李复言的《续玄怪录》，张读的《宣室志》，苏鹗的《杜阳杂编》，裴铏的《传奇》等，都是的。然而毕竟是唐人做的，所以较六朝人做的曲折美妙得多了。

　　　　　——《中国小说的历史的变迁》第三讲《唐之传奇文》

陋人诗曰，"嘉宾良会清夜时，煌煌灯烛我能持。"其三故弊黄衣冠人，亦短陋，诗曰，"清冷之泉候朝汲，桑绠相牵常出入。"其四故黑衣冠人诗曰，"爨薪贮泉相煎熬，充他口腹我为劳。"无有亦不以四人为异，四人亦不虞无有之在堂隍也，递相褒赏，观其自负，则虽阮嗣宗《咏怀》，亦若不能加矣。四人迟明乃归旧所；无有就寻之，堂中惟有故杵灯台水桶破铛：乃知四人即此物所为也。（《广记》三百六十九）④

牛僧孺在朝，与李德裕各立门户，为党争，以其好作小说，李之门客韦瓘遂托僧孺名撰《周秦行纪》以诬之。记言自以举进士落第将归宛叶，经伊阙鸣皋山下，因暮失道，遂止薄太后庙中，与汉唐妃嫔燕饮。太后问今天子为谁？则对曰，"'今皇帝先帝长子。'太真笑曰，'沈婆儿作天子也。大奇！'"复赋诗，终以昭君侍寝，至明别去，"竟不知其何如"（详见《广记》四百八十九）。德裕因作论，谓僧孺姓应图谶，《玄怪录》又多造隐语，意在惑民，《周秦行纪》则以身与后妃冥遇，欲证其身非人臣相，"及至戏德宗为沈婆儿，以代宗皇后为沈婆，令人骨战，可谓无礼于其君甚矣！"作逆若非当代，必在子孙，故"须以'太牢'少长咸置于法，则刑罚中而社稷安"也（详见《李卫公外集》四）。自来假小说以排陷人，此为最怪，顾当时说亦不行。惟僧孺既有才名，又历高位，其所著作，世遂盛传。而摹拟者亦不鲜，李复言有《续玄怪录》十卷，"分仙术感应二门"，薛渔思有《河东记》三卷，"亦记谲怪事，序云续牛僧孺之书"（皆见宋晁公武《郡斋读书志》十三）；又有撰《宣室志》十卷，以记仙鬼灵异事迹者，曰张读字圣朋，则张鷟之裔而牛僧孺之外孙也（见《唐书》《张荐传》），后来亦疑为"少而习见，故沿其流波"（清《四库提要》子部小说家类三）云⑤。⑥

他如武功人苏鹗有《杜阳杂编》，记唐世故事，而多夸远方珍异，参

此防過不意元和初罷之酉有沂山山有廟則東安
公也沂州刺史每春自禱　是山山有谷九十九所
河分入曰沂曰汶汶東注沂南流入青通沂州山東
南有山曰太平山頂平可八九十里頃歲有寇甞居
之山北十餘里有樹五檀也

秦夢記

太和初沈亞之將之邠出長安城客橐泉邸舍春時
晝夢入秦王內使廖家廖舉亞之秦公名之殿膝前
席曰寡人欲強國願知其方先生何以教寡人亞之

鲁迅抄录《秦梦记》手稿（北京鲁迅博物馆、上海鲁迅纪念馆编《鲁迅辑校古籍手稿》，1991年上海古籍出版社影印本）

寠子高彦休有《唐阙史》，虽间有实录，而亦言见梦升仙，故皆传奇，但稍迁变。至于康骈《剧谈录》之渐多世务，孙棨《北里志》之专叙狭邪，范摅《云溪友议》之特重歌咏，虽若弥近人情，远于灵怪，然选事则新颖，行文则逶迤，固仍以传奇为骨者也。迨裴铏著书，径称《传奇》，则盛述神仙怪谲之事，又多崇饰，以惑观者。铏为淮南节度副大使高骈从事，骈后失志，尤好神仙，卒以叛死，则此或当时谀导之作，非由本怀。聂隐娘胜妙手空空儿事即出此书（文见《广记》一百九十四），明人取以入伪作之段成式《剑侠传》，流传遂广，迄今犹为所谓文人者所乐道也。

段成式字柯古，齐州临淄人，宰相文昌子也，以荫为校书郎，累迁至吉州刺史，大中中归京，仕至太常少卿，咸通四年（八六三）六月卒，《新唐书》附见段志玄传末（余见《酉阳杂俎》及《南楚新闻》）。成式家多奇篇秘籍，博学强记，尤深于佛书，而少好畋猎，亦早有文名，词句多奥博，世所珍异，其小说有《庐陵官下记》二卷，今佚；《酉阳杂俎》二十卷凡三十篇，今具在，并有《续集》十卷：卷一篇，或录秘书，或叙异事，仙佛人鬼以至动植，弥不毕载，以类相聚，有如类书，虽源或出于张华《博物志》，而在唐时，则犹之独创之作矣。每篇各有题目，亦殊隐僻，如纪道术者曰《壶史》，钞释典者曰《贝编》，述丧葬者曰《尸窀》，志怪异者曰《诺皋记》，而抉择记叙，亦多古艳颖异，足副其目也。

夏启为东明公，文王为西明公，邵公为南明公，季札为北明公，四时主四方鬼。至忠至孝之人，命终皆为地下主者，一百四十年，乃授下仙之教，授以大道。有上圣之德，命终受三官书，为地下主者，一千年乃转三官之五帝，复一千四百年方得游行太清，为九宫之中仙。（卷二《玉格》）

始生天者五相，一光覆身而无衣，二见物生希有心，三弱颜，四疑，五怖。（卷三《贝编》）

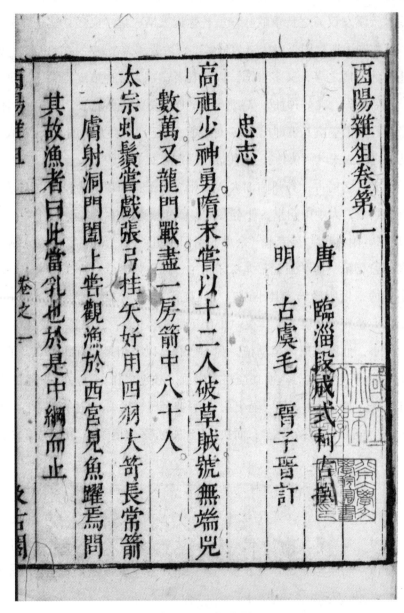

《酉阳杂俎》书影

国初僧玄奘往五印取经，西域敬之。成式见倭国僧金刚三昧，言尝至中天寺，寺中多画玄奘麻屦及匙箸，以彩云乘之，盖西域所无者，每至斋日，辄膜拜焉。（同上）

天翁姓张，名坚，字刺渴，渔阳人，少不羁，无所拘忌。常张罗得一白雀，爱而养之，梦刘天翁责怒，每欲杀之，白雀辄以报坚，坚设诸方待之，终莫能害。天翁遂下观之，坚盛设宾主，乃窃骑天翁车，乘白龙，振策登天，天翁乘余龙追之，不及。坚既到玄宫，易百官，杜塞北门，封白雀为上卿侯，改白雀之胤不产于下土。刘翁失治，徘徊五岳作灾，坚患之，以刘翁为泰山太守，主生死之籍。（卷十四《诺皋记》）

大历中，有士人庄在渭南，遇疾卒于京，妻柳氏因庄居。……士人祥斋日，暮，柳氏露坐逐凉，有胡蜂绕其首面，柳氏以扇击堕地，乃胡桃也。柳氏遽取，玩之掌中；遂长，初如拳，如椀，惊顾之际，已如盘矣。曝然分为两扇，空中轮转，声如分蜂，忽合于柳氏首。柳氏碎首，齿著于树。其物因飞去，竟不知何怪也。（同上）

又有聚文身之事者曰《黥》，述养鹰之法者曰《肉攫部》，《续集》则有《贬误》以收考证，有《寺塔记》以志伽蓝，所涉既广，遂多珍异，为世爱玩，与传奇并驱争先矣。

成式能诗，幽涩繁缛如他著述，时有祁人温庭筠字飞卿，河内李商隐字义山，亦俱用是相夸，号"三十六体"。温庭筠亦有小说三卷曰《乾腹子》，遗文见于《广记》，仅录事略，简率无可观⑦，与其诗赋之艳丽者不类。李于小说无闻，今有《义山杂纂》一卷，《新唐志》不著录，宋陈振孙（《直斋书录解题》十一）以为商隐作，书皆集俚俗常谈鄙事，以类相从，虽止于琐缀，而颇亦穿世务之幽隐，盖不特聊资笑噱而已。

松下喝道　看花泪下　苔上鋪席　斫却垂楊　花下晒裩

遊春重載　石筍繫馬　月下把火　步行將軍　背山起樓

果園種菜　花架下養雞鴨

難客

僧道對風塵笑語　客作兒惱婢　少去就客　僕人學揩大體

段卑幼傲尊長　發怒對長官　吏人學書語　虞侯攬語論

不忍聞

落第後喜鵲　旅店秋砧聲　孤館猿啼　市井穢語　做孝聞

樂聲　少婦哭夫　夜靜聞乞兒聲　繞及第便卒

虛度

鲁迅辑录《杂纂》手稿（北京鲁迅博物馆、上海鲁迅纪念馆编《鲁迅辑校古籍手稿》，1991年上海古籍出版社影印本）

杀风景

松下喝道　看花泪下　苔上铺席　斫却垂杨　花下晒裈　游春重载　石笋系马　月下把火　步行将军　背山起楼　果园种菜　花架下养鸡鸭

恶模样

作客与人相争骂……　做客踏翻台桌……　对丈人丈母唱艳曲　嚼残鱼肉归盘上　对众倒卧　横箸在羹碗上

十诫

不得饮酒至醉　不得暗黑处惊人　不得阴损于人　不得独入寡妇人房　不得开人家书　不得戏取物不令人知　不得暗黑独自行　不得与无赖子弟往还　不得借人物用了经旬不还（原缺一则）

中和年间有李就今字衮求，为临晋令，亦号义山，能诗，初举时恒游倡家，见孙棨《北里志》，则《杂纂》之作，或出此人，未必定属商隐，然他无显证，未能定也。后亦时有仿作者，宋有续，称王君玉，有再续，称苏东坡，明有三续，为黄允交。

注释：

①《中国小说史略》"油印本"无此篇，"铅印本"作："第九篇　唐之传奇集及杂俎"，自"初版本"作："第十篇　唐之传奇集及杂俎"。

②《中国小说史略》"铅印本"之"第九篇　唐之传奇集及杂俎"作：僧孺字思黯，隋仆射奇章公之裔也。自"初版本"改。

③原文误作：三十三篇。

④《中国小说史略》"油印本"之"唐传奇体传记（上）　小说史大略八"作：牛僧孺有《玄怪录》，则李复言有《续玄怪录》，薛渔思有《河东记》（序之续牛僧孺之书），段成式有《酉阳杂俎》，而其友温庭筠有《乾𦠆子》，高骈从事裴铏有《传奇》，皆其例

也。自"铅印本"改。

《〈唐宋传奇集〉稗边小缀》：

《冥音录》出《广记》四百八十九。中称李德裕为"故相"，则大中或咸通后作也。《唐人说荟》题朱庆馀撰，非。

《东阳夜怪录》出《广记》四百九十。叙王洙述其所闻于成自虚，夜中遇精魅，以隐语相酬答事。《唐人说荟》即题洙作，非也。郑振铎（《中国短篇小说集》）云："所叙情节，类似牛僧孺的《元无有》，也许这两篇是同出一源的。"案《元无有》本在《玄怪录》中，全书已佚。此条《广记》三百六十九引之：

> 宝应中，有元无有，常以仲春末独行维扬郊野。值日晚，风雨大至。时兵荒后，人户多逃。遂入路旁空庄。须臾霁止，斜月方出。无有坐北窗，忽闻西廊有行人声。未几，见月中有四人，衣冠皆异，相与谈谐吟咏甚畅。乃云："今夕如秋，风月若此，吾辈岂不为一言以展平生之事也？"其一人即曰云云。吟咏既朗，无有听之具悉。其一衣冠长人，即先吟曰："齐纨鲁缟如霜雪，寥亮高声予所发。"其二黑衣冠短陋人，诗曰："嘉宾良会清夜时，煌煌灯烛我能持。"其三故敝黄衣冠人，亦短陋，诗曰："清冷之泉候朝汲，桑绠相牵常出入。"其四故黑衣冠人，诗曰："爨薪贮泉相煎熬，充他口腹我为劳。"无有亦不以四人为异，四人亦不虞无有之在堂隍也，递相褒赏。观其自负，则虽阮嗣宗《咏怀》，亦若不能加矣。四人迟明方归旧所。无有就寻之，堂中惟有故杵，灯台，水桶，破铛。乃知四人即此物所为也。

《灵应传》出《广记》四百九十三，无撰人名氏。《唐人说荟》以为于逖作，亦非。传在记龙女之贞淑，郑承符之智勇，而亦取李朝威《柳毅传》中事，盖受其影响，又稍变易之。泾原节度使周宝字上珪，平州卢龙人。在镇务耕力，聚粮二十万石，号良将。黄巢据宣歙，乃徙宝镇海军节度使，兼南面招讨使。后为钱镠所杀。《新唐书》（一八六）有传。

⑤云。自"初版本"增。

⑥《中国小说史略》"油印本"之"唐传奇体传记（上） 小说史大略八"作：与《游仙窟》近似者，有牛僧孺《周秦行记》（《广记》四百八十九）自叙夜遇后妃异事。晁公

武（《郡斋读书志》十三）云，贾黄中以为卫瓘所撰，瓘，李德裕门人，以此诬僧孺也。自"铅印本"改。

《〈唐宋传奇集〉稗边小缀》：

《周秦行纪》余所见凡三本。一在《广记》四百八十九；一在《顾氏文房小说》中，末一行云"宋本校行"；一附于《李卫公外集》内，是明刊本。后二本较佳，即据以互校转写，并从《广记》补正数字。三本皆题牛僧孺撰。僧孺，字思黯，本陇西狄道人，居宛叶间。元和初，以贤良方正对策第一，条指失政，鲠讦不避权贵，因不得意。后渐仕至御史中丞，以户部侍郎同中书门下平章事。又累贬为循州刺史。宣宗立，乃召还，为太子少师。大中二年，年六十九卒，赠太尉，谥文简。两《唐书》（旧一七二新一七四）皆有传。僧孺性坚僻，与李德裕交恶，各立门户，终生不解。又好作志怪，有《玄怪录》十卷，今已佚，惟辑本一卷存。而《周秦行纪》则非真出僧孺手。晁公武（《郡斋读书志》十三）云："贾黄中以为韦瓘所撰。瓘，李德裕门人，以此诬僧孺"者也。案是时有两韦瓘，皆尝为中书舍人。一年十九入关，应进士举，二十一进士状头，榜下除左拾遗，大中初任廉察桂林，寻除主客分司。见莫休符《桂林风土记》。一字茂宏，京兆万年人，韦夏卿弟正卿之子也。"及进士第，仕累中书舍人。与李德裕善。……李宗闵恶之，德裕罢，贬为明州长史。"见《新唐书》（一六二）《夏卿传》，则为作《周秦行纪》者。胡应麟（《笔丛》三十二）云："中有'沈婆儿作天子'等语，所为根蒂者不浅。独怪思黯罹此巨谤，不亟自明，何也？牛李二党曲直，大都鲁卫间。牛撰《玄怪》等录，亡只词搆李，李之徒顾作此以危之。于戏，二子者，用心觇矣！牛迄功名终，而子孙累叶贵盛。李挟高世之才，振代之绩，卒沦海岛，非忌刻忮害之报耶？辄因是书，播告夫世之工谮愬者。"乞灵于果报，殊未足以餍心。然观李德裕所作《周秦行纪论》，至欲持此一文，致僧孺于族灭，则其阴谲险很，可畏实甚。弃之者众，固其宜矣。论犹在集（外集四）中，逐录于后：

> 言发于中，情见乎辞。则言辞者，志气之来也。故察其言而知其内，覩其辞而见其意矣。余尝闻太牢氏（凉国李公尝呼牛僧孺为太牢。凉公名不便，故不书。）好奇怪其身，险易其行。以其姓应国家受命之谶，曰："首尾三麟六十年，两角犊子恣狂颠，龙蛇相斗血成川。"及见著《玄怪录》，多造

隐语，人不可解。其或能晓一二者，必附会焉。纵司马取魏之渐，用田常有齐之由。故自卑秩，至于宰相，而朋党若山，不可动摇。欲有意摆撼者，皆遭诬坐，莫不侧目结舌，事具史官刘轲《日历》。余得太牢《周秦行纪》，反覆觊其太牢以身与帝王后妃冥遇，欲证其身非人臣相也，将有意于"狂颠"。及至戏德宗为"沈婆儿"，以代宗皇后为"沈婆"，令人骨战。可谓无礼于其君甚矣！怀异志于图谶明矣！余少服臧文仲之言曰："见无礼于其君者，如鹰鹯之逐鸟雀也。"故贮太牢已久。前知政事，欲正刑书，力未胜而罢。余读国史，见开元中，御史汝南子谅弹奏牛仙客，以其姓符图谶。虽似是，而未合"三麟六十"之数。自裴晋国与余凉国（名不便）彭原（程）赵郡（绅）诸从兄，嫉太牢如仇，颇类余志。非怀私忿，盖恶其应谶也。太牢作镇襄州日，判复州刺史乐坤《贺武宗监国状》曰："闲事不足为贺。"则恃姓敢如此耶！会余复知政事，将欲发觉，未有由。值平昭义，得与刘从谏交结书，因窜逐之。嗟乎，为人臣阴怀逆节，不独人得诛之，鬼得诛矣。凡与太牢胶固，未尝不是薄流无赖辈，以相表里。意太牢有望，而就佐命焉，斯亦信符命之致。或以中外罪余于太牢爱憎，故明此论，庶乎知余志。所恨未暇族之，而余又罢。岂非王者不死乎？遗祸胎于国，亦余大罪也。倘同余志，继而为政，宜为君除患。历既有数，意非偶然，若不在当代，必在于子孙。须以太牢少长，咸置于法，则刑罚中而社稷安，无患于二百四十年后。嘻！余致君之道，分隔于明时。嫉恶之心，敢辜于早岁？因援毫而摅宿愤。亦书《行纪》之迹于后。

论中所举刘轲，亦李德裕党。《日历》具称《牛羊日历》，牛羊，谓牛僧孺杨虞卿也，甚毁此二人。书久佚，今有辑本，缪荃荪刻之《藕香零拾》中。又有皇甫松，著《续牛羊日历》，亦久佚。《资治通鉴考异》（二十）引一则，于《周秦行纪》外，且痛诋其家世，今节录之：

太牢早孤。母周氏，冶荡无检。乡里云："兄弟羞赧，乃令改醮。"既与前夫义绝矣，及贵，请以出母追赠。礼云："庶氏之母死，何为哭于孔氏之庙乎？"又曰："不为伋也妻者，是不为白也母。"而李清心妻配牛幼简，是夏侯铭所谓"魂而有知，前夫不纳于幽壤，殁而可作，后夫必诉于玄穹。"使其母为失行无适从之鬼，上冈圣朝，下欺先父，得曰忠孝智识者乎？作《周秦行纪》，呼德宗为"沈婆儿"，谓睿真皇太后为"沈婆"。此乃无君甚矣！

盖李之攻牛，要领在姓应图谶，心非人臣，而《周秦行纪》之称德宗为"沈婆儿"，尤所以证成其罪。故李德裕既附之论后，皇甫松《续历》亦严斥之。今李氏《穷愁志》虽尚存（《李文饶外集》卷一至四，即此），读者盖寡；牛氏《玄怪录》亦早佚，仅得后人为之辑存。独此篇乃屡刻于丛书中，使世间由是更知僧孺名氏。时世既迁，怨亲俱泯，后之结果，盖往往非当时所及料也。

⑦《中国小说史略》"铅印本"之"第九篇　唐之传奇集及杂俎"作：拙率无可观。自"初版本"改。

第十一篇　宋之志怪及传奇文①

宋初修《太平广记》为小说渊薮。宋志怪之欲取信：徐铉《稽神录》,吴淑《江淮异人传》。宋志怪之求多：洪迈《夷坚志》。宋传奇始多垂诫：乐史《绿珠传》,《杨太真外传》；秦醇《赵飞燕别传》等。宋传奇之托古：《大业拾遗记》等,《梅妃传》。

《太平广记》书影（明刻本，北京大学图书馆藏）

宋既平一宇内，收诸国图籍，而降王臣佐多海内名士，或宣怨言，遂尽招之馆阁，厚其廪饩，使修书，成《太平御览》《文苑英华》各一千卷；又以野史传记小说诸家成书五百卷，目录十卷，是为《太平广记》，以太平兴国二年（九七七）三月奉诏撰集，次年八月书成表进，八月奉敕送史馆，六年正月奉旨雕印板（据《宋会要》及《进书表》），后以言者谓非后学所急，乃收版贮太清楼，故宋人反多未见。《广记》采摭宏富，用书至三百四十四种，自汉晋至五代之小说家言，本书今已散亡者，往往赖以考见，且分类纂辑，得五十五部，视每部卷帙之多寡，亦可知晋唐小说所叙，何者为多，盖不特稗说之渊海，且为文心之统计矣。今举较多之部于下，其末有杂传记九卷，则唐人传奇文也。

神仙五十五卷　女仙十五卷　异僧十二卷　报应三十三卷　征应（休咎也）十一卷　定数十五卷　梦七卷　神二十五卷　鬼四十卷　妖怪九卷　精怪六卷　再生十二卷　龙八卷　虎八卷　狐九卷

《太平广记》以李昉监修，同修者十二人，中有徐铉，有吴淑，皆尝为小说，今俱传。铉字鼎臣，扬州广陵人，南唐翰林学士，从李煜入宋，官至直学士院给事中散骑常侍，淳化二年坐累谪静难行军司马，中寒卒

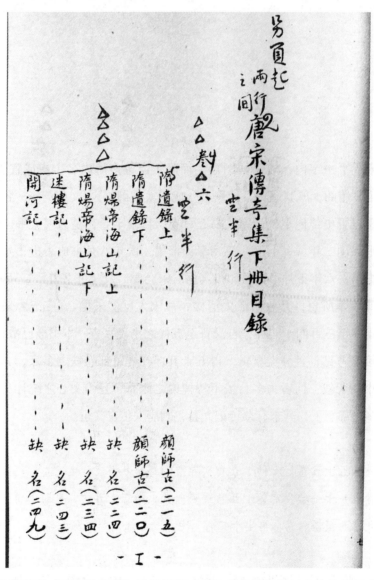

鲁迅校录《唐宋传奇集》目录手稿（北京鲁迅博物馆、上海鲁迅纪念馆编《鲁迅辑校古籍手稿》，1991年上海古籍出版社影印本）

于贬所，年七十六（九一六——九九一），事详《宋史》《文苑传》。铉在唐时已作志怪，历二十年成《稽神录》六卷，仅一百五十事，比修《广记》，常希收采而不敢自专②，使宋白问李昉，昉曰，"讵有徐率更言无稽者！"遂得见收。然其文平实简率，既失六朝志怪之古质，复无唐人传奇之缠绵，当宋之初，志怪又欲以"可信"见长，而此道于是不复振也。

广陵有王姥，病数日，忽谓其子曰，"我死，必生西溪浩氏为牛，子当赎之，而我腹下有'王'字是也。"顷之遂卒，其西溪者，海陵之西地名也；其民浩氏，生牛，腹有白毛成"王"字。其子寻而得之，以束帛赎之以归。（卷二）

瓜村有渔人，妻得劳瘦疾，转相传染，死者数人。或云：取病者生钉棺中，弃之，其病可绝。顷之，其女病，即生钉棺中，流之于江，至金山，有渔人见而异之，引之至岸，开视之，见女子犹活，因取置渔舍中，多得鳗鲡鱼以食之，久之病愈，遂为渔人之妻，至今尚无恙。（卷三）

吴淑，徐铉婿也，字正仪，润州丹阳人，少而俊爽，敏于属文，在南唐举进士，以校书郎直内史，从李煜归宋，仕至职方员外郎，咸平五年卒，年五十六（九四七——一〇〇二），亦见《宋史》《文苑传》。所著《江淮异人录》三卷，今有从《永乐大典》辑成本，凡二十五人，皆传当时侠客术士及道流，行事大率诡怪。唐段成式作《酉阳杂俎》，已有《盗侠》一篇，叙怪民奇异事，然仅九人，至荟萃诸诡幻人物，著为专书者，实始于吴淑，明人钞《广记》伪作《剑侠传》又扬其波，而乘空飞剑之说日炽；至今尚不衰。

成幼文为洪州录事参军，所居临通衢而有窗。一日坐窗下，时

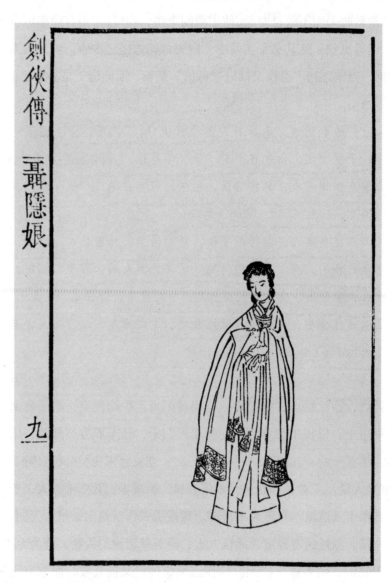

〔清〕任熊《剑侠传》插图之聂隐娘（清咸丰八年萧山王氏养和堂刻本，2019年文物出版社影印本）

雨霁泥泞而微有路，见一小儿卖鞋，状甚贫窭，有一恶少年与儿相遇，绁结鞋堕泥中。小儿哭求其价，少年叱之不与。儿曰，"吾家且未有食，待卖鞋营食，而悉为所污。"有书生过，悯之，为偿其值。少年怒曰，"儿就我求食，汝何预焉？"因辱骂之。生甚有愠色；成嘉其义，召之与语，大奇之，因留之宿。夜共话，成暂入内，及复出，则失书生矣，外户皆闭，求之不得，少顷复至前曰，"旦来恶子，吾不能容，已断其首。"乃掷之于地。成惊曰，"此人诚忤君子，然断人之首，流血在地，岂不见累乎？"书生曰，"无苦。"乃出少药，傅于头上，捽其发摩之，皆化为水，因谓成曰，"无以奉报，愿以此术授君。"成曰，"某非方外之士，不敢奉教。"书生于是长揖而去，重门皆锁闭，而失所在。

宋代虽云崇儒，并容释道，而信仰本根，夙在巫鬼，故徐铉吴淑而后，仍多变怪谶应之谈，张君房之《乘异记》（咸平元年序），张师正之《括异志》，聂田之《祖异志》（康定元年序），秦再思之《洛中纪异》，毕仲询之《幕府燕闲录》（元丰初作），皆其类也。迨徽宗惑于道士林灵素，笃信神仙，自号"道君"，而天下大奉道法。至于南迁，此风未改，高宗退居南内，亦爱神仙幻诞之书，时则有知兴国军历阳郭象字次象作《睽车志》五卷，翰林学士鄱阳洪迈字景卢作《夷坚志》四百二十卷，似皆尝呈进以供上览。诸书大都偏重事状，少所铺叙，与《稽神录》略同，顾《夷坚志》独以著者之名与卷帙之多称于世。

洪迈幼而强记，博极群书，然从二兄试博学宏词科独被黜，年五十始中第，为敕令所删定官。父皓曾忤秦桧，憾并及迈，遂出添差教授福州，累迁吏部郎兼礼部；尝接伴金使，颇折之，旋为报聘使，以争朝见礼不屈，几被抑留，还朝又以使金辱命论罢，寻起知泉州，又历知吉州，赣州，婺州，建宁及绍兴府，淳熙二年以端明殿学士致仕卒，年八十

鲁迅《中国小说史略》题记手稿（《鲁迅手稿丛编》，2014年人民
文学出版社影印本）

（一〇九六——一一七五），谥文敏，有传在《宋史》。迈在朝敢于谠言，又广见洽闻，多所著述，考订辨证，并越常流，而《夷坚志》则为晚年遣兴之书，始刊于绍兴末，绝笔于淳熙初，十余年中，凡成甲至癸二百卷，支甲至支癸三甲至三癸备一百卷，四甲四乙各十卷，卷帙之多，几与《太平广记》等，今惟甲至丁八十卷支甲至支戊五十卷三志若干卷，又摘钞本五十卷及二十卷存。奇特之事，本缘希有见珍，而作者自序，乃甚以繁夥自憙③，辄期急于成书，或以五十日作十卷，妄人因稍易旧说以投之，至有盈数卷者，亦不暇删润，径以入录（陈振孙《直斋书录解题》十一云），盖意在取盈，不能如本传所言"极鬼神事物之变"也。惟所作小序三十一篇，什九"各出新意，不相重复"，赵与峕尝撮其大略入所著《宾退录》（八），叹为"不可及"，则于此书可谓知言者已。

传奇之文，亦有作者：今讹为唐人作之《绿珠传》一卷，《杨太真外传》二卷，即宋乐史之撰也，《宋志》又有《滕王外传》《李白外传》《许迈传》各一卷，今俱不传。史字子正，抚州宜黄人，自南唐入宋为著作佐郎，出知陵州，以献赋召为三馆编修，又累献所著书共四百二十余卷，皆记叙科第孝弟神仙之事者，迁著作郎，直史馆，转太常博士，出知舒州，知黄州，又知商州，复职后再入文馆，掌西京勘磨司，赐金紫，景德四年卒，年七十八（九三〇—— 一〇〇七），事详《宋史》《乐黄目传》首。史又长于地理，有《太平寰宇记》二百卷，征引群书至百余种，而时杂以小说家言，至绿珠太真二传，本荟萃稗史成文，则又参以舆地志语；篇末垂诫，亦如唐人，而增其严冷，则宋人积习如是也，于《绿珠传》最明白：

……④赵王伦乱常，孙秀使人求绿珠……崇勃然曰，"他无所爱，绿珠不可得也！"秀自是谮伦族之。收兵忽至，崇谓绿珠曰，"我今为尔获罪。"绿珠泣曰，"愿效死于君前！"于是堕楼而死⑤。崇弃东

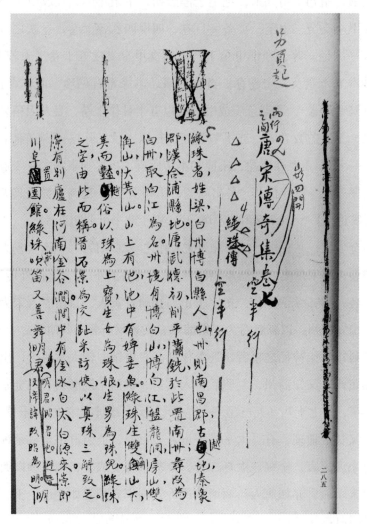

鲁迅校录《唐宋传奇集》之《绿珠传》校订手稿（北京鲁迅博物馆、上海鲁迅纪念馆编《鲁迅辑校古籍手稿》，1991年上海古籍出版社影印本）

市，后人名其楼曰绿珠楼。楼在步庚里，近狄泉；泉在正城之东。绿珠有弟子宋祎，有国色，善吹笛，后入晋明帝宫中⑥。今白州有一派水，自双角山出，合容州江⑦，呼为绿珠江，亦犹归州有昭君村昭君场，吴有西施谷脂粉塘，盖取美人出处为名。又有绿珠井，在双角山下，故老传云，汲此井饮者，诞女必多美丽，里闾有识者以美色无益于时，因以巨石镇之，尔后有产女端妍者，而七窍四肢多不完具。异哉，山水之使然！……

……⑧其后诗人题歌舞妓者，皆以绿珠为名。……其故何哉？盖一婢子，不知书，而能感主恩，愤不顾身，志烈懔懔，诚足使后人仰慕歌咏也。至有享厚禄，盗高位，亡仁义之性，怀反复之情⑨，暮四朝三，唯利是务⑩，节操反不若一妇人，岂不愧哉？今为此传，非徒述美丽，窒祸源，且欲惩戒辜恩背义之类也。……⑪

其后有亳州谯人秦醇字子复（一作子履），亦撰传奇，今存四篇，见于北宋刘斧所编之《青琐高议前集》及《别集》。其文颇欲规抚唐人，然辞意皆芜劣，惟偶见一二好语，点缀其间；又大抵托之古事，不敢及近，则仍由士习拘谨之所致矣，故乐史亦如此。一曰《赵飞燕别传》，序云得之李家墙角破筐中，记赵后入宫至自缢，复以冥报化为大鼋事，文中有"兰汤滟滟，昭仪坐其中，若三尺寒泉浸明玉"语，明人遂或击节诧为真古籍，与今人为杨慎伪造之汉《杂事秘辛》所惑正同。所谓汉伶玄⑫撰之《飞燕外传》亦此类，但文辞殊胜而已。二曰《骊山记》，三曰《温泉记》，⑬言张俞不第还蜀，于骊山下就故老问杨妃逸事，故老为具道；他日俞再经骊山，遇杨妃遣使相召，问人间事，且赐浴，明日敕吏引还，则惊起如梦觉，乃题诗于驿，后步野外，有牧童送酬和诗，云是前日一妇人之所托也。四曰《谭意歌传》，则为当时故事：意歌本良家子，流落长沙为倡，与汝州民张正字⑭者相悦，婚约甚坚，而正字⑮迫于母命，竟

《隋炀帝艳史》插图（明崇祯四年人瑞堂刻本，张满弓编著《古典文学版画》，2004年河南大学出版社影印本）

别娶；越三年妻殁，适有客来自长沙，责正字⑯义，且述意歌之贤，遂迎以归。后其子成进士，意歌"终身为命妇，夫妻偕老，子孙繁茂"，盖袭蒋防之《霍小玉传》，而结以"团圆"者也。⑰

不知何人作者有《大业拾遗记》二卷，题唐颜师古撰，亦名《隋遗录》。跋言会昌年间得于上元瓦棺寺阁上，本名《南部烟花录》，乃《隋书》遗稿，惜多缺落，因补以传；末无名，盖与造本文者出一手。记起于炀帝将幸江都，命麻叔谋开河，次及途中诸纵恣事，复造迷楼，怠荒于内，时之人望，乃归唐公，宇文化及将谋乱，因请放官奴分直上下，诏许之，"是有焚草之变"。其叙述颇陵乱，多失实，而文笔明丽，情致亦时有绰约可观览者。

　　……⑱长安贡御车女袁宝儿，年十五，腰肢纤堕，骏冶多态，帝宠爱之特厚。时洛阳进合蒂迎辇花，云得之嵩山坞中，人不知名，采者异而贡之。……帝令宝儿持之，号曰"司花女"。时虞世南草征辽指挥德音敕于帝侧，宝儿注视久之。帝谓世南曰，"昔传飞燕可掌上舞，朕常谓儒生饰于文字，岂人能若是乎？及今得宝儿，方昭前事；然多憨态，今注目于卿，卿才人，可便嘲之！"世南应诏为绝句曰，"学画鸦黄半未成，垂肩亸袖太憨生，缘憨却得君王惜：长把花枝傍辇行。"帝大悦……

　　……⑲帝昏湎滋深，往往为妖祟所惑，尝游吴公宅鸡台，恍惚间与陈后主相遇。……舞女数十许，罗侍左右，中一人迥美，帝屡目之。后主云，"殿下不识此人耶？即丽华也。每忆桃叶山前乘战舰与此子北渡，尔时丽华最恨，方倚临春阁试东郭㲵紫毫笔，书小研红绡作答江令'璧月'句，诗词未终，见韩擒虎跃青骢驹，拥万甲直来冲人，都不存去就，便至今日。"俄以绿文测海蠡酌红梁新酝劝帝，帝饮之甚欢，因请丽华舞"玉树后庭花"，丽华辞以抛掷岁久，

梅妃傳

梅妃江氏莆田人父仲遜世為醫妃年九歲能誦二南語父曰
我雖女子期以此屬志父奇之名之曰采蘋開元中高力士使
閩粵妃笄矣見其少麗選歸侍明皇大見寵幸長安大內大明
興慶三宮東都大內上陽兩宮幾四萬人自得妃視如塵土宮
中亦自以為不及妃能屬文自比謝女嘗淡妝雅服而姿態明
秀筆不可描畫性喜梅所居欄檻悉植數株上榜曰梅亭梅開
賦賞至夜分尚顧戀花下不能去上以其所好戲名曰梅妃妃
有蕭蘭黎園梅花鳳笛玻盃剪刀綺窗七賦是時承平歲久海
內無事上于兄弟間極友愛日從燕閒必妃侍側上命破橙往

鲁迅抄录《梅妃传》手稿（北京鲁迅博物馆、上海鲁迅纪念馆编《鲁迅辑校古籍手稿》，1991年上海古籍出版社影印本）

自井中出来，腰肢依拒，无复往时姿态，帝再三索之，乃徐起终一曲。后主问帝，"萧妃何如此人？"帝曰，"春兰秋菊，各一时之秀也。"……

又有《开河记》一卷，叙麻叔谋奉隋炀诏开河，虐民掘墓，纳贿，食小儿，事发遂诛死；《迷楼记》一卷，叙炀帝晚年荒恣，因王义切谏，独居二日，以为不乐，复入宫，后闻童谣，自识运尽。《海山记》二卷，则始自降生，次及兴土木，见妖鬼，幸江都，询王义，以至遇害，无不具记。三书与《隋遗录》相类，而叙述加详，顾时杂俚语，文采逊矣。《海山记》已见于《青琐高议》中，自是北宋人作，余当亦同，今本有题唐韩偓撰者，明人妄增之。帝王纵恣，世人所不欲遭而所乐道，唐人喜言明皇，宋则益以隋炀，明罗贯中复撰集为《隋唐志传》⑳，清褚人获又增改以为《隋唐演义》㉑。㉒

《梅妃传》一卷亦无撰人，盖见当时图画有把梅美人号梅妃者，泛言唐明皇时人，因造此传，谓为江氏名采苹，入宫因太真妒复见放，值禄山之乱，死于兵。有跋，略谓传是大中二年所写，在万卷朱遵度家，今惟叶少蕴与予得之；末不署名，盖亦即撰本文者，自云与叶梦得同时，则南渡前后之作矣。今本或题唐曹邺撰，亦明人妄增之。㉓

注释：

①《中国小说史略》"油印本"无此篇，"铅印本"作："第十篇　宋之志怪及传奇文"，自"初版本"作："第十一篇　宋之志怪及传奇文"。

②《中国小说史略》"铅印本"之"第十篇　宋之志怪及传奇文"作：甚希收采而不敢自专。自"初版本"改。

③《中国小说史略》"铅印本"之"第十篇　宋之志怪及传奇文"作：乃甚以繁伙自熹。自"初版本"改。

④……。自"初版本"增。

⑤《中国小说史略》"铅印本"之"第十篇　宋之志怪及传奇文"作：于是坠楼而死。自"初版本"改。

⑥《中国小说史略》"铅印本"之"第十篇　宋之志怪及传奇文"作：后入宋明帝宫中。自"初版本"改。

⑦《中国小说史略》"铅印本"之"第十篇　宋之志怪及传奇文"作：合容州泉。自"初版本"改。

⑧……。自"初版本"增。

⑨《中国小说史略》"铅印本"之"第十篇　宋之志怪及传奇文"作：多反复之情。自"初版本"改。

⑩《中国小说史略》"铅印本"之"第十篇　宋之志怪及传奇文"作：唯利是视。自"初版本"改。

⑪《〈唐宋传奇集〉稗边小缀》：

《绿珠传》一卷，出《琳琅秘室丛书》。其所据为旧钞本，又以别本校之。末有胡珽跋，云："旧本无撰人名氏。案马氏《经籍考》题'宋史官乐史撰'。宋人《续谈助》亦载此传，而删节其半。后有西楼北斋跋云：'直史馆乐史，尤精地理学，故此传推考山水为详，又皆出于地志杂书者。余谓绿珠一婢子耳，能感主恩而奋不顾身，是宜刊以风世云。'咸丰三年八月，仁和胡珽识。"今再勘以《说郛》三十八所录，亦无甚异同。疑所谓旧钞本或别本者，即并从《说郛》出尔。旧校稍烦，其必改"越"为"粤"之类，尤近自扰，今悉不取。

《杨太真外传》二卷，取自《顾氏文房小说》。署史官乐史撰，《唐人说荟》收之，诬谬甚矣。然其误则始于陶宗仪《说郛》之题乐史为唐人。此两本外，又尝见京师图书馆所藏丁氏八千卷楼旧钞本，称为"善本"，然实凡本而已，殊无佳处也。《宋史》《艺文志》史部传记类著录"曾致尧《广中台记》八十卷，又《绿珠传》一卷"，颇似《传》亦曾致尧作；又有"《杨妃外传》一卷"，注云："不知作者"；又有"乐史《滕王外传》一卷，又《李白外传》一卷，《洞仙集》一卷，《许迈传》一卷，《杨贵妃遗事》二卷，"注云："题岷山叟上"。书法函胡，殆不可以理析。然《续谈助》一跋而外，尚有《郡斋读书志》(九,传记类)云:"《绿珠传》一卷,右皇朝乐史撰。"又"《杨贵妃外传》二卷,右皇朝乐史撰。叙唐杨妃事迹,讫孝明之崩。"而《直斋书录解题》(七,传记类)亦云:"《杨妃外传》一卷,直史馆临川乐史子正撰。"则《绿珠》《杨妃》二传,皆乐史之作甚明。《杨妃传》卷数,宋时已分合不同,今所传者盖晁氏所见二卷本也。但书名又小变耳。

乐史,抚州宜黄人,自南唐入宋,为著作佐郎,出知陵州。以献赋召为三馆编修,迁著作郎,直史馆。观绿珠太真二传结衔,则皆此时作。后转太常博士,出知舒黄商三州,再入文馆,掌西京勘磨司,赐金紫。景德四年卒,年七十八。事详《宋史》(三百六)《乐黄目传》首。史多所著作,在三馆时,曾献书至四百二十余卷,皆叙科第孝悌神仙之事。又有《太平寰宇记》二百卷,征引群书至百余种,今尚存。盖史既博览,复长地理,故其辑述地志,即缘滥于采录,转成繁芜。而撰传奇如《绿珠》《太真》传,亦不免专拾旧文,如《语林》,《世说新语》,《晋书》,《明皇杂录》,《开天传信记》,《长恨传》,《酉阳杂俎》,《安禄山事迹》等,稍加排比,且常拳拳于山水也。

⑫《中国小说史略》"铅印本"之"第十篇　宋之志怪及传奇文"作:伶元。自"初版本"改。

⑬《中国小说史略》"铅印本"之"第十篇　宋之志怪及传奇文"作:二三曰《骊山记》《温泉记》。自"初版本"改。

⑭《中国小说史略》"铅印本"之"第十篇　宋之志怪及传奇文"作:张正。自"初版本"改。

⑮《中国小说史略》"铅印本"之"第十篇　宋之志怪及传奇文"作:正。自"初版本"改。

⑯《中国小说史略》"铅印本"之"第十篇　宋之志怪及传奇文"作:正。自"初版本"改。

⑰《〈唐宋传奇集〉稗边小缀》:

宋刘斧秀才作《翰府名谈》二十五卷,又《摭遗》二十卷,《青琐高议》十八卷,见《宋史》《艺文志》子部小说类。今惟存《青琐高议》。有明张梦锡刊本,前后集各十卷,颇难得。近董康校刊士礼居写本,亦二十卷,又有别集七卷,《宋志》所无。然宋人即时有引《青琐摭遗》者,疑即今所谓别集。《宋志》以为《翰府名谈》之《摭遗》,盖亦误尔。其书杂集当代人志怪及传奇,漫无条贯,间有议,亦殊浅率。前有孙副枢序,不称名而称官,甚怪;今亦莫知为何人。此但选录其较整饬曲折者五篇。作者三人:曰魏陵张实子京,曰谯川秦醇子复(或作子履),曰淇上柳师尹。皆未考始末。一篇无撰人名。

《流红记》出前集卷五,题下原有注云"红叶题诗取韩氏",今删。唐孟棨《本事诗》(《情感》第一)有顾况于洛乘门苑水中得大梧叶,上有题诗,况与酬答事。"帝城不禁东流水,叶上题诗欲寄谁"者,况和诗也。范摅《云溪友议》(下)又有《题红怨》,言卢渥应举之岁,于御沟得红叶,上有绝句,置于巾箱。及宣宗放宫人,渥获其一。"睹红叶而吁嗟久之,曰:'当时偶题随流,不谓郎君收藏巾箧。'验其书,无不讶焉。诗曰:'水流何太急,深宫尽日闲。殷勤谢红叶,好去到人间。'"宋人作传奇,始回避时事,拾旧闻附会牵合以成篇,而文意并瘁。如《流红记》即其一也。

《赵飞燕别传》出前集卷七,亦见于原本《说郛》三十三,今参校录之。胡应麟(《笔丛》二十九)云:"戊辰之岁,余偶过燕中书肆,得残剂十数纸,题《赵飞燕别集》。阅之,乃知即《说郛》中陶氏删本。其文颇类东京,而末载梁武答昭仪化鼋事。盖六朝人作,而宋秦醇子复补缀以传者也。第端临《通考》渔仲《通志》并无此目。而文非宋所能。其间叙才数事,多俊语,出伶玄右,而淳质古健弗如。惜全帙不可见也。"又特赏其"兰汤滟滟"等三语,以为"百世之下读之,犹勃然兴。"然今所见本皆作别传,不作集;《说郛》本亦无删节,但较《高议》少五十余字,则或写生所遗耳。《高议》中录秦醇作特多,此篇及《谭意歌传》外,尚有《骊山记》及《温泉记》。其文芜杂,亦间有俊语。倘精心作之,如此篇者,尚亦能为。元瑞虽精鉴,能作《四部正讹》,而时伤嗜奇,爱其动魄,使勃然兴,则辄冀其为真古书以增声价。犹今人闻伶玄《飞燕外传》及《汉杂事秘辛》为伪书,亦尚有怫然不悦者。

《谭意歌传》出别集卷二,本无"传"字,今加。有注云:"记英奴才华秀色",今削。意歌,文中作意哥,未知孰是。唐有谭意哥,盖薛涛李冶之流,辛文房《唐才子传》曾举其名,然无事迹。秦醇此传,亦不似别有所本,殆窃取《莺莺传》《霍小玉传》等为前半,而以团圆结之尔。

《王幼玉记》出前集卷十,题下有注云:"幼玉思柳富而死",今删。

《王榭》出别集卷四,有注云:"风涛飘入乌衣国",今删;而于题下加"传"字。刘禹锡《乌衣巷》诗,本云:"朱雀桥边野草花,乌衣巷口夕阳斜。旧来王谢堂前燕,飞入寻常百姓家。"此篇改谢成榭,指为人名,且以乌衣为燕子国号,殊乏意趣。而宋张敦颐《六朝事迹编类》乃已引为典据,此真所谓"俗语不实流为丹青"者矣。因录之,以资谈助。

⑱……。自"初版本"增。

⑲……。自"初版本"增。

⑳《中国小说史略》"铅印本"之"第十篇　宋之志怪及传奇文"作:复演为平话(《隋炀帝逸游召谴》,见《醒世恒言》二十四),播之民间,而罗贯中则撰集为《隋唐演义》。自"初版本"改。

㉑清褚人获又增改以为《隋唐演义》。自"初版本"增。

㉒《〈唐宋传奇集〉稗边小缀》:

《隋遗录》上下卷,据原本《说郛》七十八录出,以《百川学海》校之。前题唐颜师古撰。末有无名氏跋,谓会昌中,僧志彻得于瓦棺寺阁南双阁之荀笔中。题《南部烟花录》,为颜公遗稿。取《隋书》校之,多隐文。后乃重编为《大业拾遗记》。原本缺落凡十七八,悉从而补之矣云云。是此书本名《南部烟花录》,既重编,乃称《大业拾遗记》。今又作《隋遗录》,跋所未言,殆复由后来传刻者所改欤。书在宋元时颇已流行,《郡斋读书志》及《通考》并著《南部烟花录》;《通志》著《大业拾遗录》;《宋史》《艺文志》史部传记类亦有颜师古《大业拾遗》一卷,子部小说类又有颜师古《隋遗录》一卷,盖同书而异名,所据凡两本也。本文与跋,词意荒率,似一手所为。而托之师古,其术与葛洪之《西京杂记》,谓钞自刘歆之《汉书》遗稿者正等。然才识远逊,故罅漏殊多,不待吹求,已知其伪。清《四库全书总目》(一四三)云:"王得臣《麈史》称其'极恶可疑。'姚宽《西溪丛语》亦曰:'《南部烟花录》文极俚俗。又载陈后主诗云,夕阳如有意,偏傍小窗明。此乃唐人方域诗,六朝语不如此。唐《艺文志》所载《烟花录》,记幸广陵事,此本已亡,故流俗伪作此书云云。'然则此亦伪本矣。今观下卷记幸月观时与萧后夜话,有'侬家事一切已托杨素了'之语。是时素死久矣。

师古岂疏谬至此乎？其中所载炀帝诸作，及虞世南赠袁宝儿作，明代辑六朝诗者，往往采掇，皆不考之过也。"

《炀帝海山记》上下卷，出《青琐高议》后集卷五，先据明张梦锡刻本录，而校以董氏所刻士礼居本。明钞原本《说郛》三十二卷中亦有节本一卷，并取参校。篇题下原有小注，上卷云"说炀帝宫中花木"，下卷云"记炀帝后苑鸟兽"，皆编者所加，今削。其书盖欲侈陈炀帝奢靡之迹，如郭氏《洞冥》，苏鹗《杜阳》之类，而力不逮。中有《望江南》调八阕，清《四库目》云，乃李德裕所创，段安节《乐府杂录》述其缘起甚详，亦不得先于大业中有之。

《炀帝迷楼记》录自原本《说郛》三十二。明焦竑作《国史》《经籍志》，并《海山记》皆著录，盖尝单行。清《四库目》（一四三）谓"亦见《青琐高议》。……竟以迷楼为在长安，乖谬殊甚。"然《青琐高议》中实无有，殆纪昀等之误也。周中孚（《郑堂读书记》）更推阐其评语，以为后称"大业九年帝，再幸江都，有迷楼。"而末又云"帝幸江都，唐帝提兵号令入京，见迷楼，大惊曰：'此皆民膏血所为也！'乃命焚之。经月，火不灭。"则竟以迷楼为在长安，等诸项羽之焚阿房，乖谬殊极云。

《炀帝开河记》从原本《说郛》卷四十四录出。《宋史》《艺文志》史部地理类著录一卷，注云不知作者。清《四库目》以为"词尤鄙俚，皆近于委巷之传奇，同出依托，不足道。"按唐李匡文《资暇集》（下）云："俗怖婴儿曰'麻胡来！'不知其源者，以为多髯之神而验刺者，非也。隋将军麻祜，性酷虐。炀帝令开汴河，威棱既盛，至稚童望风而畏，互相恐吓曰'麻祜来！'稚童语不正，转祜为胡。"末有自注云："麻祜庙在睢阳。郎方节度使李丕即其后。丕为重建碑。"然则叔谋虐焰，且有其实，此篇所记，固亦得之口耳之传，非尽臆造矣。惜李丕所立碑文，今未能见，否则当亦有足资参证者。至冢中诸异，乃颇似本《西京杂记》所叙广陵王刘去疾发冢事，附会曼衍作之。

右四篇皆为《古今逸史》所收。后三篇亦见于《古今说海》，不题撰人。至《唐人说荟》，乃并云韩偓撰。致尧生唐末，先则颠沛危朝，后乃流离南裔，虽赋艳诗，未为稗史。所作惟《金銮密记》一卷，诗二卷，《香奁集》一卷而已。且于史事，亦不至荒陋如是。此盖特里巷稍知文字者所为，真所谓街谈巷议，然得冯犹龙掇以入《隋炀艳史》，遂弥复纷传于世。至今世俗心目中之隋炀，殆犹是昼游西苑，夜止迷楼者也。

　　明钞原本《说郛》一百卷,虽多脱误,而《迷楼记》实佳。以其尚存俗字,如"你"之类,刻本则大率改为"尔"或"汝"矣。世之雅人,憎恶口语,每当纂录校刊,虽故书雅记,间亦施以改定,俾弥益雅正。宋修《唐书》,于当时恒言,亦力求简古,往往大减神情,甚或莫明本意。然此犹撰述也。重刊旧文,辄亦不赦,即就本集所收文字而言,宋本《资治通鉴考异》所引《上清传》中之"这獠奴",明清刻本《太平广记》引则俱作"老獠奴"矣;顾氏校宋本《周秦行纪》中之"屈两箇娘子"及"不宜负他",《广记》引则作"屈二娘子"及"不宜负也"矣。无端自定为古人决不作俗书,拼命复古,而古意乃寝失也。

　　㉓《中国小说史略》"油印本"之"唐传奇体传记(下)　小说史大略九"作:此种文字,流风至宋不绝,而多托史事,少叙时人。乐史之《太真外传》而外,有秦醇之《赵飞燕别传》(《说郛》),失名之《绿珠传》(同上),炀帝《海山记》,《开河记》,《迷楼记》(《古今说海》),《梅妃传》(《说郛》)等,后之五篇,今每误为唐人作也。自"铅印本"改。

　　《〈唐宋传奇集〉稗边小缀》:

　　《梅妃传》出《说郛》三十八,亦见于《顾氏文房小说》,取以相校,《说郛》为长。二本皆不云何人作,《唐人说荟》取之,题曹邺者,妄也。唐宋史志亦未见著录。后有无名氏跋,言"得于万卷朱遵度家,大中二年七月所书。"又云"惟叶少蕴与予得之。"案朱遵度好读书,人目为"朱万卷"。子昂,称"小万卷",由周入宋,为衡州录事参军,累仕至水部郎中。景德四年卒,年八十三。《宋史》(四三九)《文苑》有传。少蕴则叶梦得之字,梦得为绍圣四年进士,高宗时终于知福州,是南北宋间人。年代远不相及,何从同得朱遵度家书。盖并跋亦伪,非真识石林者之所作也。今即次之宋人著作中。

　　《李师师外传》出《琳琅秘室丛书》,云所据为旧钞本。后有黄廷鉴跋云:"《读书敏求记》云,吴郡钱功甫秘册藏有《李师师小传》,牧翁曾言悬百金购之而不获见者。偶闻邑中萧氏有此书,急假录一册。文殊雅洁,不类小说家言。师师不第色艺冠当时,观其后慷慨捐生一节,饶有烈丈夫概。亦不幸陷身倡贱,不得与坠崖断臂之侪,争辉彤史也。张端义《贵耳集》载有师师佚事二则,传文例举其大,故不载,今并附录于后。又《宣和遗事》载有师师事,亦与此传不尽合,可并参观之。琴六居士书。"
《贵耳集》二则,今仍迻录于后,然此篇未必即端义所见本也。

　　道君北狩,在五国城或在韩州,凡有小小凶吉丧祭节序,北人必有赐
赉。一赐必要一谢表。北人集成一帙,刊在榷场中。传写四五十年,士大夫
皆有之,余曾见一本。更有《李师师小传》,同行于时。

　　道君幸李师师家,偶周邦彦先在焉。知道君至,遂匿于床下。道君自携
新橙一颗,云"江南初进来"。遂与师师谑语。邦彦悉闻之,隐括成《少年
游》云:"并刀如水,吴盐胜雪,纤手破新橙。"后云:"城上已三更,马滑
霜浓,不如休去,直是少人行。"李师师因歌此词。道君问谁作。李师师奏
云:"周邦彦词。"道君大怒,坐朝宣谕蔡京云:"开封府有监税周邦彦者,
闻课额不登,如何京尹不案发来?"蔡京罔知所以,奏云:"容臣退朝呼京尹
叩问,续得复奏。"京尹至,蔡以御前圣旨谕之。京尹云:"惟周邦彦课额增
羡。"蔡云:"上意如此,只得迁就。"将上,得旨:"周邦彦职事废弛,可日
下押出国门!"隔一二日,道君复幸李师师家,不见李师师。问其家,知送
周监税。道君方以邦彦出国门为喜,既至,不遇。坐久至更初,李始归,愁
眉泪睫,憔悴可掬。道君大怒云:"尔往那里去?"李奏:"臣妾万死,知周
邦彦得罪,押出国门,略致一杯相别。不知官家来。"道君问:"曾有词否?"
李奏云:"有《兰陵王》词。"今"柳阴直"者是也。道君云:"唱一遍看。"
李奏云:"容臣妾奉一杯,歌此词为官家寿。"曲终,道君大喜,复召为大晟
乐正。后官至大晟乐乐府待制。邦彦以词行,当时皆称美成词;殊不知美成
文笔,大有可观,作《汴都赋》。如笺奏杂著,皆是杰作,可惜以词掩其他
文也。当时李师师家有二邦彦,一周美成,一李士美,皆为道君狎客。士美
因而为宰相。吁,君臣遇合于倡优下贱之家,国之安危治乱,可想而知矣。

第十二篇　宋之话本①

　　唐已有俗文故事。宋俗文小说所从出。杂伎艺中之说话。说话四科中之讲史及小说。话本。见存之话本类:《五代史平话》,《京本通俗小说》。

〔宋〕张择端《清明上河图》（局部）

宋一代文人之为志怪，既平实而乏文彩，其传奇，又多托往事而避近闻，拟古且远不逮，更无独创之可言矣。然在市井间，则别有艺文兴起。即以俚语著书，叙述故事，谓之"平话"，即今所谓"白话小说"者是也。②

然用白话作书者，实不始于宋。清光绪中，敦煌千佛洞之藏经始显露，大抵运入英法，中国亦拾其余藏京师图书馆；书为宋初所藏，多佛经，而内有俗文体之故事数种，盖唐末五代人钞，如《唐太宗入冥记》，《孝子董永传》，《秋胡小说》则在伦敦博物馆③，《伍员入吴故事》则在中国某氏，惜未能目睹，无以知其与后来小说之关系。以意度之，则俗文之兴，当由二端，一为娱心，一为劝善，而尤以劝善为大宗，故上列诸书，多关惩劝，京师图书馆所藏，亦尚有俗文《维摩》，《法华》等经及《释迦八相成道记》，《目连入地狱故事》也。④

《唐太宗入冥记》首尾并阙，中间仅存，盖记太宗杀建成元吉，生魂被勘事者；讳其本朝之过，始盛于宋，此虽关涉太宗，故当仍为唐人之作也，文略如下：

　　……⑤判官惶恶，不敢道名字。帝曰，"卿近前来。"轻道，"姓崔，名子玉。""朕当识。"言讫，使人引皇帝至院门，使人奏曰，

273

　　传奇小说，到唐亡时就绝了。至宋朝，虽然也有作传奇的，但就大不相同。因为唐人大抵描写时事；而宋人则极多讲古事。唐人小说少教训；而宋则多教训。大概唐时讲话自由些，虽写时事，不至于得祸；而宋时则讳忌渐多，所以文人便设法回避，去讲古事。加以宋时理学极盛一时，因之把小说也多理学化了，以为小说非含有教训，便不足道。但文艺之所以为文艺，并不贵在教训，若把小说变成修身教科书，还说什么文艺。宋人虽然还作传奇，而我说传奇是绝了，也就是这意思。然宋之士大夫，对于小说之功劳，乃在编《太平广记》一书。此书是搜集自汉至宋初的琐语小说，共五百卷，亦可谓集小说之大成。不过这也并非他们自动的，乃是政府召集他们做的。因为在宋初，天下统一，国内太平，因招海内名士，厚其廪饩，使他们修书，当时成就了《文苑英华》，《太平御览》和《太平广记》。此在政府的目的，不过利用这事业，收养名人，以图减其对于政治上之反动而已，固未尝有意于文艺；但在无意中，却替我们留下了古小说的林薮来。至于创作一方面，则宋之士大夫实在并没有什么贡献。但其时社会上却另有一种平民底小说，代之而兴了。这类作品，不但体裁不同，文章上也起了改革，用的是白话，所以实在是小说史上的一大变迁。因为当时一般士大夫，虽然都讲理学，鄙视小说，而一般人民，是仍要娱乐的；平民的小说之起来，正是无足怪讶的事。

　　——《中国小说的历史的变迁》第四讲《宋人之"说话"及其影响》

"伏惟陛下且立在此，容臣入报判官速来。"言讫，使来者到厅拜了，
"启判官：奉大王处，太宗是生魂到，领判官推勘，见在门外，未敢
引。"判官闻言，惊忙起立，……⑥

宋有《梁公九谏》一卷（在《士礼居丛书》中），文亦朴陋如前记，
书叙武后废太子为庐陵王，而欲传位于侄武三思，经狄仁杰极谏者九，
武后始感悟，召还复立为太子。卷首有范仲淹《唐相梁公碑文》，乃贬守
番阳时作，则书出当在明道二年（一〇三三）以后矣。

第六谏

则天睡至三更，又得一梦，梦与大罗天女对手着棋，局中有子，
旋被打将，频输天女，忽然惊觉。来日受朝，问诸大臣，其梦如何？
狄相奏曰，"臣圆此梦，于国不祥。陛下梦与大罗天女对手着棋，局
中有子，旋被打将，频输天女：盖谓局中有子，不得其位，旋被打
将，失其所主。今太子庐陵王贬房州千里，是谓局中有子，不得其
位，遂感此梦。臣愿东宫之位，速立庐陵王为储君，若立武三思，
终当不得！"

然据现存宋人通俗小说观之，则与唐末之主劝惩者稍殊，而实出于
杂剧中之"说话"。⑦说话者，谓口说古今惊听之事，盖唐时亦已有之，
段成式《酉阳杂俎》（《续集》四《贬误篇》）有云，"予太和末，因弟
生日观杂戏，有市人小说，呼扁鹊作'褊鹊'字，上声。……"李商隐
《骄儿诗》（集一）亦云，"或谑张飞胡，或笑邓艾吃。"似当时已有说三
国故事者，然未详。⑧宋都汴，民物康阜，游乐之事甚多，市井间有杂伎
艺，其中有"说话"，执此业者曰"说话人"。说话人又有专家，孟元老
（《东京梦华录》五）尝举其目，曰小说，曰合生，曰说诨话，曰说三

〔宋〕张择端《清明上河图》（局部）

宋建都于汴，民物康阜，游乐之事，因之很多，市井间有种杂剧，这种杂剧中包有所谓"说话"。"说话"分四科：一、讲史；二、说经诨经；三、小说；四、合生。"讲史"是讲历史上底事情，及名人传记等；就是后来历史小说之起源。"说经诨经"，是以俗话演说佛经的。"小说"是简短的说话。"合生"，是先念含混的两句诗，随后再念几句，才能懂得意思，大概是讽刺时人的。这四科后来于小说有关系的，只是"讲史"和"小说"。那时操这种职业的人，叫做"说话人"；而且他们也有组织的团体，叫做"雄辩社"。他们也编有一种书，以作说话时之凭依，发挥，这书名叫"话本"。南宋初年，这种话本还流行，到宋亡，而元人入中国时，则杂剧消歇，话本也不通行了。至明朝，虽也还有说话人——如柳敬亭就是当时很有名的说话人——但已不是宋人底面目；而且他们已不属于杂剧，也没有什么组织了。到现在，我们几乎已经不能知道宋时的话本究竟怎样。——幸而现在翻刻了几种书，可以当作标本看。

——《中国小说的历史的变迁》第四讲《宋人之"说话"及其影响》

分，曰说《五代史》。南渡以后，此风未改，据吴自牧（《梦粱录》二十）所记载则有四科如下：

> 说话者，谓之舌辨，虽有四家数，各有门庭：
>
> 且"小说"名"银字儿"，如烟粉灵怪传奇公案扑刀杆棒发迹变态之事。……谈论古今，如水之流。
>
> "谈经"者，谓演说佛书，"说参请"者，谓宾主参禅悟道等事。……又有"说诨经"者。
>
> "讲史书"者，谓讲说《通鉴》汉唐历代书史文传兴废战争之事。
>
> "合生"，与起今随今相似，各占一事也。

灌园耐得翁（《都城纪胜》）述临安盛事，亦谓说话有四家，曰小说，曰说经说参请，曰说史，曰合生，而分小说为三类，即"一者银字儿，如烟粉灵怪传奇；说公案，皆是搏拳提刀赶棒及发迹变态之事；说铁骑儿，谓士马金鼓之事"是也。周密之书（《武林旧事》六），叙四科又略异，曰演史，曰说经诨经，曰小说，曰说诨话，无合生；且谓小说有雄辩社（卷三），则其时说话人不惟各守家数，且有集会以磨炼其技艺者矣。⑨

说话之事，虽在说话人各运匠心，随时生发，而仍有底本以作凭依，是为"话本"。《梦粱录》（二十）影戏条下云，"其话本与讲史书者颇同，大抵真假相半。"又小说讲经史条下云，"盖小说者，能讲一朝一代故事，顷刻间捏合。"《都城纪胜》所说同，惟"捏合"作"提破"而已。是知讲史之体，在历叙史实而杂以虚辞，小说之体，在说一故事而立知结局，今所存《五代史平话》及《通俗小说》残本，盖即此二科话本之流，其体式正如此。

《新编五代史平话》者，讲史之一，孟元老所谓"说《五代史》"之

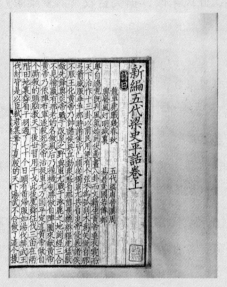

《五代史平话》书影（清宣统三年武进董氏诵芬室刻本，北京大学图书馆藏）

一种是《五代史平话》，是可以作讲史看的。讲史的体例，大概是从开天辟地讲起，一直到了要讲的朝代。《五代史平话》也是如此；它的文章，是各以诗起，次入正文，又以诗结，总是一段一段的有诗为证。但其病在于虚事铺排多，而于史事发挥少。至于诗，我以为大约是受了唐人底影响：因为唐时很重诗，能诗者就是清品；而说话人想仰攀他们，所以话本中每多诗词，而且一直到现在许多人所做的小说中也还没有改。再若后来历史小说中每回的结尾上，总有"不知后事如何？且听下回分解"的话，我以为大概也起于说话人，因为说话必希望人们下次再来听，所以必得用一个惊心动魄的未了事拉住他们。至于现在的章回小说还来模仿它，那可只是一个遗迹罢了，正如我们腹中的盲肠一样，毫无用处。

——《中国小说的历史的变迁》第四讲《宋人之"说话"及其影响》

话本，此殆近之矣。其书梁唐晋汉周每代二卷，各以诗起，次入正文，又以诗终。惟《梁史平话》始于开辟，次略叙历代兴亡之事，立论颇奇，而亦杂以诞妄之因果说。⑩

> 龙争虎战几春秋，五代梁唐晋汉周，
>
> 兴废风灯明灭里，易君变国若传邮。⑪

　　粤自鸿荒既判，风气始开，伏羲画八卦而文籍生，黄帝垂衣裳而天下治。……那时诸侯皆已顺从，独蚩尤共炎帝侵暴诸侯，不服王化。黄帝乃帅诸侯，兴兵动众，……遂杀死炎帝，活捉蚩尤，万国平定。这黄帝做着个厮杀的头脑，教天下后世习用干戈。……汤伐桀，武王伐纣，皆是以臣弑君，篡夺了夏殷的天下。汤武不合做了这个样子，后来周室衰微，诸侯强大，春秋之世二百四十年之间，臣弑其君的也有，子弑其父的也有。孔子圣人为见三纲沦，九法斁，秉那直笔，做一卷书，唤做《春秋》，褒奖他善的，贬罚他恶的，故孟子道是"孔子作《春秋》而乱臣贼子惧"。只有汉高祖姓刘字季，他取秦始皇天下不用篡弑之谋，真个是：

> 手拿三尺龙泉剑，夺却中原四百州。⑫

　　刘季杀了项羽，立着国号曰汉，只因疑忌功臣，如韩王信彭越陈豨之徒，皆不免族灭诛夷。这三个功臣抱屈衔冤，诉于天帝，天帝可怜见三个功臣无辜被戮，令他每三个托生做三个豪杰出来：韩信去曹家托生做着个曹操，彭越去孙家托生做着个孙权，陈豨去那宗室家托生做着个刘备。这三个分了他的天下，……三国各有史，道是《三国志》是也。……⑬

于是更自晋及唐，以至黄巢变乱，朱氏立国，其下卷今阙，必当讫于梁亡矣。全书叙述，繁简颇不同，大抵史上大事，即无发挥，一涉细故，

《京本通俗小说》书影（1920年江阴缪氏刻本，北京大学图书馆藏）

　　一种是《京本通俗小说》，已经不全了，还存十多篇。在"说话"中之所谓小说，并不像现在所谓的广义的小说，乃是讲的很短，而且多用时事的。起首先说一个冒头，或用诗词，或仍用故事，名叫"得胜头回"——"头回"是前回之意；"得胜"是吉利语。——以后才入本文，但也并不冗长，长短和冒头差不多，在短时间内就完结。可见宋代说话中的所谓小说，即是"短篇小说"的意思，《京本通俗小说》虽不全，却足够可以看见那类小说底大概了。

　　——《中国小说的历史的变迁》第四讲《宋人之"说话"及其影响》

便多增饰，状以骈俪，证以诗歌，又杂诨词，以博笑噱，如说黄巢下第，与朱温等为盗，将劫侯家庄马评事时途中情景，即其例也⑭：

> ……黄巢道，"若去劫他时，不消贤弟下手，咱有桑门剑一口，是天赐黄巢的，咱将剑一指，看他甚人，也抵敌不住。"道罢便去，行过一个高岭，名做悬刀峰，自行了半个日头，方得下岭。好座高岭！是：根盘地角，顶接天涯，苍苍老桧拂长空，挺挺孤松侵碧汉，山鸡共日鸡齐斗，天河与涧水接流，飞泉飘雨脚廉纤，怪石与云头相轧。怎见得高？
>
> 　　几年撅下一樵夫，至今未曾撅到底。
>
> 　　黄巢兄弟四人过了这座高岭，望见那侯家庄。好座庄舍！但见：石惹闲云，山连溪水，堤边垂柳，弄风袅袅拂溪桥，路畔闲花，映日丛丛遮野渡。那四个兄弟望见庄舍远不出五里田地，天色正晡，同入个树林中躭了，待晚西却行到那马家门首去。……

《京本通俗小说》不知本几卷，今存卷十至十六，每卷一篇，曰《碾玉观音》，曰《菩萨蛮》，曰《西山一窟鬼》，曰《志诚张主管》，曰《拗相公》，曰《错斩崔宁》，曰《冯玉梅团圆》等，每篇各具首尾，顷刻可了⑮，与吴自牧所记正同。其取材多在近时，或采之他种说部，主在娱心，而杂以惩劝。体制则什九先以闲话或他事，后乃缀合，以入正文。如《碾玉观音》因欲叙咸安郡王游春，则辄举春词至十余首：⑯

> 　　山色晴岚景物佳，暖烘回雁起平沙，东郊渐觉花供眼，南陌依稀草吐芽。　堤上柳，未藏鸦，寻芳趁步到山家，陇头几树红梅落，红杏枝头未着花。
>
> 这首《鹧鸪天》说孟春景致，原来又不如仲春词做得好：
> …………⑰

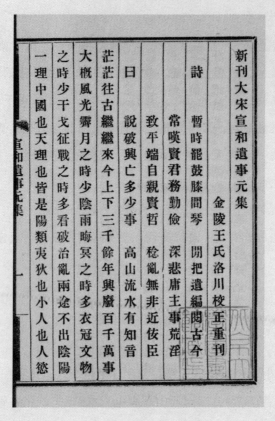

《新刊大宋宣和遗事》书影（1915年商务印书馆铅印本，北京大学图书馆藏）

　　除上述两种之外，还有一种《大宋宣和遗事》，首尾皆有诗，中间杂些俚句，近于"讲史"而非口谈；好似"小说"而不简洁；惟其中已叙及梁山泊的事情，就是《水浒》之先声，是大可注意的事。

　　——《中国小说的历史的变迁》第四讲《宋人之"说话"及其影响》

这三首词，都不如王荆公看见花瓣儿片片风吹下地来，原来这春归去是东风断送的。有诗道：

春日春风有时好，春日春风有时恶，

不得春风花不开，花开又被风吹落。

苏东坡道，不是东风断送春归去，是春雨断送春归去。有诗道：

雨前初见花间蕊，雨后全无叶底花，

蜂蝶纷纷过墙去，却疑春色在邻家。

秦少游道，也不干风事，也不干雨事，是柳絮飘将春色去。有诗道：

三月柳花轻复散，飘扬淡荡送春归，

此花本是无情物，一向东飞一向西。

…………⑱

王岩叟道，也不干风事，也不干雨事，也不干柳絮事，也不干蝴蝶事，也不干黄莺事，也不干杜鹃事，也不干燕子事，是九十日春光已过春归去。曾有诗道：

怨风怨雨两俱非，风雨不来春亦归，

腮边红褪青梅小，口角黄消乳燕飞，

蜀魄健啼花影去，吴蚕强食柘桑稀，

直恼春归无觅处，江湖辜负一蓑衣。

说话的因甚说这春归词？绍兴年间，行在有个关西延州延安府人，本身是三镇节度使咸安郡王，当时怕春归去，将带着许多钧眷游春，……

此种引首，与讲史之先叙天地开辟者略异，大抵诗词之外，亦用故实，或取相类，或取不同，而多为时事。取不同者由反入正，取相类者较有浅深，忽而相牵，转入本事，故叙述方始，而主意已明，耐得翁之所谓"提破"，吴自牧之所谓"捏合"，殆指此矣⑲。凡其上半，谓之"得胜头

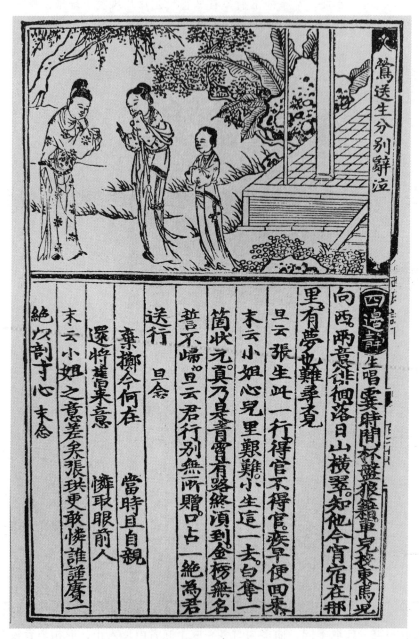

《西厢记》书影（明弘治十一年京师书坊金台岳氏重刊本，张满弓编著《古典文学版画》，2004年河南大学出版社影印本）

回"，头回犹云前回，听说话者多军民，故冠以吉语曰得胜，非因进讲宫中，因有此名也。至于文式，则与《五代史平话》之铺叙琐事处颇相似，然较详。《西山一窟鬼》述吴秀才一为鬼诱，至所遇无一非鬼，盖本之《鬼董》（四）之《樊生》，而描写委曲琐细，则虽明清演义亦无以过之，如其记订婚之始云：

> ……开学堂后，有一年之上，也罪过，那街上人家都把孩子们来与它教训，颇有些趱足。当日正在学堂里教书，只听得青布帘儿上铃声响，走将一个人入来。吴教授看那入来的人：不是别人，却是十年前搬去的邻舍王婆。原来那婆子是个"撮合山"，专靠做媒为生。吴教授相揖罢，道，"多时不见。而今婆婆在那里住？"婆子道，"只道教授忘了老媳妇，如今老媳妇在钱塘门里沿城住。"教授问，"婆婆高寿？"婆子道，"老媳妇犬马之年七十有五。教授青春多少？"教授道，"小子二十有二。"婆子道，"教授方才二十有二，却像三十以上人，想教授每日价费多少心神；据我媳妇愚见，也少不得一个小娘子相伴。"教授道，"我这里也几次问人来，却没这般头脑。"婆子道，"这个'不是冤家不聚会'。好教官人得知，却有一头好亲在这里，一千贯钱房计，带一个从嫁，又好人才，却有一床乐器都会，又写得算得，又是咔嚓大官府第出身，只要嫁个读书官人。教授却是要也不？"教授听得说罢，喜从天降，笑逐颜开，道，"若还真个有这人时，可知好哩！只是这个小娘子如今在那里？"……

南宋亡，杂剧消歇，说话遂不复行，然话本盖颇有存者，后人目染，仿以为书，虽已非口谈，而犹存曩体，小说者流有《拍案惊奇》，《醉醒石》之属[20]，讲史者流有《列国演义》，《隋唐演义》之属，惟世间于此二科，渐不复知所严别，遂俱以"小说"为通名。[21]

注释：

①《中国小说史略》"油印本"作："宋人之话本　小说史大略十"，"铅印本"作："第十一篇　宋之话本"，自"初版本"作"第十二篇　宋之话本"。

《坟·宋民间之所谓小说及其后来》：

宋代行于民间的小说，与历来史家所著录者很不同，当时并非文辞，而为属于技艺的"说话"之一种。

说话者，未详始于何时，但据故书，可以知道唐时则已有。段成式（《酉阳杂俎续集》四《贬误》）云：

> "予太和末因弟生日观杂戏，有市人小说，呼扁鹊作褊鹊字，上声。予令任道昇字正之。市人言'二十年前尝于上都斋会设此，有一秀才甚赏某呼扁字与褊同声，云世人皆误。'"

其详细虽难晓，但因此已足以推见数端：一小说为杂戏中之一种，二由于市人之口述，三在庆祝及斋会时用之。而郎瑛（《七修类藁》二十二）所谓"小说起宋仁宗，盖时太平盛久，国家闲暇，日欲进一奇怪之事以娱之，故小说'得胜头回'之后，即云话说赵宋某年"者，亦即由此分明证实，不过一种无稽之谈罢了。

到宋朝，小说的情形乃始比较的可以知道详细。孟元老在南渡之后，追怀汴梁盛况，作《东京梦华录》，于"京瓦技艺"条下有当时说话的分目，为小说，合生，说诨话，说三分，说《五代史》等。而操此等职业者则称为"说话人"。

高宗既定都临安，更历孝光两朝，汴梁式的文物渐已遍满都下，伎艺人也一律完备了。关于说话的记载，在故书中也更详尽，端平年间的著作有灌园耐得翁《都城纪胜》，元初的著作有吴自牧《梦粱录》及周密《武林旧事》，都更详细的有说话的分科：

《都城纪胜》	《梦粱录》(二十)
说话有四家：	说话者，谓之舌辩，虽有四家数，各有门庭：
一者小说，谓之银字儿，如烟粉灵怪传奇；说公案，皆是搏刀赶棒及发迹变态	且小说，名银字儿，如烟粉灵怪传奇；公案，朴刀杆棒发发踪参（案此四字

之事；说铁骑儿，谓士马金鼓之事。

说经，谓演说佛书；说参请，谓宾主参禅悟道等事。

讲史书，讲说前代书史文传兴废争战之事。……

合生，与起令随令相似，各一事。

当有误）之事。……谈论古今，如水之流。

谈经者，谓演说佛书；说参请者，谓宾主参禅悟道等事。……又有说诨经者。

讲史书者，谓讲说《通鉴》汉唐历代书史文传兴废争战之事。

合生，与起令随今相似，各占一事也。

但周密所记者又小异，为演史，说经诨经，小说，说诨话；而无合生。唐中宗时，武平一上书言“比来妖伎胡人，街童市子，或言妃主情貌，或列王公名质，咏歌蹈舞，号曰合生。”（《新唐书》一百十九）则合生实始于唐，且用诨词戏谑，或者也就是说诨话；惟至宋当又稍有迁变，今未详。起今随今之“今”，《都城纪胜》作“令”，明抄本《说郛》中之《古杭梦游录》又作起令随合，何者为是，亦未详。

据耐得翁及吴自牧说，是说话之一科的小说，又因内容之不同而分为三子目：

1.银字儿　所说者为烟粉（烟花粉黛），灵怪（神仙鬼怪），传奇（离合悲欢）等。

2.说公案　所说者为搏刀赶棒（拳勇），发迹变态（遇合）之事。

3.说铁骑儿　所说者为士马金鼓（战争）之事。

惟有小说，是说话中最难的一科，所以说话人“最畏小说，盖小说者，能讲一朝一代故事，顷刻间提破”（《都城纪胜》云；《梦粱录》同，惟“提破”作“捏合”），非同讲史，易于铺张；而且又须有“谈论古今，如水之流”的口辩。然而在临安也不乏讲小说的高手，吴自牧所记有谭淡子等六人，周密所记有蔡和等五十二人，其中也有女流，如陈郎娘枣儿，史蕙英。

临安的文士佛徒多有集会；瓦舍的技艺人也多有，其主意大约是在于磨炼技术的。小说专家所立的社会，名曰雄辩社。（《武林旧事》三）

元人杂剧虽然早经销歇，但尚有流传的曲本，来示人以大概的情形。宋人的小说也一样，也幸而借了"话本"偶有留遗，使现在还可以约略想见当时瓦舍中说话的模样。

其话本曰《京本通俗小说》，全书不知凡几卷，现在所见的只有残本，经江阴缪氏影刻，是卷十至十六的七卷，先曾单行，后来就收在《烟画东堂小品》之内了。还有一卷是叙金海陵王的秽行的，或者因为文笔过于碍眼了罢，缪氏没有刻，然而仍有郎园的改换名目的排印本；郎园是长沙叶德辉的园名。

刻本七卷中所收小说的篇目以及故事发生的年代如下列：

卷十　碾玉观音　　　　"绍兴年间。"

十一　菩萨蛮　　　　　"大宋高宗绍兴年间。"

十二　西山一窟鬼　　　"绍兴十年间。"

十三　志诚张主管　　　无年代，但云东京汴州开封事。

十四　拗相公　　　　　"先朝。"

十五　错斩崔宁　　　　"高宗时。"

十六　冯玉梅团圆　　　"建炎四年。"

每题俱是一全篇，自为起讫，并不相联贯。钱曾《也是园书目》（十）著录的"宋人词话"十六种中，有《错斩崔宁》与《冯玉梅团圆》两种，可知旧刻又有单篇本，而《通俗小说》即是若干单篇本的结集，并非一手所成。至于所说故事发生的时代，则多在南宋之初；北宋已少，何况汉唐。又可知小说取材，须在近时；因为演说古事，范围即属讲史，虽说小说家亦复"谈论古今，如水之流"，但其谈古当是引证及装点，而非小说的本文。如《拗相公》开首虽说王莽，但主意却只在引出王安石，即其例。

七篇中开首即入正文者只有《菩萨蛮》；其余六篇则当讲说之前，俱先引诗词或别的事实，就是"先引下一个故事来，权做个'得胜头回'。"（本书十五）"头回"当即冒头的一回之意，"得胜"是吉语，瓦舍为军民所聚，自然也不免以利市语说之，未必因为进御才如此。

"得胜头回"略有定法，可说者凡四：

1.以略相关涉的诗词引起本文。　如卷十用《春词》十一首引起延安郡王游春；卷十二用士人沈文述的词逐句解释，引起遇鬼的士人皆是。

2.以相类之事引起本文。　如卷十四以王莽引起王安石是。

3.以较逊之事引起本文。　如卷十五以魏生因戏言落职，引起刘贵因戏言遇大祸；卷十六以"交互姻缘"转入"双镜重圆"而"有关风化，到还胜似几倍"皆是。

4.以相反之事引起本文。　如卷十三以王处厚照镜见白发的词有知足之意，引起不伏老的张士廉以晚年娶妻破家是。

而这四种定法，也就牢笼了后来的许多拟作了。

在日本还传有中国旧刻的《大唐三藏取经记》三卷，共十七章，章必有诗；别一小本则题曰《大唐三藏取经诗话》。《也是园书目》将《错斩崔宁》及《冯玉梅团圆》归入"宋人词话"门，或者此类话本，有时亦称词话：就是小说的别名。《通俗小说》每篇引用诗词之多，实远过于讲史（《五代史平话》，《三国志传》，《水浒传》等），开篇引首，中间铺叙与证明，临末断结咏叹，无不征引诗词，似乎此举也就是小说的一样必要条件。引诗为证，在中国本是起源很古的，汉韩婴的《诗外传》，刘向的《列女传》，皆早经引《诗》以证杂说及故事，但未必与宋小说直接相关；只是"借古语以为重"的精神，则虽说汉之与宋，学士之与市人，时候学问，皆极相违，而实有一致的处所。唐人小说中也多半有诗，即使妖魔鬼怪，也每能互相酬和，或者做几句即兴诗，此等风雅举动，则与宋市人小说不无关涉，但因为宋小说多是市井间事，人物少有物魅及诗人，于是自不得不由吟咏而变为引证，使事状虽殊，而诗气不脱；吴自牧记讲史高手，为"讲得字真不俗，记问渊源甚广"（《梦粱录》二十），即可移来解释小说之所以多用诗词的缘故的。

由上文推断，则宋市人小说的必要条件大约有三：

1.须讲近世事；

2.什九须有"得胜头回"；

3.须引证诗词。

宋民间之所谓小说的话本，除《京本通俗小说》之外，今尚未见有第二种。《大唐三藏取经诗话》是极拙的拟话本，并且应属于讲史。《大宋宣和遗事》钱曾虽列入"宋人词话"中,而其实也是拟作的讲史,惟因其系钞撮十种书籍而成,所以也许含有小说分子在内。

②《中国小说史略》"油印本"之"宋人之话本 小说史大略十"作:宋太平兴国间,既得诸国图籍,而降王诸臣,皆海内名士,或宣怨言,因悉收用之,使修群书,成《太平御览》一千卷。又以野史传记小说诸家,编成五百卷,分五十五部曰《太平广记》。三年八月表上,六年正月奉旨雕板颁行。当时或言《广记》非后学所急,因收板藏太清楼,见者甚尠。二书至今尚存。晋、唐、五代小说,本书虽散亡,尚得藉《广记》考见涯略,其于后来,为益多矣。宋时名人好言异事者,最先有徐铉,作《稽神录》六卷,已收入《广记》中。后有洪迈作《夷坚志》甲至癸二百卷,支甲至支癸,三甲至三癸,各一百卷,四甲至四乙二十卷,每编有小序,各出新意,时人颇赏之,而卷帙之多,亦为古所未有。然文人著述,终不免规抚晋唐,尠有独创,故宋代小说之当特笔者,初不在此,而为通俗小说之兴起也。

自"铅印本"删。

《且介亭杂文·门外文谈》:后来宋人的语录,话本,元人的杂剧和传奇里的科白,也都是提要,只是它用字较为平常,删去的文字较少,就令人觉得"明白如话"了。

③《集外集拾遗·〈北平笺谱〉序》:镂像于木,印之素纸,以行远而及众,盖实始于中国。法人伯希和氏从敦煌千佛洞所得佛像印本,论者谓当刊于五代之末,而宋初施以采色,其先于日耳曼最初木刻者,尚几四百年。宋人刻本,则由今所见医书佛典,时有图形;或以辨物,或以起信,图史之体具矣。降至明代,为用愈宏,小说传奇,每作出相,或拙如画沙,或细于擘髮,亦有画谱,累次套印,文彩绚烂,夺人目睛,是为木刻之盛世。清尚朴学,兼斥纷华,而此道于是凌替。光绪初,吴友如据点石斋,为小说作绣像,以西法印行,全像之书,颇复腾踊,然绣梓遂愈少,仅在新年花纸与日用信笺中,保其残喘而已。

④《中国小说史略》"油印本"之"宋人之话本 小说史大略十"作:

以口语敷叙故事者,不始于宋。清光绪中,英人斯坦因得敦煌石室书,运至伦敦,内有口语体之散文及韵语小说数种,论者以为唐宋五代人所书。其一卷前后并阙,中间仅存,记唐太宗入冥事。

…………

又有伍员入吴小说，文体同上，惜多未目睹，无以知其与后来小说之关系。意者口语文体之兴，当由二端：一为劝善，一为娱乐，而皆时为平人而设者也。

自"铅印本"改。

⑤……。自"初版本"增。

⑥《中国小说史略》"油印本"之"宋人之话本　小说史大略十"作：（下略）。自"初版本"改。

⑦《小说旧闻钞》：宋时市井间所谓小说，乃杂剧中说话之一种，详见《都城纪胜》、《东京梦华录》、《梦粱录》及《古杭梦游录》。非因进讲宫中而起也，郎瑛说非，二梁更承其误。

⑧《集外集拾遗补编·书苑折枝》：

宋张耒《明道杂志》：京师有富家子，少孤专财，群无赖百方诱导之。而此子甚好看弄影戏，每弄至斩关羽，辄为之泣下，嘱弄者且缓之。一日，弄者曰：云长古猛将，今斩之，其鬼或能祟，请既斩而祭之。此子闻，甚喜。弄者乃求酒肉之费。此子出银器数十。至日，斩罢，大陈饮食如祭者，群无赖聚享之，乃白此子，请遂散此器。此子不敢逆，于是共分焉。旧闻此事，不信。近见事，有类是事。聊记之，以发异日之笑。

　　案：发笑又作别论。由此可知宋时影戏已演三国故事，而其中有"斩关羽"。我尝疑现在的戏文，动作态度和画脸都与古代影灯戏有关，但未详考，记此以俟博览者探索。

⑨《中国小说史略》"油印本"之"宋人之话本　小说史大略十"作：

一、吴自牧《梦粱录》：说话者谓之舌辩，虽有四家数，各有门庭；且"小说"名"银字儿"，如烟粉灵怪传奇公案扑刀杆棒发迹变态之事。……谈论古今，如水之流。

"谈经"者，谓演说佛书。

"说参讲"者，谓宾主参禅悟道等事。

二、耐得翁《古杭梦游录》：说话有四家。一曰小说，谓之"银字儿"，如烟粉灵怪传奇说公案皆是，搏奉提刀赶棒及发迹变态之事，说铁骑儿谓石马金鼓之事。

"说经"谓演说佛书。

"说参"谓参禅。

……又有"说诨经"者。……

"讲史书"者,谓讲说《通鉴》汉唐历代书史文传兴废仗争之事。

"商谜"先用鼓儿贺之,然后聚人猜诗谜字谜戾谜。

"说史"者,谓说前代兴废仗争之事。

自"铅印本"改。

⑩《中国小说史略》"油印本"之"宋人之话本 小说史大略十"作:

甲、讲史

《新编五代(梁、唐、晋、汉、周)史平话》者,讲史之一,盖即孟元老所谓"说《五代史》"之话本。其书每代二卷,各以诗起,次入正文。惟《梁史平话》始于开辟,次略叙历代之事,以至黄巢变乱,朱氏立国,惜今亡其下卷。

自"铅印本"改。

⑪《中国小说史略》"油印本"之"宋人之话本 小说史大略十"未引用此诗。自"铅印本"补。

⑫《中国小说史略》"油印本"之"宋人之话本 小说史大略十"引文至此止,不包括其后段落。自"铅印本"补。

⑬《集外集拾遗补编·书苑折枝》:清褚人获《坚瓠九集》卷四:《通鉴博论》:"汉高祖取天下,皆功臣谋士之力。天下既定,吕后杀韩信彭越英布等,夷其族而绝其祀。传至献帝,曹操执柄,遂杀伏后而灭其族。或谓献帝即高祖也;伏后即吕后也;曹操即韩信也;刘备即彭越也;孙权即英布也。故三分天下而绝汉。"虽穿凿疑似之说,然于报施之理,似亦不爽。

案:韩信托生而为曹操,彭越为孙权,陈豨为刘备,三分汉室,以报夙怨,见《五代史平话》开端。小说尚可,而乃据以论史,大奇。《博论》明宗室 涵虚子(?)作,今传本颇少。

⑭《中国小说史略》"油印本"之"宋人之话本 小说史大略十"作:其后叙说繁简不同。大抵一涉琐事,反多增饰,状以骈俪,证以诗歌,今举一端,以见大概。书叙黄巢下第,与朱温等为盗,将劫侯家庄马评事时途中情景云:

自"铅印本"改。

⑮《中国小说史略》"铅印本"之"第十一篇　宋之话本"无"倾刻可了"一句，自"初版本"补。

⑯《中国小说史略》"油印本"之"宋人之话本　小说史大略十"作：

乙、小说

《京本通俗小说》不知几卷，今存卷十至十六，每卷一篇，各为起讫，与吴自牧所云"各占一篇"者相合。其目为《碾玉观音》，《菩萨蛮》，《西山一窟鬼》，《志诚张主管》，《拗相公》，《错斩崔宁》，《冯玉梅团圆》等，取材多在近时，或采之他种说部。体裁必先以闲话或他事，久乃转入正文。如《碾玉观音》因叙延安郡王游春，而先以诗词十余首，中有云：

自"铅印本"改。

⑰《中国小说史略》"油印本"之"宋人之话本　小说史大略十"作：（上略）。自"初版本"改。

⑱《中国小说史略》"油印本"之"宋人之话本　小说史大略十"作：（中略）。自"初版本"改。

⑲《中国小说史略》"铅印本"之"第十一篇　宋之话本"作：忽而相牵，转入本事，故叙述方始，而主意已明，孟元老之所谓"合生"，吴自牧之所谓"起今随今"（或作起令随合），殆亦类此者也。

自"初版本"改。

⑳《中国小说史略》"铅印本"之"第十一篇　宋之话本"作：小说者流有《拍案惊奇》，《今古奇观》之属。

自"初版本"改。

㉑《中国小说史略》"油印本"之"宋人之话本　小说史大略十"作：南宋亡，杂剧消歇，说话遂不复行，然话本盖颇有存者，后人目染，仿以为书，虽已非口谈，而犹存曩体。讲史者流，有《东周列国》，《两汉》，《三国演义》等。小说者流，有《今古奇观》，《龙图公案》等。而世间不复严别，第以小说为共名。

自"铅印本"改。

第十三篇　宋元之拟话本①

　　话本影响于著作。刘斧《青琐高议》及《摭遗》。《大唐三藏法师取经记》。《大宋宣和遗事》。

《临凡宝卷》插图之唐三藏取经（明万历三十六年重刊本，张满弓编著《古典文学版画》，2004年河南大学出版社影印本）

说话既盛行，则当时若干著作，自亦蒙话本之影响。北宋时，刘斧秀才杂辑古今稗说为《青琐高议》及《青琐摭遗》，文辞虽拙俗，然尚非话本，而文题之下，已各系以七言，如②

《流红记》（红叶题诗娶韩氏）　　《赵飞燕外传》（别传叙飞燕本末）

《韩魏公》（不罪碎盏烧须人）　　《王榭》（风涛飘入乌衣国）

等，皆一题一解，甚类元人剧本结末之"题目"与"正名"，因疑汴京说话标题，体裁或亦如是，习俗浸润，乃及文章。至于全体被其变易者，则今尚有《大唐三藏法师取经记》及《大宋宣和遗事》二书流传，皆首尾与诗相始终，中间以诗词为点缀，辞句多俚，顾与话本又不同，近讲史而非口谈，似小说而无捏合。钱曾于《宣和遗事》，则并《灯花婆婆》等十五种并谓之"词话"（《也是园书目》十），以其有词有话也，然其间之《错斩崔宁》，《冯玉梅团圆》两种，亦见《京本通俗小说》中，本说话之一科，传自专家，谈吐如流，通篇相称，殊非《宣和遗事》所能企及。盖《宣和遗事》虽亦有词有说，而非全出于说话人，乃由作者掇拾故书，益以小说，补缀联属，勉成一书，故形式仅存，而精采遂逊，文辞又多非己出，不足以云创作也。《取经记》尤苟简。惟说话消亡，而话本终蜕为著作，则又赖此等为其枢纽而已。

《大唐三藏法师取经记》三卷，旧本在日本，又有一小本曰《大唐三

297

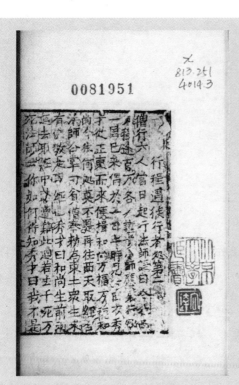

《大唐三藏法师取经诗话》书影（民国间罗振玉石印本，北京大学图书馆藏）

　　还有现在新发现的一部书，叫《大唐三藏法师取经诗话》，——此书中国早没有了，是从日本拿回来的——这所谓"诗话"，又不是现在人所说的诗话，乃是有诗，有话；换句话说：也是注重"有诗为证"的一类小说的别名。这《大唐三藏法师取经诗话》，虽然是《西游记》的先声，但又颇不同：例如"盗人参果"一事，在《西游记》上是孙悟空要盗，而唐僧不许；在《取经诗话》里是仙桃，孙悟空不盗，而唐僧使命去盗。——这与其说时代，倒不如说是作者思想之不同处。因为《西游记》之作者是士大夫，而《取经诗话》之作者是市人。士大夫论人极严，以为唐僧岂应盗人参果，所以必须将这事推到猴子身上去；而市人评论人则较为宽恕，以为唐僧盗几个区区仙桃有何要紧，便不再经心作意地替他隐瞒，竟放笔写上去了。

　　——《中国小说的历史的变迁》第四讲《宋人之"说话"及其影响》

藏取经诗话》，内容悉同，卷尾一行云"中瓦子张家印"，张家为宋时临安书铺，世因以为宋刊，然逮于元朝，张家或亦无恙，则此书或为元人撰，未可知矣。③三卷分十七章，今所见小说之分章回者始此；每章必有诗，故曰诗话。④首章两本俱阙，次章则记玄奘等之遇猴行者。

行程遇猴行者处第二

僧行六人，当日起行。……偶于一日午时，见一白衣秀才，从正东而来，便揖和尚，"万福万福！和尚今往何处，莫不是再往西天取经否？"法师合掌曰："贫道奉敕，为东土众生未有佛教，是取经也。"秀才曰："和尚生前两回去取经，中路遭难，此回若去，千死万死！"法师云："你如何得知？"秀才曰："我不是别人，我是花果山紫云洞八万四千铜头铁额弥猴王。我今来助和尚取经，此去百万程途，经过三十六国，多有祸难之处。"法师应曰："果得如此，三世有缘，东土众生，获大利益。"当便改呼为猴行者。僧行七人，次日同行，左右伏事。猴行者因留诗曰：

百万程途向那边，今来佐助大师前，

一心祝愿逢真教，同往西天鸡足山。

三藏法师诗答曰：

此日前生有宿缘，今朝果遇大明仙，

前途若到妖魔处，望显神通镇佛前。

于是借行者神通，偕入大梵天王宫，法师讲经已，得赐"隐形帽一顶，金镮锡杖一条，钵盂一只，三件齐全"，复反下界，经香林寺，履大蛇岭九龙池诸危地，俱以行者法力，安稳进行；又得深沙神身化金桥，渡越大水，出鬼子母国女人国而达王母池处，法师欲桃，命猴行者往窃之。

〔清〕佚名《西游记》彩绘插图（江西萍乡图书馆藏）

入王母池之处第十一

⑤……法师曰："愿今日蟠桃结实，可偷三五个吃。"猴行者曰："我因八百岁时偷吃十颗，被王母捉下，左肋判八百，右肋判三千铁棒，配在花果山紫云洞，至今肋下尚痛，我今定是不敢偷吃也。"……前去之间，忽见石壁高岑万丈，又见一石盘，阔四五里地，又有两池，方广数十里，渌渌万丈，鸦鸟不飞。七人才坐，正歇之次，举头遥望，万丈石壁之中，有数株桃树，森森耸翠，上接青天，枝叶茂浓，下浸池水。……行者曰："树上今有十余颗，为地神专在彼处守定，无路可去偷取。"师曰："你神通广大，去必无妨。"说由未了，撷下三颗蟠桃入池中去，师甚敬惶，问此落者是何物？答曰："师不要敬（惊字之略）⑥，此是蟠桃正熟，撷下水中也。"师曰："可去寻取来吃！"……

行者以杖击石，先后现二童子，一云三千岁，一五千岁，皆挥去。

……又敲数下，偶然一孩儿出来，问曰："你年多少？"答曰："七千岁。"行者放下金镮杖，叫取孩儿入手中，问和尚你吃否？和尚闻语，心敬便走。被行者手中旋数下，孩儿化成一枚乳枣。当时吞入口中⑦，后归东土唐朝，遂吐出于西川，至今此地中生人参是也。空中见有一人，遂吟诗曰：

花果山中一子才，小年曾此作场乖，

而今耳热空中见，前次偷桃客又来。

由是竟达天竺，求得经文五千四百卷，而阙《多心经》，回至香林寺，始由定光佛见授。七人既归，则皇帝郊迎，诸州奉法，至七月十五日正午，天宫乃降采莲舡，法师乘之，向西仙去；后太宗复封猴行者为铜筋铁骨

[日] 歌川国芳《通俗水浒传豪杰百八人物图》之花和尚鲁智深

大圣云。

《大宋宣和遗事》世多以为宋人作，而文中有吕省元《宣和讲篇》及南儒《咏史诗》，省元南儒皆元代语，则其书或出于元人，抑宋人旧本，而元时又有增益，皆不可知，口吻有大类宋人者，则以钞撮旧籍而然，非著者之本语也。书分前后二集，始于称述尧舜而终以高宗之定都临安，案年演述，体裁甚似讲史。惟节录成书，未加融会，故先后文体，致为参差，灼然可见。其剽取之书当有十种。前集先言历代帝王荒淫之失者其一，盖犹宋人讲史之开篇；次述王安石变法之祸者其二，亦北宋末士论之常套；次述安石引蔡京入朝至童贯蔡攸巡边者其三，首一为语体，次二为文言而并杂以诗者⑧；其四，则梁山泺聚义本末，首述杨志卖刀杀人，晁盖劫生日礼物，遂邀约二十人，同入太行山梁山泺落草，而宋江亦以杀阎婆惜出走，伏屋后九天玄女庙中，见官兵已退，出谢玄女。

　　……则见香案上一声响亮，打一看时，有一卷文书在上。宋江才展开看了，认得是个天书；又写着三十六个姓名；又题著四句道：

　　　　破国因山木，兵刀用水工，

　　　　一朝充将领，海内耸威风。

　　宋江读了，口中不说，心下思量：这四句分明是说了我里姓名；又把开天书一卷，仔细看觑，见有三十六将的姓名。那三十六人道个甚底？

　　智多星吴加亮　玉麒麟李进义　青面兽杨志　混江龙李海　九纹龙史进　入云龙公孙胜　浪里白条张顺　霹雳火秦明　活阎罗阮小七　立地太岁阮小五　短命二郎阮进　大刀关必胜　豹子头林冲　黑旋风李逵　小旋风柴进　金枪手徐宁　扑天雕李应　赤发鬼刘唐　一直撞董平　插翅虎雷横　美髯公朱同　神行太保戴宗　赛关索王雄　病尉迟孙立　小李广花荣　没羽箭

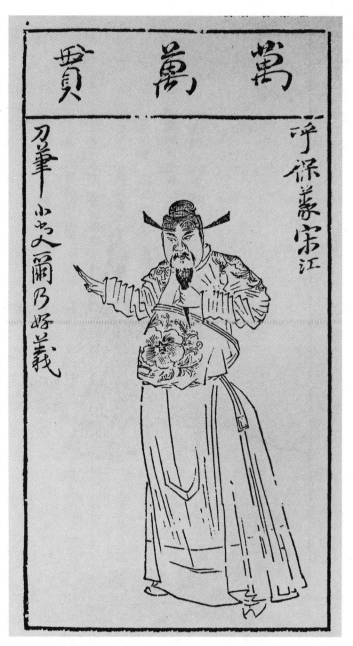

〔明〕陈洪绶《水浒叶子》之呼保义宋江（明崇祯间刻本，张满弓编著《古典文学版画》，2004年河南大学出版社影印本）

张青　没遮拦穆横　浪子燕青　花和尚鲁智深　行者武松　铁
鞭呼延绰　急先锋索超　拼命三郎石秀　火船工张岑　摸着云
杜千　铁天王晁盖⑨

宋江看了人名，末后有一行字写道："天书付天罡院三十六员猛
将，使呼保义宋江为帅，广行忠义，殄灭奸邪。"

于是江率朱同等九人亦赴山寨，会晁盖已死，遂被推为首领，"各人统
率强人，略州劫县，放火杀人，攻夺淮阳，京西，河北三路二十四州
八十余县，劫掠子女玉帛，掳掠甚众"，已而鲁智深等亦来投，遂足三
十六人之数。

一日，宋江与吴加亮商量，"俺三十六员猛将，并已登数，休要
忘了东岳保护之恩，须索去烧香赛还心愿则个。"择日起行，宋江题
了四句放旗上道：

来时三十六，去后十八双⑩，
若还少一个，定是不归乡！

宋江统率三十六将往朝东岳，赛取金炉心愿。朝廷不奈何，只
得出榜招谕宋江等。有那元帅姓张名叔夜的，是世代将门之子，前
来招诱；宋江和那三十六人归顺宋朝，各受大夫诰敕，分注诸路巡检
使去也；因此三路之寇，悉得平定。后遣宋江收方腊有功，封节度使。

其五，为徽宗幸李师师家，曹辅进谏及张天觉隐去；其六，为道士林灵
素进用及其死葬之异；其七，为腊月预赏元宵及元宵看灯之盛，皆平话
体。其叙元宵看灯云：

〔宋〕张择端《清明上河图》（局部）

宣和六年正月十四日，去大内门直上一条红绵绳上，飞下一个仙鹤儿来，口内衔一道诏书，有一员中使接得展开，奉圣旨：宣万姓。有那快行家手中把着金字牌，喝道，"宣万姓！"少刻，京师民有似云浪，尽头上戴着玉梅，雪柳，闹蛾儿，直到鳌山下看灯。却去宣德门直上有三四个贵官……得了圣旨，交撒下金钱银钱，与万姓抢金钱。那教坊大使袁陶曾作词，名做《撒金钱》：

> 频瞻礼，喜升平又逢元宵佳致。鳌山高耸翠，对端门珠玑交制，似嫦娥，降仙宫，乍临凡世。　恩露匀施，凭御阑圣颜垂视。撒金钱，乱抛坠，万姓推抢没理会；告官里，这失仪，且与免罪。

是夜撒金钱后，万姓各各遍游市井，可谓是：

> 灯火荧煌天不夜，笙歌嘈杂地长春。

后集则始自金人来运粮，以至京城陷为第八种；又自金兵入城，帝后北行受辱，以至高宗定都临安为第九第十种，即取《南烬纪闻》，《窃愤录》及《续录》而小有删节，二书今俱在，或题辛弃疾作，而宋人已以为伪书。卷末复有结论，云"世之儒者谓高宗失恢复中原之机会者有二焉：建炎之初失其机者，潜善伯彦偷安于目前误之也；绍兴之后失其机者，秦桧为虏用间误之也。失此二机，而中原之境土未复，君父之大仇未报，国家之大耻不能雪，此忠臣义士之所以扼腕，恨不食贼臣之肉而寝其皮也欤！"则亦南宋时桧党失势后士论之常套也。[1]

注释：

①《中国小说史略》"油印本"作"宋人之话本　小说史大略十"，"铅印本"作："第十二篇　宋元之拟话本"，自"初版本"作"第十三篇　宋元之拟话本"。

②《中国小说史略》"油印本"之"宋人之话本　小说史大略十"作：宋人说话,似好以对句或七字句标目,现存话本中虽不见,而结末则有之,元曲楔子中亦常有,楔子犹头回也。宋刘斧秀才《青琐高议》二十卷,则以旧记之体,而用七字目,盖设当时好尚,文句虽拙,亦由话本蜕为著作之适例矣。其式如下：

自"铅印本"改。

③《华盖集续编·关于〈三藏取经记〉等》：

阔别了多年的 SF 君,忽然从日本东京寄给我一封信,转来转去,待我收到时,去发信的日子已经有二十天了。但这在我,却真如空谷里听到跫然的足音。信函中还附着一片十一月十四日东京《国民新闻》的记载,是德富苏峰氏纠正我那《小说史略》的谬误的。

凡一本书的作者,对于外来的纠正,以为然的就遵从,以为非的就缄默,本不必有一一说明下笔时是什么意思,怎样取舍的必要。但苏峰氏是日本深通"支那"的耆宿,《三藏取经记》的收藏者,那措辞又很波俏,因此也就想来说几句话。

首先还得翻出他的原文来——

　　　　　鲁迅氏之《中国小说史略》　　苏峰生

　　　顷读鲁迅氏之《中国小说史略》,有云：

　　　　　《大唐三藏法师取经记》三卷,旧本在日本,又有一小本曰《大唐
　　　　三藏取经诗话》,内容悉同,卷尾一行云"中瓦子张家印",张家为宋时
　　　　临安书铺,世因以为宋刊,然逮于元朝,张家或亦无恙,则此书或为元
　　　　人所撰,未可知矣……
　　这倒并非没有聊加辩正的必要。

　　　《大唐三藏取经记》者,实是我的成篑堂的插架中之一,而《取经诗话》的袖珍本,则是故三浦观树将军的珍藏。这两书,是都由明慧上人和红叶广知于世,从京都栂尾高山寺散出的。看那书中的高山寺的印记,又看高山寺藏书目

录,都证明着如此。

这不但作为宋椠的稀本;作为宋代所著的说话本(日本之所谓言文一致体),也最可珍重的的罢。然而鲁迅氏却轻轻地断定道,"此书或为元人撰,未可知矣。"过于太早计了。

鲁迅氏未见这两书的原板,所以不知究竟,倘一见,则其为宋椠,决不容疑。其纸质,其墨色,其字体,无不皆然。不仅因为张家是宋时的临安的书铺。

加之,至于成簣堂的《取经记》,则有着可以说是宋版的特色的阙字。好个罗振玉氏,于此早已觉到了。

　　皆(三浦本,成簣堂本)为高山寺旧藏。而此本(成簣堂藏《取经记》)刊刻尤精,书中驚字作驚,敬字缺末笔,盖亦宋椠也。(《雪堂校刊群书叙录》)

想鲁迅氏未读罗氏此文,所以疑是或为元人之作的罢。即使世间多不可思议事,元人著作的宋刻,是未必有可以存在的理由的。

罗振玉氏对于此书,曾这样说。宋代平话,旧但有《宣和遗事》而已。近年若《五代平话》,《京本小说》,渐有重刊本。宋人平话之传于人间者,至是遂得四种。因为是斯学界中如此重要的书籍,所以明白其真相,未必一定是无用之业罢。

总之,苏峰氏的意思,无非在证明《三藏取经记》等是宋椠。其论据有三——

一　纸墨字体是宋;

二　宋讳缺笔;

三　罗振玉氏说是宋刻。

　　说起来也惭愧,我虽然草草编了一本《小说史略》,而家无储书,罕见旧刻,所用为资料的,几乎都是翻刻本,新印本,甚而至于是石印本,序跋及撰人名,往往缺失,所以漏略错误,一定很多。但《三藏法师取经记》及《诗话》两种,所见的却是罗氏影印本,纸墨虽新,而字体和缺笔是看得出的。那后面就有罗跋,正不必再求之于《雪堂校刊群书叙录》,我所谓"世因以为宋刊",即指罗跋而言。现在苏峰氏所举的三证中,除纸墨因确未目睹,无从然否外,其余二事,则那时便已不足使我信受,因此就不免"疑"起来了。

　　某朝讳缺笔是某朝刻本,是藏书家考定版本的初步秘诀,只要稍看过几部旧书的人,大抵知道的。何况缺笔的驚字的怎样地触目。但我却以为这并不足以确定为宋本。前朝的缺笔字,因为故意或习惯,也可以沿至后一朝。例如我们民国已至十五年了,而遗老们所刻的书,儀字还"敬缺末笔"。非遗老们所刻的书,宁字玄字也常常缺笔,或者以甯代宁,以元代玄。这都是在民国而讳清讳;不足为清朝刻本的证据。京师图书馆所藏的《易林注》残本(现有影印本,在《四部丛刊》中),恆宁構字都缺笔的,纸质,墨色,字体,都似宋;而且是蝶装,缪荃荪氏便定为宋本。但细看内容,却引用着阴时夫的《韵府群玉》,而阴时夫则是道道地地的元人。所以我以为不能据缺笔字便确定为某朝刻,尤其是当时视为无足重轻的小说和剧曲之类。

　　罗氏的论断,在日本或者很被引为典据罢,但我却并不尽信奉,不但书跋,连书画金石的题跋,无不皆然。即如罗氏所举宋代平话四种中,《宣和遗事》我也定为元人作,但这并非我的轻轻断定,是根据了明人胡应麟氏所说的。而且那书是抄撮而成,文言和白话都有,也不尽是"平话"。

　　我的看书,和藏书家稍不同,是不尽相信缺笔,抬头,以及罗氏题跋的。因此那时便疑;只是疑,所以说"或",说"未可知"。我并非想要唐突宋椠和收藏者,即使如何廓大其冒昧,似乎也不过轻疑而已,至于"轻轻地断定",则殆未也。

　　但在未有更确的证明之前,我的"疑"是存在的。待证明之后,就成为这样的事:鲁迅疑是元刻,为元人作;今确是宋椠,故为宋人作。无论如何,苏峰氏所豫想的"元人著作的宋版"这滑稽剧,是未必能够开演的。

　　然而在考辨的文字中杂入一点滑稽轻薄的论调,每容易迷眩一般读者,使之失去冷静,坠入毂中,所以我便译出,并略加说明,如上。

《二心集·关于〈唐三藏取经诗话〉的版本》：

《中学生》新年号内,郑振铎先生的大作《宋人话本》中关于《唐三藏取经诗话》,有如下的一段话：

> "此话本的时代不可知,但王国维氏据书末：'中瓦子张家印'数字,而断定其为宋椠,语颇可信。故此话本,当然亦必为宋代的产物。但也有人加以怀疑的。不过我们如果一读元代吴昌龄的《西游记》杂剧,便知这部原始的取经故事其产生必定是远在于吴氏《西游记》杂剧之前的。换一句话说,必定是在元代之前的宋代的。而'中瓦子'的数字恰好证实其为南宋临安城中所出产的东西,而没有什么疑义。"

我先前作《中国小说史略》时,曾疑此书为元椠,甚招收藏者德富苏峰先生的不满,著论辟谬,我也略加答辨,后来收在杂感集中。所以郑振铎先生大作中之所谓"人",其实就是"鲁迅",于唾弃之中,仍寓代为遮羞的美意,这是我万分惭而且感的。但我以为考证固不可荒唐,而亦不宜墨守,世间许多事,只消常识,便得了然。藏书家欲其所藏版本之古,史家则不然。故于旧书,不以缺笔定时代,如遗老现在还有将儀字缺末笔者,但现在确是中华民国;也不专以地名定时代,如我生于绍兴,然而并非南宋人,因为许多地名,是不随朝代而改的;也不仅据文意的华朴巧拙定时代,因为作者是文人还是市人,于作品是大有分别的。

所以倘无积极的确证,《唐三藏取经诗话》似乎还可怀疑为元椠。即如郑振铎先生所引据的同一位"王国维氏",他别有《两浙古刊本考》两卷,民国十一年序,收在遗书第二集中。其卷上"杭州府刊版"的"辛,元杂本"项下,有这样的两种在内

——

《京本通俗小说》

《大唐三藏取经诗话》三卷

是不但定《取经诗话》为元椠,且并以《通俗小说》为元本了。《两浙古本考》虽然并非僻书,但中学生诸君也并非专治文学史者,恐怕未必有暇涉猎。所以录寄　贵刊,希为刊载,一以略助多闻,二以见单文孤证,是难以"必定"一种史实而常有"什

么疑义"的。

④《中国小说史略》"油印本"之"宋人之话本　小说史大略十"作:《大唐三藏取经诗话》者,亦演述故事,而文意甚拙,盖略识文字者所为,惟流派则近于讲史。书共三卷十三章,章必有诗,故曰"诗话"。

自"铅印本"改。

⑤《中国小说史略》"油印本"之"宋人之话本　小说史大略十"此处有:登途行数百里,法师嗟叹。猴行者曰:"我师且行,前去五十里地,乃是西王母池。"自"铅印本"删。

⑥《中国小说史略》"铅印本"之"第十二篇　宋元之拟话本"作:师不要敬。自"订正本"改。

⑦《中国小说史略》"铅印本"之"第十二篇　宋元之拟话本"作:当时吞入腹中。自"初版本"改。

⑧《中国小说史略》"铅印本"之"第十二篇　宋元之拟话本"有:

如叙宣和七年凶兆云:

……十二月,有天神降坤宁殿;修神保观。神保观者,乃二郎神也,都人素畏之。自春及夏,倾城男女皆负土以献神,谓之"献土";又有村落人装作鬼使,巡门催"纳土"者,人物络绎于道。徽宗乘舆往观之,蔡京奏道,"'献土''纳土',皆非好话头。"数日,降圣旨禁绝。诗曰:

道君好道事淫荒,雅意求仙慕武皇,

纳土识言无用禁,纵有佳识国终亡。

自"再版本"删。

⑨《中国小说史略》"铅印本"之"第十二篇　宋元之拟话本"作:智多星吴加亮　玉麒麟李进义　青面兽杨志　混江龙李海　九纹龙史进……。自"再版本"改。

⑩《中国小说史略》"铅印本"之"第十二篇　宋元之拟话本"作:去复十八双。自"初版本"改。

⑪《中国小说史略》"油印本"之"宋人之话本　小说史大略十"作:与《五代史平话》相类者,又有《大宋宣和遗事》四集,虽体裁亦仿平话,而文体不一,似抄撮他书

所作,非出于说话人。其书以尧舜始,次历述古来诸帝信用小人,荒淫无度,倾复国家,以引入王安石变法之事;继述天下变乱,徽钦陷虏,而终以高宗之定都临安,其间有梁山泺大略及徽宗微行赴曲中事,文体通俗,殆出于当时之话本。至二帝陷虏情状,则节录《南烬纪闻》,《窃愤录》及《续录》而成,今原书俱存。

自"铅印本"改。

第十四篇　元明传来之讲史（上）①

元刊本《全相平话》。罗贯中及其著作：《三国志演义》，《隋唐志传》，《残唐五代史演义》，《北宋三遂平妖传》。

〔清〕潘锦《三国画像》之赵云（清光绪七年桐阴馆刻本，2019年文物出版社影印本）

宋之说话人，于小说及讲史皆多高手（名见《梦粱录》及《武林旧事》），而不闻有著作；元代扰攘，文化沦丧，更无论矣。②日本内阁文库藏至治（一三二一——一三二三）间新安虞氏刊本全相（犹今所谓绣像全图）平话五种，曰《武王伐纣书》，曰《乐毅图齐七国春秋后集》，曰《秦并六国》，曰《吕后斩韩信前汉书续集》，曰《三国志》，每集各三卷（《斯文》第八编第六号，盐谷温《关于明的小说"三言"》），今惟《三国志》有印本（盐谷博士影印本及商务印书馆翻印本），他四种未能见。③其《全相三国志平话》分为上下二栏，上栏为图，下栏述事，以桃园结义始，孔明病殁终。而开篇亦先叙汉高祖杀戮功臣，玉皇断狱，令韩信转生为曹操，彭越为刘备，英布为孙权，高祖则为献帝，立意与《五代史平话》无异。惟文笔则远不逮，词不达意，粗具梗概而已，如述"赤壁鏖兵"云：

却说武侯过江到夏口，曹操舡上高叫"吾死矣！"众军曰，"皆是蒋干。"众官乱刀锉蒋干为万段。曹操上舡，荒速夺路，走出江口，见四面舡上，皆为火也。见数十只舡，上有黄盖言曰，"斩曹贼，使天下安若太山！"曹相百官，不通水战，众人发箭相射。却说曹操措手不及，四面火起，前又相射。曹操欲走，北有周瑜，南有

《武王伐纣平话》书影（元至治间福建建安书肆虞氏刻本，张满弓编著《古典文学版画》，2004年河南大学出版社影印本）

　　总之，宋人之"说话"的影响是非常之大，后来的小说，十分之九是本于话本的。如一、后之小说如《今古奇观》等片段的叙述，即仿宋之"小说"。二、后之章回小说如《三国志演义》等长篇的叙述，皆本于"讲史"。其中讲史之影响更大，并且从明清到现在，"二十四史"都演完了。作家之中，又出了一个著名人物，就是罗贯中。

　　——《中国小说的历史的变迁》第四讲《宋人之"说话"及其影响》

鲁肃，西有陵统甘宁，东有张昭吴苞，四面言杀。史官曰："倘非曹公家有五帝之分，孟德不能脱。"曹操得命，西北而走，至江岸，众人撮曹公上马。却说黄昏火发，次日斋时方出，曹操回顾，尚见夏口舡上烟焰张天，本部军无一万。曹相望西北而走，无五里，江岸有五千军，认得是常山赵云，拦住，众官一齐攻击，曹相撞阵过去。……至晚，到一大林。……曹公寻滑荣路去，行无二十里，见五百校刀手，关将拦住。曹相用美言告云长，"看操亭侯有恩。"关公曰："军师严令。"曹公撞阵却过。说话间，面生尘雾，使曹公得脱。关公赶数里复回，东行无十五里，见玄德，军师。是走了曹贼，非关公之过也。言使人小着玄德（案此句不可解）。众问为何。武侯曰，"关将仁德之人，往日蒙曹相恩，其此而脱矣。"关公闻言，忿然上马，告主公复追之。玄德曰，"吾弟性匪石，宁奈不倦。"军师言，"诸葛赤（亦？）去，万无一失。"……（卷中十八至十九页）

观其简率之处，颇足疑为说话人所用之话本，由此推演，大加波澜，即可以愉悦听者，然页必有图，则仍亦供人阅览之书也。余四种恐亦此类。

说《三国志》者，在宋已甚盛④，盖当时多英雄⑤，武勇智术，瑰伟动人，而事状无楚汉之简，又无春秋列国之繁，故尤宜于讲说。东坡（《志林》六）谓⑥"王彭尝云，途巷中小儿薄劣，其家所厌苦，辄与钱，令聚坐听说古话，至说三国事，闻刘玄德败，频蹙眉，有出涕者，闻曹操败，即喜唱快。以是知君子小人之泽，百世不斩。"⑦在瓦舍，"说三分"为说话之一专科，与"讲《五代史》"并列（《东京梦华录》五）。金元杂剧亦常用三国时事，如《赤壁鏖兵》，《诸葛亮秋风五丈原》，《隔江斗智》，《连环计》，《复夺受禅台》等，而今日搬演为戏文者尤多，则为世之所乐道可知也。⑧其在小说，乃因有罗贯中本而名益显。⑨

贯中，名本，钱唐人（明郎瑛《七修类稿》二十三⑩田汝成《西湖游罗贯中名本，钱唐人，大约生活在元末明初。他做的小说很多，可惜现在只剩了四种。而此四种又多经后人乱改，已非本来面目了。——因为中国人向来以小说为无足轻重，不似经书，所以多喜欢随便改动它——至于贯中生平之事迹，我们现在也无从而知；有的说他因为做了水浒，他的子孙三代都是哑巴，那可也是一种谣言。贯中的四种小说，就是：一、《三国演义》；二、《水浒传》；三、《隋唐志传》；四、《北宋三遂平妖传》。《北宋三遂平妖传》，是记贝州王则借妖术作乱的事情，平他的有三个人，其名字皆有一"遂"字，所以称"三遂平妖"。《隋唐志传》，是叙自隋禅位，以至唐明皇的事情。——这两种书的构造和文章都不甚好，在社会上也不盛行；最盛行，而且最有势力的，是《三国演义》和《水浒传》。

一、《三国演义》 讲三国底事情的，也并不自罗贯中起始，宋时里巷中说古话者，有"说三分"，就讲的是三国故事。苏东坡也说："王彭尝云：'途巷中小儿……坐听说古话，至说三国事，闻刘玄德败，频蹙眉，有出涕者；闻曹操败，即喜唱快。以是知君子小人之泽，百世不斩。'"可见在罗贯中以前，就有《三国演义》这一类的书了。因为三国底事情，不像五代那样纷乱；又不像楚汉那样简单；恰是不简不繁，适于作小说。而且三国时底英雄，智术武勇，非常动人，所以人都喜欢取来做小说底材料。再有裴松之注《三国志》，甚为详细，也足以引起人之注意三国的事情。至罗贯中之《三国演义》是否出于创作，还是继承，现在固不敢草草断定；但明嘉靖时本题有"晋平阳侯陈寿史传，明罗本编次"之说，则可见是直接以陈寿的《三国志》为蓝本的。但是现在的《三国演义》却已多经后人改易，不是本来面目了。若论其书之优劣，则论者以为其缺点有览志余》二十五⑪胡应麟《少室山房笔丛》四十一）⑫，或云名贯，字贯中（明王圻《续文献通考》一百七十七），或云越人，生洪武初（周亮工《书影》），盖元明间人（约一三三〇——一四〇〇）。所著小说甚夥，明时云有数十种（《志余》），今存者《三国志演义》之外，尚有《隋唐志传》，《残唐五代史演义》，《三遂平妖传》，《水浒传》等；亦能词曲，有杂剧《龙虎风云会》（目见《元人杂剧选》）。然今所传诸小说，皆屡经后人增损，真面殆无从复见矣。

罗贯中本《三国志演义》，今得见者以明弘治甲寅（一四九四）刊本为最古，全书二十四卷，分二百四十回，题曰"晋平阳侯陈寿史传，后学罗本贯中编次"。⑬起于汉灵帝中平元年"祭天地桃园结义"，终于晋武帝太康元年"王濬计取石头城"，凡首尾九十七年（一八四——二八〇）事实，皆排比陈寿《三国志》及裴松之注，间亦仍采平话，又加推演而作之⑭；论断颇取陈裴及习凿齿孙盛语，且更盛引"史官"及"后人"诗⑮。然据旧史即难于抒写，杂虚辞复易滋混淆，故明谢肇淛（《五杂组》十五）既以为"太实则近腐"，清章学诚（《丙辰札记》）又病其"七实三虚惑乱观者"也。至于写人，亦颇有失，以致欲显刘备之长厚而似伪，状诸葛之多智而近妖；惟于关羽，特多好语，义勇之概，时时如见矣。⑯如叙羽之出身丰采及勇力云：

……阶下一人大呼出曰⑰，"小将愿往，斩华雄头献于帐下！"众视之：见其人身长九尺五寸，髯长一尺八寸，丹凤眼，卧蚕眉，面如重枣，声似巨钟，立于帐前。绍问何人。公孙瓒曰，"此刘玄德之弟关某也。"绍回见居何职。瓒曰，"跟随刘玄德充马弓手。"帐上袁术大喝曰，"汝欺吾众诸侯无大将耶？量一弓手，安敢乱言。与我乱棒打出！"曹操急止之曰，"公路息怒，此人既出大言，必有广学；试教出马，如其不胜，诛亦未迟。"……关某曰，"如不胜，请斩我三：（一）容易招人误会。因为中间所叙的事情，有七分是实的，三分是虚的；惟其实多虚少，所以人们或不免并信虚者为真。如王渔洋是有名的诗人，也是学者，而他有一个诗的题目叫"落凤坡吊庞士元"，这"落凤坡"只有《三国演义》上有，别无根据，王渔洋却被它闹昏了。（二）描写过实。写好的人，简直一点坏处都没有；而写不好的人，又是一点好处都没有。其实这在事实上是不对的，因为一个人不能事事全好，也不能事事全坏。譬如曹操他在政治上也有他的好处；而刘备，关羽等，也不能说毫无可议，但是作者并不管它，只是任主观方面写去，往往成为出乎情理之外的人。（三）文章和主意不能符合——这就是说作者所表现的和作者所想像的，不能一致。如他要写曹操的奸，而结果倒好像是豪爽多智；要写孔明之智，而结果倒像狡猾。——然而究竟它有很好的地方，像写关云长斩华雄一节，真是有声有色；写华容道上放曹操一节，则义勇之气可掬，如见其人。后来做历史小说的很多，如《开辟演义》，《东西汉演义》，《东西晋演义》，《前后唐演义》，《南北宋演义》，《清史演义》……都没有一种跟得住《三国演义》。所以人都喜欢看它；将来也仍旧能保持其相当价值的。

　　——《中国小说的历史的变迁》第四讲《宋人之"说话"及其影响》

头。"操教酾热酒一杯，与关某饮了上马。关某曰，"酒且斟下，某去便来。"出帐提刀，飞身上马。众诸侯听得寨外鼓声大震，喊声大举，如天摧地塌，岳撼山崩。众皆失惊，却欲探听。鸾铃响处，马到中军，云长提华雄之头，掷于地上；其酒尚温。……（第九回《曹操起兵伐董卓》）

又如曹操赤壁之败，孔明知操命不当尽，乃故使羽扼华容道，俾得纵之，而又故以军法相要，使立军令状而去，此叙孔明止见狡狯，而羽之气概则凛然，与元刊本平话，相去远矣[18]：

……华容道上，三停人马，一停落后，一停填了坑堑，一停跟随曹操过险峻，路稍平妥。操回顾，止有三百余骑随后，并无衣甲袍铠整齐者。……又行不到数里，操在马上加鞭大笑。众将问丞相笑者何故。操曰，"人皆言诸葛亮周瑜足智多谋，吾笑其无能为也。今此一败，吾自是欺敌之过，若使此处伏一旅之师，吾等皆束手受缚矣。"言未毕，一声炮响，两边五百校刀手摆列，当中关云长提青龙刀，跨赤兔马，截住去路。操军见了，亡魂丧胆，面面相觑，皆不能言。操在人丛中曰，"既到此处，只得决一死战。"众将曰："人纵然不怯，马力乏矣：战则必死。"程昱曰："某知云长傲上而不忍下，欺强而不凌弱，人有患难，必须救之，仁义播于天下。丞相旧日有恩在彼处，何不亲自告之，必脱此难矣。"操从其说，即时纵马向前，欠身与云长曰："将军别来无恙？"云长亦欠身答曰，"关某奉军师将令，等候丞相多时。"操曰，"曹操兵败势危，到此无路，望将军以昔日之言为重。"云长答曰，"昔日关某虽蒙丞相厚恩，某曾解白马之危以报之。今日奉命，岂敢为私乎？"操曰，"五关斩将之时，还能记否？古之人大丈夫处世，必以信义为重；将军深明《春

《英雄谱》之《三国志》插图（明崇祯间刻本，张满弓编著《古典文学版画》，
2004年河南大学出版社影印本）

秋》，岂不知庾公之斯追子濯孺子者乎？"云长闻之，低首良久不语。当时曹操引这件事，说犹未了，云长是个义重如山之人，又见曹军惶惶，皆欲垂泪，云长思起五关斩将放他之恩，如何不动心，于是把马头勒回，与众军曰，"四散摆开！"这个分明是放曹操的意。操见云长勒回马，便和众将一齐冲将过去，云长回身时，前面众将已自护送操过去了。云长大喝一声，众皆下马，哭拜于地，云长不忍杀之，正犹豫中，张辽纵马至，云长见了，亦动故旧之心，长叹一声，并皆放之。后来史官有诗曰：

> 彻胆长存义，终身思报恩，威风齐日月，名誉震乾坤，忠勇高三国，神谋陷七屯，至今千古下，军旅拜英魂。（第一百回《关云长义释曹操》）⑲

　　弘治以后，刻本甚多，即以明代而论，今尚未能详其凡几种（详见《小说月报》二十卷十号郑振铎《三国志演义的演化》）。迨清康熙时⑳，茂苑毛宗岗字序始师金人瑞改《水浒传》及《西厢记》成法，即旧本遍加改窜，自云得古本，评刻之，亦称"圣叹外书"，而一切旧本乃不复行㉑。凡所改定，就其序例可见，约举大端，则一曰改，如旧本第百五十九回㉒《废献帝曹丕篡汉》本言曹后助兄斥献帝，毛本则云助汉而斥丕。二曰增，如第百六十七回㉓《先主夜走白帝城》本不涉孙夫人，毛本则云"夫人在吴闻猇亭兵败，讹传先主死于军中，遂驱兵至江边，望西遥哭，投江而死"。三曰削，如第二百五回㉔《孔明火烧木栅寨》本有孔明烧司马懿于上方谷时，欲并烧魏延，第二百三十四回㉕《诸葛瞻大战邓艾》有艾贻书劝降，瞻览毕狐疑，其子尚诘责之，乃决死战，而毛本皆无有。其余小节，则一者整顿回目，二者修正文辞，三者削除论赞，四者增删琐事，五者改换诗文而已。㉖

　　《隋唐志传》原本未见，清康熙十四年（一六七五）长洲褚人获有改

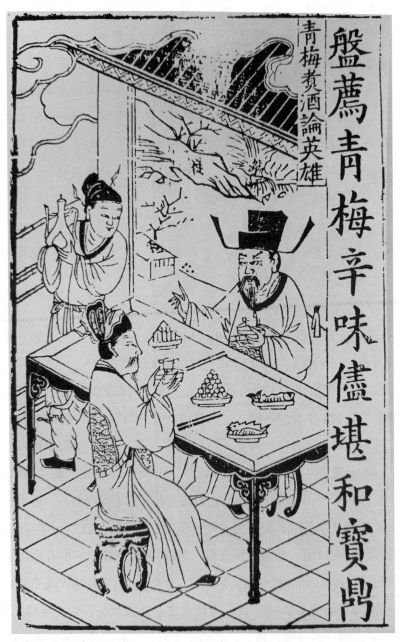

《三国演义》插图（明万历十九年金陵周日校刻本，张满弓编著《古典文学版画》，2004年河南大学出版社影印本）

订本，易名《隋唐演义》，序有云，"《隋唐志传》创自罗氏，纂辑于林氏，可谓善矣。然始于隋宫剪彩，则前多阙略，厥后补缀唐季一二事，又零星不联属，观者犹有议焉。"其概要可识矣。㉗

《隋唐演义》计一百回，以隋主伐陈开篇，次为周禅于隋，隋亡于唐，武后称尊，明皇幸蜀，杨妃缢于马嵬，既复两京，明皇退居西内，令道士求杨妃魂，得见张果，因知明皇杨妃为隋炀帝朱贵儿后身，而全书随毕。凡隋唐间英雄，如秦琼窦建德单雄信王伯当花木兰等事迹，皆于前七十回中穿插出之。其明皇杨妃再世姻缘故事，序言得之袁于令所藏《逸史》，喜其新异，因以入书㉘。此他事状，则多本正史纪传，且益以唐宋杂说，如隋事则《大业拾遗记》，《海山记》，《迷楼记》，《开河记》，唐事则《隋唐嘉话》，《明皇杂录》，《常侍言旨》，《开天传信记》，《次柳氏旧闻》，《长恨歌传》，《开元天宝遗事》及《梅妃传》，《太真外传》等，叙述多有来历，殆不亚于《三国志演义》。㉙惟其文笔，乃纯如明季时风，浮艳在肤，沉著不足，罗氏轨范，殆已荡然，且好嘲戏，而精神反萧索矣。今举一例：

……一日玄宗于昭庆宫闲坐，禄山侍坐于侧旁，见他腹垂过膝，因指着戏说道，"此儿腹大如抱瓮，不知其中藏的何所有？"禄山拱手对道，"此中并无他物，惟有赤心耳；臣愿尽此赤心，以事陛下。"玄宗闻禄山所言，心中甚喜。那知道：

人藏其心，不可测识。自谓赤心，心黑如墨！

玄宗之待安禄山，真如腹心；安禄山之对玄宗，却纯是贼心狼心狗心，乃真是负心丧心。有心之人，方切齿痛心，恨不得即剖其心，食其心；亏他还哄人说是赤心。可笑玄宗还不觉其狼子野心，却要信他是真心，好不痴心。闲话少说。且说当日玄宗与安禄山闲坐了半晌，回顾左右，问妃子何在，此时正当春深时候，天气向暖，

《三教源流搜神大全》之秦琼、尉迟恭（清宣统元年叶氏郎园影刻明本，2022年文物出版社影印本）

贵妃方在后宫坐兰汤洗浴。宫人回报玄宗说道，"妃子洗浴方完。"玄宗微笑说道："美人新浴，正如出水芙蓉。"令宫人即宣妃子来，不必更洗梳妆。少顷，杨妃来到。你道他新浴之后，怎生模样？有一曲《黄莺儿》说得好：

> 皎皎如玉，光嫩如莹，体愈香，云鬓慵整偏娇样。罗裙厌长，轻衫取凉，临风小立神驶宕。细端详：芙蓉出水，不及美人妆。（第八十三回）

《残唐五代史演义》未见，日本《内阁文库书目》云二卷六十回，题罗本撰，汤显祖批评。[30]

《北宋三遂平妖传》原本亦不可见，较先之本为四卷二十回，序云王慎修补[31]，记贝州王则以妖术变乱事。《宋史》（二百九十二《明镐传》）言则本涿州人，岁饥，流至恩州（唐为贝州），庆历七年僭号东平郡王，改元得圣，六十六日而平。小说即本此事，开篇为汴州胡浩得仙画，其妇焚之，灰绕于身，因孕，生女，曰永儿，有妖狐圣姑姑授以道法，遂能为纸人豆马。王则则贝州军排，后娶永儿，术人弹子和尚张鸾卜吉左黜皆来见，云则当王，会知州贪酷，遂以术运库中钱米买军倡乱。已而文彦博率师讨之，其时张鸾卜吉弹子和尚见则无道，皆先去，而文彦博军尚不能克。幸得弹子和尚化身诸葛遂智助文，镇伏邪法；马遂诈降击则裂其唇，使不能持咒；李遂又率掘子军作地道入城；乃擒则及永儿。奏功者三人皆名遂，故曰《三遂平妖传》也。

《平妖传》今通行本十八卷四十回[32]，有楚黄张无咎序，云是龙子犹所补。其本成于明泰昌元年（一六二〇），前加十五回，记袁公受道法于九天玄女，复为弹子和尚所盗，及妖狐圣姑姑炼法事。他五回则散入旧本各回间，多补述诸怪民道术。事迹于意造而外，亦采取他杂说，附会入之。如第二十九回叙杜七圣卖符，并呈幻术，断小儿首，覆以衾即复

［日］葛饰北斋《绘本通俗三国志》插图（日本天宝年间刊本）

续，而偶作大言，为弹子和尚所闻，遂摄小儿生魂，入面店覆楪子下，杜七圣咒之再三，儿竟不起。

　　杜七圣慌了，看着那看的人道，"众位看官在上，道路虽然各别，养家总是一般，只因家火相逼。适间言语不到处，望看官们恕罪则个。这番教我接了头，下来吃杯酒，四海之内，皆相识也。"杜七圣伏罪道，"是我不是了，这番接上了。"只顾口中念咒，揭起卧单看时，又接不上。杜七圣焦躁道，"你教我孩儿接不上头，我又求告你再三，认自己的不是，要你恕饶，你却直恁的无理。"便去后面笼儿内取出一个纸包儿来，就打开，撮出一颗葫芦子，去那地上，把土来掘松了，把那颗葫芦子埋在地下，口中念念有词，喷上一口水，喝声"疾！"可霎作怪：只见地下生出一条藤儿来，渐渐的长大，便生枝叶，然后开花，便见花谢，结一个小葫芦儿。一伙人见了，都喝采道，"好！"杜七圣把那葫芦儿摘下来，左手提着葫芦儿，右手拿着刀，道，"你先不近道理，收了我孩儿的魂魄，教我接不上头，你也休想在世上活了！"向着葫芦儿，拦腰一刀，剁下半个葫芦儿来。却说那和尚在楼上，拿起面来却待要吃；只见那和尚的头从腔子上骨碌碌滚将下来。一楼上吃面的人都吃一惊，小胆的丢了面跑下楼去了，大胆的立住了脚看。只见那和尚慌忙放下碗和箸，起身去那楼板上摸，一摸摸着了头，双手捉住两只耳朵，掇那头安在腔子上，安得端正，把手去摸一摸。和尚道："我只顾吃面，忘还了他的儿子魂魄，"伸手去揭起楪儿来。这里却好揭得起楪儿，那里杜七圣的孩儿早跳起来；看的人发声喊。杜七圣道，"我从来行这家法术，今日撞着师父了。"……（第二十九回下《杜七圣狠行续头法》）

此盖相传旧话，尉迟偓（《中朝故事》）云在唐咸通中，谢肇淛（《五杂组》六）又以为明嘉靖隆庆间事③，惟术人无姓名，僧亦死，是书略改用之。马遂击贼被杀则当时事实，宋郑獬有《马遂传》。

注释：

①《中国小说史略》"油印本"作："元明传来之历史演义　小说史大略十一"。"铅印本"作："第十四篇　明之讲史"。自"订正本"作："第十四篇　元明传来之讲史（上）"。

②《鲁迅增田涉师弟答问集》：元代纷争迭起，一切文化沦丧殆尽。"说话"不繁荣是可想而知的。

③《中国小说史略》"铅印本"之"第十三篇　元明传来之讲史"作：宋之说话人，于小说讲史皆多高手（名见《梦粱录》及《武林旧事》），而不闻有着作，其以讲史著称后世者，盖莫过于元之施耐庵。耐庵，钱唐人（明高儒《百川书志》六），著《水浒传》，有一小说序云"尝入市肆细阅故书，于散楮中得宋张叔夜禽贼招语一通，备悉其一百八人所由起，因润饰成此编。"而名及事迹皆不可考（序言见胡应麟《笔丛》四十一，然难信，又云"施某事见田叔禾《西湖志余》"，而实无有，乃误记也。）或者实无其人。又有罗本字贯中，亦钱唐人（明郎瑛《七修类稿》二十二田汝成《西湖游览志余》四十五及《笔丛》），或云耐庵门人（亦《笔丛》说），或云名贯（明王圻《续文献通考》），或云越人，生洪武初（周亮工《书影》一）。疑实生于元，至明初犹在（约一三三〇——一四〇〇）。其所著小说尤夥，明时云有数十种（《志余》），今存者有《三国志演义》，《隋唐志传》及《三遂平妖传》；亦能词曲，有杂剧《龙虎风云会》（目见《元人杂剧选》）。然今所传《水浒》，《三国》等书，皆屡经后人增损，施罗真面，殆已无从复见矣。自"订正本"改。

④《中国小说史略》"铅印本"之"第十四篇　明之讲史"作：明代所传罗贯中小说至数十种，虑亦当有依托者，然不可考，现存三种中，则大抵文词已多改易，徒存

贯中之名而已，其最著称者为《三国志通俗演义》。自"订正本"改。

⑤《中国小说史略》"铅印本"之"第十四篇　明之讲史"作：三国时多英雄。自"订正本"改。

⑥《中国小说史略》"铅印本"之"第十四篇　明之讲史"作：宋时，里巷间有说古话者，其中即含三国故事，东坡（《志林》六）所谓。自"订正本"改。

⑦《中国小说史略》"铅印本"之"第十四篇　明之讲史"作：者是也。自"订正本"删。

⑧《中国小说史略》"油印本"之"元明传来之历史演义　小说史大略十一"作：三国时多英雄，勇力智计，奇伟动人，而较之春秋战国，易寻端绪，故尤宜于讲说。唐时，已有说三国者，见前篇。至宋，则"说三分"为徽宗时都下伎艺之一科（孟元老《东京梦华录》），风行民间。亦用以悦小儿，东坡所谓"王彭尝云，途巷中小儿薄劣，其家所厌苦，辄与钱，令聚坐听说古话，至说《三国》事，闻刘玄德败，频蹙眉，有出涕者；闻曹操败，即喜唱快。以是知君子小人之泽，百世不斩"（《志林》卷六）者。在金元曲目中，亦有《赤壁鏖兵》，《诸葛亮秋风五丈原》，《隔江斗智》，《连环计》等，而今日所扮演者尤多，其为世所乐道可知也。自"铅印本"改。

⑨《中国小说史略》"油印本"之"元明传来之历史演义　小说史大略十一"作：宋人杂剧中，其一科为讲史。至于元明话本，盖尚有存者，又经润色，流行民间。郎瑛说："罗贯字本中，杭州人，编撰小说数十种。"今行世之《三国》，《水浒》，《隋唐》诸演义，尚云罗氏作，盖当时小说名手，而是否亦长讲演，则不可考。贯，或云名本，字贯中（王圻《续文献通考》）；或云越人，生洪武初（周亮工《书影》），为施耐庵门人（胡应麟《庄岳委谈》），大约生于元，至明尚存者也。自"铅印本"改。

⑩《中国小说史略》原文误作：二十二。

⑪《中国小说史略》原文误作：四十五。

《小说旧闻钞》：

罗贯中子孙三代皆哑之说，始见于此。王圻《续文献通考》所谓"说者"，殆即指田叔禾。

余所见《续文献通考》，为北京大学图书馆藏本，有三世子弟皆哑等语，是《续通考》刻本非一,且文亦详略不同也。

⑫《中国小说史略》"铅印本"之"第十三篇　元明传来之讲史"作:又有罗本字贯中,亦钱唐人(明郎瑛《七修类稿》二十二田汝成《西湖游览志余》四十五及《笔丛》)。自"订正本"改。

⑬《中国小说史略》"铅印本"之"第十四篇　明之讲史"作:然宋元之三国话本,今俱不传,能见者要以罗氏本为最古,惟亦莫辨其出于模拟,抑又有所师承。全书一百二十回,回分上下,得二百四十卷。明嘉靖时本题曰"晋平阳侯陈寿史传,明罗本贯中编次"(《百川书志》六)。自"订正本"改。

⑭《中国小说史略》"铅印本"之"第十四篇　明之讲史"作:间采稗史,且又杂以臆说作之。自"订正本"改。

⑮《中国小说史略》"铅印本"之"第十四篇　明之讲史"作:引诗则多为胡曾与周静轩。自"订正本"改。

⑯《中国小说史略》"油印本"之"元明传来之历史演义　小说史大略十一"作:《三国演义》百二十回,起自汉三杰桃园结义,而终以孙皓之降。排比陈寿《三国志》与裴松之注,间采稗史,而文杂以臆说。以旧史为本据,则难于抒写,偶杂以虚造,则易滋混淆,故谢肇淛病其"太实而近腐"(《五杂组》),章学诚訾其"七实三虚,惑乱观者"(《丙辰札记》)也。而况描写贤奸,颇失分际,以致玄德似伪,孔明近诈,而奸雄孟德,反多率真而近情,胡应麟以为"绝浅鄙可嗤",固非溢恶之论矣。自"铅印本"改。

⑰《中国小说史略》"铅印本"之"第十四篇　明之讲史"作:忽阶下一人大呼出曰。自"订正本"改。

⑱《中国小说史略》"铅印本"之"第十四篇　明之讲史"作:而羽之气概则凛然。自"订正本"改。

⑲《且介亭杂文二集·在现代中国的孔夫子》:说到乱臣贼子,大概以为是曹操,但那并非圣人所教,却是写了小说和剧本的无名作家所教的。

《而已集·魏晋风度及文章与药及酒之关系》:汉末魏初这个时代是很重要的时代,在文学方面起一个重大的变化,因当时正在黄巾和董卓大乱之后,而且又是党锢的纠纷之后,这时曹操出来了。——不过我们讲到曹操,很容易就联想起《三国志演义》,更而想起戏台上那一位花面的奸臣,但这不是观察曹操的真正方法。现在我们再看历史,在历史上的记载和论断有时也是极靠不住的,不能相信的地方很多,因为通常我们晓得,某朝的年代长一点,其中必定好人多;某朝的年代短一点,其中差不多没有好人。为什么呢？因为年代长了,做史的是本朝人,当然恭维本朝的人物,年代短了,做史的是别朝人,便很自由地贬斥其异朝的人物,所以在秦朝,差不多在史的记载上半个好人也没有。曹操在史上年代也是颇短的,自然也逃不了被后一朝人说坏话的公例。其实,曹操是一个很有本事的人,至少是一个英雄,我虽不是曹操一党,但无论如何,总是非常佩服他。

⑳《中国小说史略》"铅印本"之"第十四篇　明之讲史"作:清初。"初版本"作:清康熙时。自"订正本"改。

㉑《中国小说史略》"铅印本"之"第十四篇　明之讲史"作:而旧本乃不复行。自"订正本"改。

㉒《中国小说史略》"铅印本"之"第十四篇　明之讲史"作:如旧本第八十回上。自"订正本"改。

㉓《中国小说史略》"铅印本"之"第十四篇　明之讲史"作:如第八十四回上。自"订正本"改。

㉔《中国小说史略》"铅印本"之"第十四篇　明之讲史"作:如第百三回上。自"订正本"改。

㉕《中国小说史略》"铅印本"之"第十四篇　明之讲史"作:第百十七回下。自"订正本"改。

㉖《中国小说史略》"油印本"之"元明传来之历史演义　小说史大略十一"作:然宋元之三国话本,今已不传,明刊一本,相传即出罗贯中手,体例如话本,然亦无由测其有所传受,抑出于模拟也。清毛宗岗改订之,是为今通行本,而古本反不传。但就其凡例,尚足见两本违异大略,其所谓俗本者实原本,谓古本者实改本,倒置事实,盖以圣叹之改《水浒》为师资。至于润色之处,则一者修正文词,二者整饬回目,三者增删琐事,四者改易诗文,如是而已。自"铅印本"改。

㉗《中国小说史略》"油印本"之"元明传来之历史演义　小说史大略十一"作：又有《隋唐演义》者，据褚人获序亦云贯中旧本。其书多取宋人所作《海山》，《迷楼》，《开河》三记及唐人杂说，间杂以无稽之谈，与《三国演义》同。今褚本分为二书，名上半部曰《隋炀艳史》。自"铅印本"改。

㉘《中国小说史略》"铅印本"之"第十四篇　明之讲史"作：以其"新异可喜"，因取入之。自"初版本"改。

㉙《小说旧闻钞》：《迷楼》，《海山》，《开河》三记，皆不知何人作，明人始妄以韩偓当之；《梅妃传》亦本无撰人名，题曹邺者，乃《顾氏文房小说》本，《唐人说荟》仍之，梁氏盖甚为此等坊本所误。

㉚该段文字自"订正本"增。

㉛《中国小说史略》"铅印本"之"第十四篇　明之讲史"作：《北宋三遂平妖传》二十回。自"订正本"改。

㉜《中国小说史略》"铅印本"之"第十四篇　明之讲史"作：今本四十回。"初版本"作：《平妖传》今十八卷四十回。自"订正本"改。

㉝《中国小说史略》"铅印本"之"第十四篇　明之讲史"作：此乃明嘉靖隆庆间事，见《五杂组》(六)。自"合订本"改。

第十五篇　元明传来之讲史（下）①

施耐庵与罗贯中。《水浒传》之四本：一百十五回本，一百回本，一百二十回本，七十回本。《荡平四大寇传》。明陈忱《后水浒传》及清俞万春《结水浒传》。明之自开辟至两宋史事平话。清之统叙及订补。

〔明〕杜堇《水浒全图》之宋江、戴宗（清光绪六年粤东臧修堂刻本，2019年文物出版社影印本）

②《水浒》故事亦为南宋以来流行之传说，宋江亦实有其人。《宋史》（二十二）载徽宗宣和三年"淮南盗宋江等犯淮阳军，遣将讨捕，又犯京东，江北，入楚海州界，命知州张叔夜招降之"。降后之事，则史无文，而稗史乃云"收方腊有功，封节度使"（见十三篇）③。然擒方腊者盖韩世忠（《宋史》本传），于宋江辈无与，惟《侯蒙传》（《宋史》三百五十一）又云，"宋江寇京东，蒙上书，言宋江以三十六人横行齐魏，官军数万，无敢抗者，不若赦江，使讨方腊以自赎。"似即稗史所本。顾当时虽有此议，而实未行，江等且竟见杀。洪迈《夷坚乙志》（六）言，"宣和七年，户部侍郎蔡居厚罢，知青州，以病不赴，归金陵，疽发于背，卒。未几，其所亲王生亡而复醒，见蔡受冥谴，嘱生归告其妻，云'今只是理会郓州事'。夫人恸哭曰，'侍郎去年帅郓时，有梁山泺贼五百人受降，既而悉诛之，吾屡谏，不听也。……'"《乙志》成于乾道二年，去宣和六年不过四十余年，耳目甚近，冥谴固小说家言，杀降则不容虚造，山泺健儿终局，盖如是而已。④

然宋江等啸聚梁山泺时，其势实甚盛，《宋史》（三百五十三）亦云"转略十郡，官军莫敢撄其锋"。⑤于是自有奇闻异说，生于民间，辗转繁变，以成故事，复经好事者掇拾粉饰，而文籍以出。⑥宋遗民龚圣与作《宋江三十六人赞》⑦，自序已云"宋江事见于街谈巷语，不足采著，虽

二、《水浒传》 《水浒传》是叙宋江等的事情，也不自罗贯中起始；因为宋江是实有其人的，为盗亦是事实，关于他的事情，从南宋以来就成社会上的传说。宋元间有高如，李嵩等，即以水浒故事作小说；宋遗民龚圣与又作《宋江三十六人赞》；又《宣和遗事》上也有讲"宋江擒方腊有功，封节度使"等说话，可见这种故事，早已传播人口，或早有种种简略的书本，也未可知。到后来，罗贯中荟萃诸说或小本《水浒》故事，而取舍之，便成了大部的《水浒传》。但原本之《水浒传》，现在已不可得，所通行的《水浒传》有两类：一类是七十回的；一类是多于七十回的。多于七十回的一类是先叙洪太尉误走妖魔，而次以百八人渐聚梁山泊，打家劫舍，后来受招安，用以破辽，平田虎，王庆，擒方腊，立了大功。最后朝廷疑忌，宋江服毒而死，终成神明。其中招安之说，乃是宋末到元初的思想，因为当时社会扰乱，官兵压制平民，民之和平者忍受之，不和平者便分离而为盗。盗一面与官兵抗，官兵不胜，一面则掳掠人民，民间自然亦时受其骚扰；但一到外寇进来，官兵又不能抵抗的时候，人民因为仇视外族，便想用较胜于官兵的盗来抵抗他，所以盗又为当时所称道了。至于宋江服毒的一层，乃明初加入的，明太祖统一天下之后，疑忌功臣，横行杀戮，善终的很不多，人民为对于被害之功臣表同情起见，就加上宋江服毒成神之事去。——这也就是事实上缺陷者，小说使他团圆的老例。

——《中国小说的历史的变迁》第四讲《宋人之"说话"及其影响》

有高如李嵩辈传写，士大夫亦不见黜"（周密《癸辛杂识》续集上）。今高李所作虽散失，然足见宋末已有传写之书。《宣和遗事》由钞撮旧籍而成，故前集中之梁山泺聚义始末，或亦为当时所传写者之一种，其节目如下：⑧

　　杨志等押花石纲阻雪违限　杨志途贫卖刀杀人刺配卫州　孙立等夺杨志往太行山落草　石碣村晁盖伙劫生辰纲　宋江通信晁盖等脱逃　宋江杀阎婆惜题诗于壁　宋江得天书有三十六将姓名　宋江奔梁山泺寻晁盖　宋江三十六将共反　宋江朝东岳赛还心愿　张叔夜招宋江三十六将降　宋江收方腊有功封节度使

　　惟《宣和遗事》所载，与龚圣与赞已颇不同：赞之三十六人中有宋江，而《遗事》在外；《遗事》之吴加亮李进义李海阮进关必胜王雄张青张岑，赞则作吴学究卢进义李俊阮小二关胜杨雄张清张横；诨名亦偶异。又元人杂剧亦屡取水浒故事为资材，宋江燕青李逵尤数见，性格每与在今本《水浒传》中者差违，但于宋江之仁义长厚无异词，而陈泰（茶陵人，元延祐乙卯进士）记所闻于篙师者，则云"宋之为人勇悍狂侠"（《所安遗集补遗》《江南曲序》），与他书又正反。意者此种故事，当时载在人口者必甚多，虽或已有种种书本，而失之简略，或多舛迕，于是又复有人起而荟萃取舍之，缀为巨袟，使较有条理，可观览，是为后来之大部《水浒传》。其缀集者，或曰罗贯中（王圻田汝成⑨郎瑛说），或曰施耐庵（胡应麟说），或曰施作罗编（李贽说），或曰施作罗续（金人瑞说）。⑩

　　原本《水浒传》今不可得，周亮工（《书影》一）云"故老传闻，罗氏为《水浒传》一百回，各以妖异语引其首，嘉靖时郭武定重刻其书，削其致语，独存本传"。所削者盖即"灯花婆婆等事"（《水浒传全书》

〔明〕陈洪绶《水浒叶子》之玉麒麟卢俊义（明崇祯间刻本，张满弓编著《古典文学版画》，2004年河南大学出版社影印本）

发凡），本亦宋人单篇词话（《也是园书目》十），而罗氏袭用之，其他不可考。

现存之《水浒传》则所知者有六本，而最要者四：[11]

一曰一百十五回本《忠义水浒传》。前署"东原罗贯中编辑"，明崇祯末与《三国演义》合刻为《英雄谱》，单行本未见。其书始于洪太尉之误走妖魔，而次以百八人渐聚山泊，已而受招安，破辽，平田虎王庆方腊，于是智深坐化于六和，宋江服毒而自尽，累显灵应，终为神明。惟文词蹇拙，体制纷纭，中间诗歌，亦多鄙俗，甚似草创初就，未加润色者，虽非原本，盖近之矣。[12]其记林冲以忤高俅断配沧州，看守大军草场，于大雪中出危屋觅酒云：

> ……却说林冲安下行李，看那四下里都崩坏了，自思曰，"这屋如何过得一冬，待雪晴了叫泥水匠来修理。"在土炕边向了一回火，觉得身上寒冷，寻思"却才老军说（五里路外有市井），何不去沽些酒来吃？"便把花枪挑了酒葫芦出来，信步投东，不上半里路，看见一所古庙，林冲拜曰，"愿神明保祐，改日来烧纸。"却又行一里，见一簇店家，林冲径到店里。店家曰，"客人那里来？"林冲曰，"你不认得这个葫芦？"店家曰，"这是草场老军的。既是大哥来此，请坐，先待一席以作接风之礼。"林冲吃了一回，却买一腿牛肉，一葫芦酒，把花枪挑了便回，已晚，奔到草场看时，只叫得苦。原来天理昭然，庇护忠臣义士，这场大雪，救了林冲性命：那两间草厅，已被雪压倒了。……（第九回《豹子头刺陆谦富安》）

又有一百十回之《忠义水浒传》，亦《英雄谱》本，"内容与百十五回本略同"（《胡适文存》三）。别有一百二十四回之《水浒传》，文词脱略，往往难读，亦此类。

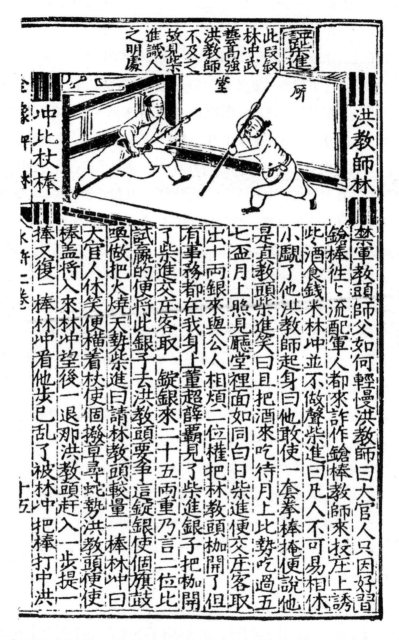

《水浒志传评林》书影（明万历二十二年福建书林双峰堂余象斗刻本，张满弓编著《古典文学版画》，2004年河南大学出版社影印本）

　　二曰一百回本《忠义水浒传》。前署"钱塘施耐庵的本，罗贯中编次"（《百川书志》六）。即明嘉靖时武定侯郭勋家所传之本，"前有汪太函序，托名天都外臣者"（《野获编》五）。今未见。别有本亦一百回，有李贽序及批点，殆即出郭氏本，而改题为"施耐庵集撰，罗贯中纂修"。然今亦难得，惟日本尚有享保戊申（一七二八）翻刻之前十回及宝历九年（一七五九）续翻之十一至二十回，亦始于误走妖魔而继以鲁达林冲事迹，与百十五回本同；第五回于鲁达有"直教名驰塞北三千里，证果江南第一州"之语，即指六和坐化故事，则结束当亦无异[13]。惟于文辞，乃大有增删，几乎改观，除去恶诗，增益骈语；描写亦愈入细微，如述林冲雪中行沽一节，即多于百十五回本者至一倍余：

　　……只说林冲就床上放了包裹被卧，就坐下生些焰火起来，屋边有一堆柴炭，拿几块来生在地炉里；仰面看那草屋时，四下里崩坏了，又被朔风吹撼摇振得动。林冲道，"这屋如何过得一冬，待雪晴了，去城中唤个泥水匠来修理。"向了一回火，觉得身上寒冷，寻思"却才老军所说五里路外有那市井，何不去沽些酒来吃？"便去包里取些碎银子，把花枪挑了酒葫芦，将火炭盖了，取毡笠子戴上，拿了钥匙出来，把草厅门拽上，出到大门首，把两扇草场门反拽上，锁了，带了钥匙，信步投东，雪地里踏着碎琼乱玉，迤逦背着北风而行，——那雪正下得紧。行不上半里多路，看见一所古庙，林冲顶礼道，"神明庇佑，改日来烧钱纸。"又行了一回，望见一簇人家，林冲住脚看时，见篱笆中挑着一个草帚儿在露天里。林冲径到店里；主人道，"客人那里来？"林冲道，"你认得这个葫芦么？"主人看了，道，"这葫芦是草料场老军的。"林冲道，"如何？便认的。"店主道，"既是草料场看守大哥，且请少坐，天气寒冷，且酌三杯权当接风。"店家切一盘熟牛肉，烫一壶热酒，请林冲。又自买了些牛肉，又吃了

《英雄谱》之《水浒传》插图（明崇祯间刻本，张满弓编著《古典文学版画》，2004年河南大学出版社影印本）

数杯，就又买了一葫芦酒，包了那两块牛肉，留下些碎银子，把花
枪挑了酒葫芦，怀内揣了牛肉，叫声"相扰"，便出篱笆门，依旧迎
着朔风回来。看那雪，到晚越下的紧了。古时有个书生，做了一个
词，单题那贫苦的恨雪：

　　　广莫严风刮地，这雪儿下的正好，拈絮挦绵，裁几片大如
　　栲栳，见林间竹屋茅茨，争些儿被他压倒。富室豪家，却道是
　　"压瘴犹嫌少"，向的是兽炭红炉，穿的是棉衣絮袄，手拈梅花，
　　唱道"国家祥瑞"，不念贫民些小。高卧有幽人，吟咏多诗草。

　　　再说林冲踏着那瑞雪，迎着北风，飞也似奔到草场门口，开了
　　锁，入内看时，只叫得苦。原来天理昭然，佑护善人义士，因这场
　　大雪，救了林冲的性命：那两间草厅，已被雪压倒了。……（第十
　　回《林教头风雪山神庙》）

三曰一百二十回本《忠义水浒全书》。亦题"施耐庵集撰，罗贯中纂
修"，与李贽序百回本同。首有楚人杨定见序，自云事李卓吾，因袁无涯
之请而刻此传；次发凡十条，次为《宣和遗事》中之梁山泺本末及百八
人籍贯出身。全书自首至受招安，事略全同百十五回本，破辽小异，且
少诗词，平田虎王庆则并事略亦异，而收方腊又悉同。文词与百回本几
无别，特于字句稍有更定，如百回本中"林冲道，'如何？便认的。'"
此则作"林冲道，'原来如此。'"诗词又较多，则为刊时增入，故发凡
云，"旧本去诗词之烦芜，一虑事绪之断，一虑眼路之迷，颇直截清明，
第有得此以形容人态，颇挫文情者，又未可尽除，兹复为增定，或撺原
本而进所有，或逆古意而益所无，惟周劝惩，兼善戏谑"也。亦有李贽
评，与百回本不同，而两皆弇陋，盖即叶昼辈所伪托（详见《书影》
一）。⑭

发凡又云，"古本有罗氏致语，相传灯花婆婆等事，既不可复见，乃

347

《水浒传》有许多人以为是施耐庵做的。因为多于七十回的《水浒传》就有繁的和简的两类，其中一类繁本的作者，题着施耐庵。然而这施耐庵恐怕倒是后来演为繁本者的托名，其实生在罗贯中之后。后人看见繁本题耐庵作，以为简本倒是节本，便将耐庵看作更古的人，排在贯中以前去了。到清初，金圣叹又说《水浒传》到"招安"为止是好的，以后便很坏；又自称得着古本，定"招安"为止是耐庵作，以后是罗贯中所续，加以痛骂。于是他把"招安"以后都删了去，只存下前七十回——这便是现在的通行本。他大概并没有什么古本，只是凭了自己的意见删去的，古本云云，无非是一种"托古"的手段罢了。但文章之前后有些参差，却确如圣叹所说，然而我在前边说过：《水浒传》见集合许多口传，或小本《水浒》故事而成的，所以当然有不能一律处。况且描写事业成功以后的文章，要比描写正做强盗时难些，一大部书，结末不振，是多有的事，也不能就此便断定是罗贯中所续作。至于金圣叹为什么要删"招安"以后的文章呢？这大概也就是受了当时社会环境底影响。胡适之先生说："圣叹生于流贼遍天下的时代，眼见张献忠，李自成一般强盗流毒全国，故他觉强盗是不应该提倡的，是应该口诛笔伐的。"这话很是。就是圣叹以为用强盗来平外寇，是靠不住的，所以他不愿听宋江立功的谣言。

——《中国小说的历史的变迁》第四讲《宋人之"说话"及其影响》

后人有因'四大寇'之拘而酌损之者，有嫌一百二十回之繁而淘汰之者，皆失。郭武定本即旧本移置阎婆事，甚善，其于寇中去王田而加辽国，犹是小家照应之法，不知大手笔者正不尔尔。"是知《水浒》有古本百回，当时"既不可复见"；又有旧本，似百二十回，中有"四大寇"，盖谓王田方及宋江，即柴进见于白屏风上御书者（见百十五回本之六十七回及《水浒全书》七十二回）。郭氏本始破其拘，削王田而加辽国，成百回；《水浒全书》又增王田，仍存辽国，复为百廿回，而宋江乃始退居于四寇之外。然《宣和遗事》所谓"三路之寇"者，实指攻夺淮阳京西河北三路强人，皆宋江属，不知何人误读，遂以王庆田虎辈当之。然破辽故事虑亦非始作于明，宋代外敌凭陵，国政弛废，转思草泽，盖亦人情，故或造野语以自慰，复多异说，不能合符，于是后之小说，既以取舍不同而纷歧，所取者又以话本非一而违异，田虎王庆在百回本与百十七回本名同而文迥别，殆亦由此而已。惟其后讨平方腊，则各本悉同，因疑在郭本所据旧本之前，当又有别本，即以平方腊接招安之后，如《宣和遗事》所记者，于事理始为密合，然而证信尚缺，未能定也。

总上五本观之，知现存之《水浒传》实有两种，其一简略，其一繁缛。胡应麟（《笔丛》四十一）云，"余二十年前所见《水浒传》本尚极足寻味，十数载来，为闽中坊贾刊落，止录事实，中间游词余韵神情寄寓处一概删之，遂既不堪覆瓿，复数十年，无原本印证，此书将永废。"应麟所见本，今莫知如何，若百十五回简本，则成就殆当先于繁本，以其用字造句，与繁本每有差违，倘是删存，无烦改作也。又简本撰人，止题罗贯中，周亮工闻于故老者亦第云罗氏，比郭氏本出，始着耐庵，因疑施乃演为繁本者之托名，当是后起，非古本所有[15]。后人见繁本题施作罗编，未及悟其依托，遂或意为敷衍，定耐庵与贯中同籍，为钱塘人（明高儒《百川书志》六），且是其师。胡应麟（《笔丛》四十一）亦信所见《水浒传》小序，谓耐庵"尝入市肆细阅故书，于敝楮中得宋张叔

〔明〕金圣叹批本《水浒传》书影（明崇祯十四年金阊贯华堂刻本）

夜禽贼招语一通，备悉其一百八人所由起，因润饰成此编"。且云"施某事见田叔禾《西湖志余》"，而《志余》中实无有，盖误记也。[16]近吴梅著《顾曲麈谈》，云"《幽闺记》为施君美作。君美，名惠，即作《水浒传》之耐庵居士也。"[17]案惠亦杭州人，然其为耐庵居士，则不知本于何书，故亦未可轻信矣。[18]

四曰七十回本《水浒传》。正传七十回楔子一回，实七十一回，有原序一篇，题"东都施耐庵撰"，为金人瑞字圣叹所传，自云得古本，止七十回，于宋江受天书之后，即以卢俊义梦全伙被缚于嵇叔夜终，而指招安以下为罗贯中续成，斥曰"恶札"。其书与百二十回本之前七十回无甚异，惟刊去骈语特多，百廿回本发凡有"旧本去诗词之繁累"语，颇似圣叹真得古本，然文中有因删去诗词，而语气遂稍参差者，则所据殆仍是百回本耳。周亮工（《书影》一）记《水浒传》云，"近金圣叹自七十回之后，断为罗所续，因极口诋罗，复伪为施序于前，此书遂为施有矣。"二人生同时，其说当可信。[19]惟字句亦小有佳处，如第五回叙鲁智深诘责瓦官寺僧一节云[20]：

> ……智深走到面前，那和尚吃了一惊，跳起身来，便道，"请师兄坐，同吃一盏。"智深提着禅杖道，"你这两个，如何把寺来废了？"那和尚便道，"师兄请坐，听小僧……"智深睁着眼道，"你说你说："" ……说：在先敝寺，十分好个去处，田庄又广，僧众极多，只被廊下那几个老和尚吃酒撒泼，将钱养女，长老禁约他们不得，又把长老排告了出去，因此把寺来都废了。……"

圣叹于"听小僧……"下注云"其语未毕"，于"……说"下又多所申释，而终以"章法奇绝从古未有"誉之，疑此等"奇绝"，正圣叹所为，其批改《西厢记》亦如此。此文在百回本，为"那和尚便道，'师兄

鲁迅《采录小说史材料书目》手稿（北京鲁迅博物馆、上海鲁迅纪念馆编《鲁迅辑校古籍手稿》，1991年上海古籍出版社影印本）

　　但到明亡之后，外族势力全盛了，几个遗民抱亡国之痛，便把流寇之痛苦忘却，又与强盗表起同情来。如明遗民陈忱，就托名雁宕山樵作了一部《后水浒传》。他说：宋江死了以后，余下的同志，尚为宋御金，后无功，李俊率众浮海到暹罗做了国王。——这就是因为国家为外族所据，转而与强盗又表同情的意思。可是到后来事过情迁，连种族之感都又忘掉了，于是道光年间就有俞万春作《结水浒传》，说山寇宋江等，一个个皆为官兵所杀。他的文章，是漂亮的，描写也不坏，但思想实在未免煞风景。

　　——《中国小说的历史的变迁》第四讲《宋人之"说话"及其影响》

请坐，听小僧说。'智深睁着眼道，'你说你说！'那和尚道，'在先敝寺，十分好个去处，田庄广有，僧众极多……'"云云，在百十五回本，则并无智深睁眼之文，但云"那和尚曰，'师兄听小僧说：在先敝寺，田庄广有，僧众也多……'"而已。⑪

至于刊落之由，什九常因于世变，胡适（《文存》三）说，"圣叹生在流贼遍天下的时代，眼见张献忠李自成一班强盗流毒全国，故他觉得强盗是不能提倡的，是应该口诛笔伐的。"㉒故至清，则世异情迁，遂复有以为"虽始行不端，而能翻然悔悟，改弦易辙，以善其修，斯其意固可嘉，而其功诚不可泯"者，截取百十五回本之六十七回至结末，称《后水浒》，一名《荡平四大寇传》，附刊七十回之后以行矣。其卷首有乾隆壬子（一七九二）赏心居士序。㉓

清初，有《后水浒传》四十回，云是"古宋遗民著，雁宕山樵评"，盖以续百回本。其书言宋江既死，余人尚为宋御金，然无功，李俊遂率众浮海，王于暹罗，结末颇似杜光庭之《虬髯传》。古宋遗民者，本书卷首《论略》云"不知何许人，以时考之，当去施罗未远，或与之同时，不相为下，亦未可知"。然实乃陈忱之托名；忱字遐心，浙江乌程人㉔，生平著作并佚，惟此书存，为明末遗民（《两浙辀轩录》补遗一《光绪嘉兴府志》五十三）㉕，故虽游戏之作，亦见避地之意矣。㉖然至道光中，有山阴俞万春作《结水浒传》七十回，结子一回，亦名《荡寇志》，则立意正相反，使山泊首领，非死即诛，专明"当年宋江并没有受招安平方腊的话，只有被张叔夜擒拿正法一句话"，以结七十回本。俞万春字仲华，别号忽来道人，尝随其父宦粤。瑶民之变，从征有功议叙，后行医于杭州，晚年乃奉道释，道光己酉（一八四九）卒。《荡寇志》之作，始于丙戌而迄于丁未，首尾凡二十二年，"未遑修饰而殁"㉗，咸丰元年（一八五一），其子龙光始修润而刻之（本书识语）。书中造事行文，有时几欲摩前传之垒，采录景象，亦颇有施罗所未试者，在纠缠旧作之同类

《荡寇志》插图（清咸丰七年刻本，北京大学图书馆藏）

小说中，盖差为佼佼者矣㉘。㉙

此外讲史之属，为数尚多。明已有荒古虞夏（周游《开辟演义》锺惺《开辟唐虞传》及《有夏志传》）㉚，东西周（《东周列国志》，《西周志》，《四友传》），两汉（袁宏道评《两汉演义传》㉛），两晋（《西晋演义》，《东晋演义》），唐（熊锺谷《唐书演义》），宋（尺蠖斋评释《两宋志传》）㉜诸史事平话，清以来亦不绝，且或总揽全史（《二十四史通俗演义》），或订补旧文（两汉两晋隋唐等），然大抵效《三国志演义》而不及，虽其上者，亦复拘牵史实，袭用陈言，故既拙于措辞，又颇惮于叙事，蔡奡《东周列国志读法》云，"若说是正经书，却毕竟是小说样子，……但要说他是小说，他却件件从经传上来。"本以美之，而讲史之病亦在此。

至于叙一时故事而特置重于一人或数人者，据《梦粱录》（二十）讲史条下云，"有王六大夫，于咸淳年间敷衍《复华篇》及《中兴名将传》，听者纷纷。"则亦当隶于讲史。《水浒传》即其一，后出者尤夥。较显者有《皇明英烈传》一名《云合奇踪》，武定侯郭勋家所传，记明开国武烈，而特扬其先祖郭英之功；后有《真英烈传》，则反其事而詈之。有《宋武穆王演义》，熊大本编，有《岳王传演义》，余应鳌编，又有《精忠全传》，邹元标编，皆记宋岳飞功绩及冤狱㉝；后有《说岳全传》，则就其事而演之。清有《女仙外史》，作者吕熊（刘廷玑《在园杂志》云），述青州唐赛儿之乱㉞；有《梼杌闲评》，无作者名，记魏忠贤客氏之恶。其于武勇，则有叙唐之薛家（《征东征西全传》），宋之杨家（《杨家将全传》）及狄青辈（《五虎平西平南传》）者，文意并拙，然盛行于里巷间。其他托名故实，而借以腾谤报怨之作亦多，今不复道。㉟

注释：

①《中国小说史略》"油印本"作："元明传来之历史演义　小说史大略十一"，

"铅印本"作："第十三篇　元明传来之讲史"，自"订正本"作"第十五篇　元明传来之讲史(下)"。

②《中国小说史略》"油印本"之"元明传来之历史演义　小说史大略十一"作：宋人讲史，不限于全史，其敷叙一时或一人故事者，亦隶此科。故吴自牧《梦粱录》讲史条下云，"有王六大夫，于咸淳年间，敷演《复华篇》及《中兴名将传》，听者纷纷。"其类之至今犹存者为《水浒传》。自"铅印本"改。

③《中国小说史略》"铅印本"之"第十三篇　元明传来之讲史"作：(见前篇)。自"订正本"改。

④《中国小说史略》"油印本"之"元明传来之历史演义　小说史大略十一"作：《水浒》为南宋初年以来相传之故事，宋江亦实有其人，见于《宋史》。徽宗宣和三年，"淮南盗宋江等犯淮阳军，遣将讨捕，又犯京东江北，入楚海州界，命知州张叔夜招降之。"(卷二十二)至于降后之事，则史无明文，而稗史谓其讨方腊有功，封节度使。然擒腊者实韩世忠，与江等无与，惟《宋史》《侯蒙传》有云，"宋江寇京东，蒙上书，言宋江以三十六人横行齐魏，官军数万，无敢抗者，不若赦江，使讨方腊以自赎。"(卷三百五十一)然当时虽有此议而实未行，小说家则因以附会。洪迈《夷坚乙志》云，"宣和七年，户部侍郎蔡居厚罢，知青州，以病不赴，归金陵，疽发于背，卒。未几，其所亲王生亡而复苏，见蔡受冥谴，嘱生归告其妻，云，('今只是理会郓州事。')夫人恸哭曰，'侍郎去年帅郓时，有梁山泊贼五百人受降，既而悉诛之，吾屡谏，不听也。'"《乙志》成于乾道二年，去宣和六年不过四十余年，耳目甚近，冥谴固小说家言，杀降则不容虚造，山泊终局，如此而已。自"铅印本"改。

⑤《三闲集·流氓的变迁》："侠"字渐消，强盗起了，但也是侠之流，他们的旗帜是"替天行道"。他们所反对的是奸臣，不是天子，他们所打劫的是平民，不是将相。李逵劫法场时，抡起板斧来排头砍去，而所砍的是看客。一部《水浒》，说得很分明：因为不反对天子，所以大军一到，便受招安，替国家打别的强盗——不"替天行道"的强盗去了。终于是奴才。

《致姚克》(1934年3月24日)：近布克夫人译《水浒》，闻颇好，但其书名，取"皆兄弟也"之意，便不确，因为山泊中人，是并不将一切人们都作兄弟看的。

《集外集·序言》：我佩服会用拖刀计的老将黄汉升，但我爱莽撞的不顾利害而终于被部下偷了头去的张翼德；我却又憎恶张翼德型的不问青红皂白，抡板斧"排头砍去"的李逵，我因此喜欢张顺的将他诱进水里去，淹得他两眼翻白。

⑥《华盖集续编·马上支日记》：

宋洪迈《夷坚甲志》十四云："绍兴二十五年，吴傅朋说除守安丰军，自番阳遣一卒往呼吏士，行至舒州境，见村民攘攘，十百相聚，因弛担观之。其人曰，吾村有妇人为虎衔去，其夫不胜愤，独携刀往探虎穴，移时不反，今谋往救也。久之，民负死妻归，云，初寻迹至穴，虎牝牡皆不在，有二子戏岩窦下，即杀之，而隐其中以俟。少顷，望牝者衔一人至，倒身入穴，不知人藏其中也。吾急持尾，断其一足。虎弃所衔人，踉跄而窜；徐出视之，果吾妻也，死矣。虎曳足行数十步，堕涧中。吾复入窦伺，牡者俄咆跃而至，亦以尾先入，又如前法杀之。妻冤已报，无憾矣。乃邀邻里往视，舁四虎以归，分烹之。"案《水浒传》叙李逵沂岭杀四虎事，情状极相类，疑即本此等传说作之。《夷坚甲志》成于乾道初（1165），此条题云《舒民杀四虎》。

宋庄季裕《鸡肋编》中云："浙人以鸭儿为大讳。北人但知鸭羹虽甚热，亦无气。后至南方，乃始知鸭若只一雄，则虽合而无卵，须二三始有子，其以为讳者，盖为是耳，不在于无气也。"案《水浒传》叙郓哥向武大索麦稃，"武大道：'我屋里又不养鹅鸭，那里有这麦稃？'郓哥道：'你说没麦稃，怎地栈得肥膌膌地，便颠倒提起你来也不妨，煮你在锅里也没气？'武大道：'含鸟猢狲！倒骂得我好。我的老婆又不偷汉子，我如何是鸭？'……"鸭必多雄始孕，盖宋时浙中俗说，今已不知。然由此可知《水浒传》确为旧本，其著者则浙人；虽庄季裕，亦仅知鸭羹无气而已。《鸡肋编》有绍兴三年（1133）序，去今已将八百年。

元陈泰《所安遗集》《江南曲序》云："余童艸时，闻长老言宋江事，未究其详。至治癸亥秋九月十六日，过梁山泊，舟遥见一峰，嵯峨雄跨，问之篙师，曰，此安山也，昔宋江事处，绝湖为池，阔九十里，皆葉荷菱芡，相传以为宋妻所植。宋之为人，勇悍狂侠，其党如宋者三十六人。至今山下有分赃台，置石座三十六所，俗所谓'去时三十六，归时十八双'，意者其自誓之辞也。始予过此，荷花弥望，今无复存者，惟残香相送耳。因记王荆公诗云：'三十六陂春水，白头想见江南。'味其词，作《江南曲》

以叙游历,且以慰宋妻种荷之意云。(原注:曲因蠹损无存。)"案宋江有妻在梁山泺中,且植芰荷,仅见于此;而谓江勇悍狂侠,亦与今所传性格绝殊,知《水浒》故事,宋元来异说多矣。泰字志同,号所安,茶陵人,延祐甲寅(1314),以《天马赋》中省试第十二名,会试赐乙卯科张起岩榜进士第,由翰林庶吉士改授龙南令,卒官。至曾孙朴,始集其遗文为一卷。成化丁未,来孙铨等又并补遗重刊之。《江南曲》即在补遗中,而失其诗。近《涵芬楼秘笈》第十集收金侃手写本,则并序失之矣。"舟遥见一峰"及"昔宋江事处"二句,当有脱误,未见别本,无以正之。

⑦《小说旧闻钞》:翟灏《通俗编》(三十七)云,别籍言三十六人中,有一僧一妇人。龚所赞未见妇人,而其燕青赞云云,然则时固有一丈青者,而不在数中。果复有所谓七十二地煞乎?

⑧《中国小说史略》"油印本"之"元明传来之历史演义 小说史大略十一"作:然宋江等啸聚梁山泊时,其势甚盛,《宋史》亦言,"转略十郡,官军莫敢撄其锋"(卷三百五十三)。意者当时必有奇闻故事,流传民间,辗转繁变,以成巷语,复经文人掇拾粉饰,而文籍以出。宋末遗民龚圣与作《宋江三十六人赞》,自序已云,"宋江事见于街谈巷语,不足采著,虽有高如李嵩辈传写,士大夫亦不见黜"(周密《癸辛杂识》续集上)。今高李所作虽散失,而足见宋末已有传写之书。《宣和遗事》前集中,亦有梁山泊始末,遗事乃节取他书所为,则宋江事必别有本据,惟不知为何人所作耳。其目如下:

自"铅印本"改。

⑨《小说旧闻钞》:《西湖游览志馀》以《水浒传》为罗贯中作,而不及施耐庵,胡盖误记。

⑩《中国小说史略》"油印本"之"元明传来之历史演义 小说史大略十一"作:元人剧曲,亦多取梁山泊故事为资材,而性情节目,间与今本《水浒传》殊异。意者此种故事,载在人口者甚多,虽已有书本,而失之简略,于是又复有人起而荟萃取舍之,缀为巨帙,使较有条贯,可观览,是为今存之《水浒传》。其缀集者,或曰罗贯中(王圻郎瑛说),或曰施耐庵(胡应麟说),或曰施耐庵作罗贯中续(金人瑞说)。自"铅印本"改。

《且介亭杂文末编·〈出关〉的"关"》：我们的古人，是早觉得做小说要用模特儿的，记得有一部笔记，说施耐庵——我们也姑且认为真有这作者罢——请画家画了一百零八条梁山泊上的好汉，贴在墙上，揣摩着各人的神情，写成了《水浒》。

《花边文学·看书琐记》：中国还没有那样好手段的小说家，但《水浒》和《红楼梦》的有些地方，是能使读者由说话看出人来的。

《译文序跋集·〈毁灭〉后记》：以《水浒》的那么繁重，也不能将一百零八条好汉写尽。

⑪《中国小说史略》"油印本"之"元明传来之历史演义　小说史大略十一"作：今存之《水浒传》有三本。自"铅印本"改。

⑫《中国小说史略》"油印本"之"元明传来之历史演义　小说史大略十一"作：一、《忠义水浒传》一百十五回，题"东原罗贯中编辑"。其书始于洪太尉误走妖魔，而次以百八人渐聚山泊，已而受招安，破辽，平田虎王庆方腊。与《宣和遗事》所载者略同，后来则智深坐化于六和，宋江服毒而自尽，累显灵应，终为神明。惟文辞芜拙，体例纷纭，中间诗歌，亦俱鄙俗，定为元明间书，正合度量，今名之曰原本。王圻郎瑛云，"罗贯中作"者，殆据此本也。自"铅印本"改。

⑬《集外集拾遗补编·大涤馀人百回本〈忠义水浒传〉回目校记》：十三年九月八日见百回本，不著撰人，其目与此同者以"、"识之。其书前有大涤馀人序，不著年月日。一百回前九十回与百廿回本同，但改"遇故"为"射雁"，其九十一至百回，则百廿回本之末十回也。

《致胡适》（1924年2月9日）：

前回买到百廿回本《水浒传》的齐君告诉我，他的本家又有一部这样的《水浒传》，板比他的清楚（他的一部已颇清楚），但稍破旧，须重装，而其人知道价值，要卖五十元，问我要否。我现在不想要。不知您可要么？

听说李玄伯先生买到若干本百回的《水浒传》，但不全。先生认识他么？我不认识他，不能借看。看现在的情形，百廿回本一年中便知道三部，而百回本少听到，似乎更难得。

《小说旧闻钞》：

尝见明刻百回本《忠义水浒传》，已题"施耐庵集撰罗贯中纂修"，盖在圣叹前。

尝见《水浒传》二种：一曰《忠义水浒传》，凡一百回，有李贽序；一曰《新镌李氏藏本忠义水浒全书》，凡一百二十回，有楚人杨定见序。卷中并有批语，称出李卓吾手，而肤陋殊甚，殆即叶文通辈所为。

⑭《集外集拾遗补编·新镌李氏藏本〈忠义水浒全书〉提要》：新镌李氏藏本《忠义水浒全书》，一百二十回，别有引首一篇，题"施耐庵集撰，罗贯中纂修"。卷首有楚人凤里杨定见序，自云事李卓吾，后游吴而得袁无涯，求卓老遗言甚力，求卓老所批阅之遗书又甚力，因付以批定《忠义水浒传》及《杨开庵集》，而先以《水浒》公诸世云云。无年月。次为发凡十则，次《宣和遗事》，次水浒忠义一百八人籍贯出身，次目录，次图，次引首及本文。偶有批语，皆简陋，盖伪托也。

⑮《中国小说史略》"铅印本"之"第十三篇　元明传来之讲史"作：古本固不如是。自"初版本"改。

⑯《中国小说史略》"油印本"之"元明传来之历史演义　小说史大略十一"作：二、《忠义水浒全书》一百二十回，题"施耐庵集撰，罗贯中纂修"。中国已罕见，今所见者，惟日本翻刻本十回，亦始于误走妖魔，而继以鲁达林冲事迹，与原本同，余虽未见，然第五回结末于鲁达有"直教名驰塞北三千里，证果江南第一州"之语，即指六和坐化，则其余当亦与原本同也。惟于文辞，则增删润色，几乎改观。尽削恶诗，颇增骈语，描写亦愈入细微，周亮工《书影》所谓"故老传闻罗氏《水浒传》一百回，各以妖异语冠其首，嘉靖时，郭武定重刻其书，削其致语，独存本传"者，盖即此，今名之曰郭本。此本始以为施撰罗修，胡应麟《庄岳委谈》云，"元人武林施某所编《水浒传》特为盛行，世率以其凿空无据，要不尽原也。余偶阅一小说序，称施某尝入市肆，纽阅故书，于敝楮中得宋张叔夜禽贼招语一通，备悉其一百八人所由起，因润色成此编。"则独举施名，其所见为别本，抑即此本，今不可考也。

自"铅印本"改。

⑰《中国小说史略》"铅印本"之"第十三篇　元明传来之讲史"作：而成书年代，殆在嘉靖中（一五二二——一五六六），设郭本所据旧本已列施名，则其人当生成化至正德（一四六五——一五二一）之际（详见《胡适文存》三）。后人见繁本题作施作

罗编，未及悟其依托，遂或意为次第，定耐庵生元代，而贯中为其门人。自"订正本"改。

《集外集拾遗补编·〈中国小说史略〉再版附识》：此书印行之后，屡承相知发其谬误，俾得改定；而钝拙及谭正璧两先生未尝一面，亦皆贻书匡正，高情雅意，尤感于心。谭先生并以吴瞿安先生《顾曲麈谈》语见示云，"《幽闺记》为施君美作。君美，名惠，即作《水浒传》之耐庵居士也。"其说甚新，然以不知《麈谈》又本何书，故未据补；仍录于此，以供读者之参考云。

⑱该段文字自"订正本"增。

⑲《中国小说史略》"油印本"之"元明传来之历史演义　小说史大略十一"作：三、第五才子书《水浒传》七十回，有自序一篇，题"东都施耐庵撰"，为金人瑞所传。自云得古本，只七十回，于宋江受天书之后，即以卢俊义梦众人俱为嵇叔夜所缚终，而指招安以下为罗贯中续，斥曰"恶札"。其书与郭本无大异，第略有增易，而删骈语特多，殆即出圣叹手。田汝成《西湖游览志》云，"此书出宋人笔，近日金圣叹自七十回之后，断为罗所续，极口诋罗，复伪为施序于前，此书遂为施有矣。"其以为宋人作虽误，而云圣叹始断为罗续则近之。故所谓得"古本"，所谓"旧时《水浒传》，贩夫皂隶都看，此本虽不曾增减一字，却与小人没分之书者"，殆皆为激动读者，坚其信仰而设者也。今名之曰金本。若刊落之故，则大半由于历史之关系，胡适说，"圣叹生在流贼遍天下的时代，眼见张献忠、李自成一班强盗流毒全国，故他觉得强盗是不能提倡的，是应该口诛笔伐的。"（《水浒传考证》）自"铅印本"改。

⑳《致增田涉》（1932年5月22日）：

《水浒》四本

第三回《鲁智深大闹五台山》，或可称为"幽默"罢。

㉑《中国小说史略》"油印本"之"元明传来之历史演义　小说史大略十一"作：上述三本，大抵愈后者愈细密，而圣叹所叹赏之佳处，殆即圣叹所改定。今举《鲁智深火烧瓦官寺》中之一节，以见大概。

（一）原本	（二）郭本	（三）金本

（一）原本

智深……只见后面有人嘲歌。智深提禅杖出来看时，只见一个道人，手内提着鱼肉酒，口里嘲歌唱道：

　　你在东头我在西，
　　你无男子我无妻。
　　我无妻时犹自可，
　　你无夫时好孤恓。

那道人不知智深在后跟来，只顾走入方丈后去。智深跟到里面看时，见绿阴树下，放着一张桌子，铺着盘馔，当中坐着一个胖和尚。一边厢坐着个年少妇人。那道人把竹篮放下，也去坐着。智深走到面前，和尚吃了一惊。

便曰，"请师兄同吃一盏。"智深曰，"你这两个如何把寺坏了？"那和尚曰，"师兄，听小僧说：

"在先敝寺，田庄广有，僧众也多，只被廊下那几个老和尚饮酒撒泼，

（二）郭本

智深只听的外面有人嘲歌。智深洗了手，提了禅杖出来看时，破壁子里，望见一个道人，头戴皂巾，身穿布衫，腰系杂色绦，脚穿麻鞋，挑着一担儿，一头是一个竹篮儿，里面露些鱼尾，并荷叶托着些肉；一头担着一瓶酒，也是荷叶盖着。口里嘲歌着，唱道：

　　你在东时我在西，
　　你无男子我无妻。
　　我无妻时犹间可，
　　你无夫时好孤恓。

那几个老和尚赶出来，指与智深道，"这个道人，便是飞天夜叉丘小乙。"智深见指说了，便提着禅杖随后跟去。那道人不知智深在后面跟来，只顾走入方丈后墙里去。智深随即跟到里面看时，见绿槐树下，放着一条桌子，铺着些盘馔，三个盏子，三双箸

（三）金本

智深只听得外面有人嘲歌。智深洗了手，提了禅杖，奔去不及，破壁子里，望见一个道人，头戴皂巾，身穿布衫，腰系杂色绦，脚穿麻鞋，挑着一担儿，一头是个竹篮儿，里面露些鱼尾，并荷叶托着些肉；一头担着一瓶酒，也是荷叶盖着。口里嘲歌着，唱道：

　　你在东时我在西，
　　你无男子我无妻。
　　我无妻时犹间可，
　　你无夫时好孤恓。

那几个老和尚赶出来，摇着手，悄悄地指与智深道，"这个道人，便是飞天药叉丘小乙。"智深见指说了，便提着禅杖随后跟去。那道人不知智深在后面跟去，只顾走入方丈后墙里去。智深随即跟到里面看时，见绿槐树下，放着一条桌子，铺着些盘馔，三个

把寺废了。"……

子，当中坐着一个胖和尚，生的眉如漆刷，脸似墨装，肐瘩的一身横肉，胸脯下露出黑肚皮来。边箱坐着一个年幼妇人。那道人把竹篮放下，也来坐地。智深走到面前，那和尚吃了一惊，跳起身来，便道，"请师兄坐，同吃一盏。"智深提着禅杖道，"你这两个，如何把寺来废了？"那和尚便道，"师兄请坐，听小僧说。"智深睁着眼道，"你说你说。"那和尚道，"在先敝寺，十分好个去处，（余同右文）

盏子，三双箸子，当中坐着一个胖和尚，生得眉如漆刷，脸似墨装，肐瘩的一身横肉，胸脯下露出黑肚皮来。边厢坐着一个年幼妇人。那道人把竹篮放下来，也坐地。智深走到面前，那和尚吃了一惊，跳起身来，便道，"请师兄坐，同吃一盏。"智深提着禅杖道，"你这两个，如何把寺来废了？"那和尚便道，"师兄请坐，听小僧，……"智深睁着眼道，"你说你说。""说，……在先敝寺，十分好个去处，田庄又广，僧众极多，只被廊下那几个老和尚吃酒撒泼，将钱养女，长老禁约他们不得，又把长老排告了出去，因此把寺来都废了。……"

自"铅印本"改。

㉒《华盖集续编·空谈》：汉末总算还是人心很古的时候罢，恕我引一个小说上的典故：许褚赤体上阵，也就很中了好几箭。而金圣叹还笑他道："谁叫你赤膊？"

《南腔北调集·谈金圣叹》：

讲起清朝的文字狱来，也有人拉上金圣叹，其实是很不合适的。他的"哭庙"，用近事来比例，和前年《新月》上的引据三民主义以自辩，并无不同，但不特捞不到教授而且至于杀头，则是因为他早被官绅们认为坏货了的缘故。就事论事，倒是冤枉的。

清中叶以后的他的名声，也有些冤枉。他抬起小说传奇来，和《左传》《杜诗》并列，实不过了拾了袁宏道辈的唾余；而且经他一批，原作的诚实之处，往往化为笑谈，布局行文，也都被硬拖到八股的作法上。这余荫，就使有一批人，堕入了对于《红楼梦》之类，总在寻求伏线，挑剔破绽的泥塘。

自称得到古本，乱改《西厢》字句的案子且不说罢，单是截去《水浒》的后小半，梦想有一个"嵇叔夜"来杀尽宋江们，也就昏庸得可以。虽说因为痛恨流寇的缘故，但他是究竟近于官绅的，他到底想不到小百姓的对于流寇，只痛恨着一半：不在于"寇"，而在于"流"。

百姓固然怕流寇，也很怕"流官"。记得民元革命以后，我在故乡，不知怎地县知事常常掉换了。每一掉换，农民们便愁苦着相告道："怎么好呢？又换了一只空肚鸭来了！"他们虽然至今不知道"欲壑难填"的古训，却很明白"成则为王，败则为贼"的成语，贼者，流着之王，王者，不流之贼也，要说得简单一点，那就是"坐寇"。中国百姓一向自称"蚁民"，现在为便于譬喻起见，姑升为牛罢，铁骑一过，茹毛饮血，蹄骨狼藉，倘可避免，他们自然是总想避免的，但如果肯放任他们自啮野草，苟延残喘，挤出乳来将这些"坐寇"喂得饱饱的，后来能够比较的不复狼吞虎咽，则他们就以为如天之福。所区别的只在"流"与"坐"，却并不在"寇"与"王"。试翻明末的野史，就知道北京民心的不安，在李自成入京的时候，是不及他出京之际的利害的。

宋江据有山寨，虽打家劫舍，而劫富济贫，金圣叹却道应该在童贯高俅辈的爪牙之前，一个个俯首受缚，他们想不懂。所以《水浒传》纵然成了断尾巴蜻蜓，乡下人却还要看《武松独手擒方腊》这些戏。

不过这还是先前的事，现在似乎又有了新的经验了。听说四川有一只民谣，大略是"贼来如梳，兵来如篦，官来如剃"的意思。汽车飞艇，价值既远过于大轿马车，租界和外国银行，也是海通以来新添的物事，不但剃尽毛发，就是刮尽筋肉，也永远填不满的。正无怪小百姓将"坐寇"之可怕，放在"流寇"之上了。

事实既然教给了这些，仅存的路，就当然使他们想到了自己的力量。

《南腔北调集·"论语一年"》：我不爱"幽默"，并且以为这是只有爱开圆桌会议的国民才闹得出来的玩意儿，在中国，却连意译也办不到。我们有唐伯虎，有徐文长；还有最有名的金圣叹，"杀头，至痛也，而圣叹以无意得之，大奇！"虽然不知道这是真话，是笑话；是事实，还是谣言。但总之：一来，是声明了圣叹并非反抗的叛徒；二来，是将屠户的凶残，使大家化为一笑，收场大吉。我们只有这样的东西，和"幽默"是并无什么瓜葛的。

《伪自由书·不负责任的坦克车》：但是，如果你上了他的当，真的赤膊奔上前阵，像许褚似的充好汉，那他那边立刻就会给你一枪，老实不客气，然而，再学着金圣叹批《三国演义》的笔法，骂一声"谁叫你赤膊的"——活该。

《致萧军、萧红》（1935年3月13日）：您记得《三国志演义》上的许褚赤膊上阵么？中了好几箭。金圣叹批道：谁叫你赤膊？

㉓《中国小说史略》"油印本"之"元明传来之历史演义　小说史大略十一"作：今又有《续水浒传》四十九回，亦名《征四寇》（辽、田虎、王庆、方腊），即原本第六十六回以后之文，疑其行世当在金本盛传之后。以文笔论，郭本远胜于旧，而当时盖与金本并行，人所习见，不能截取以补七十回之缺，惟原本较晦，故遂取其后半为续传矣。

自"铅印本"改。

《且介亭杂文二集·叶紫作〈丰收〉序》：中国确也还盛行着《三国志演义》和《水浒传》，但这是为了社会还有三国气和水浒气的缘故。

㉔《中国小说史略》"铅印本"之"第十三篇　元明传来之讲史"作：忱浙江乌程

人。自"订正本"改。

㉕《中国小说史略》"铅印本"之"第十三篇　元明传来之讲史"作：(俞樾《茶香室丛钞》十三引沈登瀛《南浔备志》)。自"订正本"改。

㉖《华盖集续编·马上日记》："考……顺治中，秀水又有一陈忱，……著诚斋诗集，不出户庭，录读史随笔，同姓名录诸书。"(上海亚东图书馆排印本《水浒续集两种序》第七叶。)

《小说旧闻钞》：清初浙江有两陈忱：一即雁宕山樵，字退心，乌程人；一字用亶，秀水人，著《诚斋诗集》，《不出户庭录》，《读史随笔》，《同姓名录》诸书，见《两浙輶轩录补遗》(一)及光绪《嘉兴府志》(五十三《秀水》《文苑》)。清《四库全书总目》(卷一百十四三子部小说家类存目)中有《读史随笔》六卷，提要云，国朝陈忱撰，忱字退心，秀水人云云，乃误合两人为一人也。近胡适作《水浒后传序》引注汪日桢《南浔镇志》，所记雁宕山樵事迹及著作颇详。汪志谓道光中范来庚所修《南浔镇志》亦云忱又有《读史随笔》，其误与《四库书目提要》止等。

《致胡适》(1923年12月28日)：《小说史略》竟承通读一遍(颇有误字，拟于下卷附表订正)，惭愧之至。论断太少，诚如所言；玄同说亦如此。我自省太易流于感情之伦，所以力避此事，其实正是一个缺点；但于明清小说，则论断似较上卷稍多，此稿已成，极想于阳历二月末印成之。百二十回本《水浒传》曾于同寮齐君家借翻一过，据云于保定书坊得之，似清翻明本，有图，而于评语似多所刊落，印亦尚佳，恐不易再得。齐君买得时，云价只四元。此书之田虎王庆诸事，实不好，窃意百回本当稍胜耳。百十五回本《水浒传》上半，实亦有再印之价值，亚东局只印下半，殊可惜。至于陈忱后书，其实倒是可印可不印。我于《小说史》印成后，又于《明诗综》见忱名，注云"忱，字退心，乌程人"。止此而已，诗亦止一首，其事迹莫考可知。《四库书目》小说类存目有《读史随笔》六卷，提要云："陈忱撰，忱字退心，秀水人……"即查《嘉兴府志》《秀水》《文苑传》，果有陈忱，然字用亶，顺治时副榜，又尝学诗于朱竹垞，则与雁宕山樵非一人可知，《四库提要》殊误。

《致胡适》(1924年1月5日)：前两天得到　手教并《水浒两种序》。序文极好，有益于读者不鲜。我之不赞成《水浒后传》，大约在于托古事而改变之，以浇自己块垒这一点,至于文章,固然也实有佳处,先生序上,已给与较大的估价了。

㉗《中国小说史略》"铅印本"之"第十三篇　元明传来之讲史"作:然"未遑修饰而殁"。自"初版本"改。

㉘《中国小说史略》"铅印本"之"第十三篇　元明传来之讲史"作:盖不失为上选矣。自"初版本"改。

㉙《中国小说史略》"油印本"之"元明传来之历史演义　小说史大略十一"作:清初,有《后水浒传》,明遗民雁宕山樵陈忱作,托名"古宋遗民"刊行。其叙宋江既死,余人为宋御金,然无功,混江龙李俊遂率众浮海,王于暹罗,所以续郭本。嘉庆中,忽雷道人俞万春又作《荡寇志》,亦名《结水浒》,皆铺叙"当年宋江并没有受招安平方腊的话,只有被张叔夜擒拿正法一句话"之事,所以续金本,且平反《征四寇》与《后水浒》者也。

自"铅印本"改。

㉚《中国小说史略》"铅印本"之"第十四篇　明之讲史"作:余人所作讲史,种类尤多,明已有荒古(周游《开辟演义》)。自"订正本"改。

㉛《中国小说史略》"铅印本"之"第十四篇　明之讲史"作:《前汉演义》,《后汉演义》。自"订正本"改。

㉜《中国小说史略》"铅印本"之"第十四篇　明之讲史"作:两唐(《说唐前传》,《说唐后传》),两宋(《北宋志传》,《南宋志传》)。自"订正本"改。

㉝《中国小说史略》"铅印本"之"第十四篇　明之讲史"作:有《精忠全传》,吉水邹元标编次,记宋岳飞功绩及冤狱。自"订正本"改。

㉞《小说旧闻钞》:

《野获编》(二十九)所载,与此所谓杂说者颇不同。其文云:永乐十八年,山东鱼台县妖妇唐赛儿,本县民林三妻,少诵佛经,自号佛母,诡言能知前后成败事。又能剪纸为人马相斗;往来益都诸城安邱莒州即墨寿光诸州县,拥众先据益都。指挥高凤等讨之,俱陷殁。上命使驰驿招抚之,不报。乃遣总兵安远侯柳升等讨之,贼众败去;余党渐俘至京师,而贼首不得。上以赛儿久稽大刑,虑削发为尼,或遁女道士中,命北京山东境内尼及女道士悉逮至京师面讯;既又命在外有司,凡军民妇女出家为尼及道姑者,悉送之京师,而赛儿终不获。　一云,赛儿至故夫林三墓所,发土得一石匣,中有兵书宝剑。赛儿秘之,因以叛,后终逸去,盖神人所祐助云。

　　本书有陈奕禧序,刘廷玑品题及作者序跋,可略知吕熊事迹及成书时代,今最录之。逸田叟吕熊字文兆,文章经济,精奥卓拔,奇士也,其生平著述,如《诗经六艺辨》,《明史断》,《续广舆志》,发明三唐六义,并诗古文诸稿几数百卷(陈序)。康熙四十年,刘廷玑之任江西学使,八月望维舟龙游,熊从玉山来见,云将作《女仙外史》。四十一年,熊客于江西学使署。四十二年,廷玑落职;冬,旅于清江浦。次年,熊自南来,云《外史》已成(品题)。其自序当为此时作,自称古稀,则生于明末或清初也。四十七年,陈奕禧补江西南安守,遇熊于淮南,延之修郡乘;熊以外史示之,请序(陈序)。五十年,遂梓行(自跋)。

　　㉟以上两段文字,在《中国小说史略》"铅印本"之"第十四篇　明之讲史"中。自"订正本"改。

第十六篇　明之神魔小说（上）①

　　明中叶崇奉道流之影响。《四游记》：吴元泰《上洞八仙传》，余象斗《华光天王传》及《玄天上帝出身传》，杨志和《西游记传》。

杂剧《西游记》插图（明万历四十二年刻本，张满弓编著《古典文学版画》，2004年河南大学出版社影印本）

奉道流羽客之隆重，极于宋宣和时，元虽归佛，亦甚崇道，其幻惑故遍行于人间，明初稍衰，比中叶而复极显赫②，成化时有方士李孜，释继晓，正德时有色目人于永，皆以方伎杂流拜官，荣华熠耀③，世所企羡，则妖妄之说自盛，而影响且及于文章。且历来三教之争，都无解决，互相容受，乃曰"同源"，所谓义利邪正善恶是非真妄诸端，皆溷而又析之，统于二元，虽无专名，谓之神魔，盖可赅括矣。其在小说，则明初之《平妖传》已开其先，而继起之作尤夥④。凡所敷叙，又非宋以来道士造作之谈，但为人民闾巷间意，芜杂浅陋，率无可观。然其力之及于人心者甚大，又或有文人起而结集润色之，则亦为鸿篇巨制之胚胎也⑤。

汇此等小说成集者，今有《四游记》行于世，其书凡四种，著者三人，不知何人编定，惟观刻本之状，当在明代耳。一曰《上洞八仙传》，亦名《八仙出处东游记传》，二卷五十六回，题"兰江吴元泰著"。传言铁拐（姓李名玄）得道，度钟离权，权度吕洞宾⑥，二人又共度韩湘曹友，张果蓝采和何仙姑则别成道，是为八仙。一日俱赴蟠桃大会，归途各履宝物渡海，有龙子爱蓝采和所踏玉版，摄而夺之，遂大战，八仙"火烧东洋"，龙王败绩，请天兵来助，亦败，后得观音和解，乃各谢去，而"天渊迥别天下太平"之候，自此始矣。书中文言俗语间出，事亦往往不相属，盖杂取民间传说作之。

上次已将宋之小说，讲了个大概。元呢，它的词曲很发达，而小说方面，却没有什么可说。现在我们就讲到明朝的小说去。明之中叶，即嘉靖前后，小说出现的很多，其中有两大主潮：一、讲神魔之争的；二、讲世情的。现在再将它分开来讲：

一、讲神魔之争的　此思潮之起来，也受了当时宗教，方士之影响的。宋宣和时，即非常崇奉道流；元则佛道并奉，方士的势力也不小；至明，本来是衰下去的了，但到成化时，又抬起头来，其时有方士李孜，释家继晓，正德时又有色目人于永，都以方技杂流拜官，因之妖妄之说日盛，而影响及于文章。况且历来三教之争，都无解决，人抵是互相调和，互相容受，终于名为"同源"而后已。凡有新派进来，虽然彼此目为外道，生些纷争，但一到认为同源，即无歧视之意，须俟后来另有别派，它们三家才又自称正道，再来攻击这非同源的异端。当时的思想，是极模糊的，在小说中所写的邪正，并非儒和佛，或道和佛，或儒道释和白莲教，单不过是含胡的彼此之争，我就总括起来给他们一个名目，叫做神魔小说。此种主潮，可作代表者，有三部小说：（一）《西游记》；（二）《封神传》；（三）《三宝太监西洋记》。

——《中国小说的历史的变迁》第五讲《明小说之两大主潮》

二曰⑦《五显灵官大帝华光天王传》，即《南游记》，四卷十八回，题"三台山人仰止余象斗编"。⑧象斗为明末书贾，《三国志演义》刻本上，尚见其名。⑨书言有妙吉祥童子以杀独火鬼怵如来⑩，贬为马耳娘娘子，是曰三眼灵光，具五神通，报父仇，游灵虚，缘盗金枪，为帝所杀；复生炎魔天王家，是为灵耀，师事天尊，又诈取其金刀，炼为金砖以作法宝，终闹天宫，上界鼎沸；玄天上帝以水服之，使走人间，托生萧氏，是为华光，仍有神通，与神魔战，中界亦鼎沸，帝乃赦之。华光因失金砖，复欲制炼，寻求金塔，遂遇铁扇公主，擒以为妻，又降诸妖，所向无敌，以忆其母，访于地府，复因争执，大闹阴司，下界亦鼎沸。已而知生母实妖也，名吉芝陀圣母，食萧长者妻，幻作其状，而生华光，然仍食人，为佛所执，方在地狱，受恶报也，华光乃救以去。

  ……却说华光三下酆都，救得母亲出来，十分欢悦。那吉芝陀圣母曰，"我儿，你救得我出来，道好，我要讨岐娥吃。"华光问，"岐娥是甚么子，我儿媳俱不晓得。"母曰，"岐娥不晓得，可去问千里眼顺风耳。"华光即问二人。二人曰。"那岐娥是人，他又思量吃人。"华光听罢，对娘曰，"娘，你住酆都受苦，我孩儿用尽计较，救得你出来，如何又要吃人⑪，此事万不可为。"母曰，"我要吃！不孝子，你没有岐娥与我吃，是谁要救我出来？"华光无奈，只推曰，"容两日讨与你吃。"……（第十七回《华光三下酆都》）

于是张榜求医，有言惟仙桃可治者，华光即幻为齐天大圣状，窃而奉之，吉芝陀乃始不思食人。然齐天被嫌，询于佛母，知是华光，则来讨，为火丹所烧，败绩；其女月孛有骷髅骨，击之敌头即痛，二日死。华光被术，将不起，火炎王光佛出而议和，月孛削骨上击痕，华光始愈，终归佛道云。

　　杂剧《吕洞宾三醉岳阳楼》插图（《元曲选》，明万历四十三年博古堂刻本，
张满弓编著《古典文学版画》，2004年河南大学出版社影印本）

明谢肇淛（《五杂组》十五）以华光小说比拟《西游记》，谓"皆五行生克之理，火之炽也，亦上天下地，莫之扑灭，而真武以水制之，始归正道"。又于吉芝陀出狱即思食人事，则致慨于迁善之难，因知在万历时，此书已有。沈德符论剧曲（《野获编》二十五），亦有"华光显圣则太妖诞"语，是此种故事，当时且演为剧本矣。[12]

其三曰[13]《北方真武玄天上帝出身志传》，即《北游记》，四卷二十四回，亦余象斗编，记真武本身[14]及成道降妖事。上帝为玄天之说，在汉已有（《周礼》《大宗伯》郑氏注），然与后来之玄帝，实又不同。此玄帝真武者，盖起于宋代羽客之言，即《元洞玉历记》（《三教搜神大全》一引）所谓元始说法于玉清，下见恶风弥塞，乃命周武伐纣以治阳，玄帝收魔以治阴，"上赐玄帝披发跣足，金甲玄袍，皂纛玄旗，统领丁甲，下降凡世，与六天魔王战于洞阴之野，是时魔王以坎离二炁，化苍龟巨蛇，变现方成，玄帝神力摄于足下，锁鬼众于酆都大洞，人民治安，宇内清肃"者是也，元尝加封，明亦崇奉。此传所言，间符旧说，但亦时窃佛传，杂以鄙言，盛夸感应，如村巫庙祝之见。初谓隋炀帝时，玉帝当宴会之际，而忽思凡，遂以三魂之一，为刘氏子，如来三清并来点化，乃隐蓬莱；又以凡心，生哥阇国，次生西霞，皆是王子，蒙天尊教，舍国出家，功行既完，上谒玉帝，封荡魔天尊，令收天将；于是复生为净洛国王子，得斗母元君点化，入武当山成道。玄帝方升天宫，忽见妖气起于中界，知即天将，扰乱人间，乃复下凡，降龟蛇怪，服赵公明，收雷神，获月孛及他神将，引以朝天。玉帝即封诸神为玄天部将，计三十六员。然扬子江有锅及竹缆二妖，独逸去不可得，真武因指一化身，复入人世，于武当山镇守。篇末则记永乐三年玄天助国却敌事，而下有"至今二百余载"之文，颇似此书流行，当在明季，然旧刻无后一语，可知有者乃后来增订之本矣。

四曰[15]《西游记传》，四卷四十一回，"题齐云杨志和编，天水赵景真

《三教源流搜神大全》之灵官马元帅（清宣统元年叶氏郎园影刻明本，2022年文物出版社影印本）

校"⑯叙孙悟空得道，唐太宗入冥，玄奘应诏求经，途中遇难，终达西土，得经东归者也。⑰太宗之梦，庸人已言，张鷟《朝野佥载》云，"太宗至夜半奄然入定，见一人云，'陛下暂合来，还即去也。'帝问'君是何人？'对曰，'臣是生人判冥事。'太宗入见判官，问六月四日事，即令还，向见者又送迎引导出。"又有俗文，亦记斯事，有残卷从敦煌千佛洞得之（详见第十二篇）。至玄奘入竺，实非应诏，事具《唐书》（百九十一《方伎传》），又有专传曰《大慈恩寺三藏法师传》，在《佛藏》中，初无诸奇诡事，而后来稗说，颇涉灵怪。⑱《大唐三藏取经诗话》已有猴行者深沙神及诸异境；金人院本亦有《唐三藏》（陶宗仪《辍耕录》）；元杂剧有吴昌龄《唐三藏西天取经》（钟嗣成《录鬼簿》），一名《西游记》（今有日本盐谷温校印本），其中收孙悟空，加戒箍，沙僧，猪八戒，红孩儿，铁扇公主等皆已见⑲。似取经故事，自唐末以至宋元，乃渐渐演成神异，且能有条贯，小说家因亦得取为记传也。⑳

全书之前九回为孙悟空得仙至被降故事，言有石猴，寻得水源，众奉为王，而复出山，就师悟道，以大神通，搅乱天地，玉帝不得已，封为齐天大圣，复扰蟠桃大会，帝命灌口二郎真君讨之，遂大战，悟空为所获，其叙当时战斗变化之状云：

……那小猴见真君到，急急报知猴王。猴王即掣起金箍棒，步上云履。二人相见，各言姓名，遂排开阵势，来往三百余合。二人各变身万丈，战入云端，离却洞口。……大圣正在开战，忽见本山众猴惊散，抽身就走；真君大步赶上，急走急追。大圣慌忙将身一变，入水中㉑。真君道，"这猴入水必变鱼虾，待我变作鹰鹞逐他。"大圣见真君赶来，又变一群飞鸟，飞在树上，被真君拽弓一弹，打下草坡，遍寻不见，回转天王营中去说猴王败阵等事，又赶不见踪迹。天王把照妖镜一照，急云"妖猴往你灌口去了"。真君回灌口；

《三教源流搜神大全》之泗洲大圣（清宣统元年叶氏郎园影刻明本，2022年文物出版社影印本）

猴王急变做真君模样，座在中堂，被二郎用一神枪，猴王让过，变出本相，二人对较手段，意欲回转花果山，奈四面天将围住念咒。忽然真君与菩萨在云端观看，见猴王精力将疲，老君掷下金刚圈，与猴王脑上一打。猴王跌倒在地，被真君神犬咬住胸肚子，又拖跌一交，却被真君兄弟等神枪刺住，把铁索绑缚。……（第七回《真君收捉猴王》）

然斫之无伤，炼之不死，如来乃压之五行山下，令待取经人。次四回即魏徵斩龙，太宗入冥，刘全进瓜，及玄奘应诏西行：为求经之所由起。十四回以下则玄奘道中收徒及遇难故事，而以见佛得经东归证果终。徒有三，曰孙行者，猪八戒，沙僧，并得龙马；灾难三十余，其大者五庄观，平顶山，火云洞，通天河，毒敌山，六耳猕猴，小雷音寺等也。凡所记述，简略音多，但亦偶杂游词，以增笑乐，如写火云洞之战云：

　　……那山前山后土地，皆来叩头报名，"此处叫做枯松涧，涧边有一座山洞，叫做火云洞，洞有一位魔王，是牛魔王的儿子，叫做红孩儿。他有三昧真火，甚是利害。"行者听说，叱退土神，……与八戒同进洞中去寻，……那魔王分付小妖，推出五轮小车，摆下五方，遂提枪杀出，与行者战经数合，八戒助阵，魔王走转，把鼻子一捶，鼻中冒出火来，一时五轮车子，烈火齐起。八戒道，"哥哥快走！少刻把老猪烧得囫囵，再加香料，尽他受用。"行者虽然避得火烧，却只怕烟，二人只得逃转。……（第三十二回《唐三藏收妖过黑河》）

复请观世音至，化刀为莲台，诱而执之，既降复叛，则环以五金箍，洒以甘露，乃始两手相合，归落伽山云。《西游记》杂剧中《鬼母皈依》

一出，即用揭钵盂救幼子故事者，其中有云②，"告世尊，肯发慈悲力。我着唐三藏西游便回，火孩儿妖怪放生了他。到前面，须得二圣郎救了你。"（卷三）㉓而于此乃改为牛魔王子；且与参善知识之善才童子相混矣。

注释：

①《中国小说史略》"油印本"作："明之历史的神异小说　小说史大略十二"，"铅印本"作："第十五篇　明之神魔小说（上）"，自"初版本"作"第十六篇　明之神魔小说（上）"。

②《中国小说史略》"铅印本"之"第十五篇　明之神魔小说（上）"作：比中叶而复入朝列。自"初版本"改。

③《中国小说史略》"铅印本"之"第十五篇　明之神魔小说（上）"作：荣华赫然。自"初版本"改。

④《中国小说史略》"铅印本"之"第十五篇　明之神魔小说（上）"作：而继起之作尤伙。自"初版本"改。

⑤《中国小说史略》"铅印本"之"第十五篇　明之神魔小说（上）"作：则亦为鸿篇巨制之萌芽也。自"初版本"改。

⑥《中国小说史略》"铅印本"之"第十五篇　明之神魔小说（上）"作：权又度吕洞宾。自"合订本"改。

⑦《中国小说史略》"铅印本"之"第十五篇　明之神魔小说（上）"作：一曰。自"初版本"改。

⑧《小说旧闻钞》:《五显灵官华光天王传》今亦名《南游记》,在《四游记》中。明代且演此种故事为戏文,沈德符（《野获编》二十五）云,华光显圣,目连入冥,大圣收魔之属,则太妖诞是也。

⑨《中国小说史略》"铅印本"之"第十五篇　明之神魔小说（上）"无此句,自"订正本"补。

⑩《中国小说史略》"铅印本"之"第十五篇　明之神魔小说（上）"作：言有妙吉祥童子以杀独火鬼忤如来。自"订正本"改。

⑪《中国小说史略》"铅印本"之"第十五篇　明之神魔小说（上）"作：如何又想吃人。自"订正本"改。

⑫《中国小说史略》"铅印本"之"第十五篇　明之神魔小说（上）"此处有：惟书于何时始出，则未详。自"订正本"删。

⑬《中国小说史略》"铅印本"之"第十五篇　明之神魔小说（上）"作：又一曰。自"初版本"改。

⑭《中国小说史略》"铅印本"之"第十五篇　明之神魔小说（上）"作：本生。自"合订本"改。

⑮《中国小说史略》"铅印本"之"第十五篇　明之神魔小说（上）"作：一曰。自"初版本"改。

⑯《中国小说史略》"铅印本"之"第十五篇　明之神魔小说（上）"作：题"齐云杨志和编，天水赵景真校"。自"合订本"改。

⑰《中国小说史略》"油印本"之"明之历史的神异小说　小说史大略十二"作：玄奘求经，由于太宗之入冥，入冥情状，已见于敦煌石窟所出唐人通俗文中。自"初版本"改。

⑱《中国小说史略》"油印本"之"明之历史的神异小说　小说史大略十二"作：而玄奘入竺，则载在《唐书》《方伎传》，但无诸神异事。自"初版本"改。

⑲《中国小说史略》"铅印本"之"第十五篇　明之神魔小说（上）"作：一名《西游记》，倘《纳书楹曲谱》（补遗一）所摘录者即此本，则收孙悟空，加戒箍，火孩儿，猪八戒皆已见。自"订正本"改。

《致胡适》（1922年8月21日）："《纳书楹曲谱》中所摘《西游》，已经难以想见原本。《俗西游》中的《思春》，不知是甚事。《唐三藏》中的《回回》，似乎唐三藏到西夏，一回回先捣乱而后皈依，演义中无此事。只有补遗中的《西游》似乎和演义最相近，心猿意马，花果山，紧箍咒，无不有之。《揭钵》虽演义所无，但火焰山红孩儿当即由此化出。杨掌生笔记中曾说演《西游》，扮女儿国王，殆当时尚演此剧，或者即今也可以觅得全曲本子的。"

⑳《中国小说史略》"油印本"之"明之历史的神异小说　小说史大略十二"作：

似自唐末至宋元,乃渐渐演为神异故事,流播民间。而此种话本及传说,明代或尚有存者。吴承恩犹及闻之,故其书间有与宋人诗话相类者也。自"初版本"改。

《小说旧闻钞》:

《少室山房笔丛》(四十一)云,《辍耕录》记元人杂剧,有《唐三藏》一段,今其曲尚传,第不知即陶所记本否?世俗以为陈姓,且演为戏文,极可笑;然亦不甚虚也。三藏即唐僧玄奘。《独异志》云,沙门玄奘,俗姓陈,偃师县人也。幼聪慧有操行,唐武德初,往西域取经。行至罽宾国,道险虎豹不可过。奘不知为计,乃锁房门而坐,至夕开门,见一老僧,头面疮痍,身体脓血,床上独坐,莫知来由。奘乃礼拜勤求,僧口授《多心经》一卷,令奘诵之,遂得山川平易,道路开辟,虎豹藏形,魔鬼潜迹。至佛国,取经六百余部而归;其《多心经》至今诵之。据此,皆与今颇合。又元人散套亦有西域取经等事,盖附会起于胜国,不始于今。而三藏之名,则由始于宋时,不始胜国。东坡《艾子小说》云,艾子好饮,少醒日,忽一日大饮而哕,门人密抽彘肠致哕中,持以示曰,凡人具五脏方能活,今公因饮而出一脏,止四脏矣。何以生耶?艾子熟视而笑曰,唐三脏犹可活,况有四耶?此虽戏语,然宋世所称可见。盖因唐僧不空号无畏三藏,讹为玄奘耳。(《艾子》疑非东坡,然其目已见《通考》,要亦出宋人。《圣教序》虽有三藏要文等语,匪玄奘号也。)唐三藏及《西游》词全本,今未见。《纳书楹曲谱》有关于《西游》之剧本三种,一曰《唐三藏》,录《回回》一段,记三藏到西夏,回回皈依事,在续集卷二。一曰《俗西游记》,录《思春》一段,在外集卷二。二事皆为《西游》小说所无。一曰《西游记》,在补遗卷一中,所录凡四段。一为《饯行》,皆尉迟敬德唱。二为《定心》,记收孙悟空事,有"花果山有神祇,水帘洞影幽微。""一筋斗,十万八千里,势如飞。"及加戒箍"恰便似钉钉入头皮,胶粘在鬏髻。你那凡心再起,敢着你魄散魂飞。为足下常有杀人机,因此上与你师父留下这防身计"等语,与小说所叙相同。三为《揭钵》,述鬼子母揭钵事,有云,"告世尊,肯发慈悲力。我着唐三藏西游便回。火孩儿妖怪,放生了他。到前面,须得二圣郎救了你。"小说中无之,然其火焰山红孩儿,与此极相类,四为《女国》,有云"俺女王岂用猴为将?俺女王也不用猪为相",欲独留三藏,则又为小说所有也。此《西游记》,或即焦循所以为吴昌龄作。

○21《中国小说史略》"铅印本"之"第十五篇　明之神魔小说（上）"作：钻入水中。自"合订本"改。

○22《中国小说史略》"铅印本"之"第十五篇　明之神魔小说（上）"作：《西游记》杂剧中《揭钵》一出，盖用鬼子母揭钵盂救幼子事者，中有云。自"合订本"改。

○23《中国小说史略》"铅印本"之"第十五篇　明之神魔小说（上）"作：（《纳书楹曲谱》补遗一引）即此事。自"订正本"改。

第十七篇　明之神魔小说（中）①

吴承恩《西游记》。《后西游记》及《续西游记》。

《西游证道书》插图（清顺治间刻本，张满弓编著《古典文学版画》，2004年河南大学出版社影印本）

②又有一百回本《西游记》，盖出于四十一回本《西游记传》之后③，而今特盛行，且以为元初道士邱处机作。处机固尝西行，李志常记其事为《长春真人西游记》，凡二卷，今尚存《道藏》中，惟因同名，世遂以为一书④；⑤清初刻《西游记》小说者，又取虞集撰《长春真人西游记》之序文冠其首，而不根之谈乃愈不可拔也。⑥

然至清乾隆末，钱大昕跋《长春真人西游记》（《潜研堂文集》二十九）已云小说《西游演义》是明人作；纪昀（《如是我闻》三）更因"其中祭赛国之锦衣卫，朱紫国之司礼监，灭法国之东城兵马司，唐太宗之大学士翰林院中书科，皆同明制"，决为明人依托，惟尚不知作者为何人。⑦而乡邦文献，尤为人所乐道，故是后山阳人如丁晏（《石亭记事续编》）阮葵生（《茶余客话》）等，已皆探索旧志，知《西游记》之作者为吴承恩矣。⑧吴玉搢（《山阳志遗》）亦云然，而尚疑是演邱处机书，犹罗贯中之演陈寿《三国志》者，当由未见二卷本，故其说如此；又谓"或云有《后西游记》，为射阳先生撰"，则第志俗说而已。⑨

吴承恩字汝忠，号射阳山人，性敏多慧，博极群书，复善谐剧，著杂记数种，名震一时，嘉靖甲辰岁贡生，后官长兴县丞，隆庆初归山阳，万历初卒（约一五一〇——一五八〇）。杂记之一即《西游记》（见《天启淮安府志》⑩一六及一九《光绪淮安府志》贡举表），余未详。⑪又能

　　（一）《西游记》　　《西游记》世人多以为是元朝的道士邱长春做的，其实不然。邱长春自己另有《西游记》三卷，是纪行，今尚存《道藏》中；惟因书名一样，人们遂误以为是一种。加以清初刻《西游记》小说者，又取虞集所作的《长春真人西游记序》冠其首，人更信这《西游记》是邱长春所做的了。——实则做这《西游记》者，乃是江苏山阳人吴承恩。此见于明时所修的《淮安府志》；但到清代修志却又把这记载删去了。《西游记》现在所见的，是一百回，先叙孙悟空成道，次叙唐僧取经的由来，后经八十一难，终于回到东土。这部小说，也不是吴承恩所创作，因为《大唐三藏法师取经诗话》——在前边已经提及过——已说过猴行者，深河神，及诸异境。元朝的杂剧也有用唐三藏西天取经做材料的著作。此外明时也别有一种简短的《西游记传》——由此可知玄奘西天取经一事，自唐末以至宋元已渐渐演成神异故事，且多作成简单的小说，而至明吴承恩，便将它们汇集起来，以成大部的《西游记》。承恩本善于滑稽，他讲妖怪的喜，怒，哀，乐，都近于人情，所以人都喜欢看！这是他的本领。而且叫人看了，无所容心，不像《三国演义》，见刘胜则喜，见曹胜则恨；因为《西游记》上所讲的都是妖怪，我们看了，但觉好玩，所谓忘怀得失，独存赏鉴了——这也是他的本领。至于说到这书的宗旨，则有人说是劝学；有人说是谈禅；有人说是讲道；议论很纷纷。但据我看来，实不过出于作者之游戏，只因为他受了三教同源的影响，所以释迦，老君，观音，真性，元神之类，无所不有，使无论什么教徒，皆可随宜附会而已。如果我们一定要问它的大旨，则我觉得明人谢肇淛所说的"《西游记》……以猿为心之神，以猪为意之驰，其始之放纵，上天下地，莫能禁制，而归于紧箍一咒，能使心猿驯伏，至死靡他，盖亦求放心之喻。"这几句话，已经很足以说尽了。后来有《后西游记》及《续西游记》等，都脱不了前书窠臼。至董说的《西游补》，则成了讽刺小说，与这类没有大关系了。

　　——《中国小说的历史的变迁》第五讲《明小说之两大主潮》

诗，其"词微而显，旨博而深"（陈文烛序语）⑫，为有明一代淮郡诗人之冠，而贫老乏嗣，遗稿多散佚，邱正纲收拾残缺为《射阳存稿》四卷《续稿》一卷，吴玉搢尽收入《山阳耆旧集》中（《山阳志遗》四）。⑬然同治间修《山阳县志》者，于《人物志》中去其"善谐剧著杂记"语，于《艺文志》又不列《西游记》之目，于是吴氏之性行遂失真，而知《西游记》之出于吴氏者亦愈少矣。⑭

《西游记》全书次第，与杨志和作四十一回本殆相等。前七回为孙悟空得道至被降故事，当杨本之前九回；第八回记释迦造经之事，与佛经言阿难结集不合；第九回记玄奘父母遇难及玄奘复仇之事，亦非事实，杨本皆无有，吴所加也。第十至十二回即魏征斩龙至玄奘应诏西行之事，当杨本之十至十三回；第十四回至九十九回则俱记入竺途中遇难之事，九者究也，物极于九，九九八十一，故有八十一难；而一百回以东返成真终。⑮

惟杨志和本虽大体已立，而文词荒率，仅能成书；吴则通才，敏慧淹雅，其所取材，颇极广泛，于《四游记》中亦采《华光传》及《真武传》，于西游故事亦采《西游记杂剧》及《三藏取经诗话》（?），翻案挪移则用唐人传奇（如《异闻集》，《酉阳杂俎》等），讽刺揶揄则取当时世态，加以铺张描写，几乎改观，如灌口二郎之战孙悟空，杨本仅有三百余言，而此十倍之，先记二人各现"法象"，次则大圣化雀，化"大鹚老"，化鱼，化水蛇，真君化雀鹰，化大海鹤，化鱼鹰，化灰鹤，大圣复化为鸨，真君以其贱鸟，不屑相比，即现原身，用弹丸击下之。

……那大圣趁着机会，滚下山崖，伏在那里又变，变一座土地庙儿：大张着口，似个庙门；牙齿变作门扇；舌头变做菩萨；眼睛变做窗棂；只有尾巴不好收拾，竖在后面，变做一根旗杆。真君赶到崖下，不见打倒的鸨鸟，只有一间小庙，急睁凤眼，仔细看之，

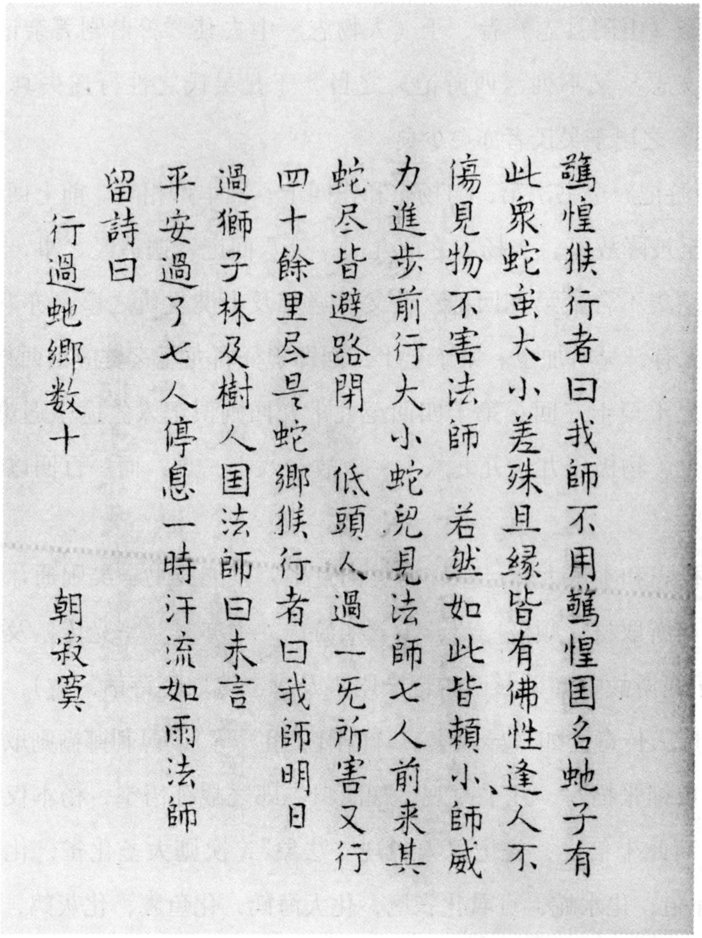

鼃惶猴行者曰我師不用鼃惶国名虵子有
此衆蛇虫大小差殊且縁皆有佛性逢人不
傷見物不害法師　若然如此皆頼小師威
力進歩前行大小蛇兒見法師七人前來其
蛇尽皆避路開　低頭人過一无所害又行
四十餘里尽是蛇鄉猴行者曰我師明日
過獅子林及樹人国法師曰未言
平安過了七人停息一時汗流如雨法師
留詩曰
行過虵鄉数十
　　　　朝寂寞

鲁迅抄录《大唐三藏法师取经记》手稿（北京鲁迅博物馆、上海鲁迅纪念馆编《鲁迅辑校古籍手稿》，1991年上海古籍出版社影印本）

见旗杆立在后面，笑道，"是这猢狲了。他今又在那里哄我。我也曾见庙宇，更不曾见一个旗杆竖在后面的。断是这畜生弄诡。他若哄我进去，他便一口咬住。我怎肯进去？等我掣拳先捣窗棂，后踢门扇。"大圣听得……扑的一个虎跳，又冒在空中不见。真君前前后后乱赶……起在半空，见那李天王高擎照妖镜，与哪吒住立云端。真君道，"天王，曾见那猴王么？"天王道，"不曾上来，我这里照着他哩。"真君把那赌变化，弄神通，拿群猴一事说毕，却道，"他变庙宇，正打处，就走了。"李天王闻言，又把照妖镜四方一照，呵呵的笑道，"真君，快去快去，那猴子使了个隐身法，走出营围，往你那灌江口去也。"……却说那大圣已至灌江口，摇身一变，变作二郎爷爷的模样，按下云头，径入庙里。鬼判不能相认，一个个磕头迎接。他坐在中间，点查香火：见李虎拜还的三牲，张龙许下的保福，赵甲求子的文书，钱丙告病的良愿。正看处，有人报"又一个爷爷来了"。众鬼判急急观看，无不惊心。真君却道，"有个甚么齐天大圣，才来这里否？"众鬼判道，"不曾见甚么大圣，只有一个爷爷在里面查点哩。"真君撞进门；大圣见了，现出本相道，"郎君，不消嚷，庙宇已姓孙了！"这真君即举三尖两刃神锋，劈脸就砍。那猴王使个身法，让过神锋，掣出那绣花针儿，幌一幌，碗来粗细，赶到前，对面相还。两个嚷嚷闹闹，打出庙门，半雾半云，且行且战，复打到花果山。慌得那四大天王等众堤防愈紧；这康张太尉等迎着真君，合心努力，把那美猴王围绕不题……（第六回下《小圣施威降大圣》）

然作者构思之幻，则大率在八十一难中，如金峣山之战（五十至五二回），二心之争（五七及五八回），火焰山之战（五九至六一回），变化施为，皆极奇恣，前二事杨书已有，后一事则取杂剧《西游记》及《华

《西游记》插图（明崇祯间刻本，张满弓编著《古典文学版画》，2004年河南大学出版社影印本）

光传》中之铁扇公主以配《西游记传》中仅见其名之牛魔王⑯俾益增其神怪艳异者也。⑰其述牛魔王既为群神所服，令罗刹女献芭蕉扇，灭火焰山火⑱，俾玄奘等西行情状云：

……那老牛心惊胆战，……望上便走。恰好有托塔李天王并哪吒太子领鱼肚药叉巨灵神将幔住空中。……牛王急了，依前摇身一变，还变做一只大白牛，使两只铁角去触天王，天王使刀来砍。随后孙行者又到，……道，"这厮神通不小，又变作这等身躯，却怎奈何？"太子笑道，"大圣勿疑，你看我擒他。"这太子即喝一声"变！"变得三头六臂，飞身跳在牛王背上，使斩妖剑望颈项上一挥，不觉得把个牛头斩下。天王丢刀，却才与行者相见。那牛王腔子里又钻出一个头来，口吐黑气，眼放金光。被哪吒又砍一剑，头落处，又钻出一个头来；一连砍了十数剑，随即长出十数个头。哪吒取出火轮儿，挂在老牛的角上，便吹真火，焰焰烘烘，把牛王烧得张狂哮吼，摇头摆尾。才要变化脱身，又被托塔天王将照妖镜照住本像，腾挪不动，无计逃生，只叫"莫伤我命，情愿归顺佛家也！"哪吒道，"既惜身命，快拿扇子出来！"牛王道，"扇子在我山妻处收着哩。"哪吒见说，将缚妖索子解下，……穿在鼻孔里，用手牵来，……回至芭蕉洞口。老牛叫道，"夫人，将扇子出来，救我性命！"罗刹听叫，急卸了钗环，脱了色服，挽青丝如道姑，穿缟素似比丘，双手捧那柄丈二长短的芭蕉扇子，走出门；又见金刚众圣与天王父子，慌忙跪在地下，磕头礼拜道，"望菩萨饶我夫妻之命，愿将此扇奉承孙叔叔成功去也。"……

……孙大圣执着扇子，行近山边，尽气力挥了一扇，那火焰山平平息焰，寂寂除光；又搧一扇，只闻得习习潇潇，清风微动；第三扇，满天云漠漠，细雨落霏霏。有诗为证：

《三教源流搜神大全》之玄奘法师（清宣统元年叶氏郎园影刻明本，2022年文物出版社影印本）

火焰山遥八百程，火光大地有声名。火煎五漏丹难熟，火燎三
关道不清。特借芭蕉施雨露，幸蒙天将助神功。牵牛归佛伏颠劣，
水火相联性自平。（第六十一回下《孙行者三调芭蕉扇》）

又作者禀性，"复善谐剧"，故虽述变幻恍忽之事，亦每杂解颐之言，
使神魔皆有人情，精魅亦通世故⑩，而玩世不恭之意寓焉（详见胡适《西
游记考证》）。如记孙悟空大败于金䚩洞兕怪，失金箍棒，因谒玉帝，乞
发兵收剿一节云：

> ……当时四天师传奏灵霄，引见玉陛，行者朝上唱个大喏，道，
> "老官儿，累你累你。我老孙保护唐僧往西天取经，一路凶多吉少，
> 也不消说。于今来在金䚩山，金䚩洞，有一兕怪，把唐僧拿在洞里，
> 不知是要蒸，要煮，要晒。是老孙寻上他门，与他交战，那怪神通
> 广大，把我金箍棒抢去，因此难缚妖魔。那怪说有些认得老孙，我
> 疑是天上凶星思凡下界，为此特来启奏，伏乞天尊垂慈洞鉴，降旨
> 查勘凶星，发兵收剿妖魔，老孙不胜战栗屏营之至。"却又打个深躬
> 道，"以闻。"旁有葛仙翁笑道，"猴子是何前倨后恭？"行者道，"不
> 敢不敢。不是甚前倨后恭，老孙于今是没棒弄了。"……（第五十一
> 回上《心猿空用千般计》）

评议此书者有清人山阴悟一子陈士斌《西游真诠》（康熙丙子尤侗
序），西河张书绅《西游正旨》（乾隆戊辰序）与悟元道人刘一明《西游
原旨》（嘉庆十五年序），或云劝学，或云谈禅，或云讲道，皆阐明理法，
文词甚繁。然作者虽儒生，此书则实出于游戏，亦非语道，故全书仅偶
见五行生克之常谈，尤未学佛，故末回至有荒唐无稽之经目，特缘混同
之教，流行来久，故其著作，乃亦释迦与老君同流，真性与元神杂出，

〔清〕佚名《西游记》彩绘插图（江西萍乡图书馆藏）

使三教之徒，皆得随宜附会而已。^⑳假欲勉求大旨，则谢肇淛（《五杂组》十五）之"《西游记》曼衍虚诞，而其纵横变化，以猿为心之神，以猪为意之驰，其始之放纵，上天下地，莫能禁制，而归于紧箍一咒，能使心猿驯伏，至死靡他，盖亦求放心之喻，非浪作也"数语，已足尽之。作者所说，亦第云^㉑"众僧们议论佛门定旨，上西天取经的缘由，……三藏箝口不言，但以手指自心，点头几度，众僧们莫解其意，……三藏道；'心生种种魔生，心灭种种魔灭，我弟子曾在化生寺对佛说下誓愿，不由我不尽此心，这一去，定要到西天见佛求经，使我们法轮回转，皇图永固'"（十三回）而已。^㉒

《后西游记》六卷四十回，不题何人作。中谓花果山复生石猴，仍得神通，称为小圣，辅大颠和尚赐号半偈者复往西天，虔求真解。途中收猪一戒，得沙弥，且遇诸魔，屡陷危难，顾终达灵山，得解而返。其谓儒释本一，亦同《西游》，而行文造事并逊，以吴承恩诗文之清绮推之，当非所作矣。又有《续西游记》，未见，《西游补》所附杂记有云，"《续西游》摹拟逼真，失于拘滞，添出比丘灵虚，尤为蛇足"也。^㉓

注释：

①《中国小说史略》"油印本"作："明之历史的神异小说　小说史大略十二"，"铅印本"作："第十六篇　明之神魔小说（下）"，自"初版本"作"第十七篇　明之神魔小说（中）"。

②《中国小说史略》"油印本"之"明之历史的神异小说　小说史大略十二"作：至于取史上之一事或一人，而又不循旧文，出意虚造，以奇幻之思，成神异之谈，则至明始有巨制，其魁杰曰《西游记》。自"铅印本"改。

③《且介亭杂文二集·〈中国小说史略〉日本译本序》：郑振铎教授又证明了《四游记》中的《西游记》是吴承恩《西游记》的摘录，而并非祖本，这是可以订正拙著第十六篇的所说的，那精确的论文，就收录在《痀偻集》里。

④《中国小说史略》"铅印本"之"第十六篇　明之神魔小说（下）"作：遂得相溷。自"初版本"改。

⑤《小说旧闻钞》：此与李志常所记之《长春真人西游记》，自是二书，吴盖未见李志常记，故有此说。芥子园刻本《西游记》小说，辄从虞集《道园集》取《长春真人西游记序》冠其首，世人遂愈不能辨矣。

⑥《中国小说史略》"油印本"之"明之历史的神异小说　小说史大略十二"作：世多谓《西游记》为元道士邱处机作者，非也。李志常撰《长春真人西游记》二卷，记处机西行事，今尚存，与此名同而书别。自"铅印本"改。

⑦《小说旧闻钞》：

世既妄指《西游记》小说为丘处机作，此又误为许谦。

《西游记》中多明代官制，故非邱长春作，纪昀已于《如是我闻》卷三假客问乩仙语以发之矣。其说云，吴云岩家扶乩，其仙亦云邱长春。一客问曰，《西游记》果仙师所作，以演金丹奥旨乎？批曰，然。又问，仙师书作于元初，其中祭赛国之锦衣卫；朱紫国之司礼监；灭法国之东城兵马司；唐太宗之大学士，翰林院，中书科；皆同明制，何也？乩忽不动，再问之不复答。知已词穷而遁矣。然则《西游记》为明人所依托无疑也。

⑧《中国小说史略》"油印本"之"明之历史的神异小说　小说史大略十二"作：山阳丁晏据康熙初之《淮安府志》《艺文书目》，谓此为其乡嘉靖中岁贡生官长兴县丞吴承恩所作，且谓记中所述大学士、翰林院、中书科、锦衣卫、兵马司、司礼监，皆明代官制，又多淮郡方言（《冷庐杂识》），则此书为山阳吴承恩撰也。

"铅印本"之"第十六篇　明之神魔小说（下）"作：然乡邦文献，人所乐道，故山阳人如丁晏（《石亭记事续编》）阮葵生（《茶余客话》）等，已皆根据旧志，知《西游记》之作者为吴承恩。

自"初版本"改。

⑨《致胡适》（1922年8月14日）：

关于《西游记》作者事迹的材料，现在录奉五纸，可以不必寄还。《山阳志遗》末段论断甚误，大约吴山夫未见长春真人《西游记》也。

昨日偶在直隶官书局买《曲苑》一部上海古书流通处石印，内有焦循《剧说》引《茶余客话》说《西游记》作者事，亦与《山阳志遗》所记略同。从前曾见商务馆排印之《茶余客话》，不记有此一条，当是节本，其足本在《小方壶斋丛书》中，然而舍间无之。

《剧说》又云，"元人吴昌龄《西游》词与俗所传《西游记》小说小异"，似乎元人本焦循曾见之。既云"小异"，则大致当同，可推知射阳山人演义，多据旧说。又《曲苑》内之王国维《曲录》亦颇有与《西游记》相关之名目数种，其一云《二郎神锁齐天大圣》，恐是明初之作，在吴之前。

倘能买得《射阳存稿》，想当更有贵重之材料，但必甚难耳。明重刻李邕《娑罗树碑》，原本系射阳山人所藏，其诗又有买得油渍云林画竹题，似此君亦颇好擦骨董者也。

《致胡适》（1922年8月21日）：

《纳书楹曲谱》中所摘《西游》，已经难以想见原本。《俗西游》中的《思春》，不知是甚事。《唐三藏》中的《回回》，似乎唐三藏到西夏，一回回先捣乱而后皈依，演义中无此事。只有补遗中的《西游》似乎和演义最相近，心猿意马，花果山，紧箍咒，无不有之。《揭钵》虽演义所无，但火焰山红孩儿当即由此化出。杨掌生笔记中曾说演《西游》，扮女儿国王，殆当时尚演此剧，或者即今也可以觅得全曲本子的。

再《西游》中两提"无支祁"一作巫枝祇，盖元时盛行此故事，作《西游》者或亦受此事影响。其根本见《太平广记》卷四六七《李汤》条。

⑩《小说旧闻钞》：康熙《淮安府志》卷十一《文苑传》及卷十二《艺文志》所载吴承恩事迹及著作，并与天启《淮安府志》同。

⑪《中国小说史略》"铅印本"之"第十六篇　明之神魔小说（下）"作：杂记之一即《西游记》，余未详（见天启《淮安府志》一六及一九光绪《淮安府志》贡举表）。自"合订本"改。

⑫《中国小说史略》"铅印本"之"第十六篇　明之神魔小说（下）"作：

"词微而显，旨博而深"。"初版本"作："词微而显，旨博而深（陈文烛序语）"。自"合订本"改。

⑬《小说旧闻钞》：同志卷五职官门明太守条下云，黄国华，隆庆二年任；陈文烛，字玉叔，沔阳人，进士，隆庆初任；邵元哲，万历初任。

⑭《小说旧闻钞》：《西游记》不著于录自此始，光绪《淮安府志》卷二十八《人物志》，卷三十八《艺文志》所载，并与此同。

⑮《中国小说史略》"油印本"之"明之历史的神异小说　小说史大略十二"作：《西游记》一百回。第一至第七回记石猴生于花果山，得道，大闹天宫，以至被压于五行山下之事。第八回记释迦造经之事，与经言阿难结集不合；第九回记玄奘父母遇难及玄奘复仇之事，全非事实，甚诬古人；第十第十一回记太宗入冥诸事，以为因救龙爽约，与《朝野佥载》谓"因问杀太子建成齐王元吉事"者不同；第十二至十四回，记玄奘首途，至猴行者归依之事；第十五之九十九回，皆记入竺途中遇难之事，并第九回之遇难以来共得八十一难；第一百回则东返成真之事也。作者构想之幻，大都在记八十一难中，而火焰山之战，尤为奇恣，其前之猴行者为小圣所服，虽意匠相肖，然雄健不及也。自"初版本"改。

⑯《中国小说史略》"初版本"作：后一事则取《华光传》中之铁扇公主以配《西游志传》中仅见其名之牛魔王。自"订正本"改。

⑰《集外集拾遗·上海所感》：我们从幼小以来，就受着对于意外的事情，变化非常的事情，绝不惊奇的教育。那教科书是《西游记》，全部充满着妖怪的变化。例如牛魔王呀，孙悟空呀……就是。据作者所指示，是也有邪正之分的，但总而言之，两面都是妖怪，所以在我们人类，大可以不必怎样关心。然而，假使这不是书本上的事，而自己也身历其境，这可颇有点为难了。以为是洗澡的美人罢，却是蜘蛛精；以为是寺庙的大门罢，却是猴子的嘴，这教人怎么过。早就受了《西游记》教育，吓得气绝是大约不至于的，但总之，无论对于什么，就都不免要怀疑了。

⑱《中国小说史略》"初版本"作：灭火焰山。自"合订本"改。

⑲《且介亭杂文末编·〈出关〉的"关"》：但小说里面，并无实在的某甲或

某乙的么？并不是的。倘使没有，就不成为小说。纵使写的是妖怪，孙悟空一个筋斗十万八千里，猪八戒高老庄招亲，在人类中也未必没有谁和他们精神上相像。有谁相像，就是无意中取谁来做了模特儿，不过因为是无意中，所以也可以说是谁竟和书中的谁相像。

⑳《中国小说史略》"油印本"之"明之历史的神异小说　小说史大略十二"作：评议此书者，有清人悟一子《西游真诠》与悟元道人《西游原旨》，皆阐明理法，文词甚繁。实则全书大旨，无非以猿表心，以马表意，以心制马与魔，而又以紧箍制心，心灭魔灭，乃得真如。自"初版本"改。

㉑《中国小说史略》"铅印本"之"第十六篇　明之神魔小说（下）"作：作者亦自云。自"初版本"改。

㉒《中国小说史略》"油印本"之"明之历史的神异小说　小说史大略十二"于此段文字后，尚有：惟缘明人之言心性，已多混三教为一谈，故释迦与老君同流，真性与元神错出，又以八卦，通之《易经》，而附会于儒术矣。自"铅印本"删。

㉓《中国小说史略》"油印本"之"明之历史的神异小说　小说史大略十二"作：又有《后西游记》者，记三藏及孙悟空等后裔，复入西天求经事，乃惟模仿前记而已。

"铅印本"之"第十六篇　明之神魔小说（下）"作：《后西游记》则叙玄奘等后裔又赴天竺求经，复遇诸魔难事，悉摹前书，更无新意，辞亦不工，以吴承恩诗文之清绮推之，必非所作矣。

自"初版本"改。

第十八篇　明之神魔小说（下）①

许仲琳《封神传》。罗懋登《三宝太监西洋记》。董说《西游补》。

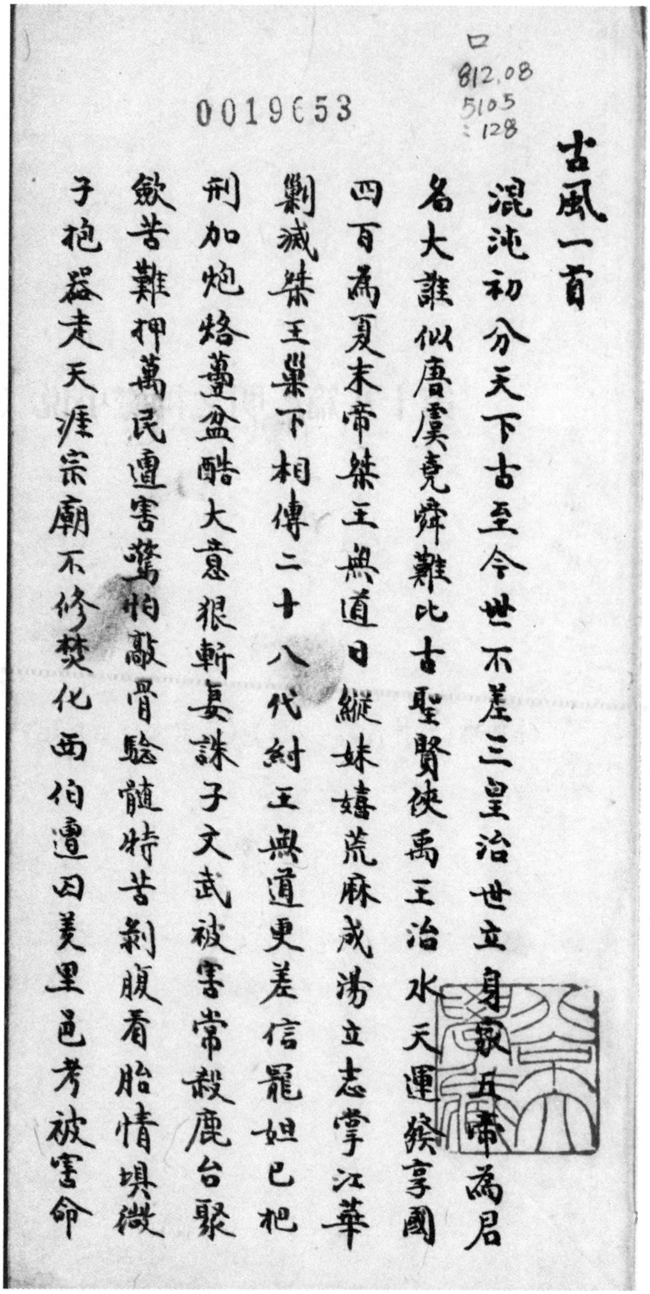

古風一首

混沌初分天下古至今世不差三皇治世立身敕五帝為君

名大難似唐虞堯舜難比古聖賢俠禹王治水天運賓享國

四百為夏末帝桀王與妲日縱妹嬉荒麻咸湯立志掌江華

剿滅桀王巢下相傳二十八代紂王與妲更差信罷妲巳妃

刑加炮烙薑盆酷大意狠斬妻誅子文武被害常殺鹿台聚

歛苦難押萬民遭害驚怕敲骨驗髓特苦剝腹看胎情填微

子杞器走天涯宗廟不修焚化西伯遭囚羑里邑考被害命

《封神演义》书影（清抄本，北京大学图书馆藏）

《封神传》一百回，今本不题撰人②。梁章钜（《浪迹续谈》六）云，"林樾亭（案名乔荫）先生③尝与余谈，《封神传》一书是前明一名宿所撰，意欲与《西游记》，《水浒传》鼎立而三，因偶读《尚书》《武成》篇'唯尔有神尚克相予'语，衍成此传。其封神事则隐据《六韬》（《旧唐书》《礼仪志》引），《阴谋》（《太平御览》引），《史记》《封禅书》，《唐书》《礼仪志》各书，铺张俶诡，非尽无本也。"④然名宿之名未言。⑤日本藏明刻本，乃题许仲琳编（《内阁文库图书第二部汉书目录》），今未见其序，无以确定为何时作，但张无咎作《平妖传》序，已及《封神》，是殆成于隆庆万历间（十六世纪后半）矣。⑥书之开篇诗有云，"商周演义古今传"，似志在于演史，而侈谈神怪，什九虚造，实不过假商周之争，自写幻想，较《水浒》固失之架空，方《西游》又逊其雄肆，故迄今未有以鼎足视之者也。⑦

《史记》《封禅书》云，"八神将，太公以来作之。"《六韬》《金匮》中亦间记太公神术；妲己为狐精，则见于唐李瀚《蒙求》注，是商周神异之谈，由来旧矣⑧。然"封神"亦明代巷语，见《真武传》，不必定本于《尚书》。《封神传》即始自受辛进香女娲宫⑨，题诗黩神，神因命三妖惑纣以助周。第二至三十回则杂叙商纣暴虐，子牙隐显，西伯脱祸，武成反商，以成殷周交战之局。此后多说战争，神佛错出，助周者为阐教

405

《三教源流搜神大全》之哪吒（清宣统元年叶氏郎园影
刻明本，2022年文物出版社影印本）

（二）《封神传》 《封神传》在社会上也很盛行，至为何人
所作，我们无从而知。有人说：作者是一穷人，他把这书做成卖
了，给他女儿作嫁资，但这不过是没有凭据的传说。它的思想，
也就是受了三教同源的模糊的影响；所叙的是受辛进香女娲宫，
题诗黩神，神因命三妖惑纣以助周。上边多说战争，神佛杂出，
助周者为阐教；助殷者为截教。我以为这"阐"是明的意思，
"阐教"就是正教；"截"是断的意思，"截教"或者就是佛教中
所谓断见外道。——总之是受了三教同源的影响，以三教为神，
以别教为魔罢了。

　　——《中国小说的历史的变迁》第五讲《明小说之两大主潮》

即道释，助殷者为截教。截教不知所谓⑩，钱静方（《小说丛考》上）⑪以为《周书》《克殷篇》有云，"武王遂征四方，凡憝国九十有九国，馘魔亿有十万七千七百七十有九，俘人三亿万有二百三十。"（案此文在《世俘篇》，钱偶误记）魔与人分别言之，作者遂由此生发为截教。然"摩罗"梵语，周代未翻，《世俘篇》之魔字又或作磨，当是误字，所未详也。其战各逞道术，互有死伤⑫，而截教终败。于是以纣王自焚⑬，周武入殷，子牙归国封神，武王分封列国终。封国以报功臣，封神以妥功鬼，而人神之死，则委之于劫数⑭。其间时出佛名⑮，偶说名教，混合三教，略如《西游》，然其根柢，则方士之见而已⑯在诸战事中，惟截教之通天教主设万仙阵，阐教群仙合破之，为最烈⑰：

话说老子与元始冲入万仙阵内，将通天教主裹住。金灵圣母被三大士围在当中……用玉如意招架三大士多时，不觉把顶上金冠落在尘埃，将头发散了。这圣母披发大战，正战之间，遇着燃灯道人，祭起定海珠打来，正中顶门。可怜！正是：

封神正位为星首，北阙香烟万载存。

燃灯将定海珠把金灵圣母打死。广成子祭起诛仙剑，赤精子祭起戮仙剑，道行天尊祭起陷仙剑，玉鼎真人祭起绝仙剑，数道黑气冲空，将万仙阵罩住。凡封神台上有名者，就如砍瓜切菜一般，俱遭杀戮。子牙祭起打神鞭，任意施为。万仙阵中，又被杨任用五火扇扇起烈火千丈，黑烟迷空。……哪吒现三首八臂，往来冲突。……通天教主见万仙受此屠戮，心中大怒，急呼曰，"长耳定光仙快取六魂幡来！"定光仙因见接引道人白莲裹体，舍利现光；又见十二代弟子玄都门人俱有璎络金灯，光华罩体，知道他们出身清正，截教毕竟差讹。他将六魂幡收起，轻轻的走出万仙阵，径往芦蓬下隐

關於封神傳的通信

胡適

頡剛：

有一件事托你，不知你有工夫嗎？

汪乃剛（原放之胞兄）標點了一部封神傳。我答應給他做序。但就實在沒有法子了。此序很不易做。最好應該從「神的演變」一個觀念下手。如托塔天王本是印度的毗沙門天王，不知怎樣與李藥師合為一人，此書又把他派作紂王麾下的一個總兵了。

如哪吒吃割骨還父，割肉還母，見于宋慈洪的釋林僧寶傳，可見其說甚古。

然什麼時候變為李靖的兒子，卻待考證。

又如二郎神本是李永之子，李氏父子治水有功，至今血食灌口。宋時二郎神之祀甚盛，故曲牌有二郎神曲。北宋時某日為二郎神生日，東京人士傾城員

—2—

胡适关于《封神传》的通信（耿云志主编《胡适遗稿及秘藏书信》，1994年黄山书社影印本）

匿。正是：

> 根深原是西方客，躲在芦蓬献宝幡。

话说通天教主……无心恋战……欲要退后，又恐教下门人笑话，只得勉强相持。又被老子打了一拐，通天教主着了急，祭起紫电锤来打老子。老子笑曰，“此物怎能近我？”只见顶上现出玲珑宝塔；此锤焉能下来？……只见二十八宿星官已杀得看看殆尽；止邱引见势不好了，借土遁就走。被陆压看见，惟恐追不及，急纵至空中，将葫芦揭开，放出一道白光，上有一物飞出；陆压打一躬，命“宝贝转身”，可怜邱引，头已落地。……且说接引道人在万仙阵内将乾坤袋打开，尽收那三千红气之客。有缘往极乐之乡者，俱收入此袋内。准提同孔雀明王在阵中现二十四头，十八只手，执定璎络，伞盖，花贯，鱼肠，金弓，银戟，白钺，幡，幢，加持神杵，宝锉，银瓶等物，来战通天教主。通天教主看见准提，顿起三昧真火，大骂曰，“好泼道！焉敢欺吾太甚，又来搅吾此阵也！”纵奎牛冲来，仗剑直取，准提将七宝妙树架开。正是：

> 西方极乐无穷法，俱是莲花一化身。（第八十四回）

《三宝太监西洋记通俗演义》亦一百回，题“二南里人编次”。前有万历丁酉（一五九七）菊秋之吉罗懋登叙，罗即撰人。书叙永乐中太监郑和王景宏服外夷三十九国，咸使朝贡事。郑和者，《明史》（三百四《宦官传》）[18]云，“云南人，世所谓三保太监者也。永乐三年，命和及其侪王景宏等通使西洋，将士卒二万七千八百余人，多赍金帛，造大舶，……自苏州刘家河泛海至福建，复自福建五虎门扬帆，首达占城，以次遍历诸国，宣天子诏，因给赐其君长，不服则以武慑之。先后七奉使，所历凡三十余国，所取无名宝物不可胜计，而中国耗费亦不资。自和后，凡将命海表者，莫不盛称和以夸外蕃，故俗传‘三保太监下西洋’为明

　　（三）《三宝太监西洋记》　　《三宝太监西洋记》，是明万历间的书，现在少见；这书所叙的是永乐中太监郑和服外夷三十九国，使之朝贡的事情。书中说郑和到西洋去，是碧峰长老助他的，用法术降服外夷，收了全功。在这书中，虽然所说的是国与国之战，但中国近于神，而外夷却居于魔的地位，所以仍然是神魔小说之流。不过此书之作，则也与当时的环境有关系，因为郑和之在明代，名声赫然，为世人所乐道；而嘉靖以后，东南方面，倭寇猖獗，民间伤今之弱，于是便感昔之盛，做了这一部书。但不思将帅，而思太监，不恃兵力，而恃法术者，乃是一则为传统思想所囿；一则明朝的太监的确常做监军，权力非常之大。这种用法术打外国的思想，流传下来一直到清朝，信以为真，就有义和团实验了一次。

　　——《中国小说的历史的变迁》第五讲《明小说之两大主潮》

初盛事云。"盖郑和之在明代[19]，名声赫然，为世人所乐道，而嘉靖以后，倭患甚殷，民间伤今之弱，又为故事所囿，遂不思将帅而思黄门，集俚俗传闻以成此作[20]，故自序云，"今者东事倥偬，何如西戎即序，不得比西戎即序，何可令王郑二公见"也。惟书则侈谈怪异，专尚荒唐，颇与序言之慷慨不相应[21]，其第一至七回为碧峰长老下生，出家及降魔之事；第八至十四回为碧峰与张天师斗法之事；第十五回以下则郑和挂印，招兵西征，天师及碧峰助之，斩除妖孽，诸国入贡，郑和建祠之事也。所述战事，杂窃《西游记》，《封神传》，而文词不工，更增支蔓，特颇有里巷传说，如"五鬼闹判""五鼠闹东京"故事，皆于此可考见，则亦其所长矣。[22]五鼠事似脱胎于《西游记》二心之争；五鬼事记外夷与明战后，国殇在冥中受谳，多获恶报，遂大哄，纵击判官，其往复辩难之词如下：

　　……五鬼道，"纵不是受私卖法，却是查理不清。"阎罗王道，"那一个查理不清？你说来我听着。"劈头就是姜老星说道，"小的是金莲象国一个总兵官，为国忘家，臣子之职，怎么又说道我该送罚恶分司去？以此说来，却不是错为国家出力了么？"崔判官道，"国家苦无大难，怎叫做为国家出力？"姜老星道，"南人宝船千号，战将千员，雄兵百万，势如累卵之危，还说是国家苦无大难？"崔判官道，"南人何曾灭人社稷，吞人土地，贪人财货，怎见得势如累卵之危？"姜老星道，"既是国势不危，我怎肯杀人无厌？"判官道，"南人之来，不过一纸降书，便自足矣，他何曾威逼于人，都是你们偏然强战，这不是杀人无厌么？"咬海干道，"判官大王差矣。我爪哇国五百名鱼眼军一刀两段，三千名步卒煮做一锅，这也是我们强战么？"判官道，"都是你们自取的。"圆眼帖木儿说道，"我们一个人劈作四架，这也是我们强战么？"判官道，"也是你们自取的。"盘龙三太子说道，"我举刀自刎，岂不是他的威逼么？"判官道，"也是你

411

《三宝太监西洋记通俗演义》插图（明万历二十五年刻本）

们自取的。"百里雁说道，"我们烧做一个柴头鬼儿，岂不是他的威逼么？"判官道，"也是你们自取的。"五个鬼一齐吆喝起来，说道，"你说甚么自取，自古道'杀人的偿命，欠债的还钱'，他枉刀杀了我们，你怎么替他们曲断？"判官道，"我这里执法无私，怎叫做曲断？"五鬼说道，"既是执法无私，怎么不断他填还我们人命？"判官道，"不该填还你们！"五鬼说道，"但只'不该'两个字，就是私弊。"这五个鬼人多口多，乱吆乱喝，嚷做一耎，闹做一块。判官看见他们来得凶，也没奈何，只得站起来喝声道，"咄，甚么人敢在这里胡说！我有私，我这管笔可是容私的？"五个鬼齐齐的走上前去，照手一抢，把管笔夺将下来，说道，"铁笔无私。你这蜘蛛须儿扎的笔，牙齿缝里都是私（丝），敢说得个不容私？"……（第九十回《灵曜府五鬼闹判》）

《西游补》㉓十六回，天目山樵序云南潜作；南潜者，乌程董说出家后之法名也。说字若雨，生于万历庚申（一六二〇），幼即颖悟，自愿先诵《圆觉经》，次乃读四书及五经，十岁能文，十三入泮，逮见中原流寇之乱，遂绝意进取。明亡，祝发于灵岩，名曰南潜，号月函，其他别字尚甚夥，三十余年不履城市，惟友渔樵，世推为佛门尊宿，有《上堂晚参唱酬语录》（钮琇《觚賸续编》之江抱阳生《甲申朝事小记》），及《丰草庵杂著》十种诗文集若干卷。㉔《西游补》云以入"三调芭蕉扇"之后，叙悟空化斋，为鲭鱼精所迷，渐入梦境，拟寻秦始皇借驱山铎，驱火焰山，徘徊之间，进万镜楼，乃大颠倒，或见过去，或求未来，忽化美人，忽化阎罗，得虚空主人一呼，始离梦境，知鲭鱼本与悟空同时出世，住于"幻部"，自号"青青世界"，一切境界，皆彼所造，而实无有，即"行者情"，故"悟通大道，必先空破情根，破情根必先走入情内，走入情内见得世界情根之虚，然后走出情外认得道根之实"（本书卷在唐；唯識論經一都一百卷，十卷在唐；具含論經一部二千卷，十卷在唐。西遊記第九十八回玄奘從西天持歸經目與此同，惟李真經作禮真如經，因名論經作大孔雀經；又多增益在唐之一卷為十卷，共五千零四十八卷，以合開元釋教錄之數而已。因疑明代原有此等荒唐經目，流行世間，即胡氏筆叢所鈔，亦即西遊記所本，初非西遊廣行之後，世俗始據以鈔竄此目也。

西游補

（觚賸續編二）吳與葦說字若雨，華閥懿孫，才情恬曠，淑配稱閨閫之賢，佳兒獲芝蘭之秀，中年以後，一旦捐棄，獨飯淨域，自號月涵，所至之地，緇素宗仰，於是海內無不推月涵為禪門尊宿矣。月涵於傳鉢開堂飛錫住山之輩，視若蔑如，而身心融悟，得之典籍，每一出游，則有書五十擔隨之，雖僻谷之深，洪濤之險，不暫離也。余幼時曾見其西游補一書，俱言孫悟空夢游事，鑿天驅山，出入莊老，而末

— 54 —

鲁迅校录《小说旧闻钞》书影（1926年北新书局刊本）

首《答问》）。其云鲭鱼精，云青青世界，云小月王者；即皆谓情矣。或以中有"杀青大将军""倒置历日"诸语，因谓是鼎革之后，所寓微言，然全书实于讥弹明季世风之意多，于宗社之痛之迹少，因疑成书之日，尚当在明亡以前，故但有边事之忧，亦未入释家之奥，主眼所在，仅如时流，谓行者有三个师父，一是祖师，二是唐僧，三是穆王（岳飞）："凑成三教全身"（第九回）而已。惟其造事遣辞，则丰赡多姿，恍忽善幻，奇突之处，时足惊人，间以徘谐，亦常俊绝，殊非同时作手所敢望也。⑳

　　行者（时化为虞美人与绿珠辈宴后辞出）即时现出原身，抬头看看，原来正是女娲门前。行者大喜道，"我家的天，被小月王差一班踏空使者碎碎凿开，昨日反拖罪名在我身上。……闻得女娲久惯补天，我今日竟央女娲替我补好，方才哭上灵霄，洗个明白，这机会甚妙。"走近门边细细观看，只见两扇黑漆门紧闭，门上贴一纸头，写着"二十日到轩辕家闲话，十日乃归，有慢尊客，先此布罪"。行者看罢，回头就走，耳朵中只听得鸡唱三声，天已将明，走了数百万里，秦始皇只是不见。（第五回）

　　忽见一个黑人坐在高阁之上，行者笑道，"古人世界也有贼哩，满面涂了乌煤在此示众。"走了几步，又道，"不是逆贼。原来倒是张飞庙。"又想想道，"既是张飞庙，该带一顶包巾。……带了皇帝帽，又是玄色面孔，此人决是大禹玄帝。我便上前见他，讨些治妖斩魔秘诀，我也不消寻着秦始皇了。"看看走到面前，只见台下立一石竿，竿上插一首飞白旗，旗上写六个紫色字：

　　　　"先汉名士项羽。"

　　行者看罢，大笑一场，道，"真个是'事未来时休去想，想来到底不如心'。老孙疑来疑去，……谁想一些不是，倒是我绿珠楼上的適之先生：

前兩天得到 手教及水滸兩種序。序文極好，有孟守達意不勘。我之不贊成小滸作偽，大約在于託古事而沒變之，以漢目之塊墨這一點，至于文章固然已実有佳處。先生席上之言與勸大的佑便了。

兩閒裙還上，是說廓中的，不知是此外有无較好的刻本。

鲁迅《致胡适》（1924年1月5日）（《鲁迅手稿丛编》，2014年人民文学出版社影印本）

强遥丈夫。"当时又转一念道，"哎哟，吾老孙专为寻秦始皇，替他借个驱山铎子，所以钻入古人世界来，楚伯王在他后头，如今已见了，他却为何不见？我有一个道理：径到台上见了项羽，把始皇消息问他，倒是个着脚信。"行者即时跳起细看，只见高阁之下，……坐着一个美人，耳朵边只听得叫"虞美人虞美人"。……行者登时把身子一摇，仍前变做美人模样，竟上高阁，袖中取出一尺冰罗，不住的掩泪，单单露出半面，望着项羽，似怨似怒。项羽大惊，慌忙跪下，行者背转，项羽又飞趋跪在行者面前，叫"美人，可怜你枕席之人，聊开笑面"。行者也不做声；项羽无奈，只得陪哭。行者方才红着桃花脸儿，指着项羽道，"顽贼！你为赫赫将军，不能庇一女子，有何颜面坐此高台？"项羽只是哭，也不敢答应。行者微露不忍之态，用手扶起道，"常言道，'男儿两膝有黄金。'你今后不可乱跪！"……（第六回）

注释：

①《中国小说史略》"油印本"作："明之历史的神异小说　小说史大略十二"，"铅印本"作："第十六篇　明之神魔小说（下）"，自"初版本"作"第十八篇　明之神魔小说（下）"。

②《中国小说史略》"铅印本"之"第十六篇　明之神魔小说（下）"作：不题撰人。自"订正本"改。

③《中国小说史略》"油印本"之"明之历史的神异小说　小说史大略十二"作：林樾亭先生。自"初版本"改。

④《中国小说史略》"油印本"之"明之历史的神异小说　小说史大略十二"作："（《浪迹续谈》）"。自"铅印本"删。

⑤《中国小说史略》"铅印本"之"第十六篇　明之神魔小说（下）"作："然名宿之名未详"。自"订正本"改。

⑥《中国小说史略》"铅印本"之"第十六篇　明之神魔小说（下）"作："张无咎作《平妖传》序已及《封神》，是其书殆成于隆庆万历间（十六世纪后半）矣"。自"订正本"改。

⑦《中国小说史略》"油印本"之"明之历史的神异小说　小说史大略十二"作：写一己之幻想，然较《水浒》既失之架空，方《西游》又逊其雄恣，望尘尚遥，遑论鼎足，仅止于神异小说之备员而已。自"铅印本"改。

⑧《中国小说史略》"油印本"之"明之历史的神异小说　小说史大略十二"作：相传旧矣。自"铅印本"改。

⑨《中国小说史略》"油印本"之"明之历史的神异小说　小说史大略十二"作：此书起于受辛进香女娲宫。自"铅印本"改。

⑩《中国小说史略》"油印本"之"明之历史的神异小说　小说史大略十二"作：截教不知所指，或以为魔。自"铅印本"改。

⑪《中国小说史略》"油印本"之"明之历史的神异小说　小说史大略十二"作：因。自"铅印本"改。

⑫《中国小说史略》"油印本"之"明之历史的神异小说　小说史大略十二"作：互有丧亡。自"铅印本"改。

⑬《中国小说史略》"油印本"之"明之历史的神异小说　小说史大略十二"作：遂以纣王自焚。自"铅印本"改。

⑭《中国小说史略》"油印本"之"明之历史的神异小说　小说史大略十二"作：而以人心之死归于劫运。自"铅印本"改。

⑮《中国小说史略》"油印本"之"明之历史的神异小说　小说史大略十二"作：虽间见佛名。自"铅印本"改。

⑯《中国小说史略》"油印本"之"明之历史的神异小说　小说史大略十二"作：则方士之见也。自"铅印本"改。

⑰《中国小说史略》"油印本"之"明之历史的神异小说　小说史大略十二"和"铅印本"之"第十五篇　明之神魔小说（下）"误将"阐教"作"截教"，"截教"作"阐教"，自"初版本"改。

⑱《中国小说史略》"油印本"之"明之历史的神异小说　小说史大略十二"作：《明史》《宦官传》。自"铅印本"改。

⑲《中国小说史略》"油印本"之"明之历史的神异小说　小说史大略十二"作：盖和在明代。自"铅印本"改。

⑳《中国小说史略》"油印本"之"明之历史的神异小说　小说史大略十二"作：乃忆国初盛事，而有此作。自"铅印本"改。

㉑《中国小说史略》"油印本"之"明之历史的神异小说　小说史大略十二"作：惟序虽如是，书则荒诞离奇，全由臆造。自"铅印本"改。

㉒《中国小说史略》"油印本"之"明之历史的神异小说　小说史大略十二"作：所述战事，颇窃《封神》，而叙记更为枝蔓，盖意在侈陈怪异，专尚荒唐，遂不能与序言之慷慨相应矣。自"铅印本"改。

㉓《致胡适》（1923年12月28日）：我以为可重印者尚有数书，……一是董说《西游补》，但不能雅俗共赏。

《致胡适》（1924年1月5日）：《西游补》送上，是《说库》中的，不知道此外有无较好的刻本。

《致胡适》（1924年5月2日）：《西游补》已用过否？如已看过，请掷还。

㉔《小说旧闻钞》：乾隆《乌程县志》谓说为董斯张之子，非自号也，疑曲园误。然案头无汪日桢《南浔志》，无以定之。

㉕《中国小说史略》"油印本"之"明之历史的神异小说　小说史大略十二"作：继《西游记》而作者，有《西游补》，乌程董说撰。说字若雨，黄道周之弟子也。明亡为僧，号月涵。此书记孙悟空梦游事，作于明亡之后，故有"青青世界"及"未来世界""历日先晦后朔"诸语，借稗史以抒隐痛者也。今印本改名《新西游记》。自"铅印本"改。

第十九篇　明之人情小说（上）①

　　《金瓶梅》。明中叶方士文臣以献方药得幸之影响于小说。

　　《玉娇李》。丁耀亢《续金瓶梅》转入因果谈。《隔帘花影》。

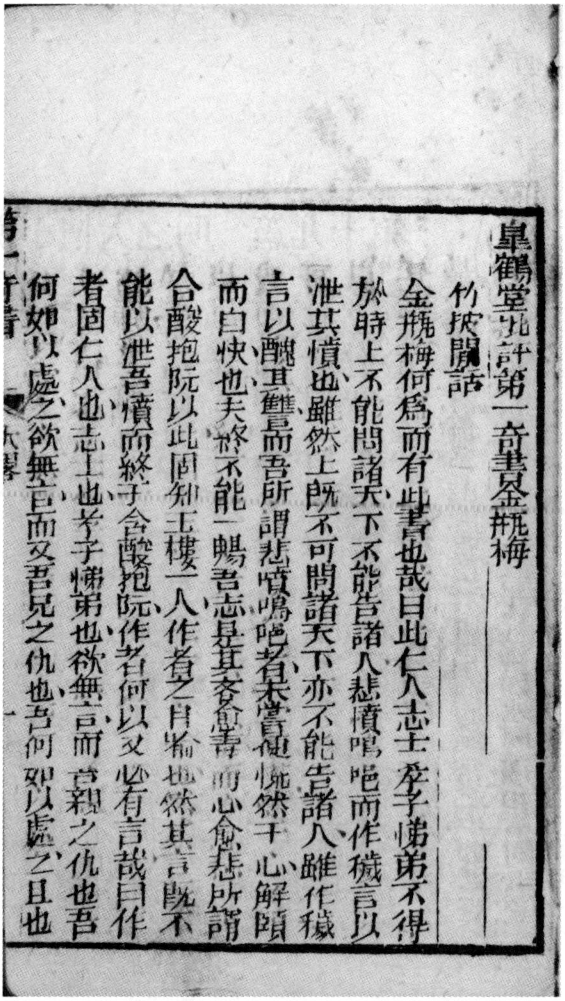

竹坡閒話

金瓶梅何為而有此書也哉曰此仁人志士孝子悌弟不得
於時上不能問諸天下不能告諸人悲憤嗚唈而作穢言以
泄其憤也雖然上既不可問諸天下亦不能告諸人雖作穢
言以洩其憤而吾所謂悲憤嗚唈者未嘗不慨然于心解頤
而自快也夫終不能一暢吾志是其多食誨壽而心愈悲所謂
含酸抱阮以此固知玉樓一人作者之自喻也然其言既不
能以洩吾憤而終于令含酸抱阮作者自何以又必有言哉目作
者固仁人也志士也孝子悌弟也欲無一言而言吾親之仇也吾
何如以處之欲無一言而又吾兄之仇也吾何如以處之且也

《金瓶梅》书影（清康熙间刻本，北京大学图书馆藏书）

当神魔小说盛行时，记人事者亦突起，其取材犹宋市人小说之"银字儿"②，大率为离合悲欢及发迹变态之事，间杂因果报应，而不甚言灵怪，又缘描摹世态，见其炎凉，故或亦谓之"世情书"也。③

诸"世情书"中，《金瓶梅》最有名。初惟钞本流传，袁宏道见数卷，即以配《水浒传》为"外典"（《觞政》），故声誉顿盛④；世又益以《西游记》，称三大奇书。万历庚戌（一六一〇），吴中始有刻本，计一百回，其五十三至五十七回原阙，刻时所补也（见《野获编》二十五）。作者不知何人，沈德符云是嘉靖间大名士（亦见《野获编》），世因以拟太仓王世贞，或云其门人（康熙乙亥谢颐序云）。由此复生谰言，谓世贞造作此书，乃置毒于纸，以杀其仇严世蕃，或云唐顺之者，故清康熙中彭城张竹坡评刻本，遂有《苦孝说》冠其首。⑤

《金瓶梅》全书假《水浒传》之西门庆为线索，谓庆号四泉，清河人，"不甚读书，终日闲游浪荡"，有一妻三妾，又交"帮闲抹嘴不守本分的人"，结为十弟兄，复悦潘金莲，酖其夫武大，纳以为妾，武松来报仇，寻之不获，误杀李外傅，刺配孟州。而西门庆故无恙，于是日益放恣，通金莲婢春梅，复私李瓶儿，亦纳为妾，"又得两三场横财，家道营盛"。已而李瓶儿生子；庆则因赂蔡京得金吾卫副千户，乃愈肆，求药纵欲受赇枉法无不为。然潘金莲妒李有子，屡设计使受惊，子终以瘈疭死；

二、讲世情的　当神魔小说盛行的时候，讲世情的小说，也就起来了，其原因，当然也离不开那时的社会状态，而且有一类，还与神魔小说一样，和方士是有很大的关系的。这种小说，大概都叙述些风流放纵的事情，间于悲欢离合之中，写炎凉的世态。其最著名的，是《金瓶梅》，书中所叙，是借《水浒传》中之西门庆做主人，写他一家的事迹。西门庆原有一妻三妾，后复爱潘金莲，酖其夫武大，纳她为妾；又通金莲婢春梅；复私了李瓶儿，也纳为妾了。后来李瓶儿，西门庆皆先死，潘金莲又为武松所杀，春梅也因淫纵暴亡。至金兵到清河时，庆妻携其遗腹子孝哥，欲到济南去，路上遇着普净和尚，引至永福寺，以佛法感化孝哥，终于使他出了家，改名明悟。因为这书中的潘金莲，李瓶儿，春梅，都是重要人物，所以书名就叫《金瓶梅》。明人小说之讲秽行者，人物每有所指，是借文字来报夙仇的，像这部《金瓶梅》中所说的西门庆，是一个绅士，大约也不外作者的仇家，但究属何人，现在无可考了。至于作者是谁，我们现在也还未知道。有人说：这是王世贞为父报仇而做的，因为他的父亲王忬为严嵩所害，而严嵩之子世蕃又势盛一时，凡有不利于严嵩的奏章，无不受其压抑，不使上闻。王世贞探得世蕃爱看小说，便作了这部书，使他得沉湎其中，无暇他顾，而参严嵩的奏章，得以上去了。所以清初的翻刻本上，就有《苦孝说》冠其首。但这不过是一种推测之辞，不足信据。《金瓶梅》的文章做得尚好，而王世贞在当时最有文名，所以世人遂把作者之名嫁给他了。后人之主张此说，并且以《苦孝说》冠其首，也无非是想减轻社会上的攻击的手段，并不是确有什么王世贞所作的凭据。

——《中国小说的历史的变迁》第五讲《明小说之两大主潮》

李瓶子亦亡。潘则力媚西门庆，庆一夕饮药逾量，亦暴死。金莲春梅复通于庆婿陈敬济，事发被斥卖，金莲遂出居王婆家待嫁，而武松适遇赦归，因见杀；春梅则卖为周守备妾，有宠，又生子，竟册为夫人。会孙雪娥以遇拐复获发官卖，春梅憾其尝"唆打陈敬济"，则买而折辱之，旋卖于酒家为娼；又称敬济为弟，罗致府中，仍与通。已而守备征宋江有功，擢济南兵马制置，敬济亦列名军门，升为参谋。后金人入寇，守备阵亡，春梅凤通其前妻之子，因亦以淫纵暴卒。比金兵将至清河，庆妻携其遗腹子孝哥欲奔济南，途遇普净和尚，引至永福寺，以因果现梦化之，孝哥遂出家，法名明悟。

作者之于世情，盖诚极洞达，凡所形容，或条畅，或曲折，或刻露而尽相，或幽伏而含讥，或一时并写两面，使之相形，变幻之情，随在显见⑥，同时说部，无以上之，故世以为非王世贞不能作。⑦至谓此书之作，专以写市井间淫夫荡妇，则与本文殊不符，缘西门庆故称世家，为搢绅，不惟交通权贵，即士类亦与周旋，著此一家，即骂尽诸色，盖非独描摹下流言行，加以笔伐而已。

……妇人（潘金莲）道，"怪奴才，可可儿的来，想起一件事来，我要说又忘了。"因令春梅，"你取那只鞋来与他瞧。""你认的这鞋是谁的鞋？"西门庆道，"我不知是谁的鞋。"妇人道，"你看他还打张鸡儿哩。瞒着我黄猫黑尾，你干的好茧儿。来旺媳妇子的一只臭蹄子，宝上珠也一般收藏在藏春坞雪洞儿里拜帖匣子内，搅着些字纸和香儿，一处放着。甚么罕稀物件，也不当家化化的，怪不的那贼淫妇死了随阿鼻地狱。"又指着秋菊骂道，"这奴才当我的鞋，又翻出来，教我打了几下。"分付春梅，"趁早与我掠出去。"春梅把鞋掠在地下，看着秋菊说道，"赏与你穿了罢。"那秋菊拾着鞋儿说道，"娘这个鞋，只好盛我一个脚指头儿罢。"那妇人骂道，"贼奴

《金瓶梅》插图（明崇祯间刻本，张满弓编著《古典文学版画》，2004年河南大学出版社影印本）

才，还叫甚么□娘哩。他是你家主子前世的娘！不然，怎的把他的鞋这等收藏的娇贵？到明日好传代。没廉耻的货！"秋菊拿着鞋就往外走，被妇人又叫回来，分付"取刀来，等我把淫妇鞋剁作几截子，掠到茅厕里去，叫贼淫妇阴山背后永世不得超生。"因向西门庆道，"你看着越心疼，我越发偏剁个样儿你瞧。"西门庆笑道，"怪奴才，丢开手罢了，我那里有这个心。"……（第二十八回）

　　……掌灯时分，蔡御史便说，"深扰一日，酒告止了罢。"因起身出席。左右便欲掌灯，西门庆道，"且休掌灯。请老先生后边更衣。"于是……让至翡翠轩……关上角门，只见两个唱的，盛妆打扮，立于阶下，向前插烛也似磕了四个头。……蔡御史看见，欲进不能，欲退不舍，便说道，"四泉，你如何这等厚爱？恐使不得。"西门庆笑道，"与昔日东山之游，又何异乎？"蔡御史道，"恐我不如安石之才，而君有王右军之高致矣。"……因进入轩内，见文物依然，因索纸笔，就欲留题相赠。西门庆即令书童将端溪砚研的墨浓浓的，拂下锦笺。这蔡御史终是状元之才，拈笔在手，文不加点，字走龙蛇，灯下一挥而就，作诗一首。……（第四十九回）

明小说之宣扬秽德者，人物每有所指，盖借文字以报凤仇，而其是非，则殊难揣测。沈德符谓《金瓶梅》亦斥时事，"蔡京父子则指分宜，林灵素则指陶仲文，朱勔则指陆炳，其它亦各有所属。"则主要如西门庆，自当别有主名，即开篇所谓"有一处人家，先前怎地富贵，到后来煞甚凄凉，权谋术智，一毫也用不着，亲友兄弟，一个也靠不着，享不过几年的荣华，倒做了许多的话靶。内中又有几个斗宠争强迎奸卖俏的，起先好不妖娆妩媚，到后来也免不得尸横灯影，血染空房"（第一回）者是矣。结末稍进，用释家言，谓西门庆遗腹子孝哥方睡在永福寺方丈，普净引其母及众往，指以禅杖，孝哥"翻过身来，却是西门庆，项带沉

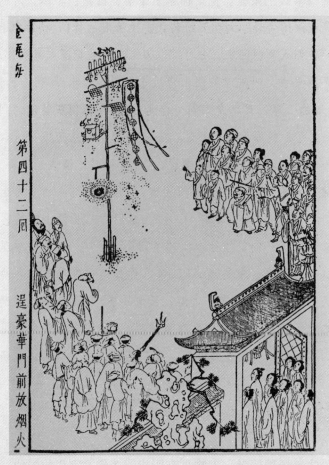

《金瓶梅》插图（明崇祯间刻本，张满弓编著《古典文学版画》，2004年河南大学出版社影印本）

　　此外叙放纵之事，更甚于《金瓶梅》者，为《玉娇李》。但此书到清朝已经佚失，偶有见者，也不是原本了。

　　——《中国小说的历史的变迁》第五讲《明小说之两大主潮》

枷，腰系铁索。复用禅杖只一点，依旧还是孝哥儿睡在床上。……原来孝哥儿即是西门庆托生"（第一百回）。此之事状，固若玮奇⑧，然亦第谓种业留遗，累世如一，出离之道，惟在"明悟"而已。若云孝子衔酷，用此复仇，虽奇谋至行，足为此书生色，而证佐盖阙，不能信也。

故就文辞与意象以观《金瓶梅》，则不外描写世情，尽其情伪，又缘衰世，万事不纲，爰发苦言，每极峻急，然亦时涉隐曲，猥黩者多。后或略其他文，专注此点，因予恶谥，谓之"淫书"；而在当时，实亦时尚。成化时，方士李孜僧继晓已以献房中术骤贵，至嘉靖间而陶仲文以进红铅得幸于世宗，官至特进光禄大夫柱国少师少傅少保礼部尚书恭诚伯。于是颓风渐及士流，都御史盛端明布政使参议顾可学皆以进士起家，而俱借"秋石方"致大位。瞬息显荣，世俗所企羡，侥幸者多竭智力以求奇方，世间乃渐不以纵谈闺帏方药之事为耻。风气既变，并及文林，故自方士进用以来，方药盛，妖心兴，而小说亦多神魔之谈，且每叙床第之事也。

然《金瓶梅》作者能文，故虽间杂猥词，而其他佳处自在，至于末流，则著意所写，专在性交，又越常情，如有狂疾，惟《肉蒲团》意想颇似李渔，较为出类而已。其尤下者则意欲媟语，而未能文，乃作小书，刊布于世，中经禁断，今多不传。

万历时又有名《玉娇李》者，云亦出《金瓶梅》作者之手。袁宏道曾闻大略，谓"与前书各设报应因果，武大后世化为淫夫，上蒸下报；潘金莲亦作河间妇，终以极刑；西门庆则一骏憨男子，坐视妻妾外遇，以见轮回不爽"。后沈德符见首卷，以为"秽黩百端，背伦蔑理……其帝则称完颜大定，而贵溪（夏言）分宜（严嵩）相构，亦暗寓焉。至嘉靖辛丑庶常诸公，则直书姓名，尤可骇怪。……然笔锋恣横酣畅，似尤胜《金瓶梅》"（皆见《野获编》二十五）。今其书已佚，虽或偶有见者，而文章事迹，皆与袁沈之言不类，盖后人影撰，非当时所见本也。

  《金瓶梅》插图（明崇祯间刻本，张满弓编著《古典文学版画》，2004年河南大学出版社影印本）

  还有一种山东诸城人丁耀亢所做的《续金瓶梅》，和前书颇不同，乃是对于《金瓶梅》的因果报应之说，就是武大后世变成淫夫，潘金莲也变为河间妇，终受极刑；西门庆则变成一个骏憨男子，只坐视着妻妾外遇。——以见轮回是不爽的。从此以后世情小说，就明明白白的，一变而为说报应之书——成为劝善的书了。这样的讲到后世的事情的小说，如果推演开去，三世四世，可以永远做不完工，实在是一种奇怪而有趣的做法。但这在古代的印度却是曾经有过的，如《鸯堀摩罗经》就是一例。

  ——《中国小说的历史的变迁》第五讲《明小说之两大主潮》

《续金瓶梅》前后集共六十四回，题"紫阳道人编"。自言东汉时辽东三韩有仙人丁令威；后五百年而临安西湖有仙人丁野鹤，临化遗言，"说'五百年后又有一人名丁野鹤，是我后身，来此相访'。后至明末，果有东海一人，名姓相同，来此罢官而去，自称紫阳道人。"（六十二回）卷首有《太上感应篇阴阳无字解》，署"鲁诸邑丁耀亢参解"，序有云，"自奸杞焚予《天史》于南都，海桑既变，不复讲因果事，今见圣天子钦颁《感应篇》，自制御序，戒谕臣工。"则《续金瓶梅》当成于清初，而丁耀亢即其撰人矣。耀亢字西生⑨，号野鹤，山东诸城人，弱冠为诸生，走江南与诸名士联文社，既归，郁郁不得志，作《天史》十卷。清顺治四年入京，由顺天籍拔贡，充镶白旗教习，诗名甚盛。后为容城教谕，迁惠安知县，不赴，六十后病目，自称木鸡道人，年七十二卒（约一六二〇——一六九一），所著有诗集十余卷，传奇四种（乾隆《诸城志》十三及三六）。《天史》者，类历代吉凶诸事而成，焚于南都，未详其实，《诸城志》但云⑩"以献益都钟羽正，羽正奇之"而已。

《续金瓶梅》主意殊单简，前集谓普净是地藏菩萨化身，一日施食，以轮回大簿指点众鬼，俾知将来恶报，后悉如言。西门庆为汴京富室沈越子，名曰金哥，越之妻弟袁指挥居对门，有女常姐，则李瓶儿后身，尝在沈氏宅打秋千，为李师师所见，艳其美，矫旨取之，改名银瓶。金人陷汴，民众流离，金哥遂沦为乞丐；银瓶则为娼，通郑玉卿，后嫁为翟员外妾，又与郑偕遁至扬州，为苗青所赚，乃自经死。后集则叙东京孔千户女名梅玉者，以艳羡富贵，自甘为金人金哈木儿妾，而大妇"凶妒"，篡取虐使之，梅玉欲自裁，因梦自知是春梅后身，大妇则孙雪娥再世，遂长斋念佛，不生嗔恨，竟得脱离。至潘金莲则转生为山东黎指挥女，名金桂，夫曰刘瘸子，其前生实为陈敬济，以夙业故，体貌不全，金桂怨愤，因招妖蛊，又缘受惊，终成痼疾也。

余文俱述他人牵缠孽报，而以国家大事，穿插其间，又杂引佛典道

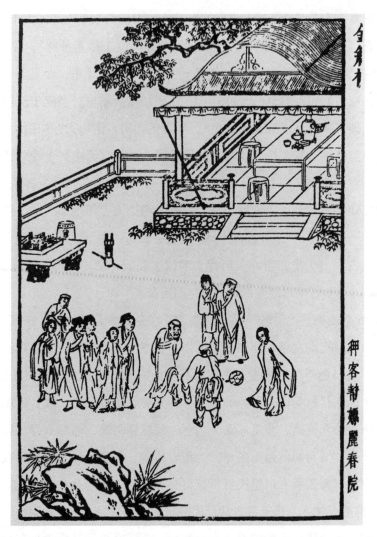

《金瓶梅》插图（明崇祯间刻本，张满弓编著《古典文学版画》，2004年河南大学出版社影印本）

经儒理，详加解释，动辄数百言，顾什九以《感应篇》为归宿，所谓
"要说佛说道说理学，先从因果说起，因果无凭，又从《金瓶梅》说起"
（第一回）也。明之"淫书"作者，本好以阐明因果自解，至于此书，则
因见"只有夫妇一伦，变故极多……造出许多冤业，世世偿还，真是爱
河自溺，欲火自煎，一部《金瓶梅》说了个色字，一部《续金瓶梅》说
了个空字，从色还空，即空是色，乃自果报，转入佛法"（四十三回）
矣。然所谓佛法，复甚不纯，仍溷儒道，与神魔小说诸作家意想无甚异，
惟似较重力行，又欲无所执著，故亦颇讥当时空谈三教一致及妄分三教
等差者之弊，如述李师师旧宅收没入官，立为大觉尼寺，儒道又出面纷
争，即其例也：

　　……这里大觉寺兴隆佛事不题。后因天坛道官并阖学生员争这
　块地，上司断决不开，各在兀朮太子营里上了一本，说道，"这李师
　师府地宽大，僧妓杂居，单给尼姑盖寺，恐久生事端，宜作公所。
　其后半花园，应分割一半，作三教堂，为儒释道三教讲堂。"王爷准
　了，才息了三处争讼。那道官见自己不独得，又是三分四裂的，不
　来照管。这开封府秀才吴蹈理卜守分两个无耻生员，借此为名，也
　就贴了公帖，每人三钱，倒敛了三四百两分资。不日盖起三间大殿，
　原是释迦佛居中，老子居左，孔子居右，只因不肯倒了自家门面，
　便把孔夫子居中，佛老分为左右，以见贬黜异端外道的意思。把那
　园中台榭池塘，和那两间妆阁，当日银瓶做过卧房的，改作书房。
　……这些风流秀士，有趣文人，和那浮浪子弟们，也不讲禅，也不
　讲道，每日在三教堂饮酒赋诗，倒讲了个色字，好个快活所在。题
　曰三空书院，无非说三教俱空之意。……（第三十七回上《三教堂
　青楼成净土》）

又有《隔帘花影》四十八回，世亦以为《金瓶梅》后本，而实乃改易《续金瓶梅》中人名（如以西门庆为南宫吉之类）及回目，并删略其絮说因果语而成，书末不完，盖将续作，然未出。一名《三世报》，殆包举将来拟续之事；或并以武大被酖，亦为凤业，合数之得三世也。

注释：

①《中国小说史略》"油印本"作："明之人情小说　小说史大略十三"，"铅印本"作："第十七篇　明之人情小说（上）"，自"初版本"作"第十九篇　明之人情小说（上）"。

②《坟·宋民间之所谓小说及其后来》：

据耐得翁及吴自牧说，是说话之一科的小说，又因内容之不同而分为三子目：

1.银字儿　所说者为烟粉（烟花粉黛），灵怪（神仙鬼怪），传奇（离合悲欢）等。

③《中国小说史略》"油印本"之"明之人情小说　小说史大略十三"作：

明人小说之涉及历史者，若非神怪，即为英贤，而又多偏于武勇，故一方复有述才士之书，以补其阙。其所叙述，虽亦英贤，然大率假立姓名，不必实有其人，盖文士之在史策，常无与显赫之功，而贵人达官之有文名者，又每与风流跌宕不相称，不足为书中主人，故无宁虚造姓名，较便抒写，按其根柢，实亦英贤小说之支流也。

唐人记传中，亦颇有言文人异迹如《游仙窟》，《章台柳传》者，然除《莺莺传》而外，殆与后来之此类小说不相关，倘或相同，亦缘人同此心，因而偶合，非必出于仿效矣。惟文翰之士，既无惊人勋业，比拟武人，则所述自不得不以文雅风流功名遇合为主体，以是描写亦渐入于人情。此在唐亦属传奇，宋则隶于小说，又以事迹多始乖而终合，故明人称为佳话，今名之曰"人情小说"。

自"铅印本"改。

④《且介亭杂文二集·"招贴即扯"》：中郎正是一个关心世道，佩服"方巾气"人物的人，赞《金瓶梅》，作小品文，并不是他的全部。

《且介亭杂文二集·"寻开心"》：袁中郎也曾有过称赞《金瓶梅》的事实。

⑤《中国小说史略》"油印本"之"元明传来之历史演义　小说史大略十一"作：明嘉靖间有《金瓶梅》，取《水浒》中事为种子，又有续集曰《玉娇梨》，则已转入人情小说，与草泽无关，或以为皆王世贞作也。自"铅印本"改。

《且介亭杂文二集·〈中国小说史略〉日本译本序》：还有一件，是《金瓶梅词话》被发见于北平，为通行至今的同书的祖本，文章虽比现行本粗率，对话却全用山东的方言所写，确切的证明了这决非江苏人王世贞所作的书。

《小说旧闻钞》：凤洲复仇之说，极不近情理可笑噱，而世人往往信而传之，异说尚多，今不复录。

⑥《中国小说史略》"铅印本"之"第十七篇　明之人情小说（上）"作：随在洞见。自"初版本"改。

⑦《且介亭杂文二集·论讽刺》：

我们常不免有一种先入之见，看见讽刺作品，就觉得这不是文学上的正路，因为我们先就以为讽刺并不是美德。但我们走到交际场中去，就往往可以看见这样的事实，是两位胖胖的先生，彼此弯腰拱手，满面油晃晃的正在开始他们的扳谈——

"贵姓？……"

"敝姓钱。"

"哦，久仰久仰！还没有请教台甫……"

"草字阔亭。"

"高雅高雅。贵处是……？"

"就是上海……"

"哦哦，那好极了，这真是……"

谁觉得奇怪呢？但若写在小说里，人们可就会另眼相看了，恐怕大概要被算作讽刺。有好些直写事实的作者，就这样的被蒙上了"讽刺家"——很难说是好是坏——的头衔。例如在中国，则《金瓶梅》写蔡御史的自谦和恭维西门庆道："恐我不如安石之才，而君有王右军之高致矣！"还有《儒林外史》写范举人因为守孝，连象牙筷也不肯用，但吃饭时，他却"在燕窝碗里拣了一个大虾圆子送在嘴里"，和这相似的情形是现在还可以遇见的。

⑧《中国小说史略》"铅印本"之"第十七篇　明之人情小说（上）"作：事状固若玮奇。自"初版本"改。

⑨《中国小说史略》"铅印本"之"第十七篇　明之人情小说（上）"作：耀亢（作元或作光者误），字西生。自"合订本"改。

⑩《中国小说史略》"铅印本"之"第十七篇　明之人情小说（上）"作：志但云。自"合订本"改。

第二十篇　明之人情小说（下）①

才子佳人小说者流:《玉娇梨》,荻岸山人《平山冷燕》,名教中人《好逑传》。云封山人《铁花仙史》。

《水浒全传》插图（明崇祯间袁无涯原刊本，张满弓编著《古典文学版画》，
2004年河南大学出版社影印本）

《金瓶梅》，《玉娇李》等既为世所艳称，学步者纷起，而一面又生异流，人物事状皆不同，惟书名尚多蹈袭②，如《玉娇梨》，《平山冷燕》等皆是也。至所叙述，则大率才子佳人之事，而以文雅风流缀其间，功名遇合为之主，始或乖违，终多如意，故当时或亦称为"佳话"。察其意旨，每有与唐人传奇近似者，而又不相关，盖缘所述人物，多为才人，故时代虽殊，事迹辄类，因而偶合，非必出于仿效矣。《玉娇梨》，《平山冷燕》有法文译，又有名《好逑传》者则有法德文译，故在外国特有名，远过于其在中国。

　　《玉娇梨》③今或改题《双美奇缘》，无撰人名氏。全书仅二十回，叙明正统间有太常卿白玄者，无子，晚年得一女曰红玉，甚有文才，以代父作菊花诗为客所知，御史杨廷诏因求为子杨芳妇，玄招芳至家，属妻弟翰林吴珪试之④。

　　……吴翰林陪杨芳在轩子边立着。杨芳抬头，忽见上面横着一个扁额，题的是"弗告轩"三字。杨芳自恃认得这三个字，便只管注目而视。吴翰林见杨芳细看，便说道，"此三字乃是聘君吴与弼所书，点画遒劲，可称名笔。"杨芳要卖弄识字，因答道，"果是名笔，这轩字也还平常，这弗告二字写得入神。"却将告字读了去声，不知如上所讲，世情小说在一方面既有这样的大讲因果的变迁，在他方面也起了别一种反动。那是讲所谓"温柔敦厚"的，可以用《平山冷燕》，《好逑传》，《玉娇梨》来做代表。不过这类的书名字，仍多袭用《金瓶梅》式，往往摘取书中人物的姓名来做书名；但内容却不是淫夫荡妇，而变了才子佳人了。所谓才子者，大抵能作些诗，才子和佳人之遇合，就每每以题诗为媒介。这似乎是很有悖于"父母之命，媒妁之言"的婚姻，对于旧习惯是有些反对的意思的，但到团圆的时节，又常是奉旨成婚，我们就知道作者是寻到了更大的帽子了。那些书的文章也没有一部好，而在外国却很有名。一则因为《玉娇梨》，《平山冷燕》，有法文译本；《好逑传》有德，法文译本，所以研究中国文学的人们都知道，给中国做文学史就大概提起它；二则因为若在一夫一妻制的国度里，一个以上的佳人共爱一个才子便要发生极大的纠纷，而在这些小说里却毫无问题，一下子便都结了婚了，从他们看起来，实在有些新奇而且有趣。

——《中国小说的历史的变迁》第五讲《明小说之两大主潮》

弗告二字，盖取《诗经》上"弗谖弗告"之义，这"告"字当读与"谷"字同音。吴翰林听了，心下明白，便模糊答应。……（第二回）

白玄遂不允。杨以为怨，乃荐玄赴乜先营中迎上皇，玄托其女于吴翰林⑤而去。吴珪即挈红玉归金陵，偶见苏友白题壁诗，爱其才，欲以红玉嫁之。友白误相新妇，竟不从。珪怒，嘱学官革友白秀才，学官方踌躇，而白玄还朝加官归乡之报适至，即依黜之。友白被革，将入京就其叔，于道中见数少年苦吟，乃方和白红玉新柳诗；谓有能步韵者，即嫁之也。友白亦和两首，而张轨如遽窃以献白玄，玄留之为西宾。已而有苏有德者又冒为友白，请婚于白氏，席上见张，互相攻讦，俱败。友白见红玉新柳诗，慕之，遂渡江而北，欲托吴珪求婚；途次遇盗，暂舍于李氏，偶遇一少年曰卢梦梨，甚服友白之才，因以其妹之终身相托。友白遂入京以监生应试，中第二名；再访卢，则已以避祸远徙，乃大失望。不知卢实白红玉之中表，已先赴金陵依白氏也。白玄难于得婿，易姓名游山阴，于禹迹寺见一少年姓柳，才识非常，次日往访，即字以己女及甥女，归而说其故云：

……"……忽遇一个少年，姓柳，也是金陵人。他人物风流，真个是'谢家玉树'。……我看他神清骨秀，学博才高，旦暮间便当飞腾翰苑。……意欲将红玉嫁他，又恐甥女说我偏心；欲要配了甥女，又恐红玉说我矫情。除了柳生，若要再寻一个，却万万不能。我想娥皇女英同事一舜，古圣人已有行之者；我又见你姊妹二人互相爱慕，不啻良友，我也不忍分开：故当面一口就都许他了。这件事我做得甚是快意。"……（第十九回）

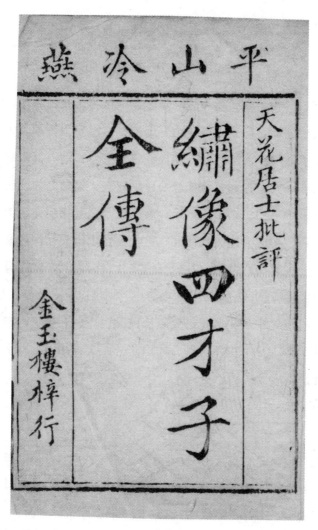

《新刻天花藏批评平山冷燕》书影（清刻本，天津师范大学图书馆藏）

而二女皆慕友白，闻之甚怏怏。已而柳至白氏，自言实苏友白，盖尔时亦变姓名游山阴也。玄亦告以真姓名，皆大惊喜出意外，遂成婚。而卢梦梨实女子，其先乃改装自托于友白者云。

《平山冷燕》亦二十回⑥，题云“荻岸山人编次”。清盛百二（《柚堂续笔谈》）以为嘉兴张博山十四五时作，其父执某续成之。博山名劭，清康熙时人，“少有成童之目，九龄作《梅花赋》惊其师。”（阮元《两浙辎轩录》七引李方湛语）盖早慧，故世人并以此书附著于彼，然文意陈腐，殊不类童子所为。⑦书叙“先朝”隆盛时事，而又不云何时作，故亦莫详“先朝”为何帝也。其时⑧钦天监正堂官奏奎壁流光，散满天下，天子则大悦，诏求真才，又适见白燕盘旋，乃命百官赋白燕诗，众谢不能，大学士山显仁乃献其女山黛之作，诗云：

> 夕阳凭吊素心稀，遁入梨花无是非，淡去羞从鸦借色，瘦来只许雪添肥，飞回夜黑还留影，衔尽春红不浣衣，多少朱门夸富贵，终能容我洁身归。（第一回）

天子即召见，令献策，称旨，赐玉尺一条，“以此量天下之才”；金如意一执，“文可以指挥翰墨，武可以扦御强暴，长成择婿，有妄人强求，即以此击其首，击死勿论”；又赐御书扁额一方曰“弘文才女”。时黛方十岁；其父筑楼以贮玉尺，谓之玉尺楼，亦即为黛读书之所，于是才女之名大著，求诗文者云集矣。后黛以诗嘲一贵介子弟，被怨，托人诬以诗文皆非己出，又奉旨令文臣赴玉尺楼与黛较试，文臣不能及，诬者获罪而黛之名益扬。其时又有村女冷绛雪者，亦幼即能诗，竹山人宋信，信以计陷之，俾官买送山氏为侍婢。绛雪于道中题诗而遇洛阳才人平如衡，然指顾间又相失；既至山氏，自显其才，则大得敬爱，且亦以题诗为天子所知也。平如衡至云间访才士，得燕白颔，家世富贵而有大

《好逑传》书影（清同治二年独处轩刻本，天津师范大学图书馆藏）

才，能诗。长官俱荐于朝，二人不欲以荐举出身，乃皆入都应试，且改姓名求见山黛。黛早见其讥刺诗，因与绛雪易装为青衣，试以诗，唱和再三，二人竟屈，辞去。又有张寅者，亦以求婚至山氏，受试于玉尺楼下，张不能文，大受愚弄，复因奔突登楼，几被如意击死，至拜祷始免。张乃嘱礼官奏于朝，谓黛与少年唱和调笑，有伤风化。天子即拘讯；张又告发二人实平燕托名，而适榜发，平中会元，燕会魁。于是天子大喜，谕山显仁择之为婿，遂以山黛嫁燕白颔，冷绛雪嫁平如衡。成婚之日，凡事无不美满：

> ……二女上轿，随妆侍妾足有上百，一路火炮与鼓乐喧天，彩旗共花灯夺目，真个是天子赐婚，宰相嫁女，状元探花娶妻：一时富贵，占尽人间之盛。……若非真正有才，安能如此？至今京城中俱传平山冷燕为四才子；闲窗阅史，不胜欣慕而为之立传云。（第二十回）

二书大旨，皆显扬女子，颂其异能，又颇薄制艺而尚词华，重俊髦而嗤俗士，然所谓才者，惟在能诗，所举佳篇，复多鄙倍，如乡曲学究之为；又凡求偶必经考试，成婚待于诏旨，则当时科举思想之所牢笼，倘作者无不羁之才，固不能冲决而高骞矣。⑨⑩

《好逑传》十八回，一名《侠义风月传》，题云"名教中人编次"。其立意亦略如前二书⑪，惟文辞较佳，人物之性格亦稍异，所谓"既美且才，美而又侠"者也。书言有秀才铁中玉者⑫，北直隶大名府人，

> ……生得丰姿俊秀，就像一个美人，因此里中起个诨名，叫做"铁美人"。若论他人品秀美，性格就该温存。不料他人虽生得秀美，性子就似生铁一般，十分执拗；又有几分膂力，动不动就要使气动

《绘像铁花仙史》书影（清光绪十八年壬辰孟冬月春申浦石印本，天津师范大学
图书馆藏）

粗；等闲也不轻易见他言笑。……更有一段好处，人若缓急求他，……慨然周济；若是谀言谄媚，指望邀惠，他却只当不曾听见：所以人都感激他，又都不敢无故亲近他。……（第一回）

其父铁英为御史，中玉虑以戆直得祸，入都谏之。会大夬侯沙利夺韩愿妻，即施智计夺以还愿，大得义侠之称。然中玉亦惧祸，不敢留都，乃至山东游学。⑬历城退职兵部侍郎水居一有一女曰冰心，甚美，而才识胜男子。同县有过其祖者，大学士之子，强来求婚，水居一不敢拒，然以侄女易冰心嫁之，婚后始觉，其祖大恨，计陷居一，复百方图女⑭，而冰心皆以智免⑮。过其祖又托县令假传朝旨逼冰心，而中玉适在历城，遇之，斥其伪，计又败。冰心因此甚服铁中玉，当中玉暴病，乃邀寓其家护视，历五日始去。此后过其祖仍再三图娶冰心，皆不得。而中玉卒与冰心成婚，然不合卺，已而过学士托御史万谔奏二氏婚媾，先以"孤男寡女，共处一室，不无暧昧之情，今父母徇私，招摇道路而纵成之，实有伤于名教"。有旨查复。后皇帝知二人虽成礼而未同居，乃召冰心令皇后验试，果为贞女，于是诬蔑者皆被诘责，而誉水铁为"真好逑中出类拔萃者"，令重结花烛，以光名教，且云"汝归宜益懋妇德以彰风化"也。

又有《铁花仙史》二十六回。题"云封山人编次"。⑯钱唐蔡其志与好友王悦共游于祖遗之埋剑园，赏芙蓉，至花落方别。后入都又相遇，已各有儿女在襁褓，乃约为婚姻，往来愈密。王悦子曰儒珍，七岁能诗，与同窗陈秋麟皆十三四入泮，尝借寓埋剑园，邀友赏花赋诗。秋麟夜遇女子，自称符剑花，后屡至，一夕暴风雨拔去玉芙蓉，乃绝。后王氏衰落，儒珍又不第，蔡嫌其穷困，欲以女改适夏元虚，时秋麟已中解元，急谋于密友苏紫宸，托媒得之，拟临时归儒珍，而蔡女若兰竟逸去，为紫宸之叔诚斋所收养。夏元虚为世家子而无行，怒其妹瑶枝时加讥讪，

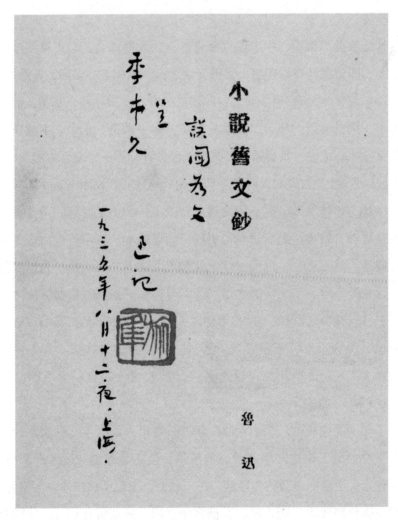

鲁迅题赠许寿裳《小说旧闻钞》扉页（北京鲁迅博物馆藏）

因荐之应点选；瑶枝被征入都，中途舟破，亦为诚斋所救。诚斋又招儒珍为西宾，而蔡其志晚年孤寂，亦屡来迎王，养以为子，亦发解，娶诚斋之女馨如。秋麟求婚夏瑶枝，诚斋未许，一夕女自来，乃偕遁。时紫宸已平海寇，成神仙，忽遗王陈二人书，言真瑶枝故在苏氏，偕遁者实花妖，教二人以五雷法治之，妖即逸去，诚斋亦终以真瑶枝许之。一日儒珍至苏氏，忽睹若兰旧婢，甚惊；诚斋乃确知所收蔡女，故为儒珍聘妇，亦以归儒珍。后来两家夫妇皆年逾八十，以服紫宸所赠金丹，一夕无疾而终，世以为尸解云。

《铁花仙史》较后出，似欲脱旧来窠臼，故设事力求其奇。作者亦颇自负，序言有云，"传奇家摹绘才子佳人之悲欢离合，以供人娱目悦心者也。然其成书而命之名也，往往略不加意。如《平山冷燕》则皆才子佳人之姓为颜，而《玉娇梨》者又至各摘其人名之一字以传之，草率若此，非真有心唐突才子佳人，实图便于随意扭捏成书而无所难耳。此书则有特异焉者……令人以为铁为花为仙者读之，而才子佳人之事掩映乎其间。"然文笔拙涩，事状纷繁^②，又溷入战争及神仙妖异事，已轶出于人情小说范围之外矣。

注释：

①《中国小说史略》"油印本"作："明之人情小说　小说史大略十三"，"铅印本"作："第十八篇　明之人情小说（下）"，自"初版本"作"第二十篇　明之人情小说（下）"。

②《中国小说史略》"铅印本"之"第十八篇　明之人情小说（下）"作：惟书名尚多效法。自"初版本"改。

③《集外集拾遗补编·柳无忌来信按语》：

我的《中国小说史略》，是先因为要教书糊口，这才陆续编成的，当时限于经济，所以搜集的书集，都不是好本子，有的改了字面，有的缺了序跋。《玉娇梨》所见的也是翻本，作者，著作年代，都无从查考。那时我想，倘能够得到一本明刻原本，那么，从板式，印章，序文等，或者能够推知著作年代和作者的真姓名罢，然而这希望至今没有达到。

　　这三年来不再教书，关于小说史的材料也就不去留心了。因此并没有什么新材料。但现在研究小说史者已经很多，并且又开辟了各种新方面，所以现在便将柳无忌先生的信，借《语丝》公开，希望得有关于《玉娇梨》的资料的读者，惠给有益的文字。

　　④《中国小说史略》"油印本"之"明之人情小说　小说史大略十三"作：御史杨廷诏因求为子妇，玄招其子杨芳试之。自"铅印本"改。

　　⑤《中国小说史略》"油印本"之"明之人情小说　小说史大略十三"作：吴翰林（珪）。自"铅印本"改。

　　⑥《中国小说史略》"油印本"之"明之人情小说　小说史大略十三"作：《平山冷燕》二十回。自"铅印本"改。

　　⑦《中国小说史略》"铅印本"之"第十八篇　明之人情小说（下）"作：然文意陈腐，殊不类少年手笔。自"初版本"改。

　　⑧《中国小说史略》"油印本"之"明之人情小说　小说史大略十三"作：叙。自"铅印本"改。

　　⑨《中国小说史略》"油印本"之"明之人情小说　小说史大略十三"作：是书或谓嘉兴张博山十四五时作，其父执某续成之（《柚堂续笔谈》）。然文意陈腐，不类少年手笔。大体颇薄制艺而尚才华，重真才而蚩俗士，然所谓才者，即能诗，而所举佳诗，亦甚俚俗；又凡求婚必经考试，仍亦科举思想之仆隶也。自"铅印本"改。

　　⑩《致钱玄同》（1924年11月26日）：尝闻《醒世姻缘》其书也者，一名《恶姻缘》者也，孰为原名，则不得而知之矣。间尝览之，其为书也，至多至烦，难乎其终卷矣，然就其大意而言之，则无非以报应因果之谈，写社会家庭之事，描写则颇仔细矣，讥讽则亦或锋利矣，较之《平山冷燕》之流，盖诚乎其杰出者也。

⑪《中国小说史略》"油印本"之"明之人情小说　小说史大略十三"作：其立意大略如上二书。自"铅印本"改。

⑫《中国小说史略》"油印本"之"明之人情小说　小说史大略十三"作：秀才铁中玉。自"铅印本"改。

⑬《中国小说史略》"油印本"之"明之人情小说　小说史大略十三"作：惧祸不敢留都，至山东游学。自"铅印本"改。

⑭《中国小说史略》"油印本"之"明之人情小说　小说史大略十三"作：复百计图女。自"铅印本"改。

⑮《中国小说史略》"油印本"之"明之人情小说　小说史大略十三"作：而冰心皆以智计获免。自"铅印本"改。

⑯《中国小说史略》"油印本"之"明之人情小说　小说史大略十三"作：无撰人名氏。自"铅印本"改。

⑰《中国小说史略》"油印本"之"明之人情小说　小说史大略十三"作：然记事虽较为曲折，实嫌琐碎。自"铅印本"改。

第二十一篇　明之拟宋市人小说及后来选本①

　　冯梦龙之《古今小说》。三言:《喻世明言》,《警世通言》,《醒世恒言》。凌濛初《拍案惊奇》二刻。周清原《西湖二集》。东鲁古狂生《醉醒石》。明清之选本:抱瓮老人《今古奇观》,东壁山房主人《今古奇闻》,无名氏《续今古奇观》。

敲碎瑶盆不再鼓伊
是何人我是誰

《警世通言》插图（明天启四年兼善堂刻本，张满弓编著《古典文学版画》，
河南大学出版社2004年版）

宋人说话之影响于后来者，最大莫如讲史，著作迭出，如第十四十五篇所言。明之说话人亦大率以讲史事得名，间亦说经诨经，而讲小说者殊希有。惟至明末，则宋市人小说之流复起，或存旧文，或出新制，顿又广行世间，但旧名湮昧，不复称市人小说也。②

此等书之繁富者，最先有《全像古今小说》十卷，书肆天许斋告白云，"本斋购得古今名人演义一百二十种，先以三之一为初刻"，绿天馆主人序则谓"茂苑野史家藏古今通俗小说甚富，因贾人之请，抽其可以嘉惠里耳者，凡四十种，俾为一刻"，而续刻无闻。已而有"三言"，"三言"云者，一曰《喻世明言》，二曰《警世通言》，今皆未见，仅知其序目。《明言》二十四卷，其二十一篇出《古今小说》，三篇亦见于《通言》及《醒世恒言》中，似即取《古今小说》残本作之。《通言》则四十卷，有天启甲子（一六二四）豫章无碍居士序，内收《京本通俗小说》七篇（见盐谷温《关于明的小说"三言"》及《宋明通俗小说流传表》），因知此等汇刻，盖亦兼采故书，不尽为拟作。三即《醒世恒言》，亦四十卷，天启丁卯（一六二七）陇西可一居士序云，"六经国史而外，凡著述，旨小说也，而尚理或病于艰深，修词或伤于藻绘，则不足以触里耳而振恒心，此《醒世恒言》所以继《明言》《通言》而作也。"是知《恒言》之出，在"三言"中为最后，中有《十五贯戏言成巧祸》一事，即

《喻世明言》插图（明末衍庆堂刻本，张满弓编著《古典文学版画》，河南大学出版社2004年版）

《京本通俗小说》卷十五之《错斩崔宁》，则此亦兼存旧作，为例盖同于《通言》矣。③

　　松禅老人序《今古奇观》云，"墨憨斋增补《平妖》。穷工极变，不失本来。……至所纂《喻世》，《醒世》，《警世》'三言'，极摹世态人情之岐，备写悲欢离合之致。"《平妖传》有张无咎序，云"盖吾友龙子犹所补也"，首叶有题名，则曰"冯犹龙先生增定"，因知"三言"亦冯犹龙作，其曰龙子犹者，即错综"犹龙"字作之。犹龙名梦龙，长洲人（《曲品》作吴县人，《顽潭诗话》作常熟人），故绿天馆主人称之曰茂苑野史，崇祯中，由贡生选授寿宁知县，于诗有《七乐斋稿》，而"善为启颜之辞，间入打油之调，不得为诗家"（朱彝尊《明诗综》七十一云）。然擅词曲，有《双雄记传奇》，又刻《墨憨斋传奇定本十种》，颇为当时所称，其中之《万事足》，《风流梦》，《新灌园》皆己作；亦嗜小说，既补《平妖传》，复纂"三言"，又尝劝沈德符以《金瓶梅》钞付书坊板行，然不果（《野获编》二十五）。

　　《京本通俗小说》所录七篇，其五为高宗时事，最远者神宗时，耳目甚近，故铺叙易于逼真。《醒世恒言》乃变其例，杂以汉事二，隋唐事十一，多取材晋唐小说（《续齐谐记》，《博异志》，《酉阳杂俎》，《隋遗录》等），而古今风俗，迁变已多，演以虚词，转失生气。宋事十一篇颇生动，疑《错斩崔宁》而外，或尚有采自宋人话本者，然未详。明事十五篇则所写皆近闻，世态物情，不待虚构，故较高谈汉唐之作为佳。第九卷《陈多寿生死夫妻》一篇，叙朱陈二人以棋友成儿女亲家，陈氏子后病癞，朱欲悔婚，女不允，终归陈氏侍疾，阅三年，夫妇皆仰药卒。其述二人订婚及女母抱怨诸节，皆不务装点，而情态反如画：

　　　　……王三老和朱世远见那小学生行步舒徐，语音清亮，且作揖次第甚有礼数，口中夸奖不绝。王三老便问，"令郎几岁了？"陈青

457

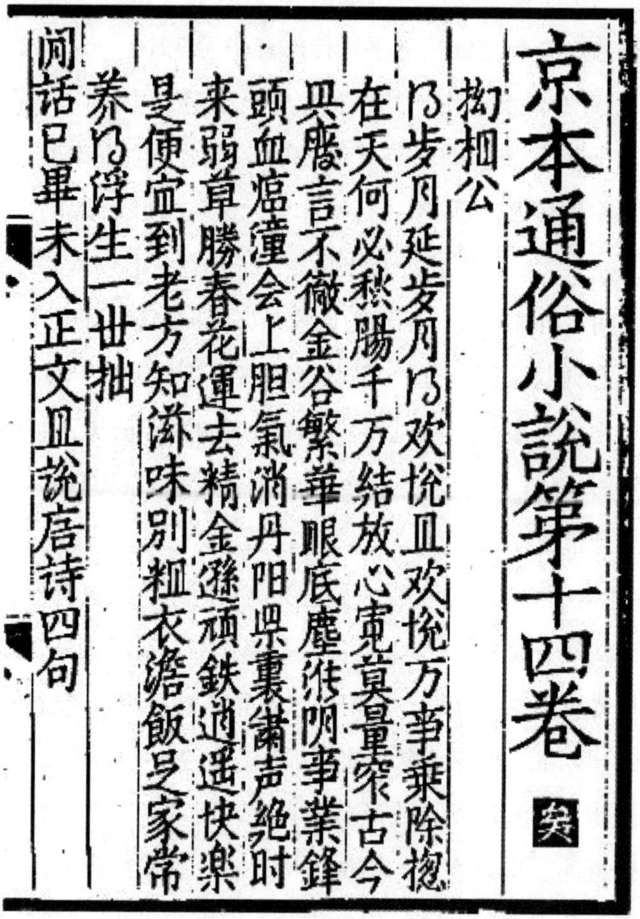

京本通俗小说第十四卷 奥

拗相公

乃岁月延发乃欢悦皿欢悦万事乘除撼
在天何必愁阳千万结放心宽莫量窠古今
只应言不微金谷繁华眼底尘纷咽事业锋
头血疮疃会上胆气消丹阳郡裏萧声绝时
来弱草胜春花运去精金逊顽铁逍遥快乐
是便宜到老方知淡味别粗衣澹饭早家常
养乃浮生一世拙
闲话已毕未入正文皿说唇诗四句

《京本通俗小说》书影（1987年文学古籍刊行社影印本）

答应道，"是九岁。"王三老道，"想着昔年汤饼会时，宛如昨日，倏忽之间，已是九年，真个光阴似箭，争教我们不老？"又问朱世远道，"老汉记得宅上令爱也是这年生的。"朱世远道，"果然，小女多福，如今也是九岁了。"王三老道，"莫怪老汉多口，你二人做了一世的棋友，何不扳做儿女亲家。古时有个朱陈村，一村中只有二姓，世为婚姻，如今你二人之姓适然相符，应是天缘。况且好男好女，你知我见，有何不美？"朱世远已自看上了小学生，不等陈青开口，先答应道，"此事最好，只怕陈兄不愿，若肯俯就，小子再无别言。"陈青道，"既蒙朱兄不弃寒微，小子是男家，有何推托？就请三老作伐。"王三老道，"明日是重阳日，阳九不利；后日大好个日子，老夫便当登门。今日一言为定，出自二位本心；老汉只图吃几杯见成喜酒，不用谢媒。"陈青道，"我说个笑话你听：玉皇大帝要与人皇对亲，商量道，'两亲家都是皇帝，也须得个皇帝为媒才好。'乃请灶君皇帝往下界去说亲。人皇见了灶君，大惊道，'那个做媒的怎的这般样黑？'灶君道，'从来媒人，那有白做的？'"王三老同朱世远都笑起来。朱陈二人又下棋至晚方散。

　　只因一局输赢子，定下三生男女缘。

…………

　　……朱世远的浑家柳氏，闻知女婿得个恁般的病症，在家里哭哭啼啼。抱怨丈夫道，"我女儿又不髈臭起来，为甚忙忙的九岁上就许了人家？如今却怎么好？索性那癞虾蟆死了，也出脱了我女儿，如今死不死，活不活，女孩儿看看年纪长成，嫁又嫁他的不得，赖又赖他的不得。终不然，看著那癞子守活孤孀不成？这都是王三那老乌龟一力撺掇，害了我女儿终身。"……朱世远原有怕婆之病，凭他夹七夹八，自骂自止，并不插言，心中纳闷。一日，柳氏偶然收拾厨柜子，看见了象棋盘和那棋子，不觉勃然发怒，又骂起丈夫来

《二刻拍案惊奇》插图（明崇祯间尚友堂刻本，张满弓编著《古典文学版画》，2004年河南大学出版社影印本）

道，"你两个只为这几著象棋上说得着，对了亲，赚了我女儿。还要留这祸胎怎的？"一头说，一头走到门前，将那象棋子乱撒在街上，棋盘也掼做几片。朱世远是本分之人，见浑家发性，拦他不住，洋洋的躲开去了，女儿多福又怕羞，不好来劝。任他絮聒个不耐烦，方才罢休。……

时又有《拍案惊奇》三十六卷，卷为一篇，凡唐六，宋六，元四，明二十，亦兼收古事，与"三言"同。首有即空观主人序云，"龙子犹氏所辑《喻世》等诸言，颇存雅道，时著良规，一破今时陋习，如宋元旧种，亦被搜括殆尽。……因取古今来杂碎事，可新听睹，佐谈谐者，演而畅之，得如干卷。"既而有《二刻》三十九卷，凡春秋一，宋十四，元三，明十六，不明者（明？）五，附《宋公明闹元宵杂剧》一卷，于崇祯壬申（一六三二）自序，略云"丁卯之秋……偶戏取古今所闻，一二奇局可纪者，演而成说……得四十种。……其为柏梁余材，武昌剩竹，颇亦不少，意不能恝，聊复缀为四十则。……"丁卯为天启七年，即《醒世恒言》版行之际，此适出而争奇，然叙述平板，引证贫辛，不能及也。即空观主人为凌濛初别号，濛初，字初成，乌程人，著有《言诗翼》，《诗逆》，《国门集》，杂剧《虬髯翁》等（《明的小说"三言"》）。④

《西湖二集》三十四卷附《西湖秋色》一百韵，题"武林济川子清原甫纂"。每卷一篇，亦杂演古今事，而必与西湖相关。观其书名，当有初集，然未见。前有湖海士序，称清原为周子，尝作《西湖说》，余事未详。清康熙时有太学生周清原字浣初，然为武进人（《国子监志》八十二《鹤征录》一）；乾隆时有周昱字清原，钱塘人（《两浙輶轩录》二十三），而时代不相及，皆别一人也。其书亦以他事引出本文，自名为"引子"。引子或多至三四，与他书稍不同；文亦流利，然好颂帝德，垂教

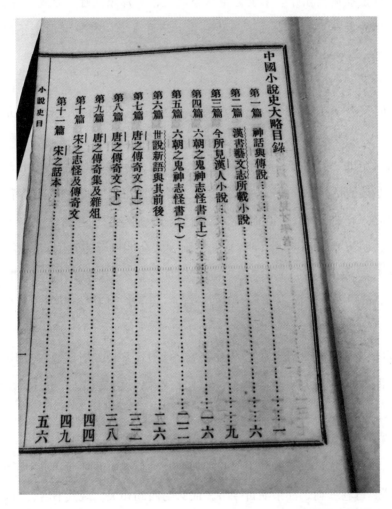

许寿裳藏鲁迅《中国小说史大略》铅印本目录（北京鲁迅博物馆藏）

训，又多愤言，则殆所谓"司命之厄我过甚而狐鼠之侮我无端"（序述清原语）之所致矣。其假唐诗人戎昱而发挥文士不得志之恨者如下：

> ……且说韩公部下一个官，姓戎名昱，为浙西刺史。这戎昱有潘安之貌，子建之才，下笔惊人，千言立就，自恃有才，生性极是傲睨，看人不在眼里。但那时是离乱之世，重武不重文，若是有数百斤力气，……不要说十八般武艺件件精通，就是晓得一两件的，……少不得也摸顶纱帽在头上戴戴。……马前喝道，前呼后拥，好不威风气势，耀武扬威，何消得晓得"天地玄黄"四字。那戎昱自负才华，到这时节重武之时，却不道是大市里卖平天冠兼挑虎刺，这一种生意，谁人来买，眼见得别人不作兴你了。你自负才华，却去吓谁？就是写得千百篇诗出，上不得阵，杀不得战，退不得虏，压不得贼，要他何用？戎昱负了这个诗袋子，没处发卖，却被一个妓者收得。这妓者是谁？姓金名凤，年方一十九岁，容貌无双，善于歌舞，体性幽闲，再不喜那喧哗之事，一心只爱的是那诗赋二字。他见了戎昱这个诗袋子，好生欢喜。戎昱正没处发卖，见金凤喜欢他这个诗袋子，便把这袋子抖将开来，就象个开杂货店的，件件搬出。两个甚是相得，你贪我爱，再不相舍；从此金凤更不接客。正是：
>
> > 悲莫悲兮生别离，乐莫乐兮新相知。
>
> 自此戎昱政事之暇，游于西湖之上，每每与金凤盘桓行乐。……（卷九《韩晋公人奁两赠》）

《醉醒石》十五回，题"东鲁古狂生编辑"。所记惟李微化虎事在唐时，余悉明代，且及崇祯朝事，盖其时之作也。文笔颇刻露，然以过于简炼，故平话习气，时复逼人；至于垂教诫，好评议，则尤甚于《西湖

鲁迅抄录《小说目录》手稿（北京鲁迅博物馆、上海鲁迅纪念馆编《鲁迅辑校古籍手稿》，1991年上海古籍出版社影印本）

二集》。宋市人小说虽亦间参训喻，然主意则在述市井间事，用以娱心；及明人拟作末流，乃诰诚连篇，喧而夺主，且多艳称荣遇，回护士人，故形式仅存而精神与宋迥异矣。如第十四回记淮南莫翁以女嫁苏秀才，久而女嫌苏贫，自求去，再醮为酒家妇。而苏即联捷成进士，荣归过酒家前，见女当垆，下轿揖之，女貌不动而心甚苦，又不堪众人笑骂，遂自经死，即所谓大为寒士吐气者也。

> ……见柜边坐着一个端端正正袅袅婷婷妇人，却正是莫氏。苏进士见了道，"我且去见他一见，看他怎生待我。"叫住了轿，打著伞，穿著公服，竟到店中。那店主人正在那厢数钱，穿著两截衣服，见个官来，躲了。那莫氏见下轿，已认得是苏进士了，却也不羞不恼，打著脸。苏进士向前，恭恭敬敬的作上一揖。他道，"你做你的官，我卖我的酒。"身也不动。苏进士一笑而去。
>
> 　　覆水无收日，去妇无还时，
> 　　相逢但一笑，且为立迟迟。
>
> 我想莫氏之心岂能无动，但做了这绝性绝义的事，便做到满面欢容，欣然相接，讨不得个喜而复合；更做到含悲饮泣，牵衣自咎，料讨不得个怜而复收，倒不如硬著，一束两开，倒也干净。他那心里，未尝不悔当时造次，总是无可奈何：
>
> 　　心里悲酸暗自嗟，几回悔是昔时差，
> 　　移将上苑琳琅树，却作门前桃李花。

结末有论，以为"生前贻讥死后贻臭"，"是朱买臣妻子之后一人"。引论稍恕，科罪似在男子之"不安贫贱"者之下，然亦终不可宥云：

> 若论妇人，读文字，达道理甚少，如何能有大见解，大矜持？

《三教源流搜神大全》之钟馗（清宣统元年叶氏郎园影刻明本，2022年
文物出版社影印本）

况且或至饥寒相逼，彼此相形，旁观嘲笑难堪，亲族炎凉难耐，抓不来榜上一个名字，洒不去身上一件蓝皮，激不起一个惯淹蹇不遭际的夫婿，尽堪痛哭，如何叫他不要怨嗟。但"饿死事小失节事大"，眼睁睁这个穷秀才尚活在，更去抱了一人，难道没有旦夕恩情？忒杀蔑去伦理！这朱买臣妻，所以贻笑千古。

《喻世》等三言在清初盖尚通行，王士祯（《香祖笔记》十）云"《警世通言》有《拗相公》一篇，述王安石罢相归金陵事，极快人意，乃因卢多逊谪岭南事而稍附益之"。其非异书可知。后乃渐晦，然其小分，则又由选本流传至今。其本曰《今古奇观》，凡四十卷四十回，序谓"三言"与《拍案惊奇》合之共二百事，观览难周，故抱瓮老人选刻为此本。据《宋明通俗小说流传表》，则取《古今小说》者十八篇，取《醒世恒言》者十一篇（第一，二，七，八，十五至十七，二十五至二十八回），取《拍案惊奇》者七篇（第九，十，十八，二十九，三十七，三十九，四十回），二刻三篇。三言二拍，印本今颇难觏，可借此窥见其大略也。至成书之顷，当在崇祯时，其与三言二拍之时代关系，盐谷温曾为之立表（《明的小说"三言"》）如下⑤：

天启1辛酉	古今小说		
｜	喻世明言		
4甲子	警世通言		
5			
6			
7丁卯	醒世恒言	拍案惊奇（初）	
崇祯1			
2			
3			
4			
5壬申		拍案惊奇（二）	
｜			今古奇观
17			

467

《四美图》（古版画，张满弓编著《古典文学版画》，2004 年河南大学出版社影印本）

《今古奇闻》二十二卷，卷一事，题"东壁山房主人编次"。其所录颇陵杂，有《醒世恒言》之文四篇（《十五贯戏言成大祸》，《陈多寿生死夫妻》，《张淑儿巧智脱杨生》，《刘小官雌雄兄弟》），别一篇为《西湖佳话》之《梅屿恨迹》，余未详所从出。文中有"发逆"字，故当为清咸丰同治时书。

《续今古奇观》三十卷，亦一卷一事，无撰人名。其书全收《今古奇观》选余之《拍案惊奇》二十九篇。而以《今古奇闻》一篇（《康友仁轻财重义得科名》）足卷数，殆不足称选本，同治七年（一八六八），江苏巡抚丁日昌尝严禁淫词小说，《拍案惊奇》亦在禁列，疑此书即书贾于禁后作之。

注释：

①《中国小说史略》"油印本"无此篇，"铅印本"作："第十九篇　明之拟宋市人小说及后来选本"，自"初版本"作："第二十一篇　明之拟宋市人小说及后来选本"。

②《坟·宋民间之所谓小说及其后来》：

然而在《通俗小说》未经翻刻以前，宋代的市人小说也未尝断绝；他间或改了名目，夹杂着后人拟作而流传。那些拟作，则大抵出于明朝人，似宋人话本当时留存尚多，所以拟作的精神形式虽然也有变更，而大体仍然无异。

以下是所知道的几部书：

1.《喻世明言》。未见。

2.《警世通言》。未见。王士禛云，"《警世通言》有《拗相公》一篇，述王安石罢相归金陵事，极快人意，乃因卢多逊谪岭南事而稍附益之。"（《香祖笔记》十）《拗相公》见《通俗小说》卷十四，是《通言》必含有宋市人小说。

3.《醒世恒言》。四十卷，共三十九事；不题作者姓名。前有天启丁卯（1627）陇西可一居士序云，"六经国史而外，凡著述皆小说也，而尚理或病于艰

469

深，修词或伤于藻绘，则不足以触里耳而振恒心，此《醒世恒言》所以继《明言》，《通言》而作也。……"因知三言之内，最后出的是《恒言》。所说者汉二事，隋三事，唐八事，宋十一事，明十五事。其中隋唐故事，多采自唐人小说，故唐人小说在元既已侵入杂剧及传奇，至明又侵入了话本；然而悬想古事，不易了然，所以逊于叙述明朝故事的十余篇远甚了。宋事有三篇像拟作，七篇（《卖油郎独占花魁》，《灌园叟晚逢仙女》，《乔太守乱点鸳鸯谱》，《勘皮靴单证二郎神》，《闹樊楼多情周胜仙》，《吴衙内邻舟赴约》，《郑节使立功神臂弓》）疑出自宋人话本，而一篇（《十五贯戏言成巧祸》）则即是《通俗小说》卷十五的《错斩崔宁》。

松禅老人序《今古奇观》云，"墨憨斋增补《平妖》，穷工极变，不失本来。……至所纂《喻世》，《醒世》，《警世》三言，极摹人情世态之岐，备写悲欢离合之致。……"是纂三言与补《平妖》者为一人。明本《三遂平妖传》有张无咎序，云"兹刻回数倍前，盖吾友龙了犹所补也。"而首叶则题"冯犹龙先生增定"。可知三言亦冯犹龙作，而龙子犹乃其游戏笔墨时的隐名。

冯犹龙名梦龙，长洲人（《曲品》作吴县人），由贡生拔授寿宁知县，有《七乐斋稿》；然而朱彝尊以为"善为启颜之辞，时入打油之调，不得为诗家。"（《明诗综》七十一）盖冯犹龙所擅长的是词曲，既作《双雄记传奇》，又刻《墨憨斋传奇定本十种》，多取时人名曲，再加删订，颇为当时所称；而其中的《万事足》，《风流梦》，《新灌园》是自作。他又极有意于稗说，所以在小说则纂《喻世》，《警世》，《醒世》三言，在讲史则增补《三遂平妖传》。

4.《拍案惊奇》。三十六卷；每卷一事，唐六，宋六，元四，明二十。前有即空观主人序云，"龙子犹氏所辑《喻世》等书，颇存雅道，时著良规，复取古今来杂碎事，可新听睹，佐谈谐者，演而畅之，得若干卷。……"则仿佛此书也是冯犹龙作。然而叙述平板，引证贫辛，"头回"与正文"捏合"不灵，有时如两大段；冯犹龙是"文苑之滑稽"，似乎不至于此。同时的松禅老人也不信，故其序《今古奇观》，于叙墨憨斋编纂三言之下，则云"即空观主人壶矢代兴，爰有《拍案惊奇》之刻，颇费搜获，足供谈塵"了。

5.《今古奇观》。四十卷；每卷一事。这是一部选本，有姑苏松禅老人序，云是抱瓮老人由《喻世》，《醒世》，《警世》三言及《拍案惊奇》中选刻而成。所选的出于《醒世恒言》者十一篇（第一，二，七，八，十五，十六，十七，二十五，二十六，二十七，二十八回），疑为宋人旧话本之《卖油郎》，《灌园叟》，《乔太守》在内；而《十五贯》落了选。出于《拍案惊奇》者七篇（第九，十，十八，二十九，三十七，三十九，四十回）。其余二十二篇，当然是出于《喻世明言》及《警世通言》的了，所以现在借了易得的《今古奇观》，还可以推见那希觏的《明言》，《通言》的大概。其中还有比汉更古的故事，如俞伯牙，庄子休及羊角哀皆是。但所选并不定佳，大约因为两篇的题目须字字相对，所以去取之间，也就很受了束缚了。

6.《今古奇闻》。二十二卷；每卷一事。前署东壁山房主人编次，也不知是何人。书中提及"发逆"，则当是清咸丰或同治初年的著作。日本有翻刻，王寅（字冶梅）到日本去卖画，又翻回中国来，有光绪十七年序，现在印行的都出于此本。这也是一部选集，其中取《醒世恒言》者四篇（卷一，二，六，十八），《十五贯》也在内，可惜删落了"得胜头回"；取《西湖佳话》者一篇（卷十）；余未详，篇末多有自怡轩主人评语，大约是别一种小说的话本，然而笔墨拙涩，尚且及不到《拍案惊奇》。

7.《续今古奇观》。三十卷；每卷一回。无编者名，亦无印行年月，然大约当在同治末或光绪初。同治七年，江苏巡抚丁日昌严禁淫词小说，《拍案惊奇》也在内，想来其时市上遂难得，于是《拍案惊奇》即小加删改，化为《续今古奇观》而出，依然流行世间。但除去了《今古奇观》所已采的七篇，而加上《今古奇闻》中的一篇（《康友仁轻财重义得科名》），改立题目，以足三十卷的整数。

此外，明人拟作的小说也还有，如杭人周楫的《西湖二集》三十四卷，东鲁古狂生的《醉醒石》十五卷皆是。但都与几经选刻，辗转流传的本子无关，故不复论。

《小说旧闻钞》：《十五贯戏言成大祸》一篇，盖取自《醒世恒言》之卷三十三。原本大祸作巧祸，下有注云，宋本作《错斩崔宁》，可知此篇本宋人作；曾有单行本，见钱曾《也是园书目》卷十宋人词话类，亦在缪荃孙所刻残本《京本通俗小说》卷十五中。余所见《今古奇闻》二十二卷，为王冶梅翻刻日本国本，中有发逆字，当为清咸丰同治时书，曲园乃云清初人作，岂王氏翻本又有所增益欤？

③《中国小说史略》"铅印本"之"第十九篇　明之拟宋市人小说及后来选本"作：此等书之繁富者，最先有三言。三言云者，一曰《喻世明言》，二曰《警世通言》，今皆未见。王士禛（《香祖笔记》十）云，"《警世通言》有《拗相公》一篇，述王安石罢相归金陵事，极快人意，乃因卢多逊谪岭南事而稍附益之。"《拗相公》见宋《京本通俗小说》第十四卷中，则《通言》盖兼采故书，不尽为拟作。三曰《醒世恒言》，凡四十卷三十九事，不题撰人名，首有天启丁卯（一六二七）陇西可一居士云，"六经国史而外，凡著述，皆小说也，而尚理或病于艰深，修词或伤于藻绘，则不足以触里耳而振恒心，此《醒世恒言》所以继《明言》，《通言》而作也。"是知《恒言》之出，在三言中为最后，中有《十五贯戏言成巧祸》一事，即《京本通俗小说》卷十五之《错斩崔宁》，因知此亦兼存旧作，为例盖同于《通言》。自"订正本"改。

④《中国小说史略》"铅印本"之"第十九篇　明之拟宋市人小说及后来选本"作：《拍案惊奇》三十六卷，卷为一篇，凡唐六，宋六，元四，明二十，亦兼收古事，与《醒世恒言》同。首有即空观主人序云，"龙子犹氏所辑《喻世》等书，颇存雅道，时着良规，复取古今来杂碎事可听睹佐谈谐者，演而畅之，得若干卷。"颇似三言仅辑旧文，而此则冯梦龙所自作，顾叙述平板，引证贫辛，冯犹龙虽"不得为诗家，然亦文苑之滑稽"（朱彝尊云），其伎俩当不仅此。松禅老人序《今古奇观》，于言墨憨斋纂三言之下，即云，"即空观主人壶矢代兴，爰有《拍案惊奇》之刻，颇费搜获，足供谈麈。"是作书撰序，同出一人，谓龙子犹，乃假托也。自"订正本"改。

⑤《中国小说史略》"铅印本"之"第十九篇　明之拟宋市人小说及后来选本"作：《喻世》等三言在清初盖尚通行，后渐晦，然其小分，则又由选本流传至今。其本曰《今古奇观》，凡四十卷四十回，殆成于崇祯时，序谓三言与《拍

案惊奇》合之共二百事，观览难周，故抱瓮老人选刻为此本。校以见存原书，则取《醒世恒言》者十一篇（第一，二，十五至十七，二十五，二十八回），取《拍案惊奇》者七篇（第九，十，十八，二十九，三十七，三十九，四十回），余二十八篇自当为《明言》及《通言》之文，可借此窥见二书大略，且推知原本当有一百二十余卷也。自"订正本"改。

第二十二篇　清之拟晋唐小说及其支流①

　　明初拟唐人传奇文之勃兴及禁断。蒲松龄复拟传奇文记狐鬼：《聊斋志异》。纪昀更追踪晋宋志怪为书：《阅微草堂笔记》五种。王韬志异而鬼事渐少：《遁窟谰言》等。志怪末流又坠入因果谈。

《聊斋志异》书影（清乾隆三十一年刻本，北京大学图书馆藏）

唐人小说单本，至明什九散亡；宋修《太平广记》成，又置不颁布，绝少流传，故后来偶见其本，仿以为文，世人辄大耸异，以为奇绝矣。明初，有钱唐瞿佑字宗吉，有诗名，又作小说曰《剪灯新话》，文题意境，并抚唐人，而文笔殊冗弱不相副，然以粉饰闺情，拈掇艳语，故特为时流所喜，仿效者纷起，至于禁止，其风始衰。②迨嘉靖间，唐人小说乃复出，书估往往刺取《太平广记》中文，杂以他书，刻为丛集，真伪错杂，而颇盛行。文人虽素与小说无缘者，亦每为异人侠客童奴以至虎狗虫蚁作传，置之集中。盖传奇风韵，明末实弥漫天下，至易代不改也。

　　而专集之最有名者为蒲松龄之《聊斋志异》。松龄字留仙，号柳泉，山东淄川人，幼有轶才，老而不达，以诸生授徒于家，至康熙辛卯始成岁贡生（《聊斋志异》序跋），越四年遂卒，年八十六（一六三〇——一七一五），所著有《文集》四卷，《诗集》六卷，《聊斋志异》八卷（文集附录张元撰墓表），及《省身录》，《怀刑录》，《历字文》，《日用俗字》，《农桑经》等（李桓《耆献类征》四百三十一）③。其《志异》或析为十六卷，凡四百三十一篇，年五十始写定，自有题辞，言“才非干宝，雅爱搜神，情同黄州，喜人谈鬼，闲则命笔，因以成编。久之，四方同人又以邮筒相寄，因而物以好聚，所积益夥”。是其储蓄收罗者久矣。然书中事迹，亦颇有从唐人传奇转化而出者（如《凤阳士人》，《续黄粱》

477

　　清代底小说之种类及其变化，比明朝比较的多，但因为时间关系，我现在只可分作四派来说一个大概。这四派便是：一、拟古派；二、讽刺派；三、人情派；四、侠义派。

　　一、拟古派　所谓拟古者，是指拟六朝之志怪，或拟唐朝之传奇者而言。唐人底小说单本，到明时什九散亡了，偶有看见模仿的，世间就觉得新异。元末明初，先有钱唐瞿佑仿了唐人传奇，作《剪灯新话》，文章虽没有力，而用些艳语来描画闺情，所以特为时流所喜，仿效者很多，直到被朝廷禁止，这风气才渐渐的衰歇。但到了嘉靖间，唐人底传奇小说盛行起来了，从此模仿者又在在皆是，文人大抵喜欢做几篇传奇体的文章；其专做小说，合为一集的，则《聊斋志异》最有名。《聊斋志异》是山东淄川人蒲松龄做的。有人说他作书以前，天天在门口设备茗烟，请过路底人讲说故事，作为著作的材料；但是多由他的朋友那里听来的，有许多是从古书尤其是从唐人传奇变化而来的——如《凤阳士人》，《续黄粱》等就是——所以列他于拟古。书中所叙，多是神仙，狐鬼，精魅等故事，和当时所出同类的书差不多，但其优点在：（一）描写详细而委曲，用笔变幻而熟达。（二）说妖鬼多具人情，通世故，使人觉得可亲，并不觉得很可怕。不过用古典太多，使一般人不容易看下去。

　　——《中国小说的历史的变迁》第六讲《清小说之四派及其末流》

等），此不自白，殆抚古而又讳之也。至谓作者搜采异闻，乃设烟茗于门前，邀田夫野老，强之谈说以为粉本，则不过委巷之谈而已。

《聊斋志异》虽亦如当时同类之书，不外记神仙狐鬼精魅故事，然描写委曲，叙次井然，用传奇法，而以志怪，变幻之状，如在目前；又或易调改弦，别叙畸人异行，出于幻域，顿入人间；偶述琐闻，亦多简洁，故读者耳目，为之一新。又相传渔洋山人（王士禛）激赏其书，欲市之而不得，故声名益振，竞相传钞。④然终著者之世，竟未刻，至乾隆末始刊于严州；后但明伦吕湛恩皆有注。

明末志怪群书，大抵简略，又多荒怪，诞而不情，《聊斋志异》独于详尽之外，示以平常，使花妖狐魅，多具人情，和易可亲，忘为异类，而又偶见鹘突，知复非人。如《狐谐》言博兴万福于济南娶狐女，而女雅善谈谐，倾倒一坐，后忽别去，悉如常人；《黄英》记马子才得陶氏黄英为妇，实乃菊精，居积取盈，与人无异，然其弟醉倒，忽化菊花，则变怪即骤现也。

……一日，置酒高会，万居主人位，孙与二客分左右座，下设一榻屈狐。狐辞不善酒，咸请坐谈，许之。酒数行，众掷骰为瓜蔓之令；客值瓜色，会当饮，戏以觥移上座曰，"狐娘子大清醒，暂借一觞。"狐笑曰，"我故不饮，愿陈一典以佐诸公饮。"……客皆言曰，"骂人者当罚。"狐笑曰，"我骂狐何如？"众曰，"可。"于是倾耳共听。狐曰，"昔一大臣，出使红毛国，著狐腋冠见国王，国王视而异之，问'何皮毛，温厚乃尔？'大臣以'狐'对。王言'此物生平未尝得闻。狐字字画何等？'使臣书空而奏曰，'右边是一大瓜，左边是一小犬。'"主客又复哄堂。……居数月，与万偕归。……逾年，万复事于济，狐又与俱。忽有数人来，狐从与语，备极寒暄；乃语万曰，"我本陕中人，与君有夙因，遂从尔许时，今我兄弟至，

　　《聊斋志异》出来之后，风行约一百年，这其间模仿和赞颂它的非常之多。但到了乾隆末年，有直隶献县人纪昀出来和他反对了，纪昀说《聊斋志异》之缺点有二：（一）体例太杂。就是说一个人的一个作品中，不当有两代的文章的体例，这是因为《聊斋志异》中有长的文章是仿唐人传奇的，而又有些短的文章却象六朝的志怪。（二）描写太详。这是说他的作品是述他人的事迹的，而每每过于曲尽细微，非自己不能知道，其中有许多事，本人未必肯说，作者何从知之？纪昀为避此两缺点起见，所以他所做的《阅微草堂笔记》就完全模仿六朝，尚质黜华，叙述简古，力避唐人的做法。其材料大抵自造，多借狐鬼的话，以攻击社会。据我看来，他自己是不信狐鬼的，不过他以为对于一般愚民，却不得不以神道设教。但他很有可以佩服的地方：他生在乾隆间法纪最严的时代，竟敢借文章以攻击社会上不通的礼法，荒谬的习俗，以当时的眼光看去，真算得很有魄力的一个人。可是到了末流，不能了解他攻击社会的精神，而只是学他的以神道设教一面的意思，于是这派小说差不多又变成劝善书了。

　　拟古派的作品，自从以上二书出来以后，大家都学它们；一直到了现在，即如上海就还有一群所谓文人在那里模仿它。可是并没有什么好成绩，学到的大抵是糟粕，所以拟古派也已经被踏死在它的信徒的脚下了。

　　——《中国小说的历史的变迁》第六讲《清小说之四派及其末流》

将从以归，不能周事。"留之，不可，竟去。（卷五）

……陶饮素豪，从不见其沉醉。有友人曾生，量亦无对，适过马，马使与陶较饮，二人……自辰以讫四漏，计各尽百壶，曾烂醉如泥，沉睡坐间，陶起归寝，出门践菊畦，玉山倾倒，委衣于侧，即地化为菊：高如人，花十余朵皆大于拳。马骇绝，告黄英；英急往，拔置地上，曰，"胡醉至此？"复以衣，要马俱去，戒勿视。既明而往，则陶卧畦边，马乃悟姊弟菊精也，益爱敬之。而陶自露迹，饮益放，……值花朝，曾来造访，以两仆舁药浸白酒一坛，约与共尽。……曾醉已惫，诸仆负之去。陶卧地又化为菊；马见惯不惊，如法拔之，守其旁以观其变，久之，叶益憔悴，大惧，始告黄英。英闻，骇曰，"杀吾弟矣！"奔视之，根株已枯；痛绝，掐其梗埋盆中，携入闺中，日灌溉之。马悔恨欲绝，甚恶曾。越数日，闻曾已醉死矣，盆中花渐萌，九月，既开，短干粉朵，嗅之有酒香，名之"醉陶"，浇以酒则茂。……黄英终老，亦无他异。（卷四）

又其叙人间事，亦尚不过为形容，致失常度，如《马介甫》一篇述杨氏有悍妇，虐遇其翁，又慢客，而兄弟祗畏，至对客皆失措云：

……约半载，马忽携僮仆过杨，直杨翁在门外曝阳扪虱，疑为佣仆，通姓氏使达主人；翁被絮去，或告马，"此即其翁也。"马方惊讶，杨兄弟岸帻出迎，登堂一揖，便请朝父，万石辞以偶恙，捉坐笑语，不觉向夕。万石屡言具食，而终不见至，兄弟迭互出入，始有瘦奴持壶酒来，俄顷引尽，坐伺良久，万石频起催呼，额颊间热汗蒸腾。俄瘦奴以馔具出，脱粟失饪，殊不甘旨。食已，万石草草便去；万锺襆被来伴客寝。……（卷十）

苟述道士收其戏而遣之

王成

王成，平原故家子。性最懒，生涯日落。惟剩破屋数间，与妻卧牛衣中，交谪不堪。时盛夏燠热，村外故有周氏园，墙宇尽倾，惟存一亭；村人多寄宿其中，王亦在焉。一夜，梦醒，红日三竿。王起逡巡欲归，见草际金钗一股，拾视之，镌有细字云：仪宾府造。王祖为衡府仪宾，家中故物，多此款式，因把玩之。有一妪来寻钗，王虽贫，然性介，遽出授之。妪喜，极赞盛德，曰：此钗值几何，乃先夫之遗泽也。问夫若伊谁，答云：故仪宾王柬之也。王惊曰：吾祖也。何以相遇？妪亦惊曰：汝即王柬之孙耶？即我乃狐仙，百年前与君祖缱绻，君祖殁……

遂隐。过此，遗钗遍入子手，非天数耶？王亦曾闻祖有狐妻，信其言，便邀临顾。妪从之。王呼妻出见，败絮菜色，黑妪叹曰：嘻，王柬之孙，乃一贫至此乎？因顾败灶无烟，曰：家计若此，何以聊生？妻因细述贫状，呜咽流涕。妪以钗授妇，使姑质钱市米，三日外，请复相见。王挽留之，妪曰：汝一妻不能自存活，我在此，仰屋而居，复何裨益？遂径去。王为妻言其故，妻大怖，王诵其贤，使姑事之。妻诺。逾三日果至。出数金，籴粟麦各石。夜与妇共短榻。妇初惧之，然察其意殊拳拳，遂不之疑。翼日谓王曰：孙勿惰，宜操小生业，坐食乌可长也？王告以无赀。妪曰：汝祖在时，金帛凭我取，我以世外人，无需是物，故未尝多取。积花粉之金四十两，尚存待汝。久贮亦无所用，可将去，悉以市葛，刻日赴都，可得微息。

至于每卷之末，常缀小文，则缘事极简短，不合于传奇之笔，故数行即尽，与六朝之志怪近矣。又有《聊斋志异拾遗》一卷二十七篇，出后人掇拾；而其中殊无佳构，疑本作者所自删弃，或他人拟作之。

乾隆末，钱唐袁枚撰《新齐谐》二十四卷，续十卷，初名《子不语》，后见元人说部有同名者，乃改今称；序云"妄言妄听，记而存之，非有所感也"，其文屏去雕饰，反近自然，然过于率意，亦多芜秽，自题"戏编"，得其实矣。若纯法《聊斋》者，时则有吴门沈起凤⑤作《谐铎》十卷（乾隆五十六年⑥序），而意过俳，文亦纤仄；满洲和邦额作《夜谭随录》十二卷（亦五十六年⑦序），颇借材他书（如《佟觭角》，《夜星子》，《疡医》皆本《新齐谐》），不尽己出，词气亦时失之粗暴，然记朔方景物及市井情形者特可观。他如长白浩歌子之《萤窗异草》三编十二卷（似乾隆中作，别有四编四卷，乃书估伪造）。海昌管世灏之《影谈》四卷（嘉庆六年序），平湖冯起凤之《昔柳摭谈》八卷（嘉庆中作），近至金匮邹弢之《浇愁集》八卷（光绪三年序），皆志异，亦俱不脱《聊斋》窠臼。惟黍余裔孙《六合内外琐言》二十卷（似嘉庆初作）一名《璅蛣杂记》者，故作奇崛奥衍之辞，伏藏讽喻，其体式为在先作家所未尝试，而意浅薄；据金武祥（《江阴艺文志》下）说，则江阴屠绅字贤书之所作也。绅又有《鹗亭诗话》一卷，文词较简，亦不尽记异闻，然审其风格，实亦此类。

《聊斋志异》风行逾百年，摹仿赞颂者众，顾至纪昀而有微辞。盛时彦（《姑妄听之》跋）述其语曰，"《聊斋志异》盛行一时，然才子之笔，非著书者之笔也。虞初以下天宝以上古书多佚矣；其可见完帙者，刘敬叔《异苑》，陶潜《续搜神记》，小说类也，《飞燕外传》，《会真记》，传记类也。《太平广记》事以类聚，故可并收；今一书而兼二体，所未解也。小说既述见闻，即属叙事，不比戏场关目，随意装点；……今燕昵之词，媟狎之态，细微曲折，摹绘如生，使出自言，似无此理，使出作

《新齐谐》书影（清光绪十八年勒裕堂、交著易堂铅印本，北京大学图书馆藏）

者代言，则何从而闻见之，又所未解也。"盖即訾其有唐人传奇之详，又杂以六朝志怪者之简，既非自叙之文，而尽描写之致而已。昀字晓岚，直隶献县人；父容舒，官姚安知府。昀少即颖异，年二十四领顺天乡试解额，然三十一始成进士，由编修官至侍读学士，坐泄机事谪戍乌鲁木齐，越三年召还，授编修，又三年擢侍读，总纂四库全书，绾书局者十三年，一生精力，悉注于《四库提要》及《目录》中，故他撰著甚少。后累迁至礼部尚书，充经筵讲官，自是又为总宪者五，长礼部者三（李元度《国朝先正事略》二十）。乾隆五十四年，以编排秘籍至热河⑧，"时校理久竟，特督视官吏题签庋架而已，昼长无事"，乃追录见闻，作稗说六卷，曰《滦阳消夏录》。越二年，作《如是我闻》，次年又作《槐西杂志》，次年又作《姑妄听之》，皆四卷；嘉庆三年夏复至热河⑨，又成《滦阳续录》六卷，时年已七十五。后二年，其门人盛时彦合刊之，名《阅微草堂笔记五种》（本书）。十年正月，复调礼部，拜协办大学士，加太子少保，管国子监事；二月十四日卒于位，年八十二（一七二四——一八○五），谥"文达"（《事略》）。

《阅微草堂笔记》虽"聊以遣日"之书，而立法甚严，举其体要，则在尚质黜华，追踪晋宋；自序云，"缅昔作者如王仲任应仲远引经据古，博辨宏通，陶渊明刘敬叔刘义庆简淡数言，自然妙远，诚不敢妄拟前修，然大旨期不乖于风教"者，即此之谓。其轨范如是，故与《聊斋》之取法传奇者途径自殊，然较以晋宋人书，则《阅微》又过偏于论议。盖不安于仅为小说，更欲有益人心，即与晋宋志怪精神，自然违隔；且末流加厉，易堕为报应因果之谈也。

惟纪昀本长文笔，多见秘书，又襟怀夷旷，故凡测鬼神之情状，发人间之幽微，托狐鬼以抒己见者，隽思妙语，时足解颐；间杂考辨，亦有灼见。叙述复雍容淡雅，天趣盎然，故后来无人能夺其席，固非仅借位高望重以传者矣。今举其较简者三则于下：

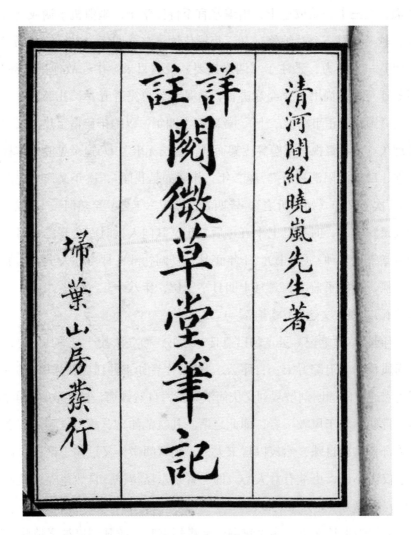

《阅微草堂笔记》书影（民国间扫叶山房刊本）

刘乙斋廷尉为御史时，尝租西河沿一宅，每夜有数人击柝，声琅琅彻晓，……视之则无形，聒耳至不得片刻睡。乙斋故强项，乃自撰一文，指陈其罪，大书粘壁以驱之，是夕遂寂。乙斋自诧不减昌黎之驱鳄也。余谓"君文章道德，似尚未敌昌黎，然性刚气盛，平生尚不作暧昧事，故敢悍然不畏鬼；又拮据迁此宅，力竭不能再徙，计无复之，惟有与鬼以死相持：此在君为'困兽犹斗'，在鬼为'穷寇勿追'耳。……"乙斋笑击余背曰，"魏收轻薄哉！然君知我者。"（《滦阳消夏录》六）

田白岩言，"尝与诸友扶乩，其仙自称真山民，宋末隐君子也，倡和方洽，外报某客某客来，乩忽不动。他日复降，众叩昨遽去之故，乩判曰，'此二君者，其一世故太深，酬酢太熟，相见必有谀词数百句，云水散人拙于应对，不如避之为佳；其一心思太密，礼数太明，其与人语，恒字字推敲，责备无已，闲云野鹤岂能耐此苛求，故遄逃尤恐不速耳。'"后先姚安公闻之曰，"此仙究狷介之士，器量未宏。"（《槐西杂志》一）

李义山诗"空闻子夜鬼悲歌"，用晋时鬼歌《子夜》事也；李昌谷诗"秋坟鬼唱鲍家诗"，则以鲍参军有《蒿里行》，幻窅其词耳。然世间固往往有是事。田香沁言，"尝读书别业，一夕风静月明，闻有度昆曲者，亮折清圆，凄心动魄，谛审之，乃《牡丹亭》《叫画》一出也。忘其所以，倾听至终。忽省墙外皆断港荒陂，人迹罕至，此曲自何而来？开户视之，惟芦荻瑟瑟而已。"（《姑妄听之》三）

昀又"天性孤直，不喜以心性空谈，标榜门户"（盛序语），其处事贵宽，论人欲恕，故于宋儒之苛察，特有违言，书中有触即发，与见于《四库总目提要》中者正等。且于不情之论，世间习而不察者，亦每设疑

蒲松龄画像

难，揭其拘迂，此先后诸作家所未有者也，而世人不喻，哓哓然竞以劝惩之佳作誉之。⑩

吴惠叔言，"医者某生素谨厚，一夜，有老妪持金钏⑪一双就买堕胎药，医者大骇，峻拒之；次夕，又添持珠花两枝来，医者益骇，力挥去。越半载余，忽梦为冥司所拘，言有诉其杀人者。至，则一披发女子，项勒红巾，泣陈乞药不与状。医者曰，'药以活人，岂敢杀人以渔利。汝自以奸败，于我何尤！'女子曰，'我乞药时，孕未成形，倘得堕之，我可不死：是破一无知之血块，而全一待尽之命也。既不得药，不能不产，以致子遭扼杀，受诸痛苦，我亦见逼而就缢：是汝欲全一命，反戕两命矣。罪不归汝，反谁归乎？'冥官喟然曰，'汝之所言，酌乎事势；彼之所执者则理也。宋以来固执一理而不揆事势之利害者，独此人也哉？汝且休矣！'拊几有声，医者悚然而寤。"（《如是我闻》三）

东光有王莽河，即胡苏河也，旱则涸，水则涨，每病涉焉。外舅马公周箓言，"雍正末有丐妇一手抱儿一手扶病姑涉此水，至中流，姑蹶而仆，妇弃儿于水，努力负姑出。姑大诟曰，'我七十老妪，死何害？张氏数世待此儿延香火，尔胡弃儿以拯我？斩祖宗之祀者，尔也！'妇泣不敢语，长跪而已。越两日，姑竟以哭孙不食死；妇呜咽不成声，痴坐数日，亦立槁。……有著论者，谓儿与姑较则姑重，姑与祖宗较则祖宗重。使妇或有夫，或尚有兄弟，则弃儿是；既两世穷嫠，止一线之孤子，则姑所责者是：妇虽死，有余悔焉。姚安公曰，'讲学家责人无已时。夫急流汹涌，少纵即逝，此岂能深思长计时哉？势不两全，弃儿救姑，此天理之正而人心之所安也。使姑死而儿存，……不又有责以爱儿弃姑者耶？且儿方提抱，育不育未可知，使姑死而儿又不育，悔更何如耶？此妇所为，超出

489

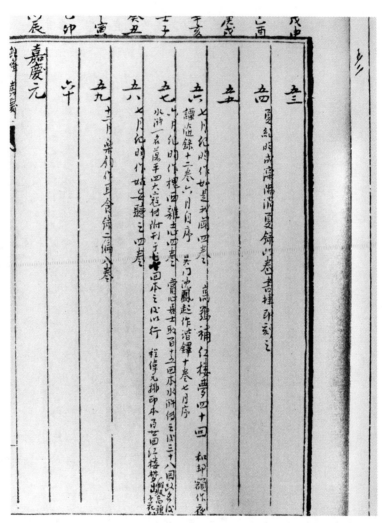

鲁迅编《明以来小说年表》手稿（北京鲁迅博物馆、上海鲁迅纪念馆编《鲁迅辑校古籍手稿》，1991年上海古籍出版社影印本）

恒情已万万，不幸而其姑自殒，以死殉之，亦可哀矣。犹沾沾焉而动其喙，以为精义之学，毋乃白骨衔冤，黄泉赍恨乎？孙复作《春秋尊王发微》，二百四十年内有贬无褒；胡致堂作《读史管见》，三代以下无完人，辨则辨矣，非吾之所欲闻也。'"（《槐西杂志》二）

《滦阳消夏录》方脱稿，即为书肆刊行，旋与《聊斋志异》峙立；《如是我闻》等继之，行益广。其影响所及，则使文人拟作，虽尚有《聊斋》遗风，而摹绘之笔顿减，终乃类于宋明人谈异之书。如同时之临川乐钧《耳食录》十二卷（乾隆五十七年序）《二录》八卷（五十九年序），后出之海昌许秋垞《闻见异辞》二卷（道光二十六年序），武进汤用中《翼駉稗编》八卷（二十八年序）等，皆其类也。迨长洲王韬作《遁窟谰言》（同治元年成），《淞隐漫录》（光绪初成），⑫《淞滨琐话》（光绪十三年序）各十二卷，天长宣鼎作《夜雨秋灯录》十六卷（光绪二十一年序），其笔致又纯为《聊斋》者流，一时传布颇广远，然所记载，则已狐鬼渐稀，而烟花粉黛之事盛矣。

体式较近于纪氏五书者，有云间许元仲《三异笔谈》四卷（道光七年序），德清俞鸿渐《印雪轩随笔》四卷（道光二十五年序），后者甚推《阅微》，而云"微嫌其中排击宋儒语过多"（卷二），则旨趣实异。光绪中，德清俞樾作《右台仙馆笔记》十六卷，止述异闻，不涉因果；又有羊朱翁（亦俞樾）作《耳邮》四卷，自署"戏编"，序谓"用意措辞，亦似有善恶报应之说，实则聊以遣日，非敢云意在劝惩"。颇似以《新齐谐》为法，而记叙简雅，乃类《阅微》，但内容殊异，鬼事不过什一而已。他如江阴金捧阊之《客窗偶笔》四卷（嘉庆元年序），福州梁恭辰⑬之《池上草堂笔记》二十四卷（道光二十八年序），桐城许奉恩之《里乘》十卷（似亦道光中作），亦记异事，貌如志怪者流，而盛陈祸福，专主劝惩，已不足以称小说。⑭

注释：

①《中国小说史略》"油印本"无此篇，"铅印本"作："第二十篇　清之拟晋唐小说及其支流"，自"初版本"作："第二十二篇　清之拟晋唐小说及其支流"。

②《中国小说史略》"油印本"之"唐传奇体传记（下）　小说史大略九"作：元末，山阳瞿佑作《剪灯新话》四卷，共二十篇，附录一篇。刻于洪武时；永乐中，庐陵李昌祺又作《剪灯余话》五卷，亦二十一篇。皆规抚唐人，而俳气弥甚。然世人叹赏，竞为此种文章，于是为执政所禁止。自"铅印本"改。

③及《省身录》，《怀刑录》，《历字文》，《日用俗字》，《农桑经》等（李桓《耆献类征》四百三十一），自"初版本"增。

④《小说旧闻钞》：王渔阳欲市《聊斋志异》稿及蒲留仙强执路人使说异闻二事，最为无稽，而世人偏艳传之，可异也。余所见关于蒲氏事迹之文，尚有张元所撰《墓表》，附《聊斋文集》末，及《淄川县志》之《蒲松龄传》，在吕湛恩详注《聊斋志异》卷端。李桓《耆献类征》（四百三十一文艺九）蒲松龄下所录，亦止《淄川县志》及张维屏《诗人征略》引《江左诗钞》；惟末有注云，按蒲先生又著有《省身录》，《怀刑录》，《历字文》，《日用俗字》，《农桑经》等书。

⑤《中国小说史略》原文误作：沈凤起。

⑥《中国小说史略》原文误作：三十六年。

⑦《中国小说史略》原文误作：三十六年。

⑧《中国小说史略》"铅印本"之"第二十篇　清之拟晋唐小说及其支流"作：以编排秘籍至奉天。自"合订本"改。

⑨《中国小说史略》"铅印本"之"第二十篇　清之拟晋唐小说及其支流"作：嘉庆三年夏复至奉天。自"合订本"改。

⑩《三闲集·怎么写（夜记之一）》：第二种缺陷，在中国也已经是颇古的问题。纪晓岚攻击蒲留仙的《聊斋志异》，就在这一点。两人密语，决不肯泄，又不为第三人所闻，作者何从知之？所以他的《阅微草堂笔记》，竭力只写事状，

而避去心思和密语。但有时又落了自设的陷阱，于是只得以《春秋左氏传》的"浑良夫梦中之噪"来解嘲。他的支绌的原因，是在要使读者信一切所写为事实，靠事实来取得真实性，所以一与事实相左，那真实性也随即灭亡。如果他先意识到这一切是创作，即是他个人的造作，便自然没有一切挂碍了。

《且介亭杂文·买〈小学大全〉记》：

乾隆是不承认清朝会有"名臣"的，他自己是"英主"，是"明君"，所以在他的统治之下，不能有奸臣，既没有特别坏的奸臣，也就没有特别好的名臣，一律都是不好不坏，无所谓好坏的奴子。

特别攻击道学先生，所以是那时的一种潮流，也就是"圣意"。我们所常见的，是纪昀总纂的《四库全书总目提要》和自著的《阅微草堂笔记》里的时时的排击。这就是迎合着这种潮流的，倘以为他秉性平易近人，所以憎恨了道学先生的黥刻，那是一种误解。

《集外集拾遗补编·新的世故》：幽默：前清的世故老人纪晓岚的笔记里有一段故事，一个人想自杀，各种鬼便闻风而至，求作替代。缢鬼劝他上吊，溺鬼劝他投池，刀伤鬼劝他自刎。四面拖曳，又互相争持，闹得不可开交。那人先是左不是，右不是，后来晨鸡一叫，鬼们都一哄而散，他到底没有死成，仔细一想，索性不自杀了。

⑪《中国小说史略》"铅印本"之"第二十篇　清之拟晋唐小说及其支流"作：珠花。自"初版本"改。

⑫《集外集拾遗补编·题〈淞隐漫录〉》：

《淞隐漫录》十二卷

原附上海《点石斋画报》印行，后有汇印本，即改称《后聊斋志异》。此尚是好事者从画报析出者，颇不易觏。戌年盛夏，陆续得二残本，并合为一部存之。

《集外集拾遗补编·题〈淞隐漫录〉残本》：

《淞隐续录》残本

自序云十二卷，然四卷以后即不著卷数，盖终亦未全也。光绪癸巳排印本

《淞滨琐话》亦十二卷，亦丁亥中元后三日序，与此序仅数语不同，内容大致如一；惟十七则为此本所无，实一书尔。

⑬《中国小说史略》"铅印本"之"第二十篇　清之拟晋唐小说及其支流"作：梁拱辰。自"初版本"改。

⑭《中国小说史略》"油印本"之"唐传奇体传记（下）　小说史大略九"作：清蒲松龄作《聊斋志异》，亦颇学唐人传奇文字，而立意则近于六朝之志怪。其时尠见古书，故读者诧为新颖，盛行于时，至今不绝。河间纪昀身负重望，作《阅微草堂笔记》凡五种，则立意在唐宋以下，而记叙乃如干宝、颜之推，以此为文人所喜也。余书尚多，今不详举。自"铅印本"改。

第二十三篇　清之讽刺小说①

吴敬梓《儒林外史》。《儒林外史》之妄增本。讽刺书无后劲。

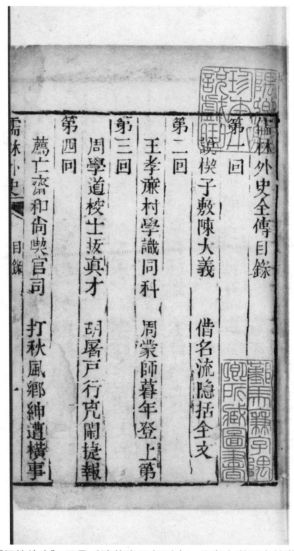

《儒林外史》目录（清乾隆元年刊本，北京大学图书馆藏）

寓讥弹于稗史者，晋唐已有，而明为盛，尤在人情小说中。然此类小说，大抵设一庸人，极形其陋劣之态，借以衬托俊士，显其才华，故往往大不近情，其用才比于"打诨"。②若较胜之作，描写时亦刻深，讥刺之切，或逾锋刃，而《西游补》之外，每似集中于一人或一家，则又疑私怀怨毒，乃逞恶言，非于世事有不平，因抽毫而抨击矣。③其近于呵斥全群者，则有《钟馗捉鬼传》十回，疑尚是明人作，取诸色人，比之群鬼，一一抉剔，发其隐情，然词意浅露，已同嫚骂，所谓"婉曲"，实非所知。迨吴敬梓《儒林外史》出，乃秉持公心，指摘时弊，机锋所向，尤在士林；其文又感而能谐，婉而多讽：于是说部中乃始有足称讽刺之书。

吴敬梓字敏轩，安徽全椒人，幼即颖异，善记诵，稍长补官学弟子员，尤精《文选》，诗赋援笔立成。然不善治生，性又豪，不数年挥旧产俱尽，时或至于绝粮。雍正乙卯，安徽巡抚赵国麟举以应博学鸿词科，不赴，移家金陵，为文坛盟主，又集同志建先贤祠于雨花山麓，祀泰伯以下二百三十人，资不足，售所居屋以成之，而家益贫。晚年自号文木老人，客扬州，尤落拓纵酒，乾隆十九年卒于客中，年五十四（一七〇一——一七五四）。所著有《诗说》七卷，《文木山房集》五卷，诗七卷，皆不甚传（详见新标点本《儒林外史》卷首）。④

《儒林外史》书影（清乾隆
元年刊本，北京大学图书馆藏）

二、讽刺派　小说中寓讥讽者，晋唐已有，而在明之人情小说为尤多。在清朝，讽刺小说反少有，有名而几乎是唯一的作品，就是《儒林外史》。《儒林外史》是安徽全椒人吴敬梓做的。敬梓多所见闻，又工于表现，故凡所有叙述，皆能在纸上见其声态；而写儒者之奇形怪状，为独多而独详。当时距明亡没有百年，明季底遗风，尚留存于士流中，八股而外，一无所知，也一无所事。敬梓身为士人，熟悉其中情形，故其暴露丑态，就能格外详细。其书虽是断片的叙述，没有线索，但其变化多而趣味浓，在中国历来作讽刺小说者，再没有比他更好的了。

——《中国小说的历史的变迁》第六讲《清小说之四派及其末流》

吴敬梓著作皆奇数，故《儒林外史》亦一例，为五十五回；其成殆在雍正末，著者方侨居于金陵也。时距明亡未百年，士流盖尚有明季遗风，制艺而外，百不经意，但为矫饰，云希圣贤。⑤敬梓之所描写者即是此曹，既多据自所闻见，而笔又足以达之，故能烛幽索隐，物无遁形，凡官师，儒者，名士，山人，间亦有市井细民，皆现身纸上，声态并作，使彼世相，如在目前。惟全书无主干，仅驱使各种人物，行列而来，事与其来俱起，亦与其去俱讫，虽云长篇，颇同短制；但如集诸碎锦，合为帖子，虽非巨幅，而时见珍异，因亦娱心，使人刮目矣。⑥敬梓又爱才士，"汲引如不及，独嫉'时文士'如仇，其尤工者，则尤嫉之。"（程晋芳所作传云）故书中攻难制艺及以制艺出身者亦甚烈，如令选家马二先生自述制艺之所以可贵云：

"……'举业'二字，是从古及今，人人必要做的。就如孔子生在春秋时候，那时用'言扬行举'做官，故孔子只讲得个'言寡尤，行寡悔，禄在其中'：这便是孔子的举业。到汉朝，用贤良方正开科，所以公孙弘董仲舒举贤良方正：这便是汉人的举业。到唐朝，用诗赋取士；他们若讲孔孟的话，就没有官做了，所以唐人都会做几句诗：这便是唐人的举业。到宋朝，又好了，都用的是些理学的人做官，所以程朱就讲理学：这便是宋人的举业。到本朝，用文章取士，这是极好的法则。就是夫子在而今，也要念文章，做举业，断不讲那'言寡尤，行寡悔'的话。何也？就日日讲究'言寡尤，行寡悔'，那个给你官做？孔子的道，也就不行了。"（第十三回）

《儒林外史》所传人物，大都实有其人，而以象形谐声或廋词隐语寓其姓名，若参以雍乾间诸家文集，往往十得八九（详见本书上元金和跋）。此马二先生字纯上，处州人，实即全椒冯粹中⑦，为著者挚友，其

朝廷法古制科取士有

世廟時　詔在廷諸臣及各省大吏采訪博學鴻辭之彦

余司訓江寧三年無以應也

今天子即位之元年　相國泰安趙公方督撫安徽考取

全椒諸生吳敬梓敏軒　侍讀錢塘鄭公督學于上江交

口稱不置既檄行全椒取具結狀將論薦焉而敏軒病不

能就道兩月後病愈至余齋蓋敏軒之得受知于二公者

則又余之薦也余察其容顑頷非託爲病辭者因告之曰

子休矣當子膺薦舉時余爲子籤之得井之三爻其辭曰

井渫不食爲我心惻王明並受其福今子學優才贍然古

盛典遇而不遇豈非行道之人皆爲心惻者乎雖躬膺

人不得志于今必有所傳于後吾子研究六籍之文發爲

光怪倬後人收而寶之又奚讓乎歷金門上玉堂者哉且

文木山房集　序　　一

〔清〕吴敬梓《文木山房集》书影（1957年古典文学出版社刊本，北京大学图书馆藏）

言真率，又尚上知春秋汉唐，在"时文士"中实犹属诚笃博通之士，但其议论，则不特尽揭当时对于学问之见解，且洞见所谓儒者之心肝者也。至于性行，乃亦君子，例如西湖之游，虽全无会心，颇杀风景，而茫茫然大嚼而归，迂儒之本色固在⑧：

马二先生独自一个，带了几个钱，步出钱塘门，在茶亭里吃了几碗茶，到西湖沿上牌楼跟前坐下，见那一船一船乡下妇女来烧香的……后面都跟着自己的汉子……上了岸，散往各庙里去了。马二先生看了一遍，不在意里。起来又走了里把多路，望着湖沿上接连着几个酒店……马二先生没有钱买了吃……只得走进一个面店，十六个钱吃了一碗面，肚里不饱，又走到间壁一个茶室吃了一碗茶，买了两个钱"处片"嚼嚼，到觉有些滋味。吃完了出来……往前走，过了六桥。转个湾，便像些村庄地方。又有人家的棺材，厝基中间，走也走不清；甚是可厌。马二先生欲待回去，遇着一个走路的，问道"前面可还有好顽的所在？"那人道，"转过去便是净慈，雷峰。怎么不好顽？"马二先生于是又往前走。……过了雷峰，远远望见高高下下许多房子盖著琉璃瓦……马二先生走到跟前，看见一个极高的山门，一个金字直匾，上写"敕赐净慈禅寺"；山门旁边一个小门。马二先生走了进去……那些富贵人家女客，成群结队，里里外外，来往不绝。……马二先生身子又长，戴一顶高方巾，一幅乌黑的脸，腆着个肚子，穿着一双厚底破靴，横着身子乱跑，只管在人窝子里撞。女人也不看他，他也不看女人。前前后后跑了一交，又出来坐在那茶亭内，……吃了一碗茶。柜上摆着许多碟子：饺饼，芝麻糖，粽子，烧饼，处片，黑枣，煮栗子，马二先生每样买了几个钱，不论好歹，吃了一饱。马二先生觉得倦了，直着脚跑进清波门；到了下处，关门睡了。因为多走了路，在下处睡了一天；第三

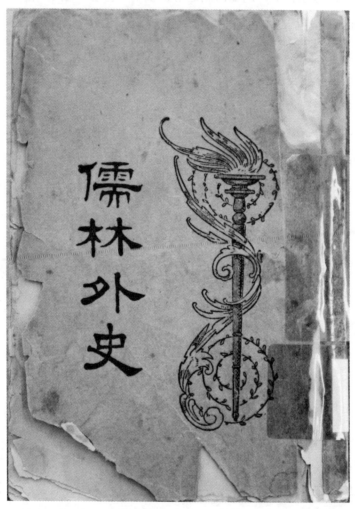

《儒林外史》封面（1920年亚东图书馆刊本，北京大学图书馆藏）

日起来，要到城隍山走走。……（第十四回）

至叙范进家本寒微，以乡试中式暴发，旋丁母忧，翼翼尽礼，则无一贬词，而情伪毕露，诚微辞之妙选，亦狙击之辣手矣[9]：

> ……两人（张静斋及范进）进来，先是静斋谒过，范进上来叙师生之礼。汤知县再三谦让，奉坐吃茶。同静斋叙了些阔别的话；又把范进的文章称赞了一番，问道"因何不去会试？"范进方才说道，"先母见背，遵制丁忧。"汤知县大惊，忙叫换去了吉服。拱进后堂，摆上酒来。……知县安了席坐下，用的都是银镶杯箸。范进退前缩后的不举杯箸，知县不解其故。静斋笑道，"世先生因遵制，想是不用这个杯箸。"知县忙叫换去。换了一个磁杯，一双象牙箸来，范进又不肯举动。静斋道，"这个箸也不用。"随即换了一双白颜色竹子的来，方才罢了。知县疑惑："他居丧如此尽礼，倘或不用荤酒，却是不曾备办。"落后看见他在燕窝碗里拣了一个大虾圆子送在嘴里，方才放心。……（第四回）

此外刻划伪妄之处尚多，掊击习俗者亦屡见。其述王玉辉之女既殉夫，玉辉大喜，而当入祠建坊之际，"转觉心伤，辞了不肯出来"，后又自言"在家日日看见老妻悲恸，心中不忍"（第四十八回），则描写良心与礼教之冲突，殊极刻深（详见本书钱玄同序）；作者生清初，又束身名教之内，而能心有依违，托稗说以寄慨，殆亦深有会于此矣。以言君子，尚亦有人，杜少卿为作者自况，更有杜慎卿（其兄青然），有虞育德（吴蒙泉），有庄尚志（程绵庄），皆贞士；其盛举则极于祭先贤。迨南京名士渐已销磨，先贤祠亦荒废；而奇人幸未绝于市井，一为"会写字的"，一为"卖火纸筒子的"，一为"开茶馆的"，一为"做裁缝的"。末一尤恬

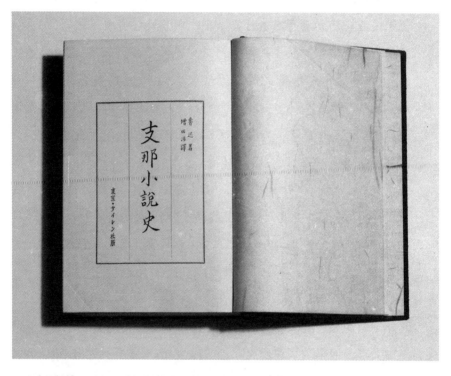

　　鲁迅著、［日］增田涉译《支那小说史》（1935 年东京赛棱社刊本，上海鲁迅纪念馆藏）

淡，居三山街，曰荆元，能弹琴赋诗，缝纫之暇，往往以此自遣；间亦访其同人。

　　一日，荆元吃过了饭，思量没事，一径踱到清凉山来。……他有一个老朋友姓于，住在山背后。这于老者也不读书，也不做生意，……督率着他五个儿子灌园。……这日，荆元步了进来，于老者迎着道，"好些时不见老哥来，生意忙的紧？"荆元道，"正是。今日才打发清楚些。特来看看老爹。"于老者道，"恰好烹了一壶现成茶，请用一杯。"斟了送过来。荆元接了，坐着吃，道，"这茶，色香味都好。老爹却是那里取来的这样好水？"于老者道，"我们城西不比你们城南，到处井泉都是吃得的。"荆元道，"古人动说'桃源避世'，我想起来，那里要甚么桃源。只如老爹这样清闲自在，住在这样'城市山林'的所在，就是现在的活神仙了。"于老者道，"只是我老拙一样事也不会做，怎的如老哥会弹一曲琴，也觉得消遣些。近来想是一发弹的好了，可好几时请教一回？"荆元道，"这也容易，老爹不嫌污耳，明日携琴来请教。"说了一会，辞别回来。次日，荆元自己抱了琴，来到园里，于老者已焚下一炉好香，在那里等候。……于老者替荆元把琴安放在石凳上，荆元席地坐下，于老者也坐在旁边。荆元慢慢的和了弦，弹起来，铿铿锵锵，声振林木。……弹了一会，忽作变徵之音，凄清宛转。于老者听到深微之处，不觉凄然泪下。自此，他两人常常往来。当下也就别过了。（第五十五回）

然独不乐与士人往还，且知士人亦不屑与友：固非"儒林"中人也。至于此后有无贤人君子得入《儒林外史》，则作者但存疑问而已。

　　《儒林外史》初惟传钞，后刊木于扬州，已而刻本非一。尝有人排列

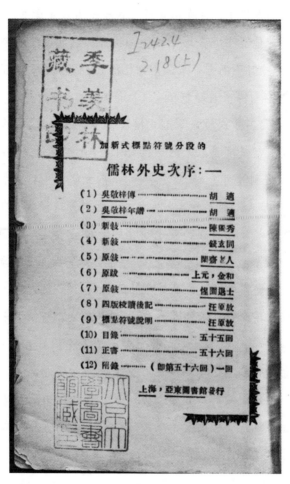

《儒林外史》目录（1920年亚东图书馆刊本，北京大学图书馆藏）

全书人物，作"幽榜"，谓神宗以水旱偏灾，流民载道，冀"旌沉抑之人才"以祈福利，乃并赐进士及第，并遣礼官就国子监祭之；又割裂作者文集中骈语，襞积之以造诏表（金和跋云），统为一回缀于末：故一本有五十六回。又有人自作四回，事既不伦，语复猥陋，而亦杂入五十六回本中，印行于世：故一本又有六十回。

是后亦鲜有以公心讽世之书如《儒林外史》者。⑩

注释：

①《中国小说史略》"油印本"无此篇，"铅印本"作："第二十一篇　清之讽刺小说"，自"初版本"作"第二十三篇　清之讽刺小说"。

②《致增田涉》（1932年5月13日）：中国究竟有无"幽默"作品？似乎没有。多是一些拙劣鄙野之类的东西。……中国没有幽默作家，大抵是讽刺作家。

③《且介亭杂文二集·什么是"讽刺"？》：

我想：一个作者，用了精炼的，或者简直有些夸张的笔墨——但自然也必须是艺术的地——写出或一群人的或一面的真实来，这被写的一群人，就称这作品为"讽刺"。

"讽刺"的生命是真实；不必是曾有的实事，但必须是会有的实情。所以它不是"捏造"，也不是"诬蔑"；既不是"揭发阴私"，又不是专记骇人听闻的所谓"奇闻"或"怪现状"。它所写的事情是公然的，也是常见的，平时是谁都不以为奇的，而且自然是谁都毫不注意的。不过这事情在那时却已经是不合理，可笑，可鄙，甚而至于可恶。但这么行下来了，习惯了，虽在大庭广众之间，谁也不觉得奇怪；现在给它特别一提，就动人。

④《中国小说史略》"油印本"之"清之遣责小说　小说史大略十七"作：

《儒林外史》原书五十五回，全椒吴敬梓作，成于乾隆初，而印于嘉庆末，其印本妄增一回，今本有增为六十回者，尤缪。敬梓有隽才雅操，雍正乙卯举鸿词科不赴，移家金陵，集同志筑先贤祠，祀泰伯以下二百三十人，晚岁困顿而卒。其时去明亡不甚远，士绅盖尚有明季余风，与后来小有殊异。《儒林外史》

所描写者，即为此曹，多据作者所目睹，故烛幽发伏，物无遁形，当时之官绅，名士，儒者，山人，间亦有市井细民，无不生动于纸上也。其记范进因中举而疯，众因乞其妻父胡屠户批颊以疗之，及进丁忧时，谒县官诸节，皆深刻隽妙；此外写社会平常状态者亦多佳。

> 　胡屠户……进门见了老太太，……外边人一片声请胡老爹说话，那胡屠户……走了出来。众人如此这般同他商议。胡屠户作难道，"虽然是我女婿，如今却做了老爷，就是天上的星宿，天上的星宿是打不得的。我听得斋公们说，'打了天上的星宿，阎王就要拿去打一百铁棍，发在十八层地狱'，永不得翻身，"……报录的人道，"胡老爹，这个事须是这般。你没奈何，权变一权变。"屠户被众人屈不过，只得连斟两碗酒喝了壮一壮胆……走上集去。众邻居五六个都跟着走。老太太赶出来叫道，"亲家你只可吓他一吓，却不要把他打伤了。"众邻居道，"这个自然，何消吩咐。"说着一直去了。来到集上，见范进正在一个庙门口站着……兀自拍着掌，口里叫道，"中了！中了！"胡屠户凶神一般走到跟前说道，"该死的畜生，你中了甚么？"一个嘴巴打将去。……范进因这一嘴巴……昏倒在地。众邻居齐上前替他抹胸捶背，舞了半日，渐渐喘息过来，眼睛明亮，不疯了。众人扶起，借庙门口一个外科郎中跳驼子板凳上坐着。胡屠户站在一边，不觉那只手隐隐的疼将起来。自己看时，把个巴掌仰着，再也弯不过来。自己心里懊恼道，"果然天上文曲星是打不得的，而今菩萨计较起来了。"想一想，更疼的狠了，连忙向郎中讨了个膏药帖着。
>
> 　知县安了席坐下，用的都是银镶杯箸。范进退前缩后的不举杯箸，知县不解其故。静斋笑道，"世先生因遵制，想是不用这个杯箸。"知县忙叫换去。换了一个磁杯，一副象牙箸来，范进又不肯举动。静斋道，"这个箸也不用。"随即换了一双白颜色竹子的来，方才罢了。知县疑惑"他居丧如此尽礼，倘或不用荤酒，却是不曾备办。"落后看见他在燕窝碗里拣了一个大虾圆子送在嘴里，方才放心。（第四回）

自"铅印本"改。

⑤《〈准风月谈〉后记》：从宋代到清朝末年，很久长的时间中，专以代圣贤立言的"制艺"文章，选拔及登用人才。

⑥《且介亭杂文二集·叶紫作〈丰收〉序》：《儒林外史》作者的手段何尝在罗贯中下，然而留学生漫天塞地以来，这部书就好像不永久，也不伟大了。伟大也要有人懂。

⑦《且介亭杂文末编·〈出关〉的"关"》：例如《红楼梦》里贾宝玉的模特儿是作者自己曹霑，《儒林外史》里马二先生的模特儿是冯执中，现在我们所觉得的却只是贾宝玉和马二先生。

⑧《集外集·选本》：纵使选者非常胡涂，如《儒林外史》所写的马二先生，游西湖漫无准备，须问路人，吃点心又不知选择，要每样都买一点，由此可见其衡文之毫无把握罢，然而他是处州人，一定要吃"处片"，又可见虽是马二先生，也自有其"处片"式的标准了。

⑨《且介亭杂文二集·论讽刺》：还有《儒林外史》写范举人因为守孝，连象牙筷也不肯用，但吃饭时，他却"在燕窝碗里拣了一个大虾圆子送在嘴里"，和这相似的情形是现在还可以遇见的。

⑩《且介亭杂文二集·什么是"讽刺"?》：讽刺作者虽然大抵为被讽刺者所憎恨，但他却常常是善意的，他的讽刺，在希望他们改善，并非要捺这一群到水底里。然而待到同群中有讽刺作者出现的时候，这一群却已是不可收拾，更非笔墨所能救了，所以这努力大抵是徒劳的，而且还适得其反，实际上不过表现了这一群的缺点以至恶德，而对于敌对的别一群，倒反成为有益。……如果貌似讽刺的作品，而毫无善意，也毫无热情，只使读者觉得一切世事，一无足取，也一无可为，那就并非讽刺了，这便是所谓"冷嘲"。

《〈朝花夕拾〉后记》：人说，讽刺和冷嘲只隔一张纸，我以为有趣和肉麻也一样。

第二十四篇　清之人情小说①

　　《红楼梦》——原名《石头记》——初本及全本。《红楼梦》本事之异说：明珠家事说，董鄂妃故事说，康熙朝政象说。《红楼梦》作者及续成者之考定：曹霑与高鹗。《红楼梦》续书之多。

〔清〕改琦《红楼梦图咏》之林黛玉（清光绪五年刻本，张满弓编著《古典文学版画》，2004年河南大学出版社影印本）

乾隆中（一七六五年顷），有小说曰《石头记》者忽出于北京，历五六年而盛行，然皆写本，以数十金鬻于庙市。其本止八十回，开篇即叙本书之由来，谓女娲补天，独留一石未用，石甚自悼叹，俄见一僧一道，以为"形体到也是个宝物了，还只没有实在好处，须得再镌上数字，使人一见便知是奇物方妙。然后好携你到隆盛昌明之邦，诗礼簪缨之族，花柳繁华之地，温柔富贵之乡，去安身乐业"。于是袖之而去。不知更历几劫，有空空道人见此大石，上镌文词，从石之请，钞以问世。道人亦"因空见色，由色生情，传情入色，自色悟空，遂易名为情僧，改《石头记》为《情僧录》；东鲁孔梅溪则题曰《风月宝鉴》；后因曹雪芹于悼红轩中披阅十载，增删五次，纂成目录，分出章回，则题曰《金陵十二钗》，并题一绝云：'满纸荒唐言，一把辛酸②泪。都云作者痴，谁解其中味？'"（戚蓼生所序八十回本之第一回）③

本文所叙事则在石头城（非即金陵）之贾府，为宁国荣国二公后。宁公长孙曰敷，早死；次敬袭爵，而性好道，又让爵于子珍，弃家学仙；珍遂纵恣，有子蓉，娶秦可卿。荣公长孙曰赦，子琏，娶王熙凤；次曰政；女曰敏，适林海，中年而亡，仅遗一女曰黛玉。贾政娶于王，生子珠，早卒；次生女曰元春，后选为妃；次复得子，则衔玉而生，玉又有字，因名宝玉，人皆以为"来历不小"，而政母史太君尤钟爱之。宝玉既

三、人情派　此派小说，即可以著名的《红楼梦》做代表。《红楼梦》其初名《石头记》，共有八十回，在乾隆中忽出现于北京。最初皆抄本，至乾隆五十七年，才有程伟元刻本，加多四十回，共一百二十回，改名叫《红楼梦》。据伟元说：乃是从旧家及鼓担上收集而成全部的。至其原本，则现在已少见，惟现有一石印本，也不知究是原本与否。《红楼梦》所叙为石头城中——未必是今之南京——贾府的事情。其主要者为荣国府的贾政生子宝玉，聪明过人，而绝爱异性；贾府中实亦多好女子，主从之外，亲戚也多，如黛玉，宝钗等，皆来寄寓，史湘云亦常来。而宝玉与黛玉爱最深；后来政为宝玉娶妇，却迎了宝钗，黛玉知道以后，吐血死了。宝玉亦郁郁不乐，悲叹成病。其后宁国府的贾赦革职查抄，累及荣府，于是家庭衰落，宝玉竟发了疯，后又忽而改行，中了举人。但不多时，忽又不知所往了。后贾政因葬母路过毗陵，见一人光头赤脚，向他下拜，细看就是宝玉；正欲问话，忽来一僧一道，拉之而去。追之无有，但见白茫茫一片荒野而已。

《红楼梦》的作者，大家都知道是曹雪芹，因为这是书上写着的。至于曹雪芹是何等样人，却少有人提起过；现经胡适之先生的考证，我们可以知道大概了。雪芹名霑，一字芹圃，是汉军旗人。他的祖父名寅，康熙中为江宁织造。清世祖南巡时，即以织造局为行宫。其父頫，亦为江宁织造。我们由此就知道作者在幼时实在是一个大世家的公子。他生在南京。十岁时，随父到了北京。此后中间不知因何变故，家道忽落。雪芹中年，竟至穷居北京之西郊，有时还不得饱食。可是他还纵酒赋诗，七八岁，聪明绝人，然性爱女子，常说，"女儿是水作的骨肉，男人是泥作的骨肉。"人于是又以为将来且为"色鬼"；贾政亦不甚爱惜，驭之极严，盖缘"不知道这人来历。……若非多读书识字，加以致知格物之功，悟道参玄之力者，不能知也"（戚本第二回贾雨村云）。而贾氏实亦"闺阁中历历有人"，主从之外，姻连亦众，如黛玉宝钗，皆来寄寓，史湘云亦时至，尼妙玉则习静于后园。左即贾氏谱大要④，用虚线者其姻连，著×者夫妇，著*者在"金陵十二钗"之数者也。⑤

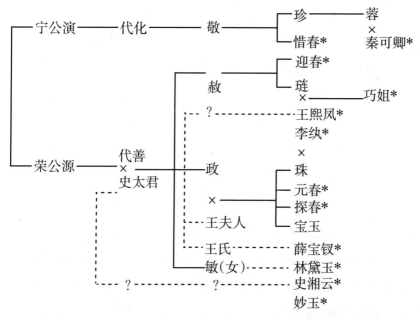

事即始于林夫人（贾敏）之死，黛玉失怙，又善病，遂来依外家，时与宝玉同年，为十一岁。已而王夫人女弟所生女亦至，即薛宝钗，较长一年，颇极端丽。宝玉纯朴，并爱二人无偏心，宝钗浑然不觉，而黛玉稍惠。一日，宝玉倦卧秦可卿室，遽梦入太虚境，遇警幻仙，阅《金陵十二钗正册》及《副册》，有图有诗，然不解。警幻命奏新制《红楼梦》十二支，其末阕为《飞鸟各投林》，词有云：

而《红楼梦》的创作，也就在这时候。可惜后来他因为儿子夭殇，悲恸过度，也竟死掉了——年四十余——《红楼梦》也未得做完，只有八十回。后来程伟元所刻的，增至一百二十回，虽说是从各处搜集的，但实则其友高鹗所续成，并不是原本。

对于书中所叙的意思，推测之说也很多。举其较为重要者而言：（一）是说记纳兰性德的家事，所谓金钗十二，就是性德所奉为上客的人们。这是因为性德是词人，是少年中举，他家后来也被查抄，和宝玉的情形相仿佛，所以猜想出来的。但是查抄一事，宝玉在生前，而性德则在死后，其他不同之点也很多，所以其实并不很相像。（二）是说记顺治与董鄂妃的故事；而又以鄂妃为秦淮旧妓董小宛。清兵南下时，掠小宛到北京，因此有宠于清世祖，封为贵妃；后来小宛夭逝，清世祖非常哀痛，就出家到五台山做了和尚。《红楼梦》中宝玉也做和尚，就是分明影射这一段故事。但是董鄂妃是满洲人，并非就是董小宛，清兵下江南的时候，小宛已经二十八岁了；而顺治方十四岁，决不会有把小宛做妃的道理。所以这一说也不通的。（三）是说叙康熙朝政治底状态的；就是以为石头记是政治小说，书中本事，在吊明之亡，而揭清之失。如以"红"影"朱"字，以"石头"指"金陵"，以"贾"斥伪朝——即斥"清"，以金陵十二钗讥降清之名士。然此说未免近于穿凿，况且现在既知道作者既是汉军旗人，似乎不至于代汉人来抱亡国之痛的。（四）是说自叙；此说出来最早，而信者最少，现在可是多起来了。因为我们已知道雪芹自己的境遇，很和书中所叙相合。雪芹的祖父，父亲，都做过江宁织造，其家庭之豪华，实和贾府略同；雪芹幼时又是一个佳公子，有似于宝玉；而其后突然穷困，假定是被抄家或近于这一类事故所致，情理也可通——由

"为官的，家业凋零；富贵的，金银散尽。有恩的，死里逃生；无情的，分明报应。欠命的命已还，欠泪的泪已尽！……看破的，遁入空门；痴迷的，枉送了性命。好一似，食尽鸟投林：落了片白茫茫大地真干净！"（戚本第五回）

然宝玉又不解，更历他梦而寤。迨元春被选为妃，荣公府愈贵盛，及其归省，则辟大观园以宴之，情亲毕至，极天伦之乐。宝玉亦渐长，于外昵秦钟蒋玉函，归则周旋于姊妹中表以及侍儿如袭人晴雯平儿紫鹃辈之间，昵而敬之，恐拂其意，爱博而心劳，而忧患亦日甚矣。

这日，宝玉因见湘云渐愈，然后去看黛玉。正值黛玉才歇午觉，宝玉不敢惊动。因紫鹃正在回廊上手里做针线，便上来问他，"昨日夜里咳嗽的可好些？"紫鹃道，"好些了。"（宝玉道，"阿弥陀佛，宁可好了罢。"紫鹃笑道，"你也念起佛来，真是新闻。"）宝玉笑道，"所谓'病笃乱投医'了。"一面说，一面见他穿着弹墨绫子薄绵袄，外面只穿着青缎子夹背心，宝玉便伸手向他身上抹了一抹，说，"穿的这样单薄，还在风口里坐着。春风才至，时气最不好。你再病了，越发难了。"紫鹃便说道，"从此咱们只可说话，别动手动脚的。一年大二年小的，叫人看着不尊重；又打着那起混账行子们背地里说你。你总不留心，还只管合小时一般行为，如何使得？姑娘常常吩咐我们，不叫合你说笑。你近来瞧他，远着你，还恐远不及呢。"说着，便起身，携了针线，进别房去了。宝玉见了这般景况，心中忽觉浇了一盆冷水一般，只看着竹子发了回呆。因祝妈正来挖笋修竿，便忙忙走了出来，一时魂魄失守，心无所知，随便坐在一块石上出神，不觉滴下泪来。直呆了五六顿饭工夫，千思万想，总不知如何是好。偶值雪雁从王夫人房中取了人参来，从此经过，……便走过此可知《红楼梦》一书，说是大部分为作者自叙，实是最为可信的一说。

至于说到《红楼梦》的价值，可是在中国底小说中实在是不可多得的。其要点在敢于如实描写，并无讳饰，和从前的小说叙好人完全是好，坏人完全是坏的，大不相同，所以其中所叙的人物，都是真的人物。总之自有《红楼梦》出来以后，传统的思想和写法都打破了。——它那文章的旖旎和缠绵，倒是还在其次的事。但是反对者却很多，以为将给青年以不好的影响。这就因为中国人看小说，不能用赏鉴的态度去欣赏它，却自己钻入书中，硬去充一个其中的脚色。所以青年看《红楼梦》，便以宝玉，黛玉自居；而年老人看去，又多占据了贾政管束宝玉的身分，满心是利害的打算，别的什么也看不见了。

《红楼梦》而后，续作极多：有《后红楼梦》，《续红楼梦》，《红楼后梦》，《红楼复梦》，《红楼补梦》，《红楼重梦》，《红楼幻梦》，《红楼圆梦》……大概是补其缺陷，结以团圆。

——《中国小说的历史的变迁》第六讲《清小说之四派及其末流》

来，蹲下笑道，"你在这里作什么呢？"宝玉忽见了雪雁，便说道，"你又作什么来招我？你难道不是女儿？他既防嫌，总不许你们理我，你又来寻我，倘被人看见，岂不又生口舌？你快家去罢。"雪雁听了，只当他又受了黛玉的委屈，只得回至房中，黛玉未醒，将人参交与紫鹃。……雪雁道，"姑娘还没醒呢，是谁给了宝玉气受？坐在那里哭呢。"……紫鹃听说，忙放下针线，……一直来寻宝玉。走到宝玉跟前，含笑说道，"我不过说了两句话，为的是大家好。你就赌气，跑了这风地里来哭，作出病来唬我。"宝玉忙笑道，"谁赌气了？我因为听你说的有理，我想你们既这样说，自然别人也是这样说，将来渐渐的都不理我了。我所以想着自己伤心。"……（戚本第五十七回，括弧中句据程本补。）

然荣公府虽煊赫，而"生齿日繁，事务日盛，主仆上下，安富尊荣者尽多，运筹谋画者无一，其日用排场，又不能将就省俭"，故"外面的架子虽未甚倒，内囊却也尽上来了。"（第二回）颓运方至，变故渐多；宝玉在繁华丰厚中，且亦屡与"无常"觌面。先有可卿自经；秦钟夭逝；自又中父妾厌胜之术，几死；继以金钏投井；尤二姐吞金；而所爱之侍儿晴雯又被遣，随殁。悲凉之雾，遍被华林，然呼吸而领会之者，独宝玉而已。⑥

……他便带了两个小丫头到一石后，也不怎么样，只问他二人道，"自我去了，你袭人姐姐可打发人瞧晴雯姐姐去了不曾？"这一个答道，"打发宋妈妈瞧去了。"宝玉道，"回来说什么？"小丫头道，"回来说晴雯姐姐直着脖子叫了一夜，今儿早起就闭了眼，住了口，人事不知，也出不得一声儿了，只有倒气的分儿了。"宝玉忙问道，"一夜叫的是谁？"小丫头子道，（"一夜叫的是娘。"宝玉拭泪道，

胡适《红楼梦考证》（初稿）手稿（耿云志主编《胡适遗稿及秘藏书信》，
1994年黄山书社影印本）

"还叫谁?"小丫头说,)"没有听见叫别人。"宝玉道,"你糊涂,想必没听真。"(……因又想:)"虽然临终未见,如今且去灵前一拜,也算尽这五六年的情肠。"……遂一径出园,往前日之处来,意为停枢在内。谁知他哥嫂见他一咽气,便回了进去,希图得几两发送例银。王夫人闻知,便赏了十两银子;又命"即刻送到外头焚化了罢。'女儿痨'死的,断不可留!"他哥嫂听了这话,一面就雇了人来入殓,抬往城外化人厂去了。……宝玉走来扑了个空……自立了半天,别没法儿,只得翻身进入园中,待回自房,甚觉无趣,因乃顺路来找黛玉,偏他不在房中。……又到蘅芜院中,只见寂静无人。……仍往潇湘馆来,偏黛玉尚未回来。……正在不知所以之际,忽见王夫人的丫头进来找他,说,"老爷回来了,找你呢。又得了好题目来了,快走快走!"宝玉听了,只得跟了出来。……彼时贾政正与众幕友谈论寻秋之胜;又说,"临散时忽然谈及一事,最是千古佳谈,'风流俊逸忠义慷慨'八字皆备。到是个好题目,大家都要作一首挽词。"众人听了,都忙请教是何等妙题。贾政乃说,"近日有一位恒王,出镇青州。这恒王最喜女色,且公余好武,因选了许多美女,日习武事。……其姬中有一姓林行四者,姿色既冠,且武艺更精,皆呼为林四娘,恒王最得意,遂超拔林四娘统辖诸姬,又呼为姽婳将军。"众清客都称"妙极神奇!竟以'姽婳'下加'将军'二字,更觉妖媚风流,真绝世奇文!想这恒王也是第一风流人物了。"……(戚本第七十八回,括弧中句据程本补。)

《石头记》结局,虽早隐现于宝玉幻梦中,而八十回仅露"悲音",殊难必其究竟。比乾隆五十七年(一七九二),乃有百二十回之排印本出,改名《红楼梦》,字句亦时有不同,程伟元序其前云,"……然原本目录百二十卷,……爰为竭力搜罗,自藏书家甚至故纸堆中,无不留心。

〔清〕改琦《红楼梦图咏》之贾宝玉（清光绪五年刻本，张满弓编著《古典文学版画》，2004年河南大学出版社影印本）

数年以来，仅积有二十余卷。一日，偶于鼓担上得十余卷，遂重价购之。……然漶漫不可收拾，乃同友人细加厘剔，截长补短，钞成全部，复为镌板以公同好。《石头记》全书至是始告成矣。"友人盖谓高鹗，亦有序，末题"乾隆辛亥⑦冬至后一日"，先于程序者一年。

后四十回虽数量止初本之半，而大故迭起，破败死亡相继，与所谓"食尽鸟飞独存白地"者颇符，惟结末又稍振。宝玉先失其通灵玉，状类失神。会贾政将赴外任，欲于宝玉娶妇后始就道，以黛玉赢弱，乃迎宝钗。姻事由王熙凤谋画，运行甚密，而卒为黛玉所知，咯血，病日甚，至宝玉成婚之日遂卒。宝玉知将婚，自以为必黛玉，欣然临席，比见新妇为宝钗，乃悲叹复病。时元妃先薨；贾赦以"交通外官倚势凌弱"革职查抄，累及荣府；史太君又寻亡；妙玉则遭盗劫，不知所终；王熙凤既失势，亦郁郁死。宝玉病亦加，一日垂绝，忽有一僧持玉来，遂苏，见僧复气绝，历噩梦而觉；乃忽改行，发愤欲振家声，次年应乡试，以第七名中式。宝钗亦有孕，而宝玉忽亡去。贾政既葬母于金陵，将归京师，雪夜泊舟毗陵驿，见一人光头赤足，披大红猩猩毡斗篷，向之下拜，审视知为宝玉。方欲就语，忽来一僧一道，挟以俱去，且不知何人作歌，云"归大荒"，追之无有，"只见白茫茫一片旷野"而已。"后人见了这本传奇，亦曾题过四句，为作者缘起之言更进一竿云：'说到酸辛事，荒唐愈可悲，由来同一梦，休笑世人痴。'"（第一百二十回）

全书所写，虽不外悲喜之情，聚散之迹，而人物事故，则摆脱旧套，与在先之人情小说甚不同。如开篇所说：

　　空空道人遂向石头说道，"石兄，你这一段故事，……据我看来：第一件，无朝代年纪可考；第二件，并无大贤大忠，理朝廷治风俗的善政，其中只不过几个异样女子——或情，或痴，或小才微善——亦无班姑蔡女之德能。我纵钞去，恐世人不爱看呢。"

〔清〕孙温《红楼梦》彩绘插图（旅顺博物馆藏）

　　石头笑曰，"我师何太痴也！若云无朝代可考，今我师竟假借汉唐等年纪添缀，又有何难？但我想历来野史，皆蹈一辙；莫如我不借此套，反到新鲜别致，不过只取其事体情理罢了。……历来野史，或讪谤君相，或贬人妻女，奸淫凶恶，不可胜数。……至若才子佳人等书，则又千部共出一套，且其中终不能不涉于淫滥，以致满纸'潘安子建'，'西子文君'；……且环婢开口，即'者也之乎'，非文即理，故逐一看去，悉皆自相矛盾，大不近情理之说。竟不如我半世亲睹亲闻的这几个女子，虽不敢说强似前代所有书中之人，但事迹原委，亦可以消愁破闷也。……至若离合悲欢，兴衰际遇，则又追踪蹑迹，不敢稍加穿凿，徒为哄人之目，而反失其真传者。……"

（戚本第一回）

　　盖叙述皆存本真，闻见悉所亲历，正因写实，转成新鲜。⑧而世人忽略此言，每欲别求深义，揣测之说，久而遂多。⑨今汰去悠谬不足辩，如谓是刺和珅（《谭瀛室笔记》）藏谶纬（《寄蜗残赘》）明易象（《金玉缘》评语）之类，而著其世所广传者于下：⑩

　　一，纳兰成德家事说。　自来信此者甚多。陈康祺（《燕下乡脞录》五）记姜宸英典康熙己卯顺天乡试获咎事，因及其师徐时栋（号柳泉）之说云，"小说《红楼梦》一书，即记故相明珠家事，金钗十二，皆纳兰侍御所奉为上客者也，宝钗影高澹人；妙玉即影西溟先生：'妙'为'少女'，'姜'亦妇人之美称；'如玉''如英'，义可通假。……"侍御谓明珠之子成德，后改名性德，字容若。张维屏（《诗人征略》）云，"贾宝玉盖即容若也；《红楼梦》所云，乃其髫龄时事。"俞樾（《小浮梅闲话》）亦谓其"中举人止十五岁，于书中所述颇合"。然其他事迹，乃皆不符；胡适作《红楼梦考证》（《文存》三），已历正其失。最有力者，一为姜宸英有《祭纳兰成德文》，相契之深，非妙玉于宝玉可比；一为成

〔清〕改琦《红楼梦图咏》之薛宝钗（清光绪五年刻本，张满弓编著《古典文学版画》，2004年河南大学出版社影印本）

德死时年三十一，时明珠方贵盛也。⑪

二，清世祖与董鄂妃故事说。　王梦阮沈瓶庵合著之《红楼梦索隐》为此说。⑫其提要有云⑬，"盖尝闻之京师故老云，是书全为清世祖与董鄂妃而作，兼及当时诸名王奇女也。……"而又指董鄂妃为即秦淮旧妓嫁为冒襄妾之董小宛，清兵下江南，掠以北，有宠于清世祖，封贵妃，已而夭逝；世祖哀痛，乃遁迹五台山为僧云。孟森作《董小宛考》（《心史丛刊》三集），则历摘此说之谬，最有力者为小宛生于明天启甲子，若以顺治七年入宫，已二十八岁矣，而其时清世祖方十四岁。⑭

三，康熙朝政治状态说。　此说即发端于徐时栋，而大备于蔡元培之《石头记索隐》。开卷即云，"《石头记》者，清康熙朝政治小说也。作者持民族主义甚挚，书中本事，在吊明之亡，揭清之失，而尤于汉族名士仕清者寓痛惜之意。……"于是比拟引申，以求其合，以"红"为影"朱"字；以"石头"为指金陵；以"贾"为斥伪朝；以"金陵十二钗"为拟清初江南之名士：如林黛玉影朱彝尊，王熙凤影余国柱，史湘云影陈维崧，宝钗妙玉则从徐说，旁征博引，用力甚勤。然胡适既考得作者生平，而此说遂不立，最有力者即曹雪芹为汉军，而《石头记》实其自叙也。⑮

然谓《红楼梦》乃作者自叙⑯，与本书开篇契合者，其说之出实最先，而确定反最后。嘉庆初，袁枚（《随园诗话》二）已云，"康熙中，曹练亭为江宁织造……其子雪芹撰《红楼梦》一书，备记风月繁华之盛。中有所谓大观园者，即余之随园也。"⑰末二语盖夸，余亦有小误（如以栋为练，以孙为子），但已明言雪芹之书，所记者其闻见矣。而世间信者特少，王国维（《静庵文集》）且诘难此类，以为"所谓'亲见亲闻'者，亦可自旁观者之口言之，未必躬为剧中之人物"也，迨胡适作考证，乃较然彰明，知曹雪芹实生于荣华，终于苓落，半生经历，绝似"石头"，著书西郊，未就而没；晚出全书，乃高鹗续成之者矣。⑱

〔清〕孙温《红楼梦》彩绘插图

雪芹名霑，字芹溪，一字芹圃，正白旗汉军。[19]祖寅，字子清，号楝亭，康熙中为江宁织造。清世祖南巡时，五次以织造署为行宫，后四次皆寅在任。然颇嗜风雅，尝刻古书十余种，为时所称；亦能文，所著有《楝亭诗钞》五卷《词钞》一卷（《四库书目》），传奇二种（《在园杂志》）。寅子颊，即雪芹父，亦为江宁织造，故雪芹生于南京。时盖康熙末。雍正六年，颊卸任，雪芹亦归北京，时约十岁。然不知何因，是后曹氏似遭巨变，家顿落，雪芹至中年，乃至贫居西郊，啜饘粥，但犹傲兀，时复纵酒赋诗，而作《石头记》盖亦此际。乾隆二十七年[20]，子殇，雪芹伤感成疾，至除夕，卒[21]，年四十余（一七一九？——一七六三[22]）。[23]其《石头记》尚未就，今所传者止八十回（详见《胡适文选》）[24]。

言后四十回为高鹗作者，俞樾（《小浮梅闲话》）云，"《船山诗草》有《赠高兰墅鹗同年》一首云，'艳情人自说《红楼》。'注云，'《红楼梦》八十回以后，俱兰墅所补。'然则此书非出一手。按乡会试增五言八韵诗，始乾隆朝，而书中叙科场事已有诗，则其为高君所补可证矣。"然鹗所作序，仅言"友人程子小泉过予，以其所购全书见示，且曰，'此仆数年铢积寸累之辛心，将付剞劂，公同好。子闲且惫矣，盍分任之。'予以是书……尚不背于名教……遂襄其役。"盖不欲明言己出，而寮友则颇有知之者。鹗即字兰墅，镶黄旗汉军，乾隆戊申举人，乙卯进士，旋入翰林，官侍读，又尝为嘉庆辛酉顺天乡试同考官。[25]其补《红楼梦》当在乾隆辛亥时，未成进士，"闲且惫矣"，故于雪芹萧条之感，偶或相通。然心志未灰，则与所谓"暮年之人，贫病交攻，渐渐的露出那下世光景来"（戚本第一回）者又绝异。是以续书虽亦悲凉，而贾氏终于"兰桂齐芳"，家业复起，殊不类茫茫白地，真成干净者矣。[26]

[27]续《红楼梦》八十回本者，尚不止一高鹗。俞平伯从戚蓼生所序之八十回本旧评中抉剔，知先有续书三十回，似叙贾氏子孙流散，宝玉贫

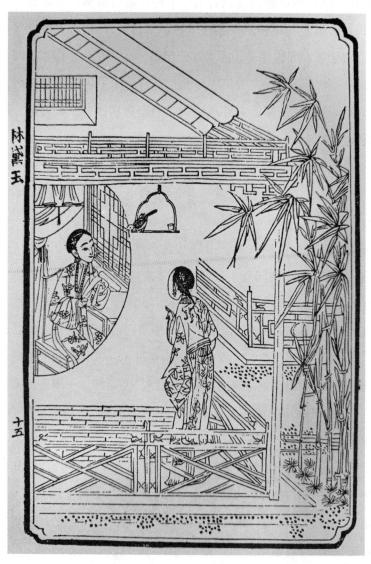

《红楼梦》插图（清乾隆五十六年萃文书屋刻本，张满弓编著《古典文学版画》，2004年河南大学出版社影印本）

寒不堪，"悬崖撒手"，终于为僧；然其详不可考（《红楼梦辨》下有专论）。或谓"戴君诚夫见一旧时真本，八十回之后，皆与今本不同，荣宁籍没后，皆极萧条；宝钗亦早卒，宝玉无以作家，至沦于击柝之流。史湘云则为乞丐，后乃与宝玉仍成夫妇。……闻吴润生中丞家尚藏有其本。"（蒋瑞藻《小说考证》七引《续阅微草堂笔记》）此又一本，盖亦续书。二书所补，或俱未契于作者本怀，然长夜无晨，则与前书之伏线亦不背。⑱

此他续作，纷纭尚多，如《后红楼梦》，《红楼后梦》，《续红楼梦》，《红楼复梦》，《红楼梦补》，《红楼补梦》，《红楼重梦》，《红楼再梦》，《红楼幻梦》，《红楼圆梦》，《增补红楼》，《鬼红楼》，《红楼梦影》等。大率承高鹗续书而更补其缺陷，结以"团圆"；甚或谓作者本以为书中无一好人，因而钻刺吹求，大加笔伐。但据本书自说，则仅乃如实抒写，绝无讥弹，独于自身，深所忏悔。此固常情所嘉，故《红楼梦》至今为人爱重，然亦常情所怪，故复有人不满，奋起而补订圆满之。⑲此足见人之度量相去之远，亦曹雪芹之所以不可及也。⑳仍录彼语，以结此篇：

> ……作者自云：因曾历过一番梦幻之后，故将真事隐去，而借"通灵"之说，撰此《石头记》一书也。……自又云：今风尘碌碌，一事无成，忽念及当日所有之女子，一一细考较去，觉其行止见识，皆出于我之上。何我堂堂须眉，诚不若彼裙钗女子？实愧则有余，悔又无益，是大无可如何之日也。当此，则自欲将已往所赖天恩祖德，锦衣纨袴之时，饫甘餍肥之日，背父兄教育之恩，负师友规训之德，以致今日一技无成，半生潦倒之罪，编述一集，以告天下人。我之罪固不免，然闺阁中本自历历有人，万不可因我之不肖，自己护短，一并使其泯灭。虽今日之茅椽蓬牖，瓦灶绳床，其晨夕风露，阶柳庭花，亦未有妨我之襟怀，束笔阁墨；虽我未学，下笔无文，

又何妨用俚语村言，敷衍出一段故事来，亦可使闺阁照传，复可悦世之目，破人愁闷，不亦宜乎？……（戚本第一回）

注释：

①《中国小说史略》"油印本"作："清之人情小说　小说史大略十四"，"铅印本"作："第二十二篇　清之人情小说"，自"初版本"作："第二十四篇　清之人情小说"。

②《中国小说史略》"油印本"之"清之人情小说　小说史大略十四"未引用此诗，自"铅印本"以下皆误作：酸辛。

③《中国小说史略》"油印本"之"清之人情小说　小说史大略十四"作：

人情小说萌发于唐，迄明略有滋长，然同时坠入迂鄙，以才美为归，以名教自饰。李贽、金喟虽盛称说部，而自无创作，亦无以破世人拘墟之见，但提挈一二传奇演义，出于恒流之上而已。至清有《红楼梦》，乃异军突起，驾一切人情小说而远上之，较之前朝，固与《水浒》，《西游》为三绝，以一代言，则三百年中创作之冠冕也。

《红楼梦》一名《石头记》，乾隆中叶，始有钞本，止八十回。乾隆末程伟元以活字印行，计一百二十回为全书。程氏序言，后四十卷之中，二十余卷得于藏书家及故纸堆中，十余卷得于鼓担上，然漫漶不可收拾，乃与友人厘剔，截长补短，抄成全部。审此，则《红楼梦》原止八十回，为未完之书。程伟元得残本，又与友人补缀为之印行，而世间始有全帙者也。

此书作者第一回明言，"雪芹于悼红轩中披阅十载，增删五次，纂成目录，分出章回……"则总其成者，为曹雪芹，然此实止前八十回。至于后四十回，程伟元序虽云尝得旧本，稍加厘剔，而其实微刻印者托古欺人之常法。俞樾《小浮梅闲话》云，"《船山诗草》有《赠高兰墅鹗同年》一首云，'艳情人自说红楼'。注云，'《红楼梦》八十回以后，俱兰墅所补'。"船山与兰墅同时又同年，当不误，故知后四十回为高鹗续也。

……

《红楼》开场即述本书之由来，谓女娲补天，独留一石未用，石甚自悼叹，俄见一僧一道，以为"形体到也是个宝物了，只是没有实在好处，须得再镌上几个字，使人人见了便知你是件奇物，然后携你到那昌明隆盛之邦，诗礼簪缨之族，花柳繁华之地，温柔富贵之乡，去走一遭。"于是袖之而去。更历不知几劫，有空空道人见此大石，上镌文词，从石之请，钞以问世。从此空空道人遂"因空见色，由色生情，传情入色，自色悟空，遂改名情僧，改《石头记》为《情僧录》；东鲁孔梅溪题曰《风月宝鉴》；后因曹雪芹于悼红轩中披阅十载，增删五次，纂成目录，分出章回，又题曰《金陵十二钗》……即此，便是《石头记》的缘起。"

自"铅印本"改。

④"铅印本"之"第二十二篇　清之人情小说"作：左即贾氏谱，而省其无关重要者。自"合订本"改。

⑤《中国小说史略》"油印本"之"清之人情小说　小说史大略十四"作：

此后叙宁国公、荣国公两贾家之盛衰，为期八年。所见人物，有男子二百三十五人，女子二百十三人，用字九十万。然其主要则在衔玉而生之宝玉，与其周围之金陵十二钗，曰：贾元春、迎春、探春、惜春、林黛玉、薛宝钗、王熙凤与其女巧姐、李纨、秦可卿、史湘云、尼妙玉。又有副者十二人，皆侍婢也。

贾氏之统系及十二钗与宝玉之关系如下表：

十二钗中，又以林薛与宝玉之关系贯全书。宝玉者，贾政次子，为父所憎，而为祖母所爱，性情甚异，恶男子而尊女人。乙酉年（第一年）林黛玉、薛宝钗皆以事寄居贾氏，林与宝玉皆十一岁，薛十二岁，幼时尝从癞和尚得金锁，颇与宝玉之衔玉相应，而宝玉则远薛而慕林。时贾氏方荣盛，元春为妃，以壬子（第四年）省亲，设盛会于府中大观园，极一时游宴之盛。宝玉则终年奔波于女儿间，然与黛玉尤密。黛玉素羸弱，终于卧病，而宝玉亦忽失其通灵玉，状如失神。会贾政将赴外任，决欲于启程之前为宝玉完娶，以黛玉荏弱，遂定宝钗。姻事以王熙凤之谋画，运行甚秘，而卒为黛玉所知，咯血病日甚，至宝玉成礼之日遂卒，时为乙卯（第七年）春，年十七。宝玉自以为娶黛玉，欣然临席，比见新妇为宝钗，乃悲叹复病。是时贾氏渐衰落，元妃先薨，贾母寻亡，而宝玉病亦日甚，一日将死，忽有一僧持玉来，宝玉遂苏，见僧复气绝，梦游幻境，见黛玉不能近，见迎春等忽又化为鬼怪，又为僧所救，而醒，乃忽改行，发愤欲振家声。丙辰（第八年）应乡试，中第七名，宝钗亦有孕，而宝玉忽亡去。贾政既葬母于金陵，将归就京师，雪夜泊舟毗陵驿，见一人光头赤足，向之四拜，审视知为宝玉，方欲就语，忽来一僧一道，挟之俱去，且作歌，贾政追之，竟不复见。

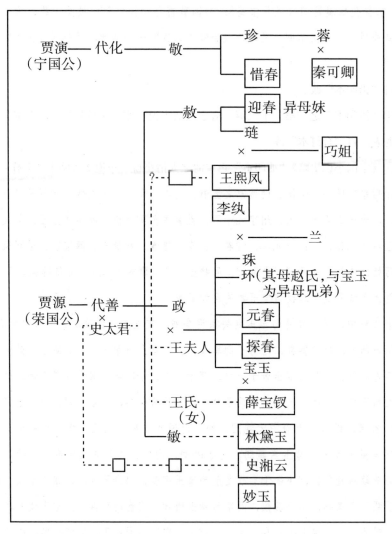

自"铅印本"改。

《华盖集续编·不是信》：盐谷氏的书，确是我的参考书之一，我的《小说史略》二十八篇的第二篇，是根据它的，还有论《红楼梦》的几点和一张《贾氏系图》，也是根据它的，但不过是大意，次序和意见就很不同。

⑥《集外集·文艺与政治的歧途》：书上的人大概比实物好一点，《红楼梦》里面的人物，像贾宝玉林黛玉这些人物，都使我有异样的同情；后来，考究一些当时的事实，到北京后，看看梅兰芳姜妙香扮的贾宝玉林黛玉，觉得并不怎样高明。

⑦《中国小说史略》"油印本"之"清之人情小说　小说史大略十四"未引用此句，自"铅印本"以下皆误作：辛酉。

⑧《中国小说史略》"油印本"之"清之人情小说　小说史大略十四"作：据此文，则书中故事，为亲见闻，为说真实，为了诸女子无讥贬。说真实，故于文则脱离旧套，于人则并陈美恶，美恶并举而无褒贬，有自愧，则作者盖知人性之深，得忠恕之道，此《红楼梦》在说部中所以为巨制也。自"初版本"改。

⑨《集外集拾遗补编·〈绛洞花主〉小引》：

《红楼梦》是中国许多人所知道，至少，是知道这名目的书。谁是作者和续者姑且勿论，单是命意，就因读者的眼光而有种种：经学家看见《易》，道学家看见淫，才子看见缠绵，革命家看见排满，流言家看见宫闱秘事……。

《南腔北调集·谈金圣叹》：这余荫，就使有一批人，堕入了对于《红楼梦》之类，总在寻求伏线，挑剔破绽的泥塘。

⑩《中国小说史略》"油印本"之"清之人情小说　小说史大略十四"作：《红楼梦》本事，揣测者最多，去其不足齿数者，如以为刺和珅（《谭瀛室笔记》）言谶纬（《寄蜗残赘》）说易象（《金玉缘评》）之类，得分为四类如下：

自"铅印本"改。

⑪《中国小说史略》"油印本"之"清之人情小说　小说史大略十四"作：三、纳兰容若家事说。世之信此说者甚多。陈康祺作《郎潜纪闻》已云，"先师徐柳泉先生云，'小说《红楼》一书，即记明珠家事；金钗十二，皆纳兰侍御所

奉为上客者也。'……"俞樾《小浮梅闲话》云，"《红楼梦》一书，世传为明珠之子而作……明珠子名成德，字容若。……恭读乾隆五十一年二月二十九日上谕云，'成德于康熙十一年壬子科中武举人，十二年癸丑科中式进士，年甫十六岁。'然则其中举人止十五岁，于书中所述颇合也。"然容若与宝玉亦惟中举之年略合，余皆不符；或以悼亡诗举证，尤为附会。自"铅印本"改。

⑫《致胡适》（1923年12月28日）：作《红楼梦索隐》之王沈二人，先生知其名（非字）否？

⑬《中国小说史略》"油印本"之"清之人情小说　小说史大略十四"作：其提要云。自"合订本"改。

⑭《中国小说史略》"油印本"之"清之人情小说　小说史大略十四"作：一、清世祖与董妃故事说。王梦阮沈瓶庵合著之《红楼梦索隐》说如此。其提要云："盖尝闻之京师故老云，是书全为清世祖与董鄂妃而作，兼及当时诸名王奇女也。"而又以董鄂妃为即冒辟疆之妾董小宛，不幸早死，帝乃遁五台而为僧，孟莼孙作《董小宛考》（见《石头记索隐》附录），辟此说甚力。且董鄂乃满洲复姓，清世祖有妃传；非小宛甚明。自"铅印本"改。

⑮《中国小说史略》"油印本"之"清之人情小说　小说史大略十四"作：二、康熙朝政治状态说。此说大成于蔡子民之《石头记索隐》。卷端即云，"《石头记》者，清康熙朝政治小说也。作者持民族主义甚挚，书中本事，在吊明之亡，揭清之失，而尤于汉族名士仕清者寓痛惜之意。"故一一排比，求其相符，以"红"为影"朱"；以"石头"为指"金陵"；以"贾"为斥伪朝；以"金陵十二钗"为拟清初江南之学者；徵引繁复，用力甚勤。胡适之作《红楼梦考证》则云，"但我总觉得蔡先生这么多的心力都是白白浪费了，因为我总觉得他这部书到底还只是一种很牵强的附会。"自"铅印本"改。

⑯《且介亭杂文末编·〈出关〉的"关"》：例如《红楼梦》里贾宝玉的模特儿是作者自己曹霑，《儒林外史》里马二先生的模特儿是冯执中，现在我们所觉得的却只是贾宝玉和马二先生。

⑰《小说旧闻钞》：曹寅字棟亭，雪芹之祖也，此误。

⑱《中国小说史略》"油印本"之"清之人情小说　小说史大略十四"作：

四、作者自叙说。袁枚《随园诗话》云，"康熙年间，曹练亭为江宁织造……其子雪芹，撰《红楼梦》一书，备记风月繁华之盛。……当时红楼有女校书某尤艳，雪芹赠诗云：'病容憔悴似桃花，午汗潮回热转加，犹恐意中人看出，强言今日校差些。'"又云，"中有所谓大观园者，即余之随园。"已显言雪芹所记为金陵事。胡适《红楼梦考证》更证实其事。盖当时金陵权贵，无逾曹氏，则凡有煊赫繁华之事，自舍曹氏莫属，而雪芹为寅孙，故托之石头，缀半世亲见亲闻之事为说部也。

以上四类，合之更可为二：一叙人；一自叙也。然世间信后说者特少。如王国维《静庵文集》言"所谓亲见亲闻者，亦可自旁观者之口言之，未必躬为剧中之人物"即是。盖读者狃于习惯，以为文人涉笔，必有美刺，据此推究，遂或疑其关涉国事，或诬以弹射豪家。其甚者至谓书中无一好人，非叙他人之事不至此。是说之妄，观本书开篇即可知：

自"铅印本"改。

⑲《中国小说史略》"铅印本"之"第二十二篇　清之人情小说"作：雪芹名霑，一字芹圃，镶蓝旗汉军。自"再订本"改。

⑳《中国小说史略》"铅印本"之"第二十二篇　清之人情小说"作：乾隆二十九年。自"再订本"改。

《致杨霁云》（1934年5月29日）：前惠函谓曹雪芹卒年，可依胡适所得脂砚斋本改为乾隆二十七年。此事是否已见于胡之论文，本拟面询，而遂忘却，尚希拨冗见示为幸。

㉑《中国小说史略》"铅印本"之"第二十二篇　清之人情小说"作：数月而卒。自"再订本"改。

㉒《中国小说史略》"铅印本"之"第二十二篇　清之人情小说"作：一七六四。自"再订本"改。

㉓《中国小说史略》"油印本"之"清之人情小说　小说史大略十四"作：曹雪芹者，不知其名，奉天人，为康熙时通政使司江宁织造镶蓝旗汉军曹寅之

孙。寅爱文雅，又富厚，康熙南巡时，四次皆寅为织造，以其署为行宫。此后织造有曹颙、曹頫，似皆寅子侄，其名从页，寅孙名瑷（见章学诚《信摭》），未知是否即雪芹？若不然，则雪芹之名，或亦从玉矣。然雪芹事迹不可考，袁枚言其随园即《红楼梦》中之大观园，得于隋氏。隋赫德为雍正初江宁织造，继曹頫之后，盖得于曹氏。曹方代而即售其园，衰落之速可想。又按之本书，屡言经历梦幻，则雪芹尝见父祖之荣华，而雕零猝至，终于坎坷可知也。自"铅印本"改。

㉔《中国小说史略》"铅印本"之"第二十二篇 清之人情小说"作：其《石头记》未成，止八十回，次年遂有传写本。（详见《胡适文存》三及《努力周报》一）。自"再订本"改。

㉕《中国小说史略》"油印本"之"清之人情小说 小说史大略十四"作：高鹗字兰墅，奉天铁岭人，镶黄旗汉军，乾隆六十年乙卯进士，余未详。其补成《红楼梦》，盖为世人艳称，故张船山自著之诗注，鹗亦似甚自喜，颇不欲埋没补作之勤，故引言第六条云，"是书开卷略志数语，非云弁首，实因残缺有年，一旦颠末毕具，大快人心，欣然题名，聊以记成书之幸"也。自"铅印本"改。

㉖《集外集拾遗补编·〈绛洞花主〉小引》：在我的眼下的宝玉，却看见他看见许多死亡；证成多所爱者，当大苦恼，因为世上，不幸人多。惟憎人者，幸灾乐祸，于一生中，得小欢喜，少有罣碍。然而憎人却不过是爱人者的败亡的逃路，与宝玉之终于出家，同一小器。但在作《红楼梦》时的思想，大约也止能如此；即使出于续作，想来未必与作者本意大相悬殊。惟被了大红猩猩毡斗篷来拜他的父亲，却令人觉得诧异。

㉗《中国小说史略》"铅印本"之"第二十二篇 清之人情小说"此处原有：

以上，作者生平与书中人物故事年代之关系，俞平伯有年表（见《红楼梦辨》卷中）括之，并包续书。今撮其略：

一七一五，清康熙五十四年，曹頫为江宁织造。

一七一九，康熙五十八年，曹雪芹生于南京。

一七二八，雍正六年，曹頫卸江宁织造任。雪芹随他北去。

一七三〇，雍正八年，《红楼梦》从此起笔，雪芹十一岁。

一七三二，雍正十年，凤姐谈南巡事，宝玉十三岁。依这里所假定的推算，雪芹也是十三岁。

一七三七，乾隆二年，书中贾母庆八旬。

一七三八，乾隆三年，八十回《红楼梦》止此。雪芹十九岁。

一七三九——五七，乾隆三——二二年，这十八年之中，雪芹遭家难，以致困穷不堪，住居于北京之西郊。

一七五四——六三，乾隆一九——二八年，雪芹三十五至四十岁（?），作《红楼梦》八十回。

一七六四，乾隆二十九年，曹雪芹卒于北京，年四十余，无子，有妇孀居。

一七六五，乾隆三十年，《红楼梦》初次流行。

一七七〇，乾隆三十五年，《红楼梦》盛行。

一七八八，乾隆五十三年，高鹗中戊申科举人。

一七九一，乾隆五十六年，高鹗补《红楼梦》四十回。

一七九二，乾隆五十七年，程伟元本——一百二十回本——初成。从此以后，方才有了百二十回的《红楼梦》。

自"再订本"删。

㉘《中国小说史略》"油印本"之"清之人情小说　小说史大略十四"作：《红楼梦》后四十回题目，是否原书有目无文，抑并无回目，并文皆高鹗续撰，今不可考。凡所补作，校以原作者前文伏线，似亦与愿意不甚相违。《续阅微草堂笔记》有一异说云，"戴君诚夫见一旧时真本，八十回之后，皆与今本不同。荣宁籍没后，皆极萧条。宝钗亦早卒，宝玉无以作家，至沦于击柝之流。史湘云则为乞丐，后乃与宝玉仍成夫妇，故书中回目，有因麒麟伏白首双星之言也。闻吴润生中丞家尚藏有其本。"然此本今未见。自"铅印本"改。

㉙《中国小说史略》"油印本"之"清之人情小说　小说史大略十四"作：《红楼梦》以文意俱美，故盛行于时；又以摆脱旧套，故为读者所嗤。于是续作蜂起，曰《红楼梦补》，曰《红楼后梦》，曰《红楼复梦》，曰《绮楼圆梦》，曰

《红楼续梦》，曰《鬼红楼》，此外尚多，歌咏评骘以及演为传奇，编委散套之书亦甚众。诸书所谈故事，大抵终于美满，照以原书开篇，正皆曹雪芹所唾弃者。自"铅印本"改。

㉚《坟·论睁了眼看》：《红楼梦》中的小悲剧，是社会上常有的事，作者又是比较的敢于实写的，而那结果也并不坏。无论贾氏家业再振，兰桂齐芳，即宝玉自己，也成了个披大红猩猩毡斗篷的和尚。和尚多矣，但披这样阔斗篷的能有几个，已经是"入圣超凡"无疑了。至于别的人们，则早在册子里一一注定，末路不过是一个归结：是问题的结束，不是问题的开头。读者即小有不安，也终于奈何不得。然而后来或续或改，非借尸还魂，即冥中另配，必令"生旦当场团圆"，才肯放手者，乃是自欺欺人的瘾太大，所以看了小小骗局，还不甘心，定须闭眼胡说一通而后快。赫克尔（E.Haeckel）说过：人和人之差，有时比类人猿和原人之差还远。我们将《红楼梦》的续作者和原作者一比较，就会承认这话大概是确实的。

《且介亭杂文·〈草鞋脚〉小引》：在中国，小说是向来不算文学的。在轻视的眼光下，自从十八世纪末的《红楼梦》以后，实在也没有产生什么较伟大的作品。

第二十五篇　清之以小说见才学者①

文章经济之作:夏敬渠《野叟曝言》。才藻之作:屠绅《蟫史》,陈球《燕山外史》。博物多识之作:李汝珍《镜花缘》。

《镜花缘》目录（清光绪三年刻本，北京大学图书馆藏）

以小说为庋学问文章之具，与寓惩劝同意而异用者，在清盖莫先于《野叟曝言》。其书光绪初始出，序云康熙时江阴夏氏作，其人"以名诸生贡于成均，既不得志，乃应大人先生之聘，辄祭酒帷幕中，遍历燕晋秦陇。……继而假道黔蜀，自湘浮汉，溯江而归。所历既富，于是发为文章，益有奇气，……然首已斑矣。（自是）屏绝进取，壹意著书"，成《野叟曝言》二十卷，然仅以示友人，不欲问世，迨印行时，已小有缺失；一本独全，疑他人补足之。二本皆无撰人名，金武祥（《江阴艺文志》凡例）则云夏二铭作。二铭，夏敬渠之号也；光绪《江阴县志》（十七《文苑传》）云，"敬渠，字懋修，诸生；英敏绩学，通史经，旁及诸子百家礼乐兵刑天文算数之学，靡不淹贯。……生平足迹几遍海内，所交尽贤豪。著有《纲目举正》，《经史余论》，《全史约编》，《学古编》，诗文集若干卷。"与序所言者颇合，惟列于赵曦明之后，则乾隆中盖尚存。②

　　《野叟曝言》庞然巨帙，回数多至百五十四回，以"奋武揆文天下无双正士熔经铸史人间第一奇书"二十字编卷，即作者所以浑括其全书。至于内容，则如凡例言，凡"叙事，说理，谈经，论史，教孝，劝忠，运筹，决策，艺之兵诗医算，情之喜怒哀惧，讲道学，辟邪说，……"无所不包，而以文白为之主。白字素臣，"是铮铮铁汉，落落奇才，吟遍江山，胸罗星斗。说他不求宦达，却见理如漆雕；说他不会风流，却多

543

《野叟曝言》书影（清光绪七年毗陵汇珍楼刻本，北京大学图书馆藏）

情如宋玉。挥毫作赋，则颉颃相如；抵掌谈兵，则伯仲诸葛，力能扛鼎，退然如不胜衣；勇可屠龙，凛然若将陨谷。旁通历数，下视一行；闲涉岐黄，肩随仲景。以朋友为性命；奉名教若神明。真是极有血性的真儒，不识炎凉的名士。他平生有一段大本领，是止崇正学，不信异端；有一副大手眼，是解人所不能解，言人所不能言"（第一回）。然而明君在上，君子不穷，超擢飞腾，莫不如意。书名辟鬼，举手除妖，百夷慑于神威，四灵集其家囿。文功武烈，并萃一身，天子崇礼，号曰"素父"。而仍有异术，既能易形，又工内媚，姬妾罗列，生二十四男。男又大贵，且生百孙；孙又生子，复有云孙。其母水氏年百岁，既见"六世同堂"，来献寿者亦七十国；皇帝赠联，至称为"镇国卫圣仁孝慈寿宣成文母水太君"（百四十四回）。凡人臣荣显之事，为士人意想所能及者，此书几毕载矣，惟尚不敢希帝王。至于排斥异端，用力尤劲，道人释子，多被诛夷，坛场荒凉，塔寺毁废，独有"素父"一家，乃嘉祥备具，为万流宗仰而已。③

《野叟曝言》云是作者"抱负不凡，未得黼黻休明，至老经猷莫展"，因而命笔，比之"野老无事，曝日清谈"（凡例云）。可知衒学寄慨，实其主因，圣而尊荣，则为抱负，与明人之神魔及佳人才子小说面目似异，根柢实同，惟以异端易魔，以圣人易才子而已。意既夸诞，文复无味，殊不足以称艺文，但欲知当时所谓"理学家"之心理，则于中颇可考见。④雍正末，江阴人杨名时为云南巡抚，其乡人拔贡生夏宗澜尝从之问《易》，以名时为李光地门人，故并宗光地而说益怪。乾隆初，名时入为礼部尚书，宗澜亦以经学荐授国子监助教，又历主他讲席，仍终身师名时（《四库书目》六及十《江阴志》十六及十七）。稍后又有诸生夏祖熊，亦"博通群经，尤笃好性命之学，患二氏说漫衍，因复考辨以归于正"（《江阴志》十七）。盖江阴自有杨名时（卒赠太子太傅谥文定）而影响颇及于其乡之士风；自有夏宗澜师杨名时而影响又颇及夏氏之家学，

许寿裳藏鲁迅《中国小说史大略》铅印本封面（北京鲁迅博物馆藏）

大率与当时当道名公同意，崇程朱而斥陆王，以"打僧骂道"为唯一盛业，故若文白者之言行际遇，固非独作者一人之理想人物矣。文白或云即作者自寓，析"夏"字作之；又有时太师，则杨名时也，其崇仰盖承夏宗澜之绪余，然因此遂或误以《野叟曝言》为宗澜作。

欲于小说见其才藻之美者，则有屠绅《蟫史》二十卷。绅字贤书，号笏岩，亦江阴人，世业农。绅幼孤，而资质聪敏，年十三即入邑庠，二十成进士，寻授云南师宗县知县，迁寻甸州知州，五校乡闱，颇称得士，后为广州同知。嘉庆六年以候补在北京，暴疾卒于客舍，年五十八（一七四四——一八〇一）。绅豪放嫉俗，生平慕汤显祖之为人，而作吏颇酷，又好内，姬侍众多（已上俱见《鹗亭诗话》附录）；为文则务为古涩艳异，晦其义旨，志怪有《六合内外琐言》，杂说有《鹗亭诗话》（见第二十二篇），皆如此。《蟫史》为长篇，署"磊砢山房原本"，金武祥（《粟香随笔》二）云是绅作。书中有桑蠋生，盖作者自寓，其言有云，"予，甲子生也。"与绅生年正同。开篇又云，"在昔吴依官于粤岭，行年大衍有奇，海隅之行，若有所得，辄就见闻传闻之异辞，汇为一编。"且假傅鼐扞苗之事（在乾隆六十年）为主干，则始作当在嘉庆初，不数年而毕；有五年四月小停道人序。次年，则绅死矣。

《蟫史》首即言闽人桑蠋生海行，舟败堕水，流至甲子石之外澳，为捕鱼人所救，引以见甘鼎。鼎官指挥，方奉檄筑城防寇，求地形家，见生大喜，如其图依甲子石为垣，遂成神奇之城，敌不能瞰。又于地穴中得三篋书，其一凡二十卷，"题曰'彻土作稼之文，归墟野凫氏画'。又一篋为天人图，题曰'眼藏须弥僧道作'。又一篋为方书，题曰'六子携持极老人口授'。蠋生谓指挥曰，'此书明明授我主宾矣。何言之？彻土，桑也；作稼，甘也。'……营龛于秘室，置之；行则藏枕中；有所求发明，则拜而同启视；两人大悦。"（第一回）已而有邝天龙者为乱，自署广州王，其党娄万赤有异术，则翊辅之。甘鼎进讨，有龙女来助，擒天

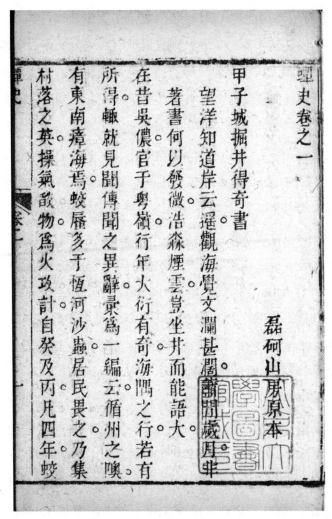

《蟫史》书影（清嘉庆五年庭梅朱氏刻本，北京大学图书馆藏）

龙，而万赤逸去。鼎以功晋位镇抚，仍随石珏协剿海寇，又破交人；万赤在交址，则仍不能得。旋擢兵马总帅，赴楚蜀黔广备九股苗，遂与诸苗战，多历奇险，然皆胜，其一事云：

> ……须臾，苗卒大呼曰，"汉将不敢见阵耶？"季孙引五百人，翼而进。两旗忽下，地中飞出滴血鸡六，向汉将啼；又六犬皆火色，亦嗥声如豺。军士面灰死，木立，仅倚其械。矩儿飞椎凿六犬脑，皆裂。木兰袖蛇医，引之啄一鸡，张喙死；五鸡连栖而不鸣。惟见瓦片所图鸡犬形，狼藉于地，实非有二物也。……复至金大都督营中，则癞牛病马各六，均有皮无毛；士卒为角触足踏者皆死，一牛龁金大都督之足，已齿陷于骨；矩儿挥两戚落牛首，齿仍不脱；木兰急遣虎头神凿去其齿，足骨亦折焉，令左右舁归大营。牛马奔突无所制，木兰以鲤鳞帕撒之，一鳞露一剑，并斩一十牛马。其物各吐火四五尺，鳞剑为之焦灼，火大延烧，牛马皆叫嚣自得。见猕猴掷身入，举手作霹雳声，暴雨灭火，平地起水丈余，牛马俱浸死。木兰喜曰，"吾固知乐王子能传灭火真人衣钵矣。"水退，见牛马皆无有，乃砌壁之破瓮朱书牛马字：是为蠱妖之"穷神尽化"云。……（卷九）

娄万赤亦在苗中，知交址将有事，潜归。甘鼎至广州，与抚军区星进击交址。区用犷儿策，疾薄宜京，斩关而入，擒其王，交民悉降；甘则由水道进，列营于江桥北。

> ……娄万赤与其师李长脚斗法于江桥南。……李长脚变金井绐万赤，即坠入，忽有铁树挺出，井阑撑欲破。犷儿引庆喜至，出白罗巾掷树巅，眘然有声，铁树不复见，李长脚复其形，觅万赤，卧

艶史四十四回，首一卷，明齐东野人编，明版，九

艶史本，百回，清吕熊，清版，二〇本，

女仙外史

蟫史二十卷，绣像二卷，页砢山房主人，清版，一

西洋記二十卷，明罗懋登，清版，二〇本，

西遊記百回，明李贽批评，明版，一〇本，

全像西游記百回，华阳洞天主人校，明版，一〇本

西遊真詮百回，明李贽等评，清版，一〇本，

绣像西遊真詮百回，清陈士斌评，清金人瑞加评，

绣像西遊真詮清版，二四本，

绣像西遊真詮同上，清版，二〇本，

绣像西遊真詮同上，清版，一〇本，

鲁迅抄录《小说目录》手稿（北京鲁迅博物馆、上海鲁迅纪念馆编《鲁迅辑校古籍手稿》，1991年上海古籍出版社影印本）

桥畔沙石间。遂袖出白壶子一器，持向万赤顶骨咒曰……咒毕，举
手振一雷。万赤精气已铄，跃入江中，将随波出海。木兰呼鳞介士
百人追之飘浮，所在必见吤喝，乃变为璅蛣。乘海蟹空腹，入之，
以为"藏身之固"矣，交址人善捞蟹者，得是物如箕，大喜，剖蟹
将取其腹腴，一虫随手出，倏坠地化为人形，俄顷长大，固俨然盲
僧焉，询之不复语。有屠者携刀来视，咄咄曰，"蟹腹自有'仙人'，
一名'和尚'，要是谑语；断无别肠容此妖物，不诛戮之，吾南交祸
未已也。"挥刀斫其首。时甘君已入城，与区抚军议班师矣；常越所
部卒持盲僧首以献，转告两元戎。桑长史进曰，"斯必万赤头也。记
天人第二图为大蟹浮海中，篆云'横行自毙'。某当初疑万赤先亡，
乃今始验。"适李长脚入辞，视其头笑曰，"此贼以水火阴阳，为害
中国，不死于黄钺而死于屠刀，固犬豕之流耳。仙骨何有哉？……"
……（卷二十）

自是交址平。桑蠋生还闽；甘鼎亦弃官去，言将度庾岭云。

《蟫史》神态，仿佛甚奇，然探其本根，则实未离于神魔小说；其缀
以亵语，固由作者禀性，而一面亦尚承明代"世情书"之流风。特缘勉
造硬语，力拟古书，成诘屈之文，遂得掩凡近之意。洪亮吉（《北江诗
话》）评其诗云，"如栽盆红药，蓄沼文鱼。"汪瑔序其《鹗亭诗话》云，
"貌渊奥而实平易……然笔致逋峭可喜。"即谓虽华艳而乏天趣，徒奇崛
而无深意也。《蟫史》亦然，惟以其文体为他人所未试，足称独步而已。

以排偶之文试为小说者，则有陈球之《燕山外史》八卷。球字蕴斋，
秀水诸生，家贫，以卖画自给，工骈俪，喜传奇，因有此作（《光绪嘉
兴府志》五十二[⑤]）。自谓"史体从无以四六为文，自我作古，极知僭妄，
……第行于稗乘，当希末减"。盖未见张鷟《游仙窟》（见第八篇[⑥]），遂
自以为独创矣。[⑦]其本成于嘉庆中（约一八一〇），专主词华，略以寄慨，

燕山外史

（光緒嘉興府志五十三秀水藝術傳）陳球字蘊齋，諸生。家貧，以賣畫自給。工駢儷，喜傳奇，嘗取明馮祭酒夢楨竇寶生事，演成燕山外史，事屬野稗，才華淹博。墨香居畫識稱其善山水。（新纂）

（又八十二經籍志子部小說家）陳球燕山外史八卷。

品花寶鑑

（夢華瑣簿）常州陳少逸撰品花寶鑑，用小說演義體，凡六十回。此體自元人水滸傳西遊記始，繼之以三國志演義，至今家弦戶誦，蓋以其通俗易曉，市井細人多樂之。又得金聖歎諸人為野狐教主，以之論禪悅，論文法，張皇揚詡，耳食者幾奉為金科玉律矣。紅樓夢石頭記出，盡脫舊臼，別闢蹊徑，以小李將軍金碧山水樓臺樹

—106—

鲁迅校录《小说旧闻钞》书影（1926年北新书局刊本）

故即取明冯梦桢所撰《窦生传》为骨干，加以敷衍，演为三万一千余言。传略谓永乐时有窦绳祖，本燕人，就学于嘉兴，悦贫女李爱姑，迎以同居；久之，父迫令就婚淄川宦族，遂绝去。爱姑复为金陵鹾商所绐，辗转落妓家，得侠士马遴之助，终复归窦，而大妇甚妒，虐遇之，生不能堪，偕爱姑遁去，会有唐赛儿之乱，又相失。比生复归，则资产已空，妇亦求去，孑然止存一身，而爱姑忽至，自言当日匿尼庵中，今遂返矣。是年窦生及第，累官至山东巡抚；迎爱姑入署如命妇。未几生男，求乳媪，有应者，则前大妇也，再嫁后夫死子殇，遂困顿为贱役，而生仍优容之。然妇又设计害马遴，主亦牵连得罪；顾终竟昭雪复官，后与爱姑皆仙去。其事殊庸陋，如一切佳人才子小说常套，而作者奋然有取，则殆缘转折尚多，足以示行文手腕而已，然语必四六，随处拘牵，状物叙情，俱失生气，姑勿论六朝俪语，即较之张鷟之作，虽无其俳谐，而亦逊其生动也。仍录其叙窦生为父促归，爱姑怅怅失所之辞，以备一格：

　　……其父内存爱犊之思，外作搏牛之势，投鼠奚遑忌器，打鸭未免惊鸳；放苙之豚，追来入苙，丧家之犬，叱去还家。疾驱而身弱如羊，遂作补牢之计，严锢而人防似虎，终无出柙之时；所虞龙性难驯，拴于铁柱，还恐猿心易动，辱以蒲鞭。由是姑也蔷薇架畔，青黛将擎，薜荔墙边，红花欲悴，托意丁香枝上，其意谁知，寄情豆蔻梢头，此情自喻。而乃莲心独苦，竹沥将枯，却嫌柳絮何情，漫漫似雪，转恨海棠无力，密密垂丝。才过迎春，又经半夏，采药采葛，只自空期，投李投桃，俱为陈迹，依稀梦里，徒栽侍女之花，抑郁胸前，空带宜男之草。未能蠲忿，安得忘忧？鼓残瑟上桐丝，奚时续断，剖破楼头菱影，何日当归？岂知去者益远，望乃徒劳，昔虽音问久疏，犹同乡井，后竟梦魂永隔，忽阻山川。室迩人遐，每切三秋之感，星移物换，仅深两地之思。……（卷二）

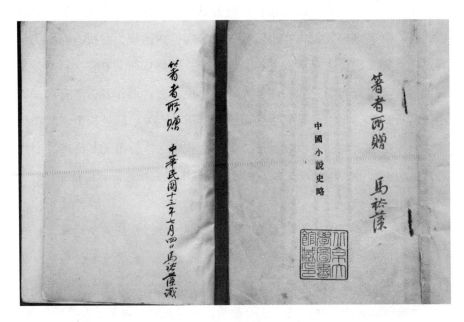

鲁迅《中国小说史略》扉页（马裕藻题字，北京大学图书馆藏）

至光绪初（一八七九），有永嘉傅声谷注释之，然于本文反有删削。

雍乾以来，江南人士慑于文字之祸，因避史事不道，折而考证经子以至于小学，若艺术之微，亦所不废；惟语必征实，忌为空谈，博识之风，于是亦盛。⑧逮风气既成，则学者之面目亦自具，小说乃"道听途说者之所造"，史以为"无可观"，故亦不屑道也；然尚有一李汝珍之作《镜花缘》。⑨汝珍字松石，直隶大兴人⑩，少而颖异，不乐为时文，乾隆四十七年随其兄之海州任，因师事凌廷堪，论文之暇，兼及音韵，自云"受益极多"，时年约二十。其生平交游，颇多研治声韵之士；汝珍亦特长于韵学，旁及杂艺，如壬遁星卜象纬，以至书法弈道多通。顾不得志，盖以诸生终老海州，晚年穷愁，则作小说以自遣，历十余年始成，道光八年遂有刻本。不数年，汝珍亦卒，年六十余（约一七六三——一八三〇）。于音韵之著述有《音鉴》，主实用，重今音，而敢于变古（以上详见新标点本《镜花缘》卷首胡适《引论》）。盖惟精声韵之学而仍敢于变古，乃能居学者之列，博识多通而仍敢于为小说也；惟于小说又复论学说艺，数典谈经，连篇累牍而不能自已，则博识多通又害之。

《镜花缘》凡一百回，大略叙武后于寒中欲赏花，诏百花齐放；花神不敢抗命，从之，然又获天谴，谪于人间，为百女子。时有秀才唐敖，应试中探花，而言官举劾，谓与叛人徐敬业辈有旧，复被黜，因慨然有出尘之想，附其妇弟林之洋商舶遨游海外，跋涉异域，时遇畸人，又多睹奇俗怪物，幸食仙草，"入圣超凡"，遂入山不复返。其女小山又附舶寻父，仍历诸异境，且经众险，终不遇；但从山中一樵父⑪得父书，名之曰闺臣，约其"中过才女"后可相见；更进，则见荒冢，曰镜花冢；更进，则入水月村；更进，则见泣红亭，其中有碑，上镌百人名姓，首史幽探，终毕全贞，而唐闺臣在第十一。人名之后有总论，其文有云：

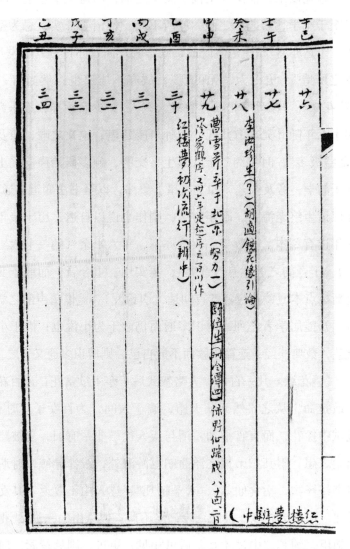

鲁迅编《明以来小说年表》手稿（北京鲁迅博物馆、上海鲁迅纪念馆编《鲁迅辑校古籍手稿》，1991年上海古籍出版社影印本）

　　泣红亭主人曰：以史幽探哀萃芳冠首者，盖主人自言穷探野史，尝有所见，惜湮没无闻，而哀群芳之不传，因笔志之。……结以花再芳毕全贞者，盖以群芳沦落，几至澌灭无闻，今赖斯而不朽，非若花之重芳乎？所列百人，莫非琼林琪树，合璧骈珠，故以全贞毕焉。（第四十八回）

闰臣不得已，遂归；值武后开科试才女，得与试，且亦入选，名次如碣文。于是同榜者百人大会于宗伯府，又连日宴集，弹琴赋诗，围棋讲射，蹴鞠斗草，行令论文，评韵谱，解《毛诗》，尽觞咏之乐。已而有两女子来，自云考列四等才女，而实风姨月姊化身，旋复以文字结嫌，弄风惊其坐众。魁星则现形助诸女；麻姑亦化为道姑，来和解之，于是即席诵诗[12]，皆包含坐中诸人身世，自过去及现在，以至将来，间有哀音，听者黯淡，然不久意解，欢笑如初。末则文芸起兵谋匡复，才女或亦在军，有死者；而武家军终败。于是中宗复位，仍尊太后武氏为则天大圣皇帝。未几，则天下诏，谓来岁仍开女试，并命前科众才女重赴"红文宴"，而《镜花缘》随毕。然以上仅全局之半，作者自云欲知"镜中全影，且待后缘"，则当有续书，然竟未作。

　　作者命笔之由，即见于《泣红亭记》，盖于诸女，悲其销沉，爰托稗官，以传芳烈。书中关于女子之论亦多，故胡适以为"是一部讨论妇女问题的小说，他对于这个问题的答案，是男女应该受平等的待遇，平等的教育，平等的选举制度"（详见本书《引论》四）。其于社会制度，亦有不平，每设事端，以寓理想；惜为时势所限，仍多迂拘，例如君子国民情，甚受作者叹羡，然因让而争，矫伪已甚，生息此土，则亦劳矣，不如作诙谐观，反有启颜之效也。[13]

　　……说话间，来到闹市，只见一隶卒在那里买物，手中拿着货

《镜花缘》目录（清光绪三年刻本，北京大学图书馆藏）

物道，"老兄如此高货，却讨恁般贱价，教小弟买去，如何能安？务求将价加增，方好遵教。若再过谦，那是有意不肯赏光交易了。"……只听卖货人答道，"既承照顾，敢不仰体。但适才妄讨大价，已觉厚颜；不意老兄反说货高价贱，岂不更教小弟惭愧？况敝货并非'言无二价'，其中颇有虚头。俗云'漫天要价，就地还钱'。今老兄不但不减，反要加增，如此克己，只好请到别家交易，小弟实难遵命。"唐敖道，"'漫天要价，就地还钱'，原是买物之人向来俗谈；至'并非言无二价，其中颇有虚头'，亦是买者之话。不意今皆出于卖者之口，倒也有趣。"只听隶卒又说道，"老兄以高货讨贱价，反说小弟'克己'，岂不失了忠恕之道？凡事总要彼此无欺，方为公允。试问'那个腹中无算盘'，小弟又安能受人之愚哩？"谈之许久，卖货人执意不增。隶卒赌气，照数付价，拿了一半货物，刚要举步。卖货人那里肯依，只说"价多货少"，拦住不放。路旁走过两个老翁，作好作歹，从公评定，令隶卒照价拿了八折货物，这才交易而去。……唐敖道，"如此看来，这几个交易光景，岂非'好让不争'的一幅行乐图么？我们还打听甚么？且到前面再去畅游。如此美地，领略领略风景，广广见识，也是好的。"……（第十一回《观雅化闲游君子邦》）

又其罗列古典才艺，亦殊繁多，所叙唐氏父女之游行，才女百人之聚宴，几占全书什七，无不广据旧文（略见钱静方《小说丛考》上），历陈众艺，一时之事，或亘数回。而作者则甚自喜，假林之洋之打诨，自论其书云，"这部'少子'，乃圣朝太平之世出的；是俺天朝读书人做的。这人就是老子的后裔。老子做的是《道德经》，讲的都是元虚奥妙。他这'少子'虽以游戏为事，却暗寓劝善之意，不外风人之旨。上面载着诸子百家，人物花鸟，书画琴棋，医卜星相，音韵算法，无一不备。还有各

《镜花缘》书影（清光绪三年刻本，北京大学图书馆藏）

样灯谜，诸般酒令，以及双陆马吊，射鹄蹴毬，斗草投壶，各种百戏之类。件件都可解得睡魔，也可令人喷饭。"（二十三回）盖以为学术之汇流，文艺之列肆，然亦与《万宝全书》为邻比矣。惟经作者匠心，剪裁运用，故亦颇有虽为古典所拘，而尚能绰约有风致者，略引如下：

> ……多九公道，"林兄如饿，恰好此地有个充饥之物。"随向碧草丛中摘了几枝青草。……林之洋接过，只见这草宛如韭菜，内有嫩茎，开着几朵青花，即放入口内，不觉点头道，"这草一股清香，倒也好吃。请问九公，他叫甚么名号？……"唐敖道，"小弟闻得海外鹊山有青草，花如韭，名'祝余'，可以疗饥。大约就是此物了。"多九公连连点头。于是又朝前走。……只见唐敖忽然路旁折了一枝青草，其叶如松，青翠异常，叶上生着一子，大如芥子，把子取下，手执青草道，"舅兄才吃祝余，小弟只好以此奉陪了。"说罢，吃入腹内。又把那个芥子放在掌中，吹气一口，登时从那子中生出一枝青草来，也如松叶，约长一尺，再吹一口，又长一尺，一连吹气三口，共有三尺之长，放在口边，随又吃了。林之洋笑道，"妹夫要这样很嚼，只怕这里青草都被你吃尽哩。这芥子忽变青草，这是甚故？"多九公道，"此是'蹑空草'，又名'掌中芥'。取子放在掌中，一吹长一尺，再吹又长一尺，至三尺止。人若吃了，能立空中，所以叫作蹑空草。"林之洋道，"有这好处，俺也吃他几枝，久后回家，觉房上有贼，俺蹑空追他，岂不省事。"于是各处寻了多时，并无踪影。多九公道，"林兄不必找了。此草不吹不生。这空山中有谁吹气栽他？刚才唐兄吃的，大约此子因鸟雀啄食，受了呼吸之气，因此落地而生，并非常见之物，你却从何寻找？老夫在海外多年，今日也是初次才见。若非唐兄吹他，老夫还不知就是蹑空草哩。"……
>
> （第九回）

注释：

①《中国小说史略》"油印本"无此篇，"铅印本"作："第二十三篇　清之以小说见才学者"，自"初版本"作："第二十五篇　清之以小说见才学者"。

②《小说旧闻钞》：志列敬渠于赵曦明之后，凤应韶之前，则乾隆时人也。所著四种之外，金武祥《江阴艺文志》（下）又举有《唐诗臆解》，《亦吾吟》，《鼠肝吟》，《五都吟》，《吴歈吟》，《瓠麟吟》，《鞑鞨吟》，《浣玉集诗钞》二卷续四卷。注云，见《江上诗钞》。《小说小话》云，二铭有《种玉堂集》。　半农见借《浣玉轩集》一部，凡四卷，题曾姪孙子沐辑校。首有《浣玉轩著书目》，为《纲目举正》四卷；《全史约论》无卷数；《医学发蒙》四卷；《浣玉轩文集》四卷，即合《经史余论》及《学古编》等所成，《浣玉轩诗集》二卷则辑《亦吾吟》，《向日吟》，《五都吟》，《鼠肝吟》，《吴歈吟》，《鞑鞨吟》，《瓠麟吟》等编为一者也；又有《唐诗臆解》二卷。诸书为嘉庆间其子祖燿所辑，今皆不存。《纲目举正》下有祖燿案语云；是书既成，携入闽中，祈故友福建抚军富公纲奏呈，未果；归，遇乾隆丙午南巡，赴苏迎銮，拟躬进献，又有所阻云云。今俗传二铭将献《野叟曝言》，为其女设谋阻止者，盖即由此误传。

③《且介亭杂文二集·"题未定"草（一至三）》："事大"，历史上有过的，"自大"，事实上也常有的；"事大"和"自大"，虽然不相容，但因"事大"而"自大"，却又为实际上所常见——他足以傲视一切连"事大"也不配的人们。有人佩服得五体投地的《野叟曝言》中，那"居一人之下，在众人之上"的文素臣，就是这标本。他是崇华，抑夷，其实却是"满崽"；古之"满崽"，正犹今之"西崽"也。

④《中国小说史略》"油印本"之"明之历史的神异小说　小说史大略十二"：其源出英贤小说，而并虚构人物，寄其理想者，有《野叟曝言》，康熙时江阴缪某或云夏某作，记明人文素臣一生之事。文功武烈，萃于一人，学术文章，俱臻绝顶，既能易形，又功内媚，欲研究当时自谓儒者之心理，此实其如实之资料矣，后不暇专论，附记于此。

《且介亭杂文二集·"寻开心"》：最近的例子就是悍膂先生的研究语堂先生

为什么会称赞《野叟曝言》。不错。这一部书是道学先生的悖慢淫毒心理的结晶，和"性灵"缘分浅得很。

⑤《中国小说史略》"铅印本"之"第二十三篇　清之以小说见才学者"作：五十三。自"合订本"改。

⑥《中国小说史略》"铅印本"之"第二十三篇　清之以小说见才学者"作：见第七篇。自"初版本"改。

⑦《集外集拾遗·〈游仙窟〉序言》：即其（指《游仙窟》——引者按）始以骈俪之语作传奇，前于陈球之《燕山外史》者千载，亦为治文学史者所不能废矣。

⑧《致姚克》（1934年4月9日）：清初学者，是纵论唐宋，搜讨前明遗闻的，文字狱后，乃专事研究错字，争论生日，变了"邻猫生子"的学者。

⑨《中国小说史略》"油印本"之"明之历史的神异小说　小说史大略十二"：历史演义之作，宋元以来至今不绝。清人于开辟至明季之事，多有演述，英贤神异之作亦然。在今尤显者，有《镜花缘》，记武后开科录取女子，次及诸女以后之运命，而间以奇士浮海，历游异境，虽多据《山海经》，实亦《西游》之一叶也。

⑩《中国小说史略》"铅印本"之"第二十三篇　清之以小说见才学者"作：京兆大兴人。自"合订本"改。

⑪《中国小说史略》"铅印本"之"第二十三篇　清之以小说见才学者"作：樵夫。自"初版本"改。

⑫《中国小说史略》"铅印本"之"第二十三篇　清之以小说见才学者"作：已而有两女子来，自云考列四等才女，而实风姨月姊化身，即席成诗。自"合订本"改。

⑬《致增田涉》（1932年5月22日）：

《镜花缘》四本

第二十二、二十三及三十三回，中国是以为可笑的，但日本习惯不同，未知如何？

第二十六篇　清之狭邪小说^①

唐以来文人即多记曲中琐事。陈森《品花宝鉴》。魏秀仁《花月痕》。俞达《青楼梦》。《红楼梦》余泽之在狭邪小说及其消亡。韩子云《海上花列传》。

《点石斋画报》（1998年上海文艺出版社影印本）

唐人登科之后，多作冶游，习俗相沿，以为佳话，故伎家故事，文人间亦著之篇章，今尚存者有崔令钦《教坊记》及孙棨《北里志》。自明及清，作者尤夥，明梅鼎祚之《青泥莲花记》，清余怀之《板桥杂记》尤有名。是后则扬州，吴门，珠江，上海诸艳迹，皆有录载；且伎人小传，亦渐侵入志异书类中，然大率杂事琐闻，并无条贯，不过偶弄笔墨，聊遣绮怀而已。②若以狭邪中人物事故为全书主干，且组织成长篇至数十回者，盖始见于《品花宝鉴》，惟所记则为伶人。

明代虽有教坊，而禁士大夫涉足，亦不得挟妓，然独未云禁招优。达官名士以规避禁令，每呼伶人侑酒，使歌舞谈笑；有文名者又揄扬赞叹，往往如狂醒，其流行于是日盛。清初，伶人之焰始稍衰，后复炽，渐乃愈益猥劣，称为"像姑"，流品比于娼女矣。《品花宝鉴》者，刻于咸丰二年（一八五二），即以叙乾隆以来北京优伶为专职，而记载之内，时杂猥辞，自谓伶人有邪正，狎客亦有雅俗，并陈妍媸，固犹劝惩之意，其说与明人之凡为"世情书"者略同。③至于叙事行文，则似欲以缠绵见长，风雅为主，而描摹儿女之书，昔又多有，遂复不能摆脱旧套，虽所谓上品，即作者之理想人物如梅子玉杜琴言辈，亦不外伶如佳人，客为才子，温情软语，累牍不休，独有佳人非女，则他书所未写者耳。④其叙"名旦"杜琴言往梅子玉家问病时情状云：

《品花宝鉴》目录（清道光二十九年刻本，北京大学图书馆藏）

却说琴言到梅宅之时，心中十分害怕，满拟此番必有一场羞辱。及至见过颜夫人之后，不但不加呵责，倒有怜恤之心，又命他去安慰子玉，却也意想不到，心中一喜一悲。但不知子玉病体轻重，如何慰之？只好遵夫人之命，老着脸走到子玉房里。见帘帏不卷，几案生尘，一张小楠木床挂了轻绡帐。云儿先把帐子掀开，叫声"少爷，琴言来看你了"。子玉正在梦中，模模糊糊应了两声。琴言就坐在床沿，见那子玉面庞黄瘦，憔悴不堪。琴言凑在枕边，低低叫了一声，不绝泪涌下来，滴在子玉的脸上。只见子玉忽然呵呵一笑道：

"七月七日长生殿，夜半无人私语时。"

子玉吟了之后，又接连笑了两笑。琴言见他梦魇如此，十分难忍，在子玉身上掀了两掀，因想夫人在外，不好高叫，改口叫声"少爷"。子玉犹在梦中想念，候到七月七日，到素兰处，会了琴言，三人又好诉衷谈心，这是子玉刻刻不忘，所以念出这两句唐曲来。魂梦既酣，一时难醒，又见他大笑一会，又吟道：

"我道是黄泉碧落两难寻……"

歌罢，翻身向内睡着。琴言看他昏到如此，泪越多了，只好呆怔怔看着，不好再叫。……（第二十九回）

《品花宝鉴》中人物，大抵实有，就其姓名性行，推之可知。惟梅杜二人皆假设，字以"玉"与"言"者，即"寓言"之谓，盖著者以为高绝，世已无人足供影射者矣。书中有高品，则所以自况，实为常州人陈森书⑤（作者手稿之《梅花梦传奇》上，自署毘陵陈森，则"书"字或误衍）⑥，号少逸，道光中寓居北京，出入菊部中，因拾闻见事为书三十回，然又中辍，出京漫游，己酉（一八四九）自广西复至京，始足成后半，共六十回，好事者竞相传钞，越三年而有刻本（杨懋建《梦华琐簿》）。

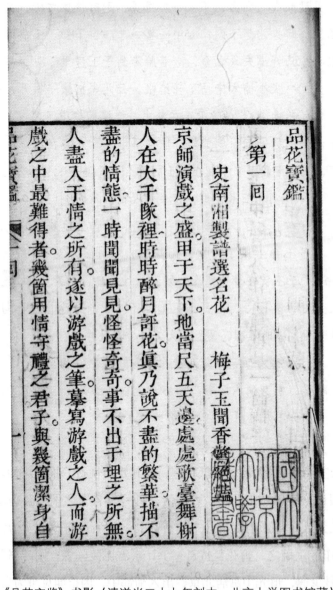

《品花宝鉴》书影（清道光二十九年刻本，北京大学图书馆藏）

　　至作者理想之结局，则具于末一回，为名士与名旦会于九香园，画伶人小像为花神，诸名士为赞；诸伶又书诸名士长生禄位，各为赞，皆刻石供养九香楼下。时诸伶已脱梨园，乃"当着众名士之前"，熔化钗钿，焚弃衣裙，将烬时，"忽然一阵香风，将那灰烬吹上半空，飘飘点点，映着一轮红日，像无数的花朵与蝴蝶飞舞，金迷纸醉，香气扑鼻，越旋越高，到了半天，成了万点金光，一闪不见"云。

　　其后有《花月痕》⑦十六卷五十二回，题"眠鹤主人编次"，咸丰戊午年（一八五八）序，而光绪中始流行。其书虽不全写狭邪，顾与伎人特有关涉，隐现全书中，配以名士，亦如佳人才子小说定式。略谓韦痴珠韩荷生皆伟才硕学，游幕并州，极相善，亦同游曲中，又各有相眷妓，韦者曰秋痕，韩者曰采秋。韦风流文采，倾动一时，而不遇，困顿羁旅中；秋痕虽倾心，亦终不得嫁韦。已而韦妻先殁，韦亦寻亡，秋痕殉焉。韩则先为达官幕中上客，参机要，旋以平寇功，由举人保升兵科给事中，复因战绩，累迁至封侯。采秋久归韩，亦得一品夫人封典。班师受封之后，"高宴三日，自大将军以至走卒，无不雀忭。"（第五十回）而韦乃仅一子零丁，扶棺南下而已。其布局盖在使升沉相形，行文亦惟以缠绵为主，但时复有悲凉哀怨之笔，交错其间，欲于欢笑之时，并见黯然之色，而诗词简启，充塞书中，文饰既繁，情致转晦。符兆纶评之云，"词赋名家，却非说部当行，其淋漓尽致处，亦是从词赋中发泄出来，哀感顽艳。……"虽稍谀，然亦中其失。至结末叙韩荷生战绩，忽杂妖异之事，则如情话未央，突来鬼语，尤为通篇芜累矣。⑧

　　　　……采秋道，"……妙玉称个'槛外人'，宝玉称个'槛内人'；妙玉住的是栊翠庵，宝玉住的是怡红院。……书中先说妙玉怎样清洁，宝玉常常自认浊物。不见将来清者转浊，浊者极清？"痴珠叹一口气，高吟道，"'一失足成千古恨，再回头已百年身。'"随说道，

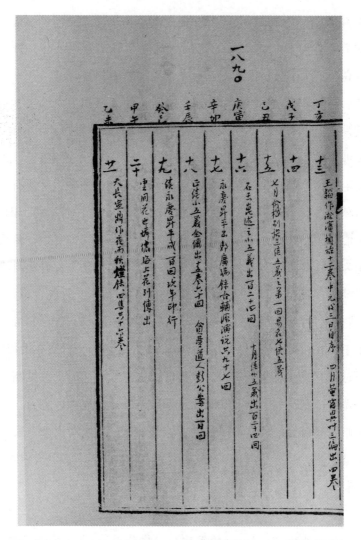

鲁迅编《明以来小说年表》手稿（北京鲁迅博物馆、上海鲁迅纪念馆编《鲁
迅辑校古籍手稿》，1991年上海古籍出版社影印本）

"……就书中'贾雨村言'例之：薛者，设也；黛者，代也。设此人代宝玉以写生，故'宝玉'二字，宝字上属于钗，就是宝钗；玉字下系于黛，就是黛玉。钗黛直是个'子虚乌有'，算不得什么。倒是妙玉，真是做宝玉的反面镜子，故名之为妙。一僧一尼，暗暗影射，你道是不是呢？"采秋答应。……痴珠随说道，"'色即是空，空即是色。'"便敲着案子朗吟道：

> "银字筝调心字香，英雄底事不柔肠？我来一切观空处，也要天花作道场。　采莲曲里猜莲子，丛桂开时又见君，何必摇鞭背花去，十年心已定香熏。"

荷生不待痴珠吟完，便哈哈大笑道，"算了，喝酒罢。"说笑一回，天就亮了。痴珠用过早点，坐着采秋的车先去了。午间，得荷生柬帖云：

> "顷晤秋痕，泪随语下，可怜之至。弟再四慰解，令作缓图。临行，嘱弟转致阁下云，'好自静养。耿耿此心，必有以相报也。'知关锦念，率此布闻。并呈小诗四章，求和。"

诗是七绝四首。……痴珠阅毕，便次韵和云：

> "无端花事太凌迟，残蕊伤思剩折枝，我欲替他求净境，转嫌风恶不全吹。　蹉跎恨在夕阳边，湖海浮沉二十年，骆马杨枝都去也，……"

正往下写，秃头回道，"菜市街李家着人来请，说是刘姑娘病得不好。"痴珠惊讶，便坐车赴秋心院来。秋痕头上包着绉帕，趺坐床上，身边放着数本书，凝眸若有所思，突见痴珠，便含笑低声说道，"我料得你挨不上十天。其实何苦呢？"痴珠说道，"他们说你病着，叫我怎忍不来呢？"秋痕叹道，"你如今一请就来，往后又是纠缠不清。"痴珠笑道，"往后再商量罢。"自此，痴珠又照旧往来了。是夜，痴珠续成和韵诗，末一章有"博得蛾眉甘一死，果然知己属倾

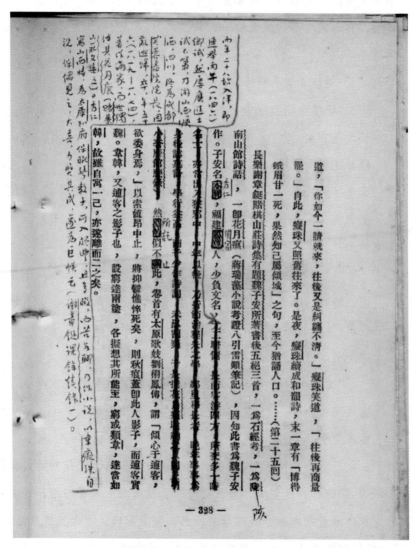

鲁迅在《中国小说史略》上的修改手迹（北京鲁迅博物馆藏）

城"之句，至今犹诵人口。……（第二十五回）

　　长乐谢章铤《赌棋山庄诗集》有《题魏子安所著书后》五绝三首，一为《石经考》，一为《陔南山馆诗话》，一即《花月痕》（蒋瑞藻《小说考证》八引《雷颠笔记》），因知此书为魏子安作。⑨子安名秀仁，福建侯官人，少负文名，而年二十余始入泮，即连举丙午（一八四六）乡试，然屡应进士试不第，乃游山西陕西四川，终为成都芙蓉书院院长，因乱逃归，卒，年五十六（一八一九——一八七四），著作满家，而世独传其《花月痕》（《赌棋山庄文集》五）。秀仁寓山西时，为太原知府保眠琴教子，所入颇丰，且多暇，而苦无聊，乃作小说，以韦痴珠自况，保偶见之，大喜，力奖其成，遂为巨帙云（谢章铤《课余续录》一）。⑩然所托似不止此⑪，卷首有太原歌妓《刘栩凤传》，谓"倾心于诐客，欲委身焉"，以索值昂中止，将抑郁憔悴死矣。则秋痕盖即此人影子，而诐客实魏。韦韩，又诐客之影子也，设穷达两途，各拟想其所能至，穷或类韦，达当如韩，故虽自寓一己，亦遂离而二之矣。

　　全书以伎女为主题者，有《青楼梦》六十四回，题"鳌峰慕真山人著"，序则云俞吟香。⑫吟香名达，江苏长洲人，中年颇作冶游，后欲出离，而世事牵缠，又不能遽去，光绪十年（一八八四）以风疾卒，所著尚有《醉红轩笔话》，《花间棒》，《吴中考古录》及《闲鸥集》等（邹弢《三借庐笔谈》四）。《青楼梦》成于光绪四年，则取吴中倡女，以发挥其"游花国，护美人，采芹香，掇巍科，任政事，报亲恩，全友谊，敦琴瑟，抚子女，睦亲邻，谢繁华，求慕道"（第一回）之大理想，所写非实，从可知矣。略谓金挹香字企真，苏州府长洲县人，幼即工文，长更慧美，然不娶，谓欲得"有情人"，而"当世滔滔，斯人谁与？竟使一介寒儒，怀才不遇，公卿大夫竟无一识我之人，反不若青楼女子，竟有慧眼识英雄于未遇时也"（本书《题纲》）。⑬故挹香游狭邪，特受伎人爱

《点石斋画报》（1998年上海文艺出版社影印本）

重，指挥如意，犹南面王。例如：[14]

……（挹香与二友及十二妓女）至轩中，三人重复观玩，见其中修饰，别有巧思。轩外名花绮丽，草木精神。正中摆了筵席，月素定了位次，三人居中，众美人亦序次而坐：

第一位鸳鸯馆主人褚爱芳　第二位烟柳山人王湘云　第三位铁笛仙袁巧云　第四位爱雏女史朱素卿　第五位惜花春起早使者陆丽春　第六位探梅女士郑素卿　第七位浣花仙史陆文卿……第十一位梅雪争先客何月娟

末位护芳楼主人自己坐了；两旁四对侍儿斟酒。众美人传杯弄盏，极尽绸缪。挹香向慧琼道，“今日如此盛会，宜举一觞令，庶不负此良辰。”月素道，“君言诚是，即请赐令。”挹香说道，“请主人自己开令。”月素道，“岂有此理，还请你来。”挹香被推不过，只得说道，“有占了。”众美人道，“令官必须先饮门面杯起令，才是。”于是十二位美人俱各斟酒一杯，奉与挹香；挹香一饮而尽，乃启口道，“酒令胜于军令，违者罚酒三巨觥！”众美人唯唯听命。……（第五回）

挹香亦深于情，侍疾服劳不厌，如：

……一日，挹香至留香阁，爱卿适发胃气，饮食不进。挹香十分不舍，忽想着过青田著有《医门宝》四卷，尚在馆中书架内，其中胃气丹方颇多，遂到馆取而复至，查到“香郁散”最宜，令侍儿配了回来，亲侍药炉茶灶；又解了几天馆，朝夕在留香阁陪伴。爱卿更加感激，乃口占一绝，以报挹香。……（第二十一回）

而摹寫人情冷暖，世途險惡，亦曲盡其妙，不獨爲俠義添頰毫也。宜其爲鴻儒欣賞，而刺激社會之力，至今未衰焉。

青樓夢

（三借廬筆談四）余幼作客，歷館胥門，幾及十年，所交亦衆，惟趨炎逐熱，俱非同心，獨吟香一人可共患難。君姓俞名達，自號慕眞山人，中年累於情，比來揚州夢醒，志在山林，而塵紲羈牽，遽難擺脫，甲申初夏，遽以風疾亡。著有醉紅軒筆話，花間棒，吳中考古錄，開鷗集等書。詩亦清新不俗，夜過青浦云，一櫂長驅去，篷窗與不孤，港收陳墓鎭，風送澱山湖，檣影月扶直，船聲浪激巗，魚龍多變幻，放眼亦仙乎。遊鷹盤山云，鳥道盤縱壁萬尋，支筇選勝獨登臨，寺餘半角佛猶古，徑轉三义雲更深，夕照淡扶孤塔直，西風寒釀暮鐘沈，題詩一笑留鴻爪，要與山林證素心。舟次滸關云，篷窗屈指算征郵，猶聽吳音到耳柔，分付征帆遲一夕，

－112－

鲁迅校录《小说旧闻钞》书影（1926年北新书局刊本）

后乃终"掇巍科"，纳五妓，一妻四妾。又为养亲计，捐职仕余杭，即迁知府，则"任政事"矣。已而父母皆在府衙中跨鹤仙去；挹香亦悟道，将入山，

> ……心中思想道，"我欲勘破红尘，不能明告他们知道，只得一个私自瞒了他们，踱了出去的了。"次日写了三封信，寄与拜林梦仙仲英，无非与他们留书志别的事情，又嘱拜林早日代吟梅完其姻事。过了几天，挹香又带了几十两银子，自己去置办了道袍道服草帽凉鞋，寄在人家，重归家里。又到梅花馆来，恰巧五美俱在，挹香见他们不识不知，仍旧笑嘻嘻在着那里，觉心中还有些对他们不起的念头。想了一回，叹道，"既解情关，有何恋恋！"……（第六十回）

遂去，羽化于天台山，又归家，悉度其妻妾，于是"金氏门中两代白日升天"（第六十一回）。其子则早抡元；旧友亦因挹香汲引，皆仙去；而曩昔所识三十六伎；亦一一"归班"，缘此辈"多是散花苑主坐下司花的仙女，因为偶触思凡之念，所以谪降红尘，如今尘缘已满，应该重入仙班"（第六十四回）也。

《红楼梦》方板行，续作及翻案者即奋起，各竭智巧，使之团圆，久之，乃渐兴尽，盖至道光末而始不甚作此等书，然其余波，则所被尚广远，惟常人之家，人数鲜少，事故无多，纵有波澜，亦不适于《红楼梦》笔意，故遂一变，即由叙男女杂沓之狭邪以发泄之。如上述三书，虽意度有高下，文笔有妍媸，而皆摹绘柔情，敷陈艳迹，精神所在，实无不同，特以谈钗黛而生厌，因改求佳人于倡优，知大观园者已多，则别辟情场于北里而已。然自《海上花列传》出，乃始实写妓家，暴其奸谲，谓"以过来人现身说法"，欲使阅者"按迹寻踪，心通其意，见当前之媚于西子，即可知背后之泼于夜叉，见今日之密于糟糠，即可卜他年之毒

《海上花列传》目录（清光绪二十年石印本）

于蛇蝎"（第一回）。⑮则开宗明义，已异前人，而《红楼梦》在狭邪小说之泽，亦自此而斩也。⑯

《海上花列传》今有六十四回，题"云间花也怜侬著"，或谓其人即松江韩子云，善弈棋，嗜鸦片，旅居上海甚久，曾充报馆编辑，所得笔墨之资，悉挥霍于花丛中，阅历既深，遂洞悉此中伎俩（《小说考证》八引《谈瀛室笔记》）；而未详其名，自署云间，则华亭人也。其书出于光绪十八年（一八九二），每七日印二回，遍鬻于市，颇风行。大略以赵朴斋为全书线索，言赵年十七，以访母舅洪善卿至上海，遂游青楼，少不更事，沉溺至大困顿，旋被洪送令还。而赵又潜返，愈益沦落，至"拉洋车"。书至此为第二十八回，忽不复印。作者虽目光始终不离于赵，顾事迹则仅此，惟因赵又牵连租界商人及浪游子弟，杂述其沉湎征逐之状，并及烟花，自"长三"至"花烟间"具有；略如《儒林外史》，若断若续，缀为长篇。其訾倡女之无深情，虽责善于非所，而记载如实，绝少夸张，则固能自践其"写照传神，属辞比事，点缀渲染，跃跃如生"（第一回）之约者矣。⑰如述赵朴斋初至上海，与张小村同赴"花烟间"时情状云：

……王阿二一见小村，便撺上去嚷道，"耐好啊！骗我，阿是？耐说转去两三个月哦，直到仔故歇坎坎来。阿是两三个月嘎？只怕有两三年哉！……"小村忙陪笑央告道，"耐覅动气，我搭耐说。"便凑着王阿二耳朵边，轻轻的说话。说不到四句，王阿二忽跳起来，沉下脸道，"耐倒乖杀哚。耐想拿件湿布衫拨来别人着仔，耐末脱体哉，阿是？"小村发急道，"勿是呀，耐也等我说完仔了啘。"王阿二便又爬在小村怀里去听，也不知咕咕唧唧说些甚么，只见小村说着，又努嘴，王阿二即回头把赵朴斋瞟了一眼，接着小村又说了几句。王阿二道，"耐末那价呢？"小村道，"我是原照旧啘。"王阿二方才

《海上花列传》目录（1926年亚东图书馆刊本）

罢了；立起身来，剔亮了灯台；问朴斋尊姓；又自头至足，细细打量。朴斋别转脸去，装做看单条。只见一个半老娘姨，一手提水铫子，一手托两盒烟膏……蹭上楼来……把烟盒放在烟盘里，点了烟灯，冲了茶碗，仍提铫子下楼自去。王阿二靠在小村身旁烧起烟来，见朴斋独自坐着，便说，"榻床浪来躃躃喤。"朴斋巴不得一声，随向烟榻下手躺下，看着王阿二烧好一口烟，装在枪上，授于小村，飕飕飕直吸到底。……至第三口，小村说，"飙吃哉。"王阿二调过枪来，授与朴斋。朴斋吸不惯，不到半口，斗门噎住。……王阿二将签子打通烟眼，替他把火。朴斋趁势捏他手腕，王阿二夺过手，把朴斋腿膀尽力捽了一把，捽得朴斋又痠又痛又爽快。朴斋吸完烟，却偷眼去看小村，见小村闭着眼，朦朦胧胧，似睡非睡光景，朴斋低声叫"小村哥"。连叫两声，小村只摇手，不答应。王阿二道，"烟迷呀，随俚去罢。"朴斋便不叫了。……（第二回）

至光绪二十年，则第一至第六十回俱出，进叙洪善卿于无意中见赵拉车，即寄书于姊，述其状。洪氏无计；惟其女曰二宝者颇能，乃与母赴上海来访，得之，而又皆留连不遽返。洪善卿力劝令归，不听，乃绝去。三人资斧渐尽，驯至不能归，二宝遂为倡，名甚噪。已而遇史三公子，云是巨富，极爱二宝，迎之至别墅消夏，谓将娶以为妻，特须返南京略一屏当，始来迓，遂别。二宝由是谢绝他客，且贷金盛制衣饰，备作嫁资，而史三公子竟不至。使朴斋往南京询得消息，则云公子新订婚，方赴扬州亲迎去矣。二宝闻信昏绝，救之始苏，而负债至三四千金，非重理旧业不能偿，于是复揽客，见噩梦而书止。自跋谓将续作，然不成。后半于所谓海上名流之雅集，记叙特详，但稍失实；至描写他人之征逐，挥霍，及互相欺谩之状，乃不稍逊于前三十回。有述赖公子赏女优一节，甚得当时世态：

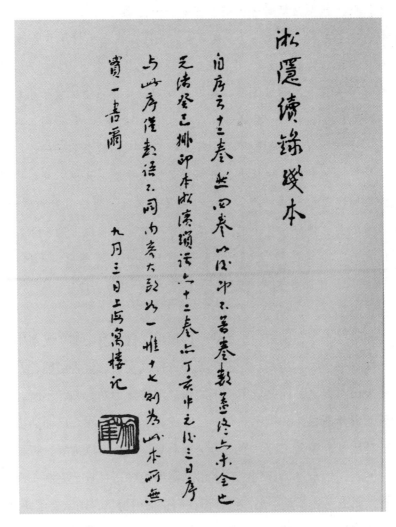

鲁迅《题淞隐漫录残本》手稿（《鲁迅手稿丛编》，2014年人民文学出版社影印本）

……文君改装登场，一个门客凑趣，先喊声"好！"不料接接连连，你也喊好，我也喊好，一片声嚷得天崩地塌，海搅江翻。……只有赖公子捧腹大笑，极其得意。唱过半出，就令当差的放赏。那当差的将一卷洋钱散放在巴斗内，呈赖公子过目，望台上只一撒，但闻索郎一声响，便见许多晶莹焜耀的东西，满台乱滚；台下这些帮闲门客又齐声一号。文君揣知赖公子其欲逐逐，心上一急，倒急出个计较来，当场依然用心的唱，唱罢落场……含笑入席。不提防赖公子一手将文君拦入怀中；文君慌的推开立起，佯作怒色，却又爬在赖公子肩膀，悄悄的附耳说了几句，赖公子连连点头道，"晓得哉。"……（第四十四回）

书中人物，亦多实有，而悉隐其真姓名，惟不为赵朴斋讳。相传赵本作者挚友，时济以金，久而厌绝，韩遂撰此书以谤之，印卖至第二十八回，赵急致重赂，始辍笔，而书已风行；已而赵死，乃续作贸利，且放笔至写其妹为倡云。然二宝沦落，实作者豫定之局，故当开篇赵朴斋初见洪善卿时，即叙洪问"耐有个令妹，……阿曾受茶？"答则曰，"匆曾。今年也十五岁哉。"已为后文伏线也。光绪末至宣统初，上海此类小说之出尤多，往往数回辄中止，殆得赂矣；而无所营求，仅欲摘发伎家罪恶之书亦兴起，惟大都巧为罗织，故作已甚之辞，冀震耸世间耳目，终未有如《海上花列传》之平淡而近自然者。[18]

注释：

①《中国小说史略》"油印本"作："清之狭邪小说　小说史大略十六"，"铅印本"作："第二十四篇　清之狭邪小说"，自"初版本"作："第二十六篇　清之狭邪小说"。

②《中国小说史略》"油印本"之"清之狭邪小说　小说史大略十六"作：唐人登科之后，多作冶游，习而不察，反成佳话。故曲中故事，文人亦往往著之篇章。其至今尚存者，有崔令钦之《教坊记》，孙棨之《北里志》，然皆缀辑琐碎，并无条贯，清之《板桥杂记》，《扬州画舫录》，实其苗裔矣。宋人杂说中，今唯存《李师师传》一种，专记一人，与前举二书复别。《宣和遗事》中，亦有李师师事。则偶然波及而已。其以记注狭邪为全书线索者，在今所见，盖起于清咸丰末年而泛滥于光绪末以至宣统初年者也。自"铅印本"改。

③《中国小说史略》"油印本"之"清之狭邪小说　小说史大略十六"作：清代士大夫挟妓有禁，然不云禁招优人，故达官名士，多因规避禁令，渐致伶人以侑酒，已而弥益猥劣，谓之"像姑"，流品比于倡女矣。《品花宝鉴》者，出于道光末年，共六十回，即以叙述北京优人为专职，以为伶人有邪正，狎客亦有雅俗，故所描写虽多侧艳之事，亦杂鄙倍之辞，自谓并陈妍媸，以见邪正，实则与凡有秽书，托辞于劝惩者同科而已。自"铅印本"改。

④《中国小说史略》"油印本"之"清之狭邪小说　小说史大略十六"作：《品花宝鉴》写名士与名伶，与写才子佳人无别，此殆当时习俗。著者染而不知，故研究世变，固足为强有力之资材，而绳以人情，则茂拟当时人士，皆得狂疾，展观生厌，无当于艺文矣。书中人物，除梅子玉、杜琴言而外，大抵实有其人，隐藏姓名，推之可得，其曰高品者，即作者自寓，乃常州人陈森书也。自"铅印本"改。

⑤《致台静农》（1932年8月15日）：上月得石印传奇《梅花梦》一部两本，为毗陵陈森所作，此人亦即作《品花宝鉴》者，《小说史略》误作陈森书，衍一"书"字，希讲授时改正。此外又有木刻《梅花梦传奇》，似张姓者所为，非一书也。

⑥括号内文字为《中国小说史略》"再订本"补充。

《致增田涉》（1934年1月8日）：

中国小说史略

　　第三二四页第三行，"实为常州人陈森书"之下，（添上括弧）加下列四句：

（作者手稿之《梅花梦传奇》上，自署"毗陵陈森"，则"书"字或误衍。）

⑦《热风·望勿"纠正"》：

《花月痕》本不必当作宝贝书，但有人要标点付印，自然是各随各便。这书最初是木刻的，后有排印本；最后是石印，错字很多，现在通行的多是这一种。至于新标点本，则陶乐勤君序云，"本书所取的原本，虽属佳品，可是错误尚多。余虽都加以纠正，然失检之处，势必难免。……"我只有错字很多的石印本，偶然对比了第二十五回中的三四叶，便觉得还是石印本好，因为陶君于石印本的错字多未纠正，而石印本的不错字儿却多纠歪了。

"钗黛直是个子虚乌有，算不得什么。……"

这"直是个"就是"简直是一个"之意，而纠正本却改作"真是个"，便和原意很不相同了。

"秋痕头上包着绉帕……突见痴珠，便含笑低声说道，'我料得你挨不上十天，其实何苦呢？'"

"……痴珠笑道，'往后再商量罢。'……"

他们俩虽然都沦落，但其时却没有什么大悲哀，所以还都笑。而纠正本却将两个"笑"字都改成"哭"字了。教他们一见就哭，看眼泪似乎太不值钱，况且"含哭"也不成话。

我因此想到一种要求，就是印书本是美事，但若自己于意义不甚了然时，不可便以为是错的，而奋然"加以纠正"，不如"过而存之"，或者倒是并不错。

我因此又起了一个疑问，就是有些人攻击译本小说"看不懂"，但他们看中国人自作的旧小说，当真看得懂么？

⑧《中国小说史略》"油印本"之"清之狭邪小说　小说史大略十六"作：此外有虽不全写倡家而颇复相关者，为《花月痕》五十二回，题"眠鹤主人编次"。记韦痴珠韩荷生皆隽才硕学，出入狭邪，各有眷爱。其后韦与所眷伎俱抑郁困穷，死于寂寞，而韩独以功名显。上半部填塞诗歌，入后又杂以妖异。事多违实，殊非佳书。卷首符兆伦评语云："词赋名家，却非说部当行，其淋漓尽致

处，亦是从词赋中发泄出来，哀感顽艳。"盖切中其失矣。书有咸丰戊午（八年）序，而行世乃在光绪时。"眠鹤主人"者，即闽县魏子安，少游四方，喜冶游，好作诗词骈俪，中年以后，改治程朱之学，又不忍弃去旧作，遂悉纳之小说中为《花月痕》也。自"铅印本"改。

⑨《致增田涉》（1934年1月8日）：

又同页第六行，从"子安名未详"到"然其故似不尽此"九行，改正如下：

子安名秀仁，福建侯官人，少负文名，而年二十八始入泮，即连举丙午（一八四六）乡试（乡试及第为举人），然屡应进士试不第，及游山西、陕西、四川，终为成都芙蓉书院院长，因乱逃归，卒，年五十六（一八一九——一八七四），著作满家，而世独传其《花月痕》（《赌棋山庄文集》五）。秀仁寓山西时，为太原知府保眠琴教子，所入颇丰，且多暇，而苦无聊，乃作小说，以韦痴珠自况，保偶见之，大喜，力奖其成，遂为巨帙云（谢章铤《课余续录》一）。然所托似不止此。

又第一四页目录第七行"魏子安《花月痕》"改为"魏秀仁《花月痕》"。

⑩《中国小说史略》"铅印本"之"第二十四篇　清之狭邪小说"作：子安，福建闽县人，早负文名，尤工骈俪，长而客游四方，所交多一时名士，亦常出入狭邪中；中年以后，乃折节治程朱之学，乡里称长者；晚年事事为身后志墓计，学行益高，而于少作诗词，未忍割弃，于是撰《花月痕》收纳之（同上引《小奢摩馆脞录》）。

"初版本"作：子安名未详，福建闽县人，少负文名，尤工骈俪，长而客游四方，所交多一时名士，亦常出入狭邪中，中年以后，乃折节治程朱之学，乡里称长者，晚年事事为身后志墓计，学行益高，而于少作诗词，未忍割弃，于是撰《花月痕》收纳之（同上引《小奢摩馆脞录》）。

自"再订本"改。

⑪《中国小说史略》"铅印本"之"第二十四篇　清之狭邪小说"作：然其故似不尽此。自"再订本"改。

⑫《中国小说史略》"油印本"之"清之狭邪小说　小说史大略十六"作：

写名士佳人而佳人为倡女者，有《青楼梦》，计六十四回，题"厘峰慕真山人著"，前有光绪三十一年序，疑成书当更在前也。自"铅印本"改。

⑬《二心集·上海文艺之一瞥》：才子原是多愁多病，要闻鸡生气，见月伤心的。一到上海，又遇见了婊子。去嫖的时候，可以叫十个二十个的年轻姑娘聚集在一处，样子很有些像《红楼梦》，于是他就觉得自己好像贾宝玉；自己是才子，那么婊子当然是佳人，于是才子佳人的书就产生了。内容多半是，惟才子能怜这些风尘沦落的佳人，惟佳人能识坎坷不遇的才子，受尽千辛万苦之后，终于成了佳偶，或者是都成了神仙。

⑭《中国小说史略》"油印本"之"清之狭邪小说　小说史大略十六"作：据序，作者为俞吟香，行实未详，而其思想，则观金挹香本末可见。所述之地为上海，至于倡家情状，盖多凭想象以立言，并非当时实录，而文思俱拙，且大逊《品花宝鉴》，仅足考见清季一部分人士之怀抱而已。其文章略如下：

自"铅印本"改。

⑮《中国小说史略》"油印本"之"清之狭邪小说　小说史大略十六"作：写伎家情形而曝其奸谲，与《青楼梦》正相反者，有《海上花列传》计六十四回，题"云间花也怜侬著"，不知出于何时，大约在光绪戊戌之后，或略先于《青楼梦》也。著者虽自云以"过来人现身说法"，使冶游子弟，发其深省，而寻索隐伏，似亦攻讦怨家之书。其中人物，大都实有，盖近来假文墨以济私之先导，而亦上海烟花小说之权舆矣。全书述勾阑情景，著其诡谲反复之事。自"铅印本"改。

⑯《二心集·上海文艺之一瞥》：

佳人才子的书盛行的好几年，后一辈的才子的心思就渐渐改变了。他们发见了佳人并非因为"爱才若渴"而做婊子的，佳人只为的是钱。然而佳人要才子的钱，是不应该的，才子于是想了种种制伏婊子的妙法，不但不上当，还占了她们的便宜，叙述这各种手段的小说就出现了，社会上也很风行，因为可以做嫖学教科书去读。这些书里面的主人公，不再是才子+（加）呆子，而是在婊子那里得了胜利的英雄豪杰，是才子+流氓。

......

才子+流氓的小说，但也渐渐的衰退了。那原因，我想，一则因为总是这一套老调子——妓女要钱，嫖客用手段，原不会写不完的；二则因为所用的是苏白，如什么倪＝我，耐＝你，阿是＝是否之类，除了老上海和江浙的人们之外，谁也看不懂。

⑰《中国小说史略》"油印本"之"清之狭邪小说　小说史大略十六"作：其书所摘发者，即"当前媚于西子，背后泼于夜叉，今日蜜于糟糠，他年毒于蛇蝎"。然此在宇内，本伎家之常情，执以为罪，盖责善于非所矣。惟其描写，颇近真实，较《青楼梦》之迂曲则远胜之，且记事以通用语，记言以吴语，亦为后来此类小说所仿效也。自"铅印本"改。

⑱《致胡适》（1923年12月28日）：我以为可重印者尚有数书……一是《海上花列传》，惜内用苏白，北人不解，但其书则如实描写，凡述妓家情形者，无一能及他。

《致胡适》（1924年1月5日）：自从《海上繁华梦》出而《海上花》遂名声顿落，其实《繁华梦》之度量技术，去《海上花》远甚。此书大有重印之价值，不知亚东图书馆有意于此否？

第二十七篇　清之侠义小说及公案①

文康《儿女英雄传》。石玉昆《三侠五义》及俞樾重编之《七侠五义》。《小五义》,《续小五义》;《正续小五义全传》。《施公案》及《彭公案》。拟作与续作之多。《水浒》精神在民间之消灭。

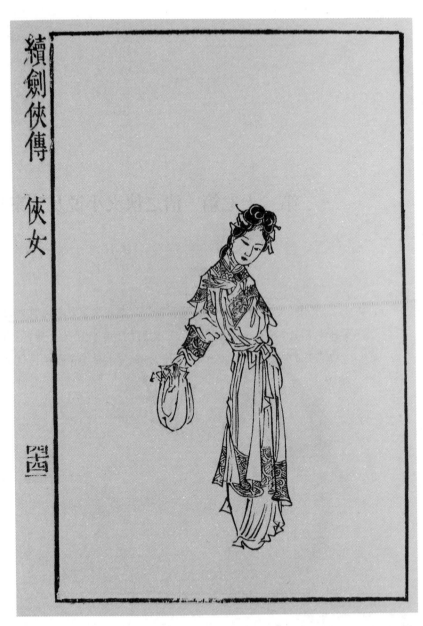

〔清〕佚名《续剑侠传》插图之侠女（清光绪五年郑官应刻本，2019年文物出版社影印本）

明季以来，世目《三国》，《水浒》，《西游》，《金瓶梅》为"四大奇书"，居说部上首，比清乾隆中，《红楼梦》盛行，遂夺《三国》之席，而尤见称于文人。惟细民所嗜，则仍在《三国》，《水浒》。时势屡更，人情日异于昔，久亦稍厌，渐生别流，虽故发源于前数书，而精神或至正反，大旨在揄扬勇侠，赞美粗豪，然又必不背于忠义。其所以然者，即一缘文人或有憾于《红楼》，其代表为《儿女英雄传》；一缘民心已不通于《水浒》，其代表为《三侠五义》。②

《儿女英雄传评话》本五十三回，今残存四十回③，题"燕北闲人著"。马从善序云出文康手，盖定稿于道光中。文康，费莫氏，字铁仙，满洲镶红旗人，大学士勒保次孙也，"以资为理藩院郎中，出为郡守，洊擢观察，丁忧旋里，特起为驻藏大臣，以疾不果行，卒于家。"家本贵盛，而诸子不肖，遂中落且至困惫。文康晚年块处一室，笔墨仅存，因著此书以自遣。升降盛衰，俱所亲历，"故于世运之变迁，人情之反复，三致意焉。"（并序语）荣华已落，怆然有怀，命笔留辞，其情况盖与曹雪芹颇类。惟彼为写实，为自叙，此为理想，为叙他，加以经历复殊，而成就遂迥异矣。书首有雍正甲寅观鉴我斋序，谓为"格致之书"，反《西游》等之"怪力乱神"而正之；次乾隆甲寅东海吾了翁识，谓得于春明市上，不知作者何人，研读数四，"更于没字处求之"，始知言皆有物，

593

　　四、侠义派　侠义派底小说，可以用《三侠五义》做代表。这书的起源，本是茶馆中的说书，后来能文的人，把它写出来，就通行于社会了。当时底小说，有《红楼梦》等专讲柔情，《西游记》一派，又专讲妖怪，人们大概也很觉得厌气了，而《三侠五义》则别开生面，很是新奇，所以流行也就特别快，特别盛。当潘祖荫由北京回吴的时候，以此书示俞曲园，曲园很赞许，但嫌其太背于历史，乃为之改正第一回；又因书中的北侠，南侠，双侠，实已四人，三不能包，遂加上艾虎和沈仲元；索性改名为《七侠五义》。这一种改本，现在盛行于江浙方面。但《三侠五义》，也并非一时创作的书，宋包拯立朝刚正，《宋史》有传；而民间传说，则行事多怪异；元朝就传为故事，明代又渐演为小说，就是《龙图公案》。后来这书的组织再加密些，又成为大部的《龙图公案》，也就是《三侠五义》的蓝本了。因为社会上很欢迎，所以又有《小五义》，《续小五义》，《英雄大八义》，《英雄小八义》，《七剑十三侠》，《七剑十八义》等等都跟着出现。——这等小说，大概是叙侠义之士，除盗平叛的事情，而中间每以名臣大官，总领一切。其先又有《施公案》，同时则有《彭公案》一类的小说，也盛行一时。其中所叙的侠客，大半粗豪，很像《水浒》中底人物，故其事实虽然来自《龙图公案》，而源流则仍出于《水浒》。不过《水浒》中人物在反抗政府；而这一类书中底人物，则帮助政府，这是作者思想的大不同处，大概也因为社会背景不同之故罢。这些书大抵出于光绪初年，其先曾经有过几回国内的战争，如平长毛，平捻匪，平教匪等，许多市井中人，粗人无赖之流，因为从军立功，多得顶戴，人民非常羡慕，愿听"为王前驱"的故事，所以茶馆中发生的小说，自然也受了影响了。现在《七侠五义》已出到二

因补其阙失，弁以数言云云：皆作者假托。开篇则谓"这部评话……初
名《金玉缘》；因所传的是首善京都一桩公案，又名《日下新书》。篇中
立旨立言，虽然无当于文，却还一洗秽语淫词，不乖于正，因又名《正
法眼藏五十三参》，初非释家言也。后来东海吾了翁重订，题曰《儿女英
雄传评话》。……"（首回）多立异名，摇曳见态，亦仍为《红楼梦》家
数也。④

　　所谓"京都一桩公案"者，为有侠女曰何玉凤，本出名门，而智慧
骁勇绝世⑤，其父先为人所害⑥，因奉母避居山林⑦，欲伺间报仇⑧。其怨
家曰纪献唐，有大勋劳于国⑨，势甚盛。何玉凤急切不得当⑩，变姓名曰
十三妹，往来市井间⑪，颇拓弛玩世；偶于旅次见孝子安骥困厄，救之⑫，
以是相识，后渐稔。已而纪献唐为朝廷所诛，何虽未手刃其仇而父仇则
已报⑬，欲出家⑭，然卒为劝沮者所动，嫁安骥⑮。骥又有妻曰张金凤，亦
尝为玉凤所拯，乃相睦如姊妹，后各有孕，故此书初名《金玉缘》。⑯

　　书中人物亦常取同时人为蓝本；或取前人，如纪献唐，蒋瑞藻
（《小说考证》八）云，"吾之意，以为纪者，年也；献者，《曲礼》云，
'犬名羹献'；唐为帝尧年号：合之则年羹尧也。……其事迹与本传所记
悉合。"安骥殆以自寓，或者有慨于子而反写之。十三妹未详，当纯出作
者意造，缘欲使英雄儿女之概，备于一身，遂致性格失常，言动绝异，
矫揉之态，触目皆是矣。⑰如叙安骥初遇何于旅舍，虑其入室，呼人抬石
杜门，众不能动，而何反为之运以入⑱，即其例也：

　　　……那女子又说道，"弄这块石头，何至于闹的这等马仰人翻的
　　呀？"张三手里拿着镢头，看了一眼，接口说，"怎么'马仰人翻'
　　呢？瞧这家伙，不这么弄，问得他动吗？打谅顽儿呢。"那女子走到
　　跟前，把那块石头端相了端相……约莫也有个二百四五十斤重，原
　　是一个碾粮食的碌碡；上面靠边，却有个凿通了的关眼儿。……他

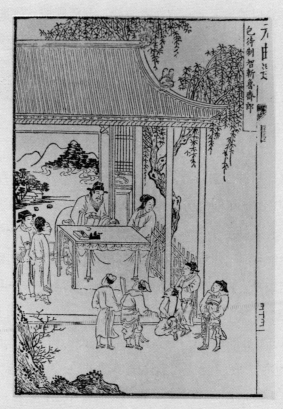

杂剧《包待制智斩鲁斋郎》插图（《元曲选》，明万历四十三年博古堂刻本，张满弓编著《古典文学版画》，2004年河南大学出版社影印本）

十四集，《施公案》出到十集，《彭公案》十七集，而大抵千篇一律，语多不通，我们对此，无多批评，只是很觉得作者和看者，都能够如此之不惮烦，也算是一件奇迹罢了。

上边所讲的四派小说，到现在还很通行。此外零碎小派的作品也还有，只好都略去了它们。至于民国以来所发生的新派的小说，还很年幼——正在发达创造之中，没有很大的著作，所以也姑且不提起它们了。

——《中国小说的历史的变迁》第六讲《清小说之四派及其末流》

先挽了挽袖子……把那石头撂倒在平地上，用右手推着一转，找着那个关眼儿，伸进两个指头去勾住了，往上只一悠，就把那二百多斤的石头碌碡，单撒手儿提了起来。向着张三李四说道，"你们两个也别闲着，把这石头上的土给我拂落净了。"两个屁滚尿流，答应了一声，连忙用手拂落了一阵，说，"得了。"那女子才回过头来，满面含春的向安公子道，"尊客，这石头放在那里？"安公子羞得面红过耳，眼观鼻鼻观心的答应了一声，说，"有劳，就放在屋里罢。"那女子听了，便一手提着石头，款动一双小脚儿，上了台阶儿，那只手撩起了布帘，跨进门去，轻轻的把那块石头放在屋里南墙根儿底下；回转头来，气不喘，面不红，心不跳。众人伸头探脑的向屋里看了，无不咤异。……（第四回）

结末言安骥以探花及第，复由国子监祭酒简放乌里雅苏台参赞大臣，未赴，又"改为学政，陛辞后即行赴任，办了些疑难大案，政声载道，位极人臣，不能尽述"。因此复有人作续书三十二回，文意并拙，且未完，云有二续，序题"不计年月无名氏"盖光绪二十年顷北京书估之所造也。⑲

《三侠五义》出于光绪五年（一八七九），原名《忠烈侠义传》，百二十回，首署"石玉昆述"，而序则云问竹主人原藏，入迷道人编订，皆不详为何如人。凡此流著作，虽意在叙勇侠之士，游行村市，安良除暴，为国立功，而必以一名臣大吏为中枢，以总领一切豪俊，其在《三侠五义》者曰包拯。拯字希仁，以进士官至礼部侍郎，其间尝除天章阁待制，又除龙图阁学士，权知开封府，立朝刚毅，关节不到，世人比之阎罗，有传在《宋史》（三百十六）。而民间所传，则行事率怪异，元人杂剧中已有包公"断立太后"及"审乌盆鬼"诸异说；明人又作短书十卷曰《龙图公案》，亦名《包公案》，记拯借私访梦兆鬼语等以断奇案六十三

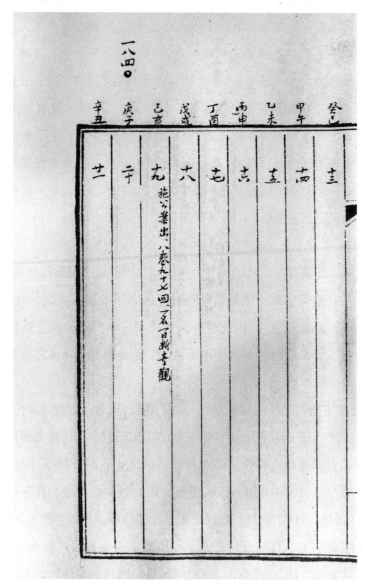

鲁迅编《明以来小说年表》手稿（北京鲁迅博物馆、上海鲁迅
纪念馆编《鲁迅辑校古籍手稿》，1991年上海古籍出版社影印本）

事，然文意甚拙，盖仅识文字者所为。后又演为大部，仍称《龙图公案》，则组织加密，首尾通连，即为《三侠五义》蓝本矣。

《三侠五义》开篇，即叙宋真宗未有子，而刘李二妃俱娠，约立举子者为正宫。刘乃与宫监郭槐密谋，俟李生子，即易以剥皮之狸猫，谓生怪物。太子则付宫人寇珠，命缢而弃诸水；寇珠不忍，窃授陈林，匿八大王所，云是第三子，始得长育。刘又谗李妃去之，忠宦多死。真宗无子，既崩，八王第三子乃入承大统，即仁宗也。书由是即进叙包拯降生，惟以前案为下文伏线而已。复次，则述拯婚宦及断案事迹，往往取他人故事，并附著之。比知开封，乃于民间遇李妃，发"狸猫换子"旧案，时仁宗始知李为真母，迎以归。拯又以忠诚之行，感化豪客，如三侠，即南侠展昭，北侠欧阳春，双侠丁兆兰丁兆蕙，以及五鼠，为钻天鼠卢方，彻地鼠韩彰，穿山鼠徐庆，翻江鼠蒋平，锦毛鼠白玉堂等，率为盗侠，纵横江湖间，或则偶入京师，戏盗御物，人亦莫能制，顾皆先后倾心，投诚受职，协诛强暴，人民大安。后襄阳王赵珏谋反，匿其党之盟书于冲霄楼，五鼠从巡按颜查散探访，而白玉堂遽独往盗之，遂坠铜网阵而死；书至此亦完。其中人物之见于史者，惟包拯八王等数人；故事亦多非实有，五鼠虽明人之《龙图公案》及《西洋记》皆载及，而并云物怪，与此之为义士者不同；宗藩谋反，仁宗时实未有，此殆因明宸濠事而影响附会之矣。至于构设事端，颇伤稚弱，而独于写草野豪杰，辄奕奕有神，间或衬以世态，杂以诙谐，亦每令莽夫分外生色。值世间方饱于妖异之说，脂粉之谈，而此遂以粗豪脱略见长，于说部中露头角也。[20]

……马汉道，"喝酒是小事，但不知锦毛鼠是怎么个人？"……展爷便将陷空岛的众人说出，又将绰号儿说与众人听了。公孙先生在旁，听得明白，猛然省悟道，"此人来找大哥，却是要与大哥合气

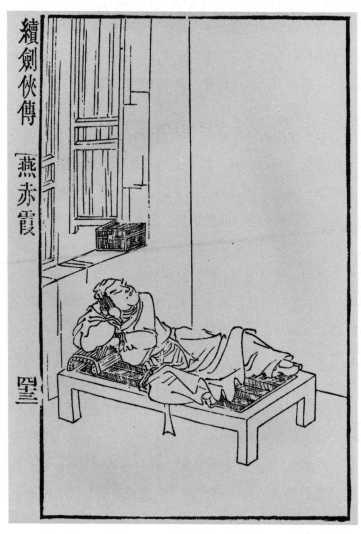

〔清〕佚名《续剑侠传》插图之燕赤霞〔清光绪五年郑官应刻本，2019年文物出版社影印本）

的。"展爷道，"他与我素无仇隙，与我合什么气呢?"公孙策道，"大哥，你自想想，他们五人号称'五鼠'，你却号称'御猫'，焉有猫儿不捕鼠之理? 这明是嗔大哥号称御猫之故，所以知道他要与大哥合气。"展爷道，"贤弟所说，似乎有理。但我这'御猫'，乃圣上所赐，非是劣兄有意称'猫'，要欺压朋友。他若真个为此事而来，劣兄甘拜下风，从此后不称御猫，也未为不可。"众人尚未答言，惟赵虎正在豪饮之间……却有些不服气，拿着酒杯，立起身来道，"大哥，你老素昔胆量过人，今日何自馁如此? 这'御猫'二字，乃圣上所赐，如何改得? 倘若是那个甚么白糖咧，黑糖咧，他不来便罢，他若来时，我烧一壶开开的水，把他冲着喝了，也去去我的滞气。"展爷连忙摆手说，"四弟悄言。岂不闻'窗外有耳'?"刚说至此，只听得拍的一声，从外面飞进一物，不偏不歪，正打在赵虎擎的那个酒杯之上，只听当啷啷一声，将酒杯打了个粉碎。赵爷唬了一跳，众人无不惊骇。只见展爷早已出席，将槅扇虚掩，回身复又将灯吹灭，便把外衣脱下，里面却是早已结束停当的。暗暗将宝剑拿在手中，却把槅扇假做一开，只听拍的一声，又是一物打在槅扇上。展爷这才把槅扇一开，随着劲一伏身蹿将出去。只觉得迎面一股寒风，嗖的就是一刀，展爷将剑扁着，往上一迎，随招随架，用目在星光之下仔细观瞧，见来人穿着簇青的夜行衣靠，脚步伶俐: 依稀是前在苗家集见的那人。二人也不言语，惟听刀剑之声，叮当乱响。展爷不过招架，并不还手，见他刀刀逼紧，门路精奇，南侠暗暗喝采; 又想道，"这朋友好不知进退。我让着你，不肯伤你。又何必赶尽杀绝? 难道我还怕你不成?"暗道，"也叫他知道知道。"便把宝剑一横，等刀临近，用个"鹤唳长空势"，用力往上一削。只听得噌的一声，那人的刀已分为两段，不敢进步，只见他将身一纵，已上了墙头。展爷一跃身，也跟上去。……(第三十九回)

俞樾像

　　当俞樾寓吴下时，潘祖荫归自北京，出示此本，初以为寻常俗书耳，及阅毕，乃叹其"事迹新奇，笔意酣恣，描写既细入毫芒，点染又曲中筋节，正如柳麻子说'武松打店'，初到店内无人，蓦地一吼，店中空缸空甓，皆瓮瓮有声：闲中着色，精神百倍"（俞序语）。而颇病开篇"狸猫换太子"之不经，乃别撰第一回，"援据史传，订正俗说。"又以书中南侠北侠双侠，其数已四，非三能包，加小侠艾虎，则又成五，"而黑妖狐智化者，小侠之师也，小诸葛沈仲元者，第一百回中盛称其从游戏中生出侠义来，然则此两人非侠而何？"因复改名《七侠五义》，于光绪己丑（一八八九）序而传之，乃与初本并行，在江浙特盛。⑳

　　其年五月，复有《小五义》出于北京，十月，又出《续小五义》，皆一百二十四回。序谓与《三侠五义》皆石玉昆原稿，得之其徒。"本三千多篇㉑，分上中下三部，总名《忠烈侠义传》，原无大小之说，因上部三侠五义为创始之人，故谓之大五义，中下二部五义即其后人出世，故谓之小五义。"《小五义》虽续上部，而又自白玉堂盗盟单起，略当上部之百一回；全书则以襄阳王谋反，义侠之士竞谋探其隐事为线索。是时白玉堂早被害，余亦渐衰老，而后辈继起，并有父风。卢方之子珍，韩彰之子天锦，徐庆之子良，白玉堂之侄芸生，旨意外凑聚于客舍，益以小侠艾虎，遂结为兄弟。诸人奔走道路，颇诛豪强，终集武昌，拟共破铜网阵，未陷而书毕。《续小五义》即接叙前案，铜网先破，叛王遂逃，而诸侠仍在江湖间诛锄盗贼。已而襄阳王成擒，天子论功，侠义之士皆受封赏，于是全书完。序虽云二书皆石玉昆旧本，而较之上部，则中部荒率殊甚，入下又稍细，因疑草创或出一人，润色则由众手，其伎俩有工拙，故正续遂差异也。㉒

　　且说徐庆天然的性气一冲的性情，永不思前想后，一时不顺，

鲁迅抄录《小说目录》手稿（北京鲁迅博物馆、上海鲁迅纪念馆编《鲁迅辑校古籍手稿》，1991年上海古籍出版社影印本）

他就变脸，把桌子一扳，哗喇一声，碗盏皆碎。钟雄是泥人，还有个土性情，拿住了你们，好眼相看，摆酒款待，你倒如此，难怪他发怒。指着三爷道，"你这是怎样了？"三爷说，"这是好的哪。"寨主说，"不好便当怎样？"三爷说，"打你！"话言未了，就是一拳。钟雄就用指尖往三爷肋下一点。"哎哟！"噗咚！三爷就躺于地下。焉知晓钟寨主用的是"十二支讲关法"，又叫"闭血法"，俗语就叫"点穴"。三爷心里明白，不能动转。钟雄拿脚一踢，吩咐绑起来。三爷周身这才活动，又教人捆上了五花大绑。展南侠自己把二臂往后一背，说，"你们把我捆上！"众人有些不肯，又不能不捆。钟雄传令，推在丹凤桥枭首。内中有人嚷道，"刀下留人！"……（《小五义》第十七回）

　　且说黑妖狐智化与小诸葛沈仲元二人暗地商议，独出己见，要去上王府盗取盟单。……（智化）爬伏在悬龛之上，晃千里火照明：下面是一个方匣子……上头有一个长方的硬木匣子，两边有个如意金环。伸手揪住两个金环，往怀中一带，只听上面嗑叹一声，下来了一口月牙式铡刀。智化把眼睛一闭，也不敢往前蹿，也不敢往后缩，正在腰脊骨中当啷的一声，智化以为是腰断两截，慢慢睁开眼睛一看，却不觉着疼痛，就是不能动转。列公，这是什么缘故？皆因他是月牙式样；若要是铡草的铡刀，那可就把人铡为两段。此刀当中有一个过陇儿，也不至于甚大；又对着智爷的腰细；又对着解了百宝囊，底下没有东西垫着；又有背后背着这一口刀，连皮鞘带刀尖，正把腰脊骨护住。……总而言之：智化命不该绝。可把沈仲元吓了个胆裂魂飞。……（《续小五义》第一回）

大小五义之书既尽出，乃即见《正续小五义全传》刊行，凡十五卷六十回，前有光绪壬辰（一八九二）绣谷居士序。其本即取《小五义》

鲁迅《致胡适》（1922年8月21日）（《鲁迅手稿丛编》，2014年人民文学出版社影印本）

及续书，合为一部，去其复重，又汰其铺叙，省略成十三卷五十二回。末二卷八回则谓襄阳王将就擒，而又逸去，至红罗山，举兵复战，乃始败亡，是二书之所无，实为蛇足。行文叙事，亦虽简明有加，而原有之游词余韵，刊落甚多，故神采则转逊矣。

包拯颜查散而外，以他人为全书枢轴者，在先亦已尝有。道光十八年（一八三八），有《施公案》八卷九十七回，一名《百断奇观》，记康熙时施仕纶（当作世纶）为泰州知州至漕运总督时行事，文意俱拙，略如明人之《包公案》，而稍加曲折，一案或亘数回；且断案之外，又有遇险，已为侠义小说先导。至光绪十七年（一八九一），则有《彭公案》二十四卷一百回，为贪梦道人作，述彭朋（当作鹏）于康熙中为三河县知县，洊擢河南巡抚，回京出查大同要案等故事，亦不外贤臣微行，豪杰盗宝之类，而字句拙劣，几不成文。

其他类似《三侠五义》之书尚甚夥，通行者有《永庆升平》九十七回，为潞河郭广瑞⑩录哈辅源演说，叙康熙帝变装私访，及除邪教，平逆匪诸案；寻有续一百回，亦贪梦道人作。又有《圣朝鼎盛万年青》八集，共七十六回，无撰人名，则记康熙帝以大政付刘墉陈宏谋，自游江南，历遇奸徒猾法，英杰效忠之事。余如《英雄大八义》，《英雄小八义》，《七剑十三侠》，《七剑十八义》等，其类尚多，大率出光绪二十年顷。后又有《刘公案》（刘墉），《李公案》（李丙寅当作秉衡）；而《施公案》亦续至十集，《彭公案》续至十七集⑪；《七侠五义》则续至二十四集，千篇一律，语多不通，甚至一人之性格，亦先后顿异，盖历经众手，共成恶书，漫不加察，遂多矛盾矣。⑫

《三侠五义》及其续书，绘声状物，甚有平话习气，《儿女英雄传》亦然。郭广瑞⑬序《永庆升平》云，"余少游四海，常听评词演《永庆升平》一书，……国初以来，有此实事流传，咸丰年间有姜振名先生，乃评谈今古之人，尝演说此书，未能有人刊刻，传流于世。余长听哈辅源

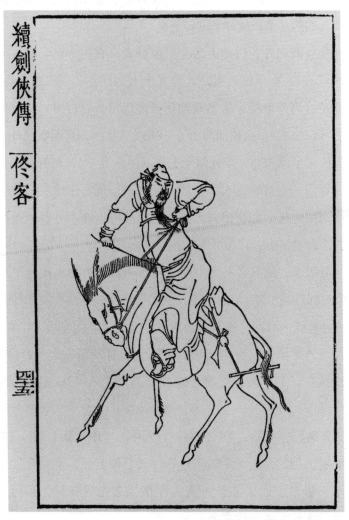

〔清〕佚名《续剑侠传》插图之佟客（清光绪五年郑官应刻本，
2019年文物出版社影印本）

先生演说，熟记在心，闲暇之时，录成四卷。……"《小五义》序亦谓与《三侠五义》皆石玉昆原稿，得之其徒，则石玉昆殆亦咸丰时说话人，与姜振名各专一种故事。文康习闻说书，拟其口吻，于是《儿女英雄传》遂亦特有"演说"流风。是侠义小说之在清，正接宋人话本正脉，固平民文学之历七百余年而再兴者也。惟后来仅有拟作及续书，且多滥恶，而此道又衰落。

清初，流寇悉平，遗民未忘旧君，遂渐念草泽英雄之为明宣力者，故陈忱作《后水浒传》，则使李俊去国而王于暹罗（见第十五篇）。历康熙至乾隆百三十余年，威力广被，人民慑服，即士人亦无贰心，故道光时俞万春作《结水浒传》，则使一百八人无一幸免（亦见第十五篇），然此尚为僚佐之见也。《三侠五义》为市井细民写心，乃似较有《水浒》余韵，然亦仅其外貌，而非精神。时去明亡已久远，说书之地又为北京，其先又屡平内乱，游民辄以从军得功名，归耀其乡里，亦甚动野人歆羡，故凡侠义小说中之英雄，在民间每极粗豪，大有绿林结习，而终必为一大僚隶卒，供使令奔走以为宠荣，此盖非心悦诚服，乐为臣仆之时不办也。㉘然当时于此等书，则以为"善人必获福报，恶人总有祸临，邪者定遭凶殃，正者终逢吉庇，报应分明，昭彰不爽，使读者有拍案称快之乐，无废书长叹之时……"（《三侠五义》及《永庆升平》序）云。㉙

而其时欧人之力又侵入中国。

注释：

①《中国小说史略》"油印本"作："清之侠义小说与公案　小说史大略十五"，"铅印本"作："第二十五篇　清之侠义小说及公案"，自"初版本"作："第二十七篇　清之侠义小说及公案"。

②《中国小说史略》"油印本"之"清之侠义小说与公案　小说史大略十五"作：清雍正乾隆中，《水浒传》，《西游记》，《金瓶梅》，其后则《红楼梦》盛行于

世，即所谓四大奇书。而别派亦渐起，旨在揄扬勇侠，又不背于忠义。其所以然者，一缘文人或有憾于《红楼》，其代表为《儿女英雄传》；一缘人心已不协于《水浒》，其代表为《七侠五义》。自"铅印本"改。

③《中国小说史略》"油印本"之"清之侠义小说与公案　小说史大略十五"作：《儿女英雄传评话》四十回。自"铅印本"改。

④《中国小说史略》"油印本"之"清之侠义小说与公案　小说史大略十五"作：多立异名，已坠《红楼》窠臼，而所写人物，则既务为奇特，又欲不背人情，两事相违，遂入迂远，序以为"格致之书"，实未然矣。自"铅印本"改。

⑤《中国小说史略》"油印本"之"清之侠义小说与公案　小说史大略十五"无此句。自"铅印本"补。

⑥《中国小说史略》"油印本"之"清之侠义小说与公案　小说史大略十五"无此句。自"铅印本"补。

⑦《中国小说史略》"油印本"之"清之侠义小说与公案　小说史大略十五"作：而奉母避地京师，"铅印本"之"第二十五篇　清之侠义小说及公案"作：因奉母居京师。自"合订本"改。

⑧《中国小说史略》"油印本"之"清之侠义小说与公案　小说史大略十五"作：欲为父报仇。自"铅印本"改。

⑨《中国小说史略》"油印本"之"清之侠义小说与公案　小说史大略十五"作：有大功绩。自"铅印本"改。

⑩《中国小说史略》"油印本"之"清之侠义小说与公案　小说史大略十五"作：何玉凤急切不能得志。自"铅印本"改。

⑪《中国小说史略》"油印本"之"清之侠义小说与公案　小说史大略十五"作：往来市井中。自"铅印本"改。

⑫《中国小说史略》"油印本"之"清之侠义小说与公案　小说史大略十五"作：偶遇孝子安骥困厄，因拯救之。自"铅印本"改。

⑬《中国小说史略》"油印本"之"清之侠义小说与公案　小说史大略十五"作：玉凤虽未手刃，而父仇已报。自"铅印本"改。

⑭《中国小说史略》"油印本"之"清之侠义小说与公案　小说史大略十五"作：遂欲出家。自"铅印本"改。

⑮《中国小说史略》"油印本"之"清之侠义小说与公案　小说史大略十五"作：归安骥。自"铅印本"改。

⑯《中国小说史略》"油印本"之"清之侠义小说与公案　小说史大略十五"作：骥又有妻曰张金凤，与玉凤各生一子，故此书又名《金玉缘》。"铅印本"之"第二十五篇　清之侠义小说及公案"作：骥又有妻曰张金凤，与玉凤睦如姊妹，各生一子，故此书初名《金玉缘》。自"合订本"改。

⑰《中国小说史略》"油印本"之"清之侠义小说与公案　小说史大略十五"作：十三妹未详，或并无其人，出于著者造作，缘欲力反《水浒》，《红楼》，故描写性情，渐违写实，矫揉过甚，乃违故常。自"铅印本"改。

⑱《中国小说史略》"油印本"之"清之侠义小说与公案　小说史大略十五"作：如第四回记安何初遇于旅舍，安恐何入其室，呼人抬石杜门，人不能动，而何反为之运石入室一段。自"铅印本"改。

⑲《中国小说史略》"油印本"之"清之侠义小说与公案　小说史大略十五"作：此书四十回已完，然又有续集三十回，记安骥在官事，亦云有二续，今未见。自"铅印本"改。

⑳《中国小说史略》"油印本"之"清之侠义小说与公案　小说史大略十五"作：《七侠五义》者，"石玉昆述"，今本题"曲园居士重编"，有一百二十回，借因于明人所撰之《龙图公案》，以包拯贯全书。凡所断案，亦大抵采自他人，至于取及乾隆时事，书中所谓最大案"狸猫换子"亦与拯无干，其余细故，不根可想。曲园居士在卷首颇加辨正，可谓"既爱臆造之谈，又不忘考据之习"者矣。书于记包拯明察之外，又纬以五鼠卢方、韩彰、徐庆、蒋平、白玉堂为五义，南侠展昭，北侠欧阳春等七人为七侠。五鼠生于《龙图公案》之"五鼠闹东京"；七侠无所本，实皆无其人。此十二人者，大抵性情豪放，又擅技击，游戏人间，而无不佐助大吏。其后襄阳王赵珏谋反，匿盟书于冲霄楼，白玉堂往盗之，陷铜网阵中而死。宋仁宗时无藩镇之祸，此殆取明之宸濠事而影响附会之也。自"铅

印本"改。

㉑《致胡适》（1922年8月21日）：《七侠五义》的原本为《三侠五义》，在北京容易得，最初似乎是木聚珍板，一共四套廿四本。问起北京人来，只知道《三侠五义》，而南方人却只见有曲园老人的改本，此老实在可谓多此一举。

《致胡适》（1923年12月28日）：我以为可重印者尚有数书，一是《三侠五义》，须用原本，而以俞曲园所改首回作附。

㉒此处引文断句有误，当作："（计七八十本，）三千多篇"。

㉓《中国小说史略》"油印本"之"清之侠义小说与公案　小说史大略十五"作：

三书非出一手。《七侠五义》以经曲园居士润色，敷叙较为可观。后二者文颇率略，事迹亦往往相肖，似近于重复。今举数节，以见大概。

话说天子见那徐庆鲁莽非常，因问他如何穿山。徐庆道，"只因我……"蒋平在后面悄悄拉他，提拨道，"罪民罪民。"徐庆听了，才说道，"我罪民在陷空岛连钻十八孔，故此人人叫我罪民穿山鼠。"圣上道，"朕这万寿山，也有小窟，你可穿得过去么？"徐庆道，"只要通的，就钻的过去。"圣上又派了陈林，将徐庆领至万寿山下。徐庆脱去罪衣罪裙……到半山之间，见个山窟，把身一顺，就不见了，足有两盏茶时，不见出来。陈林着急道，"徐庆你往那里去了？"忽见徐庆站在南山尖之上，应道，"唔，俺在这里。"只一声，连圣上与群臣各听见了，卢方在一旁跪着，暗暗着急，恐圣上见怪。……陈林仍把他带上丹墀，跪在一旁。（《七侠五义》四十九回）

自"铅印本"改。

㉔《中国小说史略》原文误作：张广瑞。

㉕《中国小说史略》"铅印本"之"第二十五篇　清之侠义小说及公案"作：《彭公案》续至四集。自"合订本"改。

㉖《中国小说史略》"油印本"之"清之侠义小说与公案　小说史大略十五"作：审其文体，似亦犹宋人之说话，尝讲演此种故事，以悦群众，后乃笔之于书，或仿之为书，惟亦无明证。与《七侠五义》同类之书尚多。有《七剑十八

义》，有《英雄大八义》，有《圣朝鼎盛万年青》。大部者有《彭公案》四集，三百二十五回，领全书者，为康熙时四川驻防旗人彭定求。有《施公案》十集，五百二十四回，领全书者，为康熙时汉军旗人施纶。其结构皆类《七侠五义》，而事迹则大抵拾里巷传说而联缀之。造作时代未详。盖多在洪杨乱后，以其时乡曲莽夫，每能送一大吏，由行伍而得荣显，于是社会惊耸羡慕，甚乐道此辈事矣。自"铅印本"改。

㉗《中国小说史略》原文误作：张广瑞。

㉘《中国小说史略》"油印本"之"清之侠义小说与公案　小说史大略十五"作：此种小说兴起时，盖在清人全取中国之后，威力甚盛，歌颂者众，故社会间虽以旧来习惯，未能忘情于草野之英雄，然久服羁轭，习于顺从，至已不生反则之心。故凡侠义之士，又必以为大臣之隶族为荣宠。其所记健者性情，在民间每极粗豪，有《水浒》群雄余韵，而一见天子或僚吏，则媚兹一人，不胜其可怜之形，卑下之气，溢于纸上，此非詟服多年，以致乐为臣仆之时不辨也。自"铅印本"改。

《三闲集·流氓的变迁》：满洲入关，中国渐被压服了，连有"侠气"的人，也不敢再起盗心，不敢指斥奸臣，不敢直接为天子效力，于是跟一个好官员或钦差大臣，给他保镖，替他捕盗，一部《施公案》，也说得很分明，还有《彭公案》，《七侠五义》之流，至今没有穷尽。他们出身清白，连先前也并无坏处，虽在钦差之下，究居平民之上，对一方面固然必须听命，对别方面还是大可逞雄，安全之度增多了，奴性也跟着加足。

㉙《二心集·〈现代电影与有产阶级〉译者附记》：中国本来有"捧戏子"的脾气，加以唐宋以来，偷生的小市民就已崇拜替自己打不平的"剑侠"，于是《七侠五义》，《七剑十八侠》，《荒山怪侠》，《荒林女侠》……层出不穷；看了电影，就佩服洋《七侠五义》即《三剑客》之类。

第二十八篇　清末之谴责小说①

李宝嘉《官场现形记》。吴沃尧《二十年目睹之怪现状》及其他。刘鹗《老残游记》。曾朴《孽海花》。谴责之作堕落为谤书及黑幕小说。

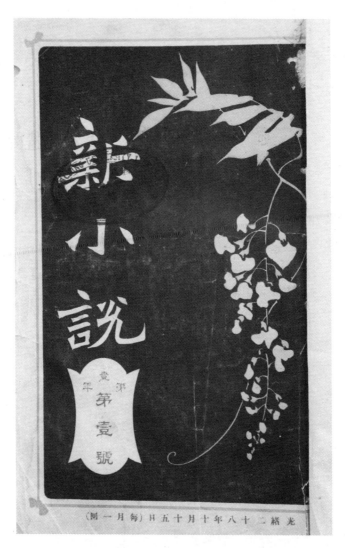

《新小说》创刊号封面（北京大学图书馆藏）

光绪庚子（一九〇〇）后，谴责小说之出特盛。盖嘉庆以来，虽屡平内乱（白莲教，太平天国，捻，回），亦屡挫于外敌（英，法，日本），细民暗昧，尚啜茗听平逆武功，有识者则已翻然思改革，凭敌忾之心，呼维新与爱国，而于"富强"尤致意焉。戊戌变政既不成，越二年即庚子岁而有义和团之变，群乃知政府不足与图治，顿有掊击之意矣。其在小说，则揭发伏藏，显其弊恶，而于时政，严加纠弹，或更扩充，并及风俗。虽命意在于匡世，似与讽刺小说同伦，而辞气浮露，笔无藏锋，甚且过甚其辞，以合时人嗜好，则其度量技术之相去亦远矣，故别谓之谴责小说。②其作者，则南亭亭长与我佛山人名最著③。④

南亭亭长为李宝嘉，字伯元，江苏武进人⑤，少擅制艺及诗赋，以第一名入学，累举不第，乃赴上海办《指南报》，旋辍，别办《游戏报》，为俳谐嘲骂之文，后以"铺底"售之商人，又别办《海上繁华报》，记注倡优起居，并载诗词小说，殊盛行。所著有《庚子国变弹词》若干卷，《海天鸿雪记》六本，《李莲英》一本，《繁华梦》《活地狱》各若干本。又有专意斥责时弊者曰《文明小史》，分刊于《绣像小说》中，尤有名。⑥时正庚子，政令倒行，海内失望，多欲索祸患之由，责其罪人以自快，宝嘉亦应商人之托，撰《官场现形记》，拟为十编，编十二回，自光绪二十七至二十九年中成三编，后二年又成二编，三十二年三月以瘵卒，

　　一直到了清末，外交失败，社会上的人们觉得自己的国势不振了，极想知其所以然，小说家也想寻出原因的所在；于是就有李宝嘉归罪于官场，用了南亭亭长的假名字，做了一部《官场现形记》。这部书在清末很盛行，但文章比《儒林外史》差得多了；而且作者对于官场的情形也并不很透彻，所以往往有失实的地方。嗣后又有广东南海人吴沃尧归罪于社会上旧道德的消灭，也用了我佛山人的假名字，做了一部《二十年目睹之怪现状》。这部书也很盛行，但他描写社会的黑暗面，常常张大其词，又不能穿入隐微，但照例的慷慨激昂，正和南亭亭长有同样的缺点。这两种书都用断片凑成，没有什么线索和主角，是同《儒林外史》差不多的，但艺术的手段，却差得远了；最容易看出来的就是《儒林外史》是讽刺，而那两种都近于谩骂。

　　讽刺小说是贵在旨微而语婉的，假如过甚其辞，就失了文艺上底价值，而它的末流都没有顾到这一点，所以讽刺小说从《儒林外史》而后，就可以谓之绝响。

　　——《中国小说的历史的变迁》第六讲《清小说之四派及其末流》

年四十（一八六七——一九〇六），书遂不完；亦无子，伶人孙菊仙为理其丧，酬《繁华报》之揄扬也。尝被荐应经济特科，不赴，时以为高；又工篆刻，有《芋香印谱》行于世（见周桂笙《新庵笔记》三，李祖杰致胡适书及顾颉刚《读书杂记》等）[7]。

《官场现形记》已成者六十回，为前半部，第三编印行时（一九〇三）有自序，略谓"亦尝见夫官矣，送迎之外无治绩，供张之外无材能，忍饥渴，冒寒暑，行香则天明而往，禀见则日昃而归，卒不知其何所为而来，亦卒不知其何所为而去。"岁或有凶灾，行振恤，又"皆得援救助之例，邀奖励之恩，而所谓官者，乃日出而未有穷期"。及朝廷议汰除，则"上下蒙蔽，一如故旧，尤其甚者，假手宵小，授意私人，因苟且而通融，缘贿赂而解释：是欲除弊而转滋之弊也"。于是群官搜括，小民困穷，民不敢言，官乃愈肆，"南亭亭长有东方之谐谑，与淳于之滑稽，又熟知夫官之龌龊卑鄙之要凡，昏聩糊涂之大旨"，爰"以含蓄蕴酿存其忠厚，以酣畅淋漓阐其隐微，……穷年累月，殚精竭诚，成书一帙，名曰《官场现形记》。……凡神禹所不能铸之于鼎，温峤所不能烛之以犀者，无不毕备也"。故凡所叙述，皆迎合、钻营、朦混、罗掘、倾轧等故事，兼及士人之热心于作吏，及官吏闺中之隐情。头绪既繁，脚色复夥，其记事遂率与一人俱起，亦即与其人俱讫，若断若续，与《儒林外史》略同。然臆说颇多，难云实录，无自序所谓"含蓄蕴酿"之实，殊不足望文木老人后尘。况所搜罗，又仅"话柄"，联缀此等，以成类书；官场伎俩，本小异大同，汇为长编，即千篇一律。特缘时势要求，得此为快，故《官场现形记》乃骤享大名；而袭用"现形"名目，描写他事，如商界学界女界者亦接踵也。今录南亭亭长之作八百余言为例，并以概余子：

　　……却说贾大少爷……看看已到了引见之期，头天赴部演礼，一切照例仪注，不庸细述。这天贾大少爷起了一个半夜，坐车进城

李伯元像

〔清〕李伯元《官场现形记》封面（1948年广益书局刊本）

……一直等到八点钟，才有带领引见的司官老爷把他带了进去，不知走到一个甚么殿上，司官把袖一摔，他们一班几个人在台阶上一溜跪下，离着上头约摸有二丈远，晓得坐在上头的就是"当今"了。……他是道班，又是明保的人员，当天就有旨，叫他第二天预备召见。……贾大少爷虽是世家子弟，然而今番乃是第一遭见皇上，虽然请教过多少人，究竟放心不下。当时引见了下来，先看见华中堂。华中堂是收过他一万银子古董的，见了面问长问短，甚是关切。后来贾大少爷请教他道，"明日朝见，门生的父亲是现任臬司，门生见了上头，要碰头不要碰头？"华中堂没有听见上文，只听得"碰头"二字，连连回答道，"多碰头，少说话：是做官的秘诀。"贾大少爷忙分辨道，"门生说的是上头问着门生的父亲，自然要碰头；倘不问，也要碰头不要碰头？"华中堂道，"上头不问你，你千万不要多说话；应该碰头的地方，又万万不要忘记不碰，就是不该碰，你多磕头，总没有处分的。"一席话说得贾大少爷格外糊涂，意思还要问，中堂已起身送客了。贾大少爷只好出来，心想华中堂事情忙，不便烦他，不如去找黄大军机……或者肯赐教一二。谁知见了面，贾大少爷把话才说完，黄大人先问"你见过中堂没有？他怎么说的？"贾大少爷照述一遍，黄大人道，"华中堂阅历深，他叫你多碰头少说话，老成人之见，这是一点儿不错的。"……贾大少爷无法，只得又去找徐大军机。这位徐大人，上了年纪，两耳重听，就是有时候听得两句，也装作不知。他平生最讲究养心之学，有两个诀窍：一个是"不动心"，一个是"不操心"。……后来他这个诀窍被同寅中都看穿了，大家就送他一个外号，叫他做"琉璃蛋"。……这日贾大少爷……去求教他，见面之后，寒暄了几句，便题到此事。徐大人道，"本来多碰头是顶好的事。就是不碰头，也使得。你还是应得碰头的时候，你碰头；不必碰的时候，还是不必碰的为妙。"贾大少

〔清〕吴趼人《新石头记》书影（1927年亚华书局刊本）

爷又把华黄二位的话述了一遍，徐大人道，"他两位说的话都不错。你便照他二位的话，看事行事，最妥。"说了半天，仍旧说不出一毫道理，只得又退了下来。后来一直找到一位小军机，也是他老人家的好友，才把仪注说清。第二天召见上去，居然没有出岔子。……（第二十六回）⑧

我佛山人为吴沃尧，字茧人，后改趼人，广东南海人也，居佛山镇，故自称"我佛山人"。年二十余至上海，常为日报撰文，皆小品；光绪二十八年⑨新会梁启超印行《新小说》于日本之横滨，月一册，次年（一九〇三），沃尧乃始学为长篇，即以寄之，先后凡数种，曰《电术奇谈》，曰《九命奇冤》，曰《二十年目睹之怪现状》，名于是日盛，而末一种尤为世间所称。后客山东，游日本，皆不得意，终复居上海；三十二年⑩，为《月月小说》主笔，撰《劫余灰》，《发财秘诀》，《上海游骖录》；又为《指南报》作《新石头记》。又一年，则主持广志小学校，甚尽力于学务，所作遂不多。宣统纪元，始成《近十年之怪现状》二十回，二年九月遽卒，年四十五（一八六六—一九一〇）⑪。别有《恨海》，《胡宝玉》二种，先皆单行；又尝应商人之托，以三百金为撰《还我灵魂记》颂其药，一时颇被訾议，而文亦不传（见《新庵笔记》三，《近十年之怪现状》自序，《我佛山人笔记》汪维甫序）。短文非所长，后因名重，亦有人缀集为《趼廛笔记》，《趼人十三种》，《我佛山人笔记四种》，《我佛山人滑稽谈》，《我佛山人札记小说》等。

《二十年目睹之怪现状》本连载于《新小说》中，后亦与《新小说》俱辍，光绪三十三年乃有单行本甲至丁四卷，宣统元年又出戊至辛四卷，共一百八回。全书以自号"九死一生"者为线索，历记二十年中所遇，所见，所闻天地间惊听之事，缀为一书，始自童年，末无结束，杂集"话柄"，与《官场现形记》同。而作者经历较多，故所叙之族类亦较夥，

吴趼人像

〔清〕吴趼人《二十年目睹怪现状》封面（1948年广益书局刊本）

官师士商，皆著于录，搜罗当时传说而外，亦贩旧作（如《钟馗捉鬼传》之类），以为新闻。⑫自云"只因我出来应世的二十年中，回头想来，所遇见的只有三种东西：第一种是蛇虫鼠蚁；第二种是豺狼虎豹；第三种是魑魅魍魉。"（第一回）则通本所述，不离此类人物之言行可知也。相传吴沃尧性强毅，不欲下于人，遂坎坷没世，故其言殊慨然。惜描写失之张皇，时或伤于溢恶，言违真实，则感人之力顿微，终不过连篇"话柄"，仅足供闲散者谈笑之资而已。⑬其叙北京同寓人符弥轩之虐待其祖云：

　　……到了晚上，各人都已安歇，我在枕上隐隐听得一阵喧嚷的声音出在东院里。……嚷了一阵，又静了一阵，静了一阵，又嚷一阵，虽是听不出所说的话来，却只觉得耳根不清净，睡不安稳。……直等到自鸣钟报了三点之后，方才朦胧睡去；等到一觉醒来，已是九点多钟了。连忙起来，穿好衣服，走出客堂，只见吴亮臣李在兹和两个学徒，一个厨子，两个打杂，围在一起窃窃私议。我忙问是甚么事。……亮臣正要开言，在兹道，"叫王三说罢，省了我们费嘴。"打杂王三便道，"是东院符老爷家的事。昨天晚上半夜里我起来解手，听见东院里有人吵嘴……就摸到后院里……往里面偷看：原来符老爷和符太太对坐在上面，那一个到我们家里讨饭的老头儿坐在下面，两口子正骂那老头子呢。那老头子低着头哭，只不做声。符太太骂得最出奇，说道，'一个人活到五六十岁，就应该死的了，从来没见过八十多岁人还活着的。'符老爷道，'活着倒也罢了。无论是粥是饭，有得吃吃点，安分守己也罢了；今天嫌粥了，明天嫌饭了，你可知道要吃的好，喝的好，穿的好，是要自己本事挣来的呢。'那老头子道，'可怜我并不求好吃好喝，只求一点儿咸菜罢了。'符老爷听了，便直跳起来，说道，'今日要咸菜，明日便要咸

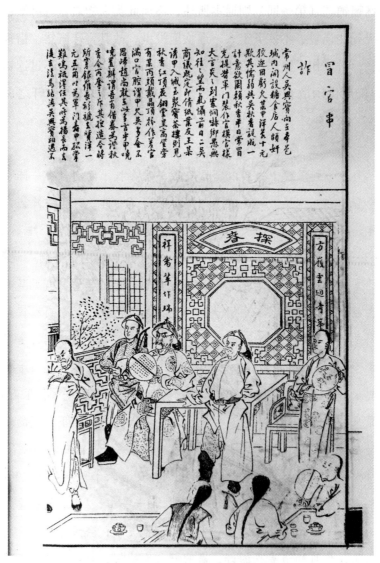

《点石斋画报》（1998年上海文艺出版社影印本）

肉，后日便要鸡鹅鱼鸭，再过些时，便燕窝鱼翅都要起来了。我是个没补缺的穷官儿，供应不起！'说到那里，拍桌子打板凳的大骂。……骂够了一回，老妈子开上酒菜来，摆在当中一张独脚圆桌上。符老爷两口子对坐着喝酒，却是有说有笑的。那老头子坐在底下，只管抽抽咽咽的哭。符老爷喝两杯，骂两句；符太太只管拿骨头来逗叭儿狗顽。那老头子哭丧着脸，不知说了一句甚么话，符老爷登时大发雷霆起来，把那独脚桌子一掀，匉訇一声，桌上的东西翻了个满地，大声喝道，'你便吃去！'那老头子也太不要脸，认真就爬在地下拾来吃。符老爷忽的站了起来，提起坐的凳子，对准了那老头子摔去。幸亏站着的老妈子抢着过来接了一接，虽然接不住，却挡去势子不少。那凳子虽然还摔在那老头子的头上，却只摔破了一点头皮。倘不是那一挡，只怕脑子也磕出来了。"我听了这一番话，不觉吓了一身大汗，默默自己打主意。到了吃饭时，我便叫李在兹赶紧去找房子，我们要搬家了。……（第七十四回）

吴沃尧之所撰著，惟《恨海》，《劫余灰》，及演述译本之《电术奇谈》等三种，自云是写情小说，其他悉此类，而谴责之度稍不同。至于本旨，则缘借笔墨为生，故如周桂笙（《新庵笔记》三⑭）言，亦"因人，因地，因时，各有变态"，但其大要，则在"主张恢复旧道德"（见《新庵译屑》⑮评语）云。

又有《老残游记》⑯二十章，题"洪都百炼生"著，实刘鹗之作也，有光绪丙午（一九〇六）之秋于海上所作序；或云本未完，末数回乃其子续作之。鹗字铁云，江苏丹徒人，少精算学，能读书，而放旷不守绳墨，后忽自悔，闭户岁余，乃行医于上海，旋又弃而学贾，尽丧其资。光绪十四年河决郑州，鹗以同知投效于吴大澂，治河有功，声誉大起，渐至以知府用。在北京二年，上书请敷铁道；又主张开山西矿，既成，

刘鹗像

〔清〕刘鹗《铁云藏龟》书影（清光绪二十九年抱残守缺斋刻本）

世俗交谪，称为"汉奸"。庚子之乱，鹗以贱值购太仓储粟于欧人，或云实以振饥困者，全活甚众；后数年，政府即以私售仓粟罪之，流新疆死（约一八五〇——一九一〇，详见罗振玉《五十日梦痕录》）。其书即借铁英号老残者之游行，而历记其言论闻见，叙景状物，时有可观，作者信仰，并见于内，而攻击官吏之处亦多。⑰其记刚弼误认魏氏父女为谋毙一家十三命重犯，魏氏仆行贿求免，而刚弼即以此证实之，则摘发所谓清官者之可恨，或尤甚于赃官，言人所未尝言，虽作者亦甚自憙，以为"赃官可恨，人人知之，清官尤可恨，人多不知。盖赃官自知有病，不敢公然为非；清官则自以为不要钱，何所不可？刚愎自用，小则杀人，大则误国，吾人亲目所见，不知凡几矣。试观徐桐李秉衡，其显然者也。……历来小说，皆揭赃官之恶。有揭清官之恶者，自《老残游记》始"也。

　　……那衙役们早将魏家父女带到，却都是死了一半的样子。两人跪到堂上，刚弼便从怀里摸出那个一千两银票并那五千五百两凭据……叫差役送与他父女们看，他父女回说"不懂，这是甚么缘故？"……刚弼哈哈大笑道，"你不知道，等我来告诉你，你就知道了。昨儿有个胡举人来拜我，先送一千两银子，道，你们这案，叫我设法儿开脱；又说，如果开脱，银子再要多些也肯。……我再详细告诉你，倘若人命不是你谋害的，你家为甚么肯拿几千两银子出来打点呢？这是第一据。……倘人不是你害的，我告诉他，'照五百两一条命计算，也应该六千五百两。'你那管事的就应该说，'人命实不是我家害的，如蒙委员代为昭雪，七千八千俱可，六千五百两的数目却不敢答应。'怎么他毫无疑义，就照五百两一条命算帐呢？这是第二据。我劝你们，早迟总得招认，免得饶上许多刑具的苦楚。"那父女两个连连叩头说，"青天大老爷。实在是冤枉。"刚弼把桌子一拍，大怒道，"我这样开导，你们还是不招？再替我夹拶起

〔清〕刘鹗《老残游记》插图（1949年广益书局刊本）

来!"底下差役炸雷似的答应了一声"嘎!"……正要动刑。刚弼又道,"慢着。行刑的差役上来,我对你说。……你们伎俩,我全知道。你们看那案子是不要紧的呢,你们得了钱,用刑就轻;让犯人不甚吃苦。你们看那案情重大,是翻不过来的了,你们得了钱,就猛一紧,把犯人当堂治死,成全他个整尸首,本官又有个严刑毙命的处分。我是全晓得的。今日替我先拶贾魏氏,只不许拶得他发昏,但看神色不好就松刑,等他回过气来再拶。预备十天工夫,无论你甚么好汉,也不怕你不招!"……(第十六章)

《孽海花》以光绪三十三年载于《小说林》,称"历史小说",署"爱自由者发起,东亚病夫编述"。相传实常熟举人曾朴字孟朴者所为。第一回犹楔子,有六十回全目,自金沟抢元起,即用为线索,杂叙清季三十年间遗闻逸事;后似欲以预想之革命收场,而忽中止,旋合辑为书十卷,仅二十回。金沟谓吴县洪钧,尝典试江西,丁忧归,过上海,纳名妓傅彩云为妾,后使英,携以俱去,称夫人,颇多话柄。此洪殁于北京,傅复赴上海为妓,称曹梦兰,又至天津,称赛金花,庚子之乱,为联军统帅所暱,势甚张。书于洪傅特多恶谑,并写当时达官名士模样,亦极淋漓,而时复张大其词,如凡谴责小说通病;惟结构工巧,文采斐然,则其所长也。书中人物,几无不有所影射;使撰人诚如所传,则改称李纯客者实其师李慈铭字莼客⑱(见曾之撰《越缦堂骈体文集序》),亲炙者久,描写当能近实,而形容时复过度,亦失自然,盖尚增饰而贱白描,当日之作风固如此矣。⑲即引为例:

……却说小燕便服轻车,叫车夫径到城南保安寺街而来。那时秋高气爽,尘软蹄轻,不一会,已到了门口。把车停在门前两棵大榆树阴下。家人方要通报,小燕摇手说"不必",自己轻跳下车。正

曾朴

子影人黑個一出现的欵

178

〔清〕曾朴《孽海花》插图（1928年真美善书店刊本）

跨进门，瞥见门上新贴一副淡红朱砂笺的门对，写得英秀瘦削，历落倾斜的两行字，道：

保安寺街藏书十万卷

户部员外补阙一千年

小燕一笑。进门一个影壁；绕影壁而东，朝北三间倒厅；沿倒厅廊下一直进去，一个秋叶式的洞门；洞门里面，方方一个小院落。庭前一架紫藤，绿叶森森，满院种着木芙蓉，红艳娇酣，正是开花时候。三间静室，垂着湘帘，悄无人声。那当儿恰好一阵微风，小燕觉得在帘缝里透出一股药烟，清香沁鼻。掀帘进去，却见一个椎结小童，正拿着把破蒲扇，在中堂东壁边煮药哩。见小燕进来，正要起立。只听房里高吟道，"淡墨罗巾灯畔字，小风铃佩梦中人。"小燕一脚跨进去，笑道，"'梦中人'是谁呢？"一面说，一面看，只见纯客穿着件半旧熟罗半截衫，踏着草鞋，本来好好儿，一手捋着短须，坐在一张旧竹榻上看书。看见小燕进来，连忙和身倒下，伏在一部破书上发喘，颤声道，"呀，怎么小翁来，老夫病体竟不能起迓，怎好怎好？"小燕道，"纯老清恙，几时起的？怎么兄弟连影儿也不知？"纯客道，"就是诸公定议替老夫做寿那天起的。可见老夫福薄，不克当诸公盛意。云卧园一集，只怕今天去不成了。"小燕道，"风寒小疾，服药后当可小痊。还望先生速驾，以慰诸君渴望。"小燕说话时，却把眼偷瞧，只见榻上枕边拖出一幅长笺，满纸都是些抬头。那抬头却奇怪，不是"阁下""台端"，也非"长者""左右"，一迭连三，全是"妄人"两字。小燕觉得诧异，想要留心看他一两行，忽听秋叶门外有两个人，一路谈话，一路蹑手蹑脚的进来。那时纯客正要开口，只听竹帘子拍的一声。正是：十丈红尘埋侠骨，一帘秋色养诗魂。不知来者何人，且听下回分解。（第十九回）

《孽海花》亦有他人续书（《碧血幕》，《续孽海花》），皆不称。

此外以抉摘社会弊恶自命，撰作此类小说者尚多，顾什九学步前数书，而甚不逮，徒作谯呵之文，转无感人之力，旋生旋灭，亦多不完。其下者乃至丑诋私敌，等于谤书；又或有嫚骂之志而无抒写之才，则遂堕落而为"黑幕小说"⑳。㉑

注释：

①《中国小说史略》"油印本"作："清之谴责小说　小说史大略十七"。"铅印本"作："第二十六篇　清末之谴责小说"，自"初版本"作"第二十八篇　清末之谴责小说"。

②《中国小说史略》"油印本"之"清之谴责小说　小说史大略十七"作：

文人于当时政治状态或社会现象有不满，摹绘以文章，且专著其缺失，则所成就者，常含有攻击政俗之精神，今名之曰"谴责小说"。此类著作，早有成书，如《儒林外史》作于乾隆初，而中间忽无嗣响。《绿野仙踪》，《镜花缘》虽于人事间有讥弹，然不过偶尔牵连，主旨固不在此。逮光绪末，积弱呈露，人心渐不平，抉剔弊窦之风顿起，于是谴责小说亦忽而日盛矣。

然中国之谴责小说有通病，即作者虽亦时人之一，而本身决不在谴责之中。倘置身局内，则大抵为善士，犹他书中之英雄；若在书外，则当然为旁观者，更与所叙弊恶不相涉，于是"嘻笑怒骂"之情多，而共同忏悔之心少，文意不真挚，感人之力亦遂微矣。

自"铅印本"改。

③《中国小说史略》"初版本"作：则南亭亭长与我佛山人尤有名。自"合订本"改。

④《中国小说史略》"油印本"之"清之谴责小说　小说史大略十七"作：当是时，此类小说之出甚盛，读者意见，几以为惟如此作家，始超出于流辈，故弄笔者，尤乐为之。尤著者为南亭亭长（李伯元）之《官场现形记》，初载之于上海之《繁华报》，及我佛山人（吴沃尧）之《二十年目睹之怪现状》，初载于横

滨之《新小说》，然皆中辍，后以声誉甚盛，乃又渐渐续作成书，故皆篇帙甚多，而内容颇有芜累也。自"铅印本"改。

《坟·论照相之类》：更就用了"引车卖浆者流"的文字来做文章的诸君而言，南亭亭长我佛山人往矣，且从略。

《集外集拾遗补编·〈某报剪注〉按语》：我到上海后，所惊异的事情之一是新闻记事的章回小说化。无论怎样惨事，都要说得有趣——海式的有趣。只要是失势或遭殃的，便总要受奚落——赏玩的奚落。天南遁叟式的迂腐的"之乎者也"之外，又加了吴趼人李伯元式的冷眼旁观调，而又加了些新添的东西。

⑤《中国小说史略》"初版本"作：江苏上元人。自"合订本"改。

⑥《中国小说史略》"初版本"作：有长篇小说曰《文明小史》，斥责时弊，分刊于《绣像小说》中，亦有名。自"合订本"改。

⑦《中国小说史略》"初版本"作：（见周桂笙《新庵笔记》三及李祖杰致胡适书）。自"合订本"改。

⑧《中国小说史略》"油印本"之"清之谴责小说　小说史大略十七"作：

《官场现形记》者，据其自序似颇不以"捐班"为然，然内容则兼及迎合钻营，又刺士人之热心于服官，与官吏闺中隐事。世多以为据实直书，然其实颇有风影之谈，夸大之事，不为实录，仅足图快意，供谈笑而已。作者本意，虽云深恶官场，惜观察至为浅薄，较之《老残游记》相去尚远，盖第有谴责之心，初无痛切之感，故言多肤泛，与慨然有作者殊科矣。其较为平易近情者如下：

目下单说吴赞善。他早把赵温的家私问在肚里，便知道他是朝邑县一个大大的土财主，又是暴发户，早已打算他若来时，这一分贽见，至少亦有二三百两。等到家人拿进手本，这时候，他正是一梦初醒，卧床未起，听见赵温两字，便叫请到书房坐，泡盖碗茶。老人家答应着。幸亏太太仔细，便问："贽见拿进来没有？"说话间，老家人已把手本连二两头银子，一同交给丫环拿进来。太太接到手里，掂了一掂，嘴里说了一声"只好有二两"。吴赞善不听则已，听了之时，一骨碌忙从床上跳下，大衣也不及穿，抢过来打开一看，果然只有二两银子，心内好像失落掉一件东西似的，面色登时改变起来，歇了一会，忽然笑道，"不要是他们的门包也拿了进来？那姓赵的很有钱，断不至于只送这一点点。"老人家道，"家人们另外是四吊钱，姓赵的说的明明白白，只有二两银子是贽见。"吴赞善听到这里，便气的不可开交了，嘴里一片声嚷道，"退还给他，我不等他这二两银子买米下锅。回头他，叫他不要来见我！"说着，赌气仍旧爬上床去睡了。老家人无奈，只得出来回复赵温，替主人说到，"乏，今天不见客。"说完了这句，就把手本向桌上一撩，却把那二两头拱了去了。（第二回）

自"铅印本"改。

⑨《中国小说史略》原文误作：二十九年。

⑩《中国小说史略》原文误作：三十三年。

⑪《中国小说史略》原文误作：年四十四（一八六七——一九一〇）。

⑫《中国小说史略》"油印本"之"清之谴责小说 小说史大略十七"作：《二十年目睹之怪现状》所叙之范围较大，作者之经历亦较深，故文意亦视《官场现形记》为繁变，惜其叙述过于巧合，亦多附会而已。其书始于童年杂事，而至末无结束，仅就见闻遭遇，缀以成篇。自"铅印本"改。

⑬《中国小说史略》"油印本"之"清之谴责小说 小说史大略十七"作：则全书一百八回之主旨，在专刺此类人物可知也。惟以事多异常，故谴责之力每顿减。自"铅印本"改。

⑭《中国小说史略》原文误作：《新庵笔记》五。

⑮《中国小说史略》原文误作：《新庵译丛》。

⑯《致增田涉》（1932年5月22日）：

《老残游记》一本

　　从第四回到第五回，似乎被认为是幽默的，但在中国却是实事。

⑰《中国小说史略》"油印本"之"清之谴责小说 小说史大略十七"作：《老残游记》二十章，题"洪都百炼生著"，实丹徒刘铁云作也。铁云名鹗，精算术，究治河，后以主张开山西矿，世称之为汉奸。联军入京，铁云以贱值购仓粟赈饥民，事平以为盗买，流新疆死。其书借铁英即号老残者之游行，而历记其闻

见言论，笔墨虽远逊《儒林外史》，且多叙作者之信仰，而攻击官吏之处亦多。自"铅印本"改。

⑱《中国小说史略》"初版本""合订本"作：则改称李纯客者实其师。自"订正本"改。

⑲《中国小说史略》"油印本"之"清之狭邪小说　小说史大略十六"作：《孽海花》一卷未完，作者自称"东亚病夫"，未知实何人。《孽海花》者，谓北京名妓赛金花也。赛金花本名傅彩云，侍郎洪钧使英国，挈之去，号为夫人，生一女。后钧死，乃复至上海为妓，又转之天津，仍曰赛金花，名甚噪。《孽海花》专叙洪傅佚事，而清末琐闻亦错出其中，且写当时名士习气，颇极刻露，盖已甚有掊击社会之意矣。自"铅印本"移入"第二十六篇　清末之谴责小说"，并修改扩充。

⑳《热风·六十四　有无相通》：南方人也可怜北方人太简单了，便送上许多文章：什么"……梦""……魂""……痕""……影""……泪"，什么"外史""趣史""秽史""秘史"，什么"黑幕""现形"。

㉑《中国小说史略》"油印本"之"清之谴责小说　小说史大略十七"作：此外以抉剔社会弊恶为目的而作者尚多，大抵摹仿先出之作，且无以胜于后二书，亦有蔑人而自夸者，气韵尤卑下。又或虽有呵斥之志，而无抒写之才，则遂堕落而为黑幕小说。自"铅印本"改。

后 记①

右中国小说史略二十八篇其第一至第十五篇以去年十月中印讫已而于朱彝尊明诗综卷八十知雁宕山樵陈忱字遐心胡适为后水浒传序考得其事尤众于谢无量平民文学之两大文豪第一编知说唐传旧本题庐陵罗本撰粉妆楼相传亦罗贯中作惜得见在后不及增修其第十六篇以下草稿则久置案头时有更定然识力俭隘观览又不周洽不特于明清小说阙略尚多即近时作者如魏子安韩子云辈之名亦缘他事相牵未遑博访况小说初刻多有序跋可借知成书年代及其撰人而旧本希觏仅获新书贾人草率于本文之外大率刊落用以编录亦复依据寡薄时虑讹谬惟更历岁月或能小小妥帖耳而时会交迫当复印行乃任其不备辄付排印顾畴昔所怀将以助听者之聆察释写生之烦劳之志愿则于是乎毕矣②一千九百二十四年三月三日校竟记

　　本文原无标点，试加标点如下。

　　右《中国小说史略》二十八篇，其第一至第十五篇以去年十月中印讫。已而于朱彝尊《明诗综》卷八十知雁宕山樵陈忱字遐心，胡适为《后水浒传序》考得其事尤众；于谢无量《平民文学之两大文豪》第一编知《说唐传》旧本题庐陵罗本撰，《粉妆楼》相传亦罗贯中作，惜得见在后，不及增修。其第十六篇以下草稿，则久置案头，时有更定，然识力俭隘，观览又不周洽，不特于明清小说阙略尚多，即近时作者如魏子安、

641

　　我讲的《中国小说的历史的变迁》在今天此刻就算终结了。在此两星期中，匆匆地只讲了一个大概，挂一漏万，固然在所不免，加以我的知识如此之少，讲话如此之拙，而天气又如此之热，而诸位有许多还始终来听完我的讲，这是我所非常之抱歉而且感谢的。

　　　　　　　　　　——《中国小说的历史的变迁》后记

韩子云辈之名，亦缘他事相牵，未遑博访。况小说初刻，多有序跋，可借知成书年代及其撰人，而旧本希觏，仅获新书，贾人草率，于本文之外，大率刊落；用以编录，亦复依据寡薄，时虑讹谬，惟更历岁月，或能小小妥帖耳。而时会交迫，当复印行，乃任其不备，辄付排印。顾畴昔所怀将以助听者之聆察、释写生之烦劳之志愿，则于是乎毕矣。一千九百二十四年三月三日校竟记。

注释：

①《后记》自"初版本"增，此后各版本与"初版本"同。

②《集外集拾遗补编·关于小说目录两件》：

去年夏，日本辛岛骁君从东京来，访我于北京寓斋，示以涉及中国小说之目录两种：一为《内阁文库书目》，录内阁现存书；一为《舶载书目》数则，彼国进口之书帐也，云始元禄十二年（一六九九）或其前年而迄于宝历四年（一七五四），现存三十本。时我方将走厦门避仇，卒卒鲜暇，乃托景宋君钞其前者之传奇演义类，置之行箧。不久复遭排摈，自闽走粤，汔无小休，况乃披览。而今复将北迁，整装睹之，蠹食已多，怅然兴叹。窃念录中之刊印时代及作者名字，此土新本，概已删落，则此虽止简目，当亦为留心小说史者所乐闻也，因借《语丝》，以传同好。惜辛岛君远隔海天，未及征其同意，遂成专擅，因以为歉耳。别有清钱曾所藏小说目二段，昔从《也是园书目》钞出，以其可知清初收藏家所珍庋者是何等书，并缀于末。一九二七年七月三十日之夜，鲁迅于广州东堤寓楼记。

甲　内阁文库图书第二部汉书目录

子　第十类，小说。

　　一　杂事（未钞）

　　二　传奇演义，杂记

《历代神仙通鉴》（二十二卷，目一卷。明阳宜史撰。清版。二十四本。）

《盘古唐虞传》（明钟惺。清版。二本。）

《有夏志传》（明钟惺编。清版。四本。）

《有夏志传》（同上。清版。八本。）

《列国志传》（明陈继儒校。明版。一二本。）

《英雄谱》（一名《三国水浒全传》。二十卷，目一卷，图像一卷。明熊飞编。明版。一二本。）

《水浒全书》（百二十回。明李贽评。明版。三二本。）

《忠义水浒传》（百回。明李贽批评。明版。二十本。）

《水浒传》（七十回；二十卷。王望如评论。清版。二十本。）

《水浒传》（七十回；七十五卷，首一卷。清金圣叹批注。雍正十二年刊。二四本。）

《水浒传》（同上。伊达邦成等校。明治十六年刊。一二本。）

《水浒后传》（四十回；十卷，首一卷。清蔡昪评定。清版。五本。）

《水浒后传》（同上。清版。十本。）

《水浒志传评林》（二十五卷。第一至七卷缺。明版。六本。）

《南北两宋志传》（二十卷。明陈继儒。明版。十本。）

《绣像金枪全传》（五十回，十卷。第四十六回以下缺。清废闲主人校。道光三年刊。八本。）

《皇明英武传》（八卷。万历十九年刊。四本。）

《皇明英烈传》（明版。六本。）

《皇明中兴圣烈传》（五卷。明乐舜日。明版。二本。）

《全像二十四尊罗汉传》（六卷。明朱星祚编。万历三十二年刊。二本。）

《平妖传》（四十回。宋罗贯中。明龙子犹补。明版。八本。）

《平妖传》（四十回。明张无咎校。明版。六本。）

《平虏传》（吟啸主人。明版。二本。）

《承运传》（四卷。明版。二本。）

《八仙传》（明吴元泰。明版。二本。）

《金云翘传》（二十回，四卷。青心才人。清版。二本。）

《钟馗全传》（四卷。安正堂补正。明版。一本。）

《飞龙全传》（六十回。清吴璿删订。嘉庆二年刊。一六本。）

《绣像飞跎全传》（三十二回，四卷。嘉庆二十二年刊。二本。）

《再生缘全传》（二十卷。清香叶阁主人校。道光二年刊。三二本。）

《金石缘全传》（二十四回。清版。六本。）

《玉茗堂传奇》（四种，八卷。明汤显祖。明版。八本。）

《玉茗堂传奇》（同上。明沈际飞点次。明版。八本。）

《五种传奇再团圆》（五卷。步月主人。清版。二本。）

《两汉演义传》（十八卷，首一卷。明袁宏道评。明版。一六本。）

《三国志演义》（十二卷。宋罗贯中。万历十九年刊。一二本。）

《三国志演义》（二十卷。万历三十三年刊。八本。）

《三国志演义》（二十卷。明杨春元校。万历三十八年刊。五本。）

《后七国乐田演义》（二十回。烟水散人。乾隆四十五年刊。二本。）

《唐书演义》（八卷。明熊钟谷。嘉靖三十二年刊。四本。）

《唐书演义》（明徐渭批评。明版。八本。）

《残唐五代史演义传》（六十回，二卷。宋罗本。明汤显祖批评。清版。四本。）

《反唐演义全传》（姑苏如莲居士编。清版。十本。）

《两宋志传通俗演义》（二十卷。明陈尺蠖斋评释。明版。十本。）

《封神演义》（百回，二十卷。明许仲琳编。明版。二十本。）

《人物演义》（四十卷，首一卷。明版。一六本。）

《孙庞斗志演义》（二十卷。吴门啸客。明版。四本。）

《孙庞斗志演义》（同上。明版。三本。）

《孙庞演义》（四卷。澹园主人编。清版。二本。）

《武穆演义》（八卷。明熊大本编。《后集》三卷，明李春芳编。嘉靖三十一年刊。十本。）

《宋武穆王演义》（十卷。明熊大本编。明版。五本。）

《岳王传演义》（明金应鳌编。明版。八本。）

《全相平话》（十五卷。元版。五本。）

《新编宣和遗事》（二集二卷。清版。二本。）

《圣叹外书三国志》（六十卷，首一卷。第三十八至四十二卷缺。清毛宗岗评。乾隆十七年刊。二二本。）

《东周列国志》（二十三卷，首一卷。清蔡奡评。清版。二四本。）

《新列国志》（百八回。墨憨斋。明版。一二本。）

《禅真逸史》（四十回。明清心道人编。清版。一二本。）

《禅真逸史》（同上。清版。四本。）

《艳史》（四十四回；首一卷。明齐东野人编。明版。九本。）

《女仙外史》（百回。清吕熊。清版。二十本。）

《蟫史》（二十卷，绣像二卷。磊砢山房主人。清版。一二本。）

《西洋记》（百回，二十卷。明罗懋登。清版。二十本。）

《西游记》（百回。明李贽批评。明版。十本。）

《全像西游记》（百回。华阳洞天主人校。明版。十本。）

《西游真诠》（百回。明李贽等评。清版。十本。）

《绣像西游真诠》（百回。清陈士斌评；金人瑞加评。清版。二四本。）

《绣像西游真诠》（同上。清版。二十本。）

《绣像西游真诠》（同上。清版。十本。）

《西游证道书》（百回。明汪象旭等笺评。明版。二十本。）

《后西游记》（四十回。清天花才子评点。乾隆四十八年刊。十本。）

《丹忠录》（四十回。明孤愤生。热肠人偶评。明版。四本。）

《醋葫芦》（二十回，四卷。伏雌教主编。心月主人等评。明版。四本。）

《全像金瓶梅》（百回，二十卷。明版。二一本。）

《金瓶梅》（百回。清张竹坡批评。清版。二四本。）

《金瓶梅》（同上。清版。二十本。）

《国色天香》（十卷。明谢友可。万历二十五年刊。十本。）

《玉娇梨》（二十卷。荑荻散人编。明版。四本。）

《新编剿闯通俗小说》（十回。明版。二本。）

《新编剿闯通俗小说》（同上。西吴懒道人。日本写本。二本。）

《古今小说》（四十卷。绿天馆主人评次。明版。五本。）

《红楼梦》（百二十回。清程伟元编。清版。二四本。）

《红楼梦图咏》（清改琦。明治十五年刊。四本。）

《龙图公案》（听玉斋评点。明版。五本。）

《绣像龙图公案》（十卷。明李贽评。嘉靖七年刊。六本。）

《拍案惊奇》（三十九卷。《宋公明闹元宵杂剧》一卷。明版。八本。）

《袖珍拍案惊奇》（十八卷。清版。八本。）

《海外奇谭》（《忠臣库》十回。清鸿蒙陈人译。文化十二年刊。三本。）

《海外奇谭》（同上。日本版。三本。）

《飞花咏》（一名《玉双鱼》。十六回。明版。四本。）

《韩湘子》（三十回。雉衡山人编。明版。六本。）

《警寤钟》（十六回，四卷。嗤嗤道人。清版。二本。）

《五凤吟》（二十回。嗤嗤道人。清版。二本。）

《引凤箫》（十六回，四卷。枫江半云友。清版。二本。）

《幻中真》（十回，四卷。烟霞散人编。清版。二本。）

《鸳鸯配》（十二回，四卷。烟水散人编。清版。二本。）

《疗妒缘》（八回，四卷。静恬主人。清版。二本。）

《照世杯》（四回，四卷。酌元亭主人。谐道人批评。明和二年刊。五本。）

《隔帘花影》（四十八回。清版。八本。）

《冯伯玉风月相思小传》（明版。一本。）

《孔淑方双鱼扇坠传》（明版。一本。）

《苏长公章台柳传》（明版。一本。）

《张生彩鸾灯传》（明版。一本。）

《绿窗女史》（明版。一四本。）

《情史类略》（二十四卷。詹詹外史。明版。一二本。）

《吴姬百媚》（二卷。宛瑜子。明版。二本。）

《铁树记》（十五回，二卷。明竹溪散人邓氏编。明版。二本。）

《飞剑记》（十一回。明竹溪散人邓氏编。明版。二本。）

《咒枣记》（十四回，二卷。明竹溪散人。明版。二本。）

《东游记》（明吴元泰。明版。二本。）

《增补全相燕居笔记》（十卷。明林近阳编。明版。四本。）

《增补燕居笔记》（十卷。明何大抡编。明版。四本。）

《荆钗记》（明版。二本。）

《人海记》（清查慎行。日本写本。二本。）

《清平山堂志》（十五种。明版。三本。）

《丰韵情书》（六卷。明竹溪主人编。明版。二本。）

《山水争奇》（三卷。明邓志谟。明版。二本。）

《风月争奇》（三卷。明邓志谟。明版。一本。）

《花鸟争奇》（三卷。明邓志谟。明版。二本。）

《童婉争奇》（三卷。明竹溪风月主人编。日本写本。一本。）

《梅雪争奇》（三卷。明邓志谟编。明版。一本。）

《蔬果争奇》（三卷。明邓志谟。明版。一本。）

《鼓掌绝尘》（四集四十回；首一卷。明金木散人。明版。一二本。）

《霞房搜异》（二卷。明袁中道编。明版。四本。）

《艳异编》（四十卷。续十九卷。明王世贞。汤显祖批评。明版。一六本。）

《艳异编》（十二卷。明版。六本。）

《广艳异编》（三十五卷。明吴大震。明版。十本。）

《一见赏心编》（十四卷。鸠兹洛源子编。明版。四本。）

《一见赏心编》（同上。明版。二本。）

《吴骚合编》（骚隐居士。明版。四本。）

《洒洒编》（六卷。明邓志谟校。明版。四本。）

《金谷争奇》（明版。四本。）

《今古奇观》（四十卷。清版。一六本。）

《怪石录》（清沈心。日本写本。一本。）

《豆棚闲话》（十二卷。艾衲居士。嘉庆三年刊。四本。）

《海天余话》（四卷。芙蓉沜老渔编。清版。二本。）

《花阵绮言》（十二卷。楚江仙叟石公编。明版。七本。）

《醒世恒言》（四十卷。明可一居士评。明版。一六本。）

《喻世明言》（二十四卷。明可一居士评。明版。六本。）

《西湖二集》（三十四卷。附《西湖秋色一百韵》。明周楫。明版。一二本。）

《西湖拾遗》（四十八卷。清陈树基。清版。一六本。）

《西湖佳话》（十六卷。清墨浪子。清版。十本。）

《五色石》（八卷。服部诚一评点。明治十八年刊。四本。）

《八洞天》（八卷。五色石主人编。明版。二本。）

《缀白裘》（十二集，四十八卷。清钱德仓。乾隆四十二年刊。二四本。）

《人中画》（四卷。乾隆四十五年刊。二本。）

《笑林广记》（十二卷。游戏主人编。乾隆四十六年刊。四本。）

《笑林广记》（同上。乾隆四十六年刊。二本。）

《开卷一笑》（十四卷。明李贽编。明版。五本。）

《开卷一笑》（同上。明版。六本。）

《四书笑》（开口世人编。日本写本。一本。）

《笑府》（十三卷。清墨憨斋。清版。四本。）

《笑府》（钞录，二卷。日本版。一本。）

《笑府》（钞录，一卷。森仙吉编。明治十六年刊。一本。）

《三笑新编》（四十八回，十二卷。清吴毓昌。嘉庆十八年刊。一二本。）

《花间笑语》（五卷。清酿花使者。日本写本。二本。）

《慵斋丛话》（十卷。朝鲜成任。日本写本。五本。）

《笔苑杂记》（二卷。朝鲜徐居正。日本写本。一本。）

《谿谷漫笔》（二卷。朝鲜张维。日本写本。一本。）

《补闲》（三卷。朝鲜崔滋。日本写本。一本。）

　　　三　杂剧（以下均未钞）

　　　四　异闻

　　　五　琐语

　　　迅案：此目虽非详密，而已裨多闻。如《女仙外史》，俞樾见《在园杂志》，始知谁作（《茶香室丛钞》云），此则明题吕熊。《封神演义》编者为明许仲琳，而中国现行众本皆逸其名，梁章钜述林樾亭语（见《浪迹续谈》及《归田琐记》），仅云"前明一名宿"而已。他如竹溪散人及风月主人之为邓志谟；日本之《忠臣藏》，在百余年前（文化十二年即一八一五年）中国人已曾翻译，曰《海外奇谭》，亦由此可见。墨憨斋冯犹龙好刻杂书，此目中有三种，曰：《平妖传》，《新列国志》，《笑府》。记北京《孔德月刊》中曾有考，似未列第二种。自品青病后，月刊遂不可复得，旧有者又被人持去，无从详案矣。

乙　也是园书目

　　宋人词话

《灯花婆婆》

《种瓜张老》

《紫罗盖头》

《女报冤》

《风吹轿儿》

《错斩崔宁》

《山亭儿》

《西湖三塔》

《冯玉梅团圆》

《简帖和尚》

《李焕生五阵雨》

《小金钱》

《宣和遗事》四卷

《烟粉小说》四卷

《奇闻类记》十卷

《湖海奇闻》二卷

通俗小说

《古今演义三国志》十二卷

《旧本罗贯中水浒传》二十卷

《梨园广记》二十卷

　　迅案：词话中之《错斩崔宁》及《冯玉梅团圆》两种，今见于江阴缪
　　氏所翻刻之宋残本《京本通俗小说》中；钱曾所收，盖单行本。

引用文献目录

一、著作

《中国小说史略》

油印本（1920年）；

铅印本（约1921—1922年）；

初版本，北京大学第一院新潮社1923年12月出版上册、1924年
6月出版下册；

再版本，新潮社1925年2月出版上、下册；

合订本，北新书局1925年9月版；

订正本，北新书局1931年9月版；

再次修订本（简称"再订本"），北新书局1935年6月版。

《中国小说的历史的变迁》（1925年）。

《汉文学史纲要》（1926年）。

《小说旧闻钞》，北新书局1926年版。

《唐宋传奇集》，北新书局1927年出版上册、1928年出版下册。

伊藤漱平、中岛利郎编：《鲁迅增田涉师弟答问集》，杨国华译，朱
雯校，上海：华东师范大学出版社1989年版。

二、文章

《坟·人之历史》，1907年作，12月发表；

《坟·论照相之类》，1924年11月11日作，1925年1月12日发表；

《坟·论睁了眼看》，1925年7月22日作，8月3日发表；

《坟·宋民间之所谓小说及其后来》，1923年11月作，12月1日发表；

《热风·六十四 有无相通》，1919年11月1发表；

《热风·望勿"纠正"》，1924年1月28日作，同日发表；

《华盖集续编·有趣的消息》，1926年1月14日作，1月19日发表；

《华盖集续编·不是信》，1926年2月1日作，2月8日发表；

《华盖集续编·空谈》，1926年4月2日作，4月10日发表；

《华盖集续编·马上日记》，1926年7月5日、8日、10日、12日发表；

《华盖集续编·马上支日记》，1926年7月12、26日，8月2、16日发表；

《华盖集续编·关于〈三藏取经记〉等》，1926年12月20日作，1927年1月15日发表；

《而已集·魏晋风度及文章与药及酒之关系》，1927年7月演讲，8月发表；

《三闲集·怎么写（夜记之一）》，1927年10月10日发表；

《三闲集·流氓的变迁》，1930年1月1日发表；

《二心集·上海文艺之一瞥》，1931年7月20日演讲，7月27日、8月3日发表；

《二心集·关于〈唐三藏取经诗话〉的版本》，1931年1月19日作，2月发表；

《二心集·〈现代电影与有产阶级〉译者附记》，1930年1月16日作，3月1日发表；

《南腔北调集·谈金圣叹》，1933年5月31日作，7月1日发表；

《南腔北调集·"论语一年"》，1933年8月23日作，9月16日发表；

《伪自由书·不负责任的坦克车》，1933年5月6日作，5月9日发表；

《〈准风月谈〉后记》，1934年10月16日作，12月印入《准风月谈》；

《花边文学·看书琐记》，1934年8月6日作，8月8日发表；

《且介亭杂文·买〈小学大全〉记》，1934年7月10日作，8月5日发表；

《且介亭杂文·门外文谈》，1934年8月24日至9月10日发表；

《且介亭杂文二集·叶紫作〈丰收〉序》，1935年1月16日作，3月印入《丰收》；

《且介亭杂文二集·"寻开心"》，1935年3月7日作，4月5日发表；

《且介亭杂文二集·论讽刺》，1935年3月16日作，4月发表；

《且介亭杂文二集·"题未定"草（一至三）》，1935年6月10日作，7月发表；

《且介亭杂文二集·在现代中国的孔夫子》，1935年4月29日作，6月发表；

《且介亭杂文二集·六朝小说和唐代传奇文有怎样的区别?》，1935年5月3日作，7月印入《文学百题》；

《且介亭杂文二集·什么是"讽刺"?》，1935年5月3日作，9月发表；

《且介亭杂文二集·〈中国小说史略〉日本译本序》，1935年6月9日作，同年印入《中国小说史略》日译本；

《且介亭杂文二集·"招贴即扯"》，1935年1月26日作，2月20日发表；

《且介亭杂文二集·书的还魂和赶造》，1935年2月15日作，3月5日发表；

《且介亭杂文末编·〈出关〉的"关"》，1936年4月30日作，5月发表；

《集外集·文艺与政治的歧途》，1927年12月21日演讲，1928年1月29、30日发表；

《集外集·选本》，1933年11月24日作，1934年1月发表；

《〈集外集〉序言》，1934年12月20日作，1935年3月5日发表；

《集外集拾遗·〈游仙窟〉序言》，1927年7月7日作，1929年2月印入《游仙窟》；

《集外集拾遗·〈北平笺谱〉序》，1933年10月30日作，12月印入《北平笺谱》；

《集外集拾遗·上海所感》，1933年12月5日作，1934年1月1日发表；

《集外集拾遗补编·破恶声论》，1908年12月5日发表；

《集外集拾遗补编·破〈唐人说荟〉》，1922年10月3日发表；

《集外集拾遗补编·新镌李氏藏本〈忠义水浒全书〉提要》，约1923年12月作；

《集外集拾遗补编·大涤馀人百回本〈忠义水浒传〉回目校记》，1924年作；

《集外集拾遗补编·〈中国小说史略〉再版附识》，1925年9月10日作，9月印入《中国小说史略》合订本；

《集外集拾遗补编·新的世故》，1926年12月24日作，1927年1月15日发表；

《集外集拾遗补编·〈绛洞花主〉小引》，1927年1月14日作；

《集外集拾遗补编·关于小说目录两件》，1927年8月27、9月3日发表；

《集外集拾遗补编·书苑折枝》，1927年9月1日发表；

《集外集拾遗补编·〈某报剪注〉按语》，1928年1月21日发表；

《集外集拾遗补编·开给许世瑛的书单》，1930年作；

《集外集拾遗补编·柳无忌来信按语》，1930年2月19日作；

《集外集拾遗补编·题〈淞隐漫录〉》，1934年9月3日作；

《集外集拾遗补编·题〈淞隐漫录〉残本》，1934年9月3日作；

《古籍序跋集·〈古小说钩沉〉序》，1912年2月发表；

《译文序跋集·〈毁灭〉后记》，1931年1月17日作，9月印入《毁灭》。

三、书信

《两地书·一三五》（1929年6月1日）

《致胡适》（1922年8月14日）

《致胡适》（1922年8月21日）

《致胡适》（1923年12月28日）

《致胡适》（1924年1月5日）

《致胡适》（1924年2月9日）

《致胡适》（1924年5月2日）

《致钱玄同》（1924年11月26日）

《致梁绳祎》（1925年3月15日）

《致章廷谦》（1926年2月23日）

《致章廷谦》（1928年8月19日）

《致章廷谦》（1928年10月18日）

《致汪馥泉》（1929年11月13日）

《致增田涉》（1932年5月13日）

《致增田涉》（1932年5月22日）

《致台静农》（1932年8月15日）

《致增田涉》（1932年11月7日）

《致增田涉》（1933年6月25日）

《致增田涉》（1933年9月24日）

《致曹靖华》（1933年12月20日）

《致增田涉》（1934年1月8日）

《致姚克》（1934年3月24日）

《致陶亢德》（1934年4月1日）

《致姚克》（1934年4月9日）

《致萧军、萧红》（1935年3月13日）

《致王冶秋》（1935年12月21日）

《致雅罗斯拉夫·普实克》（1936年9月28日）

附录一　《中国小说史略》的版本及其修改

鲍国华

　　《中国小说史略》（以下简称《史略》）由初创到最终成书，经鲁迅多次增补修订，历时近二十年。从1920年陆续编印《史略》油印本，到1935年6月北新书局第十版再次修订本（是为鲁迅生前最后修订的版本），对《史略》的修改完善贯穿了鲁迅的后半生。本文以鲁迅对《史略》的修改为中心，在考察版本流变的基础上，力图对该书增补修订过程中体现出的鲁迅小说史观和学术论断由初创、发展到成熟的动态过程做出学术史的分析。

一、《中国小说史略》的版本演进

　　《史略》经鲁迅多次增补修订，目前存世的有以下几个章节体例及文字互异的版本：

　　　　油印本；

　　　　铅印本；

　　　　1923、1924年北京大学第一院新潮社初版上、下册本；

　　　　1925年2月新潮社再版上、下册本；

　　　　1925年9月北新书局合订本；

　　　　1931年9月北新书局订正本；

1935年6月北新书局第十版再次修订本。

各版本题名不一，有作《小说史大略》，有作《中国小说史略》，有作《中国小说史》，小说史章节体例及具体论断也不断修改。其中，1925年2月新潮社再版上、下册本在迄今的《史略》版本研究论著中均未见提及。①本文首先对《史略》版本流变情况做简要梳理，并在此基础上将研究视角从文献学层面转向小说史学层面，进一步考察《史略》的增补修订体现出的鲁迅小说史观和具体论断由初创、发展到成熟的动态过程，在整体上观照鲁迅小说史观的演变过程，分析其小说史观形成的内在理路。

1. 油印本

从1920年起，鲁迅在北京大学、北京高等师范学校讲授中国小说史课，并陆续编发油印本小说史讲义。讲义现存两件。一为北京鲁迅博物馆收藏，由常惠捐赠，题名《中国小说史》，北大国文系教授会印发；一为单演义收藏，题名《小说史大略》，后经收藏者标点出版。两件题名不一，但文字相同，后者尚无法确认是由北大抑或高等师范印发。油印本讲义共17篇，各篇标题如下：

史家对于小说之论录

神话与传说

汉艺文志所录小说

今所见汉小说

六朝之鬼神志怪书（上）

六朝之鬼神志怪书（下）

《世说新语》与其前后

唐传奇体传记（上）

唐传奇体传记（下）

宋人之话本

元明传来之历史演义

明之历史的神异小说

明之人情小说

清之人情小说

清之侠义小说与公案

清之狭邪小说

清之谴责小说②

油印本最初以散页的方式在每次课前发给学生，后由保存者装订成册，因此没有目录，于史料运用和作品分析也较简略，而且对作品的引录占据相当大的篇幅，只是一部小说史的梗概。不过，上引各篇的标题显示，油印本以小说发展的历史时期为背景，以小说类型为中心的论述方式，体现出用小说类型来概括一个时期小说发展的基本格局和艺术风貌的小说史意识。③可以说，在《史略》最初的版本中，鲁迅小说史写作的整体思路已经奠定。

2. 铅印本

油印本陆续编印后，鲁迅在此基础上进行了大规模的增补修订，由北大印刷所铅印，题名《中国小说史大略》，鲁迅的学生常惠经手并负责校对。④铅印本讲义初印时亦为散页，内容扩充至26篇，删去原第一篇《史家对于小说之论录》，新增八篇篇目如下：

第九篇 唐之传奇集及杂俎

第十篇 宋之志怪及传奇文

第十二篇 宋元之拟话本

第十四篇 明之讲史

第十九篇 明之拟宋市人小说及后来选本

第二十篇 清之拟晋唐小说及其支流

第二十一篇 清之讽刺小说

第二十三篇 清之以小说见才学者

此外，"明之神魔小说"和"明之人情小说"两篇，由于篇幅增加，均扩充为上、下两篇。⑤与油印本相比，铅印本讲义不仅在篇幅和内容上有很大扩充，对油印本中采用的小说类型也重新进行了划分和命名，个别作品也重新予以归类。如"传奇体传记"易名为"传奇文"，"历史的神异小说"易名为"神魔小说"。《儒林外史》从"谴责小说"中分离，作为"讽刺小说"独立成篇；油印本中归入"狭邪小说"的《孽海花》则转入"谴责小说"。在《史略》版本的流变过程中，从油印本到铅印本是改动最大的一次。铅印本之后的各版本，只存在作品及相关史料的增补和论述文字的修改，小说类型的划分和命名至此基本确立。

3. 1923、1924年北大新潮社初版上、下册本

1923年12月，《中国小说史略》上卷由北京大学第一院新潮社出版。下卷出版于次年6月。这是《史略》第一次正式出版（以下简称"初版本"）。与铅印本相比勘，初版本增加了《序言》《后记》和目录。目录印在下册书后，在每篇标题左侧列有细目提要。目录后附有正误表，订正上下册中文字的错漏。初版本恢复了油印本原有、铅印本删去的第一篇"史家对于小说之论录"，并增补了若干材料。在油印本中，该篇稽考"小说"一词在中国古代典籍中的起源和含义，自东汉班固依据刘向、刘歆父子所撰之《七略》删改而成的《汉书·艺文志》始，初版本则上溯到《庄子·外物》，并新增明胡应麟《少室山房笔丛》中对小说的分类，成为鲁迅定义小说类型的重要理论资源。《明之神魔小说》由铅印本中的

上下篇扩充至上中下三篇，使《史略》的篇章规模达到二十八篇。《史略》此后各版本均为二十八篇，篇章数量不复增删。

除篇章的增加外，初版本对铅印本中的部分引文和小说史论断也进行了增删修订。以第二篇《神话与传说》为例，该篇开头论述神话与传说为小说的起源，有云：

> 志怪之作，庄子谓有齐谐，列子则称夷坚，然皆寓言，不足征信。《汉志》乃云出于稗官，然稗官者，职惟采集而非创作，"街谈巷语"自生于民间，固非一谁某之所独造也，探其本根，则亦犹他民族然，在于神话和传说。

为以往各版本所无，是初版本新增。引文方面，增加《太平御览》三百七十八所录《琐语》佚文一则、《论衡》二十二所录《山海经》佚文一则；分析屈原《天问》中所载神话和传说时，对铅印本中引《天问》诗句也做了改换。初版本对材料不仅有所增补，也在铅印本的基础上有所删减。如第三篇《〈汉书〉〈艺文志〉所载小说》（铅印本作为第二篇），铅印本引用《隋书·经籍志》所录《燕丹子》佚文三则，初版本删去，仅在正文中简要介绍该书。除此之外，初版本在材料的增删和具体论述上的修改，尚有多处，不一一列举。

4. 1925年2月北大新潮社再版上、下册本

《史略》初版本印成后，很快售完，并由新潮社于1925年2月再版。再版本在迄今的《史略》版本研究论著中均未见提及。笔者在北京鲁迅博物馆见到这一版本。再版本的开本和字体字号与初版本相同，封面的颜色为橙黄。删去初版本后所列正误表，错字均在原文中改正。再版本不限于错字的订正，也包括论述和材料的增删。论述方面，初版本第九篇《唐之传奇文（下）》中论及《谢小娥传》时说："明人则本之作平话

（见《拍案惊奇》十九），后来记包拯施纶断案，类此者更多矣。"再版本改作："明人则本之作平话（见《拍案惊奇》十九）。"删去了后面的文字。初版本第十五篇《明之讲史》中论及《北宋三遂平妖传》中杜七圣卖符作法，遭弹子和尚戏弄一段情节的来源时说："此乃明嘉靖庆隆间事，见《五杂俎》（六）。"再版本改作："此盖相传旧话，尉迟偓（《中朝故事》）云在唐咸通中，谢肇淛（《五杂俎》六）又以为明嘉靖庆隆间事。"材料方面，初版本第十三篇《宋元之拟话本》述《大宋宣和遗事》内容时说：

次二为文言而并杂以诗，如叙宣和七年凶兆云：

……十二月，有天神降坤宁殿；修神保观。神保观者，乃二郎神也，都人素畏之。自春及夏，倾城男女皆负土以献神，谓之"献土"；又有村落人装作鬼使，巡门催"纳土"者，人物络绎于道。徽宗乘舆往观之，蔡京奏道，"'献土''纳土'，皆非好话头。"数日，降圣旨禁绝。诗曰：

道君好道事淫荒，稚意求仙慕武皇，

纳土识言无用禁，纵有佳识国终亡。

其四，则为梁山泺聚义本末，

再版本改作：

次二为文言而并杂以诗者⑥其四，则为梁山泺聚义本末，

同一篇引《大宋宣和遗事》中宋江于九天玄女庙见天书一段，三十六将姓名初版本只引至"九纹龙史进"，余下省略。再版本则增补了省略的姓名。

再版本中的修改不多，但却是《史略》版本流变过程中不可或缺的一环。由于在迄今的研究成果中鲜有论及，故用较多篇幅予以介绍。

5. 1925年9月北新书局合订本

再版本问世以后不久，由于新潮社解散，继续出版《史略》的工作由1925年3月组建的北新书局承担。1925年9月，《史略》上、下卷合为一册由北新书局出版，是为"合订本"。

合订本并不是对上、下册本的简单合并，出版前经过了鲁迅的又一次修订，保留初版本中的《序言》和《后记》，在《序言》后新增《再版附识》。《史略》初版本印成后，胡适等人曾提出"论断太少"的意见。⑦鲁迅的老师寿镜吾之子寿洙邻（化名"钝拙"）和时任教于上海神州女校的谭正璧也分别来信，或指出《史略》中地名使用之误，或提供《水浒传》作者施耐庵的有关材料。⑧鲁迅在合订本中对上述意见酌情采纳，并在《再版附识》中加以说明。

与最初的两次修订相比，合订本中的修改较少。主要是部分材料的增删和文字的修饰。如第四篇《今所见汉人小说》引《西京杂记》中文字，初版本共七段，合订本删去有关汉惠帝、刘道疆和汉武帝的三段，其余四段保留；第二十七篇《清之侠义小说及公案》述《儿女英雄传》情节云："骥又有妻曰张金凤，与玉凤睦如姊妹，各生一子，故此书初名《金玉缘》"，合订本作："骥又有妻曰张金凤，亦尝为玉凤所拯，乃相睦如姊妹，后各有孕，故此书初名《金玉缘》。"此外，于史料细节处也有所更正。初版本第二十二篇《清之拟晋唐小说及其支流》述纪昀于乾隆五十四年和嘉庆三年两赴奉天，合订本改作热河；第二十七篇论及《彭公案》续集的数量，初版本作"四集"，合订本更正为"十七集"。类似修改尚多，仅举数例，以见一斑。

6. 1931年9月北新书局订正本

1925年9月合订本出版后，《史略》继续由北新书局再版，到1930年5月出至第七版（实为第七次印刷）。同年11月20日起，鲁迅依据新发现的材料和新的研究成果，又一次对《史略》进行了修订。这次修订历时五天，至11月25日完成。⑨于次年9月由北新书局出版，这是北新版《史略》的第八版，鲁迅称之为"订正本"。⑩

订正本新增《题记》，置于《序言》之前，并删去《再版附识》。订正本对文字和材料又有所增补修订。如第十八篇《明之神魔小说（下）》考订《封神演义》成书时间，此前各版本均作"张无咎作《平妖传》序已及《封神》，是其书殆成于隆庆万历间（十六世纪后半）矣"，至订正本据新材料增补为"日本藏明刻本，乃题许仲琳编（《内阁文库图书第二部汉书目录》），今未见其序，无以确定为何时作，但张无咎作《平妖传》序，已及《封神》，是殆成于隆庆万历间（十六世纪后半）矣"。谭正璧提供的有关施耐庵的材料，原写入《再版附识》，订正本也纳入正文。由于证据不足，鲁迅特意加上"不知本于何书，故亦未可轻信矣"的说明。

订正本中最重要的修改源于一批新材料的发现。日本学者盐谷温在日本内阁文库中发现元刊全相平话残本五种及"三言"，据此撰写有关"三言"的研究论文⑪，并将平话五种中的《三国志》影印出版，托人转赠鲁迅⑫。根据上述新材料和研究成果，鲁迅对《史略》第十四、十五、二十一篇进行了大幅修改。调换原第十四、十五篇的顺序，题目统一定为《元明传来之讲史》（上、下），对内容也做出相应的调整，并增补了对新发现的作品和材料的论述。第二十一篇则增加了对《全像古今小说》和《拍案惊奇》的分析，内容也有较大扩充。

7. 1935年6月北新书局第十版再次修订本

订正本出版后，又由北新书局两次再版。这期间鲁迅又积累了一些新材料，酝酿对《史略》的进一步修改。1931年3月，增田涉来到上海，经内山完造介绍认识鲁迅。在日本读大学时，增田涉已经接触到《史略》，并在该书的启发下从事研究。与鲁迅相识后，决意将《史略》译成日文。同年4月开始，增田涉每天到鲁迅家听讲《史略》，历时三个月。⑬回国后，增田涉经常写信向鲁迅请教小说史及翻译方面的问题，鲁迅也

——复信作答，在复信中披露了对《史略》的修订。⑭此次修订出现在1935年6月北新书局印行的《史略》第十版中（以下简称"再次修订本"），与鲁迅的复信相对照，修订内容完全相同。

再次修订本的修改主要有三处：一为对《红楼梦》作者生平的修改，一为对《品花宝鉴》作者姓名的订正，一为对《花月痕》作者生平的增补。后两处在目录中也做出相应调整。第二十四篇《清之人情小说》中，删去此前版本中引录的俞平伯所制"作者生平与书中人物故事年代之关系"的年表，对曹雪芹的名、字、生卒年及出身，依据最新研究成果予以订正。第二十六篇《清之狭邪小说》中，此前版本对《品花宝鉴》作者，署"常州人陈森书"，再次修订本则改作"常州人陈森书（作者手稿之《梅花梦传奇》上，自署毗陵陈森，则'书'字或误衍）"。同一篇中《花月痕》作者名及生平材料也有较大增补。

再次修订本是《史略》在鲁迅生前最后一次修订的版本。

从以上对《史略》版本流变情况的大致梳理可见，鲁迅对自家著作反复修改，使之由比较简略逐渐趋于成熟。在这一过程中，鲁迅小说史观的发展也经历了由初创、发展到成熟的过程。考察鲁迅对《史略》的历次修改，有助于把握其小说史观演变的动态过程。

二、《中国小说史略》修改的学术史意义

鲁迅对《史略》的增补修订主要体现在两个方面：一、小说史料的补充与修改；二、小说史论断的调整更易。前者依靠鲁迅本人对研究资料的不断发掘和学术同道的大力支援，后者基于鲁迅对作品理解的不断深入和小说史观的日益成熟。两者互相促进：一方面，新史料的发现，往往成为学术发展的动力，促使研究者重构对小说史现象与发展过程的理解和判断；另一方面，小说史观的日益成熟，又扩大了研究者的理论视野，促进对史料的进一步发现和取舍。

《史略》各版本中，油印本到铅印本修改最大，不仅是篇目的增加，还包括对油印本原有诸篇材料的增补和具体论断的修订，以及对部分小说类型的重新命名和归属。铅印本之后的各版本，除个别篇章和材料的扩充外，小说史写作的基本思路不复变化，唯自初版本起恢复铅印本中删去的原第一篇《史家对于小说之论录》，并增补了若干材料，值得注意。此外，1924年7月，鲁迅应邀到西安做关于中国小说史的讲演，历时八天，讲十一次，计十二小时。讲演记录稿经鲁迅整理后，题作《中国小说的历史的变迁》（以下简称《变迁》），刊于1925年西北大学出版部印行的《国立西北大学、陕西教育厅合办暑期学校讲演集》（二）。《变迁》因课时所限，无法像《史略》那样条分缕析，详细道来，只能删繁就简，省略一些作品和史料，部分小说类型则合并讲述，对《史略》中的论断有所调整；作为讲演，亦有若干现场发挥之处。因此，《变迁》中对部分小说类型的重新命名和归属并非鲁迅的对自家学术观点的修正，而应视为在不同论述体式下做出的相应调整。[⑮]下文以油印本到铅印本的修改为中心，同时参照《史略》其他版本及《变迁》中的调整，考察《史略》修改过程中体现出鲁迅小说史观念的发展演变。

在《史略》最初的油印本中，"史家对于小说之论录"即作为全书的首篇，旨在通过史料的钩沉论列，稽考"小说"概念在中国古代典籍中的起源和流变。只不过油印本的概念溯源，自东汉班固依据刘向、刘歆父子所撰之《七略》删改而成的《汉书·艺文志》始。而且对其他史料也以列举为主，极少评论性的文字。铅印本删去该篇，直接以作为小说起源的神话与传说论起。可能鲁迅当时正在广泛查考史料，对该篇进行增补，而铅印本付排之前尚未最后完成，故未能一起刊出。当然，也不排除鲁迅出于保持《史略》的小说史特征的考虑，而删去这一具有概论性质的篇章。该篇在初版本中得以恢复，仍作为第一篇，内容则有明显补充。[⑯]首先，"小说"一词的起源，上溯到《庄子·外物》，使之获得了更可靠的语源学依据。其次，增补明胡应麟《少室山房笔丛》中的小说分类。胡应麟对小说进行分类时使用的"志怪"和"传奇"这两个概念，为鲁迅所采纳，作为对两种小说类型的命名。再次，鲁迅依据自家对小说概念的理解，增加了对所举史料的分析和评价。对庄子"饰小说以干县令"说，鲁迅评价为"然案其实际，乃谓琐屑之言，非道术所在，与后来所谓小说者固不同"；而随后引桓谭《新论》中对"小说"一词的解说[17]，则评价为"始若与后之小说近似"。这体现出鲁迅异于传统的纯文学意义上的小说观。[18]《史略》作为以小说文类为论述中心的专门史，对小说概念的理解，是决定其立论的关键。中国小说之所以出现"自来无史"的局面，除文学史这一研究体式源自西方，到近代方转道日本传入中国[19]，一直没有足够的理论支撑这一因素外，更主要的原因还是小说在中国古代文学理论体系中，一直作为边缘文类而得不到重视，其内涵因缺乏科学的界定而相对含混。《史略》之前既鲜见小说的"史"，也少有"小说"的史。即便晚清以降研究者开始有意识地从史的角度考察小说，小说概念的含混也往往影响到研究的学术含量。《史略》问世之前出版的两部小说研究著作，蒋瑞藻《小说考证》和张静庐《中国小说史大纲》，研究对象均兼及小说和戏曲。[20]这两部著作之所以成就有限，除作者理论修养和学术才能的相对不足外，小说概念的汗漫不清也是阻碍其研究深入的重要因素。而鲁迅对小说概念的准确把握，使"小说"的名与实在文学文类上实现了统一。《史略》开篇即解决了中国古代"小说"概念的名实错位现象[21]，为接下来的小说史论述奠定了坚实的理论基础。该篇对古代文献的钩沉论列及相关评价，使之成为一篇较为简略的中国小说概念演变史。鲁迅在该篇结尾特别指出："目录亦史的支流。"可见，该篇不仅意在从文献学层面介绍中国古代小说的相关史料，而且有意识地从纯文学意义上的小说观念出发，观照小说概念在历史上的沿革，体现出自家的理论设计。

　　《史略》从油印本到铅印本的修改过程中的一个突出之处是对小说类型的重新命名和归属，《史略》中各小说类型的命名方式，至铅印本确立，此后各版本不复更改。只是《变迁》限于课时和讲演体例，略做调整。《史略》从油印本到铅印本对小说类型的重新命名与归属，以及《变迁》中的调整和发挥，已有研究者列表详细介绍②，这里仅以"讽刺小说"和"谴责小说"这两个类型命名与归属的演变为例，考察《史略》修改过程中体现出的鲁迅小说史观的发展。

　　油印本第十七篇名为"清之谴责小说"，内容涵盖有清一代"文人于当时政治状态或社会现象有不满，摹绘以文章，且专著其缺失，则所成就者，常含有攻击政俗之精神"③的作品，包括《儒林外史》《老残游记》《官场现形记》《二十年目睹之怪现状》等。铅印本中，《儒林外史》从"谴责小说"中分离，作为"讽刺小说"独立成篇，《孽海花》则由"狭邪小说"转入"谴责小说"，该篇标题也改作"清末之谴责小说"，并在开篇增加一段文字，介绍清末的政治和文化环境及其对小说创作的影响。鲁迅认为，正是清末政治的动荡，促使民众对清政府的不满，表现在小说创作上，"则揭发伏藏，显其弊恶，而于时政，严加纠弹，或更扩充，并及风俗，虽命意在于匡世，似与讽刺小说同伦；而辞气浮露，笔无藏锋，甚且过甚其辞，以合时人嗜好，则其度量技术之相去亦远矣，故别谓之谴责小说"④。铅印本中"谴责小说"不再是概括有清一代的小说类型，而特指清末这一特殊的历史和文化语境中的小说观念与创作趋向。此后正式出版的各版本《史略》均延续了铅印本的处理方式，除文字略有增删外，对两种小说类型的界定及评价并无大异。《史略》对"讽刺小说"和"谴责小说"命名和归属，在铅印本中已基本确立。《变迁》限于篇幅，将清代小说并入一讲，划分为四派，《官场现形记》和《二十年目睹之怪现状》与《儒林外史》一起归入讽刺派，没有使用"谴责"这一称谓，《史略》中列入"谴责小说"的《老残游记》和《孽海花》也未提及。以上简要介绍了《史略》中"讽刺小说"和"谴责小说"概念分合过程，从中不难发现鲁迅在界定和使用这两种小说类型时，二者始终互相参照，具有相当密切的理论关联。

鲁迅的文学史观（小说史观）与同时代人相比的独特之处在于，他并不限于对具体作家作品或文体流变的分析，而注重一个时代的政治环境、社会风尚以及文人心态等文学外部因素，着力于穿越纷繁复杂的社会现象透视时代的精神。无论是拟想中的《中国文学史》的章节设置，还是可视为这部文学史一部分的《魏晋风度及文章与药及酒之关系》均体现出这一研究思路。⑥《史略》从铅印本开始，增加了相当篇幅的对小说发展的历史文化背景的介绍和分析，使其以朝代为时间线索的章节设置并不限于对小说史时间性的表达，而是着眼于不同朝代或历史阶段所代表的文化倾向和文化心态。这一点特别体现在鲁迅对小说类型的设计之中。油印本以"谴责"涵盖有清一代"攻击政俗"的小说，主要根据创作态度立论，对晚清这一相对独立的历史时期的文化特质及其对小说创作的影响有所忽视。而且以"谴责"概括《儒林外史》的创作倾向和审美品格也并不准确。铅印本为晚清单独设章，以"谴责"命名这一时期"揭发伏藏，显其弊恶"的创作倾向，对其艺术水准评价不高。《儒林外史》则作为"讽刺小说"单独论述，给予很高的评价。铅印本这一修改体现出鲁迅小说史观发展的内在理路：由依据题材划分小说类型，到依据小说创作的特定的历史文化因素，以两种小说类型分别概括同题材作品在不同历史阶段的创作趋向和艺术成就。小说类型既是历史的命名，又隐含着价值判断，在对历史的描述中体现价值立场。鲁迅对以《儒林外史》为代表的"讽刺小说"和《官场现形记》为代表的"谴责小说"褒贬分明，正是出于以上判断标准。油印本中，《官场现形记》与《儒林外史》同置于"谴责小说"类型中，对后者的评价略高于前者，但也大体相当，铅印本中褒贬分明的情况尚未出现。从铅印本开始，《儒林外

670

史》独立为《清之讽刺小说》，获得极高评价，"秉持公心，指摘时弊"，"感而能谐，婉而多讽"，今天已成为对这部作品讽刺精神及艺术特质的定评。在铅印本第二十一篇《清之讽刺小说》开头，鲁迅简述了"讽刺小说"这一类型的概念及其特征，指出"寓讥弹于稗史者，晋唐已有，而明为盛，尤在人情小说中"⑥。可见，"讽刺小说"古已有之，并非自《儒林外史》始。鲁迅以"公心讽世"和"婉曲"之美作为"讽刺小说"的最高标准，只有《儒林外史》完全符合这一标准。因此，该篇只讨论《儒林外史》一部作品，称自该书问世"说部中乃始有足称讽刺之书"[27]。以一部作品代表并概括一种小说类型，看似不符合小说史写作的常规（第二十四篇"清之人情小说"也做同样处理》），但鲁迅的小说史观恰恰体现于此：即以类型的演进概括小说史的发展历程，某一类型及其代表作既包含对小说观念和创作倾向的价值评判，又作为与其他历史阶段的相关小说类型的参照，突出小说史的理论设计。

可见，在《史略》建构的小说史体系中，任何一种小说类型都不是孤立存在的，都与其他一些类型形成关联，在相互联系与对照中凸显其小说史地位。鲁迅针对"谴责小说"在小说观念和创作趋向上的缺失，批评其"揭发伏藏""笔无藏锋"而使讽刺流于谩骂，丧失了"讽刺小说"公心讽世的精神，损害了作品的价值，这些缺失正是在以《儒林外史》为代表的"讽刺小说"的对照下显现出来的。可以说，正是与《儒林外史》这部"足称讽刺之书"的优秀作品的对照，才使鲁迅对"谴责小说"做出了贬大于褒的评价。这样，铅印本中"谴责小说"成为一种与"讽刺小说"相关联并相对照的小说类型的理论界定，在类型的设计与命名中隐含着对作品的价值评判。

作为小说类型，"谴责小说"较之"讽刺小说"更具有对特定历史时期的指向性与概括性。后者主要基于小说采用的艺术手法及由此形成的审美品格，具有超越个别历史阶段的普遍性，而前者则明确突出一个历

671

史阶段的创作趋向和艺术观念。这在《变迁》中也有体现。限于篇幅，《变迁》不再对清代小说做若干分期，而合并为一讲，题为《清小说之四派及其末流》。"讽刺派"作为四派之一，涵盖《儒林外史》和"谴责小说"，指有清一代于"小说中寓讥讽"的题材选择和审美趋向。这主要出于对作品的历史判断。但是，《变迁》并没有将《儒林外史》和"谴责小说"的价值相等同，而采用"末流"这一断语对"谴责小说"做出了相对独立的评价，称之为"讽刺小说之末流"。评价标准与《史略》相近，针对的仍是小说观念和创作趋向，唯以"末流"概括"谴责小说"颇具深意。事实上，"末流"说在《史略》中已初显端倪，主要用来概括清代模仿或续作前人小说的创作趋向。至《变迁》中则成为对清末民初小说的概括。"末流"不只用于评价《官场现形记》为代表的"谴责小说"，还包括作为"人情小说"之末流的《九尾龟》，《聊斋》《阅微》之末流的民初文言笔记小说，以及"谴责小说"之末流——"黑幕小说"。可见，"末流"是对清末民初小说模仿前人而又等而下之的整体创作趋向的历史定位和价值评判。

从鲁迅对小说类型的命名与归属的修改不难看出，《史略》的小说类型，并不是在严格的类型学范畴中使用的，而是在小说史学层面上的理论设计。在类型的设计与命名中，隐含着对作品的小说史价值的评判。同时，当采用一种类型无法涵盖和说明某一创作趋向的整体特征时，鲁迅宁可放弃使用类型，而采用"清之拟晋唐小说及其支流""清之以小说见才学者"等概括方式。即如对小说类型的命名，"传奇"指文体、"神魔"按题材、"讽刺"据手法、"谴责"寓风格，表面看来标准极不统一，实质上正是鲁迅小说史观念的体现：鲁迅不墨守任何既定理论，关注的也不是自家理论设计的整齐划一，而是怎样更准确更充分地概括和分析研究对象的小说史意义。

注释：

①迄今为止，《史略》版本研究的主要成果有荣太之《〈中国小说史略〉版本浅谈》〔载《山东师院学报》（社科版）1979年第3期〕、吕福堂《〈中国小说史略〉的版本演变》（载唐弢等著：《鲁迅著作版本丛谈》，书目文献出版社1983年版）和杨燕丽《〈中国小说史略〉的生成与流变》（载《鲁迅研究月刊》1996年第9期）；日本学者中岛长文在其《"悲凉"の書——〈中国小说史略〉》（该文附录于中岛长文译注的《中国小说史略》，平凡社1997年版）一文中，也辟专节讨论《史略》的版本。荣文和吕文在文献学层面对《史略》各版本予以简要介绍；杨文从鲁迅的资料准备工作开始，梳理了《史略》的成书过程；中岛的论文在简要介绍版本的同时，对《史略》编入《鲁迅三十年集》和各种《鲁迅全集》的情况也予以大致说明，并介绍了《史略》的日文和英文译本。但《史略》1925年2月新潮社再版上、下册本在上述研究论著中均未见提及。

②参见单演义收藏《鲁迅小说史大略》，陕西人民出版社1981年版。

③陈平原《鲁迅的小说类型研究》指出《史略》中蕴含的小说史意识是把中国小说的"艺术发展理解为若干主要小说类型演进的历史"。载《鲁迅研究月刊》1991年第9期。

④参见常惠：《回忆鲁迅先生》，见鲁迅博物馆鲁迅研究室编：《鲁迅诞辰百年纪念集》，湖南人民出版社1981年版，第515—516页。

⑤参见许寿裳保存铅印本《中国小说史大略》，载鲁迅博物馆鲁迅研究室编：《鲁迅研究资料》第17辑，天津人民出版社1986年版。

⑥此处当有逗号，是"再版本"漏排。

⑦参见《新发现的鲁迅书简——鲁迅致胡适（一九二三年十二月二十八日）》，载《鲁迅研究月刊》1990年第12期。

⑧参见谭正璧：《漫谈修订本〈中国小说史略〉——为鲁迅先生百年诞辰纪念作》，见鲁迅博物馆鲁迅研究室编：《鲁迅诞辰百年纪念集》，湖南人民出版社1981年版，第542页。

⑨鲁迅：《日记十九》，《鲁迅全集》第14卷，人民文学出版社1981年版，第

846页。

⑩鲁迅1931年9月15日《日记》有收到"订正本《小说史略》二十本"的记载。《鲁迅全集》第14卷，人民文学出版社1981年版，第893页。

⑪盐谷温《关于明的小说"三言"》1924年发表于日本汉学杂志《斯文》第8编第6号，有孙俍工中译文，编入盐谷温著、孙俍工译《中国文学概论》，开明书店1976年版。

⑫鲁迅：《日记十五》，《鲁迅全集》第14卷，人民文学出版社1981年版，第612页。

⑬鲁迅1931年7月17日《日记》有"为增田涉讲《中国小说史略》毕"的记载。《鲁迅全集》第14卷，人民文学出版社1981年版，第886页。增田涉在《鲁迅的印象·绪言》中详述此事。参见〔日〕增田涉著、钟敬文译：《鲁迅的印象》，鲁迅博物馆鲁迅研究室编：《鲁迅回忆录》（专著）下册，北京出版社1999年版，第1341—1343页。

⑭鲁迅在《书信340108（日）致增田涉》中介绍了对《品花宝鉴》作者姓名和《花月痕》作者生平的修改。《鲁迅全集》第13卷，人民文学出版社1981年版，第553—554页。《书信340531（日）致增田涉》中介绍了对《红楼梦》作者生平的修改。《鲁迅全集》第13卷，人民文学出版社1981年版，第578—579页。

⑮应指出的是，《变迁》并非独立于《史略》的另一部小说史著作，而是同一部学术著作的不同表述。《史略》1924年之后的各版本，没有依照《变迁》中的调整做进一步的修改。可见，《变迁》中对《史略》的调整与发挥之处，并非鲁迅对自家学术观点的修正。

⑯该篇自初版本恢复并获得较大增补，此后各版本中，除合订本将《新唐书·艺文志》小说类中所录志神怪者十五家的卷数误作"一百五十卷"，并为其后版本所延续外，其余文字均与初版本同。这一误排在《史略》编入人民文学出版社1981年版《鲁迅全集》第9卷时得到改正。

⑰桓谭《新论》一书已佚，《文选》卷三十一江淹诗《李都尉》李善注中保存若干片段，鲁迅据此引录。

⑱"小说"概念在中国古代，一直被视为"补正史之阙"的边缘文类，在史学价值体系中阐释和估价，作为文学文类的性质没有得到充分理解和全面揭示。在中国，小说作为"叙述性的虚构作品"这一纯文学意义上的理论概括，自晚清始。黄霖《近代文学批评史》指出：晚清"'小说界革命'对于纯文学观念在我国的确立也具有不可估量的意义"，上海古籍出版社1993年版，第449页。宁宗一主编《中国小说学通论》（安徽教育出版社1995年版）第一编第七章和袁进《中国小说的近代变革》（中国社会科学出版社1992年版）对近代中国"小说"观念向纯文学意义上的转型亦有深入分析，可参看。

⑲参见戴燕《文学史的权力·前言》（北京大学出版社2002年版）中的相关论述。

⑳"小说"概念范围中包含戏曲的观念，在清末民初具有普遍性。即如当时小说研究的代表性论著——管达如《说小说》一文，论及小说价值和功能时不乏卓识，而对小说"文学上之分类"，则断为"文言体""白话体"和"韵文体"，后者包括作为戏曲之传奇及弹词。见陈平原、夏晓虹编：《二十世纪中国小说理论资料》（第一卷），北京大学出版社1989年版，第373—374页。晚清学人的这一普遍认识，与主要从功能层面理解"小说"的理论出发点有关。晚清对"小说"的空前重视，主要针对其作为俗文学的传播功能，在这一层面上，小说与戏曲作用相近。

㉑中国古代"小说"概念的名实错位现象，参见陈洪：《中国小说理论史》第一章，安徽文艺出版社1992年版，第6—24页。

㉒参见陈平原：《鲁迅的小说类型研究》，《鲁迅研究月刊》1991年第9期。

㉓参见单演义收藏《鲁迅小说史大略》，陕西人民出版社1981年版，第111页。

㉔许寿裳保存铅印本《中国小说史大略》，《鲁迅研究资料》第17辑，第184页。

㉕许寿裳在《亡友鲁迅印象记·一五 杂谈著作》中称鲁迅和他谈到拟作文学史的分章为"（一）从文字到文章，（二）诗无邪（《诗经》），（三）诸子，（四）从《离骚》到《反离骚》，（五）酒，药，女，佛（六朝），（六）廊庙与山

林"，并称"他那篇《魏晋风度及文章与药及酒之关系》（《而已集》），便是这部文学史的一部分"。见鲁迅博物馆鲁迅研究室选编：《鲁迅回忆录》（专著）上册，北京出版社1999年版，第252、253页。

㉖㉗许寿裳保存铅印本《中国小说史大略》，《鲁迅研究资料》第17辑，第135页。

（初刊《鲁迅研究月刊》2007年第1期，收入《文学史家鲁迅——史料与阐释》，百花文艺出版社2021年版）

附录二　陈平原教授谈《中国小说史略》

陈平原

李欧梵先生让我来这里——用现在的说法是"打酱油"——也就是助阵。回想30年前，我在北大念博士生，跟钱理群、黄子平写20世纪中国文学，压力很大；这时候刚好鲁迅逝世五十周年纪念在北京举行，有三位先生专门跑到北大来跟我们对话，丸山昇、伊藤虎丸，还有一个是李欧梵先生。李欧梵先生在会议上放了一套（图片），引起很多人关注，就是关于鲁迅卧室里的那两幅裸女画，讨论关于鲁迅品位的问题。记得那是1986年的事情。

今天，欧梵先生邀请我来助讲《中国小说史略》。我先讲讲《中国小说史略》序言的第一句话："中国之小说自来无史；有之，则先见于外国人所作之中国文学史中。"我先说头半句，首先必须说一个问题，今人眼中的小说，在晚清以前是不存在的。在此之前的中国人的想象里，没有今天"小说"这个概念。有两个字，那是《汉书·艺文志》里面的"小说"，它是"残丛小语"；而真正的中国人以前想象中的长篇的、短篇的、叙事性的、虚构的作品，其实是分属不同门类的，比如：笔记、传奇、话本、章回体，唯独没有今人所说的"小说"。"Fiction"进入中国以后，中国人借用这个概念，把以前中国文学史上曾出现的各种各样的相关文类整合成一个统一的概念，就是"小说"。就像"戏曲"一样，戏曲也是整合出来的。换句话说，"中国之小说自来无史"，是因为在晚清以前，

"小说"在中国并非一个确定性的文类。

第二，以前的小说在所有的文类当中，是比较低级的，不登大雅之堂。在众多不登大雅之堂的文体里面，小说的研究比戏曲还不如，基本上只有批点、序跋，没有专门性的论述，也就没有什么小说史。

第三，"小说史"这个概念，同文学史一样，是从西方引进来的。此前中国人没有"小说史"的概念，只有小说序跋、小说评点。有小说史是因为有文学史，有文学史是因为1903年《大学堂章程》规定，此前中国人讲文章源流，此后我们向西方人学习，讲文学史。文章源流是在每一个具体的文类里面讲它的起承转合，文学史是把整个作品放在漫长的历史中讲它如何演变、发展。如果推算起来的话，1903年颁布《大学堂章程》，1904年第一本文学史出来，1904年到今天为止是110年，中国人有文学史的历史就是110年。你可以说，此前《文心雕龙》等著作当中是有文学史的观念和思路的，但没有今天所说的可以用作教学用书的文学史。

接下来，鲁迅说，"三年前，偶当讲述此史，自律不善言谈……则疏其大要，写印以赋同人"。他发给同学们的讲义，就是后来的《中国小说史略》。这确实是偶然的。因为当初的北京大学，最早在1917年，有人就开始觉得在诗文之外，必须有人来讲述小说和戏曲，虽然这两种文类是比较"低级"的，但在今天看来却很重要。1917年，北大聘请吴梅从南京过来讲戏曲，拿一根笛子上讲台，引起轰动。但是没有人讲小说。于是，刘半农讲一讲，胡适讲一讲，周作人讲一讲，老师们就这样凑起来讲小说。学校认为，这不是办法，还是要请一个专门的老师来教小说，指定了周作人。周作人说我教不了，可我哥哥可以。他哥哥就是周树人。鲁迅时任教育部佥事，有点像今天的处级干部。时间是1920年8月，蔡元培签署校长令，聘请鲁迅到北大教授小说史。此后在1920年至1926年，除北大外，鲁迅也在其他学校兼课。当初北大百年校庆时，有位发言人说了一句不得体的话，他说"北大水平很高，鲁迅在北大还只是讲师呢"。他确实是讲师，但并非水平问题，而是part-time的问题。Full-time可以是教授，而part-time全部都是讲师。陈寅恪在清华大学是教授，到了北大就是讲师，反之亦然。也就是说，鲁迅是在教育部拿的薪水，所以在北大他是讲师。

按照北京大学当年的惯例，讲课之前要发讲义。为什么？关键原因是，老师们的口音很重。当年的北京大学中文系，主要教师多是浙江人。有人因此嘲讽北大拉帮结派，说"某籍某系"，也就是说，校长是浙江人，系主任是浙江人，教授也多是浙江人，而且，很多人的普通话很难听。举个例子，1928至1930年在北大旁听的两位日本留学生、日后成为著名汉学家的仓石武四郎和吉川幸次郎，都曾在回忆录中介绍北大课前发放讲义的制度。一开始来北大听课，特别紧张，听了一个月，没听懂，向旁边的人说："对不起，我才听懂了三成"，旁边的中国同学说，"没关系，我也没听懂"。大家都听不懂，怎么办呢？有讲义。考试的时候，也靠背讲义。所以，在新文化运动以后，大概二十年代中期，北京大学文科的教授们有一个规矩，上课之前发讲义，两页两页的，并不是一本书，而是每星期发放两页。如果有有心人，就会装订成册，没有的话，就散落了。所以，北京大学找不到完整的鲁迅早期的讲义。终于在八十年代有人找到一本，印出来了，就是今天很容易找到的《小说史大略》，那是1921年的讲稿。后来又找到一本1922年的，叫《中国小说史大略》。1923年，鲁迅自己整理出来的一本，当年出上册，次年出下册，那就是今天作为定本的《中国小说史略》。

讲课虽属偶然，但是鲁迅之所以能讲这门课，并不偶然。当时京师里有一个著名文人陈西滢，误听了顾颉刚的传言，在与鲁迅笔战期间，说鲁迅的《中国小说史略》是抄来的，以日本东京帝国大学（东京大学前身）教授盐谷温的《支那文学概论讲话》为底本，后者恰好有讲小说的部分，有人翻译过来，就是"中国小说史略"。一样的题目、一样的出版时间，陈西滢没有经过仔细的比对，就写文章说，有人道貌岸然，其实整本书是抄来的。此事鲁迅当然奋起抗争，恨了陈西滢一辈子。他说"男盗女娼，是人间大可耻事"，再没什么比这更严重的指控了。直到1934年，鲁迅的书被翻译成日文在日本出版，他在《且介亭杂文二集》的后记中说，"我负了十年剽窃的恶名，现在总算可以卸下"，说那个污蔑我的人必须带着"'谎狗'的旗子"一辈子，进坟墓里面去。仔细比对之后，鲁迅说明，只有《红楼梦》的作者世系表，注明了是根据盐谷温的，别的完全不一样。而且，如果稍微读过一点盐谷温的书，就知道鲁迅的书跟他没关系。也难怪鲁迅恨顾颉刚一辈子，写《故事新编》还要写"红鼻子"，也是指的顾颉刚。旧愁新恨，从这里开始。

很多人会觉得一个教育部官员，临时被北大拉来讲课，1920年8月接到聘书，第一次上课，是1920年12月；1923年出书，三年不到，他真写得出来吗？所以怀疑他抄袭是有道理的。可是他忘记了，鲁迅不是因为接到聘书才开始备课，而是本来就对小说有兴趣。诸位去看看，鲁迅在日本，办《新生》杂志、译《域外小说集》，真正地进入古小说考证，是在1909年。换句话说，他在十多年前就已开始着手做这件事情了。《古小说钩沉》的具体编写时间是1909至1911年。后来不断修订，只不过生前没有刊行，第一次出版在1938年，收入"鲁迅先生纪念委员会"编印的《鲁迅全集》。所以，世人不知道鲁迅有过这么长时间的积累，以为他临场挥毫，写出这样的小说史，才会有是否抄袭的疑问。

我们可以说，鲁迅的小说史研究，第一个令人惊异的，是古小说的辑佚、钩沉、辩证。学界人士的第一感觉是，这个人的考据功夫很强。从30年代起，只要谈到鲁迅的学问，都会提到这一点。蔡元培在《〈鲁迅全集〉序》中说，他有汉学家的修养，只不过前人考经、考史、考子，到他这里改为考小说。鲁迅把考经、考史、考子的功夫，用来考小说，所以了不起。《古小说钩沉》中收集了36种自周至隋的古小说，并有很好的考证，因此，《中国小说史略》上卷一出来就震撼了学术界。此前很多人做小说研究，考证的都是明清章回小说，而古小说居然可以做出这样的成绩，这是从鲁迅开始的。此书的考证功夫做得如此出色，大概所有人都会承认。

但有一点，那就是，所有的考证都是后来居上，考证做得再好，后人肯定会比你强。鲁迅的《中国小说史略》直到今天，之所以我和欧梵先生都把它作为经典，其实主要不在于考证（今天有了电子数据，考证比以往方便许多），而是因为它有两个特别重要的贡献：

第一，鲁迅的《中国小说史略》建立了小说史的框架。直到今天，所有写小说史的人，包括国外的学者，大的框架都是鲁迅的框架。这其中包括笔记的考证、传奇的辨析，以及明清小说的论述等，尤其是里面的概念，譬如人情小说、神魔小说、英雄传奇等，用这些概念来描述中国古代的小说，自鲁迅始。今天我们说《西游记》是神魔小说，《红楼梦》是言情小说或人情小说，大家都觉得是很自然的事情。可是，请大家记得，古代中国不是这么说的，古人称它们是"才子书"，或者"四大小说""五大小说"，或者"淫书"，取决于你对这本书的价值判断。换句话说，在鲁迅用这些概念之前，中国人谈小说是一部一部谈的，我们没有从"史"的眼光来考虑一种小说类型的演进，比如说英雄传奇是如何发展的，社会小说是怎么写作的。而这些是1902年梁启超在日本办《新小说》杂志，用了当时日本人所使用的小说类型的概念。我们今天所说的言情小说、社会小说、政治小说、法律小说，是当初从日本借用过来的，但只是用来指当下的小说；鲁迅把这些概念取精、剖析、重新熔铸，用来描述中国古代小说。最后发现，六百年的小说，从元代到清代，是可以用若干种类型的小说的演进来描述的。鲁迅是这么写的，今天的小说史家也是这么写的。

第二，与鲁迅同时期的胡适，做小说史研究也非常出色。胡适也有历史演进的眼光，比如《〈水浒传〉考证》《〈西游记〉考证》，特别强调的是一个母题，如何逐渐演变成一个故事，到一个戏曲，最后变成小说。这种小说的发展，胡适认为，大概四百年的演变成就了一部中国名著。可以这么说，明代的长篇小说基本上都是几百年积累而成的。从孙悟空讲到《西游记》是一个漫长历史，宋江亦是如此，《三国演义》也是这样。在这个意义上，胡适用历史演进法把中国小说的脉络勾勒了出来。但胡适有个问题，他感兴趣于小说的考证，对小说的批评则不太热心。换句话说，他只告诉你小说是怎么样一步步演变过来的，而不做文学方面的价值判断，以致二十世纪五十年代胡适说了句被大家嘲笑许久的话，他说《红楼梦》看来也不怎么样，好像还不如吴趼人的小说《九命奇冤》。为什么呢？因为他做的不是文学，而是文学史。因而很多人批评他没趣味、没品位。文学是审美的，文学史是研究的。

回过头来看鲁迅的《中国小说史略》，他的艺术判断经常令人惊讶。讲《红楼梦》的不太多，"悲凉之雾，遍被华林，然呼吸而领会之者，独宝玉而已"；或者是唐传奇中的"叙述宛转""作意好奇"，所有这一类艺术性描述，文字不长，但很精到。回过头来，近九十年过去以后，能留得下来的是这些东西。鲁迅的《中国小说史略》跟同时期的其他作品的最大不同是甚么呢？早年的考证被超越了，框架被继承了，艺术判断我们整天引用——我开玩笑说，很多人的论述很难引用，我只能说参见谁的小说史第几章，但鲁迅的话会被一句一句地摘引下来，放在自己的小说史的论述里，就因为他很精到。这是鲁迅没办法被取代的原因。

为什么我会如此强调鲁迅的《中国小说史略》？请大家记得，鲁迅有三个作品特别重要，《呐喊》《彷徨》《中国小说史略》。《呐喊》的出版时间是1923年，《彷徨》的出版时间是1926年，中间夹了一本书，即《中国小说史略》。什么意思？这是一个小说家在创作的历程中，突然之间搁下自己的创作，来做历史研究：以他的小说家的敏感来写《中国小说史略》，再以他学者的学养来写他在中国小说史上的另外一章——《彷徨》。鲁迅1935年撰《〈中国新文学大系〉小说二集序》，他是以一个历史学家的眼光来看待二十年代北京的小说创作，把自己也纳入考察视野里面。他说，其中《新青年》有一个作家叫鲁迅的，他的作品如何如何。说起《彷徨》，"技巧稍微圆熟，刻画也稍加深刻"，至此已与《阿Q正传》《狂人日记》不一样了。当然，你可以说小说家写久了有经验了，但我觉得不完全是这样。因为《狂人日记》明显可以看出西洋小说的影响，《呐喊》中也常有西洋小说的影子，到了《彷徨》才看不见了。《彷徨》里写得好的，如《在酒楼上》《孤独者》，这些小说明显走出了从前对西洋小说的追捧，背后的因素是他对中国小说进行了三年的研究。这三年中国古典小说的研究影响了一个小说家的写作。

我说"三年"或许有些绝对，因为《狂人日记》《孔乙己》是1918年写的，《阿Q正传》《故乡》是1921年写的，以后有两年差不多没写小说，主要精力在教书和写《中国小说史略》。他以一个小说家的眼光回过头看中国古典小说的时候，很少用西洋的文学概念。《中国小说史略》中大体的批评的概念是源自传统中国的，很少用人物、情节、环境，更不会用日后那些时尚的名目。他用的是叙述、文辞、章法等传统中国的批评的概念，因为，他认为只有在这种语言氛围中，才能准确地描述中国古典小说家的写作趣味。

诸位如有兴趣读《儒林外史》的话，会发现按照西洋小说观念来评价这部书，那是有问题的，因为，它虽说是长篇小说，结构却是文章的起承转合，没有一个"Plot"，也没有高潮。用19世纪的现实主义小说的概念来衡量，《西游记》可以谈，《水浒传》可以谈，但《儒林外史》不能谈。所以鲁迅说了一句很俏皮的话，他说《儒林外史》的技巧一点都不比写《水浒传》差，可是自从留学生铺天盖地以来，大家不能欣赏

《儒林外史》的好处，后面加了一句："伟大也要有人懂。"守着西方文学概论那一套，回过头来看中国小说，有的小说套得进去，有的套不进去，譬如《儒林外史》，明显是中国文人的趣味，是以写文章的法子来写小说。如果不用西洋小说概念来写中国小说史，而是按照中国小说的趣味来写小说史，那么它的生命力会更长远。

我想说的，分两个层面，第一是当一个小说家进入小说史的写作当中，他在艺术品味上和一个纯粹的学者不一样。尤其是在艺术细节上，一般来说小说家会注意技法、趣味、意境，反过来学者们会更关注考证。日后鲁迅先生写《彷徨》时，他的趣味和早年明显带有西洋小说影子的《狂人日记》不一样，这就是小说史家反过来影响小说家的创作了。为了说明这个问题，我稍微做一个补充：先前李欧梵先生讲到的《聊斋志异》，在鲁迅那个时代，评价是不高的。为什么不高？因为正统的文人认为，《阅微草堂笔记》的趣味更高，民间大众则认为章回小说好读，而提倡新文化运动的人们认为白话小说才可爱，文言已经没有出路了。而且，五四青年对"拟"一般是不以为然的，认为小说、文学是进化的，只能一直往前走，今天有一个人回过头来"拟"魏晋、"拟"唐人小说，一定不是条好走的路。加上晚清到五四时期，是破除迷信思想的时期，《聊斋志异》甚么都不对，政治观念不正确——讲鬼神，文学观念不正确——用文言，加上我们所说的文学史立场——不是向前，而是倒退。可是，就在那个时代，鲁迅读《聊斋》，就是读出了它的好处。鲁迅引了蒲松龄一句话，"才非干宝，雅爱《搜神》，情同黄州，喜人谈鬼"。苏东坡在黄州请人来讲鬼故事，蒲松龄也一样，请人喝茶，搜集民间故事记录下来。请人讲故事，那是民间故事搜集；但最后要成为《聊斋志异》，那得看作家如何驰骋想象，"描写委曲，叙次井然"——这个论述和唐传奇是一样的，唐人"作意好奇"，擅长诗歌，用他吟诗的趣味来写小说，因此它就"叙述宛转，文辞华艳"，这是一个思路。

第二个思路，"用传奇法，而以志怪"。评论《聊斋》，最关键的是这句话。在此之前，志怪是志怪，传奇是传奇；志怪主要写鬼神，传奇主要写人间；志怪要求短小精微，传奇希望铺排华丽。这是两种不同的路子。所以，纪昀谨守传统，他选择了志怪，短小、精悍、叙述简洁。纪昀说，蒲松龄有问题，他的文类搞错了。而正因为蒲松龄的文类搞错了，"用传奇法，而以志怪"，导致《聊斋志异》流传至今。

第三，"出于幻域，顿入人间"。这与李欧梵先生讲的鲁迅小说的"人和鬼"是一样的。当时很多人为了破除迷信，特别反感人鬼不分、人鬼情未了的写法，而鲁迅认为托狐鬼以抒己见，是文人历来的趣味。在这个意义上，鲁迅先生认可了蒲松龄的《聊斋志异》，而这是基于一个艺术家的判断。按照文学史、按照当时知识分子和一般人的看法，蒲松龄和《聊斋志异》不可能占据特别重要的位置，可是鲁迅以他作家的直觉，认可了这部作品。

接下来，我再用两分钟讲讲鲁迅的课程。鲁迅在北京的几所大学客串讲了六年课，很辛苦，最忙碌的一个学期，兼了六个学校的课，还要在教育部上班，可见那时候的教育部是不怎么负责任的。鲁迅讲课讲得怎么样呢？其实，不是所有教授都会讲课的。有的有学问，讲不好，有的讲课很好，但没学问，二者兼之的不容易，而鲁迅先生基本上是这样的。我说这句话，大家可能会觉得，你是因为鲁迅先生有名才这么说的。诸位请注意，他的弟弟周作人是不会讲课的，声音小，而且念讲稿，效果很不好。鲁迅不一样，他会把讲义读一遍，然后放一边，说我现在不讲讲义了，然后开讲。讲什么呢？人们日后的回忆里，为我们呈现了鲁迅讲课的精彩。

我搜集了好几个当时亲自听过鲁迅讲课的人的回忆文章，仔细辨析，最后的结论，可能鲁迅真的会讲课。一个英文系的学生，叫尚钺，后来成为著名的历史学家，说他连续听了三年；还有一个法文系的学生，叫常惠，后来做民间文学研究的，说他听了四年。同一个老师，同一门课，能听三四年，要么是他特别有魅力，要么是他每回都变着说。我想鲁迅属于后一种。鲁迅讲义念过去了，后面的呢？有人追忆说，鲁迅把小说史讲成了小说做法、文明批评、社会政治。我看他若干演讲的回忆录和大家的记录，大概得出这么一个结论：这堂课所需要传授给大家的，鲁迅就念一遍，学生们自己读，后面鲁迅就讲他自己的了。引申发挥这部分，大体是把各种各样的杂文的笔调、社会的关怀和小说史的经验，全部弄进去。名义上是"中国小说史"，照学生的说法，简直是讲成了文明史、思想史。所以才能让人听了一年又一年，这是很不容易的。

鲁迅讲课，经常是教室窗外也站着人，而且课堂上不断爆发出笑声。但是，鲁迅非常严肃地站在那里，从来不笑。我说这叫冷幽默。从资料中可以看出，鲁迅在课堂上讲课，保持和学生对话，课后则不停地修订自己的讲稿。今天看到的《小说史大略》是17章，《中国小说史大略》是26章，《中国小说史略》是28章。从1920年开始讲课，三年后《中国小说史略》出来，三年时间完成了中国小说史的建构。到今天为止，像我这样的学者，很多人做了一辈子，可能都还在鲁迅的阴影下面。所以，我十分感慨。今天应欧梵先生的邀请，先来做一个开场白，谢谢大家。

（初刊李欧梵：《中国文化传统的六个面向》，中文大学出版社2016年版，第271—284页）

我读鲁迅四十年

——《〈中国小说史略〉校注》后记

陈平原

一

师友中多有著名的鲁迅研究专家，我自然得学会藏拙，平日里从不卖弄这方面的学识，更不要说精神境界了。可实际上，我读鲁迅四十年，也算是别有心得，走出了一条不太一样的路。

小时候，看父亲擦桌子，小心翼翼地挪动那尊鲁迅石膏像，明白这老头很值得尊敬。"文化大革命"中，眼看众多现代文学家都被横扫，唯独"鲁迅走在《金光大道》上"，逆反心理油然而生，对于阅读鲁迅兴趣不大。插队务农期间，虽也努力读书，但没跟鲁迅真正结缘，是我人生一大遗憾。上大学后，读书条件好多了，历经一番东奔西跑上下求索，先是对西方现代文学及文论感兴趣，直到1982年初在中山大学跟随吴宏聪、陈则光、饶鸿竞三位先生念硕士研究生，方才开始认真阅读鲁迅的书。

现如今，家中藏书不少，可很多深藏不露，一辈子难得打几回照面。人民文学出版社1981年版《鲁迅全集》是个例外，自我问学以来，一直站立在书桌边随手可及的位置。我在此书第一卷扉页写着：1982年9月3日购于广州。考虑到那年初春我刚读硕士生，家境也不富裕，马上买下这套出版不到一年的新书，想必还是很有阅读热情的。日后虽也收藏各种版本的鲁迅著作，但最常用的还是这一版。

不时翻阅1981年版《鲁迅全集》，带着我整个求学过程的心境与体温。那既是经典文本，也是学科指南。此版注释虽有时代局限，但我仍将其作为现代中国的"百科辞书"使用。此书第十六卷包含《鲁迅著译年表》《全集篇目索引》《全集注释索引》，在没有电子检索的年代，可借此随时找到我想了解的现代中国的人物、著作、报刊、团体、事件等。且因鲁迅著述牵涉面极广，古今中外的文学知识，查找注释便可手到擒来。若需进一步探究，再去寻觅专门著述。这个阅读的秘密小径，我相信不少学中国现代文学的，都能悟出来。

在中国学界，鲁迅研究属于显学，相关著述汗牛充栋。凡研究中国现代文学的，大都以鲁迅为思考的重要支点，我也大体如此，只是表现不太突出。严格意义上，我不能算鲁迅研究专家。不要说导师王瑶先生，师友中王得后、钱理群、土富仁，还有同辈学人江晖、王晓明、孙郁等，都比我对鲁迅有更专深的研究。而我熟悉的日本学者丸山昇、伊藤虎丸、木山英雄、丸尾常喜、中岛长文、尾崎文昭、藤井省三等，也都是一等一的鲁迅研究专家。即便如此，并非鲁迅研究专家的我，还是写下了不少关于鲁迅的论述。略为清点，几可编成一册专书：

1. 《鲁迅的〈故事新编〉与布莱希特的"史诗戏剧"》，初刊《鲁迅研究》1984年第2期，收入我的《在东西方文化碰撞中》（浙江文艺出版社1987年版；华东师范大学出版社2014年版）。

2. 《论鲁迅的小说类型研究》，《鲁迅研究月刊》1991年第9期，韩文译本刊韩国《中国小说研究会会报》第34号，1998年6月，收入我的《小说史：理论与实践》（北京大学出版社1993、1999、2005、2010年版）。

3. 《作为文学史家的鲁迅》，《学人》第四辑，江苏文艺出版社，

1993年7月；日文译本刊日本《飙风》第32号，1997年第1期；收入《鲁迅研究的历史批判》（河北教育出版社2000年版）、《鲁迅其人》（社会科学文献出版社2002年版）、《鲁迅报告》（新世界出版社2004年版），以及我的《作为学科的文学史——文学教育的方法、途径及境界》（北京大学出版社2016年版）等。

4.《鲁迅为胡适删诗信件的发现》，《鲁迅研究月刊》2000年第10期，收入我的《触摸历史与进入五四》（北京大学出版社2005、2010、2018年版）。

5.《经典是怎样形成的：周氏兄弟等为胡适删诗考》（一、二），《鲁迅研究月刊》2001年第4、5期；人大报刊复印资料《中国现代、当代文学研究》2001年第7、8期；收入我的《触摸历史与进入五四》（北京大学出版社2005、2010、2018年版，英译本，Brill Academic Publishers，2011）。

6.《分裂的趣味与抵抗的立场——鲁迅的述学文体及其接受》，《文学评论》2005年第5期；人大报刊复印资料《中国现代、当代文学研究》2006年第1期；《2005文学评论》，人民文学出版社2006年版；《十年论鲁迅——鲁迅研究论文选（2000—2010）》（南京大学出版社2015年版）;英文译本刊 *Frontiers of Literary Studies in China*，Volume 1，Number 2， May 2007；收入我的《现代中国的述学文体》（北京大学出版社2020年版）。

7.《长安的失落与重建——以鲁迅的旅行及写作为中心》，《鲁迅研究月刊》2008年第10期；《西安：都市想象与文化记忆》（北京大学出版社2009年版），收入我的《想象都市》（生活·读书·新知三联书店2020年版）。

8.《鹦鹉救火与铸剑复仇——胡适与鲁迅的济世情怀》，《学术月刊》2017年第8期。

9.《"思乡的蛊惑"与"生活之艺术"——周氏兄弟1920年代的美文》,《中国现代文学研究丛刊》2018年第1期,人大报刊复印资料《中国现代、当代文学研究》2018年第5期。

10.《学术史视野中的鲁迅与胡适》,香港《中国文学学报》第九期,2018年12月。

11.《二周还是三周——现代中国文化史上的周建人》,《中国现代文学研究丛刊》2019年第1期;人大报刊复印资料《中国现代、当代文学研究》2019年第6期。

12.《现代大学与小说史学——关于〈中国小说史略〉》,《文艺争鸣》2020年第4期;收入我的《小说史学面面观》(生活·读书·新知三联书店2021年版)。

这里清点的都是专论,不包括我众多现代中国小说史、散文史、学术史、文化史中随处可见的引述与评说。但稍为观察不难发现,我阅读鲁迅的视角与论述的立场远离学界主流,更多关注"学问家"与"文体家"的鲁迅,而不是阐释鲁迅何以是"伟大的文学家、思想家、革命家"。这种非典型的鲁迅研究思路,与我自己的学术路径有关——20世纪80年代的比较文学视野,90年代的学术史立场,新世纪的文化史与文体史研究,一直到今天,我谈鲁迅,也都更多触摸那个天才辈出的时代,而不是表彰孤零零一个伟人。这种立场,决定了我在中国的鲁迅研究界,很难得到广泛的认可。

好在我从不以"鲁迅研究专家"自居,这回为《〈中国小说史略〉校注》撰写后记,略为引申发挥,谈我阅读鲁迅四十年,借此呈现个人阅历、时代风云、思潮起伏以及师友情谊的互相纠缠。

二

我多次谈及，对于20世纪80年代成长起来的现代文学研究者来说，比较文学的引入至关重要。我的第一部著作《在东西方文化碰撞中》（浙江文艺出版社1987年版；华东师范大学出版社2014年版），曾忝列中国比较文学学会颁发的首届全国比较文学优秀著作一等奖（1990）。"不过坦白交代，本来得的是二等奖。考虑到获一等奖的都是名满天下的大学者，获不获奖对他们无所谓，乐老师灵机一动，将一等奖变成了特等奖，我们也就顺理成章地升级了。善解人意的乐老师说，这么处理对年轻人有好处，他们需要填表。"（《大器晚成与胸襟坦荡——在〈九十年沧桑〉新书发布暨讨论会上的发言》，《中华读书报》2021年4月14日）此书乃中国现代文学论集，只不过有明显的比较文学印记。其中体现影响研究方法的有《许地山与印度文化》《娜拉在中国》，而属于平行研究的，则是《鲁迅的〈故事新编〉与布莱希特的"史诗戏剧"》。后者很能代表我硕士阶段阅读与写作的特点，用我的博士导师王瑶先生的话说，那就是"才华横溢"——"有才华是好的，横溢就可惜了。"（《有才华是好的，横溢就可惜了》，《中华读书报》2019年9月4日）

此文写于1983年10月，那时我在广州的中山大学念硕士二年级，读书不多，但思维活跃，居然能写出如此"异想天开"但又不无道理的论文来。真是初生牛犊，研究鲁迅，一上手就选择号称最难解说的《故事新编》。此前，北大名教授王瑶先生刚在中国社会科学出版社1982年刊行的《鲁迅研究》第六辑上发表《鲁迅〈故事新编〉散论》，此文乃纪念鲁迅诞辰一百周年学术研讨会上的长篇报告，收入同年北京大学出版社刊行的《北京大学纪念鲁迅百年诞辰论文集》以及第二年湖南人民出版社推出的《纪念鲁迅诞生一百周年学术讨论会论文选》，是"文化大革命"结束后王先生最为重要的论著，直到今天还被不断引用。此文最为关键的突破，是用传统戏曲中的二丑艺术来解说《故事新编》中的"油滑"。而年少气盛的我，竟然不管珠玉在前，另辟蹊径，引入原本八杆子打不着的布莱希特，从"间离效果"入手，来解读《故事新编》。

我那篇初刊《鲁迅研究》1984年第2期的《鲁迅的〈故事新编〉与布莱希特的"史诗戏剧"》是这样开篇的：

> 二十世纪三十年代，东西方的两个伟大作家同时进行着一场伟大的艺术探索，历史上似乎很难找到两个作家，像他们那样离得那么远而又靠得那么近——这里指的不是空间的间隔和时间的契合。就体裁而言，一是小说，一是戏剧；就题材而言，一是古代，一是现代，似乎风马牛不相及。但就美学倾向而言，两者却是那么接近：同是间离效果，同是理性主义，同是喜剧情调！

> 这种表层结构的矛盾与深层结构的和谐的辩证统一，突出地体现在《故事新编》与"史诗戏剧"各自的理论支柱上。如果做整体把握，《故事新编》有两大支柱：一是历史的现实化，一是小说的戏剧化；"史诗戏剧"也有两大支柱：一是现实的历史化，一是戏剧的史诗化。

经由一系列认真但又简陋的"平行比较"，此文的结尾是：

> 鲁迅的《故事新编》和布莱希特的"史诗戏剧"，把现代艺术的理性、抽象与民间艺术的单纯、自然结合起来，矛盾空泛博大，主题单纯深邃，似乎很简单，三言两语就可以说完，又似乎很复杂，千言万语也说不清；似乎很透明，一望到底，又似乎很浑厚，望不到边，探不到底。对这样内涵丰富的艺术珍品，有必要运用不同的方法、从不同的角度进行研究，本文只是切了两种艺术探索相接的

一个面进行考察，至于探索者整个的创作历程、创作思想和创作个
性，则不是本文论述的范围。

多年后重读，我还是感叹自己当初的勇猛精进。此文立意不错，但学养
欠缺，论证粗疏，在学术史上没能留下深刻印记，但我相信王先生读后，
对此等自由驰骋的思路以及大开大合的笔墨，会留下深刻印象。

围绕20世纪30年代中国左翼文艺运动中"两个口号"的论争，改革
开放初期，李何林主持的鲁迅博物馆的鲁迅研究室，与沙汀和陈荒煤主
持的中国社科院文学所鲁迅研究室展开了激烈论战，前者因其地处北京
西部的阜成门而被称为"西鲁"，后者因地处京城东部的建国门被称为
"东鲁"。此外还有代表冯雪峰立场的人民文学出版社鲁迅著作编辑室，
因其地处朝阳门内，简称"中鲁"。对于像我这样的外省青年来说，雾里
看花，完全看不懂，更不会主动介入。日后到北京读书及工作，发现我
的朋友圈基本属于"西鲁"，而当初刊发我论文的则是"东鲁"。"东鲁"
的《鲁迅研究》集刊及双月刊由鲁迅研究学会主办，中国社会科学出版
社刊行，可惜现在已经不存在了；"西鲁"的《鲁迅研究动态》1982年至
1985年不定期发行，1986年起改为月刊，1990年改刊名为《鲁迅研究月
刊》，现在仍然很活跃。

撰写《鲁迅的〈故事新编〉与布莱希特的"史诗戏剧"》时，我刚
刚入门，没有多少学术积累，关于布莱希特的史诗戏剧更是现炒现卖，
因我不懂德文，用的都是中译本。没想到此文发表后，引起香港中文大
学中文系黄继持教授的强烈兴趣，竟专门跑来中山大学研究生宿舍找我
聊天，还送我一大堆中、外文的布莱希特研究资料。实在很惭愧，我辜
负了他的期望，没能在这个题目上进一步开拓进取，更不敢再涉足布莱
希特研究。

三

我谈鲁迅的文章，传播最广且影响较大的是《作为文学史家的鲁迅》。此文撰成于1993年，可要想溯源，必须从六七年前说起。记得是1986年岁暮的一个晚上，王瑶先生让我看中国社会科学院编印的《学术动态》第279期，上面刊有他在全国社会科学"七五"规划会议上的发言，题目叫《王瑶教授谈发展学术的两个问题》。其中最关键的是下面这段话："从中国文学研究的状况说，近代学者由于引进和吸收了外国的学术思想、文学观念、治学方法，大大推动了研究工作的现代化进程。……从王国维、梁启超，直至胡适、陈寅恪、鲁迅以至钱钟书先生，近代在研究工作方面有创新和开辟局面的大学者，都是从不同方面、不同程度地引进和汲取了外国的文学观念和治学方法的。他们的根本经验就是既有十分坚实的古典文学的根底和修养，又用新的眼光、新的时代精神、新的学术思想和治学方法照亮了他们所从事的具体研究对象。"这个发言很受重视，好多朋友劝他把这作为一个学术课题来经营，可他精力不济，希望有更多年轻朋友参加，我当即表示愿意加盟。第二年夏天，我博士毕业留校任教，投入王先生主持的"近代以来学者对中国文学研究的贡献"这个国家社科基金项目（参见《王瑶先生的最后一项工程——〈中国文学研究现代化进程〉小引》，《书城杂志》1995年3期；《中国文学研究现代化进程》，北京大学出版社1996、1998年版）。

当初关于近现代学者二十家的选择，还有各章作者的敲定，都是王先生亲力亲为。我被指定撰写鲁迅与胡适两章，一开始颇为忐忑，因王先生的名著《中古文学史论》乃承继鲁迅《魏晋风度及文章与药及酒之关系》而来，且对于"学者鲁迅"，王先生是有自己一整套看法的。看我有点迟疑，王先生笑着说：怕什么，有我保驾护航呢。说完，随手递给我陕西人民出版社1981年版《鲁迅小说史大略》，要我拿回去参考。此乃鲁迅在北大课堂的第一份讲义，整理本附录原西北大学中文系单演义教授的《关于最早油印本〈小说史大略〉讲义的说明》，由此引发我对北大课堂/讲义与鲁迅学问关系的长期关注。

岳父刘岚山是诗人、编辑家，听说我要研究学者鲁迅，从书柜里拿出珍藏多年的1930年5月北新书局第7版《中国小说史略》，此乃毛边本，保存完好，虽不是关键版本，也值得珍惜。专业上岳父帮不上忙，但他推荐我去找隔壁楼道的鲁迅研究专家林辰先生，那是他在人民文学出版社的同事及好友。林先生著有《鲁迅事迹考》《鲁迅述林》，参与编辑注释《鲁迅全集》，其《鲁迅辑录〈古小说钩沉〉的成就及其特色》（《文学评论》1962年第6期），对我日后谈论作为文学史家的鲁迅大有启发。

完成《千古文人侠客梦——武侠小说类型研究》，调整好心态，我开始钻研学术史上的鲁迅。作为试探之作，结合那时我正从事的小说类型研究，我撰写了《论鲁迅的小说类型研究》，感觉效果不错，这才开始动笔撰写《作为文学史家的鲁迅》。此文以"清儒家法""文学感觉"与"世态人心"三个关键词来描述作为文学史家的鲁迅，论述颇为深入，可我本人更看重第五节"学界边缘"：探讨鲁迅晚年文学史著述的"中断"，由此窥测其学术思路。文章是这样结尾的：

> 此后十年，鲁迅大致执行此方针，写下大量于国于民"有益的文章"。只是"余暇时做"的文学史著述，不免因此被冷落——不仅因无法投入大量时间和精力，更因杂感的思路本就不适于学术研究。在鱼与熊掌无法兼得的情况下，鲁迅选择了杂文；只是对放弃自认擅长的文学史著述于心不甘，故不时提及。作为一个如此成功的杂文家，很难设想其能同时"冷静"地穿梭于古书堆中。君子求仁得仁，后人无权妄加评说；只是少了一部很有特色的《中国文学史》，总是一件令人遗憾的事。

如此曲终奏雅，虽说是水到渠成，可也包含某种个人感慨，其中奥秘，或许只有放在20世纪90年代的特殊语境，且参照我的《学者的人间情怀》（初刊《读书》1993年第5期），才能充分领会。

此文刊出后，中外学界一片叫好，眼界很高的神户外国语大学中岛长文教授亲自操刀，将其译成日文，刊《飙风》第32号。作为日本著名鲁迅研究专家，中岛先生曾翻译《中国小说史略》（平凡社1997年版），至今我的书柜里还藏有他题赠的大书《中国小说史略考证》。此书内页写着："谨以此书献给王得后先生。"这不是某大书局的公开出版物，而是作者2010年9月30日根据本人连载于《神户外大论丛》和《中国文学报》的诸多论文抽印本合订而成，我们得到的是"限定四十部之十八部"。

四

王瑶先生对于"学者鲁迅"的承继并非只是具体见解，更重要的是文学史研究的方法论。《中古文学史论·重版题记》对此有专门阐述：

> 鲁迅对魏晋文学有精湛的研究，长期以来作者确实是以他的文章和言论作为自己的工作指针的。这不仅指他对某些问题的精辟的见解能给人以启发，而且作为中国文学史研究工作的方法论来看，他的《中国小说史略》《汉文学史纲要》《中国新文学大系小说二集序》等著作以及关于计划写的中国文学史的章节拟目等，都具有堪称典范的意义，因为它比较完满地体现了文学史既是文艺科学又是历史科学的性质和特点。

类似的表述，多次出现在王瑶先生于二十世纪八十年代撰写的诸文中，既是"自报家门"，又阐发了学术理想；当然，也可作为先生一生治学的自我总结（参见河南大学出版社1996年版《先驱者的足迹——王瑶学术思想研究论文集》中樊骏的《论文学史家王瑶》及钱理群的《王瑶先生文学史理论、方法描述》等）。作为及门弟子，我对此深有体会。

上世纪九十年代，我在北大中文系曾三次开设《鲁迅〈中国小说史略〉研究》专题课（1992、1995、1999年），有通读全书，有注重明清部分，有专门研读注释，也有接着说的——但不管哪种路径，我都会强调文学史观及方法论。可惜那时不用电脑写作，讲课大纲及参考资料等全都不知放置何处，一时半会找不到。

约略与此同时，中国艺术研究院刘梦溪先生为河北教育出版社主编"中国现代学术经典丛书"，拉我入伙。这套主要在1996年8月推出的大书，我负责《章太炎卷》和《胡适卷》，此外还有《鲁迅、吴宓、吴梅、陈师曾卷》中的鲁迅部分。针对1996年底《中华读书报》刊登刘梦溪先生为这套丛书撰写的总序《中国现代学术要略》，李慎之先生在《开放时代》1998年10月号上发表了《什么是中国现代学术经典》。李先生认为，只有融入了西方的"民主"与"科学"的学问，才能列为"现代学术"；而在他看来，马一浮了无新意，钱基博也太老旧了，应该选的是谭嗣同、孙中山、陈独秀。至于谈鲁迅，与其选《中国小说史略》，还不如选《阿Q正传》。如此立说，明显是从革命家立场出发，注重政治与思想，忽略学问的价值。李先生的批评，有的很深刻，比如谈"学术经典"不该独尊人文学，应该兼及社会科学乃至自然科学；有的则很偏颇，比如将《阿Q正传》看作中国现代学术经典（参见《"学术文"的研习与追慕》，《云梦学刊》2007年第1期及人大报刊复印资料《中国现代、当代文学研究》2007年5期）。

按照丛书体例，我必须撰写一则一千多字的《鲁迅先生小传》，描述传主的学术风貌。如此言简意赅，需要举重若轻，实在不容易。当初颇费心思，斟酌再三，至今读来，还是能站得住。这篇"小传"的后半部分，涉及我对学者鲁迅的大致评判：

先生文名甚高，以致作为学者的深厚功力及独特见解，为其文名所掩。从1907年撰写《摩罗诗力说》起，先生一生发表许多精彩的文学论文。作为一位卓有成就的小说家，先生深知创作甘苦，品评作品常能体贴入微，道常人所未能道。而对中国历史及中国文化的洞识，更使其文学论文有深厚的历史感。

先生一直有意从事中国文学史的写作，并为此积极准备，直到去世前不久还在购买文学史的资料。二十年代，先生撰写了带有开山意义的中国文学专史——《中国小说史略》，又完成部分文学通史的写作——《汉文学史纲要》，二者都是现代学术史上的经典之作。然先生抱负甚大，此后发表的《魏晋风度及文章与药及酒之关系》和《〈中国新文学大系〉小说二集序》，在研究思路和史识上，都有超越前两书之处。先生在三十年代多次表示希望完成一部完整的中国文学史，而且已有了若干章节的写作方案，只可惜终成广陵散。

先生撰史，主张先从长编入手，但又强调文学史不同于资料长编。前者体现其与清代朴学家的精神联系，后者则凸现其超越清儒的现代学术品格。先生治学重校勘辑逸，力图掌握大量第一手资料，反对空发议论。《中国小说史略》之所以难以超越，其中一个重要原因是，先生此书是以辑校《古小说钩沉》《唐宋传奇集》和《小说旧闻钞》三书为其根基，非同时众多率尔操觚的才子可比。先生治史，善于抓重点文学现象，并由此深入开掘，大处着眼，小处落笔，确是大家风范。

先生晚年很少写作学院派的学术论文，但其杂文中仍不时体现其文学史思考。只是由于杂文体式的限制，必须换另一种阅读眼光，方能理解和欣赏先生的学术思路。

我对《中国小说史略》情有独钟，曾自告奋勇做"笺证本"，想将鲁迅以前关于小说史研究的成果全都融合在内，做成一个学科创立及成长的标本，可惜没有成功。倒是应李庆西兄之邀，制作《（名著图典）中国小说史略》（浙江文艺出版社2000年版），反而让此名著"图文并茂"的愿望很快实现。

1988年11月18日，我在海淀文化书社购得杨宪益、戴乃迭合作翻译、北京外文出版社1982年第三版第二次印刷的英文版《中国小说史略》（*A Brief History of Chinese Fiction*）。当初选购此书，不是为了学英文，而是看中那22幅铜板印制的插图。上世纪九十年代初访问日本，收到东京大学教授丸尾常喜赠送的译作《中国小说の歴史的変遷——魯迅による中国小説史入門》（凯风社1987年版）。此书印制之精美，兼及版式、纸张与插图。这让我大受刺激，希望有图文并茂、可观可赏可读可玩的"史略"，能长期屹立在我的书桌上。浙江文艺版开本及图像偏小，不尽如人意，但愿这回浙江人民版能让我扬眉吐气。

2021年底，北京三联书店推出我的《小说史学面面观》，其中第一章《现代大学与小说史学——关于〈中国小说史略〉》是根据我此前的若干文章改写的，没有多少新意。倒是此书"小引"中这段话有意思：

> 在中国，"小说评论"早已有之，"小说史学"则只有一百年历史。具体说来，1920年可视作中国"小说史学"的元年。理由何在？这一年的7月27日，胡适撰写了影响深远的《水浒传考证》，收入1921年12月上海亚东图书馆版《胡适文存》；这一年的8月2日，鲁迅被蔡元培校长聘为北京大学讲师，专门讲授中国小说史，1920年12月24日第一次登上北大讲台。一是发凡起例引领风气的长篇论文，起很好的示范作用；一是现代大学设立的正式课程，可培养无

数专业人士。

经由鲁迅、胡适等新文化人的积极推动，作为"学术研究"的"小说史学"迅速崛起，百年之后，已然蔚为奇观。就在"小说史学百年"这个节骨眼上，因新冠肺炎疫情改为线上授课，促使我完成了《小说史学面面观》这册小书。

五

进入二十一世纪，我关于鲁迅的阅读与写作有更多面向的展开，但都不在主流视野中。《鲁迅为胡适删诗信件的发现》与《经典是怎样形成的：周氏兄弟等为胡适删诗考》，主要着眼点是新诗如何经典化，对于胡适研究的意义远大于鲁迅研究。《长安的失落与重建——以鲁迅的旅行及写作为中心》，涉及的话题很有趣，那就是考辨鲁迅1924年的西安之行，除了努力钩稽、复原鲁迅的"杨贵妃"小说或戏剧创作计划，我着重阐述：作为思接千古、神游万仞的小说家，到底该如何复活那已经永远消逝了的"唐朝的天空"，以及怎样借纸上风云，重建千年古都长安。与众多相信鲁迅无所不能的研究者不同，我认为鲁迅对作为城市的"古都"颇为漠然，而对作为历史的"古人"极感兴趣，故其知识储备及敏感点，必定在"时间"而非"空间"。如何"遥想汉唐盛世"，靠传世诗文来复原唐代长安的生活场景，虽也有效（如日本学者石田幹之助的《长安之春》），却不无局限。对"古都"的想象与复原，需要历史、考古、建筑、美术等诸多学科的支持。从收藏以及阅读不难看出，鲁迅有史学的眼光、美术的趣味以及金石的学养，但对日渐崛起的考古学、建筑史以及壁画研究等，相对陌生。文章结尾是：

鲁迅放弃长篇小说或多幕剧《杨贵妃》的写作，对后人来说，毫无疑问是一种遗憾；可经由对这一"故事"的剖析，呈现城市记忆、作家才识以及学术潮流之间错综复杂的关系，进而促使我们探讨古都的外在景观与作家的心灵体验之间的巨大张力，思考在文本世界"重建古都"的可能性及必经途径，未尝不是一件好事。

此文写作时间很长，2006年10月初稿，提交给当年11月1–6日在西安举办的"西安：历史记忆与城市文化"国际学术研讨会，那是我与王德威合作主持的系列会议之一，必须身先士卒，拿出像样的成果。此文2007年12月修订一遍，不过瘾，2008年7—9月再次上马，前后琢磨了三年，方才最后定稿。

同样推敲多年的是初刊《文学评论》2005年第5期的《分裂的趣味与抵抗的立场——鲁迅的述学文体及其接受》，最初是2001年11月9日演讲于日本东方学会第51届年会，2002年12月20—29日二稿于台北长兴街客舍，2003年12月25—31日三稿于京北西三旗，2005年1月6—10日定稿于京西圆明园花园。谈论学者鲁迅，不仅表彰《中国小说史略》的开创意义，我更希望关注鲁迅的学术理想、治学方法，乃至其别具一格的述学文体。论文前三节"文体家的别择""论著、杂文与演讲""古书与口语的纠葛"，依旧中规中矩，自认为最具突破意义的是第四节"直译的主张与以文言述学"：

> 宁可译得不太顺口，也要努力保存原作精悍的语气，这一翻译策略的选定，包含着对于洋人洋书的尊重；同理，对于古人古书的尊重，也体现在述学文体的选择。……辨析传统中国学术时，弃白话而取文言，这与翻译域外文章时，尽量保存原有的语气，二者异曲同工。或许，在鲁迅看来，一个民族、一个时代的文学或学术精神，与其所使用的文体血肉相连。换句话说，文学乃至学术的精微

之处，不是借助、而是内在于文体。

　　……世人之谈论"文体家"的鲁迅，主要指向其小说创作；而探究"鲁迅风"者，又大都局限于杂文。至于鲁迅的"述学之文"，一般只从知识增长角度论述，而不将其作为"文章"来辨析。而我除了赞赏《中国小说史略》在现代中国学术史上的贡献，还喜欢其述学文体。在我看来，二十世纪中国学术史上，章太炎的《国故论衡》、梁启超的《清代学术概论》以及鲁迅的《中国小说史略》，都是经得起再三阅读与品味的"好文章"。

直到今天，我还是坚持这个论断，而且认为，这种"文学乃至学术的精微之处，不是借助、而是内在于文体"的研究思路，有很大的生长空间。这个话题，在我的《现代中国的述学文体》（北京大学出版社2020年版）中，有更进一步的阐释。

六

　　若问我的鲁迅研究有何特点，看得见的是注重"学者鲁迅"，比较隐晦的是并不独尊迅翁。十年前，接受媒体采访，谈我的家庭背景、求学经历、师承以及文体，何时提出"压在纸背的心情"，以及为何同时经营专著与随笔等，这些都很平常，只是问及"如果要您在五四时代的人物中择一而交，您会选择谁"，我的回答出了问题：

　　在《中国现代学术之建立》及《触摸历史与进入五四》等书中，我再三强调，晚清一代和五四一代，从人际关系到思想学问，都密不可分。因此，我要求我的研究生必读八个人的文集：蔡元培、章太炎、梁启超、王国维、周树人、刘师培、周作人、胡适。故意不按各自登台表演的时间，而是出生年月排列，你一下子就明白，那个时代的思想、文化、学术是如何"犬牙交错"的。既然是"尚友古人"，为何要求"择一而交"呢？又不是男女之间谈恋爱。作为研究者，我多次谈及晚清以及五四的魅力——这个魅力来自思想、学问，也来自人格力量。不愿意"择一而交"，但私底下，我确实说过这样的话：读鲁迅的书，走胡适的路（侯思铭：《陈平原：读鲁迅的书，走胡适的路》，《经济观察报·书评增刊》第19期，2011年9月5日）。

说是八人，但因王国维与刘师培的学问比较专门，常在我及我的研究生们眼前晃动的，主要是其他六人——谈及晚清与五四，不管什么题目，都必须考虑他们的立场及反应。前半段没问题，引起争议的是最后一句。虽然我解释"读鲁迅的书，走胡适的路"的说法乃互文修辞，还是会被抗议：难道胡适可以跟鲁迅相提并论？

我知道很多人不喜欢这个说法，认为这么说贬低了鲁迅。可我确实认定，研究现代中国文学、文化、思想、学术乃至政治，最合适拿来与鲁迅相提并论的，还是胡适。基于此信念，我曾在香港中文大学（2014年秋）与北京大学（2015年春）为研究生开设专题课"鲁迅与胡适"。不同点在于，在港中大我多讲鲁迅，因那边没有这方面的专门课程；而在北大，鲁迅研究是主流，我必须更多为胡适辩护。

近年所撰几篇涉及鲁迅的文章，如《鹦鹉救火与铸剑复仇——胡适与鲁迅的济世情怀》（2017年）、《学术史视野中的鲁迅与胡适》（2018年）、《"思乡的蛊惑"与"生活之艺术"——周氏兄弟1920年代的美文》（2018年）、《二周还是三周——现代中国文化史上的周建人》（2019年），自认为都写得不错；当然，最得意的还是第一篇——讨论鹦鹉救火与铸剑复仇到底哪种策略更有效或更值得推崇，以及"杂感"与"论文"的缝隙如何积淀乃至内在限制了鲁迅、胡适各自的政治立场、精神气质与论述方式：

　　就以鲁迅与胡适这两位深刻影响现代中国思想文化进程的伟人来说，其差异性几乎一目了然，可你很难非此即彼。具体的应对措施，确有对错与高低；但基本立场没有太大的差异，裂缝主要缘于理想与现实、激进与保守、言论与行动、自我与社群，乃至阴阳柔刚的性情等。……理解这两种不同的人生道路与理论模型，但不将其绝对化、理想化、本质化，而是承认二者常处于流转变动中，各自都在根据时代潮流与自身志趣不断地调整方向，以达成最佳的精神及工作状态。

鲁迅是我的精神导师，同样，胡适也是我的精神导师。这么说，估计很多人不能接受，他们更习惯于"独尊一家"，非此即彼。可我的"万神殿"里，供奉的远不只一两个偶像。不同偶像之间会有缝隙与矛盾，这个时候，你可以左顾右盼，互相敲打与质疑，借此锻炼自家的心智与境界。

　　读鲁迅、胡适的书，不一定走鲁迅、胡适的路，有时候是个人能力有限，有时候则是外在条件不允许。与其高自标树，尽说漂亮的空话；不如脚踏实地，做些力所能及的好事。这里包含我对大道朝天、文化多元性的理解，还有对人生局限性的深切体会。

2022年1月17日于京西圆明园花园